Menschen | Zeiten | Räume

1

Gesellschaftslehre
Nordrhein-Westfalen

Differenzierende Ausgabe

Herausgegeben von
Wolfgang Humann
Dr. Elisabeth Köster
Dr. Dieter Potente

Erarbeitet von
Alexander Figge
Kathrin Figge
Benjamin Hehenkamp
Wolfgang Humann
Manuel Köhler
Dr. Elisabeth Köster
Dr. Dieter Potente
Christiane Rein
Klaus Schreck
Renate Teepe

mit Beiträgen von
Peter Brokemper

unter Beratung von
Katharina Grannemann, M. A.
Westfälische Wilhelms-Universität, Münster

Cornelsen

Menschen | Zeiten | Räume

Projektleitung: Dr. Uwe Andrae
Redaktion: Jan Idor, Sylvia Jakuscheit, Tanja Löhr-Michels, Terezia Petö
Bildassistenz: Elisabeth Denis, Anja Schwerin

Umschlaggestaltung: Studio SYBERG, Berlin
Layout und technische Umsetzung: Studio SYBERG, Berlin
Coverbilder: Foto links: Shutterstock.com/New Africa; Foto rechts: Axel Thünker DGPh für LVR-Archäologischer Park Xanten/LVR-RömerMuseum

www.cornelsen.de

Dieses Werk wurde anhand wissenschaftlicher Kriterien geprüft und für den sprachsensiblen Unterricht zertifiziert.
Gutachterin: Dr. Eva-Kristina Franz (Pädagogische Hochschule Freiburg)
Eine Übersicht der Kriterien haben wir für Sie unter www.cornelsen.de/mittlere-schulformen zusammengestellt.

1. Auflage, 1. Druck 2020

Alle Drucke dieser Auflage sind inhaltlich unverändert und können im Unterricht nebeneinander verwendet werden.

Druck: Mohn Media Mohndruck, Gütersloh

ISBN 978-3-06-230129-2 (Schülerbuch)
ISBN 978-3-06-230130-8 (E-Book)

PEFC
PEFC/04-31-1033

PEFC zertifiziert
Dieses Produkt stammt aus nachhaltig bewirtschafteten Wäldern und kontrollierten Quellen.

www.pefc.de

Inhaltsverzeichnis

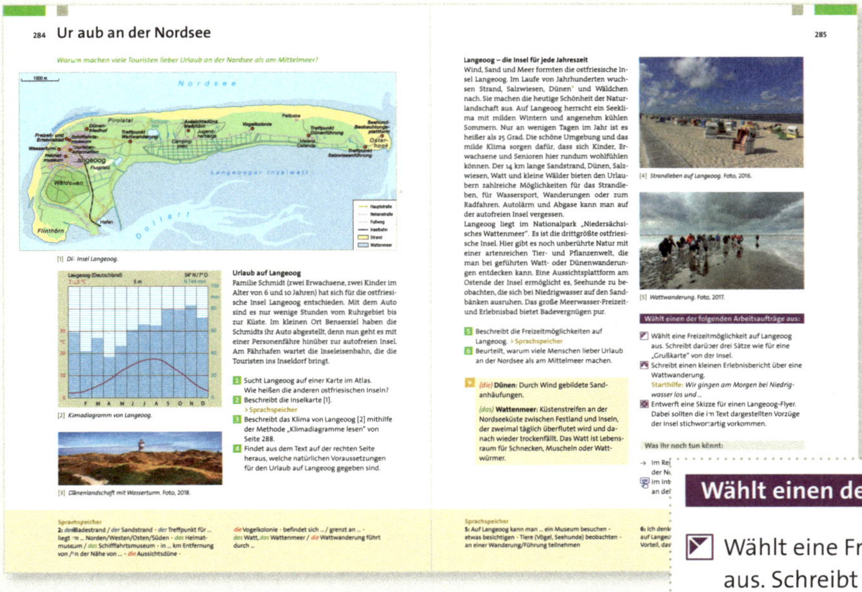

Differenzierungsangebot

Auf vielen Doppelseiten gibt es einen Kasten mit Wahlaufgaben. Hier könnt ihr einen Arbeitsauftrag auswählen. Die Aufgaben mit ◩ sind etwas leichter, die Aufgaben mit ☒ etwas schwieriger zu lösen. Außerdem findet ihr noch unter „Was ihr noch tun könnt …“ weiterführende Anregungen, wenn ihr euch mit dem Thema noch zusätzlich beschäftigen wollt.

Wählt einen der folgenden Arbeitsaufträge aus:

◩ Wählt eine Freizeitmöglichkeit auf Langeoog aus. Schreibt darüber drei Sätze wie für eine „Grußkarte“ von der Insel.

☒ Schreibt einen kleinen Erlebnisbericht über eine Wattwanderung.
Starthilfe: *Wir gingen am Morgen bei Niedrigwasser los und …*

☒ Entwerft eine Skizze für einen Langeoog-Flyer. Dabei sollten die im Text dargestellten Vorzüge der Insel stichwortartig vorkommen.

Themendoppelseiten

Oben auf der linken Seite findet ihr eine Leitfrage, worum es auf dieser Doppelseite geht. Oft kommen in den Texten Begriffe vor, die näher erklärt werden müssen. Diese Begriffe sind mit einem Sternchen* versehen und werden in einem Kasten ausführlich erklärt. Auf jeder Inhaltsseite findet ihr Bilder, Schaubilder oder Diagramme. Alle Materialien könnt ihr mithilfe der Aufgaben erarbeiten. Außerdem findet ihr auf den Seiten unten einen gelben **Sprachspeicher**. Hier stehen Wörter, Wortgruppen oder Hinweise als sprachliche Unterstützung zum Textverständnis oder zur Bearbeitung der Aufgaben.

BuchBlicker-App

Mit der neuen Buchblicker-App könnt ihr digitales Begleitmaterial zu den Schulbuchseiten herunterladen.

Das Lexikon

Das Lexikon bietet euch alle wichtigen Fachbegriffe in alphabetischer Reihenfolge mit Erklärungen. Hier könnt ihr nachlesen und euch informieren.

R

Relief, *das*: ist eine künstlerische Darstellung. Die Figuren sind plastisch und heben sich vom Hintergrund ab. Zum Beispiel: ein in Stein gemeißeltes Bild. In der Geographie werden auch Formen der Erdoberfläche unter dem Begriff Relief zusammengefasst.

Republik, *die*: (von lat.: res publica = die öffentliche Sache) Der Begriff „Republik“ steht für eine Staatsform, in der das Volk oder ein Teil des Volkes die Macht ausübt.

Medienkompetenz

Aufgaben mit diesem Symbol regen an, bei der Lösung analoge oder digitale Medien anzuwenden.

MK **4** Informiert euch im Internet über die Arbeit von Hilfsorganisationen wie UNICEF oder PLAN International. Stellt je ein Entwicklungsprojekt in der Klasse vor.

Leben in der Medienwelt 254

Tourismus 274

Wasser ist Leben 298

Anhang 318

Zum schnellen Finden

Methoden und Medien im Buch

Selbstorganisation

Orientierung im Raum

Informationen beschaffen

Informationen verarbeiten

Informationen präsentieren

MK Aufgaben mit diesem Symbol regen an, bei der Lösung analoge oder digitale Medien einzusetzen. Auf den Methoden-Seiten lernt ihr mit verschiedenen (analogen und digitalen) Medien umzugehen.

APP Dieses Symbol zeigt euch, dass ihr zu dem Inhalt der Seite digitales Zusatzmaterial herunterladen könnt. Diese Materialien sind:

- **animierte Karten** und **Schaubilder** – komplexe Abbildungen werden euch als Videos mit Sprechertext einfach erklärt.
- **„sprechende Bilder“** – zu historischen Themen. Mit diesen Videos könnt ihr mehr über die Hintergründe erfahren.
- **spannende Hörspiele** zu historischen, politischen und geografischen Themen, die Spaß machen und zum Weiterforschen anregen.

Mit der **BuchBlicker-App** könnt ihr digitales Begleitmaterial zu eurem Schulbuch herunterladen.

Wo kann ich die BuchBlicker-App ausprobieren?

- Gehe in den Apple App Store oder in den Google Play Store.
- Suche dort nach „BuchBlicker“ und installiere die kostenlose App.
- Öffne die App und wähle das Buch „Menschen Zeiten Räume NRW“ aus.
- Du kannst die Materialien für das Buch auf dein Gerät herunterladen.
- Öffne das Buch in der App und gib die Seitenzahl ein. Dann erscheinen die passenden Videos und Audios zur Seite.

Ein neues Fach – Gesellschaftslehre

Gesellschaftslehre

Im neuen Fach Gesellschaftslehre erfahrt ihr mehr über die Lebensbedingungen der Menschen in Vergangenheit und Gegenwart. Und es geht um Fragen, die für eure Zukunft sehr wichtig sind. Gesellschaftslehre fasst verschiedene Themen aus den Bereichen Geschichte, Erdkunde und Politik/ Wirtschaft zusammen.

Diese Themen sind zum Beispiel:

- Unterschiedliche Zeiten und Kulturen (Leben in der Steinzeit; die Römer und ihr Weltreich)
- Lebensräume auf der Erde (Nordrhein-Westfalen, Deutschland)
- Fragen, die beim alltäglichen Zusammenleben in Familie, Schule und Gesellschaft entstehen.

Im Fach Gesellschaftslehre beschäftigen wir uns auch mit einigen Grundlagen der Wirtschaft und des wirtschaftlichen Handelns. Was ist ökologische Landwirtschaft? Wie funktioniert die Wirtschaft und was bedeutet der „einfache Wirtschaftskreislauf“? Was ist ein Markt und wie entstehen Preise? Wie soll ich mit meinem Taschengeld umgehen? Auf diese Fragen findet ihr Antworten in den folgenden Kapiteln.

Gesellschaftslehre funktioniert so, als ob ihr aus verschiedenen Fenstern auf die Welt schaut: Vergangenheit, Gegenwart und Zukunft kommen in den Blick.

1 Was ist ökologische Landwirtschaft?

2 Wie lebte man in einer Ritterburg im Mittelalter?

3 Wie leben Menschen auf anderen Kontinenten?

4 Was ist ein Markt? Wie entstehen Preise?

5 Warum gab es Gladiatorenkämpfe in Rom?

6 Was bedeutet sanfter Tourismus?

7 Welche Rechte und Pflichten haben Kinder?

8 Seit wann gibt es Pyramiden in Ägypten?

Ein Zuordnungs-Spiel!

Ordnet die Kärtchen mit den Fragen dem jeweiligen Fachgebiet (Geschichte/Erdkunde oder Politik/Wirtschaft) zu. Legt dafür eine Tabelle an. Tragt die Nummern der Kärtchen bei dem passenden Fachgebiet ein. Begründet eure Entscheidung.

Kärtchen	Geschichte	Politik/Wirtschaft	Geografie
7	...	Kinderrechte	–
1	...	...	...

Wir leben in Raum, Zeit und Gemeinschaft

[1] *Bilder aus dem Leben von Max.* Fotos.

Das ist die Geschichte von Max

Als Max geboren wurde, wohnte seine Familie in einer 2-Zimmer-Wohnung in der Innenstadt. Mit der Geburt von Lea (Schwester von Max) wurde die Familie größer. Es kam zu einem Umzug in eine größere Wohnung in einem anderen, ruhigen Stadtteil. Hier gab es viele Parks, Spielplätze und der Kindergarten lag in der Nähe.

Auch die Grundschule war nicht weit weg. Die Einschulung war für Max der nächste große Schritt in seinem Leben. Er kam in eine Klassengemeinschaft, lernte neue Kinder kennen. Später, als er 10 Jahre alt wurde, bekam er einen Hund, „Sammy“.

Nach der vierten Klasse wechselte Max die Schule. Die neue Gesamtschule liegt in dem nächsten Ort. Max muss jeden Tag mit dem Bus zur Schule fahren. Den Schulweg kennt er schon ganz gut und an der neuen Schule hat er schon einige Freunde gefunden. Max hat eine Brille bekommen. Die neue Schulklasse, sein bester Freund Tarek und der Hund Sammy sind nun ganz wichtig in seinem Leben.

1 Lest die Geschichte von Max. Findet heraus und notiert, welche Ereignisse in seinem Leben eine wichtige Rolle spielten (Ort, Zeit, Personen).

Die Geschichte von Max können wir auch mit einem Zeitstrahl darstellen.

2 Ihr könnt auch einen Zeitstrahl über eure Geschichte erstellen.
a) Notiert zuerst die wichtigen Ereignisse. Denkt dabei an Orte, Zeiten, Menschen, die für euch bedeutsam sind.
b) Sammelt Fotos oder andere Erinnerungsstücke aus eurer Vergangenheit.
c) Stellt eure „Lebensgeschichte“ mit dem Zeitstrahl in der Klasse vor.

Die eigene Geschichte erforschen

Jede Person hat ihre eigene Geschichte. Fragt eure Eltern oder Großeltern, welche Ereignisse ihnen aus der Kindheit und Jugend in Erinnerung geblieben sind. Wie war es damals, als sie selbst zur Schule gegangen sind? Wie und wo haben sie gelebt? Was haben sie gespielt? Welche Ereignisse, Familienfeste sind ihnen besonders in Erinnerung geblieben? Lasst euch Geschichten erzählen, gemeinsam ein altes Fotoalbum durchblättern, vielleicht gibt es auch Briefe oder andere Schriftstücke aus der Vergangenheit?

3 Notiert Fragen für ein Interview mit euren Eltern oder Großeltern. Was möchtet ihr erfahren?

Geschichte ist überall ...

Überall, wo man hinsieht, erzählen uns verschiedene Gebäude und Gegenstände von der Vergangenheit. Auch jeder Ort hat eine Geschichte. Das alte Rathaus, eine Dorfkirche, alte Straßenschilder oder eine Stadtmauer könnten viel über die Vergangenheit „erzählen". In fast jedem Ort gibt es auch ein „Heimatmuseum".

Oft machen auch Firmen und Betriebe im Ort zu einer Jubiläumsfeier Ausstellungen. Manchmal sieht man Fotoausstellungen in einem Schaufenster oder Info-Tafeln über Firmengründer und Menschen, die früher dort gearbeitet haben. Die Bilder und Dokumente stammen meistens aus einem Archiv.

4 Sammelt Fragen, die ihr in einem Heimatmuseum stellen könntet.

[2] *Die alte Zeche „Ewald" in Herten ist heute Teil der „Route Industriekultur" im Ruhrgebiet.* Foto.

[3] *Beim Gespräch mit den Großeltern.* Foto.

[4] *Alte Fachwerkhäuser in Westerholt (Herten).* Foto.

5 Vermutet, warum es für ein Unternehmen wichtig sein könnte, über seine Geschichte zu informieren.

Was ihr noch tun könnt:

- → Besucht ein Heimatmuseum in eurer Nähe.
- → Informiert euch über die Geschichte eures Wohnortes oder über die Geschichte eines Unternehmens eurer Wahl.
- → Stellt eure Ergebnisse in der Klasse vor.

Orientierung in der Zeit

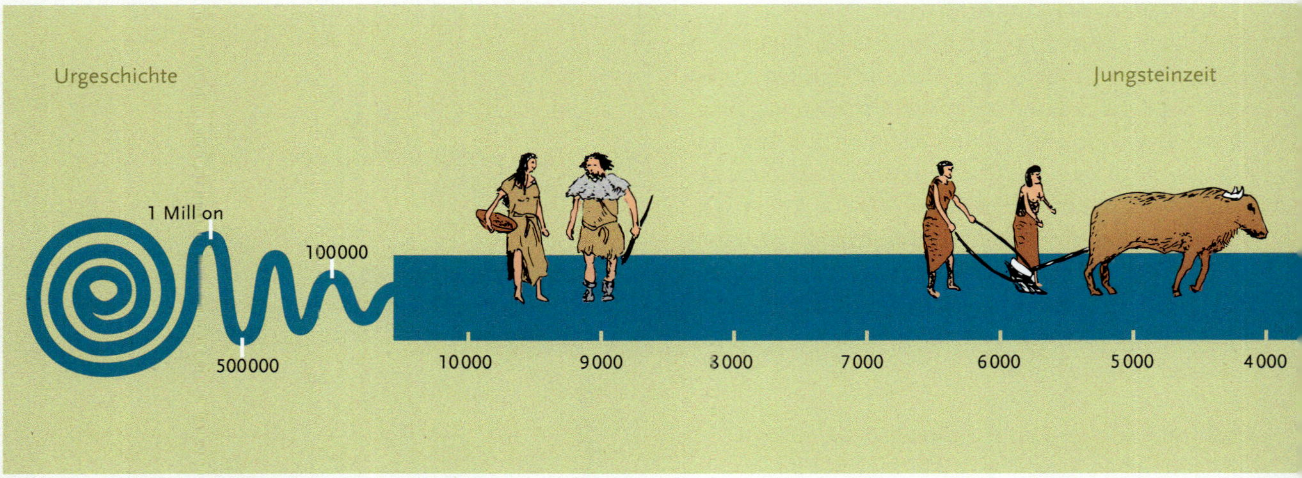

[1] *Zeitstrahl mit Illustrationen.*

Zeit kann man messen
Menschen haben schon immer versucht, die Zeit zu messen. In früheren Zeiten ordnete man die Zeit nach Naturerscheinungen. Man orientierte sich am Lauf der Sonne oder am Wechsel von Tag und Nacht. Die Länge eines Monats wurde berechnet durch die Zeit zwischen zwei Vollmonden. Die ersten Aufzeichnungen, nach denen die Zeit in Tage oder Monate eingeteilt wird, sind schon vor tausenden Jahren entstanden. Die Menschen im alten Ägypten schufen einen Kalender, der auf der Beobachtung des Sternenhimmels beruhte. Wichtig war die Schaffung einer Zeiteinteilung, um über das Jahr hinweg eine Orientierung zu haben um Ackerbau zu betreiben oder religiöse Feste zu feiern.

Verschiedene Zeitrechnungen und Kalender
Die Geburt Christi ist als Beginn der Zeitrechnung weit verbreitet. Wir orientieren uns am christlichen Kalender. In der jüdischen Kultur beginnt der Kalender mit der Schöpfung der Welt. Es entspricht nach christlicher Zeitrechnung dem Jahr 3761 v. Chr. Für die arabische Welt gilt das Jahr 622, in dem der Prophet Mohammed von Medina nach Mekka kam, als Beginn der Zeitrechnung.

1 Nennt verschiedene Möglichkeiten zur Zeitmessung. Welche Geräte zur Zeitmessung kennt ihr?

Unsere Zeitrechnung
Unsere Zeitrechnung ist auf die Geburt von Jesus Christus bezogen. Die Jahre davor nennen wir „vor Christi Geburt": v. Chr., und die Jahre danach nennen wir „nach Christi Geburt": n. Chr. Andere Kulturen haben andere feste Anhaltspunkte. Die Römer zählten die Jahre nach der Gründung Roms. Dies entspricht nach unserer Zeitrechnung dem Jahr 753 v. Chr.

Wie unterteilen Menschen die Zeit?
Um Zeiträume übersichtlich zu erfassen, unterteilen wir sie in Abschnitte. Das können Jahre, Jahrzehnte, Jahrhunderte oder Jahrtausende sein. Wenn wir die geschichtlichen Abläufe und Entwicklungen einordnen, geben wir die Zeit meistens in Jahrhunderten an.
Historiker gliedern den Verlauf der Geschichte in große Einheiten. Man spricht dabei von Zeitaltern oder Epochen.

Was ist eine Zeitleiste?
Auf einer Zeitleiste sind die Jahreszahlen von links nach rechts angeordnet. Für eure Klasse könnt ihr eine Zeitleiste mit Bildern, also einen Geschichtsfries erstellen.

2 Berichtet über verschiedene Zeitrechnungen und Kalender. Welche Arten von Kalendern kennt ihr?

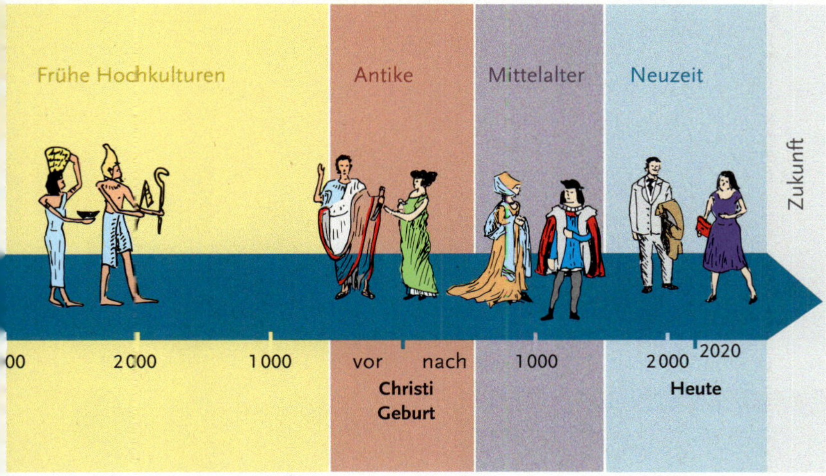

Die Klasse 5 b hat einen Geschichtsfries erstellt. Ihre Tipps haben sie aufgeschrieben.

Ihr braucht: eine Tapetenrolle, einen dicken Filzstift und ein Maßband.

So könnt ihr eine Zeitleiste herstellen.

- Rollt die Tapetenrolle auf dem Boden aus. Messt 8 Meter ab. Schneidet die Tapete ab.
- Messt von der rechten Seite 1 Meter ab. Macht hier einen Strich. Messt weiter 1 Meter ab und macht einen Strich. Geht weiter so
- vor, bis ihr die ganze Tapete eingeteilt habt.
- Schreibt nun die Jahreszahlen über die Striche. Beginnt bei dem ersten Strich rechts. 2000, 1000 und 0; nach der 0: 1000, 2000 usw.

So könnt ihr euren Geschichtsfries gestalten.

- Schreibt über die Zeitleiste vor die 0: „vor Christi Geburt“. Schreibt nach der 0: „nach Christi Geburt“.
- Tragt die Zeitalter in der richtigen Reihenfolge ein.
- Sucht Bilder in Zeitschriften oder im Internet zu den Zeitaltern oder malt Bilder dazu. Schneidet die Bilder aus.
- Ordnet eure Bilder zu den passenden Zeitaltern. Klebt die Bilder auf.

Den Geschichtsfries könnt ihr im Klassenzimmer aufhängen. Zu neuen Themen könnt ihr den Fries mit neuen Bildern ergänzen.

Historische Epochen

A
Mittelalter
ca. 500–1500 n. Chr.

B
Antike
(Griechenland, Römisches Reich)
500 v. Chr. bis ca. 500 n. Chr.

C
Frühe Hochkulturen
(Ägypten)
3000 bis ca. 500 v. Chr.

D
Jungsteinzeit
10 000 bis ca. 3000 v. Chr.

E
Neuzeit
ab 1500 bis heute

3 Ordnet die Kärtchen in die richtige Reihenfolge.

Woher wissen wir, was früher war?

1

2

3

4

[1] *1: Der Zwerg Seneb mit seiner Familie, Skulptur aus Kalkstein (Ägypten); 2: Ein Sklavenjunge in der Küche, römisches Mosaikbild; 3: Eine Urkunde mit Siegeln aus dem Mittelalter; 4: Römische Münzen mit Prägestock.*

1 Beschreibt die Gegenstände in der Collage [1]. Was könnten sie über die Vergangenheit erzählen?

Spuren der Vergangenheit

Alles, was wir über die Vergangenheit wissen, erfahren wir aus **historischen Quellen***. Das können zum Beispiel alte römische Münzen sein. Dann wissen wir, dass römische Soldaten an diesem Ort waren oder römische Kaufleute dort Handel betrieben haben. So eine Quelle nennen wir **Sachquelle**.

Ein altes Bild (Foto, Gemälde oder Mosaik) ist für uns eine **Bildquelle**. Wir können sehen, wie die Menschen damals ausgesehen und wie sie gelebt haben.

Auch in früheren Zeiten haben Menschen etwas über das damalige Leben aufgeschrieben. Es können alte Zeitungen, Briefe oder ein Tagebuch sein. Sie berichten uns etwas über die damalige Zeit. Diese sind **Schriftquellen**.

Wir können auch ältere Menschen nach der Vergangenheit befragen. Sie erzählen uns, was sie früher selbst erlebt haben. Solche Menschen nennen wir **Zeitzeugen**.

* *die* **Quelle,** *die* **Quellen:** Quellen sind Zeugnisse aus der Vergangenheit. Wir können aus ihnen etwas über unsere Geschichte erfahren. Man unterscheidet zwischen Sachquellen, Bildquellen, Schriftquellen und mündlichen Überlieferungen.

Fundstücke aus Ausgrabungen

Immer wieder kommt es vor, dass bei Bauarbeiten Überreste aus der Vergangenheit zum Vorschein kommen. Man findet im Boden alte Mauersteine, Gegenstände, Knochen, Tonscherben und vieles mehr. Die Wissenschaftler, die diese Fundstücke herausholen und näher untersuchen, sind Archäologen. Sie bringen mit verschiedenen Methoden die Funde „zum Sprechen". Über die Arbeit der Archäologen könnt ihr auf Seite 170 mehr lesen.

2 Erklärt mit eigenen Worten, was Quellen sind.

Bildquellen und schriftliche Quellen

Historiker arbeiten in Archiven, Bibliotheken und in verschiedenen Forschungsinstituten. Ihre Aufgabe ist, die verschiedenen Quellen (Bildquellen, schriftliche Quellen, Dokumente, Tonaufnahmen) zu untersuchen. Sie ordnen die Quellen in historische Zusammenhänge ein.
Bildquellen sind nicht nur alte Fotos, sondern auch Wandmalereien, Mosaiken, Gemälde oder Plakate. Wie wir eine Bildquelle „zum Sprechen" bringen können, darüber könnt ihr auf den Seiten 76–77 mehr erfahren.
Eine alte Urkunde, ein Brief, ein Tagebuch sind Beispiele für schriftliche Quellen. Für das Fach Geschichte sind Textquellen die wichtigste Quellenart. Wie man Textquellen untersuchen, deuten und vergleichen kann, darüber könnt ihr auf den Seiten 164, 165 und 238 mehr erfahren. Heute kommt es oft vor, dass Historiker die alten Dokumente oder Bilder digital untersuchen. Viele Archive bieten oft digitalisierte Sammlungen an.

Darstellungen, Veröffentlichungen

Alles, was Historiker herausfinden, fassen sie in Forschungsberichten zusammen. Die Ergebnisse werden dann veröffentlicht. Eine Veröffentlichung kann in einem Buch erscheinen oder auch ein Teil von einer Ausstellung im Museum sein. Oft werden Forschungsergebnisse auch in Filmen dargestellt.

3 Fasst zusammen, was ihr über die Arbeit von Historikern erfahren habt.

4 Ordnet die Bilder aus [1] und [3] den verschiedenen Quellenarten zu. Fertigt dazu eine Tabelle an.

[2] *Ein Archäologe notiert seine Ergebnisse.* Foto.

[3] *Buchmalerei aus dem „Sachsenspiegel" um 1300/1350. Universitätsbibliothek Heidelberg.*

[4] *Alte und neue Medien in einer Bibliothek.* Foto.

Wählt einen der folgenden Arbeitsaufträge aus:

- Wählt einen Gegenstand aus Bild [1] aus und bestimmt die Quellenart. Beschreibt auch, wozu der Gegenstand verwendet wurde.
- Notiert Fragen, die ihr einem Archäologen oder Historiker stellen würdet.
- Stellt in einem Kurzvortrag ein Buch oder einen Film über ein historisches Thema vor.

Methode Wir führen eine Arbeitsmappe

Für euer neues Fach Gesellschaftslehre solltet ihr auch eine Mappe führen. Das kann euch helfen, wenn ihr später einmal etwas nachschlagen müsst. Ihr stellt beim Führen der Mappe auch sofort fest, wenn ihr etwas nicht so genau verstanden habt. Dann könnt ihr es gleich genauer nachprüfen. Und ihr lernt dabei, wie man Informationen übersichtlich anordnen und verständlich weitergeben kann.

Hier seht ihr die ersten Seiten aus der Mappe von Kirsten. Ihr könnt euch von ihrer Idee anregen lassen, aber auch eigene Vorstellungen umsetzen ...

Auf ein Deckblatt schreibt ihr folgende Angaben: Fach, Name, Klasse.

Oft ist auch noch Platz für eine Zeichnung, die zum Fach passt.

Am besten lasst ihr 2 cm Rand an jeder Seite.

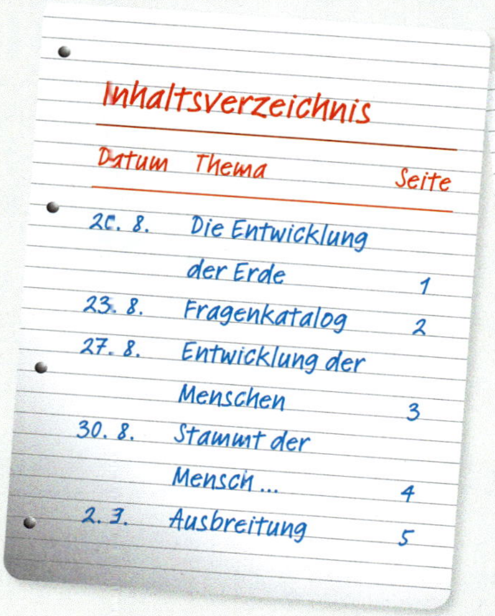

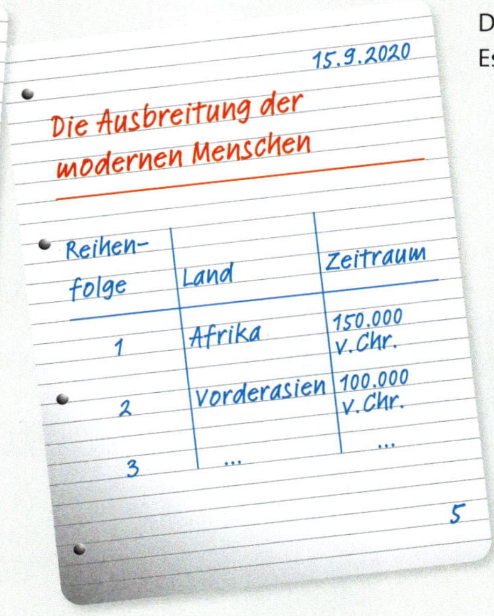

Es ist günstig, wenn ihr zu jedem Eintrag ein Datum vermerkt. Es steht oben rechts.

Zeichnet die Tabellen mit einem Lineal.

Jeder Eintrag bekommt eine Überschrift. Ihr könnt sie unterstreichen oder farbig hervorheben.

Methode Wir legen ein Portfolio an

[1] *Lisas Portfolio.*

Was ist ein Portfolio?
Ein Portfolio* ist eine Mappe, in der ihr eure gelungenen Arbeiten zusammenstellt.
Es ist wie eine Mischung aus „Schatzkästchen" und Lerntagebuch. Ihr könnt eure besten Arbeiten (Bilder, Zeichnungen, Geschichten, selbst gestaltete Arbeitsblätter) zu einem Thema hier sammeln und zusätzlich etwas über eure Erfahrungen beim Lernen und Arbeiten notieren.

So könnt ihr euer Portfolio anlegen:

1. Schritt Sammeln und selbst bewerten

- Seht eure Arbeiten durch und legt die schönsten beiseite.
- Legt zu jeder Arbeit ein Blatt an und erklärt:
  - Wie seid ihr auf die Idee gekommen?
  - Gab es Schwierigkeiten bei der Durchführung?
  - Was findet ihr gut? Was könnte noch verbessert werden? Begründet eure Aussagen.

2. Schritt Lernerfahrungen beschreiben

- Wenn ein Kapitel im Buch zu Ende geht, habt ihr ganz sicher eine Menge neuer Informationen erhalten. Auch bestimmte Arbeitsweisen (Methoden) habt ihr gelernt. Auf der Seite „Das kann ich!" habt ihr überprüft, wie sicher ihr mit den neuen Informationen umgehen könnt.
- Ihr könnt eure Erfahrungen festhalten und eure „Lerngeschichte" notieren. Die folgenden Fragen helfen euch dabei. Ihr könnt auf jede einzelne Frage kurz antworten oder auch einen zusammenhängenden Text schreiben:
  - Was hat mich am meisten interessiert? Was hat mich weniger interessiert?
  - Was habe ich neu gelernt?
  - Wie hat das Lernen geklappt? (Was war besonders schwierig, was war leicht?)
  - Wie zufrieden bin ich mit: „Das kann ich!"
  - Welche Hilfen hätte ich noch benötigt?
  - Welche Frage(n) habe ich noch?
  - Was werde ich demnächst anders machen?
- Schreibt die Ergebnisse sauber auf ein eigenes Blatt. Überschrift: „Wie meine Arbeit mit dem Kapitel (...) verlaufen ist".

3. Schritt Sortieren

- Sortiert jeweils am Ende eines Kapitels die neuen Seiten, tragt sie ins Inhaltsverzeichnis ein und legt sie in euer Portfolio. Fertig!

* *das* **Portfolio:** Ursprünglich italienisch: portare = (mit sich) tragen, fo(g)lio = Papier-Blatt, Buchseite.

Gemeinsam geht es los

In der neuen Klasse

Mit dem 5. Schuljahr beginnt ein neuer Lernabschnitt. Ihr seid in der neuen Schule angekommen und sicher neugierig auf die Mitschülerinnen und Mitschüler und die Lehrer. Es gibt jetzt viel zu entdecken: zum Beispiel das Schulgebäude und den Schulweg. Um ihre neuen Mitschülerinnen und Mitschüler kennenzulernen, spielen die Kinder das Spiel „Klassenbingo“.

1 Beschreibt die Stimmung der Kinder auf dem Bild.

2 Berichtet über eure Vorstellungen von der neuen Klasse.

3 Notiert eure Fragen und Erwartungen an die neue Schule.

Schauplatz In der neuen Klasse

[1] *Gedankenblasen von Schülern*

1 Fertigt eine Tabelle an. Ordnet die Gedanken der Kinder aus [1] in freudige und ängstliche Gedanken.

2 Schreibt eure eigenen Gedanken zu euren ersten Tagen an der neuen Schule auf.

Ein Spiel zum Kennenlernen – Klassenbingo

KLASSENBINGO			
Ist in einem Sportverein ______	Hat blaue Augen ______	Hat im April Geburtstag ______	Fährt mit dem Rad zur Schule ______
Besitzt ein Haustier ______	Verreist in den Sommerferien ______	Wohnt in dem Schulort ______	Hat Geschwister ______
Die Muttersprache ist Deutsch ______	Spielt ein Instrument ______	Liest gerne Bücher ______	Die Muttersprache ist nicht Deutsch ______
Schaut gerne Serien ______	Hat einen Lieblingsverein ______	Hat dunkle Haare ______	Ist Fan einer Band ______

[2] *Vorlage Bingo-Karte*

Klassenbingo – Spielanleitung

- Nehmt ein leeres Blatt und übertragt die Vorlage der Bingo-Karte auf euer Blatt.
- Geht durch die Klasse und fragt immer einen Mitschüler nach einem Merkmal.
- Wird das Merkmal mit „Ja“ beantwortet, dürft ihr den Namen des Schülers unter das Merkmal auf die Linie schreiben.
- Aber Achtung: Jedes Kind aus der Klasse darf nur einmal auf eurer Bingo-Karte stehen.
- Wer als Erstes waagerecht, senkrecht oder diagonal eine Viererreihe voll hat, muss laut „Bingo“ rufen und hat die Runde gewonnen.

3 Probiert das Spiel „Klassenbingo“ in eurer Klasse aus.

Wer bin ich?
Eine gute Möglichkeit, eure Mitschülerinnen und Mitschüler kennenzulernen, bietet der Steckbrief. In einer kurzen und knappen Form erfährt man viel voneinander.

[3] *Puzzle aus Steckbriefen*

4 Stellt euch in einem Steckbrief wie in [4] vor.

5 Gestaltet gemeinsam aus den Puzzleteil-Steckbriefen eine Dekoration für die Klassenwand.

6 Entwickelt gemeinsam mit eurer Klassenlehrerin oder eurem Klassenlehrer Ideen für euren Klassenraum.

Unser Klassenraum
In seinem neuen Klassenraum sollte man sich wohlfühlen. Damit dies gelingt, kann man mit einfachen Ideen die Klassenräume schön gestalten.

Ideen für die Klassenraumgestaltung können sein:
- Darstellung eures Stundenplans mithilfe eines Fotovorhangs
- Klassendienste mit Schildern darstellen
- Einrichten einer Ruheecke/Leseecke
- Sitzkreis als Treffpunkt für die Klasse
- Terminplaner/Geburtstagskalender
- Themenbilder für die Fenster
- Fensterbankgestaltung z. B. durch Pflanzen
- ....

[4] *Beispiel eines Steckbriefs.* Illustration.

Orientierung

Die neue Schule ist euch vielleicht fremd und ihr müsst euch erst einmal zurechtfinden. Übersichtspläne können euch helfen.

[1] *Übersichtsplan von Svea*

In der Schule
das Klassenzimmer
das Lehrerzimmer
das Sekretariat
die Bücherei
die Toiletten
die Aula
der Musiksaal
das Treppenhaus
der Pausenhof

1 Beschreibt, was ihr auf dem Übersichtsplan [1] seht.

2 Einen Übersichtsplan erstellen:
- Schaut euch zunächst auf der Etage um und stellt fest, wie viele Räume es gibt.
- Versucht, einen groben Übersichtsplan zu erstellen. In Abbildung [1] seht ihr ein Beispiel.
- Beschriftet die Zeichnung.

[2] *Schülerinnen und Schüler bei einer Schulrallye.* Foto.

Eine Schulrallye durchführen

Damit ihr euch möglichst schnell zurechtfindet, könnt ihr eine Schulrallye durchführen. So erkundet ihr gemeinsam mit euren Mitschülerinnen und Mitschülern die neue Schule und ihr werdet euch schon nach kurzer Zeit bestens auskennen.

3 Formuliert Fragen für eine Erkundung oder Rallye in der Schule. Der Erkundungsbogen auf Seite 23 kann euch helfen.

4 Bildet ein Team aus 4 bis 5 Schülerinnen und Schülern. Ihr benötigt Stifte und Papier. Führt eine Erkundung durch: Beantwortet während der Erkundung die Fragen auf eurem Bogen.

Beispielfragen für eine Erkundung oder eine Rallye in der Schule

Wichtige Informationen für Schüler
- Wo ist das Sekretariat?
- Wie ist der Name der Sekretärin?
- Was ist der Vertretungsplan?
- Wo findet man ihn?
- Wo liegt das Lehrerzimmer?
- Wo sind die Toiletten für die Schülerinnen und Schüler?
- Wo kann man Fahrräder sicher abstellen?
- Wo ist das Hausmeister-Büro?
- Wie heißt der Hausmeister?

Unterricht
- Wo liegen die Fachräume für Natur und Technik, Kunst, Musik, Hauswirtschaft (Küche), wo die Sporthalle?
- Gibt es einen Computer-Raum?
- Wo liegt der Computer-Raum?
- Wo findet man das Zimmer der Schülersprecherin oder des Schülersprechers?
- Wie heißt die Schülersprecherin / der Schülersprecher?
- Wie heißt die Vertrauenslehrerin / der Vertrauenslehrer?

Pausen
- Wo kann man sich in den Pausen aufhalten (drinnen/draußen)?
- Welches Pausenangebot gibt es?
- Wo befindet sich die Mensa?
- Was kann man dort zu essen oder zu trinken kaufen?
- Gibt es eine Schulbibliothek?
- Wo ist sie?
- Wann ist sie geöffnet?

Geschichtliches zur Schule
- Wann wurde die Schule gegründet?
- Was steckt hinter dem Schulnamen?

Eigene Ideen
- Habt ihr weitere Fragen?

MK **5** Erstellt einen Foto-Rundgang.
- Ihr könnt wichtige Bereiche in der Schule fotografieren.
- Lasst die Fotos ausdrucken und beschriftet sie.
- Stellt eure Fotos in der Klasse aus.

Wichtig: Fotografiert keine Personen ohne ihre Erlaubnis.

Gemeinsam geht es los

Regeln für die Klasse

Wie werden wir ein gutes Team?

Respekt* und Freundlichkeit
In der Klasse werdet ihr täglich gemeinsam viel Zeit miteinander verbringen. Deshalb ist es nötig, dass sich jede Schülerin und jeder Schüler wohlfühlen kann.

Jule

Hardy

Emre

Mary

[1] *Sprechblasen mit Wünschen von Kindern an die neue Klasse.*

1 Lest die Aussagen der Schülerinnen und Schüler in verteilten Rollen.

2 Nehmt drei Karteikarten:
- Schreibt auf, was ihr euch von der Klassengemeinschaft wünscht, damit ihr euch wohl fühlt.
- Tragt eure Wünsche vor der Klasse vor und haltet sie gemeinsam auf einem Plakat fest.

* *der* **Respekt:** Anerkennung, Wertschätzung

Gemeinsam Absprachen treffen
Es ist wichtig, dass ihr Regeln für ein gutes Miteinander aufstellt und freundlich miteinander umgeht.

3 Formuliert eure Wünsche für die Klassengemeinschaft zu Regeln um.
Starthilfe: ***Wunsch:*** *Jule wünscht sich, dass sich alle Klassenmitglieder verstehen und akzeptieren.*
Regel: *Wir beleidigen und ärgern niemanden und akzeptieren alle Klassenmitglieder so, wie sie sind.*

Sprachspeicher
ich möchte, ich wünsche mir, ich erwarte, ▪ sich in der Klasse wohlfühlen ▪ gut zusammenarbeiten ▪ sich gegenseitig akzeptieren ▪ ein gutes Miteinander ▪ Zeit miteinander verbringen ▪ Absprachen treffen ▪ Regeln vereinbaren ▪ Regeln schriftlich festhalten

Unsere Klassenregeln

[2] *Klassenregeln.* Plakat.

4 Erarbeitet eure eigenen Klassenregeln.
So könnt ihr vorgehen:

- Zuerst sollte jeder für sich fünf Regeln aufschreiben, die er für wichtig hält.
- Vergleicht eure Ergebnisse mit einem Partner: Welche Regeln stimmen überein?
- Stellt eure Ergebnisse in der Klasse vor.
- Einigt euch auf die Regeln für eure Klasse.

MK **5** Gestaltet ein eigenes Regelplakat.

Wählt einen der folgenden Arbeitsaufträge aus:

- Stellt euch vor, es gäbe keine Klassenregeln. Was würde passieren?
- Notiert eine Regel, die ihr für besonders wichtig haltet. Schreibt dazu eine Begründung.
- Verfasst einen Text darüber, warum Klassenregeln wichtig sind.

Sprachspeicher

Klassenregeln sind wichtig, weil ... ▪ sich vertragen ▪ miteinander auskommen ▪ gemeinsame Regeln finden ▪ den anderen ausreden lassen ▪ gerecht sein ▪ sich zurücknehmen ▪ fair sein ▪ den anderen überzeugen ▪ eigene Ansichten vertreten ▪ dem anderen zuhören ▪ sich an Regeln halten

Mitbestimmung in der Schule

Wer wird unsere Klassensprecherin / unser Klassensprecher?

[1] *Was sind die Aufgaben eines Klassensprechers / einer Klassensprecherin?* Foto.

Der Klassensprecher oder die Klassensprecherin vertritt die Interessen der Schülerinnen und Schüler der Klasse. Dies geschieht z. B. in den Sitzungen der Schülervertretung (SV).
Eine wichtige Aufgabe ist es auch, in der Klasse zwischen den Schülern bei Streitigkeiten zu vermitteln oder bei Unstimmigkeiten und Problemen zwischen Klasse und Lehrern zu vermitteln. Um zu bestimmen, wer die Klasse vertreten soll, wird eine Klassensprecherwahl durchgeführt.

1 Nennt mithilfe des Textes die Aufgaben einer Klassensprecherin / eines Klassensprechers.

Die Wahl erfolgt nach folgenden Grundsätzen:

- Die Wahl ist *frei* (= du entscheidest ganz alleine welchen Kandidaten du wählst)
- *gleich* (= jede Stimme eurer Mitschüler ist gleich entscheidend) und
- *geheim* (= niemand erfährt, für welchen Kandidaten du gestimmt hast.

2 Führt eine Wahl zum Klassensprecher durch.

Checkliste für die Klassensprecherwahl

1. Kandidaten für das Amt des Klassensprechers vorschlagen
2. die Kandidaten fragen, ob sie bereit sind, Klassensprecher zu werden
3. die Namen der Kandidatinnen und Kandidaten an die Tafel schreiben
4. die Stimmzettel ausfüllen (geheime Wahl) und in die Wahlurne werfen
5. die Stimmzettel unter Aufsicht aus der Urne nehmen
6. die einzelnen Namen auf dem Stimmzettel laut vorlesen
7. an der Tafel hinter dem Namen einen Strich machen
8. die Wahl auswerten: wer die meisten Stimmen erhalten hat, wird zur Klassensprecherin / zum Klassensprecher ernannt
9. zum Schluss nach demselben Schema den Stellvertreter / die Stellvertreterin wählen

Sprachspeicher
Ein Klassensprecher ist wichtig für die Klasse, weil ...
▪ einen Ansprechpartner haben ▪ sich verstanden fühlen ▪ vermitteln ▪ die Meinung des anderen respektieren ▪ zuhören können ▪ ein Thema aufgreifen ▪ ein Thema vor anderen präsentieren ▪ demokratisch handeln ▪ alle haben die gleichen Rechte

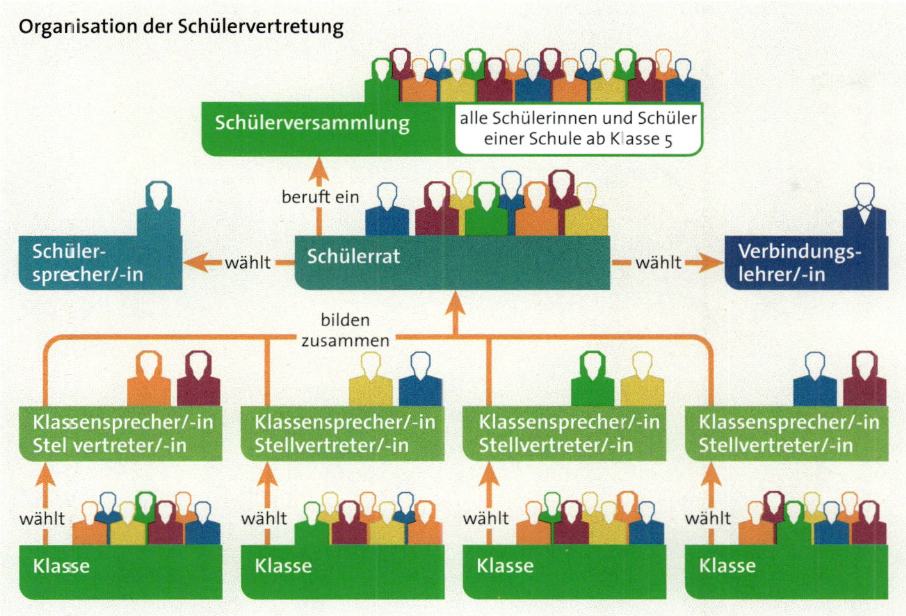

[2] *Aufbau der Schülervertretung in Nordrhein – Westfalen.* Schaubild.

3 Beschreibt das Schaubild [2]. Beginnt unten.
Starthilfe: *Die Schülerinnen und Schüler einer Klasse wählen den Klassensprecher und den Stellvertreter. Die gewählten Klassensprecher aller Klassen bilden …*

Klassensprecher und Schülervertretung (= SV)

Die Klassen haben ihre Klassensprecher gewählt. Die Schülerinnen und Schüler wollen in ihrer SV-Sitzung mit der SV-Lehrerin Frau Bartels über ihre Vorschläge zu der Klassenfahrt im 5. Schuljahr an der Schule sprechen.

Wählt einen der folgenden Arbeitsaufträge aus:

- Sammelt schriftlich Vorschläge: Was kann an eurer Schule verbessert werden?
- Entwerft ein eigenes Wahlplakat für die Klassensprecherwahl.
- Verfasst eine Anleitung: So gelingt der Antrag auf eine Klassenfahrt.

Frau Bartels berichtet:

„Die Schülerinnen und Schüler des Schülerrates kamen auf mich zu, um mit mir ihre Vorschläge für die Klassenfahrt im 5. Schuljahr zu besprechen. Die Klasse soll sich auf dieser Fahrt besser kennenlernen und zu einem Team werden. Sie möchten, dass die Klassenfahrt ein fester Bestandteil an der Schule wird. Dazu muss sie jedoch in der Schulkonferenz genehmigt werden. Der Schülerrat muss zunächst einen Antrag stellen. In dem Antrag muss aufgelistet werden, wohin die Fahrt gehen soll, was dort gemacht wird und wie viel die Klassenfahrt kosten wird. Anschließend stellt der gewählte Schülersprecher oder die gewählte Schülersprecherin den Antrag in der Schulkonferenz vor. Die Schulkonferenz entscheidet dann darüber, ob sie dem Antrag zustimmt."

Was ihr noch tun könnt …

→ Ihr könnt den Schülersprecher oder die Schülersprecherin in die Klasse einladen. Lasst euch erklären, welche Fälle die SV aktuell zu bearbeiten hat.

Sprachspeicher
Der Klassensprecher sollte … • Mir ist wichtig, dass … • eine Meinung vertreten • für andere sprechen • die Mehrheit entscheidet • gemeinsam eine Lösung finden • mit anderen ins Gespräch kommen • ein Thema ansprechen

APP

Konflikte in der Schule

Welche Konflikte treten in der Schule häufig auf?*

a) Auslachen, Beleidigung

- „Dauernd lacht sie mich aus!“
- „Er ist einfach zu blöd. Ich lache mich kaputt!“

b) Sitzordnung

- „Ich will hier nicht sitzen!“
- „Und wieso nicht? Ich verstehe das nicht …“

c) Protest, „Null-Bock-Stimmung“

- „Das nervt! Das interessiert mich überhaupt nicht!“
- „Du musst schon mitarbeiten …“

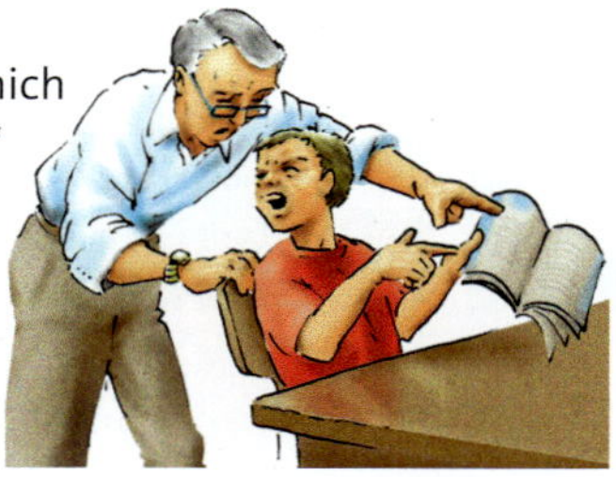

d) Protest, Unterrichtsstörung

- „Ach, das interessiert uns alles gar nicht … es macht viel mehr Spaß, die anderen zu ärgern!“

1 Schaut euch die dargestellten Konflikte in a) bis d) an. Findet heraus:
- Worum geht es in dem Konflikt?
- Welche Personen sind beteiligt?

2 Formuliert Lösungsvorschläge für die Konflikte.

Streitschlichtung

Innerhalb der Schulgemeinde sollen alle friedlich zusammenleben. Kommt es dennoch in der Klasse oder in den Pausen zu einem Streit, sollten alle dazu beitragen, den Streit zu schlichten. Hier kann
- der Klassenrat,
- der Klassenlehrer / die Klassenlehrerin
- der Schulsozialarbeiter / die Schulsozialarbeiterin helfen.

An manchen Schulen gibt es auch Streitschlichter. Zu Streitschlichtern lassen sich Schülerinnen und Schüler ausbilden, damit sie helfen können, Konflikte fair auszutragen.

3 Berichtet, wie ihr in eurer Klasse Konflikte löst.

* *der* **Konflikt:** Streit, Auseinandersetzung

4 Sammelt Ideen zum Schlichten eines Streits.

Aufgaben der Streitschlichter

Ein Streitschlichter muss …
- die Konfliktpartner ernst nehmen.
- gut zuhören können.
- den Streitenden helfen, selbst eine Lösung zu finden.
- darauf achten, dass sich alle an die vereinbarten Regeln halten.

Ein Streitschlichter darf nicht …
- Partei für einen der beiden Streitenden ergreifen.
- über die Inhalte des Gesprächs mit anderen sprechen.

5 Erklärt mit eigenen Worten, was ein Streitschlichter können muss.

Sprachspeicher

Streit vermeiden ▪ ruhig zuhören ▪ selbst Verantwortung übernehmen ▪ jemandem etwas anvertrauen ▪ Vereinbarungen beachten ▪ andere ernst nehmen ▪ unterschiedliche Meinungen gelten lassen

Methode Einen Konflikt lösen

Konfliktlösungen
Mit Freundlichkeit und Respekt könnt ihr vielen Konflikten vorbeugen oder diese lösen. Wer anderen auf diese Weise gegenübertritt, hat gute Chancen, den Konflikt beizulegen.

Lösungsbeispiel: einen Konflikt lösen
Auf einer Seite des Schulhofs gibt es nur ein Fußballtor. Immer wieder gibt es Streit zwischen den Gruppen um den Platz.

1. Schritt Versöhnliches Klima schaffen

- Die Konfliktparteien bleiben freundlich zueinander.
- Sie zeigen den Willen zur Einigung.
- Sie bleiben respektvoll (keine Herabsetzung, kein Spott, keine Drohgebärden).

- Die streitenden Gruppen treffen sich an einem neutralen Ort (z. B. in der Aula).
- Sie beleidigen und beschimpfen sich nicht.

2. Schritt Ursachen des Konflikts klären

- Beide Konfliktparteien erzählen nacheinander ihre Sicht des Streits, und stellen dar, was genau passiert ist.
- Der andere hört zu.
- Die Streitenden wiederholen nacheinander, was sie von dem anderen verstanden haben.

- **Gruppe A:** „Wir hatten diese Woche noch gar keine Möglichkeit, Fußball zu spielen.“
- **Gruppe B:** „Wir konnten nur in der kurzen Frühstückspause Fußball spielen und haben nie die Möglichkeit, in der längeren Mittagspause zu spielen.“
- **Gruppe C:** „Wir waren zuerst auf dem Schulhof und haben uns somit das Fußballtor gesichert.“

3. Schritt Lösungswege

- Die Streitenden finden Kompromisse*.
- Sie entschuldigen sich, wenn nötig.
- Sie finden einen versöhnlichen Abschluss (Hand geben).

- Die Gruppen schauen sich ihre Stundenpläne an und erstellen einen Plan, um festzulegen, welche Gruppe in welcher Pause Fußball spielen darf.
- Sie legen fest, dass jeden Freitag ein Fußballturnier zwischen den Gruppen stattfindet.
- Sie unterschreiben den Plan und geben sich versöhnlich die Hand.

* *der* **Kompromiss:** Übereinkunft, Einigung durch gegenseitige Zugeständnisse

APP

Wahlseite Konflikte in der Familie

1 Informiert euch auf dieser Seite über typische Konflikte in der Familie.

2 Präsentiert eure Ergebnisse in geeigneter Form in der Klasse.

Meinungsverschiedenheiten in der Familie
Oft machen sich Eltern Sorgen, ob alles in Schule und Freizeit gut läuft. Kinder haben aber eigene Vorlieben und Interessen.

Immer dieser Stress!
Anton ist nur noch genervt. Gerade ist seine Mutter wieder ohne anzuklopfen in sein Zimmer gekommen: „Anton, warum hast du dein Zimmer noch nicht aufgeräumt? Hier sieht es absolut chaotisch aus.“ Dabei möchte Anton doch nur in seinem Zimmer alleine entscheiden, wie es darin aussieht. Er entschließt sich, ein wenig hinauszugehen. Auf dem Weg zur Tür sagt Anton: „Tschüss, ich geh jetzt!“ Seine Mutter fragt: „Wohin gehst du?“ Anton antwortet genervt: „Zu Freunden, wir wollen Fußball spielen.“ „Zu welchen Freunden?“, will die Mutter wissen. Anton antwortet ihr aufgebracht: „Kennst du eh nicht!“ „Zum Abendessen bist du aber wieder da“, trägt ihm die Mutter auf. Wütend erwidert Anton: „ Jaaa, wenn`s sein muss. Kann ich jetzt endlich gehen?“

[1] *Verfassertext*

Sätze, die du von deinen Eltern sicherlich schon gehört hast:
- So gehst du mir nicht vor die Tür!
- Du könntest ruhig mal was mithelfen!
- Solange du nicht mit den Schularbeiten fertig bist, gehst du nirgendwo hin!
- Telefonierst du immer noch?
- Solange du die Füße unter meinen Tisch streckst, tust du, was ICH sage!
- Um 7 Uhr musst du wieder zu Hause sein!

[2] *Verfassertext*

[3] *Streit zwischen Mutter und Sohn.* Foto

Situationen für ein Rollenspiel

Lea sitzt im Wohnzimmer und chattet mit ihrer Freundin. Sie guckt ganz gefesselt ihr Handy an. Leas Mutter ruft aus der Küche: „Lea, die Spülmaschine ist noch nicht ausgeräumt. Das ist diese Woche deine Aufgabe, hast du schon vergessen?“ (...)

Tim sitzt in seinem Zimmer und hört ganz laut Musik (ohne Kopfhörer). Tims Vater kommt nach Hause. Er ist müde und will seine Ruhe haben. „Tim, machst du mal die Musik leiser, das nervt total!“ (...)

Arzu möchte abends noch eine Freundin besuchen gehen. Ihre Mutter meint: „So spät gehst du nicht mehr vor die Tür!“ (...)

[4] *Verfassertext*

Tipps für die Präsentation
- Tragt in der Klasse zusammen: Was sind die häufigsten Anlässe für Streitigkeiten in Familien?
- Stellt die Situationen aus [1] und [3] als Rollenspiel vor. Ihr könnt die Sätze aus [2] dazu verwenden.

⊠ Wahlseite Konflikte auf dem Schulweg

1 Informiert euch auf dieser Seite über Konflikte auf dem Schulweg und das Projekt der Bus-Paten.

2 Präsentiert eure Ergebnisse in geeigneter Form in der Klasse.

[1] *Kinder beim Einsteigen in den Schulbus.* Foto.

Ein neuer Schulweg

Mit dem Wechsel zur weiterführenden Schule verändert sich für viele Kinder häufig der Schulweg. Konnten sie bisher meistens zu Fuß zur Schule gehen, so müssen sie zu ihrer neuen Schule oft mit dem Bus fahren. Oftmals können jedoch Probleme auf dem Schulweg oder an den Haltestellen unter den Schülerinnen und Schülern auftreten. An der Tagesordnung sind:

- Drängeln beim Einsteigen
- Streit um den Sitzplatz
- Belästigungen und Anmachen
- Vandalismus (blinde Zerstörungswut)
- Schubsereien
- Raufereien an der Haltestelle und im Bus

Es kommt immer wieder zu gefährlichen Situationen und „Beinahe-Unfällen" an den Bushaltestellen und im Bus.

Projekt Bus-Paten

Damit es zu mehr Sicherheit, Ruhe und Disziplin an den Haltestellen und im Bus kommt, entstand das Projekt der Bus-Paten*.

Hierzu lassen sich Schülerinnen und Schüler der höheren Jahrgänge ausbilden. Sie werden darin geschult, wie sie für Ordnung und Sicherheit sorgen können. Ebenso lernen sie, wie sie Konflikte zwischen streitenden Schülerinnen und Schülern lösen können. Sollten sich Schülerinnen und Schüler jedoch falsch verhalten und andere gefährden, notieren sich die Bus-Paten den Namen und die Klasse, um die Klassenlehrerin oder den Klassenlehrer über das Fehlverhalten zu informieren.

* *der* **Pate:** ältere Person, die Verantwortung für Jüngere übernimmt. Sie kümmert sich um sie.

Tipps für die Erarbeitung

- Befragt eure Mitschülerinnen und Mitschüler über ihre eigenen Erfahrungen auf dem Schulweg.

Tipps zur Präsentation

- Stellt die Erfahrungen eurer Mitschülerinnen und Mitschüler auf einem Plakat dar.

☒ Wahlseite Leben mit Inklusion

1 Informiert euch auf dieser Seite über das Thema Inklusion.

2 Präsentiert eure Ergebnisse in geeigneter Form in der Klasse.

[1] *Ein Junge mit Hörgerät im Klassenzimmer.* Foto.

Inklusion – Was ist das eigentlich?

Inklusion heißt wörtlich übersetzt „Zugehörigkeit“, also das Gegenteil von Ausgrenzung. Wenn jeder Mensch – mit oder ohne Behinderung – überall dabei sein kann, in der Schule, am Arbeitsplatz, im Wohnviertel, in der Freizeit, dann ist das gelungene Inklusion.

In Deutschland haben alle Kinder – mit oder ohne Behinderung – das Recht, in einer Regelklasse unterrichtet zu werden. Es muss auch jedem bewusst sein, wie wichtig Inklusion für das gesellschaftliche Miteinander ist. Sie kann nur dann gelingen, wenn möglichst viele Menschen erkennen, dass gelebte Inklusion den Alltag bereichert – weil Unterschiede normal sind.

Gründe für Hilfen beim Lernen

Kinder und Jugendliche brauchen ganz unterschiedlich viel Unterstützung beim Lernen.
Gründe dafür können sein:

- eine Seh- oder Hörbeeinträchtigung
- Schwierigkeiten beim Lernen
- Schwierigkeiten beim Sprechen
- andere körperliche Beeinträchtigungen (z. B. Gehbehinderung)

Julian berichtet von seinen Erfahrungen

„Mir bedeutet es sehr viel, dass ich trotz meiner Hörbehinderung bei uns in der Stadt auf die Gesamtschule gehen kann. Zu Beginn habe ich mich in der Klasse nicht getraut zu sprechen. Durch meine Beeinträchtigung höre ich nicht alle Laute gleich gut und spreche einige Wörter anders aus. Das kann sich für andere Kinder seltsam anhören. Außerdem hatte ich anfangs Schwierigkeiten am Unterricht teilzunehmen, da ich nicht immer alles deutlich verstehe. Doch meine Mitschülerinnen, Mitschüler und Lehrerinnen und Lehrer haben mir meine Ängste genommen. Ich wurde von den anderen Kindern nicht ausgelacht. In meiner Klasse habe ich meine besten Freunde kennengelernt und wir können viel voneinander lernen. Durch das Sprechen mit ihnen wird meine Aussprache verbessert und andersherum haben sie auch schon einige Wörter in Gebärdensprache gelernt.“

Tipp zur Erarbeitung

- Wie findet Inklusion bei euch an der Schule statt?

☒ Wahlseite Wünsche und Bedürfnisse

MK **1** Informiert euch auf dieser Seite über Wünsche und Bedürfnisse von Kindern und Jugendlichen.

MK **2** Präsentiert eure Ergebnisse in geeigneter Form in der Klasse.

[1] *Gestern in der großen Pause.* Illustration.

Marvin und Tim

Marvin hat wieder neue, teure Kleidung an. Er telefoniert mit seinem Smartphone in der Pause und erzählt laut über seine Geburtstagsgeschenke.
Tim bekommt nicht so viele und teure Geschenke wie Marvin. Er hat zwar ein Handy, aber nicht das neueste Modell. Seine Kleidung ist immer sauber und gepflegt, aber keine Markenkleidung. Er bekommt auch nicht so viel Taschengeld. Es reicht mal ab und zu für eine Kinokarte oder für Eis essen mit Freunden. Er geht regelmäßig zu den Filmabenden im Jugendzentrum und auch zum Fußball-Training. Tim hat viele Freunde und ist eigentlich ganz zufrieden, aber manchmal wünscht er sich ...

Nina und Alina

Nina geht auch in Marvins Klasse. Sie hat in der Musik-AG Alina kennengelernt. Alina lebt in einer betreuten Wohngruppe. Nina und Alina sind gute Freundinnen. Beide lieben Musik und gucken sich gerne Videos an. Nina durfte Alina schon mal in der Wohngruppe besuchen und am Wochenende darf manchmal auch Alina zu Nina nach Hause. Letztes Wochenende war Marvins Geburtstagsparty. Nina und Alina wurden nicht eingeladen. Alina wünscht sich ...

Unsere Bedürfnisse

Menschen jeden Alters haben bestimmte Grundbedürfnisse und wünschen sich darüber hinaus ein Leben in Sicherheit, Gerechtigkeit und in sozialer Gemeinschaft. Der amerikanische Psychologe Abraham Maslow hat die menschlichen Bedürfnisse so verdeutlicht:

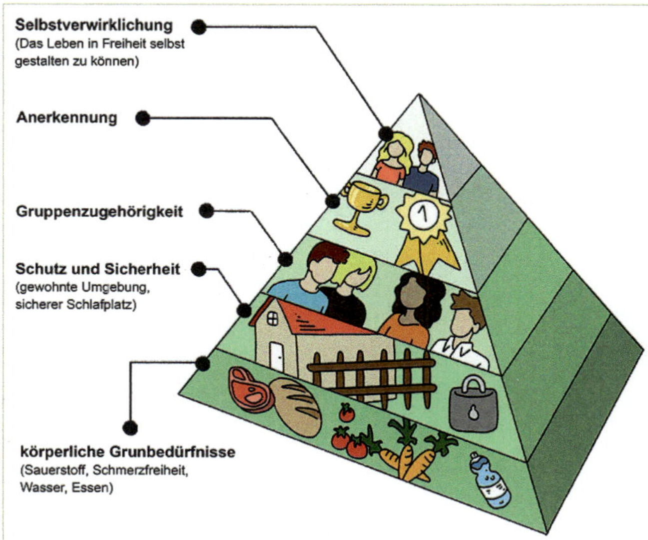

[2] *Bedürfnis-Pyramide.* Grafik.

Tipps zur Präsentation
- Entwerft Sprechblasen zu dem Bild [1].
  Was könnten die anderen Schülerinnen und Schüler aus Marvins Klasse gesagt oder gedacht haben?
- Sprecht über eure Bedürfnisse und Wünsche in der Klasse.

Tipps zur Erarbeitung
- Beendet die letzten Sätze in den Texten: Was könnten sich Tim und Nina wünschen?
- Formuliert zu jedem Bedürfnis in der Grafik [2] einen konkreten Wunsch.

Familien im Wandel

Was bedeutet Familie für mich?

[1] *Unterschiedliche Familientypen.* Grafik.

1 Beschreibt die Grafik [1].

Unterschiedliche Familientypen heute

- *die* **Mehr-Generationen-Familie**, wo Großeltern, Eltern und Kinder in einer Familie zusammenleben.
- *die* **Eltern-Kind-Familie** (Kleinfamilie), in der Eltern und Kinder in einem Haushalt leben.
- *die* **Patchwork-Familie** (von engl. *Patchwork* = aus Stücken zusammengesetzt), in der beide Elternteile ein Kind aus einer früheren Beziehung mitgebracht haben. Hinzu können dann noch gemeinsame Kinder kommen.
- **Alleinerziehende:** Väter oder Mütter, die ihre Kinder ohne Partnerin/Partner erziehen. Ehemalige Partnerinnen/Partner können ein Besuchsrecht für die Kinder haben.
- **Gleichgeschlechtliche Paare:** eine Familie aus homosexuellen Partnern (zwei Frauen oder zwei Männer), oft mit adoptierten Kindern.

[2] *Verfassertext*

2 Ordnet die beschriebenen Familientypen in [2] den Bildern in der Grafik [1] zu.

Veränderte Rollen in der Familie

In den letzten Jahren hat sich das Bild der Familie verändert. Der Vater ist nicht mehr der alleinige Ernährer, der für den Lebensunterhalt der Familie sorgt. Und die Mutter ist nicht mehr nur für den Haushalt und die Kindererziehung zuständig. Viele Frauen gründen heute eine Familie und üben weiterhin ihren Beruf aus. Väter können mittlerweile ebenfalls Elternzeit nehmen und sich so bei der Erziehung stärker einbringen. Auch für die Kinder hat sich einiges geändert. Ihre Meinung ist von Interesse. Allerdings müssen sie sich auch an den Aufgaben, die z.B. im Haushalt anfallen, beteiligen.

3 Beschreibt, wie sich die Rollen in der Familie verändert haben.

4 Erstellt eine Tabelle mit den Aufgaben im Haushalt und wer diese Aufgaben übernimmt:

Aufgabe	Mutter	Vater	Ich	Geschwister
Wäsche waschen	X	X		
einkaufen				
Tisch decken				
...				

Sprachspeicher

eine Familie gründen • den Haushalt führen • mit jemandem in einem Haushalt leben • berufstätig sein • einen Beruf ausüben • Geld verdienen • eine Familie ernähren • Aufgaben im Haushalt übernehmen • für den Lebensunterhalt sorgen

Verschiedene Lebensformen im Alltag

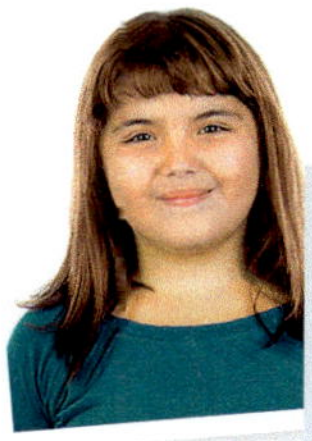

„Ich werde von meiner Mutter alleine erzogen. Es ist so auf jeden Fall besser als mit Eltern zu leben, die sich nicht mehr lieben und ständig streiten."

„Ich lebe mit meinen Eltern und meinem jüngeren Bruder zusammen. Am Wochenende unternehmen wir alle häufig etwas. Manchmal streiten mein Bruder und ich uns, aber wir vertragen uns auch genauso schnell wieder. Ich liebe meinen Bruder und meine Familie."

„Mein Vater hat nach der Scheidung wieder geheiratet. Zusammen mit seiner neuen Frau haben sie noch meine Stiefschwester bekommen. Mein Bruder und ich leben bei unserer Mutter. Unseren Vater sehen wie alle zwei Wochen an den Wochenenden. Es ist schade, dass wir nicht mehr alle unter einem Dach leben, aber dafür hat sich unsere Familie mit Menschen, die ich liebe, vergrößert."

„Mein Vater ist Landwirt und meine Mutter betreibt zusammen mit meiner Tante unseren Hofladen. Zusammen lebe ich mit meinen Eltern, meinen Großeltern und meinen drei Geschwistern auf unserem Bauernhof. Diesen hat mein Vater von seinem Vater übernommen. Bei uns ist immer etwas los, doch manchmal wünsche ich mir ein bisschen mehr Privatsphäre."

„Ich liebe meine Väter und bin glücklich darüber, dass sie mich vor Kurzem adoptieren durften. Zuvor lebte ich seit meiner Geburt als Pflegekind bei ihnen. Ich habe ein wundervolles Zuhause und fühle mich in meiner Familie geborgen. Leider bin ich schon von anderen Kindern wegen meiner zwei Väter beleidigt worden."

5 Beurteilt die unterschiedlichen Lebensformen. Erstellt dazu eine Tabelle, in der ihr die Chancen (angenehme Seiten) und Probleme (unangenehme Seiten), die die Kinder in ihren unterschiedlichen Familien haben, zuordnet.

6 Arbeitet weitere Chancen und Probleme heraus und fügt sie in die Tabelle ein.

Wählt einen der folgenden Arbeitsaufträge aus:

- Tauscht euch mit einem Mitschüler / einer Mitschülerin über eure Familie aus.
- Informiert euch über Familien in aller Welt.
- Stellt euch vor, ihr seid auf einer einsamen Insel. Wen aus eurer Familie würdet ihr mitnehmen? Begründet.

Sprachspeicher

5:

Chance	Problem
Alle leben zusammen unter einem Dach.	Manchmal fehlt die Rückzugsmöglichkeit.
...	...

Das soziale Netz

Was erwarten die anderen von mir?

In meinem Freundeskreis wird es nie langweilig, da wir alle unterschiedlich sind. Wir können uns immer die Wahrheit sagen. Nach einem Streit sprechen wir uns aus und vertragen uns wieder. Das schätze ich sehr.

Meine Freundinnen und ich lieben die Mode. Wir probieren die neuesten Modetrends aus, und meine Freundinnen dürfen sich auch schon schminken. Leider findet meine Mutter, dass ich fürs Schminken noch zu jung bin.

Meine Freundinnen habe ich in unserem Fußballverein kennengelernt. Wir lieben diesen Sport.

Ich spiele für mein Leben gerne PC-Spiele. Mit meinen Freunden treffe ich mich nachmittags häufig online und wir zocken zusammen.

[1] *Was Freundschaft für mich bedeutet.* Illustration.

In einer Clique ist vieles einfacher als es mit Lehrern und Eltern ist. Hier kann ich offen reden und auch mal Frust ablassen. Dann sagt einer: „Krieg dich wieder ein, bei mir ist das nicht anders!"

Unser Treffpunkt ist der Stadtpark. Hier hören wir Musik oder schauen auf unseren Smartphones kurze Filme.

Meiner besten Freundin kann ich alles anvertrauen und wir teilen die selben Interessen. Wir lieben Mode und Volleyballspielen. Am Wochenende gehen wir gerne zusammen in die Stadt zum Shoppen. Mittwochs haben wir Training.

Mein Freundeskreis

Keiner lebt für sich alleine. Wir sind alle in irgendeiner Form in die Gesellschaft eingebunden. Nicht nur unsere Familie prägt unser Umfeld, sondern auch unsere Freunde und Bekannten. Gruppen von Kindern und Jugendlichen im gleichen Alter und mit gemeinsamen Interessen nennen wir auch Peer-Groups oder Cliquen. Diese Gruppen spielen für die Kinder und Jugendlichen in ihrer Entwicklung eine wichtige Rolle.

1 Lest euch die Äußerungen der Kinder in den Sprechblasen durch.

2 Erläutert, was Freundschaft für euch bedeutet. Erstellt dazu wie in der Grafik [1] Sprechblasentexte.

Tipp: Geht auf eure Hobbys ein – auf Eigenschaften, die euch an euren Freunden wichtig sind – warum euch eure Clique wichtig ist.

Starthilfe: *Mir ist an Freunden wichtig, dass wir gemeinsame Interessen haben und ... Ich unternehme gerne ...*

Sprachspeicher

sich mit jemandem gut verstehen • die gleichen Interessen haben • gemeinsam etwas unternehmen • Spaß haben • jemandem zuhören • jemanden trösten • sich streiten können • jemandem vertrauen können • tolerant sein • Verständnis haben • ehrlich zueinander sein

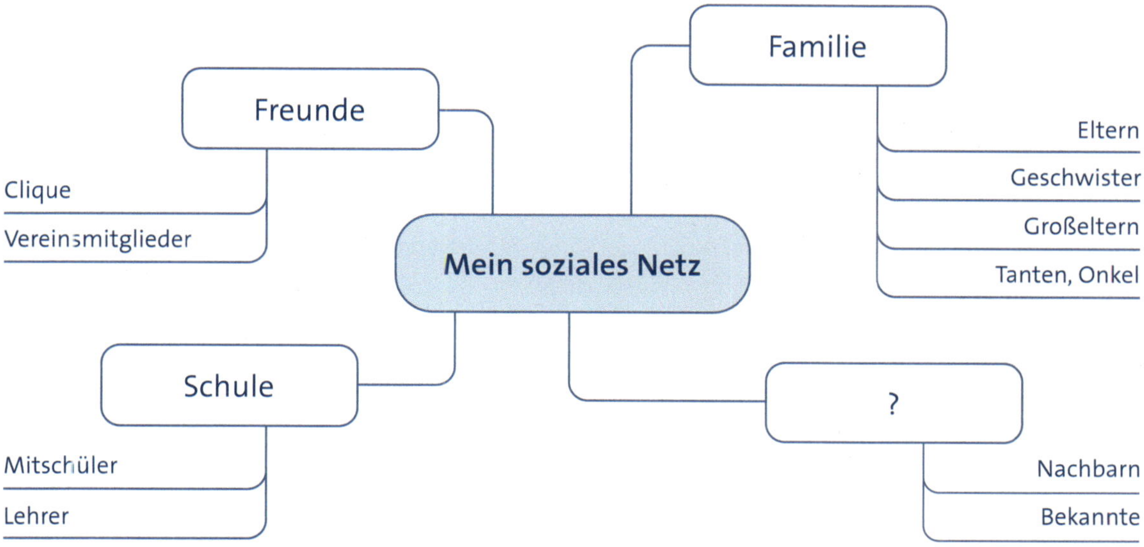

[2] *Das soziale Netz eines jungen Menschen.* Grafik.

Mein soziales Netz
Der erste und wichtigste Bezugspunkt ist die Familie. Dieser gehört man direkt nach seiner Geburt an. Jedoch sind auch Freunde aus der Clique, die Mitschüler, Freunde aus Vereinen, Bekannte oder Nachbarn wichtige Bezugspunkte für Menschen.

MK **3** Wertet die Grafik [2] aus.
Starthilfe: *Die Grafik zeigt, dass ein Mensch Kontakte zu verschiedenen Gruppen hat. Dies sind …*

4 Erstellt eine eigene Zeichnung zu eurem „sozialen Netz“ und ergänzt diese.
Starthilfe:
- *Übertragt das „soziale Netz“ [2] ohne Inhalt in euer Heft.*
- *Schreibt euren Namen in die Mitte und überlegt, mit welchen verschiedenen Gruppen ihr in Beziehung steht.*
- *Nennt die Personen beim Namen.*

Geschlechterrollen
Unsere Eltern, das soziale Umfeld und auch die Medien weisen Jungen und Mädchen typische Geschlechterrollen zu. Die Hobbys der Kinder in der Abbildung [1] sind, bis auf eine Ausnahme, sehr typisch für das jeweilige Geschlecht und erfüllen das Klischee*. Doch Hobbys können je nach persönlichen Stärken und Interessen ausgesucht werden.

Wie entstehen Freundschaften?
Oft haben Kinder und Jugendliche ihre Freundschaften über die Schule gebildet. Im Verein liegt die Chance, über die Schule hinaus Freundschaften zu knüpfen. Dort entstehen sie über das Interesse am gemeinsamen Hobby. Auch an weiteren Orten, z.B. in der Nachbarschaft, können Freundinnen und Freunde gefunden werden.

5 Beurteilt, welche Chancen in der Unterschiedlichkeit jedes Einzelnen liegen.

* *das* **Klischee:** eine vorgefertigte Meinung oder veraltete Vorstellung

Wählt einen der folgenden Arbeitsaufträge aus:

- Entwerft eine Postkarte für eure beste Freundin/euren besten Freund.
- Schreibt ein Gedicht oder einen Liedtext zum Thema Freundschaft.
- Nehmt Stellung zu dieser Aussage: „Peer-Groups beeinflussen Kinder und Jugendliche mehr als ihre eigene Familie.“

Sprachspeicher
beziehen · Bezug · Bezugspunkt · Freundschaften knüpfen · einem Hobby nachgehen

Mitmachen statt Zusehen

Wie und wo kann ich mich außerhalb der Schule einsetzen?

Das Kinder- und Jugendparlament Recklinghausen ruft zu mehr Toleranz auf

Die Jugendlichen wollen eine Menschenkette bilden und eine Kerze als Symbol des Friedens herumreichen.

KIDS. Greenpeace

Aktion »sei dabei«:
So feierst du umweltfreundlich Karneval

Verkleiden, schminken,
Spaß haben – ohne Plastik und Müll

Für einen Tag Feuerwehrmann sein

—

Die Jugendfeuerwehr Arnsberg lädt zum diesjährigen Sommerfest mit vielen tollen Mitmachaktionen für Kinder und Jugendliche ein.

1 Lest die Zeitungstexte und notiert, in welchen Bereichen sich die Jugendlichen einsetzen.

Aktive Mitgestaltung

Nicht nur in der Schule, sondern auch in zahlreichen Jugendorganisationen habt ihr Möglichkeiten, euch einzusetzen. Ob bei den Pfadfindern, beim Technischen Hilfswerk, in Sportvereinen, bei der freiwilligen Feuerwehr, bei der DLRG oder im Kinder- und Jugendparlament eurer Stadt. Ihr könnt in den Jugendgruppen dieser Verbände eine aktive und abwechslungsreiche Freizeit gestalten. Darüber hinaus habt ihr in solchen Jugendgruppen die Möglichkeit, mitzureden, mitzugestalten und mitzubestimmen.

2 Im Text werden schon einige Beteiligungsmöglichkeiten von Kindern und Jugendlichen genannt. Schreibt diese in euer Heft.

3 Nennt drei weitere Gründe, warum Jugendliche sich in Jugendgruppen beteiligen.

Auf dem Frühlingsfest des TUS Herten ist auch ein Reporter der Lokalpresse anwesend.

Reporter: *Shirin, ihr verkauft hier eure selbstgemachten Waffeln. Was möchtet ihr mit den Einnahmen machen?*

Shirin: Wir verkaufen hier Waffeln, da wir den Verein unterstützen möchten. Alle Einnahmen gehen in die Vereinskasse, damit neue Trikots für die Mannschaften angeschafft werden können. So haben wir das Gefühl, auch etwas dazu beitragen zu können.

Reporter: *Das ist eine großartige Idee! Hast du noch andere Gründe dafür, dich so in deinem Fußballverein einzusetzen?*

Shirin: Zunächst wollte ich einfach nur Fußball spielen. Ich bin in den Verein eingetreten, da auch meine Freunde hier sind. Ich habe auch gemerkt, dass ich durch das Vereinsleben selbstbewusster geworden bin. Außerdem macht es sehr viel Spaß, mich an Projekten wie dem Frühlingsfest zu beteiligen.

Reporter: *Danke für das Interview und ich wünsche euch viel Erfolg!*

Sprachspeicher

Jugendliche beteiligen sich in Jugendgruppen, weil … ▪ sich für eine Sache einsetzen ▪ sich einbringen ▪ aktiv werden ▪ gemeinsam etwas verändern ▪ etwas gestalten ▪ mitmachen ▪ einen Beitrag leisten

Interviews mit Kindern und Jugendlichen über ihre Arbeit in verschiedenen Jugendgruppen

A

Viktoria (13 Jahre), Mitglied im Kinder- und Jugendparlament:

Wer darf alles bei euch Mitglied werden?

In einem Kinder- und Jugendparlament können alle zwischen 10 und 19 Jahren Mitglied sein.

Welche Aufgaben hat das Kinder- und Jugendparlament?

Unsere Aufgabe ist es, die Interessen aller Kinder und Jugendlichen der Stadt zu vertreten. Außerdem soll durch zahlreiche Projekte versucht werden, die Stadt interessanter, schöner und lebenswerter für Kinder und Jugendliche zu machen.

Könntest du uns ein paar Beispiele für Projekte geben?

Wir führen Umfragen zum Schulklima durch und arbeiten aktiv an der Freizeitgestaltung der Stadt mit. Neulich konnten wir auch bei der Umgestaltung eines Schulhofes mitentscheiden. Außerdem starten wir auch Aktionen für mehr Gerechtigkeit in der Gesellschaft.

B

Lars (12 Jahre) Mitglied bei der Jugendfeuerwehr:

Wie bist du zu der Jugendfeuerwehr gekommen?

Mein großer Bruder und mein Vater sind bei der freiwilligen Feuerwehr. Ich wurde immer zu den Familienveranstaltungen mitgenommen und war froh, als ich mit zehn Jahren in die Jugendfeuerwehr eintreten konnte.

Wie sieht die Ausbildung in der Jugendfeuerwehr aus?

In der Jugendfeuerwehr lernen wir, wie ein Feuer entsteht und wie es gelöscht wird. Wir lernen den Umgang mit dem Feuerlöscher, das Aufrollen der Schläuche und können auch die Fahrzeuge und den Umgang mit deren Ausstattung kennenlernen. Zur Ausbildung gehört auch, wie man bei einem Brand Erste Hilfe leistet.

Was macht ihr sonst noch?

Es geht in der Jugendfeuerwehr auch um eine aktive Freizeitgestaltung wie die Teilnahme am Sommerlager. Hier können wir Sport machen, basteln und gemeinsam kochen. Das macht echt Spaß! Das Treffen mit anderen Gruppen aus der Jugendfeuerwehr finde ich auch toll. Der Teamgeist wird gestärkt.

C

Emma (14 Jahre), Mitglied eines Greenteams:

Emma, was genau ist ein Greenteam?

Ein Greenteam ist eine Abteilung der Umweltorganisation Greenpeace. Sie ist offen für Kinder und Jugendliche von 9 bis 14 Jahren.

Wie macht ihr euch für den Schutz der Umwelt stark?

Wir organisieren verschiedene Projekte wie Reinigungsaktionen an Stränden oder machen regelmäßig auf bedrohte Tierarten aufmerksam.

Was ist das Besondere an den Greenteams?

Wir klären nicht nur über Umweltprobleme auf, sondern haben auch Lösungen. Für unsere Forderungen sammeln wir Unterschriften, um uns damit an verantwortliche Politikerinnen und Politiker wenden zu können.

4 Lest die Interviews. Erklärt, wie und warum die Jugendlichen sich engagieren.

5 Nehmt Stellung dazu, welcher Verein für euch der richtige wäre. Begründet eure Wahl.

Wählt einen der folgenden Arbeitsaufträge aus:

- Erstellt eine Liste mit allen Beteiligungsmöglichkeiten von Kindern und Jugendlichen.
- Berichtet über eigene Erfahrungen in Jugendgruppen.
- Erstellt eine Pro-Kontra-Tabelle. Möchtet ihr Mitglied in einer Jugendgruppe werden?

Sprachspeicher

Ich kann mir vorstellen, in eine Jugendgruppe einzutreten, weil …

in der Freizeit etwas Sinnvolles machen • Verantwortung übernehmen • etwas Neues lernen • im Team arbeiten • etwas für die Gemeinschaft tun • sich genau informieren • gemeinsam Spaß haben

Eine Skaterbahn im Wohngebiet?

Wie können die Bürger Einfluss nehmen?

Es gibt hier nur langweilige Spielplätze für Kleinkinder, wir wollen auch Spaß haben! Die Basketballkörbe am Sportplatz wurden auch schon abmontiert, weil es für die Anwohner zu laut war, wenn wir am Wochenende dort gespielt haben. Wo sollen wir jetzt hingehen?

Eine neue Skaterbahn wäre schon toll! Da könnten wir uns nachmittags treffen, Skateboardfahren oder einfach mal chillen ... Mal sehen, was die anderen dazu sagen!

Eine Skaterbahn im Wohngebiet?

In der Gemeinde herrscht schon seit Wochen Unruhe, seitdem eine Gruppe von Kindern mit der Unterstützung des Kinder- und Jugendparlaments eine Initiative gestartet hat.

Sie sammeln Unterschriften und wollen erreichen, dass ihr Anliegen ernst genommen wird. Erika B. (Rentnerin) ist aber ganz anderer Meinung: „Wozu eine Skaterbahn? Es ist am Wochenende schon laut genug hier. Wenn sie noch anfangen, sich hier zu treffen, dann wird es noch schlimmer. Und der ganze Müll hier und die kaputten Bänke im Park. ... Nein, das wollen wir wirklich nicht!“

Die Anwohnerinnen und Anwohner im Wohngebiet sind geteilter Meinung. Familien mit Kleinkindern denken, dass die neue Skateranlage für ihre Kinder gefährlich sein könnte. Eltern von Kindern befürworten das Vorhaben: „Endlich würden unsere Kinder mehr Zeit draußen an der frischen Luft verbringen und sich bewegen. Sonst hocken sie nur zu Hause und spielen am Computer!“

Ein weiterer Streitpunkt ist die Benutzungszeit. Viele Anwohnerinnen und Anwohner wollen am Wochenende und abends ihre Ruhe haben, gerade dann könnten sich aber die meisten Kinder an der Skaterbahn treffen ...

1 Fasst die Argumente für und gegen die Skaterbahn in einer Tabelle zusammen.

2 Erstellt Regeln für die Nutzung der Skateranlage.

3 Begründet, warum Regeln für die Nutzung wichtig sind.

Wie können die Bürgerinnen und Bürger mitreden?

Es gibt viele Möglichkeiten, sich an öffentlichen Angelegenheiten (im Beispiel: die Jugendlichen FÜR und die Anwohner GEGEN die Skateranlage) zu beteiligen:

- die Gründung einer *Bürgerinitiative*
- *Unterschriften sammeln*
- *Demonstrieren*
- *Leserbriefe* für die Lokalzeitung *verfassen*
- in der nächsten *Bürgerversammlung* das Thema ansprechen
- die *Bürgersprechstunde* des Bürgermeisters nutzen und das Thema erörtern
- die Bürgerinitiative versucht, einen *Bürgerentscheid* herbeizuführen.

Sprachspeicher

an erster Stelle wäre zu nennen ... • ein weiteres Argument ... • einerseits – andererseits • zu guter Letzt

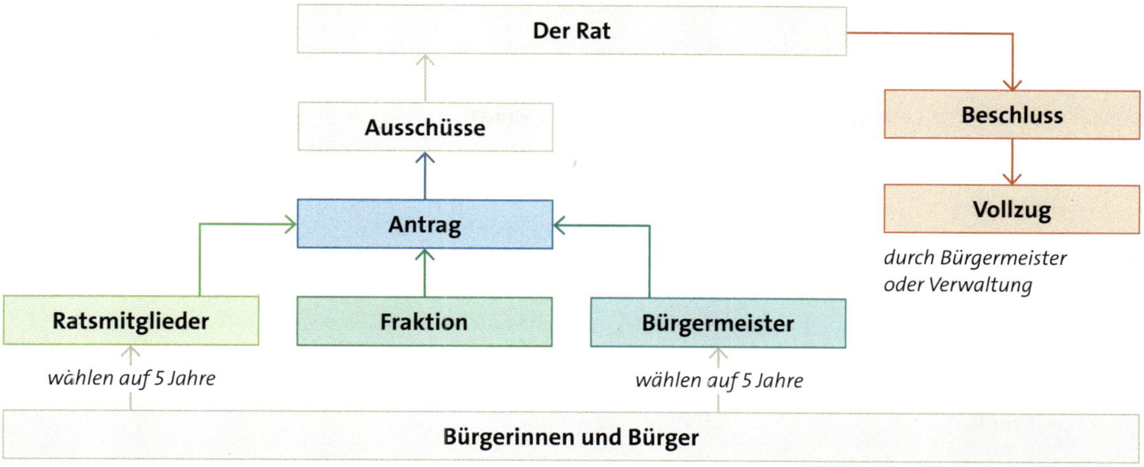

[1] *Wie ein Beschluss in einer Gemeinde entsteht.* Schaubild.

Wie entsteht ein Beschluss?

Die Bürgerinnen und Bürger einer Stadt wählen für 5 Jahre den Bürgermeister und die Ratsmitglieder. Die Ratsmitglieder, eine Fraktion oder der Bürgermeister stellen einen Antrag, in unserem Fallbeispiel für den Bau einer Skaterbahn. Sie legen den Antrag einem oder mehreren Ausschüssen (z.B. Sportausschuss, Bauausschuss) vor, wo über den Antrag diskutiert wird. Der Gemeinderat beschließt über den Antrag. Für die Ausführung des Beschlusses sind Bürgermeister und Verwaltung verantwortlich.

4 Erklärt mithilfe von Schaubild [1] und des Textes, wie ein Beschluss entsteht.

Aufgaben von Städten und Gemeinden

Es gibt Pflichtaufgaben, die erfüllt werden müssen.
Beispiele:

- die Versorgung mit Strom, Gas, Wasser;
- die Entsorgung von Müll;
- die öffentliche Sicherheit und Ordnung

Daneben gibt es freiwillige Aufgaben, deren Erfüllung wünschenswert, aber nicht unbedingt notwendig ist.
Beispiele:

- Bau und Unterhaltung eines Hallenbades
- Betrieb von Museen, Theatern, Sportplätzen

5 Erklärt den Unterschied zwischen Pflicht- und freiwilligen Aufgaben.

6 Findet noch weitere Beispiele für die Aufgabenbereiche.

7 Überlegt, welche Pflichtaufgaben und welche freiwilligen Aufgaben für euch am wichtigsten sind. Begründet eure Wahl.

Kreise, Kreistag, Landrat

Ein Landkreis ist ein Gemeindeverband, in dem mehrere Städte und Gemeinden sowie das Umland zusammengefasst werden. In Nordrhein-Westfalen lautet die Bezeichnung dafür „Kreis". Zu den 31 Kreisen gehören zum Beispiel der Rhein-Sieg-Kreis oder der Kreis Borken.
Die Bürgerinnen und Bürger eines Kreises wählen für 5 Jahre einen Kreistag und einen Landrat/eine Landrätin. Im Kreistag werden Anträge diskutiert und abgestimmt. Der Landrat ist der Leiter der Kreisverwaltung.
Der Kreis nimmt für kleinere, weniger leistungsfähige Gemeinden Aufgaben wahr, die diese nicht erfüllen können (z.B. Sozialhilfe, Kraftfahrzeug-Zulassung). Weitere Aufgaben des Kreises sind z.B. das Gesundheitswesen, der Umweltschutz, der Tierschutz oder der Straßenbau. Die Kreise unterhalten Förderschulen, Berufskollegs oder Museen.

8 Stellt fest, ob euer Wohnort zu einem Kreis oder zu einer kreisfreien Stadt gehört.

Sprachspeicher
Bürgerinnen und Bürger wählen ▪ einen Antrag stellen ▪ über einen Antrag diskutieren ▪ der Gemeinderat beschließt ▪ für die Ausführung verantwortlich sein ▪ Pflichtaufgaben ▪ freiwillige Aufgaben ▪ Kreis, Kreistag, Landrat

Das kann ich!

Versucht zunächst, die Aufgaben auf dieser Doppelseite zu lösen, ohne im Kapitel nachzusehen. Wenn ihr Hilfe braucht, könnt ihr bei den Aufgaben auf den in Klammern angegebenen Seiten nachschlagen.

die Wahl	Schülerinnen und Schüler, die als neutrale Personen Konflikte zwischen Schülerinnen und Schülern schlichten
die Schul|konferenz	Wertschätzung, Anerkennung von einer anderen Person; fair miteinander umgehen
der Streit|schlichter	Treffen von Schülerinnen und Schülern, Eltern und Lehrerinnen und Lehrern innerhalb der Schule
die Inklusion	Gemeinsames Miteinander von Menschen mit und ohne Behinderung in Schule, am Arbeitsplatz, in der Freizeit, ...
der Respekt	frei, gleich und geheim

[1] *Begriffe und ihre Bedeutung*

[2] *Familientypen heute*

[3] *Ein Streit auf dem Schulhof*

[4] *So fühlt sich Mobbing an ...*

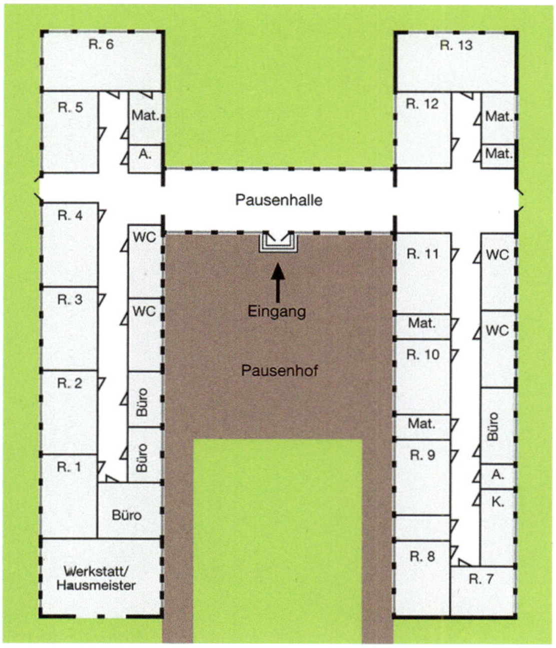

[5] *Grundriss einer Schule*

Sachkompetenz

1 Ordnet die Fachbegriffe in [1] ihrer jeweiligen Bedeutung zu.

2 Nennt die Aufgaben von
a) Klassensprecherin/Klassensprecher
b) Schülersprecherin/Schülersprecher
c) Schulkonferenz (S. 26–27)

3 Ordnet den Bildern aus der Abbildung [2] die richtigen Familientypen zu. Erklärt diese.

4 Zählt Möglichkeiten auf, wo Kinder und Jugendliche sich außerhalb der Schule einsetzen können. (S. 38–39)

Methodenkompetenz

5 Nennt die Schritte bei einer Konfliktlösung. (S. 28–29)

6 In Abbildung [3] streiten sich zwei Schüler. Wie könnte der Konflikt gelöst werden?

Urteilskompetenz

7 Begründet, warum die Mitarbeit von Schülerinnen und Schülern in der Schule wichtig ist.

8 Erklärt, wozu man Regeln für die Klasse und im Schulleben braucht. (S. 24–25)

Handlungskompetenz

9 Erklärt mithilfe der Abbildung [5] den Weg vom Eingang zur Werkstatt des Hausmeisters.

10 Versetzt euch in die Lage des Schülers im Bild [4], der von der Klasse gemobbt wird. Welche Gefühle könnte er haben?
Macht Vorschläge, wie man ihm helfen und solche Fälle vermeiden könnte.

Wir orientieren uns

Ein neuer Schulweg

Einige von euch wohnen vielleicht nicht weit weg von der Schule. Sie kommen zu Fuß und brauchen für den Weg nur wenige Minuten. Andere haben einen längeren Weg und fahren mit dem Fahrrad, dem Bus oder mit der Bahn. Manche von euch werden von den Eltern mit dem Auto zur Schule gebracht.

1 Erzählt, wie ihr morgens zur Schule kommt. Beschreibt euren Weg.

2 Berichtet, worauf ihr besonders achten müsst: Abfahrtszeiten des Busses, gefährliche Stellen im Straßenverkehr, ...

Schauplatz Ein neuer Schulweg

Der neue Weg zur Schule

Klara und einige ihrer Freundinnen und Freunde aus der Grundschule gehen seit Kurzem in die fünfte Klasse der Sekundarschule in Monheim. Auch Kinder aus anderen Grundschulen gehen nun hier zur Schule. Alle Schülerinnen und Schüler haben Wegeskizzen* ihrer Schulwege angefertigt. Es gibt unterschiedliche Wege zur Schule am Berliner Ring.

Jedes Kind wohnt an einer anderen Stelle. So unterscheiden sich die Wegeskizzen voneinander. Klara wohnt in der Braunsberger Straße. Ihr Schulweg ist nicht so weit, und darum geht sie meistens zu Fuß zur Schule. Manchmal fährt sie auch mit dem Fahrrad. Den Weg kennt sie gut. Hier seht ihr Klaras Skizze [1] von ihrem neuen Schulweg.

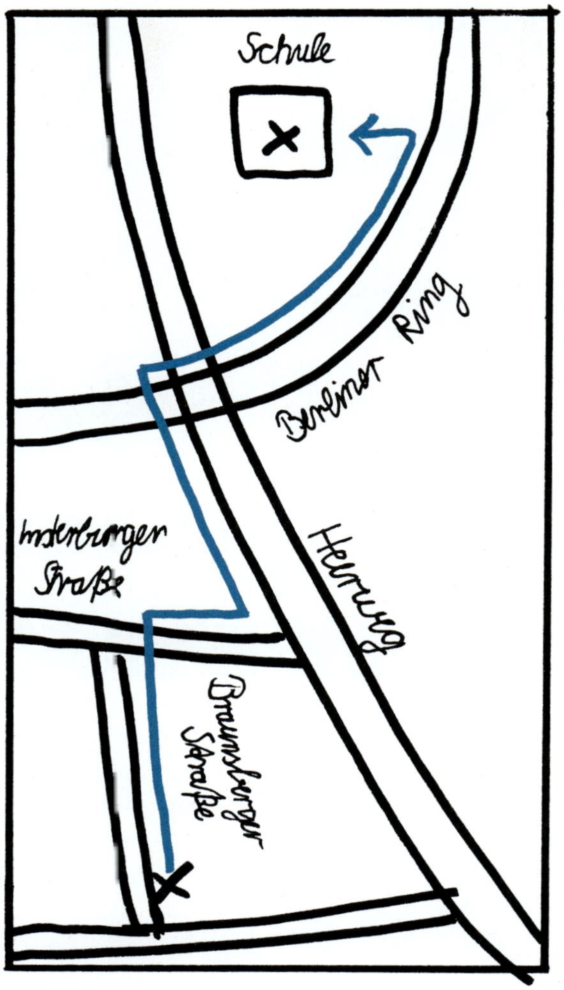

[1] *Klaras Kartenskizze*

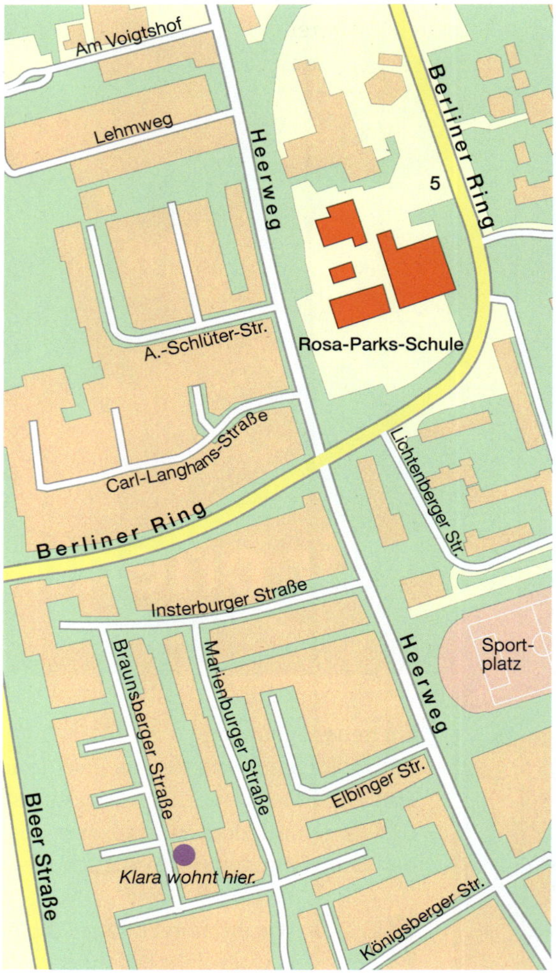

[2] *Stadtplan von Monheim*

1 Vergleicht Klaras Skizze [1] mit dem Stadtplanausschnitt von Monheim [2].
Was stellt ihr fest?

2 Sucht den Berliner Ring und die Rosa-Parks-Schule auf dem Stadtplan.

3 Beschreibt Klaras Schulweg.
Starthilfe: *Klara verlässt das Haus und geht geradeaus die Braunsberger Straße entlang. An der Einmündung biegt sie rechts ab …*

Die „Karte im Kopf"

Alle kennen den Weg von der Wohnung zur Schule. Diesen Weg habt ihr im Kopf.
Hier lernt ihr, wie ihr diese Gedanken zu Papier bringen könnt.

Wegeskizze entwerfen und Entscheidungen treffen

- Zeichnet auf euer Blatt den Anfangspunkt (Wohnung) und das Ziel (Schule) ein.
- Überlegt, welche Teilstrecken lang sind, aber keine Probleme bereiten, z. B. weil es nur geradeaus geht. So eine Teilstrecke kann verkürzt dargestellt werden.
- Stellt fest, an welchen Stellen ihr rechts oder links abbiegen müsst.

Wegeskizze zeichnen

- Zeichnet nun die Wegeskizze.
- Beschriftet die Straßen eures Weges und solche Straßen, die euch helfen, euch zurechtzufinden.
- Straßen, die nicht zu eurem Weg gehören oder ihn berühren, könnt ihr weglassen.

Den Weg markieren

- Zeichnet zusätzlich wichtige Stellen in eure Karte ein: auffällige Bäume, Schilder, Geschäfte, Tankstellen, Bushaltestellen, Kirchen ... Diese Stellen helfen bei der Orientierung.
- Markiert euren Schulweg in der Karte. Benutzt dafür einen Stift in einer anderen Farbe.

Mithilfe eurer „Karte im Kopf" könnt ihr eine Wegeskizze von eurem Schulweg entwerfen:

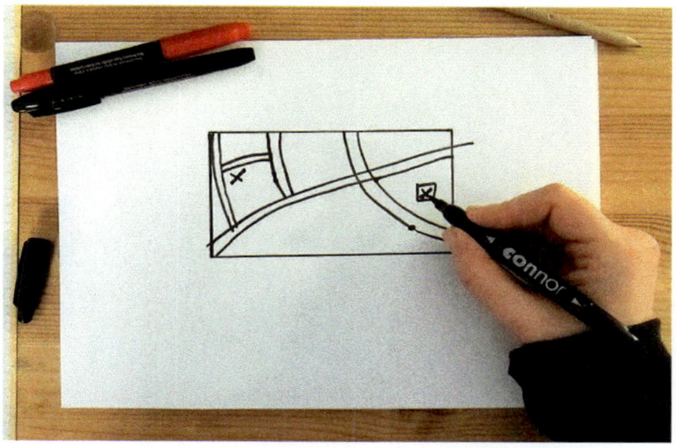

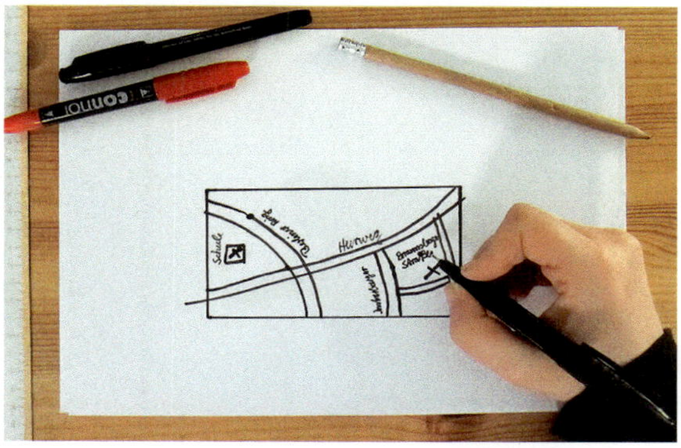

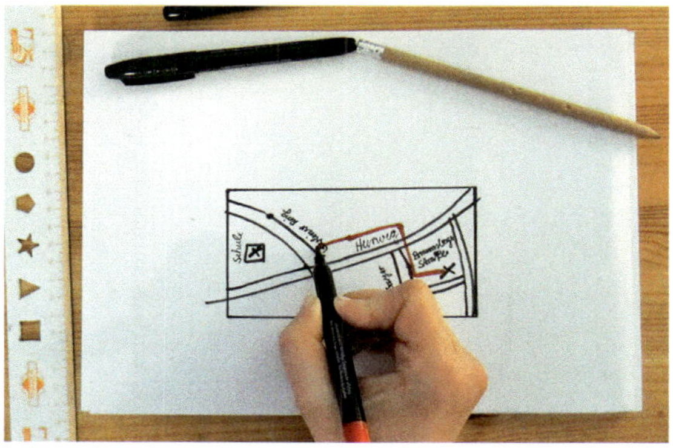

4 Zeichnet eine Wegeskizze eures Schulweges.

* *die* **Wege|skizze:** vereinfachte Zeichnung eines Weges

Wählt einen der folgenden Arbeitsaufträge aus:

- Zeichnet eine weitere Wegeskizze, z. B. „Von zu Hause zum Sportplatz".
- Zeichnet die Umgebung rund um eure Schule als Skizze für die Klasse.
- Verfasst einen Text aus dem Kopf nur mithilfe eurer „Karte im Kopf".

[1] *Nordrhein-Westfalen*. Physische Karte.

1 Beschreibt Karte [1] mithilfe der Legende.
Starthilfe: *Auf der Karte sieht man Nordrhein-Westfalen. Es sind unterschiedliche Farben zu erkennen. ...*

2 Nennt:
- fünf Flüsse
- drei Gebirge
- zwei Städte im Ruhrgebiet
- eine Stadt in der Nähe eines Gebirges
- eine Stadt am Rhein
- den Fluss, an dem Wuppertal liegt

3 Sucht euren Schulort auf der Karte [1] oder zeigt eine Stadt in der Nähe.

Landeshauptstadt	Düsseldorf
Gründung	1946
Einwohnerzahl (Stand 30.6.2019)	etwa 17,9 Millionen
Fläche	34 110 km²
Bevölkerungsdichte	525 Menschen/km²
Regierung	CDU/FDP
größte Stadt	Köln

[2] *Steckbrief Nordrhein-Westfalen (1 km² = 1 km × 1 km)*

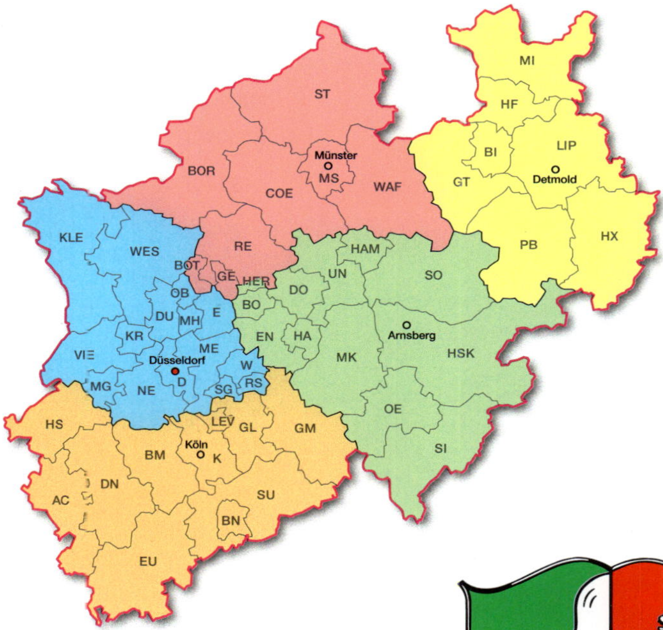

[3] *Die Regierungsbezirke von Nordrhein-Westfalen.* Politische Karte.

4 Stellt mithilfe von Karte [3] fest, in welchem Regierungsbezirk und in welchem Landkreis euer Schulort liegt. Die Autokennzeichen helfen euch dabei.

[4] *Wappen Nordrhein-Westfalen*

Das Landeswappen*

Der Fluss auf grünem Hintergrund steht für den Rhein und für die Region „Rheinland". Auf der Karte [3] entspricht das etwa den Regierungsbezirken Köln und Düsseldorf.
Das weiße springende Pferd ist das Zeichen für die Region „Westfalen". Dazu gehören die Regierungsbezirke Münster, Arnsberg und größtenteils der Regierungsbezirk Detmold.
Die Rose auf dem Wappen in der Mitte unten ist das Zeichen für die eher kleine Region* Lippe/Detmold.

5 Zeichnet das Landeswappen von Nordrhein-Westfalen ab. Schreibt kurze Erklärungen neben die Zeichnung.

* *das* **Wappen:** Zeichen in Form eines Schildes für einen Staat, oder eine Stadt.

die **Region:** Gebiet

Wir orientieren uns

Deutschland – ein Land in Europa

Wer sind unsere Nachbarn?

[1] *Die Länder der Bundesrepublik Deutschland.* Karte.

Die Bundesländer

Die Bundesrepublik Deutschland ist ein Bundesstaat, der aus 16 Ländern besteht. Berlin, Hamburg und Bremen sind Stadtstaaten. Die 13 anderen Länder sind Flächenstaaten. In den Landeshauptstädten der Länder haben die Landesregierungen ihren Sitz. Dort wird über die Angelegenheiten des Bundeslandes entschieden.
Berlin ist zudem die Bundeshauptstadt der Bundesrepublik Deutschland, in der die Bundesregierung und der Bundestag ihren Sitz haben.

1 Fertigt eine Tabelle an, in der ihr den Bundesländern deren Landeshauptstädte zuordnet.

Bundesland	**Hauptstadt**
Schleswig-Holstein	Kiel

Land	**Fläche (in km²)**	**Einwohner (in Mio.)**
Baden-Württemberg	35 751	10,7
Bayern	70 549	12,4
Berlin	891	3,3
Brandenburg	29 477	2,5
Bremen	404	0,6
Hamburg	755	1,7
Hessen	21 114	6,0
Mecklenburg-Vorpommern	23 174	1,7
Niedersachsen	47 618	8,0
Nordrhein-Westfalen	34 089	18,0
Rheinland-Pfalz	19 847	4,0
Saarland	2 568	1,0
Sachsen	18 413	4,2
Sachsen-Anhalt	20 445	2,4
Schleswig-Holstein	15 763	2,8
Thüringen	16 172	2,3
Deutschland	**357 030**	**82,5**

[2] *Die Bundesländer in Zahlen.* Tabelle.

2 Wertet die Tabelle [2] aus. Bildet anschließend Sätze.

3 Arbeitet in Partnerarbeit. Stellt euch gegenseitig Fragen. *Beispiele:*
- Welche Bundesländer grenzen an Nordrhein-Westfalen?
- Welches Bundesland hat die meisten Nachbarn?
- Welche Bundesländer grenzen an die Nordsee?
- Welche Landeshauptstadt liegt südlicher – Mainz oder Kiel?

Sprachspeicher
2: *So könnt ihr beginnen:* Das größte Bundesland hat ... • Die meisten Einwohner leben in ... • Das Saarland ist das ... • Bayern ist das ... • Am wenigsten Einwohner hat ...

Orientierung mit dem Kompass

Wer wissen will, wo Norden, Süden, Osten und Westen sind, nimmt sich am besten einen Kompass. Der Kompass besteht aus einer Kompassnadel und einer Kompassscheibe, auf der die Himmelsrichtungen abgebildet sind.
Die Kompassnadel dreht sich von selbst in die Nord-Süd-Richtung. Sie hat eine rote und eine blaue Seite. Die rote Seite zeigt nach Norden.

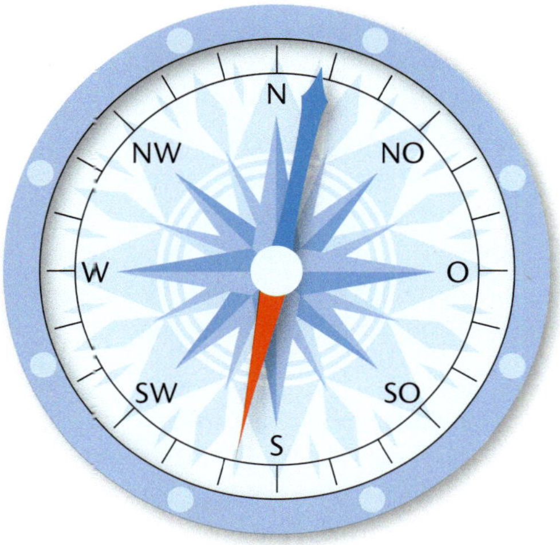

[3] *Ein Kompass.*

4 Erklärt den Aufbau eines Kompasses.

Wie finden wir die Himmelsrichtungen?

Mit diesen Sprüchen kann man sich die Reihenfolge der Himmelsrichtungen einprägen:

„**N**ie **o**hne **S**eife **w**aschen!“

„Im **Osten** geht die Sonne auf,
im **Süden** nimmt sie ihren Lauf,
im **Westen** wird sie untergehen,
im **Norden** ist sie nie zu sehen.“

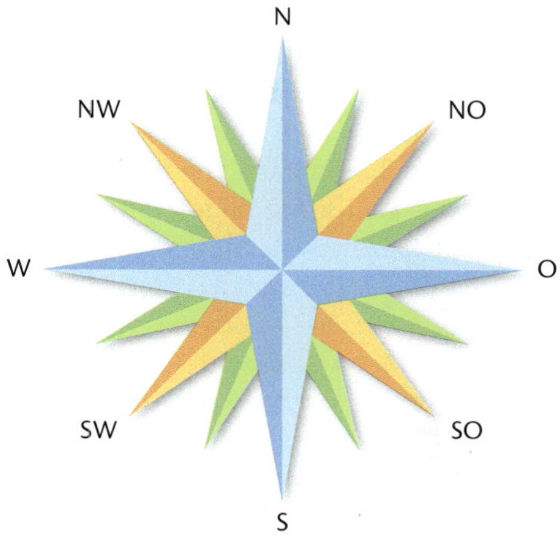

[4] *Die „Windrose“ zeigt die Himmelsrichtungen an.*

5 Tragt zusammen, was ihr bereits über Himmelsrichtungen, Windrose und Kompass wisst.

Deutschland und seine Nachbarn

Deutschland liegt in der Mitte Europas und hat mit neun Nachbarländern gemeinsame Grenzen.

6 Beschreibt die Lage der Nachbarländer Deutschlands auf der Karte [1] mithilfe der Windrose.
Starthilfe: *Dänemark grenzt nördlich an Deutschland. ... liegt südlich von ...*

Wählt einen der folgenden Arbeitsaufträge aus:

- Erstellt eine Liste mit Ländern, die an Nordsee und Ostsee grenzen.
- Erklärt, wie ihr mit einem Kompass Himmelsrichtungen bestimmen könnt.
- Nehmt eine Europakarte aus dem Atlas zu Hilfe und zeichnet eine Skizze mit den vollständigen Umrissen von Deutschland und seinen Nachbarländern. Tragt auch Ländernamen und die Hauptstädte ein.

Sprachspeicher
Im Norden / im Osten / im Süden / im Westen liegt/befindet sich ... ▪ Nördlich/Östlich/Südlich/Westlich von ... liegt ... ▪ ... grenzt an ... ▪ Der nördliche/östliche/südliche/westliche Nachbar von ... ist.

Methode Eine physische Karte lesen

Was ist eine physische Karte?

Es gibt unterschiedliche Karten, die uns verschiedene Informationen liefern.
Alle Karten haben einen Maßstab. In der Legende werden die Flächenfarben, Linien und Signaturen erklärt. Physische Karten bilden die Oberflächenformen von Räumen ab. Das zeigt sich an den Landhöhen (Höhenschichten). Diese Karten enthalten auch Grenzen, das Gewässernetz (Flüsse, Kanäle, Seen, Meere) und Orte zur Orientierung. Die Orte sind nach bestimmten Gruppen (Einwohnerzahl) gegliedert. Die Gebirgsnamen und Höhenangaben von Bergen sind ebenfalls abzulesen. Häufig wird auch das Verkehrsnetz dargestellt.

Die folgenden Schritte helfen euch, eine physische Karte zu lesen:

1. Schritt **Den Inhalt der Karte erkennen**

- Welchen Titel hat die Karte?
- Welches Gebiet ist auf der Karte abgebildet?
- Wo befinden sich die Legende und der Maßstab der Karte?

2. Schritt **Die Legende lesen**

- Welche Zeichen und Farben werden verwendet?
- Welche Bedeutung haben die Farben und Zeichen (Legende)?
- Welche Bedeutung haben die Zahlen?
- Welcher Maßstab wird hier verwendet?

3. Schritt **Den Karteninhalt beschreiben**

- Wie lässt sich die Lage von Landschaften, Orten und Gewässern beschreiben?
- Welche Informationen liefert die Karte über die Einwohnerzahl von Städten?
- In welcher Höhenschicht befinden sich Landschaften, Orte und Berge?

Achtung! Dieser Fehler wird oft gemacht:
Wenn eine Fläche grün gekennzeichnet ist, bedeutet das nicht, dass dort Pflanzen wachsen.
Beispiel: Auf der Karte rechts ist das Gebiet um Hamburg grün gekennzeichnet. Das bedeutet, dass Hamburg auf einer Höhe von 0 bis 50 Metern liegt. Die Karte sagt nichts darüber aus, ob dort Pflanzen wachsen.

Lösungsbeispiele für die Karte [1]:

1. Schritt: Karteninhalt erfassen
- Physische Karte Deutschlands.
- Auf der Karte ist das Gebiet der Bundesrepublik Deutschland dargestellt.
- Ein Teil der Legende der Karte befindet sich links unten, der andere rechts unten neben der Karte. Der Maßstab ist oben links zu sehen.

2. Schritt: die Legende lesen
- Symbole wie rote Vierecke und weiße Kreise informieren über Einwohnerzahlen der Orte.
- Farbtöne zeigen an, in welcher Höhe etwas liegt. Die rote Linie zeigt die Staatsgrenze.
- Zahlen mit kleinem schwarzen Punkt zeigen die Höhe bestimmter Berge an.
- Der Maßstab zeigt an, welche Länge auf der Karte, 100 Kilometern in Wirklichkeit entspricht.

3. Schritt: Den Karteninhalt beschreiben
- Greifswald ist eine Stadt an der Ostseeküste und liegt südlich der Insel Rügen.
- München, Berlin, Hamburg und Köln haben mehr als eine Million Einwohner.
- Die Bayerischen Alpen sind mehr als 2000 Meter hoch über dem Meeresspiegel.
- Die Zugspitze ist 2963 Meter hoch.

1 Löst mithilfe der Methode „Eine physische Karte lesen" folgende Aufgaben zur Karte [1]:
a) Nennt drei Städte, die zwischen 50 000 und 100 000 Einwohner haben.
b) Wie hoch ist der Brocken im Harz?
c) Auf welcher Höhe über dem Meeresspiegel befindet sich in etwa Bremen?
d) Wie hoch ist der höchste Berg im Taunus?
e) Hat Wuppertal mehr oder weniger als 100 000 Einwohner?
f) Nennt drei Städte mit weniger als 50 000 Einwohnern.
g) In welchem Gebirge liegt die Quelle der Ruhr?
h) Welche Stadt hat mehr Einwohner? Dortmund oder Münster?
i) Nennt Nebenflüsse der Donau.
j) An welchen Flüssen liegt Berlin?
k) Welcher Fluss trennt die Gebirge Hunsrück und Eifel?

[1] *Deutschland.* Physische Karte.

Sprachspeicher

Das Thema / Der Titel der Karte ist / lautet ... ▪ Auf der Karte ist ... abgebildet / wird ... dargestellt. ▪ Die Flächenfarben / Die Signaturen zeigen ... ▪ Außerdem wird/werden ... wiedergegeben. ▪ Auf der Karte ist/sind ... zu sehen. ▪ ... stellen die ... dar. ▪ im Norden / im Osten / im Süden / im Westen liegt ... ▪ Zwischen ... und ... befindet sich.

Methode Entfernungen messen

Mit dem Maßstab arbeiten

Auf den meisten Karten findet ihr einen Maßstab. Der Maßstab hilft euch, wenn ihr wissen wollt, wie weit eine Entfernung von einem Ort zum anderen in der Wirklichkeit ist. Manchmal ist das leicht zu erkennen wie auf dem Kartenausschnitt [1]: Die Entfernung von Köln nach Hamm beträgt etwa 100 Kilometer.

Aber oft kann man die Entfernung nicht so leicht erkennen. Die folgenden Schritte helfen euch dabei, Entfernungen auf der Karte richtig zu messen.

[1] *Kartenausschnitt mit Maßstab*

Ihr braucht dazu: eine Karte (auf der ihr Entfernungen messen wollt), Lineal, Schere, Stift, einen verstärkten Papier- oder Pappbogen

1. Schritt **Messstreifen zuschneiden**

- Nehmt den Papier- oder Pappbogen zur Hand und zeichnet mit dem Lineal eine Linie, die etwa 3 cm vom Rand entfernt ist.
- Schneidet den etwa 3 cm breiten Streifen sauber ab.

2. Schritt **Maßstab auf Messstreifen abtragen**

- Legt den Pappstreifen unter den Maßstab der Karte.
- Zeichnet den Maßstab der Karte auf den Streifen.
- Verlängert den Maßstab, bis der gesamte Pappstreifen den Maßstab zeigt.
- Wenn der Maßstab auf der Karte z. B. nur 100 km zeigt, zeigt euer Streifen nun 700 oder 800 km.

3. Schritt **Entfernungen messen**

- Legt euren Streifen an und messt die Entfernung zwischen zwei Punkten auf der Karte.
- Ihr könnt nun die direkte Entfernung, die man auch „Luftlinie“ nennt, ablesen. Die Strecke, die tatsächlich z. B. mit dem Auto zurückgelegt werden muss, ist etwas länger. So z. B. von Köln nach Hamm: Luftlinie = 100 km ⟶ mit dem Auto ca. 120–130 km.

[2] *Europa.* Kartenausschnitt.

1 Wendet die Methode von der linken Seite an: Erstellt einen Messstreifen für Karte [2] und messt die Entfernungen (Luftlinie) von
Berlin – Paris
Erfurt – Wien
Hamburg – Bern
München – Amsterdam
Düsseldorf – Warschau
Kiel – Kopenhagen
Stuttgart – Prag

Sprachliche Formulierungshilfen / Tipps

Eine andere Möglichkeit, Entfernungen auf Karten zu messen, ist die Verwendung eines Lineals. Hier messt ihr mithilfe der Maßstabsleiste die Entfernung auf der Karte.

Die Luftlinie / Die Entfernung zwischen ... und ... beträgt ...
Ich messe eine Entfernung von ... nach ...
Mithilfe des Messstreifens kann ich erkennen, dass ... von ... etwa /rund ... Kilometer entfernt ist.
Als Entfernung ermittle ich ... Kilometer.
Die Entfernung von ... nach ... ist kleiner/größer als die Entfernung von ... nach ...
Die Entfernung von ... nach ... ist etwa/ungefähr/fast genauso groß wie von ... nach ...
... ist von ... fast genauso weit weg wie ... von ...
Die Strecke / Die Luftlinie / Die Entfernung von ... nach ... ist vergleichbar mit der von ... nach ...

Methode Mit dem Atlas arbeiten

Wie findet man etwas im Atlas?

[1] *Ausschnitt einer physischen Karte aus dem Atlas.* Karte.

1 Beschreibt die Karte [1]. Was könnt ihr alles erkennen?

2 Nennt Städte, die sich in dem Planquadrat „E2“ befinden.

3 Zeigt die Planquadrate „F3“, „H2“ und „E1“ auf der Karte. Nennt Städte, die dort zu finden sind.

4 Zeigt die Städte „Algier“, „Marbella“ und „Cordoba“. Nennt die Planquadrate, in denen diese Städte zu finden sind.

Einen Ort im Atlas finden

Wo liegt eigentlich …? – Diese Frage hat sicher jeder von euch schon einmal gestellt. Die Antwort findet ihr in eurem Schulatlas. Um ein Land, eine Stadt, einen Fluss, einen Berg oder eine Insel zu finden, benutzt ihr am besten das Register. Das Register findet ihr hinten im Atlas. Es ist wie ein Wörterbuch alphabetisch geordnet. Auf der rechten Seite lernt ihr, wie ihr im Atlas etwas findet, indem ihr das Register benutzt.

Sprachspeicher

1: Die Karte zeigt einen großen Teil von Spanien und vom Mittelmeer …

Methode Mit dem Atlasregister arbeiten

1. Schritt Im Register nachsehen

Hinten im Atlas ist das **Register**.
Hier findet ihr fast alles, was ihr sucht: Länder, Städte, Flüsse, Berge oder Meere, Seen und Inseln.
Das Register ist alphabetisch geordnet.
Beispiel: Ihr sucht **Mallorca**. Also schaut ihr im Atlasregister wie in einem Wörterbuch nach.

Sprachliche Formulierungshilfen / Tipps

Weil das Register alphabetisch geordnet ist, finde ich ...
Unter dem Buchstaben ... steht ...
Hinter dem Suchwort ... ist ... zu lesen.
Das bedeutet ... / Das heißt ...

2. Schritt Die richtige Seite aufschlagen

Neben **„Mallorca“** findet ihr die Zahl **„74“**.
Sie sagt euch, dass ihr Mallorca auf der Seite **74** findet.

Hinter dem Eintrag ... steht die Seitenzahl ...
Im Register ist die Seitenzahl ... zu finden.
Ich kann erkennen, dass ich ... auf der Seite ... finden kann.

3. Schritt Die richtige Stelle auf der Karte finden

Im Register lest ihr nun neben der „74“ die Angabe **„H3“**. **„H3“** sagt euch, dass ihr Mallorca in dem Planquadrat **„H3“** findet. Auf der abgebildeten Atlaskarte links ist das Planquadrat **„H3“** rot umrandet.
Findet heraus, ob es sich beim Suchbegriff um einen Ort, einen Fluss oder ... handelt.

Die Angabe ... sagt mir, dass ...
Die Kombination aus Buchstabe und Zahl bedeutet, dass ...
Ich kann ... unter ... finden.

5 Sucht im Atlas mithilfe der Schritte 1 bis 3:
London, Nil, Kapstadt, Tokio, Rhein, Donau, Kuba, Tahiti, Galapagos-Inseln, Borkum, Mississippi, Düsseldorf, Helgoland, Münster, Amazonas, Detmold, Duisburg, Berlin
Legt dazu eine Tabelle an:

Begriff	Registereintrag	Was ist das?
London	68/69 DE 3	Stadt
Nil	104 G 5	...
...	...	...

[2] *Arbeiten mit dem Register.* Illustration.

Maceió 122 G 4
Macerata 72/73 E 4
Machatschkala 54/55 ST 7
Machu Picchu 122 C 5
Mackay 112.1 EF 4
Mackenzie 114 F 3
Mackenzie Mountains 114 EF 3
Mackinaw City 116/117 LM 3
Maco 104 E 8
Macon 116/117 M 6
Macquarieinseln 132/133.1 R 8
Macquarieschwelle 130.1 GH 7
Madagaskar 104 H 8/9
Madagaskarbecken 104 HJ 9
Madang 112.1 E 2
Madeira, Fluss 122 D 4
Madeira, Insel 104 B 3
Madenburg 14/15 B 2
Madison 116/117 KL 4
Madiun 97 D 6
Madlem 51.2 A 1
Madras → Chennai
Madrid 74 DE 2
Madüsee 36/37 KL 3
Madura 97 D 6
Madurai 96 C 6
Mädelegabel 51.3 B 2
Mähren 68/69 MN 4
Mähringen 24.4 A 1
Mälarsee 70 E 4
Märkische Schweiz, Naturpark 50.1 F 2
Malbork 68/69 O 2
Malchin 36/37 H 3
Malchow (Mecklenburg) 36/37 H 3
Malchow, Berlin- 48/49.1 B 1
Maldadeta 74 G 1
Malediven 96 B 6
Malegaon 96 BC 3
Malente 50.1 D 1
Mali Losinj 72/73 EF 3
Mali 104 CD 5
Malibu 126.2 A 1
Malik 97 F 5
Malindi 104 H 7
Mallersdorf-Pfaffenberg 38/39 H 4
Mallorca 74 H 3
Malmédy 38/39 B 2
Malmö 70 D 4
Malpelo 122 B 3
Malsburg-Marzell 16/17 A 3
Malsch 14/15 B 3
Malta 72/73 EF 8
Mamaia 72/73 N 3
Mamberamo 112.1 DE 2
Mamoré 122 D 5
Man, Insel 71 D 4
Man, Ort (Côte d'Ivoire) 104 C 6
Manacor 74 H 3
Manado 97 F 4/5
Managua 118/119.3 DE 5
Manakara 109 HJ 9
Manama 94/95.1 G 5
Manantiales 125 D 9
Marie-Byrd-Lan
Marielyst 36/3
Marienbad 38
Marienberg 38
Marienborn 36
Marienburg 68
Mariendorf, Ber B 2
Marienfelde, Be B 2
Maringá 122
Maritza 72/73
Marjupol 54/5
Markbreit 14/
Markdorf 16/1
Markgräfler Lan
Markgröningen
Markkleeberg
Markolsheim
Markowo 86/8
Markranstädt
Markt Bibart 1
Markt Eisenstei
Markt Indersdo
Marktbreit 38
Marktheidenfel
Marktoberdorf
Marktredwitz
Marktsteft 14
Markusinsel 1
Markwald 47.
Marl 36/37
Marmande 68
Marmarameer
Marmaris 72/7

[3] *Auszug aus dem Register des Atlas.*

Methode Mit digitalen Karten arbeiten

Auf der Suche nach der eigenen Schule
Samuel und Luisa besuchen die Gesamtschule Münster-Mitte. Sie wollen ihre Schule auf einer digitalen Karte suchen und herausfinden, was man dort alles erkennen kann.

1. Schritt Internetseite aufrufen

Samuel und Luisa starten ihren Internetbrowser und geben folgende Adresse ein:
https://www.geoportal.nrw
Oben links auf dem Bildschirm sehen sie diesen Ausschnitt (Bild rechts).
Sie klicken den „Geoviewer" 1 an.

2. Schritt Adresse in das Suchfeld eingeben

Der folgende Kartenausschnitt ist oben auf dem Bildschirm zu sehen. Samuel und Luisa geben in das Feld 2 die Adresse ihrer Schule ein:
Jüdefelderstraße 10, 48143 Münster

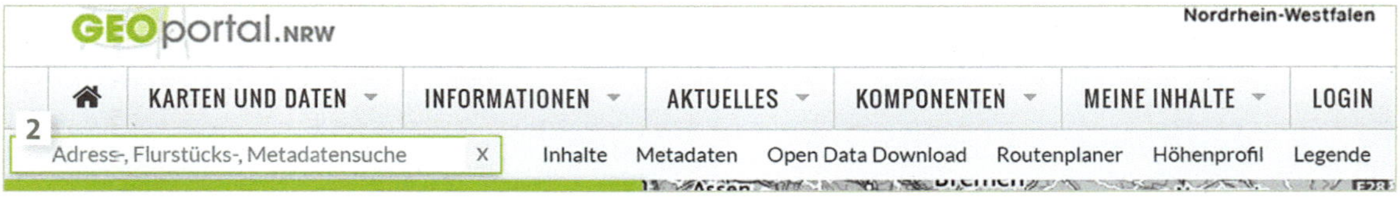

3. Schritt Position ermitteln

Auf dem Bildschirm ist eine Karte zu sehen.
Das blaue Zeichen zeigt, wo ihre Schule ist.

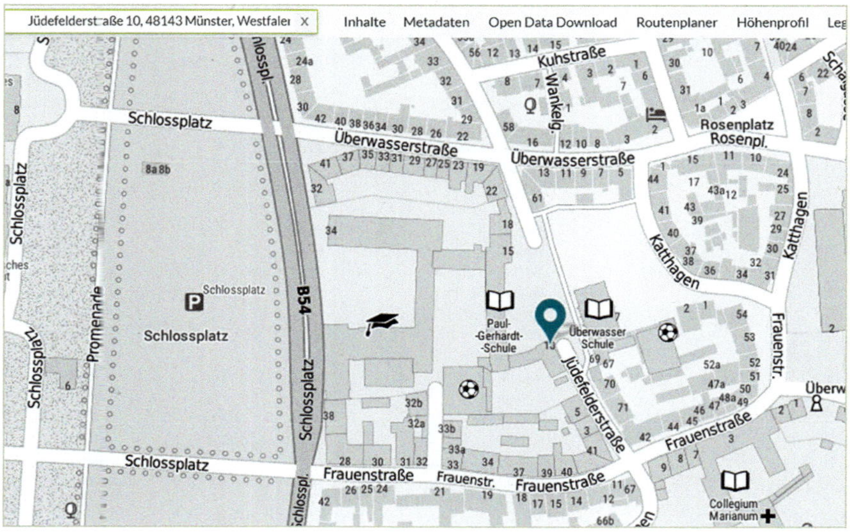

Rechts unten können sie die Karte mit dem Cursor vergrößern und verkleinern.

4. Schritt **Kartenansicht ändern**

Samuel und Luisa klicken „Hintergrundkarten“ an. Unten auf dem Bildschirm erscheint das Fenster „Luftbilder“.
Sie klicken dieses Bild an. Es erscheint ein Luftbild, auf dem ihre Schule zu sehen ist.

Luftbilder

Auch hier können sie rechts unten die Karte mit dem Cursor vergrößern und verkleinern.

1 Beschreibt die digitale Karte und das Luftbild.
- Was könnt ihr erkennen?
- Zeigt Straßen, Plätze und Gebäude jeweils auf der Karte und dann auf dem Luftbild.

2 Sucht eure eigene Schule und euren Wohnort unter *https://www.geoportal.nrw.*

3 Beurteilt: Was könnt ihr besser auf der Karte erkennen, was besser auf dem Luftbild?

Sprachspeicher
eine Internetseite aufrufen ▪ einen Ort auf der Karte finden ▪ etwas aus der Vogelperspektive betrachten

Lernzirkel

Auf den folgenden vier Seiten findet ihr Stationen zu den Großlandschaften. Bearbeitet sie in einem Lernzirkel.

[1] *Die vier Großlandschaften Deutschlands.* Karte.

Großlandschaften in Deutschland

A

B

C

D

[2] *Die vier Großlandschaften von den Küsten zu den Alpen.* Fotos.

Vier Großlandschaften

Zwischen der Küste* im Norden und den Alpen* im Süden gibt es vier Großlandschaften in Deutschland. Diese Großlandschaften unterscheiden sich voneinander in ihrer Höhe über dem Meeresspiegel und in der Form ihrer Oberfläche.

1 Nennt anhand der Karte [1] die vier Großlandschaften Deutschlands.

2 Beschreibt die Fotos A bis D und ordnet sie den vier Großlandschaften zu.

3 Findet heraus: In welcher Großlandschaft liegt euer Wohnort? Ihr könnt einen Atlas zu Hilfe nehmen.

* *die* **Küste:** Teil des Festlandes, der direkt am Meer liegt

die **Alpen:** Hochgebirge in Europa

Regeln für den Lernzirkel

1. Schritt **Vorbereitung**

- Stellt für jede Lernstation Tische auf.
- Schlagt drei oder vier Bücher für jede Station auf. Haltet Karte [1] von Seite 60 bereit.
- Besorgt für den Klassenraum eine physische Wandkarte von Deutschland.

2. Schritt **Durchführung**

- Bearbeitet allein, zu zweit oder in einer kleinen Gruppe die Aufgaben der Stationen.
- Notiert eure Ergebnisse.

3. Schritt **Auswertung**

- Präsentiert eure Ergebnisse.

> Einen Laufzettel mit Aufgaben zum Lernzirkel findet ihr auf Seite 318.

Station 1: Das Norddeutsche Tiefland

[1] *Das Norddeutsche Tiefland.* Luftbild.

Das Norddeutsche Tiefland – vom Eis geformt

Das Norddeutsche Tiefland erstreckt sich von den Küsten der Nordsee und Ostsee einschließlich der Inseln bis zum Rand der Mittelgebirge. Diese Großlandschaft erhebt sich nur an wenigen Stellen auf höchstens 200 Meter. Die tiefste Stelle liegt 3,5 Meter unter dem Meeresspiegel.

Im Eiszeitalter bis vor 12 000 Jahren schoben sich gewaltige Eismassen aus dem kalten Nordeuropa bis zum nördlichen Rand des Mittelgebirgslandes vor. Es gab aber auch Zeitabschnitte, die wärmer waren. In diesen Warmzeiten kam der Eispanzer zum Stehen und begann zu schmelzen. Das Gebiet des Norddeutschen Tieflandes war dann eisfrei. Die mitgeführten Materialien, die im Eis eingefroren waren, blieben als Ablagerungen liegen. Mehrmals folgte auf eine Warmzeit eine Kaltzeit. Auf diese Weise entstanden die vielfältigen Oberflächenformen im Norddeutschen Tiefland.

Heute finden wir flachwellige Ackerflächen, Hügelketten und Seenplatten*, Ebenen aus Sand und Kies, Moore, Marschen* und breite Flusstäler, die durch die Arbeit des Eises und des Schmelzwassers entstanden sind.

[2] *Dieser Findling (mehrere Tonnen schwerer Gesteinsblock) mit dem Spitznamen „Alter Schwede" wurde mit dem Eis ins Norddeutsche Tiefland transportiert. Er ist am Elbufer vor Hamburg zu bestaunen.* Foto, 2012.

> Bearbeitet die Aufgaben zu der Station 1. Den Laufzettel dazu findet ihr auf Seite 318.

* *die* **Seen|platte:** flaches Gebiet, in dem man viele Seen und Teiche findet

die **Marsch:** flaches und feuchtes Gebiet nahe der Küste in Norddeutschland, liegt teilweise unter dem Meeresspiegel

Station 2: Das Mittelgebirgsland

[1] *Blick auf eine Mittelgebirgslandschaft: Die Bruchhauser Steine im Sauerland.* Luftbild.

Mittelgebirge entstehen

Zwischen dem Norddeutschen Tiefland und dem Alpenvorland liegt das Mittelgebirgsland. Die höchsten Erhebungen sind die Mittelgebirge. Sie weisen Höhen bis zu 1500 Metern auf. Tiefe Täler und abgesenkte Becken trennen die einzelnen Mittelgebirge voneinander.

Im Erdaltertum (vor etwa 600 Millionen Jahren) befand sich im Gebiet des heutigen Mittelgebirgslandes ein hohes Gebirge. Über viele Millionen Jahre wirkten Wind, Regen und Frost auf das Gebirge ein.

Diese Kräfte schafften es bis zum Erdmittelalter (vor etwa 200 Millionen Jahren), das Gebirge abzutragen. Das Gebiet wurde von einem Meer überflutet. Auf dem alten Gebirge lagerten sich Schichten aus Kalk- und Sandstein, Ton und Gips ab. Kräfte im Erdinneren führten dazu, dass der zusammenhängende Gesteinskörper in Schollen zerbrach. Manche Schollen wurden gehoben, andere abgesenkt. An einigen Stellen drangen glutflüssige Gesteine an die Oberfläche, Vulkane entstanden. Bis heute verändern die Kräfte aus dem Erdinneren sowie Wasser und Wind das Aussehen des Mittelgebirgslandes.

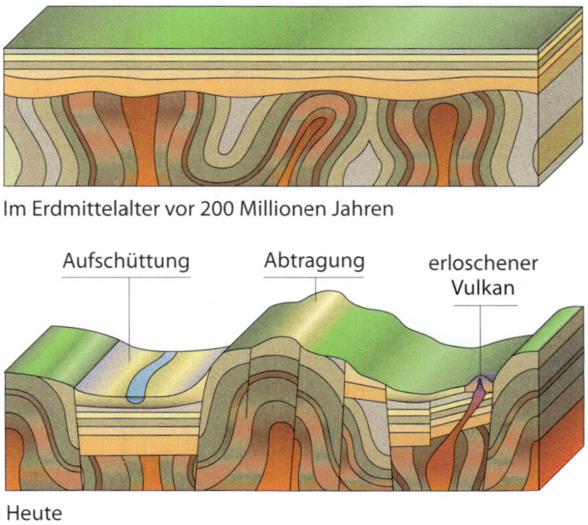

[2] *Die Entstehung des Mittelgebirgslandes.* Grafik.

> Bearbeitet die Aufgaben zu der Station 2. Den Laufzettel dazu findet ihr auf Seite 318.

Station 3: Das Alpenvorland

Gletscher formen eine Landschaft

Das Alpenvorland umfasst den Raum von der Donau bis zum Nordrand der Alpen. Die weite hügelige Fläche mit Seen und Wäldern reicht von einer Höhe von rund 300 Metern an der Donau bis etwa 800 Metern am Alpenrand. Während der Eiszeit überformten die Gletscher* der Alpen diese hügelige Großlandschaft. In den Tälern entstanden weit gestreckte Vertiefungen, die man auch Wannen nennt. Mit dem Eis bewegten sich große Felsen, Steine und Geröll. Als das Eis der Gletscher am Ende der letzten Eiszeit schmolz, blieben die mitgeführten Felsen und Steine liegen. Die Wannen füllten sich mit Wasser und wurden zu Seen, zahlreiche Flüsse und Bäche bildeten sich. Eine solche Landschaft wird auch Moränenlandschaft* genannt.

[1] *Moränenlandschaft am Chiemsee.* Foto, 2010.

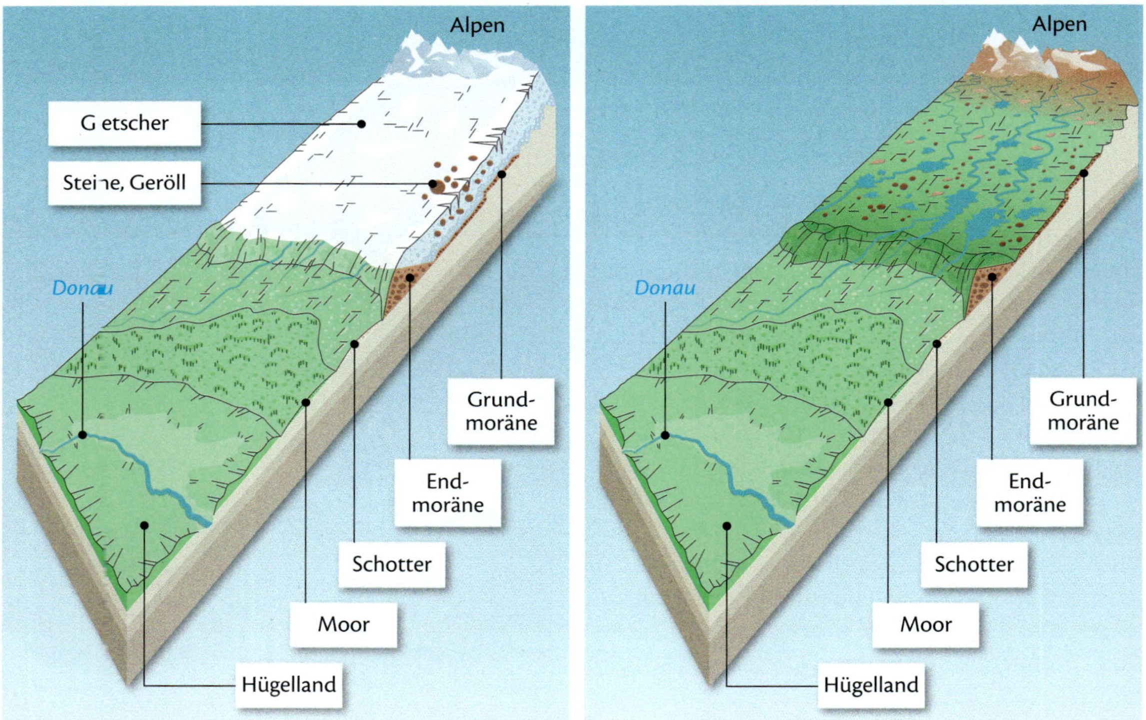

[2] *Das Alpenvorland während der letzten Eiszeit (links) und heute (rechts).* Grafik.

*

der **Gletscher,** *die* **Gletscher:** aus Schnee entstandene riesige Eismasse, die sich langsam bergab bewegt.

die **Moräne,** *die* **Moränen:** Ablagerungen aus Gestein/Geröll, die von den Gletschern transportiert worden sind.

> Bearbeitet die Aufgaben zu der Station 3. Den Laufzettel dazu findet ihr auf Seite 318.

Station 4: Die Deutschen Alpen

[1] *In den Alpen.* Foto, 2014.

Ein Hochgebirge wächst aus dem Meer
Im Süden Deutschlands liegen die Alpen. Sie sind Europas größtes und höchstes Gebirge. Die Gesamtlänge von Westen nach Osten beträgt etwa 1200 km. Zu Deutschland gehört nur ein kleiner Teil des Nordrandes der Alpen. Der höchste Berg Deutschlands ist die Zugspitze mit 2963 Metern.
Vor vielen Millionen Jahren erstreckte sich dort, wo heute die Alpen liegen, ein großes Meer.
Auf dem Meeresboden lagerten sich mächtige Schichten von Sand und Schlamm ab. Aber auch Kalkschalen von abgestorbenen Meerestieren, wie zum Beispiel Muscheln, sammelten sich auf dem Meeresboden. Die Schichten zusammen waren schließlich mehrere Tausend Meter dick. Unter dem Druck des eigenen Gewichtes wurden sie zu festem Gestein.
Kräfte aus dem Erdinneren drückten Afrika nach Norden in Richtung Europa. Dabei schoben sie die Schichten in dem Meer zusammen, falteten sie und hoben sie langsam bis zu 4000 m über den Meeresspiegel. Deshalb können Bergwanderer dort Versteinerungen von Muscheln finden.

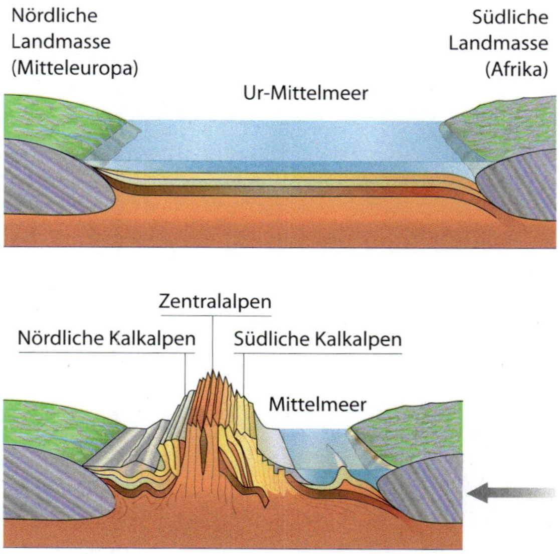

[2] *Die Entstehung der Alpen.* Grafik.

> Bearbeitet die Aufgaben zu der Station 4. Den Laufzettel dazu findet ihr auf Seite 318.

Das kann ich!

Versucht zunächst, die Aufgaben auf dieser Doppelseite zu lösen, ohne im Kapitel nachzusehen. Wenn ihr Hilfe braucht, könnt ihr bei den Aufgaben auf den in Klammern angegebenen Seiten nachschlagen.

die Wind|rose	Ein „Kästchen" in einem Stadtplan oder auf einer Atlaskarte. Es ist immer mit einem Großbuchstaben und einer Zahl am Rand der Karte gekennzeichnet.
die Legende (einer Karte)	Sie zeigt uns die Himmelsrichtungen: Norden, Süden, Osten, Westen.
der Maß|stab	Ein Verzeichnis, alphabetisch geordnet, befindet sich meistens hinten in einem Atlas.
das Plan|quadrat	Sie hilft uns, die Karte zu verstehen. Die Flächenfarben, Linien und Symbole der Karte werden hier erklärt.
das Register	Er hilft uns, die Entfernungen auf einer Karte zu berechnen.

[1] *Begriffe und ihre Bedeutung*

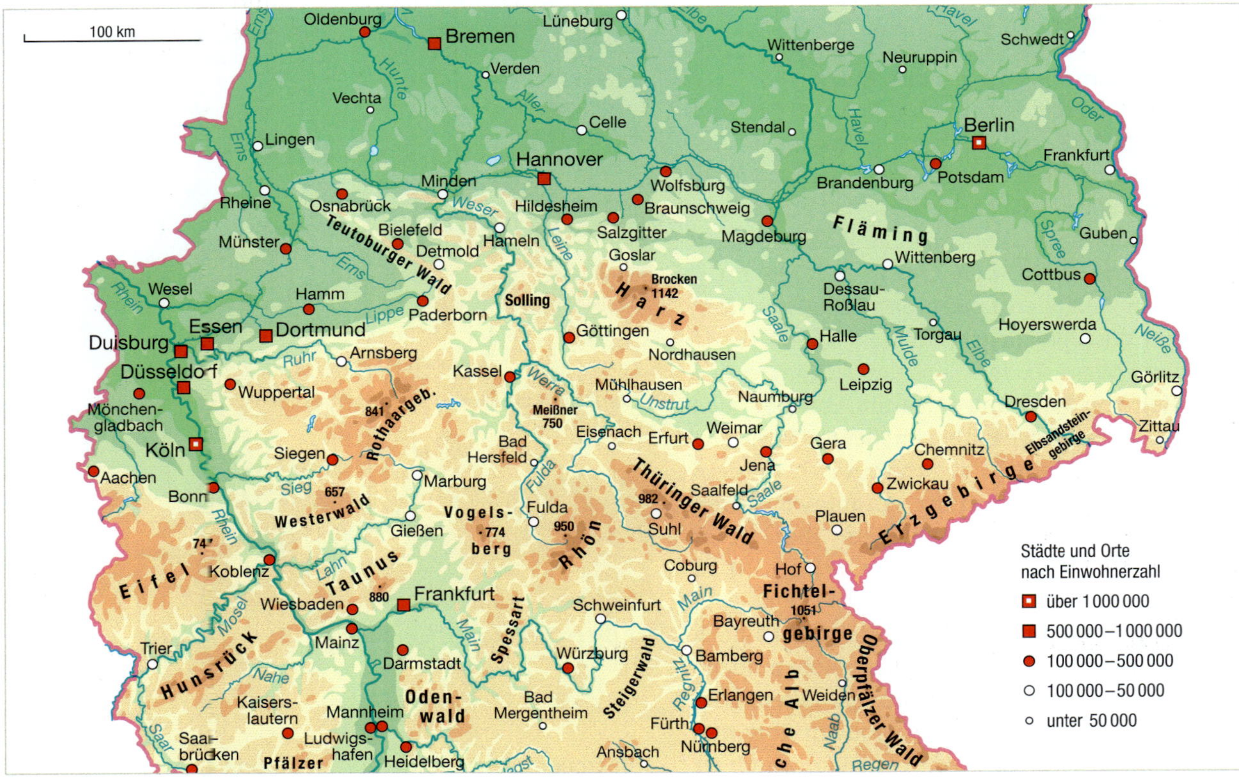

[2] *Physische Karte Deutschland,* Ausschnitt.

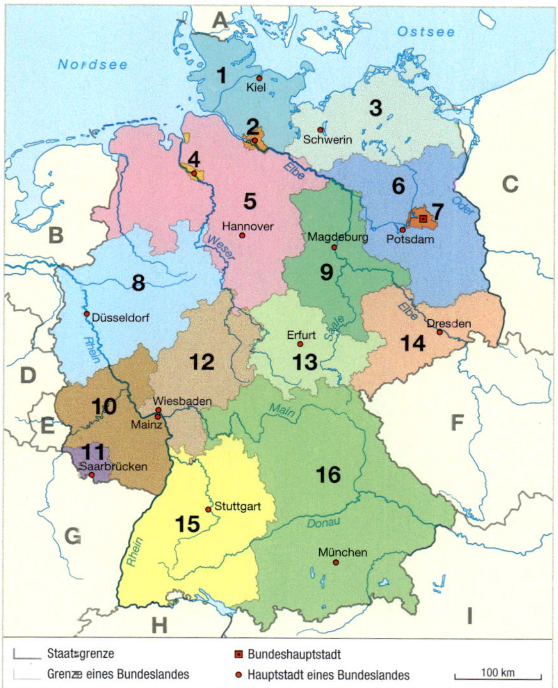

[3] *Deutschland: Bundesländer und Nachbarstaaten.* Stumme Karte.

A Nordrhein-Westfalen hat etwa 10 Millionen Einwohner. (S. 48)

B Wenn ich etwas im Atlas suche, arbeite ich am besten mit dem Inhaltsverzeichnis. (S. 56/57)

C Die Reihenfolge der Großlandschaften von Norden nach Süden lautet: die Deutschen Alpen, das Alpenvorland, das Mittelgebirgsland, das Norddeutsche Tiefland. (S. 60/61)

D Deutschland hat 12 Nachbarstaaten. (S. 50/51)

E Deutschland besteht aus 13 Bundesländern und 3 Stadtstaaten. (S. 50)

[4] *Wahr oder falsch?*

Sachkompetenz

1 Ordnet den Begriffen in [1] die jeweils passende Bedeutung zu. Schreibt sie auf.

2 Nennt die vier Großlandschaften Deutschlands. Beschreibt die Großlandschaften kurz. (S. 60/61)

3 Zeigt und benennt mithilfe der Karte [3] mindestens 5 Bundesländer bzw. Stadtstaaten und 4 Nachbarländer von Deutschland.

4 Sind die Aussagen in [4] wahr oder falsch? Wenn die Aussagen falsch sind, formuliere eine richtige Aussage.

Handlungs- und Methodenkompetenz

5 Fertigt eine Skizze zu eurem Schulweg an. (S. 46/47)

6 Sucht im Atlas mithilfe des Registers: Sydney, den Orinoco, den Mount Everest, Tokyo, Mississippi, Mailand, Kuba und die Zugspitze. Stellt fest, ob es sich um eine Stadt, einen Berg, einen Fluss oder eine Insel handelt. (S. 56/57)

7 Messt auf Karte [2] die Entfernungen von
a) Essen nach Würzburg
b) Aachen nach Leipzig
c) Hannover nach Frankfurt (S. 54/55)
Ihr könnt einen Messstreifen zu Hilfe nehmen.

8 Löst die Aufgaben mithilfe der Karte [2] auf Seite 66 und der Karte auf Seite 53.
a) Nennt mindestens drei Städte mit einer Einwohnerzahl zwischen 100 000 und 500 000.
b) Nennt eine Stadt mit über 1 000 000 Einwohnern.
c) Nennt die Höhe, auf der sich in etwa Münster befindet.
d) Zählt mindestens fünf Mittelgebirge auf. (S. 52/53)

Ägypten – eine frühe Hochkultur

Der Nil

Der Nil ist mit einer Länge von mehr als 6.600 km der längste Fluss der Erde. Im Sommer und Herbst kommt es in vielen Regionen um die Nilquellen zu starken Regenfällen. Noch vor etwa hundert Jahren wurde das Land entlang des Flusses dann mit Wasser und fruchtbarem Nilschlamm überflutet.

1 Beschreibt das Bild und vermutet, welche Gefühle die Menschen im Boot hatten.
2 Erzählt, was Ihr vom Alten Ägypten schon gehört habt.
3 Notiert Fragen, die euch zum Thema einfallen.

Schauplatz Der Nil

Ist Ägypten ein Geschenk des Nils?

[1] *Landwirtschaft am Nil.* Malerei aus dem Grab des Beamten Nacht, um 1425 v.Chr.

1 Beschreibt die Tätigkeiten der Bauern in Bild [1]. **Starthilfe:** *Im unteren Teil sieht man links einen Bauer, der mit der Hand ...*

Der Fluss

In Ägypten ist es sehr warm und es regnet fast nie. Große Teile des Landes sind Wüsten. Warum konnte man hier dennoch von der Landwirtschaft leben?
In den Gebieten rund um die Nilquellen kam es regelmäßig ab dem Monat Mai zu starken Regenfällen. Der Fluss trat nach einigen Wochen in Ägypten über die Ufer und überzog das Land mit einer Schlammschicht. Nach drei Monaten ging das Wasser zurück und hinterließ fruchtbares Ackerland.

Landwirtschaft

Um das Wasser des Nils nutzen zu können, schlossen sich die Menschen zu dörflichen Gemeinschaften zusammen. Gemeinsam bauten sie Wasserbecken, Erdwälle (Dämme) und Kanäle. Mit einfachen Hebewerken und Pumpen wurde das Wasser auf die höher gelegenen Felder geleitet. Die Arbeit der Bauern war sehr hart: Bei großer Hitze mussten sie Wasser schöpfen und Kanäle reinigen.
Hinzu kamen die gewöhnlichen bäuerlichen Arbeiten: hacken, säen, ernten und das Korn dreschen. Auf den Feldern am Nil wuchsen Getreide, Bohnen, Linsen, Zwiebeln, Trauben oder Feigen.

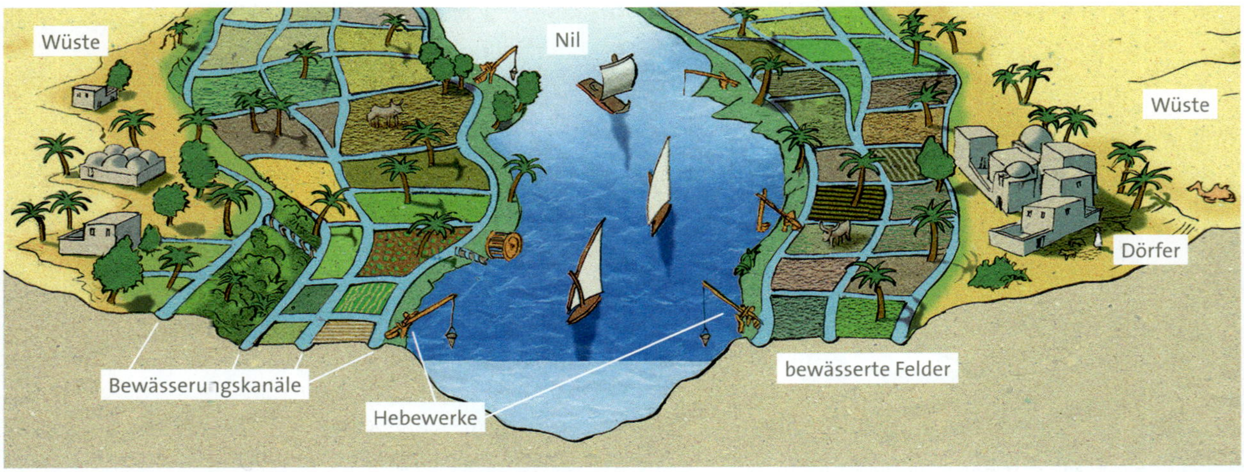

[2] *Querschnitt durch das Niltal.* Rekonstruktionszeichnung.

Handel, Verkehr, Versorgung

Auf dem Nil fuhren Segelschiffe, die Menschen und Handelsgüter beförderten. Auf Lastkähnen* transportierte man die schweren Steine, die zum Bau von Pyramiden, Tempeln und Gräbern verwendet wurden. Der Nil gab den Menschen täglich das Wasser zum Trinken und zum Waschen.

2 Erläutert die Bedeutung des Nils für die Menschen. Warum kann man von einem „vielseitigen Fluss" sprechen?

3 Beschreibt die Nil-Landschaft und das Bewässerungssystem in Ägypten [2].

Im 5. Jahrhundert v. Chr. schrieb der griechische Geschichtsschreiber Herodot, nachdem er Ägypten besucht hatte:

Heute freilich gibt es kein Volk auf der Erde [...] wo die Früchte des Bodens so mühelos gewonnen werden wie hier. Sie haben es nicht nötig, mit dem Pfluge Furchen* in den Boden zu ziehen, ihn umzugraben und die anderen Feldarbeiten zu machen, mit denen die übrigen Menschen sich abmühen. Sie warten einfach ab, bis der Fluss kommt, die Äcker bewässert und wieder abfließt. Dann besät jeder sein Feld und treibt die Schweine darauf, um die Saat einzustampfen, wartet ruhig die Erntezeit ab, drischt das Korn mit Hilfe der Schweine und speichert es auf ... Ägypten ist ein Geschenk des Nils.

[3] *Herodot.* Historien. Stuttgart, 4. Aufl. 1971, S. 104 f.

4 Erkläre den Satz „Ägypten ist ein Geschenk des Nils" mit eigenen Worten.

Wählt einen der folgenden Arbeitsaufträge aus:

- Legt ein kleines „Nil-Lexikon" an und erklärt darin folgende Begriffe: Ägypten, Überschwemmung, Dämme, Kanäle, Shaduf.
- Zeichnet nach Abbildung [2] eine einfache Skizze vom Niltal. Tragt wichtige Begriffe ein.
- Schreibt als ägyptischer Bauer einen Brief an Herodot. Der Brief könnte so beginnen: *„Sehr geehrter Herr Herodot! Wir sind jeden Tag dankbar, dass wir den Nil haben. Aber von der Landwirtschaft haben Sie keine Ahnung ..."*

[4] *Heutige Landschaft bei Assuan.* Foto, 2007.

[5] *Ein Bauer schöpft mit einem Shaduf Nilwasser in einen Bewässerungskanal.* Grabmalerei, um 1250 v. Chr.

*

die **Furche:** Vertiefung im Boden

der **Last|kahn**, *die* **Lastkähne**: Offene Boote, mit denen Lasten (Steine, Erde usw.) befördert werden.

Was ihr noch tun könnt:

- MK Erkundigt euch im Lexikon oder im Internet über den Geschichtsschreiber Herodot.
- → Sammelt Daten (Lage, Bevölkerungszahl, Staatsform usw.) über das heutige Ägypten.

Orientierung

Altes Reich

▸ **3000 v. Chr.**
Ober- und Unterägypten werden zu einem Reich vereint. Hauptstadt: Memphis.
Erfindungen: Schrift, Kalender

▸ **2500 v. Chr.**
2600–2100: In Ägypten werden Pyramiden gebaut.

Mittleres Reich

▸ **2000 v. Chr.**
Ägypten wird zur Großmacht.
Hauptstadt: Theben.
Blütezeit von Kunst und Kultur

Neues Reich

▸ **1500 v. Chr.**
1550–1070: In dieser Zeit regieren die Pharaonen: Hatschepsut – Tutanchamun – Ramses.
Ab 1070: Das große ägyptische Reich zerfällt in Teilreiche.

▸ **1000 v. Chr.**

▸ **500 v. Chr.**
332 v. Chr.: Alexander der Große erobert Teile Ägyptens.
30 v. Chr.: Ägypten wird Teil des Römischen Reiches.

▸ **Geburt Christi**

Um 200: Ägypten wird christlich.

▸ **500 n. Chr.**

641: Ägypten wird von Muslimen erobert.

▸ **1000 n. Chr.**

[1] *Zeittafel zum Alten Ägypten*

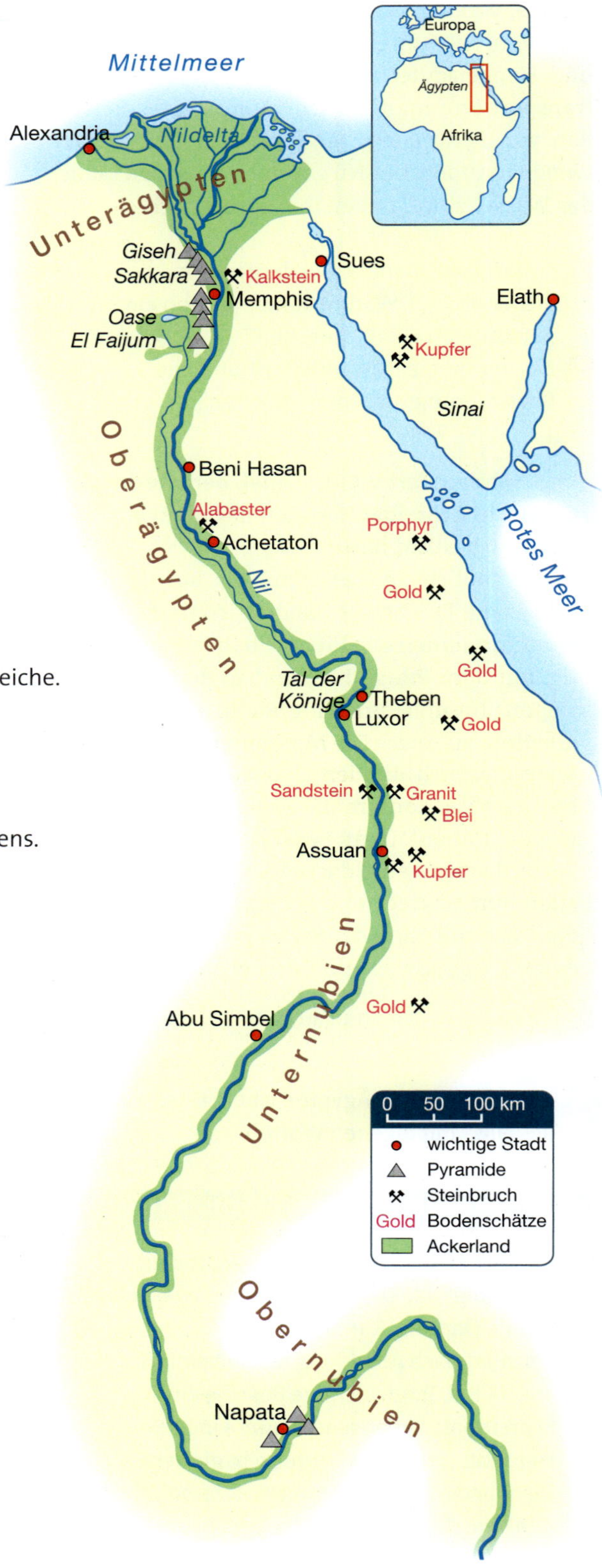

1. Sucht auf der Karte Unter- und Oberägypten und beschreibt die Lage. Wo liegen die Städte?
2. Findet heraus, wo und wann Pyramiden gebaut wurden.
3. Ermittelt, wie viele Jahre folgende Ereignisse zurückliegen: Vereinigung von Ober- und Unterägypten; Ägypten wird Großmacht; Eroberung durch Alexander den Großen; Ägypten wird christlich; muslimische Eroberung.

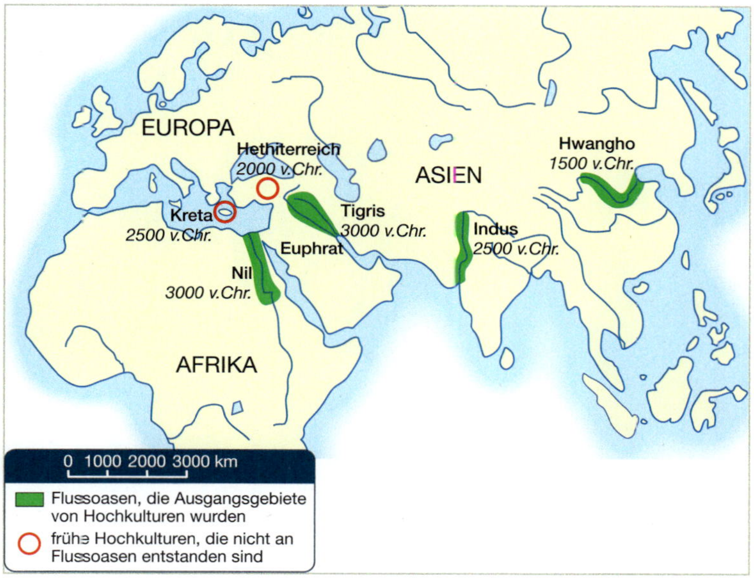

Frühe Hochkulturen

Zwischen 3500 und 1500 v. Chr. entstanden an den Flüssen Euphrat und Tigris, am Nil, Indus und Hwangho unabhängig voneinander frühe Hochkulturen. Die Menschen blieben hier dauerhaft an einem Ort wohnen. Sie wurden sesshaft. Durch gemeinschaftliche Arbeit lernten sie, die Naturgewalt „Wasser" zu beherrschen und zu nutzen. Wer den Wasserstand oder den Getreidevorrat berechnen und aufschreiben oder das Land vermessen konnte, errang eine besondere Stellung im Dorf.

Bald übernahmen Könige die Herrschaft über das Volk. Zum ersten Mal in der Geschichte bedienten sich die Menschen der Schrift, um Informationen über Dinge, Vorgänge oder Gefühle festzuhalten. Wissenschaft, Kunst und Architektur erreichten einen noch heute bewunderten Stand. Solche Gebiete nennen wir „Hochkulturen".

4 Sucht in einem Atlas die Gebiete der Hochkulturen an Flüssen und schreibt auf, wie die Länder heute heißen.

5 Erstellt eine Liste mit Merkmalen, die zu einer Hochkultur gehören.

6 Formuliert eine eigene Erklärung des Begriffs „Hochkultur".
Starthilfe: *Bei einer Hochkultur haben sich Menschen dauerhaft angesiedelt. Sie wurden ...*

Was ihr noch tun könnt:

→ MK Sammelt Informationen zu einem der heutigen Länder, die am Euphrat und Tigris, am Indus oder Hwangho liegen und stellt eure Ergebnisse in einem Kurzreferat oder als „Steckbrief" vor.

Ägypten

Macht und Herrschaft

Wer hatte etwas „zu sagen" im Alten Ägypten?

[1] *Pharao Tutanchamun (Teil des Eingeweidesarges)* Tal der Könige. Um 1330 v. Chr.

[2] *Statue der Königin Hatschepsut,* um 1465 v. Chr.

Macht* und Herrschaft* des Pharaos

Um 3000 v. Chr. wurden beide Landesteile Unter- und Oberägypten zu einem Staat vereinigt. Als Herr „beider Länder" stand der Pharao an der Spitze des Staates. Seine Macht war unbegrenzt: Er bestimmte, was auf den Feldern angebaut wurde, welcher Teil der Ernte die Bauern abzugeben hatten, welche Deiche, Kanäle, Tempel und Gräber zu bauen waren. Er war oberster Heerführer, Priester und Richter. Die Ägypter verehrten ihren Herrscher als Sohn des Sonnengottes Re, der die Welt erschaffen hatte und täglich am Himmel erschien.

Zeichen der Herrschaft

Als Zeichen seiner Herrschaft trug der Pharao eine Krone. Die Schlangengöttin des Nordens und die Geiergöttin des Südens an seiner Stirn sollten ihn vor Feinden beschützen. Am Kinn war ein künstlicher Bart befestigt. In den Händen hielt er einen Krummstab und eine Peitsche mit drei Bändern.

1 Schreibt mithilfe des Textes und des Bildes [1] ein kurzes Selbstporträt des Pharaos.
Starthilfe: *Ich bin der Pharao von Ägypten. Auf dem Kopf trage ich ...*

Eine Königin mit Bart

Nur sehr wenigen Frauen gelang es, als Königin über Ägypten zu herrschen. Die bedeutendste von ihnen war Hatschepsut, die von 1490 bis 1468 v. Chr. regierte. Während ihrer Regierungszeit herrschten Frieden und Wohlstand. Sie ließ Tempel errichten und große Handelsexpeditionen durchführen. Reich beladen mit Gold, Elfenbein, Holz, Fellen und Weihrauchbäumen kehrten die Schiffe nach Ägypten zurück.

2 Schreibt ein Loblied auf die Pharaonin Hatschepsut.
Starthilfe: *Unsere Herrscherin war eine der wenigen ...*

Sprachspeicher
über ein Land herrschen · das Zeichen der Herrschaft tragen · einen Herrscher verehren · regieren > Regierung; die Regierungszeit

1: der Pharao · die Krone · die Schlange · die Geiergöttin · der Bart · der Krummstab · die Peitsche

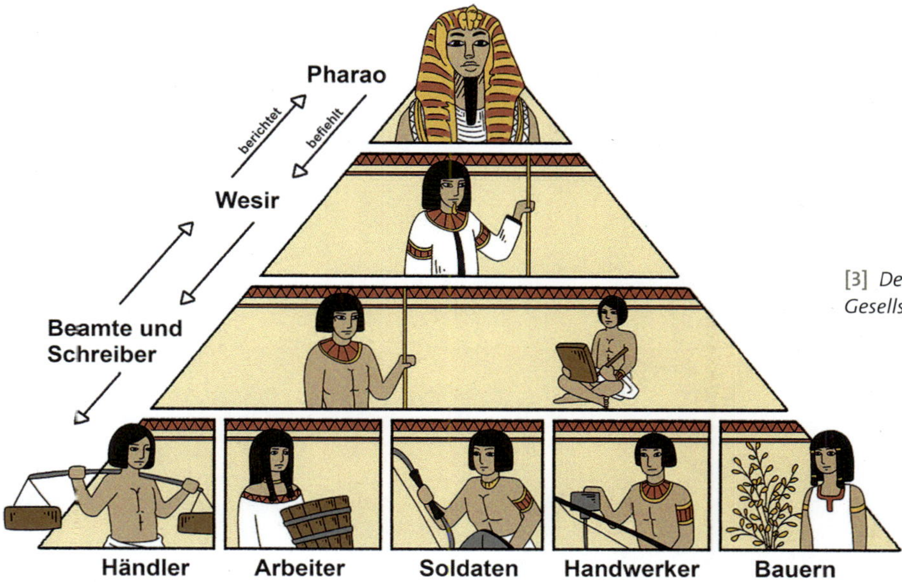

[3] *Der Aufbau der ägyptischen Gesellschaft*. Schaubild

Die ägyptische Gesellschaft

In der ägyptischen Gesellschaft waren nicht alle Menschen gleich. An der Spitze der Gesellschaft stand der Pharao. Er gab seinem obersten Beamten, dem Wesir, Anweisungen. Der Wesir gab die Anweisungen an die Beamten oder Schreiber weiter. Die Beamten beaufsichtigten die Arbeiten an den Bewässerungsanlagen, Tempeln und Gräbern. Die Beamten hatten auch dafür zu sorgen, dass die Bauern pünktlich das Getreide in den königlichen Vorratskammern ablieferten und dass das Vieh gezählt wurde. Die meisten Menschen waren Bauern, Handwerker oder Händler. Sie mussten den Anweisungen der Beamten folgen. Eine solche Rangordnung in der Gesellschaft wird als Hierarchie* bezeichnet.

MK **3** Erläutert das Schaubild [3] mit eigenen Worten. **Starthilfe:** *An der Spitze steht der Pharao. Er erteilt Befehle an ...*

4 Erklärt, wo es auch heute noch Hierarchien gibt und was sie für das Verhältnis von Menschen untereinander bedeuten (z. B. Lehrling – Meister).

5 Prüft, ob man den Pharao mit einem heutigen Staatsoberhaupt oder Regierungschef vergleichen kann. Was ist ähnlich? Was ist ganz anders?

* *die* **Macht:** Fähigkeit einer Person oder einer Gruppe, auf das Denken und Verhalten anderer so einzuwirken, dass diese Personen sich danach verhalten und unterordnen.

die **Herrschaft**: Bedeutet, dass ein anerkannter Herrscher (z. B. ein König) anderen Befehle erteilen kann und die anderen diese Befehle befolgen müssen.

die **Hierarchie**: Rangfolge innerhalb einer Gesellschaft

Wählt einen der folgenden Arbeitsaufträge aus:

- Zeichnet zwei der Herrschaftszeichen des Pharaos, malt sie farbig aus und schreibt eine kurze Erklärung darunter.
- Zeichnet das Schaubild [3] in vereinfachter Form ab und schreibt stichwortartige Erläuterungen an den Rand.
- Entwerft und spielt eine kleine Szene: Ein Beamter will Steuern eintreiben, die Bauern wollen möglichst wenig bezahlen. **Starthilfe:** *Beamter: Ich komme im Auftrag des Pharaos und soll ...*

Sprachspeicher

3: Befehle erteilen • Anweisungen geben • den Befehlen / Anweisungen folgen • Abgaben leisten

5: Das ist ähnlich ... • Das ist ganz anders ... • Im Vergleich zum Pharao ist ein heutiger Regierungschef ...

Methode Bilder „lesen“

[1] *Ägyptische Familie. Aus einem Grabbild des Amenemhet.* Kalkstein mit Bemalung, um 2000 v. Chr.

Bilder erzählen Geschichte(n)

Auf alten Fotos, Kirchenfenstern, Wand- oder Deckengemälden, Zeichnungen, Statuen oder Gemälden können wir häufig erkennen, wie die Menschen früher gelebt haben, was sie dachten oder fühlten. Oft genügt es schon, ein Bild genau zu betrachten und zu beschreiben, um etwas über das Alltagsleben früherer Menschen zu erfahren. Bilder zeigen aber Menschen, Dinge oder die Natur nicht immer so, wie sie in Wirklichkeit aussahen.

Die ägyptische Darstellungsweise

Die ägyptischen Künstler stellten Personen so dar, dass das Gesicht von der Seite (im Profil) zu sehen ist. Das Auge wird dennoch immer ganz dargestellt und soll den Betrachter ansehen. Der Oberkörper ist von vorn zu sehen. Unterkörper, Beine und Füße sind wie der Kopf im Profil gemalt. Personen oder Dinge sollen möglichst ohne Überschneidungen dargestellt und klar erkennbar sein. Auch die Farbgebung hält sich an immer wiederkehrende Vorschriften. So ist die Hautfarbe des Mannes meist rotbraun, die der Frau fast immer gelb gemalt.

1 Stellt das Bild [1] so genau wie möglich nach. Was fällt euch dabei auf?

Betrachten – Beschreiben – Deuten

1. Schritt **Betrachten**

- Wie wirkt das Bild als Ganzes auf mich?
- Welche Einzelheiten sprechen mich besonders an, was finde ich interessant, schön, hässlich, abstoßend oder geheimnisvoll?

2. Schritt **Beschreiben**

- Welche „Daten“ des Bildes sind bekannt: Name des Künstlers, Bildtitel, Entstehungszeit?
- Gibt es einen Mittelpunkt, auf den das Auge des Betrachters gelenkt wird?
- Was ist dargestellt? (Personen, Dinge usw.)
- Wie ist die Darstellung angelegt? (Naturgetreu oder nicht? Farben, Helligkeit usw.)

3. Schritt **Deuten**

- Warum hat der Künstler diese Darstellung gewählt? Was wollte er zum Ausdruck bringen?
- Zu welchem Zweck wurde das Bild geschaffen?
- Welche offenen Fragen ergeben sich aus dem Bild?

[2] *Mann und Frau bei der Feldarbeit.* Aus einem Bild in der Grabkammer des Sennedjem, um 1250 v. Chr.

Lösungsvorschlag für Bild [1]
So könnte eine mithilfe der Methode „Bilder lesen" angefertigte Bildbeschreibung aussehen:

zum Schritt 1 **Betrachten**

Das Bild wirkt als Ganzes sehr friedlich, ruhig und entspannt. Diese Stimmung wird vor allem durch die warmen Farben erreicht. Besonders ansprechend ist die Darstellung der einzelnen Personen und ihr Verhältnis zueinander.

zum Schritt 2 **Beschreiben**

Der Name des Künstlers ist nicht bekannt. Das Bild wurde in eine Wand aus Kalkstein eingemeißelt und danach farbig ausgemalt. *Es ist um 2000 v. Chr. in der ägyptischen Stadt Theben (heute Luxor) als Grabbild entstanden.* Der Grabherr hieß Amenemhet. Er muss ein reicher Mann gewesen sein, denn sonst hätte er sich nicht ein solches aufwändig gestaltetes Grab leisten können.
Dargestellt sind vier Personen, zwei Männer und zwei Frauen. Die beiden Männer – Vater und Sohn – sitzen auf einer Bank, blicken sich an und umarmen sich. Der Vater trägt einen Bart. Beide tragen weiße Lendenschurze, schwarze Perücken, grüne Halskragen und Armreife. Die Ehefrau des Grabherrn sitzt links neben ihrem Sohn. Auch sie umarmt den Jungen und blickt ihn an. Die Frau trägt ein weißes Kleid, eine schwarze Perücke, einen grünen Halskragen, einen Arm- und einen Fußreifen.
Die Haut der beiden Männer ist dunkelbraun, die der Frauen heller gemalt. Unter der Familienbank ist ein Körbchen abgestellt.
Etwas abseits von der Familie steht rechts am Bildrand eine etwas kleiner gezeichnete Person. Sie ist genauso gekleidet wie die Hausherrin. Man kann annehmen, dass sie die Freundin oder Braut des Sohnes ist.
Neben der Familienbank ist ein Tisch mit verschiedenen Speisen (Fleisch, Geflügel, Brotscheiben, Gemüse) zu erkennen. Unter dem Tisch stehen zwei Krüge mit Getränken.

zum Schritt 3 **Deuten**

Es handelt sich um ein Familienbild. Die Darstellungsweise ist typisch für die ägyptische Kunst. Alle Personen und Dinge sind überschneidungsfrei, frontal zu sehen. Die Farbgestaltung lässt die unterschiedlichen Aufgaben von Männern (dunkle Farbe – Arbeit draußen) und Frauen (helle Farbe – Arbeit im Haus) erkennen.
Der Grabherr Amenemhet fühlt sich offensichtlich im Kreis seiner friedlichen, glücklichen und gut versorgten Familie sehr wohl. Dieses Gefühl möchte er auch im Jenseits genießen.

2 Beschreibt und deutet Bild [2] mithilfe der Methode „Bilder lesen".

Götter und Tempel

[1] – [3] *Darstellungen der Götter Isis, Horus und Anubis.* Grabmalereien aus dem Tal der Könige.

1 Beschreibt die Götter in den Abbildungen [1] bis [3]. Ihr könnt den Sprachspeicher zu Hilfe nehmen.

Viele Götter

Die Ägypter verehrten nicht nur einen Gott, sondern viele Götter. Die Götter wurden oft in Menschen- oder Tiergestalt und sehr häufig auch in Mischformen dargestellt. So erscheint Horus als Schutzgott der Pharaonen mit einem Falkenkopf: Wie der Falke im Flug kann der Pharao alles überblicken, er hat scharfe Augen und die Kraft des Raubvogels. Als oberster Schöpfer- und Sonnengott galt für viele Jahrhunderte Amun-Re („der Verborgene"). Er sorgte für Wahrheit und Gerechtigkeit.

Nach dem Glauben der Ägypter waren die Götter verantwortlich für viel oder wenig Wasser, gute oder schlechte Ernten, Glück oder Unglück. Um die Götter gnädig zu stimmen, brachten die Menschen ihnen Opfergaben dar. Geopfert wurden Wein, Öl oder Nahrungsmittel. Jeder Pharao fühlte sich verpflichtet, neue Tempel zu errichten oder bestehende Anlagen zu erweitern. Beim täglichen Gebet und Opfer ließ sich der Pharao von den Priestern vertreten. Aber auf den Abbildungen ist es immer nur der König, der mit den Göttern spricht und ihnen Opfergaben darbringt.

[4] *Pharao Haremhab opfert Wein vor Osiris.* Malerei aus dem Grab des Haremhab, um 1300 v. Chr.

2 Erklärt, warum es für die Ägypter so wichtig war, die Götter gnädig zu stimmen.

3 Beschreibt das Bild [4] mithilfe der Methode „Bilder lesen" (S. 76).

Sprachspeicher

1: Isis: Göttin mit dem Schriftzeichen für „Thron" auf dem Kopf • Horus: Gott mit dem Falkenkopf • Anubis: Gott mit dem Kopf eines Schakals

Opfer/Opfergaben darbringen • einen Gott gnädig stimmen • einen Tempel errichten

[5] *Der Luxor-Tempel in Oberägypten.* Foto.

Tempel zu Ehren der Götter

Überall an den Ufern des Nils errichteten die Ägypter Tempel zu Ehren der Götter. An vielen Tempeln wurde über Jahrhunderte gebaut. Die mit dem Tempeldienst beauftragten Priester kamen über einen mit Figuren gesäumten Weg auf das Eingangstor zu. Sie gingen an den Standbildern der Götter oder Pharaonen vorbei in den offenen Innenhof, durchschritten einen Säulensaal und kamen schließlich in das Allerheiligste. Dort sprachen sie Gebete, erfrischten das Götterbild mit Wasser und brachten die von den gläubigen Menschen gespendeten Opfergaben dar.

4 Vergleicht die Bilder [5] und [6]. Gibt es Unterschiede?

[6] *Prozession mit einer Tempelstatue zum Luxor-Tempel.* Rekonstruktionszeichnung.

[7] *Standfigur des Priesters Kaaper,* um 2470 v. Chr.

*

der **Tempel**: Gotteshaus

das **Opfer**: Gabe (Geld, Tiere, Pflanzen ...), die Gott dargebracht wird.

Wählt einen der folgenden Arbeitsaufträge aus:

- Schreibt einen Kurztext zu [6] für einen Reiseführer. **Starthilfe:** *Der Weg führt an Steinfiguren vorbei ...*
- Bringt den Priester [7] zum Sprechen. **Starthilfe:** *Ich bin der Priester Kaaper. Meine Aufgabe ist es, ...*
- Vergleicht die Merkmale der Religion im alten Ägypten mit heutigen Religionen, die ihr kennt.

Sprachspeicher

einen Tempel errichten • Gebete sprechen • ein Opfer darbringen

Die Pyramiden

Wie und wozu wurden die Pyramiden gebaut?

[1] *Chefrer-Pyramide mit Sphinx.* Foto 2010.

1 Beschreibt [1] und berichtet, was ihr über die ägyptischen Pyramiden schon gehört habt.

Die Pyramiden von Gizeh

Nur wenige Kilometer entfernt von Kairo, der heutigen Hauptstadt Ägyptens, ragen die drei gewaltigen Pyramiden von Gizeh aus dem Wüstensand. Die größte von ihnen wurde um 2500 v. Chr. unter der Herrschaft des Pharaos Cheops errichtet. Sie ist an den Grundseiten 230 m lang und heute noch 137 m hoch. 2,3 Millionen Steinblöcke wurden hier verbaut, jeder mit einem Gewicht von etwa 2,5 Tonnen – so schwer wie zwei Mittelklasseautos. Die Pyramide des Pharaos Chefren wird von einer gewaltigen Statue bewacht. Sie zeigt den Pharao als Erbauer der Pyramide mit einem liegenden Löwenkörper. Die Figur wird als Sphinx bezeichnet.

Wozu wurden die Pyramiden errichtet? Wie wurden die schweren Steine in die Höhe geschafft? Wie viele Arbeiter waren dazu nötig? Was brachte sie dazu, diesen „Knochenjob“ zu verrichten?

Der griechische Geschichtsschreiber Herodot (um 500 v. Chr.) schrieb über den Bau der Cheops-Pyramide:

[Cheops] hat alle Ägypter gezwungen, für ihn zu arbeiten. Die einen mussten aus den Steinbrüchen im arabischen Gebirge Steinblöcke bis an den Nil schleifen. Über den Strom wurden sie auf Schiffe gesetzt und andere mussten die Steine weiterschleifen. [...] 100 000 Menschen waren es, die jeweils daran arbeiteten, je drei Monate [...]. So wurde das Volk bedrückt und es dauerte zehn Jahre, ehe nur die Straße gebaut war, auf der die Steine daher geschleift wurden. [...] An der Pyramide selbst wurde 20 Jahre gearbeitet.

[2] *Zit. nach Herodot, Historien II, in: Geschichte in Quellen, Band. 1, München 1978, S. 15.*

2 Erläutert, wie sich Herodot [2] den Bau der Pyramiden vorstellte.
Starthilfe: *Die Ägypter wurden gezwungen ...*

Sprachspeicher
ein Bauwerk / eine Pyramide errichten • jemanden zur Arbeit zwingen • eine harte/schwere Arbeit verrichten

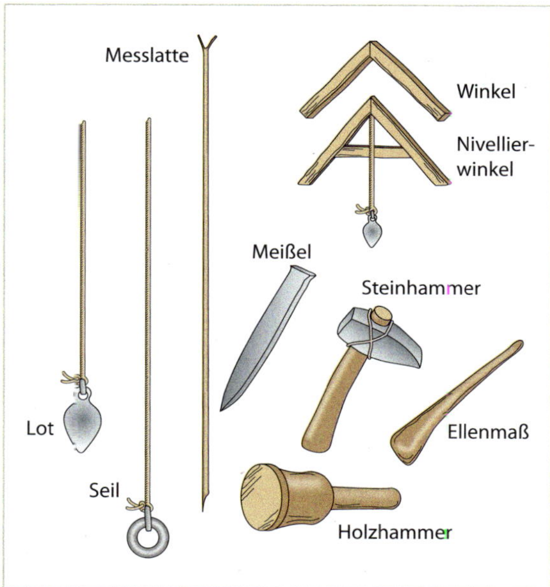

[3] *Werkzeuge für den Pyramidenbau.* Illustration.

[4] *Anbringen der Mantelblöcke an der Pyramide.* Illustration.

3 Erklärt an einzelnen Beispielen, wozu die dargestellten Werkzeuge in [3] benutzt wurden.

4 Beschreibt [4]. **Starthilfe:** *Das Bild zeigt eine Pyramidenbaustelle. Im Vordergrund sehe ich ...*

Wohnung für die Ewigkeit

Heute sind sich die Forscher sicher, dass die Ägypter zu den Bauarbeiten nicht gezwungen wurden. Es waren auch keine Sklaven, die die Pyramiden erbaut haben. An einer Pyramide waren ca. 5000 Arbeiter ständig beschäftigt. Wenn der Nil die Felder überschwemmte und die Bauern nichts zu tun hatten, gingen bis zu 70 000 Männer zur Baustelle. Die schweren Steine der Pyramide wurden mit einem Holzschlitten von acht oder zehn Arbeitern auf Rampen nach oben geschleift. Die Arbeit war sehr schwer, aber die Arbeiter bekamen Nahrung für sich und ihre Familien. Die Pyramide diente dem Pharao als „Wohnung für die Ewigkeit" und zeigte schon durch ihre Größe seine unbeschränkte Macht. Die Ägypter glaubten, dass der König nach seinem Tod weiterhin für die Menschen sorgen wird. Die Arbeit an den Pyramiden war also auch Vorsorge für das eigene Leben im Jenseits.

5 Beantwortet jetzt die auf Seite 80 im Text gestellten vier Fragen zum Pyramidenbau. **Starthilfe:** *Die Pyramiden wurden für den Pharao als ...*

Wählt einen der folgenden Arbeitsaufträge aus:

- ◩ Zeichnet zwei Werkzeuge [3] ab und erklärt kurz, was mit ihnen gemacht werden konnte.
- ⊠ Schreibt einen Zeitungsartikel zur Fertigstellung einer Pyramide: *„Cheops-Pyramide endlich fertig!"*
- ⊠ Stellt in einem Vergleich die Beschreibung von Herodot [2] und das Wissen heutiger Forscher über den Pyramidenbau gegenüber.

Was ihr noch tun könnt:

MK Erkundet ein „Großprojekt", das gerade in Deutschland oder in der Welt gebaut wird und stellt das Ergebnis in der Klasse vor. Beispiele: Flughafen, Konzerthalle, Staudamm, Bahnhof...

Sprachspeicher

3: Diese Werkzeuge benutzte man zum Messen ... • Mit diesen Werkzeugen konnte man Steine bearbeiten: ...

⊠: Herodot schrieb/meinte, dass ... • Heutige Forscher sind der Meinung, dass ... • Im Gegensatz zu Herodot wissen heutige Forscher, dass ...

Wahlseite So lebten die Kinder

1 Informiert euch anhand des Textes und der Bilder über die Kindheit im Alten Ägypten.

2 Präsentiert eure Ergebnisse in der Klasse, z. B. durch eine Wandzeitung oder ein szenisches Spiel

[1] *Schreibschule.* Jugendbuchillustration.

[2] *Ballspielende Mädchen.* Wandmalerei aus dem Grab des Baket, um 1980 v. Chr.

[3] *Jungenspiele.* Wandmalerei aus dem Grab des Amenemhet, um 1930 v. Chr.

Das könnte ein Mädchen erzählt haben:

Bei uns haben die **Familien** meist **fünf Kinder**. Aber viele Kinder **sterben** schon wenn sie noch ganz klein sind an einer der vielen **Kinderkrankheiten**. Bei uns gelten Kinder bis zu ihrem 10. Lebensjahr als unschuldige, unwissende Wesen. In den meisten Darstellungen werden sie nackt gezeigt. Bei Kindern ist es **Mode**, dass sie an der Seite des Kopfes eine herabhängende Locke tragen. Die **Kinder aus den reicheren Familien müssen nicht arbeiten**, sondern dürfen spielen oder Sport treiben. Bei uns Mädchen sind Ballspiele, Tänze oder kleine akrobatische Übungen beliebt. Die Spiele der Jungen zielen auf Geschicklichkeit und Schnelligkeit ab: Stockfechten, Ringkampf, Gewichtheben, Pfeilwurf, Bocksprung. Mein Bruder ist fünf Jahre alt und geht schon in die **Schreibschule**. Er muss ungefähr 700 Schriftzeichen lernen, Diktate und Briefe schreiben, laut vorlesen und rechnen. Die **Lehrer sind sehr streng**. Ich kenne **kein Mädchen**, dem es erlaubt wurde, eine **Schule** zu besuchen.

Die **Jungen und Mädchen der Bauern oder Handwerker** gehen nicht zur Schule, sondern müssen von ihrer Kindheit an auf den Feldern, der Baustelle oder im Haushalt **mitarbeiten**.

Tipps für die Erarbeitung

- Ihr könnt beim Lesen den Lese-Profi anwenden.
- Was sagen Text und Bilder über die Kindheit im Alten Ägypten aus?

Tipps für die Präsentation

- Spiele (Sport) von Jungen und Mädchen vorführen
- Szene „In der Schreibschule" spielen

Wahlseite So lebten die Schreiber

1 Informiert euch anhand der Texte und der Bilder über die Familien der Schreiber.

2 Präsentiert eure Ergebnisse in geeigneter Form vor der Klasse.

Das könnte ein Junge erzählt haben:
Mein Vater ist ein Schreiber des Pharaos, also ein Beamter. Er muss das Land vermessen lassen, teilt die Arbeiten ein, zahlt Löhne aus und schlichtet Streitigkeiten der Bauern. Mein Vater nimmt die Steuern ein und sorgt dafür, dass die Kornspeicher immer gut gefüllt sind, damit die Menschen nicht hungern müssen, wenn die Ernte einmal schlecht ist. Er lässt das Vieh zählen und trägt alles mit Bildzeichen (Hieroglyphen) in Papyrusrollen ein. Die einfachen Menschen achten und fürchten ihn.
Wir leben in einem schönen Haus am Nil. Meine Mutter überwacht die Arbeiten im Haus, die von Sklavinnen und Sklaven verrichtet werden. Manchmal werden Feste gefeiert. Dann trägt meine Mutter ihr schönstes Kleid, schminkt sich und legt ihren teuren Goldschmuck an. Lustig sieht der Salbkegel auf ihrem Kopf aus. Die duftenden Harze schmelzen während des Festes und tränken ihre Perücke und das Kleid mit herrlichem Parfumgeruch. Es gibt Fleisch und Fisch, Obst und Gebäck zu essen, und die Männer trinken Wein. Es wird Musik gemacht und getanzt.

[1] *Haus einer vornehmen Familie.* Rekonstruktionszeichnung.

[2] *Vornehme Damen beim Fest.* Aus dem Grab des Nebamun, um 1400 v. Chr.

[3] *Der Zwerg Seneb, Vorsteher der Webereien mit seiner Frau und seinen beiden Kindern.* Bemalter Sandstein, um 2250 v. Chr.

Tipps für die Präsentation
- Text vortragen: Ein Schreiber berichtet über seine Arbeit
- Haus, Alltagsleben und Feiern beschreiben.

Wahlseite So lebten die Sklaven

1 Informiert euch auf dieser Seite über die Sklaverei im alten Ägypten.

2 Präsentiert eure Ergebnisse in geeigneter Form in der Klasse.

Was bedeutet Sklaverei?

Ein Sklave ist ein unfreier, rechtloser Mensch, der gegen seinen Willen festgehalten und wirtschaftlich ausgebeutet wird. Er oder sie wird zum Eigentum eines anderen Menschen erklärt. Sklaverei bedeutet, dass Menschen wie „Sachen" behandelt oder verkauft werden können.

[1] *Ziegelherstellung*. Wandmalerei aus dem Grab des Rechmire, um 1450 v. Chr.

Das könnte ein Mädchen erzählt haben:

Nach dem letzten Krieg kamen meine Eltern, mein Bruder und ich als Gefangene nach Ägypten. Auf einem Markt wurden wir wie Vieh angeboten und an verschiedene Herren verkauft. Ich habe gehört, dass mein Vater Ziegelsteine aus Nilschlamm und Stroh herstellen muss. Daraus werden in Ägypten die Häuser gebaut. Meine Mutter arbeitet bei einem Müller, sie muss den ganzen Tag auf den Knien liegen und mit einem Reibestein das Korn mahlen. Mein Bruder arbeitet in der Landwirtschaft. Die Arbeit in der Hitze ist schwer. Wenn er das nicht erträgt und nicht schnell genug arbeitet, könnte es ihm auch passieren, dass er irgendwo in einem Steinbruch arbeiten muss. Davor hat er Angst. Dort regiert die Peitsche der Aufseher.
Ich selbst hatte viel Glück, weil mich ein reicher Beamter gekauft hat. Ich wohne mit anderen Mädchen zusammen in einem Raum seines großen Hauses. Tagsüber helfe ich in der Küche. Wenn unser Herr ein Fest gibt, tanzen wir Sklavinnen zur Musik von Flöten und Harfen.

[2] *Verfassertext*.

Sklaverei im Alten Ägypten

In den frühen Hochkulturen wie Mesopotamien und Ägypten gab es bereits Sklaverei. Das belegen auch schriftliche Quellen.
Nach einem Krieg war es üblich, die Kriegsgefangenen entweder zu töten oder zu versklaven. Sklaven konnten auch gekauft oder verkauft werden. Die Sklaverei erreichte ihren Höhepunkt aber erst in den späteren Kulturen: im antiken Griechenland und besonders im Römischen Reich. Im alten Ägypten gab es hingegen nur wenige Menschen, die Sklaven waren.

[3] *Sklaven aus fremden Ländern bringen Tiere als Tribut nach Ägypten*. Wandmalerei aus dem Grab des Rechmire, um 1450 v. Chr.

[4] *Musikantinnen und Tänzerinnen*. Wandmalerei aus dem Grab des Nebamun, um 1400 v. Chr.

Tipps für dieErarbeitung

- Erklärt, was Sklaverei bedeutet.
- Wertet den Text [2] aus: Wie lebten die Sklaven? Wo wurden sie eingesetzt? Wie wurden sie behandelt?

Tipps zur Präsentation

- Berichtet über die Lebensumstände der Sklaven.
- „Sklaverei ist ein Verstoß gegen die Menschenrechte." Nehmt Stellung zu dieser Aussage und diskutiert darüber.

☒ Wahlseite Vom Leben im Jenseits

MK **1** Informiert euch auf dieser Seite über die Vorbereitung auf das Leben im Jenseits und über das Totengericht.

MK **2** Präsentiert eure Ergebnisse in geeigneter Form vor der Klasse.

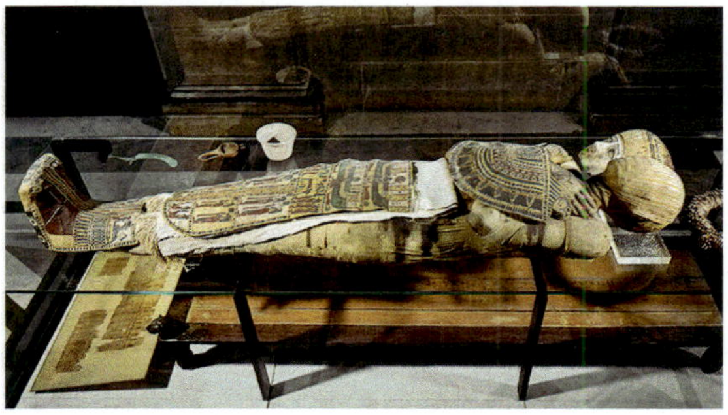

[1] *So sah eine Mumienhülle aus.* Foto.

Vorbereitung auf das Leben im Jenseits

Nach den Vorstellungen der Ägypter ist mit dem Tod eines Menschen nur das Leben im Diesseits zu Ende. Die Seele kehrt beim Begräbnis in den Körper zurück. Deshalb ist es wichtig, dass der Körper erhalten bleibt. Um den natürlichen Verfallsprozess aufzuhalten, wird der Leichnam mumifiziert. Man entfernt das Gehirn und die Eingeweide und reinigt den Körper mit Salben und Duftstoffen. Nachdem der Tote 70 Tage in Natronsalz gelegen hat, ist er vollkommen ausgetrocknet. Jetzt kann er mit Leinenbinden umwickelt und in einen Sarg gelegt werden.

Ich habe nicht Unrecht getan

Ob ein Verstorbener nach dem Tod im Jenseits weiterleben darf, wird von den Göttern im Totengericht entschieden. Wie die Ägypter sich den Ablauf vorstellen, zeigt das Bild [3] aus dem Totenbuch des Schreibers Hunefer:

Der Verstorbene kniet vor 14 Göttern und erzählt aus seinem Leben (oben). Dann führt der Totengott Anubis den Verstorbenen zur Waage der Gerechtigkeit. Dort wiegt er das Herz gegen eine Feder. Die Feder ist das Zeichen für Wahrheit und Gerechtigkeit. Wenn das Herz schwerer ist als die Feder, wird Hunefer von dem krokodilköpfigen Totenfresser aufgefressen. Aber der Schreibergott Thot vermerkt, dass die Feder schwerer ist. Deshalb wird Hunefer von dem Gott Horus mit dem Falkenkopf vor Osiris geführt. Der Gott des Totenreiches entscheidet nun über das Weiterleben nach dem Tod. Aber erst wenn der Verstorbene sein Unschuldsbekenntnis abgelegt hat, wird er in das Reich der Toten aufgenommen. So muss der Tote z.B. versichern: Ich habe nicht Unrecht getan gegen die Menschen. Ich habe nicht hungern lassen. Ich habe nicht weinen gemacht. Ich habe nicht getötet. Ich habe gegen niemanden schlecht gehandelt ...

[2] *Verfassertext*

[3] *Das Totengericht.* Wandmalerei aus dem Grab des Hunefer, um 1300 v. Chr.

Tipps für die Präsentation

- Bild Totengericht kopieren und Vorgang mit Stichworten erläutern, Szene spielen

APP

Wissenschaft und Technik

Was haben wir von den Ägyptern gelernt?

1 Betrachtet die Abbildung [1] und findet mithilfe des Textes heraus, wozu das Gerät verwendet wird und wie es funktioniert.

Bewässerung

Um die Nilschwemme für die Landwirtschaft nutzen zu können, erfanden die Ägypter ein System von Kanälen, Seen und Dämmen. Um das Wasser auf höher gelegene Felder zu befördern, benutzte man zunächst nur einfache Schöpfgeräte (Shaduf, siehe S. 85). Später wurde ein von Zugtieren angetriebenes Wasserschöpfgerät, die „Sakiya“, erfunden. Dabei bewegen die Arbeitstiere ein Schöpfrad, an dem Tonkrüge befestigt waren. Über ein Zahngetriebe wird das Wasser aus dem tiefergelegenen Fluss oder einem Kanal nach oben befördert und auf dem höher gelegenen Gelände wieder ausgeleert.
Um die Höhe der Nilschwemme vorausberechnen zu können, wurden „Nilometer“ errichtet. Hier konnte man den Wasserstand an Markierungstafeln ablesen.

2 Beschreibt die „Wassertechnik“ (Kanäle, Schöpfgeräte, Nilometer) mit eigenen Worten.

Geometrie

Bei der Nilschwemme verwischte der Schlamm immer wieder die Grenzen der Felder. Die ausgebildeten Landvermesser besaßen bereits Kenntnisse der Geometrie und konnten mit Hilfe von Seilen exakt die Flächen der einzelnen Felder neu bestimmen.

3 Beschreibt und erläutert Abbildung [3].

Zählen, Messen und Wiegen

Um das Vieh zu zählen, die Felder abzumessen oder das Gewicht von Kornabgaben zu notieren, erfanden die Ägypter ein System von Zahlen, Maßen und Gewichten. Von der Länge des Unterarms leiteten die Ägypter das Ellenmaß ab. Die Elle gilt als ältestes Längenmaß der Welt und entspricht sieben Handbreiten = 52,5 cm.

[1] *Wasserschöpfgerät „Sakiya“ im heutigen Ägypten.* Foto.

[2] *„Nilometer“ am Tempel von Kom Ombo in Oberägypten.* Foto.

[3] *Feldvermesser bei der Arbeit.* Aus einem Grabbild um 1400 v. Chr.

Sprachspeicher
1: Wasser schöpfen • Wasser befördern • ein Wasserschöpfgerät benutzen • die Höhe der Nilschwemme berechnen • den Wasserstand ablesen
das Vieh zählen • die Felder abmessen • das Gewicht wiegen und notieren

Schrift: Die Hieroglyphen

Die ägyptische Schrift hat sich schon vor mehr als 5000 Jahren entwickelt. Sie bestand zunächst aus über 700 Bildzeichen für einzelne Lebewesen oder Gegenstände. Diese reine Bilderschrift wurde später um Zeichen ergänzt, die einen Buchstaben oder einen Laut zum Ausdruck brachten. Ein Wort konnte also entweder aus einem einzigen Bildzeichen oder aus mehreren Buchstaben- oder Lautzeichen bestehen. Es wurden nur Mitlaute – mit Ausnahme des Buchstabens A – aufgeschrieben. Man schrieb von rechts nach links oder von oben nach unten. Oft wurden die Zeichen in Stein eingemeißelt. Deshalb nannten die Griechen sie „Hieroglyphen“ (heilige Einkerbungen). Mit der Schrift konnte man Briefe und Nachrichten schreiben. Auf Papyrusblättern wurden Ernteergebnisse oder Viehzählungen festgehalten.

4 Notiert, was man heute ohne Schrift alles nicht machen könnte. *Beispiel: Bücher lesen ...*

Die Herstellung von Papyrus

Papyrus wurde aus einer schilfartigen Pflanze hergestellt. Diese Pflanzen konnten bis zu fünf Meter hoch werden. Zuerst hat man die Stängel geerntet und in etwa 40 Zentimeter lange Stücke geschnitten. Diese Pflanzenstücke wurden dann geschält. Das Papyrusmark wurde in schmale Streifen geschnitten. Durch Klopfen und Wässern wurden die Streifen geschmeidig. Man hat zwei Schichten dieser Streifen übereinandergelegt, einmal längs und einmal quer. Durch das kräftige Klopfen mit dem Schlegel entweicht ein klebriger Saft. Dieser Saft sorgt dafür, dass sich die Schichten ohne zusätzliche Hilfsstoffe miteinander verbinden. Das getrocknete Papyrus musste anschließend noch geglättet werden. Dann war das Blatt zum Beschreiben bereit.

5 Beschreibt, wie die Ägypter Papier (Papyrus) herstellten. **Starthilfe:** *Zuerst werden die Stängel der Papyruspflanze abgeschnitten. Danach wird die Rinde ...*

[4] *Hieroglyphen – die alte ägyptische Schrift.* Illustration.

[5] *So wurde Papyrus hergestellt.* Illustration.

Wählt einen der folgenden Arbeitsaufträge aus:

- Stellt auf Papierstreifen Lesezeichen mit eurem Namen in Hieroglyphenschrift her.
- Fertigt zu einer der auf dieser Doppelseite dargestellten Techniken (Schöpfgerät, Nilometer, Papyrusherstellung ...) eine Zeichnung an und beschriftet sie.
- Schreibt einen kleinen Werbetext für das „Wissenschaftsland Ägypten“. **Starthilfe:** *Unser Land hat schon vor 5000 Jahren ein System erfunden ...*

Sprachspeicher
ein System von Schriftzeichen entwickeln •
Ergebnisse der Ernte/Viehzählung schriftlich festhalten

Das kann ich!

Versucht zunächst, die Aufgaben auf dieser Doppelseite zu lösen, ohne im Kapitel nachzusehen. Wenn ihr Hilfe braucht, könnt ihr bei den Aufgaben auf den in Klammern angegebenen Seiten nachschlagen.

der Nil	Gesellschaftsordnung von oben nach unten
der Pharao	Heilige Zeichen, Einkerbungen
der Beamte	Grabmal von Pharaonen
das Papyrus	König in Ägypten
die Hieroglyphe	Pflanze, Grundlage für Schreibmaterial
die Pyramide	Fluss in Ägypten
die Hierarchie	Schreiber, Staatsbediensteter

[1] *Begriffe und ihre Bedeutung*

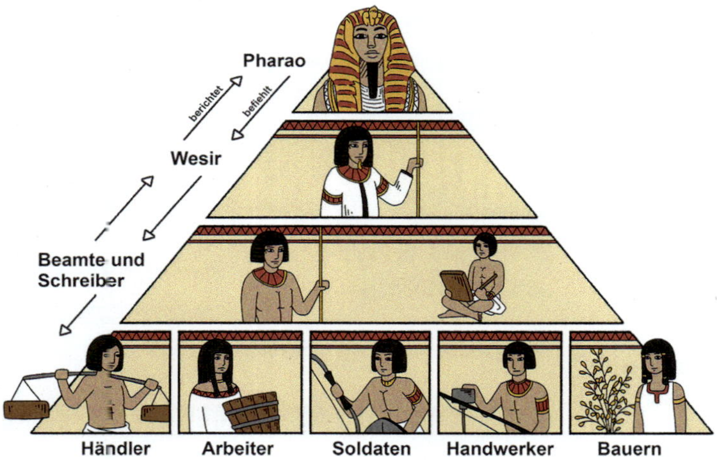

[2] *Der Aufbau der ägyptischen Gesellschaft.* Schaubild

[3] *Pharao Tutanchamun (Teil des Eingeweidesarges)* Tal der Könige. Um 1330 v. Chr.

[4] *Querschnitt durch das Niltal.* Rekonstruktionszeichnung

Als sich vor etwa 7000 Jahren das Klima veränderte und sich die ___ in Nordafrika immer mehr ausbreitete, zogen viele Menschen in das fruchtbare Tal zu beiden Seiten des Nils. Sie wurden ___ und lebten von der Landwirtschaft. Der Nil überschwemmte das Land regelmäßig mit Wasser und fruchtbarem ___. Um das Nilhochwasser zu bändigen, bauten die Menschen Dämme und Kanäle. Mit einfachen Schöpfgeräten wurde das Wasser auf höher gelegene Felder befördert. Getreideüberschüsse wurden in Speichern gesammelt und in Jahren mit schlechter Ernte verteilt. Die Menschen, die die Höhe der Nilflut berechnen oder die Felder vermessen konnten, übernahmen die ___ in den Dörfern. Etwa 3000 v. Chr. wurden die Landesteile Unter- und Oberägypten zu einem ___ vereinigt. An der Spitze stand ein König, der ___ genannt wurde.

[5] *Lückentext*

[6] *Jagd auf Wasservögel.* Wandmalerei aus dem Grab des Nakht. 15. Jh. v. Chr.

Sachkompetenz

1 Ordnet den Begriffen aus [1] die jeweils passende Erklärung zu.

2 Erklärt den Aufbau der ägyptischen Gesellschaft mithilfe des Schaubilds [2]. (S. 75)

3 Beschreibt in Stichworten, welche Herrschaftszeichen ein ägyptischer König trug und welche Aufgaben er zu erfüllen hatte [3]. (S. 74)

4 Erläutert den Querschnitt des Niltals [4]

5 Schreibt den Lückentext [5] ab und fügt die untenstehenden Begriffe an der richtigen Stelle ein:

sesshaft • Dämme • Pharao • Wüste • Staat • Schlamm • Herrschaft

6 Begründet, warum den Ägyptern der Bau von Tempeln und die Verehrung der Götter so wichtig war. (S. 78–79)

7 Beschreibt technische und wissenschaftliche Fortschritte, die wir den Ägyptern zu verdanken haben. (S. 86–87)

8 Erläutert, warum die Schrift für die Ägypter so wichtig war. (S. 87)

Methodenkompetenz

9 Beschreibt das Bild [6] mithilfe der Methode „Bilder lesen". (S. 76)

Urteilskompetenz

10 Nehmt Stellung zu dieser Aussage: „Ohne den Nil wäre kein Leben in Ägypten möglich." Begründet dabei die Bedeutung des Nils für die Entstehung einer Hochkultur in Ägypten.

Kinder der Welt

So leben wir

Auf der Welt leben etwa 2 Milliarden Kinder. Sie haben viele Gemeinsamkeiten: Sie lachen und spielen, sie lernen, sie streiten und versöhnen sich wieder. Aber es gibt auch große Unterschiede: Die einen gehen in die Schule, die anderen müssen täglich hart arbeiten. Warum ist das so?

1 Beschreibt die Bilder, vermutet, wie die Kinder leben.

2 Sammelt Fragen an die Kinder. Was würde euch interessieren?

Schauplatz So leben wir

Wie wachsen Kinder in unterschiedlichen Teilen der Welt auf?

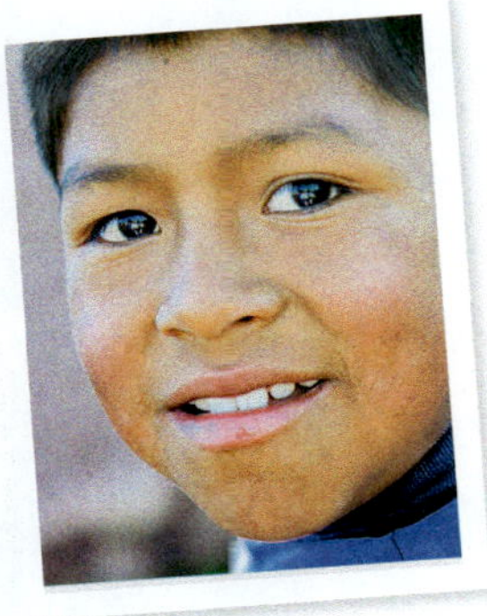

Hallo, ich bin Pedro.
Ich lebe mit meinen Eltern und vier Geschwistern in der Nähe der Stadt Potosí in Bolivien. Seit ich 10 Jahre alt bin, gehe ich regelmäßig arbeiten. Bei uns arbeiten fast alle Kinder, um unsere Familien zu unterstützen. Zuerst habe ich Schuhe geputzt, dann Süßigkeiten auf der Straße verkauft. Mein großer Bruder José ist schon 16. Er arbeitet im Bergwerk. Wir gehen alle in die Schule, aber nicht jeden Tag. Wenn es viel zu tun ist, können wir nur den Nachmittagsunterricht besuchen.
Mein großer Traum? Ich möchte ein berühmter Fußballspieler werden! Dafür gehe ich auch jedes Wochenende zum Fußballtraining.

Hallo, ich heiße Fatoumata.
Ich bin 12 Jahre alt und wuchs bei meinen Eltern in einem Dorf in Mali auf. Mali ist ein Land in West-Afrika. Meine sechs Geschwister und ich arbeiteten mit unseren Eltern auf dem Feld, alle halfen mit. Zur Schule gehen? Dafür war keine Zeit. Seit Kurzem lebe ich bei meinem Onkel in der Stadt.
Mein größter Wunsch? Ich würde so gerne lernen! Wenn ich Unterricht in Französisch und Englisch hätte, das wäre toll. Französisch ist die Amtssprache bei uns. Und wenn ich gut Englisch kann, finde ich später bestimmt leichter Arbeit in der Stadt. Wenn ich groß bin, möchte ich nicht auf dem Land leben und so hart arbeiten wie meine Eltern.

Hallo, mein Name ist Mascha.
Ich bin 11 Jahre alt und wohne mit meinen Eltern und meinem Bruder in Mayorsk, das ist eine Stadt in der Ukraine (Osteuropa). Seit ich 6 Jahre alt bin, gehe ich zur Schule. Meine Lieblingsfächer sind Englisch und Mathe. Nach der Schule spielte ich früher gerne mit meinem Bruder draußen im Wald, das geht aber leider nicht mehr. Der Wald und unser Schulweg liegen direkt in der Frontlinie.
Mein großer Traum? Ich möchte einmal Sängerin werden! Dafür muss ich aber noch viel üben. Es wäre auch schön, wenn ich Klavierunterricht nehmen könnte. Dafür reicht aber das Geld meiner Familie nicht.

Hallo, ich bin Sakura aus Tokio.
Das ist die Hauptstadt von Japan. Ich wohne mit meinen Eltern, meiner großen Schwester und ihrem Mann zusammen in einer Wohnung. Meine Eltern wollen, dass ich später eine Universität besuche. Dafür erwarten sie von mir gute Noten. Das bedeutet für mich: lernen, lernen, lernen …
Da ich eine Privatschule besuche, muss ich auch samstags zum Unterricht. Jeden Tag von 8.00 bis 16.00 Uhr. Danach habe ich oft noch Nachhilfestunden oder muss ich in eine Kunstgruppe gehen.
Mein größter Wunsch? Ich würde so gerne einmal am Nachmittag frei haben! Einfach nichts machen, nur Musik hören oder mit meiner Freundin spielen …

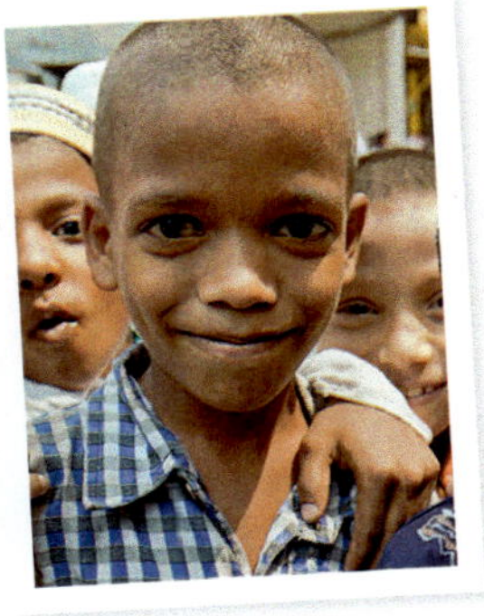

Hallo, ich bin Shaikat.
Ich lebe in **Dhaka**, das ist die Hauptstadt von **Bangladesch**. Meine Eltern, meine drei Geschwister und ich wohnen zusammen in einem Zimmer, im Wohnblock. Früher hatten wir eine kleine Hütte, die wurde aber vor zwei Jahren vom Hochwasser zerstört. In der Monsunzeit gibt es bei uns ganz oft Überschwemmungen. Unsere Familie hat sehr wenig Geld, deswegen muss auch ich arbeiten. Ich gehe jeden Tag in einen Betrieb, wo wir aus Plastik Spielzeugautos zusammenstellen. Nachmittags von 15 bis 17.30 Uhr kann ich aber zur Schule gehen. Das ist gut und die Lehrer sind ganz nett.
Mein größter Wunsch? Ich hätte gerne ein eigenes Bett für mich, wo ich schlafen kann. Es wäre auch schön, wenn meine Familie wieder ein kleines Haus hätte.

[1] *Länderbriefe*

1 Vergleicht die Lebensumstände der Kinder. Legt dazu eine Tabelle an:

	Wohnort	**Familie**	**Arbeit/ Schule**	**Wünsche**
Pedro				
Mascha				
Fatoumata				
Sakura				
Shaikat				

2 Wählt ein Kind aus und schreibt einen Brief an sie oder ihn. Erzählt dabei von eurem Alltag, von der Schule, von der Familie und was ihr in eurer Freizeit macht.

3 Sucht die Länder, wo die Kinder leben, in eurem Atlas. Wendet dabei die Methode „Arbeit mit dem Atlas" (S. 56/57) an.

MK **4** Informiert euch in einem Lexikon oder im Internet über die Länder, wo die Kinder leben.

5 Erstellt Info-Briefe über die Länder, wo die Kinder leben. Die Beispiele oben helfen euch.

Orientierung

[1] *Plakat der UNICEF zu den Kinderrechten.* Foto.

1 Lest die 10 Punkte auf dem Plakat. Welches Kinderrecht findet ihr besonders wichtig? Erklärt, warum.

Wozu brauchen Kinder besondere Rechte?

Über viele Jahrhunderte bis hin in die Neuzeit wurde das Kind als Besitz seiner Eltern angesehen. Es dauerte lange, bis Kinder als eigenständige, unabhängige Persönlichkeiten anerkannt wurden. Kinder sind auch mehr gefährdet: sie leiden unter Hunger, Krieg und Naturkatastrophen sehr viel stärker als Erwachsene. Sie brauchen beim Heranwachsen einen besonderen Schutz.

Kurze Geschichte der Kinderrechte

1919: Gründung von „Save the Children"

Kurz nach dem Ersten Weltkrieg war die Situation der Kinder in ganz Europa sehr schlecht. Viele von ihnen haben ihre Eltern verloren, wurden obdachlos und hungerten. Die Not war sehr groß. Daraufhin gründete die englische Lehrerin **Eglantyne Jebb** die Organisation „Save the Children".
Sie sammelte Spenden und setzte sich dafür ein, dass Kinder ungeachtet ihrer Herkunft Hilfe erhielten. Frau Jebb entwarf zum Schutz der Kinder ein Dokument, die sogenannte **Children's Charter**.

1959: Die Erklärung der Rechte des Kindes

Die UN-Generalversammlung verabschiedete die „**Erklärung der Rechte des Kindes**". Das geschah am 20. November 1959. Seither gilt der **20. November** als **Tag der Kinderrechte**.

1979: Das Internationale Jahr des Kindes

Mit der Absicht, den Bedürfnissen der Kinder weltweit mehr Beachtung zu verleihen, wurde von den Vereinten Nationen 1979 zum Jahr des Kindes ausgerufen.

1989: Die UN-Kinderrechtskonvention

Am 20. November 1989 wurde das Übereinkommen über die Rechte des Kindes, die „**UN-Kinderrechtskonvention**", von der Generalversammlung der Vereinten Nationen angenommen. Am 2. September 1990 trat sie dann in Kraft. Bis heute haben alle UN-Mitgliedstaaten mit Ausnahme der USA und Somalia die Kinderrechtskonvention unterzeichnet. **In Deutschland** trat das Übereinkommen am **5. April 1992** in Kraft.

2 Fasst die Geschichte der Kinderrechte mit eigenen Worten zusammen.

2019 – Jahr der Kinderrechte
Jedes Kind hat das Recht auf eine Kindheit. Seit 30 Jahren garantiert dies die UN-Konvention über die Rechte des Kindes. Doch trotz zahlreicher Fortschritte fehlen immer noch Millionen Kindern die nötigen Voraussetzungen für ein gutes Aufwachsen. Mädchen und Jungen auf der ganzen Welt kämpfen für eine bessere Zukunft und setzen sich für ihre Rechte ein. In dem Jubiläumsjahr 2019 fanden bundesweit zahlreiche Veranstaltungen für Kinderrechte statt.

[2] *Julian Draxler vor seiner ehemaligen Schule in Gladbeck* Foto, 2019

Ein Beispiel für Aktionen
Fußballprofi Julian Draxler ruft gemeinsam mit UNICEF Jugendliche dazu auf, ihre Meinung zur Verwirklichung der Kinderrechte zu sagen. [...] Dafür hat der Nationalspieler seine alte Schule in seiner Heimatstadt Gladbeck und einen Ort seiner Kindheit – den Bolzplatz „Aschenkippe“ – besucht. „Es ist wichtig, schon früh seine eigene Meinung zu haben – traut euch, Dinge anzusprechen. Nur, wenn ihr sagt, wo euch der Schuh drückt, können Verbesserungen erreicht werden“, rät Julian Draxler Kindern und Jugendlichen.

[3] *Quelle: https://www.unicef.de/informieren/aktuelles/presse/2019/draxler-aufruf-umfrage-kinderrechte/195888* (Zugriff: 04.08.19)

MK **3** Informiert euch in eurer Gemeinde, welche Aktionen zum Thema Kinderrechte aktuell veranstaltet werden.

4 Plant eine gemeinsame Aktion zum Thema „30 Jahre Kinderrechte“.

Ungleiche Lebensbedingungen

Warum leben viele Kinder in Armut?

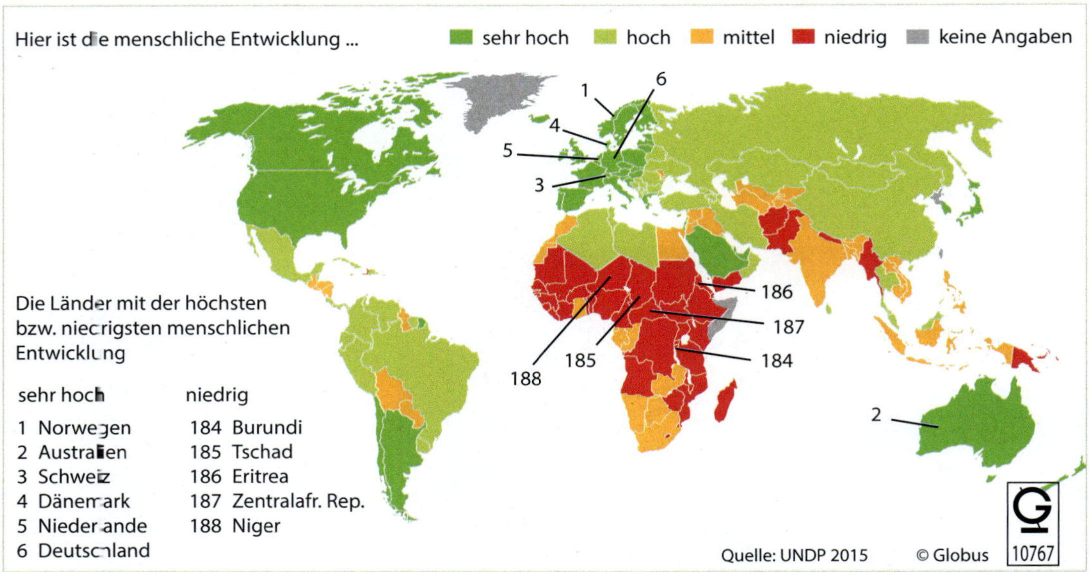

[1] *Die Lebensbedingungen der Menschen sind weltweit sehr unterschiedlich.* Karte.

1 Wertet die Karte aus: Wo sind die Lebensbedingungen der Menschen auf der Welt besonders ungünstig? Nennt Beispiele.

Armut: Was ist das eigentlich?

Mehr als 760 Millionen Menschen weltweit leben in extremer Armut. Das bedeutet: Diesen Menschen mangelt es an Mitteln, um ihre Grundbedürfnisse zu befriedigen.
Fast der Hälfte der Kinder auf der Erde fehlen heute grundlegende Dinge für das Überleben und für ihre Entwicklung. Dies betrifft vor allem die Kinder in den armen Ländern. Sie haben oft nicht genug zu essen, kein sauberes Trinkwasser, kein Dach über dem Kopf. Sie können nicht zum Arzt gehen, wenn sie krank sind, und nicht zur Schule.

2 Erklärt mit eigenen Worten, was „Grundbedürfnisse" eines Menschen sind. Ihr könnt dazu auch auf Seite 33 in diesem Buch nachschlagen.

Formen von Armut

Es gibt drei Formen von Armut: absolute, relative und gefühlte Armut.

Absolute Armut bedeutet, dass ein Mensch nicht in der Lage ist, seine Grundbedürfnisse zu befriedigen. Die Weltbank definiert einen Menschen als extrem arm, wenn ihm pro Tag weniger als 1,90 US-Dollar zur Verfügung stehen. Dieser Betrag gilt als Minimum, das ein Mensch zum Überleben braucht.

Wenn das Einkommen eines Menschen unter dem Durchschnittseinkommen seines Landes liegt, spricht man von *relativer Armut*. Sie bezieht sich, anders als die absolute Armut, auf *soziale Ungleichheit*. Das bedeutet zum Beispiel, dass Familien, die weniger Geld haben, auf einiges verzichten müssen.

Gefühlte Armut wird nicht an Einkommensgrenzen gemessen. Sie entsteht, wenn man das Gefühl hat, in ständiger Angst vor Armut zu leben.

3 Fasst die Formen der Armut mit eigenen Worten zusammen. Zu welcher Form könnte die Kinderarmut in Deutschland gehören?

Sprachspeicher
in Armut leben • es mangelt jemandem (an etwas) • seine Bedürfnisse befriedigen

3: Ich denke, dass die Kinderarmut in Deutschland zu ... gehört, denn ...

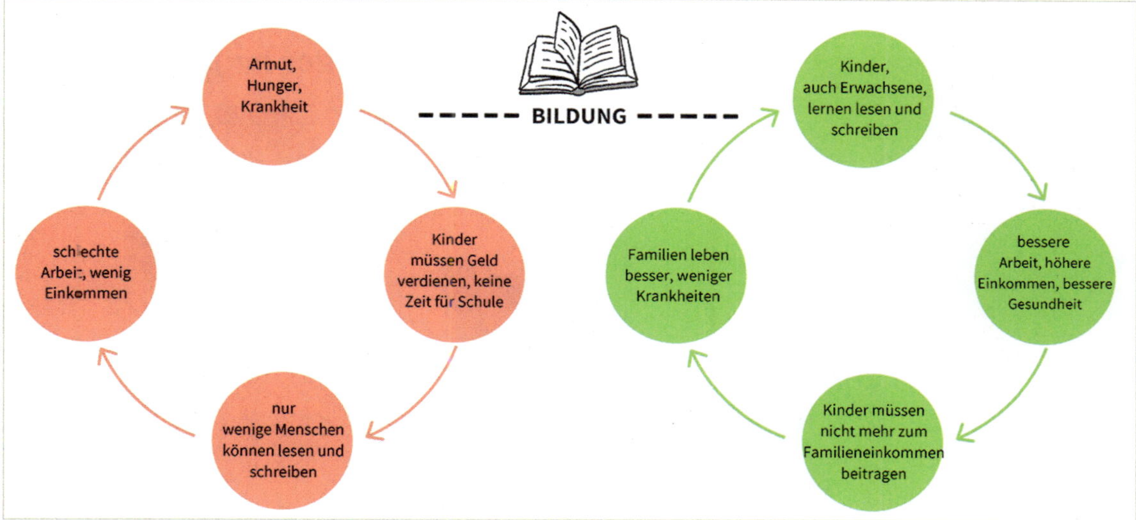

[2] *Der Kreislauf der Armut.* Schaubild.

Ursachen von Armut

Die Ursachen von Armut können vielfältig sein. Es spielen dabei viele Bedingungen eine Rolle.
Viele Menschen haben durch **Kriege** in ihrem Heimatland alles verloren oder sie müssen in einem Flüchtlingslager leben. Probleme bereiten in vielen armen Ländern auch **Naturkatastrophen**. Immer wieder kommt es zu Überschwemmungen oder zu langen Dürrezeiten. Diese haben zur Folge, dass Ernten zerstört werden und Nahrung fehlt.
Ein hohes **Bevölkerungswachstum** und die **Ausbreitung von Krankheiten** können ebenfalls Ursachen für die Armut sein.

Kinderarmut – ein Teufelskreis?

Weil die Löhne der Eltern häufig zu niedrig sind, müssen viele Kinder mitarbeiten, anstatt in die Schule zu gehen. **Ohne Schulbildung** finden sie auch, wenn sie erwachsen sind, **keine oder schlecht bezahlte Arbeit** und bleiben arm. So kann Armut zu einem Kreislauf werden, aus dem es nur schwer einen Ausweg gibt.

4 Stellt mit eigenen Worten die Ursachen und Folgen von Armut dar.

5 Erklärt den Kreislauf der Armut mithilfe des Schaubildes [2]. Ihr könnt den Sprachspeicher zu Hilfe nehmen.

Bildung kann aus der Armutsfalle helfen

Bildung kann langfristig helfen, sich aus dem Teufelskreis der Armut zu befreien. Doch oft ist Schulmaterial teuer. Und die Schulwege sind in einigen Regionen der Erde sehr lang oder zu gefährlich. Viele Kinder müssen arbeiten, um ihre Familie zu unterstützen. Die Schule kommt dann zu kurz. Dabei ist Bildung entscheidend: Ohne Ausbildung haben Menschen große Schwierigkeiten und kaum Chancen auf dem Arbeitsmarkt.
Darum setzen sich viele Hilfsorganisationen mit Projekten dafür ein, dass auch arbeitende Kinder zur Schule gehen können. Denn nur, wer etwas gelernt hat, hat Aussichten auf eine bessere Zukunft.

Wählt einen der folgenden Arbeitsaufträge aus:

- ◪ Gestaltet eine Collage, die zeigt, was ihr zum Leben braucht.
- ⊠ Erstellt eine Mindmap zu den Ursachen von Armut.
- ⊠ Begründet, warum Bildung eine Chance ist, den Kreislauf der Armut zu durchbrechen.

Sprachspeicher

5: Armut, Hunger und Krankheit haben zur Folge, dass … • Aus diesem Grund … • … wird zu einem Kreislauf

⊠: Durch Bildung erhalten Kinder und Erwachsene die Möglichkeit … • Dadurch bekommen sie …

Organisationen helfen in Not

Wie und mit welchem Ziel arbeiten Hilfsorganisationen?

[1] *Hilfsorganisationen sind weltweit im Einsatz.* Foto.

1 Zählt Hilfsorganisationen auf, die ihr kennt. Was wisst ihr über die Arbeit der Organisationen?

Spenden als Grundlage der Hilfe

Hilfsorganisationen versuchen, die Lebensbedingungen von Kindern und Familien dauerhaft zu verbessern und die Kinderrechte für alle Kinder auf der Welt zu verwirklichen. Die Hilfe reicht von der sofortigen, schnellen Katastrophenhilfe bis zu langfristig angelegten Entwicklungsprojekten. Dafür sammeln die Organisationen Spenden, um das Geld gezielt für Projekte vor Ort einsetzen zu können.

Agenda 2030

Im Jahr 2015 haben die Vereinten Nationen* 17 Ziele für eine nachhaltige Entwicklung beschlossen. Diese sollen bis zum Jahr 2030 erreicht werden. Das oberste Ziel ist, extreme Armut auf der Welt zu beenden. Alle in den Vereinten Nationen vertretenen Regierungen haben sich damit verpflichtet, diese globalen Herausforderungen nachhaltig zu lösen. Trotz vieler Fortschritte gibt es noch viel zu tun, bis die Ziele für nachhaltige Entwicklung erreicht sind. Was bedeutet das für die Kinder?

Die wichtigsten Entwicklungsziele für Kinder auf der Welt bis 2030

- Bis 2030 soll extreme Armut von Kindern und Familien ganz überwunden sein.
- Jede Form von Mangelernährung soll beendet werden.
- Kein Baby und kein Kleinkind soll an vermeidbaren Ursachen sterben.
- Alle Mädchen und Jungen sollen kostenlos eine Grund- und eine weiterführende Schule besuchen können.
- Keine Diskriminierung mehr! Abschaffung von Gewalt gegen Frauen und Mädchen, Kinderhandel und Kinderprostitution und Kinderheiraten.
- Jeder Mensch auf der Welt soll Zugang zu sicherem und sauberem Trinkwasser und zu hygienischen Latrinen oder Toiletten haben.
- Kein Missbrauch, Ausbeutung, Kinderhandel mehr und ein Ende aller Formen von Gewalt gegen Kinder.

[2] *Die wichtigsten Entwicklungsziele für Kinder auf der Welt bis 2030* Quelle: https://www.unicef.de/informieren/ueber-uns/unicef-international/neue-entwicklungsziele (Zugriff am 07.08.2019)

Sprachspeicher
Spenden sammeln ▪ Geld für etwas einsetzen ▪ sich zu etwas verpflichten

[3] *Ziele für nachhaltige Entwicklung.*

2 Ordnet die „Entwicklungsziele“ aus dem Text [2] den Zielen im Schaubild [3] zu.

Was haben diese Ziele mit den Kinderrechten zu tun?

Die Entwicklungsziele sind untrennbar mit der Umsetzung der Kinderrechte verknüpft. Vor 30 Jahren wurde die UN-Konvention* über die Rechte des Kindes verabschiedet. Damit die Kinderrechte verwirklicht werden können, arbeiten Hilfsorganisationen weltweit in sehr vielen Projekten. Zum Beispiel: Schulprojekte, Impf-Kampagnen, Brunnenbau, Bau und Erhalt von Jugendzentren; sie organisieren den Transport für Lebensmittel und Medikamente der Katastrophenhilfe bei Not.

3 Wählt ein Entwicklungsziel aus dem Schaubild [3] aus. Erläutert schriftlich, warum ihr dieses Ziel für wichtig haltet.

* die **Vereinten Nationen:** (auf Englisch: UNO) ein Zusammenschluss von 193 Ländern, um Frieden und Menschenrechte zu schützen

die **Konvention:** die Vereinbarung, Übereinkunft

[4] *Fatuma und ihre Tochter Chali aus dem Distrikt Sire in Äthiopien benutzen eine Wasserpumpe, die mit der Hilfe von UNICEF gebaut wurde.* Foto, 2016.

MK **4** Informiert euch im Internet über die Arbeit von Hilfsorganisationen wie UNICEF oder PLAN International. Stellt je ein Entwicklungsprojekt in der Klasse vor.

Sprachspeicher
mit etwas verknüpft sein • eine Konvention / ein Gesetz verabschieden

2: zum Ziel 3 (Gesundheit u. Wohlergehen) gehört das Recht auf Gesundheit; zum Ziel 4 gehört ...

Methode Ein Lernplakat erstellen

Was ist ein Lernplakat?
Ein Lernplakat dient dazu, die Ergebnisse der Einzelarbeit oder der Partner- und Gruppenarbeit festzuhalten. Auf einem Plakat könnt ihr wichtige Lernergebnisse zusammenfassen und veranschaulichen. Ein Lernplakat sollte so gestaltet sein, dass man innerhalb von wenigen Sekunden einen Überblick über ein Thema gewinnt. Es zeigt eine oder mehrere Abbildungen, die dazu verleiten, genauer hinzusehen. Überschriften sollen unterschiedliche Sachverhalte bündeln und strukturieren. Stichpunkte und kurze Sätze sollen helfen, sich wichtige Informationen besser einzuprägen. Bei der Erstellung eines Lernplakates helfen diese Schritte.

Tipps für die Gestaltung

- gute Lesbarkeit
- maximal drei Farben
- maximal zwei Schriftgrößen
- klare Gliederung
- Blickfang (Farbe, Symbole, Abbildung)
- Übersichtlichkeit
- Stichpunkte

[1] *Tipps für die Gestaltung eines Lernplakates*

[2] *Material sichten und sortieren.* Illustration.

1. Schritt – Informationen auswählen

- Informationen sammeln, lesen und auswählen.
- Was soll gezeigt werden, was kann weggelassen werden?

2. Schritt – Material sichten und sortieren

- Welche Bilder sind geeignet?
- Welche Tabellen, Schaubilder oder Zeichnungen sind vorhanden oder müssen selbst angefertigt werden?
- Welche Texte werden verwendet?

3. Schritt – Gestaltung

- Welche Materialien werden gebraucht? (Tonpapier, Tapete, Stellwände, ...)
- Wie soll das Plakat gestaltet werden?
- Wo sollen Bilder, Diagramme, Schaubilder, Tabellen oder Zeichnungen angebracht werden? Wie groß werden die einzelnen Bestandteile?

4. Schritt – Arbeit verteilen und Lernplakat fertigstellen

- Wer besorgt Bilder, Tabellen, Schaubilder, Zeichnungen bzw. fertigt sie an?
- Wie soll das Plakat endgültig aussehen? (Achtung! Erst wenn alle Materialien passend angeordnet sind, alles festkleben!)

Auf den folgenden Wahlseiten werdet ihr Materialien und Fallbeispiele zum Thema „Kinderrechte“ finden. Es werden euch Bilder und Geschichten zum Recht auf Bildung, Gesundheit, Recht auf Schutz im Krieg und zum Thema Kinderarbeit gezeigt.
Bearbeitet die Wahlseiten in Partner- oder Gruppenarbeit. Präsentiert anschließend eure Ergebnisse vor der Klasse.

Die mündliche Präsentation
Bei der Präsentation können euch folgende Wörter und Formulierungen nützlich sein:

- „Unsere Gruppe hatte das Thema ...“
- „Wir zeigen euch heute zum Thema ...“
- „Auf dem Plakat seht ihr unsere Ergebnisse zum ...“
- „Zuerst möchten wir euch ... vorstellen.“
- „Anschließend zeigen wir euch ...“
- „Zum Schluss kommt noch ein Bild / eine Geschichte zum ...“
- „Zusammenfassend können wir sagen/feststellen ...“
- „Danke für eure Aufmerksamkeit! Habt ihr noch Fragen an uns?“

[3] *Lernergebnisse präsentieren.* Fotos.

[4] *Arbeit in verschiedenen Lerngruppen.* Illustration.

Wahlseite Recht auf Bildung

1 Informiert euch auf dieser Seite über eine besondere Einschulung.

2 Präsentiert eure Ergebnisse für die Klasse.

[1] *Fatoumata lernt in der Schule Lesen und Schreiben.* © UNICEF/UN0273465/Dicko

Eine besondere Einschulung

Fatoumata aus Mali in Westafrika ist zwölf Jahre alt und wurde gerade eingeschult – direkt in die vierte Klasse.

Wenn Fatoumata sich morgens auf ihre Schulbank in der ersten Reihe setzt, kribbelt es in ihrem Bauch. [..] Für die Zwölfjährige ist einfach jeder Schultag etwas Besonderes. Kein Wunder! Sie musste lange darauf warten. Die Familie von Fatoumata lebt in einem Dorf im Süden von Mali. Die Eltern konnten einen Schulbesuch für sie nicht ermöglichen. [...]

Der Onkel schlug daher vor, dass er das Mädchen zu sich und seiner Familie in das Örtchen Nianabougou holen würde. So mussten Fatoumatas Eltern ein Kind weniger „durchfüttern“, und Fatoumata bekam eine ganz besondere Chance: Sie durfte **an einem Schulprojekt teilnehmen**, an dem der Onkel mitarbeitete.

Das UNICEF-Einschulungsprojekt

Das von UNICEF unterstützte Projekt richtet sich an Mädchen und Jungen, die stets arbeiten mussten und deshalb nicht mit sechs Jahren eingeschult wurden. 25 Sieben- bis Zwölfjährige nahmen an einem **Einschulungskurs** teil. In der gesamten Region waren es sogar rund 1500 Kinder. Sie alle übten **neun Monate lang** intensiv, um dann nach einer Abschlussprüfung in die zweite, dritte oder vierte Klasse eingeschult zu werden. Fatoumata hat so Lesen, Schreiben und Mathe gepaukt. Selbst abends, wenn es längst dunkel war, saß sie im Schein einer kleinen Lampe über ihren Büchern. All die Mühe hat sich gelohnt: Fatoumata geht jetzt in die vierte Klasse einer richtigen Schule [...] und empfindet die Schule nicht als lästige Pflicht – sondern als Geschenk.

Autor/in: Verena Linde (Kindermagazin GEOlino 07/2019)
https://www.unicef.de/informieren/aktuelles/blog/fatoumatas-einschulung-projekt-mali/197066
(Zugriff: 01.08.2019)

Tipps für die Erarbeitung

- Ihr könnt beim Lesen die Schritte des Lese-Profis anwenden.
- Berichtet über die Geschichte von Fatoumata.

Tipps für die Präsentation:

- Stellt vor, was im UNICEF-Einschulungsprojekt unternommen wurde, um Kindern zu helfen.

Wahlseite Recht auf Gesundheit

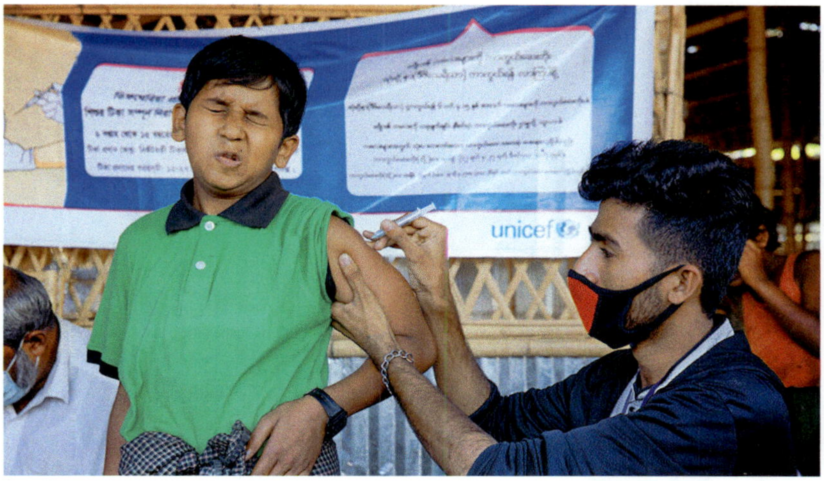

[1] *Aua! Dieser Junge in Bangladesch verzieht sein Gesicht, aber der kurze Pieks rettet ihm womöglich das Leben.*
© UNICEF/UN0155470/Sujan

1 Informiert euch auf dieser Seite über das Recht auf Gesundheit.

2 Präsentiert eure Ergebnisse für die Klasse.

Infos über Impfungen

Durch Impfungen, eine bessere Gesundheitsversorgung und bessere Hygiene konnte seit dem Jahr 2000 schätzungsweise 50 Millionen Kindern unter fünf Jahren das Leben gerettet werden.

Besondere Erfolge:

- die Masern-Todesfälle sind sehr gesunken
- Neugeborenen-Tetanus ist in den meisten Ländern der Welt eliminiert
- Die Pocken gelten als ausgerottet
- Neue Hoffnung gibt ein seit einigen Jahren eingesetzter Cholera-Impfstoff

Akute Fälle (2018–19)

Wirbelsturm "Idai": nach den großen Überschwemmungen wurden in einer Impfkampagne 900.000 Menschen in Mosambik gegen Cholera geimpft.
Krieg in Jemen: die Zahl der Cholera-Fälle ist im Land wieder angestiegen. Hunderttausende Kinder wurden gegen die lebensbedrohliche Infektionskrankheit geimpft.

Angaben nach UNICEF: https://www.unicef.de/informieren/aktuelles/blog/zehn-dinge-ueber-impfungen-zur-welt-impfwoche/75770 (Zugriff am 04.08.2019)

Monsun in Asien: Überschwemmungen bringen Kinder in Gefahr

Der Monsun hat in diesem Jahr in Südasien sehr heftig eingesetzt: Unwetter und tagelang anhaltende Regenfälle haben in Bangladesch, Indien und Nepal zu **Überschwemmungen** und **Erdrutschen** geführt. Schätzungsweise 100 Menschen sind bereits gestorben (Stand: Mitte Juli 2019). Das zerstörerische Hochwasser der Regenzeit hat viele bewohnte **Gebiete** und ganze Landstriche überflutet und **unbewohnbar gemacht**.
Hunderttausende **Menschen** sind durch die großen Regenmengen **obdachlos geworden**, einige retteten sich im letzten Moment auf die Dächer ihrer Häuser. Tausende mussten in Notunterkünfte gebracht werden. […] Während der Regenzeit steigt die Gefahr, dass durch **verschmutztes Wasser** die **Cholera** ausbricht. UNICEF führt große Impfkampagnen durch, damit Kinder vor der Krankheit geschützt sind.

https://www.unicef.de/informieren/projekte/einsatzbereiche-110796/flut-111202/monsun-in-asien/149136 (Zugriff am 03.08.2019 um 19.00 Uhr)

Tipps für die Präsentation:

- Berichtet über die Erfolge durch Impfungen.
- Stellt aktuelle Fälle dar, wo Impfungen auf der Welt dringend gebraucht werden.

Wahlseite Recht auf Schutz im Krieg

1 Informiert euch auf dieser Seite über den Alltag der Kinder in der Ost-Ukraine.

2 Präsentiert eure Ergebnisse für die Klasse.

[1] *In einem Schutzbunker. Kinder in der Ukraine haben Angst vor Beschüssen.* ©UNICEF/UN0150819/Gilbertson VII Photo

Wie Kinder heute in der Ost-Ukraine aufwachsen

Die Kinder und ihre Familien in der Ost-Ukraine leben gefährlich, denn dieses Gebiet ist heftig umkämpft: Seit mehr als fünf Jahren dauert der bewaffnete Konflikt dort bereits an. Immer wieder gibt es Waffenstillstände, die aber nicht lange eingehalten werden. Manche Regionen werden von der ukrainischen Regierung kontrolliert und sind pro-westlich orientiert. Andere Gebiete dagegen werden von pro-russischen Separatisten* unterstützt. Immer wieder werden bei den Kämpfen zwischen den beiden Bevölkerungsgruppen auch Schulen heftig beschossen. Mehr als 400.000 ukrainische Mädchen und Jungen gehen an vorderster Front zur Schule. Ihre Schulgebäude stehen direkt in der Schusslinie. Die anhaltenden Kämpfe hinterlassen Spuren in den Seelen der Kinder. Nachts können sie nicht schlafen, weil in ihrer Nähe Granaten fallen und laute Explosionen verursachen.

Autorin: Susanne Nandelstädt (Quelle:https://www.unicef.de/informieren/aktuelles/blog/kinder-heute-in-der-ost-ukraine/187862 (Zugriff: 01.08.2019)

Krieg in der Ostukraine

Drei Kinder bei Minenexplosion getötet

Sonntag, 30.09.2018
17:03 Uhr

Drei Kinder sind bei einer *Minenexplosion* im Kriegsgebiet Ost-Ukraine getötet worden. Die Schulkinder im Alter von 13 bis 15 Jahren seien am Morgen nahe der Stadt Horliwka im Gebiet Donezk unterwegs gewesen [...] Dabei seien sie auf die *Minen getreten* und getötet worden. Ein zehn Jahre alter Junge sei schwer verletzt worden. [...] Landminen sind in dem Kriegsgebiet eine besondere Gefahr: Im vergangenen Jahr seien in der Ost-Ukraine mehr Menschen durch Landminen ums Leben gekommen als in jedem anderen Konflikt weltweit, teilte ein UN-Vertreter mit. Trotz mehrerer Anläufe wird ein 2015 [...] vereinbarter *Friedensplan bis heute nicht umgesetzt.* Täglich brechen die Konfliktparteien den geltenden Waffenstillstand. Sie *ignorierten* auch eine *Feuerpause* anlässlich des Schulbeginns im September.

Quelle: https://www.spiegel.de/politik/ausland/ukraine-krieg-drei-kinder-bei-minenexplosion-getoetet-a-1230910.html (Zugriff am 31.07.2019)

Tipps für die Präsentation:
Situation in der Ost-Ukraine darstellen:
- Krieg und Waffenstillstand
- Gefahren in den Schulen
- Gefahren für die Kinder daheim und auf dem Schulweg

☒ Wahlseite Kinderarbeit – weltweit

MK **1** Informiert euch auf dieser Seite über die weltweite Kinderarbeit.

MK **2** Präsentiert eure Ergebnisse für die Klasse.

[1] *Karte der Länder mit Kinderarbeit.* Infografik, 2018.

Kinder arbeiten überall

- auf Feldern und Plantagen
- auf der Straße als Händler
- in Steinbrüchen und Minen
- in Teppichwerkstätten
- auf der Müllkippe
- auf Baustellen
- als Kindersoldaten
- im Drogenhandel

Was ist Kinderarbeit?

Kinderarbeit bedeutet, dass Kinder weltweit Arbeiten erledigen müssen, wofür sie noch zu jung sind und was für sie gefährlich und ausbeuterisch ist. Diese Arbeiten schädigen die körperliche und seelische Entwicklung der Kinder und hält sie vom Schulbesuch ab.

Jeder Staat regelt mit einem Gesetz, wie und ab welchem Alter junge Menschen arbeiten dürfen. In Deutschland ist das Mindestalter 15 Jahre, mit einigen Ausnahmen für leichte Tätigkeiten. In den meisten Ländern liegt die Altersgrenze zwischen 14 und 16 Jahren.

Warum arbeiten Kinder unter 14 Jahren in vielen Ländern der Welt?

Nach Schätzungen der UNICEF müssen weltweit etwa 150 Millionen Kinder zwischen fünf und 14 Jahren arbeiten. Die meisten Kinder arbeiten, weil ihre Eltern aus unterschiedlichen Gründen zu arm sind, um die Familie allein zu ernähren. Die Kinder unterstützen mit ihrem Verdienst die Versorgung und den Unterhalt der Familie.

Viele von ihnen, etwa 73 Millionen Kinder, leiden unter Arbeitsbedingungen, die gefährlich oder ausbeuterisch sind – zum Beispiel in Goldminen in Burkina Faso, als Textilarbeiter in Bangladesch, auf Kakaoplantagen in der Elfenbeinküste oder auf Farmen in Lateinamerika. Fast die Hälfte der Kinderarbeiter ist unter 12 Jahre alt.

Was tun gegen Kinderarbeit?

Kinderarbeit abzuschaffen ist nicht einfach. Damit Kinderarbeiter und ihre Familien wirklich eine Alternative haben, reicht es nicht, den Kindern die Arbeit zu verbieten. Denn dann würden sie meist woanders unter noch schlimmeren Arbeitsbedingungen weiterschuften. Gesetze gegen Kinderarbeit sind wichtig, reichen aber allein nicht aus. Zunächst müssen die Ursachen von Armut bekämpft werden. Dazu gehört auch, Bildungsmöglichkeiten zu schaffen. Darum setzen sich Hilfsorganisationen mit Projekten dafür ein, dass auch arbeitende Kinder zur Schule gehen können. Denn nur wer etwas gelernt und einen Schulabschluss erreicht hat, hat Aussichten auf eine bessere Zukunft.

Tipps für die Erarbeitung:

- Arbeitet aus dem Text die Gründe für Kinderarbeit heraus.
- Notiert Stichpunkte. Sucht noch weitere Informationen zum Thema.

Tipps für die Präsentation:

- Stellt in einem Kurzvortrag die Gründe und die Folgen von Kinderarbeit dar.
- Nennt auch Möglichkeiten zur Abschaffung von Kinderarbeit.

Kinderrechte in Deutschland

Arme Kinder in einem reichen Land?

[1] *Merkmale von Kinderarmut in Deutschland.* Fotos.

1 Beschreibt die Bilder. Vermutet, wie die Kinder sich fühlen und woran es mangelt.
> Sprachspeicher

Kinderarmut in Deutschland

Wenn man die Lebensbedingungen der Kinder in den verschiedenen Teilen der Erde vergleicht, dann kann man sagen, dass es den meisten Kindern in Deutschland gut geht. Die Kindersterblichkeit ist eine der niedrigsten weltweit. Alle Kinder gehen zur Schule, und wenn sie krank sind, können sie zu einem Arzt gehen. Doch auch in Deutschland leben etwa 2,7 Millionen Kinder in Armut. Genauso viele sind gefährdet, in Armut zu leben.
Wenn die Eltern weniger als die Hälfte vom Durchschnittseinkommen verdienen, bezeichnet man das als **relative Armut**. Diese Armut spürt jedes Kind, dessen Eltern arbeitslos sind oder einen schlecht bezahlten Job haben.

Folgen für die Kinder

Kinder, die von Armut betroffen sind, fühlen sich oft ausgegrenzt und minderwertig. Sie haben zum Beispiel häufiger Schulprobleme und schlechtere Chancen auf eine gute Ausbildung. Sie können sich die Mitgliedschaft in einem Sportverein nicht leisten, im Sommer nicht regelmäßig ins Schwimmbad gehen oder sich keine Markenklamotten kaufen. Oft fehlt es aber sogar eine gesunde, warme Mahlzeit am Tag oder ein ruhiger Ort in der Wohnung, wo man sich zurückziehen kann. Solange so viele Kinder in Deutschland in relativer Armut leben, sind die Kinderrechte auch bei uns nicht verwirklicht.

2 Nennt Gründe und Folgen von relativer Armut.

Sprachspeicher
von Armut betroffen sein ▪ die Kinderrechte verwirklichen

1: auf Hilfe/Unterstützung angewiesen sein ▪ man fühlt sich allein/ausgegrenzt/minderwertig

Das Deutsche Kinderhilfswerk hat 25 Bausteine für ein kindgerechtes Deutschland aufgestellt.

Bausteine für ein kindgerechtes Deutschland (Auswahl)

Baustein 1:
- Kinderrechte in das Grundgesetz aufnehmen

Baustein 6:
- Kinderarmut in Deutschland überwinden
  Jedes 5. Kind in Deutschland wächst in Armut auf. Laut Armutsbericht 2018, sind 2,7 Millionen Kinder in Deutschland von Armut betroffen.

Baustein 8:
- Rechte von unbegleiteten, minderjährigen Flüchtlingskindern in Deutschland stärken
  Flüchtlingskinder sind in erster Linie Kinder und müssen dieselben Ansprüche auf Leistungen haben wie andere Kinder auch. Das gilt auch für den Zugang zu Schule und Kita.

Bausteine 12 und 13:
- Gemeinden kinderfreundlicher gestalten, Kinderlärm tolerieren
- Alle Kinder brauchen Freiräume (Spielplätze, Sportplätze, Grünstreifen, Parkanlagen), wo sie sich frei und sicher bewegen können. Spielplätze sollen in verkehrsberuhigten Zonen liegen und mit geprüften, sicheren Spielgeräten ausgestattet sein.

[2] *Bausteine für ein kindgerechtes Deutschland*
Quelle: https://www.dkhw.de/schwerpunkte/kinderrechte/25-bausteine-fuer-ein-kindgerechtes-deutschland/ (Zugriff am 08.08. 2019)

3 Fasst die Forderungen des Deutschen Kinderhilfswerks mit eigenen Worten zusammen.

* **Hartz IV:** umgangssprachlich für Arbeitslosengeld II. Hilfsleistung des Staats für Menschen ohne Arbeit

4 Wertet die folgende Infografik aus.
> Sprachspeicher

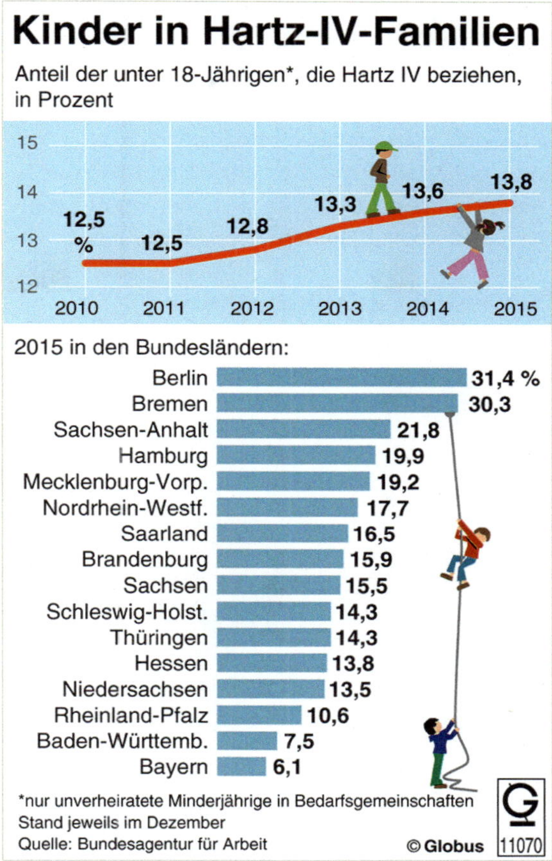

[3] *So viele Kinder leben in „Hartz IV-Familien" in Deutschland.* Infografik.

Wählt einen der folgenden Arbeitsaufträge aus:

- Gestaltet ein Plakat zu eurem Wunsch-Spielplatz. Was sollte dabei alles berücksichtigt werden?
- Formuliert in Stichpunkten eure eigenen Forderungen für ein" kindgerechtes Deutschland". Gestaltet einen Flyer dazu.
- Entwerft einen Plan für eine Aktion in der Schule (z. B. Kuchenbasar oder Trödelmarkt für die Klassenkasse, damit alle Kinder an der Klassenfahrt teilnehmen können.)

Sprachspeicher
in Armut aufwachsen • die Rechte (einer Person) stärken • Ansprüche auf etwas haben

4: Die Infografik zeigt ... • Die Werte zwischen 2010 und 2015 zeigen, dass ... • Wenn man die Werte der einzelnen Bundesländer vergleicht, stellt man fest ...

Alt genug, um ...

Welche Rechte und Pflichten haben Kinder in welchem Alter?

Wann darf ich endlich ...?
Diese Fragen kommen euch bestimmt bekannt vor: Wann darf ich endlich ohne meine Eltern ins Kino gehen? Allein mit dem Fahrrad unterwegs sein? Einen Schülerjob haben und zu meinem Taschengeld etwas dazu verdienen?
Mit zunehmendem Alter dürfen Kinder und Jugendliche mehr, das heißt, sie haben mehr Rechte. Sie haben aber auch mehr Verpflichtungen.

Die Klasse 5b hat zu diesem Thema Informationen gesammelt.

1 Wertet die Grafik und die Texte aus.
- Was dürfen Kinder ab der Geburt?
- Was dürfen sie ab 6, 8 und 13 Jahren?
- Welche Pflicht haben sie ab 6 Jahren?

2 Erklärt, ab welchem Alter Kinder einen Schülerjob annehmen dürfen.

Geburt:
Kinder haben schon mit der Geburt Rechte und Pflichten. Sie sind rechtsfähig. Sie dürfen z. B. Geschenke der Großeltern behalten.

ab 6 Jahren:
Die Schulpflicht beginnt.
Kinder dürfen Kinofilme bis 20.00 Uhr besuchen.

ab 8 Jahren:
Kinder dürfen mit dem Fahrrad die Fahrbahn bzw. den Radweg alleine benutzen.

ab 13 Jahren:
Kinder dürfen unter bestimmten Voraussetzungen eine leichte Tätigkeit (Schülerjob) ausüben.

[1] *Rechte und Pflichten von Kindern ab 0 bis 13 Jahren in Deutschland.*

Was ihr noch tun könnt:

→ Erstellt eigene kleine Texte zu den folgenden Themen: „Meine Fahrradprüfung“ oder „Meine Schwimmprüfung“, „Ein Kinonachmittag mit Freunden“.

Sprachspeicher
das Recht, die Rechte • die Pflicht, die Pflichten • Rechte und Pflichten haben • rechtsfähig sein • die Schulpflicht • schulpflichtig sein • einen Schülerjob annehmen

Wie schützt der Staat die Kinder?

In Deutschland kümmert sich der Staat darum, dass Kinder gewalt- und möglichst sorgenfrei aufwachsen können. Die Eltern werden vom Staat unterstützt, um ihre Kinder zu pflegen und zu erziehen. Wenn Eltern ihre Kinder vernachlässigen, dann müssen sich die Jugendämter einschalten.

Gesundheit

Für jedes Kind gibt es ab der Geburt **Untersuchungen zur Vorsorge** beim Kinderarzt. Der Arzt untersucht die Kinder und prüft, ob sie altersgemäß entwickelt sind. Ein Sehtest und ein Hörtest wird durchgeführt. So kann man frühzeitig entdecken, z.B. ob ein Kind eine Brille braucht. Bei diesen sogenannten Vorsorgeuntersuchungen führt der Kinderarzt auch notwendige Schutzimpfungen durch. Bemerkt er Zeichen von absichtlichen Verletzungen oder Vernachlässigungen, informiert er das Jugendamt.

Schulpflicht und Verkehrserziehung

Jedes Kind **ab 6 Jahren** ist **schulpflichtig** in Deutschland. Wenn Eltern die Kinder nicht in die Schule schicken, können sie bestraft werden.
In der Grundschule nehmen die Kinder auch an der **Verkehrserziehung** teil. Hier werden alle Kinder mit den Risiken und Gefahren des Straßenverkehrs vertraut gemacht. Sie erhalten Ratschläge und Hilfestellungen, wie sie sich sicher auf den Straßen bewegen und Unfälle vermeiden können. Sie lernen auch das sichere und verkehrsgerechte Radfahren, bevor sie eine Prüfung ablegen.

Medienerziehung

Kinder wachsen heute mit Fernsehen, Handy, Computer und Internet auf. Wenn Kinder zu lange fernsehen oder am Computer spielen, dann können Schlafstörungen auftreten. Manche Kinder leiden auch an Übergewicht, Konzentrationsschwächen und Aggressivität. Fachleute empfehlen **höchstens 60 Minuten** Computerspiele **am Tag** für 11- bis 13-jährige Kinder. Die **Altersfreigabe** von Filmen und Computerspielen ist zu beachten.

Kinderarbeitsschutz

Kinder können mit einem kleinen **Schülerjob** erste Berufserfahrungen sammeln und ihr Taschengeld aufbessern. Dabei gelten jedoch Regeln. In Deutschland gilt das Kinderarbeitsschutzgesetz. Wer dagegen verstößt, wird bestraft. Nur Kinder **ab 13 Jahren** dürfen leichte, kurzzeitige Arbeiten (z.B. Zeitung und Werbeprospekte austragen, Haustiere betreuen, Autos waschen, Babysitten, usw.) annehmen. Diese Arbeiten dürfen sie nur nach dem Unterricht oder in den Ferien ausüben. Die Eltern müssen mit der Tätigkeit einverstanden sein. Wer unter 13 Jahren ist, darf überhaupt nicht arbeiten.

[2] *Marco (14 Jahre) trägt Zeitungen aus.* Foto.

3 Begründet, warum Kinder regelmäßig zu Untersuchungen zum Kinderarzt müssen.

4 Erläutert, welchen Beitrag die Schulen zum Kinderschutz leisten.

5 Beschreibt stichpunktartig die Regeln für einen Schülerjob in Deutschland.

Wählt einen der folgenden Arbeitsaufträge aus:

- Notiert die Folgen von einem nicht altersgemäßen Umgang mit Fernsehen, Computer und Internet.
- Erstellt ein Infoplakat von Kinderärzten, das auf die Bedeutung der Vorsorgeuntersuchungen für Kinder hinweist.
- Kinder wollen eine Lockerung der Bestimmungen bei Schülerjobs. Fachleute sind dagegen. Beide Gruppen sammeln Argumente für ihre jeweilige Meinung. Stellt dieses Streitgespräch in der Klasse vor.

Sprachspeicher
die Vorsorgeuntersuchung • die Schutzimpfung • das Jugendamt informieren/einschalten • Berufserfahrungen sammeln • das Taschengeld aufbessern • einen Beitrag zum .. leisten

Das kann ich!

Versucht zunächst, die Aufgaben auf dieser Doppelseite zu lösen, ohne im Kapitel nachzusehen. Wenn ihr Hilfe braucht, könnt ihr bei den Aufgaben auf den in Klammern angegebenen Seiten nachschlagen.

die UNO	Hier leben Kinder und Jugendliche, die keine Eltern oder andere Familienangehörige mehr haben.
die Konvention	Eine groß angelegte Aktion, zum Beispiel von einem Hilfswerk (Impf-Kampagne, Bildungskampagne).
die Entwicklung(s)|hilfe	Ein Vertrag, der von mehr als zwei Ländern unterschrieben wird.
das SOS-Kinder|dorf	Hierbei wird versucht, den Menschen in armen Ländern bei grundlegenden Problemen zu helfen.
die Kampagne	*United Nations Organization*; auf Deutsch: die Vereinten Nationen, ist ein Zusammenschluss von derzeit 193 Ländern.

[1] *Begriffe und ihre Bedeutung*

[2] *Kinderrechte.* Illustrationen.

A Taya in Somalia arbeitet mehr als 10 Stunden am Tag auf dem Feld.

B Samira ist krank und kann nicht zum Arzt gehen, weil es in der Nähe keine medizinische Versorgung gibt.

C Lukas hat eine schlechte Note bekommen und wurde dafür vom Vater geschlagen.

D Jamila ist erst 10 Jahre alt. Sie weiß, dass sie bald an einen viel älteren Mann verheiratet wird.

E Tamara hat jeden Tag Angst auf dem Schulweg, dass sie auf eine Mine tritt.

F José arbeitet jeden Tag als Straßenverkäufer und geht nicht zur Schule. Seine Eltern hat er seit Monaten nicht gesehen.

[3] *Beispiele für Kinderrechtsverletzungen*

	Ja!	Nein!	ich weiß nicht
In unserer Schule werden alle Kinder gleichbehandelt.			
In unserer Schule kann jedes Kind seine Meinung frei äußern.			
An unserer Schule werden Konflikte gewaltfrei gelöst.			
(...)			

[4] *Beispiele für eine Checkliste*

Sachkompetenz

1 Ordnet den Begriffen in der Tabelle [1] die jeweils passende Bedeutung zu. Schreibt die Lösungen auf.

2 Seht euch die Zeichnungen in [2] an. Welches Kinderrecht passt dazu? Schreibt zu jedem Kinderrecht einen Satz auf.
Starthilfe: *Jedes Kind hat das Recht auf ...*
Kein Kind darf ...

3 Lest die Aussagen in [3]. Welches Kinderrecht wurde jeweils verletzt? Schreibt die passenden Kinderrechte dazu auf.
Starthilfe: *„Lukas darf vom Vater nicht geschlagen werden. Lukas hat ein Recht auf ...“*

Methodenkompetenz

4 Wertet das Schaubild auf Seite 97 aus. Erklärt, wie der Kreislauf der Armut unterbrochen werden kann.

5 Erklärt, worauf man beim Erstellen eines Lernplakates achten soll. Nennt verschiedene Möglichkeiten für die Präsentation.

Urteilskompetenz

6 Beurteilt anhand vom Fallbeispiel „Fatoumatas Einschulung“ (S. 102), ob sie eine Chance auf ein selbstbestimmtes Leben bekommen hat. Begründet eure Meinung.

Handlungskompetenz

7 Führt an eurer Schule eine Umfrage zum Thema „Kennst du die Kinderrechte?“ durch.

8 Erstellt eine Checkliste zum Thema „Kinderrechte an unserer Schule“. Macht Vorschläge wie man die Kinderrechte bei euch besser umsetzen könnte.

Landwirtschaft

Auf dem Bauernhof
Jeden Tag essen wir Brot, Müsli, Schnitzel oder Kartoffeln, die wir wie selbstverständlich im Supermarkt kaufen. Landwirte versorgen uns ...

1 Beschreibt, was ihr auf dem Bild seht.
2 Erzählt, was ihr schon über die Landwirtschaft wisst.
3 Formuliert eigene Fragen, die ihr zum Thema Landwirtschaft habt.

Schauplatz Auf dem Bauernhof

Was findet man auf einem Bauernhof und was ist dort zu tun?

[1] *Das ist der Kuhstall auf dem Bauernhof von Familie Temminghöff.* Foto.

1 Beschreibt das Bild [1].

Herr Temminghöff ist Landwirt. Er berichtet:
„Ich bin Klaus Temminghöff. Zusammen mit meiner Frau, meinem Sohn und einem Auszubildenden bewirtschafte ich unseren Hof. Dieser ist schon seit 500 Jahren in Familienbesitz. Wir haben mehr als 200 Milchkühe und 30 Kälber. Unsere Tiere halten wir im Stall, wo wir viele Kühe und Kälber gleichzeitig unterbringen können. Zusammen mit dem Einsatz moderner Technik spart uns das Kosten. Wir betreiben intensive Viehhaltung*."

Stallhaltung und Fütterung
„Für die Stallhaltung gibt es genaue Vorschriften, an die wir Landwirte uns halten müssen.
Wir haben insgesamt vier große Boxenlaufställe für unsere Tiere. Einen davon könnt ihr auf Foto [1] sehen. Jede Kuh hat in dieser Art von Stall ihren eigenen Ruheplatz und es gibt Auslaufbereiche, wo sie sich bewegen kann. Davor befindet sich die Futterzone. Unsere Kühe fressen einen Futtermix aus Mais, Stroh und Kraftfutter, den wir mit einem Futterwagen verteilen. Die genaue Menge wird mit Computern ermittelt. Das Futter bewahren wir im Silo auf. Aus diesem wird auf Knopfdruck alles in den Futterwagen geleitet."

Milcherzeugung und Einsatz von Maschinen
„Morgens und abends melken wir die Kühe mithilfe von Maschinen. Die Kühe geben bis etwa sechs Monate nach der Geburt ihres Kalbes Milch. Der Molkereiwagen holt die Milch alle zwei Tage ab.
In unserer Scheune sind die Maschinen und Arbeitsgeräte untergestellt. Wir haben drei Traktoren, die täglich im Einsatz sind. Ich bin gerne Landwirt, weil mir die Arbeit mit den Tieren viel Spaß macht."

2 Beschreibt die intensive Viehhaltung mit eigenen Worten.
Starthilfe: *Nutzt dazu die Begriffe Masse, Großbetriebe, Maschinen.*

3 Vermutet, warum Landwirte Vorschriften für die Stallhaltung von Tieren bekommen.

4 Erklärt, warum Herr Temminghöff Computer und Maschinen für seine Arbeit braucht.
Starthilfe: *Herr Temminghöff ist auf Computer und Maschinen angewiesen, weil ...*

* *die* **intensive Vieh|haltung:** Haltung vieler Tiere einer Art auf engem Raum.

[2] *Frau Temminghöff bei der Büroarbeit.* Foto.

Arbeitsteilung

Klaus Temminghöff berichtet weiter: „Bei uns sind die Aufgaben verteilt. Ich arbeite auf dem Feld und im Stall. Am Computer muss ich die Futtermengen berechnen. Den Großteil der Büroarbeit erledigt aber meine Frau. Neben Bestellungen und Verkäufen organisiert sie auch Führungen für Schulklassen. Unser Sohn und der Auszubildene sind für die Fütterung der Kühe zuständig."

Probleme in der Landwirtschaft

„Die Landwirtschaft hat aber auch ihre schwierigen Seiten. Wir haben immer so viel zu tun, dass wir sieben Tage die Woche arbeiten müssen. Auch Urlaub ist nur selten möglich. Zudem finden viele meiner Kolleginnen und Kollegen keinen Hofnachfolger oder eine Hofnachfolgerin, weil die Kinder oft einen anderen Beruf ausüben wollen.

Die steigenden Preise für Strom, Heizung und Dieselkraftstoff sowie das teure Futter führen zu hohen Produktionskosten. Der Preis, den wir zurzeit von den Abnehmern für unsere Milch bekommen, ist aufgrund der hohen Produktionskosten zu niedrig."

5 Benennt die Probleme, mit denen sich die Landwirtinnen und Landwirte auseinandersetzen müssen.

6 Begründet, ob ihr gerne als Landwirtin oder Landwirt arbeiten würdet oder nicht.
Starthilfe: *Ich würde gerne / nicht gerne als Landwirtin/Landwirt arbeiten, weil ...*

Wählt einen der folgenden Arbeitsaufträge aus:

- Nennt die Aufgaben, die für Frau und Herrn Temminghöff als Landwirte anfallen.
- Notiert, was euch bei einem Besuch auf dem Hof der Familie Temminghöff am meisten interessieren würde. Erstellt einen Fragenkatalog.
- Plant gemeinsam mit dem Lehrer / der Lehrerin einen Ausflug zu einem Bauernhof in der Nähe.

Was ihr noch tun könnt:

MK Informiert euch im Internet oder im Lexikon über die Unterschiede zwischen Kuh, Kalb, Bulle.

Orientierung

[1] *Landnutzung in den verschiedenen Regionen Nordrhein-Westfalens.* Karte.

1 Erstellt mithilfe der Karte eine Tabelle, in welchen Regionen Nordrhein-Westfalens welche Art der Viehhaltung oder der Anbau welcher Produkte erfolgt. **Starthilfe:**

Region	Landnutzung/Tierhaltung
Münsterland	Schweinemast

Welche landwirtschaftlichen Räume gibt es in Nordrhein-Westfalen?

In Nordrhein-Westfalen sind nicht alle Regionen gleichermaßen für eine landwirtschaftliche Nutzung geeignet. Bodenqualität und Klima sind entscheidend dafür, welche Produkte angebaut werden können. Man spricht von landwirtschaftlichen Gunsträumen* oder Ungunsträumen*.

2 Beschreibt die Verteilung von landwirtschaftlichen Gunst- und Ungunsträumen* in Nordrhein-Westfalen mithilfe der Karte und nennt räumliche Beispiele.

* *der* **Gunst|raum:** ein Gebiet mit guten Bedingungen (z. B. guter Boden und/oder gutes Klima) für die landwirtschaftliche Nutzung

der **Un|gunst|raum:** ein Gebiet mit schlechten Bedingungen (z. B. schlechter Boden und/oder schlechtes Klima) für die landwirtschaftliche Nutzung

Viehhaltung
Die Viehhaltung beschränkt sich in Nordrhein-Westfalen hauptsächlich auf die Schweinemast, die Milchviehhaltung und die Geflügelzucht. Häufig bauen die Viehhalter aber auch selbst das Futter für ihre Tiere an, um keine teuren Produkte ankaufen zu müssen. Der Futtermais ist z.B. oftmals auf heimischen Feldern zu sehen.

Ackerbau
Beim Ackerbau werden neben Mais insbesondere Weizen, aber auch andere Getreidesorten wie Gerste, Roggen oder Hafer angebaut. Der Anbau von Zuckerrüben und Dinkel hat ebenso eine große Bedeutung. Einige Landwirte sind zudem in den Sojaanbau eingestiegen, weil die Nachfrage danach immer größer wird. Zudem gibt es die Sonderkulturen, zu denen Erdbeeren oder Spargel zählen. Diese benötigen besondere Anbaumethoden und sind wegen des Klimas und des Bodens regional stark begrenzt.
In der Regel ist es so, dass Landwirte entweder Viehzucht oder aber Ackerbau betreiben.

3 Informiert euch, welche Produkte durch die Tierhaltung oder den Ackerbau erzeugt werden können und erstellt eine Tabelle:

Weizenanbau	Teigwaren (Brot)
Milchviehhaltung	...
...	...

[2] *Typische Lebensmittel aus Regionen Nordrhein-Westfalens.* Grafik.

Ein Bauernhof früher und heute

Was hat sich in der Landwirtschaft geändert?

[1] *Feldarbeit früher.* Foto.

[2] *Feldarbeit heute.* Foto.

Opa Temminghöff erzählt von früher ...
„Früher mussten alle mit anpacken. Auch wir Kinder, wenn wir mittags von der Schule kamen. Es gab auch Hilfskräfte: Eine Magd und zwei Knechte unterstützten den Betrieb. Sie wohnten mit auf dem Hof. Die Arbeit war körperlich sehr anstrengend. Das meiste musste per Hand erledigt werden. Bei der Ernte schnitten wir das Korn mit einfachen Werkzeugen, sogenannten Sensen. Die Kühe wurden per Hand gemolken und die Äcker mithilfe von Pferden gepflügt. Das ist auf Bild [1] zu erkennen. Traktoren und Maschinen waren noch nicht so leistungsfähig wie heute und sehr teuer.
Wir haben damals verschiedene Getreide- und Gemüsesorten angebaut und Hühner, Kühe und Schweine gehalten. Einen Teil der landwirtschaftlichen Produkte nutzten wir für die Versorgung unserer eigenen Großfamilie. Was übrig blieb, haben wir auf Märkten oder direkt auf dem Hof verkauft.
Früher haben viele Menschen auf unserem Hof gearbeitet. Weil die technischen Möglichkeiten noch nicht so gut waren, konnten wir aber nur wenig ernten und auch nur wenig Milch gewinnen. Die Erträge waren also gering. 1950 versorgte ein Landwirt durchschnittlich nur etwa zehn Menschen mit Lebensmitteln. Heute ist das ganz anders.“

Klaus Temminghöff erzählt von heute ...
„Heute arbeiten nur noch wenige Menschen auf unserem Hof. Eine einzige Person steuert bei der Ernte einen Mähdrescher (Foto [2]). Diese moderne Maschine ist in der Lage, fast alle Arbeitsschritte der Ernte per Knopfdruck und automatisiert auszuführen.
Die einzigen Tiere auf unserem Hof sind heute Kühe und Kälber. Wir arbeiten mit Melkanlagen, bei denen das Melken computergesteuert funktioniert. Die Kühe können selbst in die Melkmaschine gehen. Die Milch verkaufen wir in großen Mengen an eine Molkerei, die sie mit Lastwagen von unserem Hof abholt. Die Leistungsfähigkeit der Betriebe stieg mit der Einführung von Maschinen, der sogenannten Mechanisierung, stark an. Heute ernährt ein Landwirt durchschnittlich 150 Menschen.“

1 Stellt die Situation auf einem Hof früher und heute in einer Tabelle gegenüber:

früher	heute
...	...

2 Erklärt mithilfe des Textes und der Bilder, wie sich die landwirtschaftlichen Betriebe verändert haben.

Sprachspeicher
einen Acker pflügen (=auflockern) • Gerät: der Pflug • melken • die Molkerei (Betrieb, welcher Milch weiterverarbeitet)

2: *Nutzt folgende Begriffe:* körperliche Arbeit • Maschinen • Leistungsfähigkeit früher/heute

Spezialisierung in der Landwirtschaft

Klaus Temminghöff berichtet weiter: „Neben der Mechanisierung hatte auch die Spezialisierung große Auswirkungen auf die Landwirtschaft. Die meisten Betriebe spezialisieren sich heute auf die Haltung einer einzigen Tierart oder aber ausschließlich auf den Ackerbau. Das ist kostengünstiger und effektiver, sodass man mehr Erträge hat. Deshalb haben wir uns auf Milchviehhaltung spezialisiert."

Der Landwirt als Kaufmann

„Die Arbeit und das Leben als Landwirt haben sich noch weiter grundlegend verändert. Opa arbeitete größtenteils auf dem Feld und im Stall.
Meine Frau und ich arbeiten hingegen auch viel am Computer. Die Futtermengen müssen berechnet, die erzeugten Produkte verkauft und Bestellungen getätigt werden. Zudem sind wir oft in Gesprächen mit Abnehmern, die unsere Milch kaufen. Ein Landwirt ist heute auch Kaufmann."

3 Erklärt die Begriffe Mechanisierung und Spezialisierung mit eigenen Worten.

4 Verdeutlicht, warum ein Landwirt heute auch Kaufmann ist.

5 Erklärt mithilfe von [4], wie sich die Leistungsfähigkeit von landwirtschaftlichen Betrieben verändert hat. Nennt Gründe dafür.

Wählt einen der folgenden Arbeitsaufträge aus:

- Zeichnet ein Schaubild mithilfe der Angaben aus [4].
- Erklärt, in welcher Zeit ihr lieber Landwirtin oder Landwirt sein würdet, früher oder heute? Listet die Gründe auf.
- Schreibt einen Tagebucheintrag zu einem Arbeitstag eines Landwirts / einer Landwirtin von früher (Ich-Form). Was musste ich tun, wie war die Arbeit, was habe ich geschafft?

[3] *Landwirtin und Landwirt im Gespräch mit einem Partner.* Foto.

Im Jahr **1850** versorgte ein Landwirt sich selbst und „ein Viertel" einer weiteren Person mit Nahrungsmitteln.

1900	4 Personen
1920	10 Personen
1980	48 Personen
2000	112 Personen

1950
Zahl der Landwirte:
4 700 000
↓
2010
Zahl der Landwirte:
429 000

Aufwand für die Ernte von 1 Hektar Getreide um **1950**:
30 Stunden
↓
Aufwand für die Ernte von 1 Hektar Getreide um **2010**:
1,5 Stunden

[4] *Entwicklung der Anzahl und Leistungsfähigkeit von landwirtschaftlichen Betrieben.*

Was ihr noch tun könnt:

- MK Informiert euch im Internet über landwirtschaftliche Geräte aus vergangenen Tagen.
- MK Informiert euch im Lexikon oder im Internet über das Leben von Mägden und Knechten.

Sprachspeicher
mechanisch • die Mechanisierung • speziell • die Spezialisierung • sich spezialisieren • etwas leisten • die Leistungsfähigkeit

Ackerbau

Was wird wie angebaut und warum wird gedüngt?

[1] *Luftbild von Feldern mit verschiedenen Parzellen.* Foto.

1 Vermutet, warum die Farben in den einzelnen Teilstücken (Parzellen) unterschiedlich sind.

Landwirtschaftliche Großbetriebe

Landwirtschaftliche Betriebe in Nordrhein-Westfalen haben oft eine Nutzfläche von 100 Hektar und mehr. In den einzelnen Parzellen werden verschiedene Produkte angebaut.

[2] *Bedeutende Getreidesorten in Deutschland.* Illustration.

Landwirtschaftliche Anbauprodukte

Brot, Brötchen, Popcorn: Viele Nahrungsmittel sind aus Getreide. Aber das Getreide wird nicht nur als Nahrung für den Menschen verwendet. Ein großer Teil des Anbaus wird auch als Futtermittel für die Viehwirtschaft genutzt.

Es werden natürlich nicht nur Getreidesorten angebaut. Zuckerrüben, Kartoffeln oder Raps sind in der deutschen Landwirtschaft ebenfalls von großer Bedeutung.

Fruchtwechsel und Gründüngung

Um möglichst gute Ernten zu haben, bauen die Landwirte jedes Jahr andere Feldfrüchte auf ihren Feldern an. Das nennt man Fruchtwechsel. Immer die gleichen Anbauprodukte würden dem Boden die immer gleichen Nährstoffe entziehen. Nach der Getreideernte erfolgt regelmäßig der Anbau von Grünpflanzen wie Klee oder Gräsern. Diese werden dann aber nicht geerntet, sondern untergepflügt, um den Boden auf natürliche Weise mit Nährstoffen zu versorgen (Gründüngung). Damit sich der Boden gut erholen kann, wird zudem nach einigen Jahren ein Jahr lang gar nichts angebaut, das Feld liegt brach.

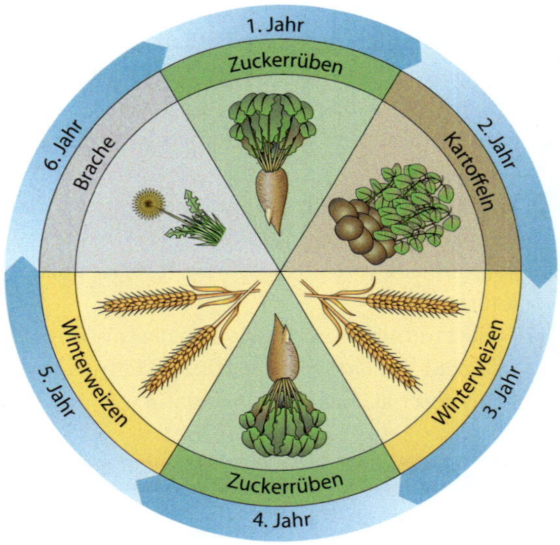

[3] *Der Ablauf des Fruchtwechsels.* Illustration.

2 Nennt Nahrungsmittel, welche aus den Anbauprodukten in [2] hergestellt werden.

3 Erklärt den Ablauf des Fruchtwechsels mithilfe der Illustration [3].

4 Erklärt, was Gründüngung ist.

Sprachspeicher

die Nutzfläche ▪ die Parzelle ▪ das Futtermittel ▪ der Fruchtwechsel ▪ den Boden düngen ▪ die Düngung ▪ die Gründüngung ▪ eine Pflanzenart anbauen ▪ der Anbau ▪ das Anbauprodukt ▪ das Feld liegt brach

4: *Nutzt diese Begriffe:* Grünpflanzen ▪ unterpflügen ▪ Mineralien ▪ Nährstoffe

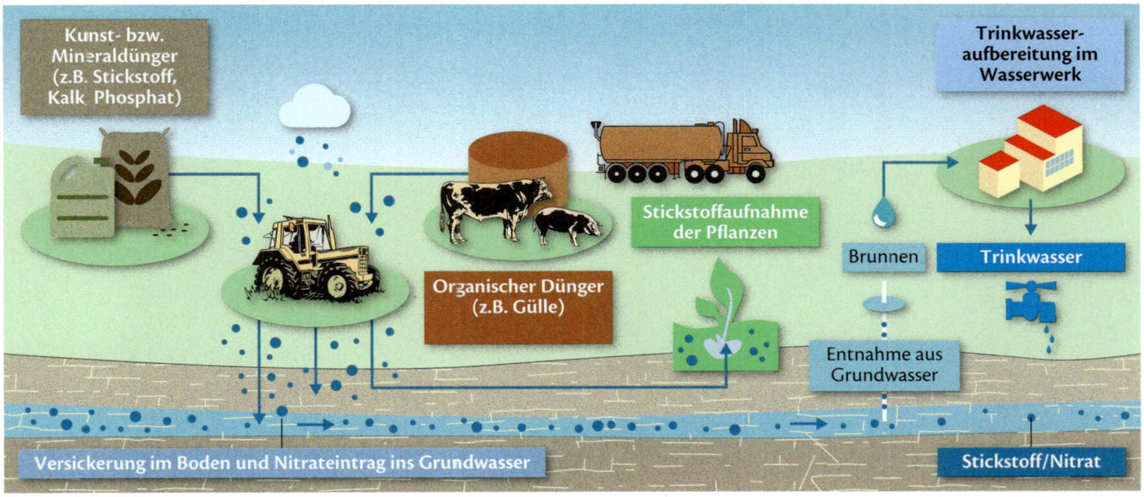

[4] *Nitratbelastung des Grundwassers.* Grafik.

Pflanzenschutz und Düngung

Schädlinge, Unkräuter, Pilze und Bakterien gefährden die Ernten. Deshalb setzen Landwirte bei der intensiven Landwirtschaft* meist wirksame, chemische Pflanzenschutzmittel ein. Auch eine Versorgung mit zusätzlichen Nährstoffen über Düngemittel (Gülle und chemischer Dünger) findet statt. Die Nährstoffe machen die Nutzpflanzen widerstandsfähiger und lassen sie zudem schneller wachsen.

Risiken durch Pflanzenschutz und Düngung

Zu viel chemischer Dünger, Gülle und Pflanzenschutzmittel belasten die Umwelt sehr stark. Mit dem Regen können Stoffe (z.B. Nitrat) in zu großer Menge in das Grundwasser und in Flusssysteme gelangen und diese verunreinigen. Die Aufbereitung des Wassers ist dann sehr umständlich und teuer. Es gibt deshalb genaue gesetzliche Verordnungen zur Düngemittelnutzung für die Landwirte. Trotzdem werden immer wieder hohe Nitratbelastungen des Grundwassers festgestellt.

* *die* **intensive Landwirtschaft:** Landwirtschaft mit dem Ziel, einen möglichst hohen Ertrag pro Flächeneinheit und/oder Tier zu erreichen.

5 Erklärt, was intensive Landwirtschaft ist.

6 Erläutert die Gründe für die Nutzung von Düngemitteln und Pflanzenschutzmitteln.

7 Verdeutlicht mithilfe von Grafik [4], wo die Probleme und Gefahren beim Einsatz von Dünge- und Pflanzenschutzmitteln liegen.

Wählt einen der folgenden Arbeitsaufträge aus:

- Nennt landwirtschaftliche Anbauprodukte, die in Deutschland eine große Bedeutung haben.
- Zeichnet das Schaubild zum Fruchtwechsel ab und erklärt es in einem Satz.
- Erstellt eine Pro-Kontra-Tabelle zur intensiven Landwirtschaft.

Was ihr noch tun könnt:

- MK Informiert euch im Internet über neue Anbautrends wie den Soja- oder Dinkelanbau.
- MK Die Kartoffel ist in Deutschland besonders beliebt. Findet im Lexikon oder über das Internet Interessantes zur „tollen Knolle" heraus und stellt es der Klasse vor (Geschichte, Nutzung usw.).
- MK Informiert euch im Internet über die Probleme im Zusammenhang mit Glyphosat.

Sprachspeicher

das Pflanzenschutzmittel • das Düngemittel • die Düngung • einen Boden düngen • die Gülle - der (schädliche) Stoff • Aufbereitung des Wassers

7: *Diese Wörter helfen euch:* Düngung • Versickerung • Nitrat • Grundwasser • Pflanzen • Trinkwasser

Die ökologische Landwirtschaft

Was ist ökologische Landwirtschaft?

[1] *Artgerechte Milchviehhaltung.* Foto.

[2] *Freilandhaltung von Hühnern.* Foto.

1 Erklärt, warum mit Blick auf die Bilder [1] und [2] von "glücklichen Tieren" gesprochen werden kann.

Öko ist Trend

Die Nachfrage nach Öko-Produkten steigt trotz der höheren Preise immer mehr an. Viele Menschen wissen heute, dass man über den Kauf von ökologisch erzeugten Produkten einen Beitrag zur Gesundheit von Mensch, Tier und Umwelt leisten kann. Die ökologische Landwirtschaft beinhaltet den Ackerbau, also den Anbau von Nahrungsmitteln und die Viehwirtschaft, die Zucht und Haltung von Tieren.

Ökologischer Ackerbau

Im ökologischen Ackerbau werden landwirtschaftliche Erzeugnisse möglichst naturnah angebaut und hergestellt. Die Landwirte verzichten auf chemische Düngemittel und halten den Boden mit naturnahen Methoden und organischem Dünger (Kompost, Mist) fruchtbar.

Ökologische Viehwirtschaft

In der ökologischen Viehwirtschaft werden die Tiere möglichst artgerecht* gehalten: Schweine können sich suhlen, Hühner haben genügend Auslauf und Kühe können frisches Gras auf der Wiese fressen. Alle Tiere erhalten den nötigen Platz für Bewegung. Gefüttert wird hauptsächlich mit dem, was im Betrieb angebaut wird. Wichtig ist auch der Verzicht auf unnötige Medikamente.

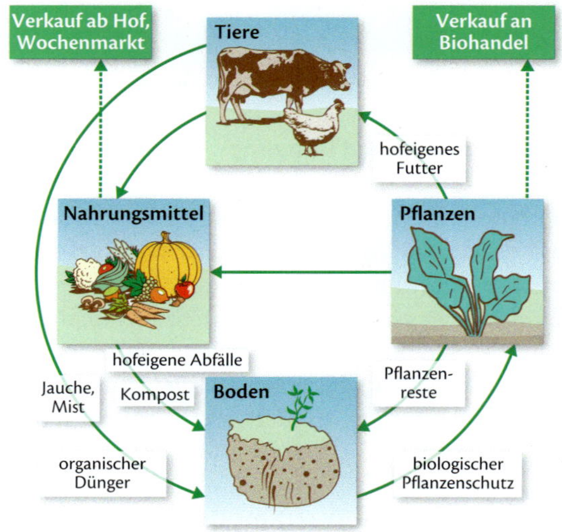

[3] *Grundsätze des ökologischen Ackerbaus und der ökologischen Viehwirtschaft.* Grafik.

* *die* **art|gerechte Haltung:** Form der Haltung, bei der Rücksicht auf die natürlichen Verhaltensweisen der Tiere genommen wird

2 Erklärt den Begriff „artgerecht" mit eigenen Worten.

3 Beschreibt den Umgang in der ökologischen Landwirtschaft mit Böden, Pflanzen und Tieren. Nehmt Grafik [3] zu Hilfe.

4 Vergleicht die Düngemethoden des intensiven mit denen des ökologischen Ackerbaus.

Sprachspeicher
artgerecht • ökologisch • suhlen • Nahrungskette

3: Der Boden wird mit organischem Dünger und Kompost angereichert ... • Die Pflanzen ...
4: Beim intensiven Ackerbau nutzt man ... • Beim ökologischen Ackerbau hingegen ...

[4] *Hofladen auf einem Bauernhof.* Foto.

[5] *Verschiedene Biosiegel.* Grafik.

Vermarktung der Produkte

Produkte aus ökologischer Landwirtschaft werden häufig direkt bei den Erzeugern im Hofladen oder auf örtlichen Märkten verkauft. Die Kundinnen und Kunden wissen so genau, wo die Produkte herstammen und der Landwirt hat eine gute Verdienstmöglichkeit.
Auch die großen Supermarktketten haben sich den Kundenwünschen angepasst und bieten immer häufiger Produkte aus ökologischer Landwirtschaft an. Damit die Verbraucher diese Produkte auch erkennen können, sind sie mit Bio-Siegeln gekennzeichnet. Die Öko-Produkte sind aufgrund der aufwendigeren Herstellung teurer als herkömmliche Produkte. Dies führt dazu, dass manche Menschen sie sich nicht leisten können.

Kontrolle der Produkte

Um sicherzugehen, dass es sich wirklich um Produkte aus ökologischer Landwirtschaft handelt, werden Höfe und Betriebe regelmäßig überprüft. Erzeugnisse dürfen nur mit einem Bio- oder Ökosiegel gekennzeichnet werden, wenn alle Bedingungen (artgerechte Haltung usw.) erfüllt wurden.

5 Nennt verschiedene Orte, an denen Öko-Produkte verkauft werden.

6 Begründet, warum einige Menschen keine Öko-Produkte kaufen (können).

7 Berichtet, ob ihr Öko-Produkte kaufen würdet.

Wählt einen der folgenden Arbeitsaufträge aus:

- Zeichnet das Modell [3] der Grundsätze zur ökologischen Land- und Viehwirtschaft ab.
- Erstellt einen Lexikoneintrag zur ökologischen Landwirtschaft. *Ökologische Landwirtschaft ist ...*
- Stellt die Vor- und Nachteile von intensiver und ökologischer Landwirtschaft in einer Tabelle dar.

Was ihr noch tun könnt:

→ Besucht einen Supermarkt und erkundigt euch nach Öko-Lebensmitteln. Wie ist das Angebot? Mit welchen Biosiegeln sind die Produkte versehen?

MK Informiert euch über die Preisunterschiede zwischen „herkömmlichen“ und Öko-Lebensmitteln am Beispiel verschiedener Produkte.

Sprachspeicher

Erzeuger • Erzeugnis • erzeugen • Verbraucher • verbrauchen • Die Produkte stammen aus ... • ... sind gekennzeichnet durch • ... werden mit/ohne ... angebaut • In der intensiven Landwirtschaft wird im Gegensatz zur ökologischen Landwirtschaft ... • Im Vergleich ... • Die Produkte unterscheiden sich in der Qualität, weil ... • ... höhere/tiefere Kosten/Preise ...

Methode Thematische Karten lesen

Karten zeigen verkleinerte Abbilder der Erdoberfläche. Thematische Karten behandeln einen bestimmten Aspekt in einem bestimmten Raum. Mithilfe von thematischen Karten können wir Zusammenhänge verstehen.

1. Schritt Sich einen Überblick verschaffen

- Welches Thema und welcher Raum werden dargestellt?

2. Schritt Die Informationen erkennen

- Welche Bedeutung haben die Zeichen und Signaturen in der Karte (Legende)?
- Welcher Maßstab ist gegeben? Wie viele Kilometer entsprechen 1 cm auf der Karte?

3. Schritt Den Karteninhalt auswerten

- In welchen Räumen/Regionen kommen welche Zeichen und Signaturen vor?
- Welche Unterschiede sind in den jeweiligen Regionen zu erkennen?

4. Schritt Den Karteninhalt deuten

- Wie lassen sich die Unterschiede in den Regionen erklären?

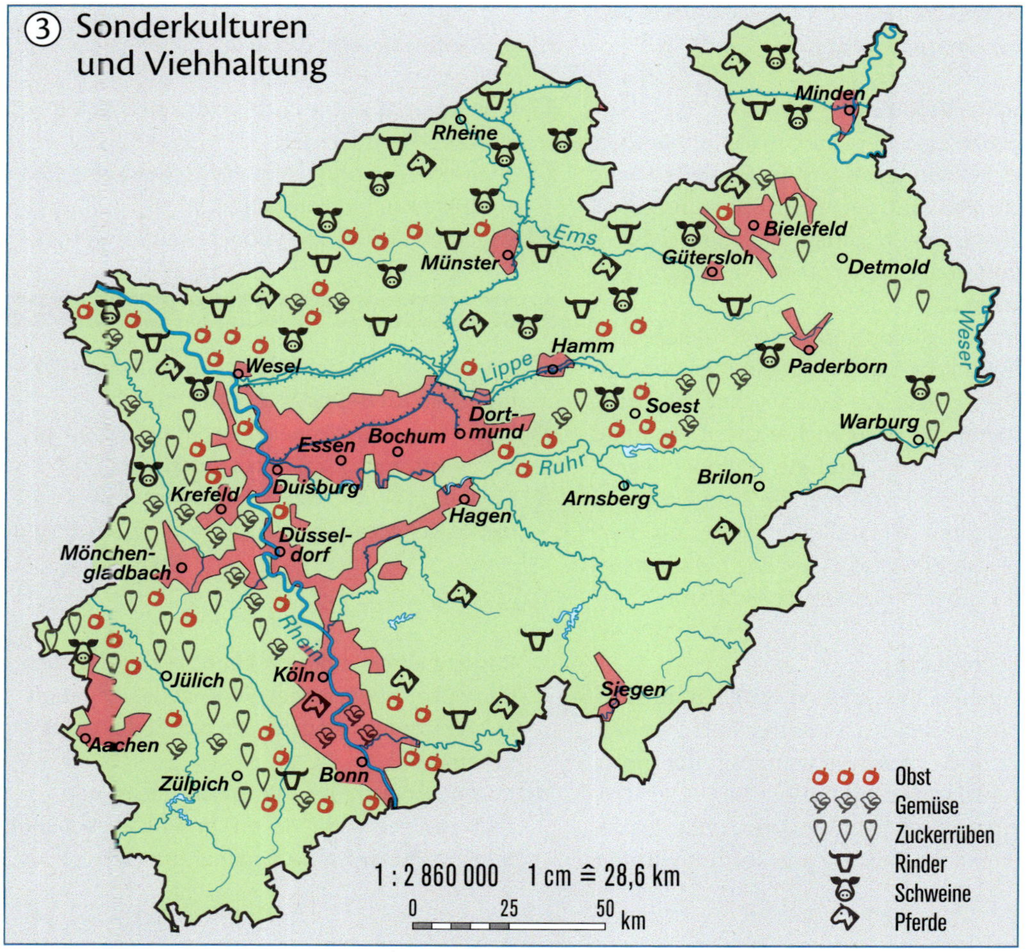

[1] *Sonderkulturen und Viehhaltung in Nordrhein-Westfalen.* Karte.

Lösungsbeispiel für Karte [1] auf Seite 124

1. Schritt: Sich einen Überblick verschaffen
- Anbau von Sonderkulturen und Viehhaltung in Nordrhein-Westfalen

2. Schritt: Die Informationen erkennen
- In der Legende hat jedes Anbauprodukt und jede Tierart ein eigenes Zeichen.

3. Schritt: Den Karteninhalt auswerten
- Obst wird im Nordwesten von NRW, in der Jülicher Börde sowie in der Soester Börde angebaut. Weitere Obstanbaugebiete befinden sich verstreut. Beispielsweise nahe Bielefeld und nahe Bonn. Es fällt auf, dass der Obstanbau im Südosten keine Rolle spielt.
- Der Gemüseanbau und der Anbau von Zuckerrüben ist insbesondere westlich des Rheins sowie in der Soester Börde von großer Bedeutung. Zuckerrüben werden zudem im äußersten Osten des Landes angebaut.
- Auffallend ist, dass die Viehhaltung sehr stark in der nördlichen Hälfte von NRW zu erkennen ist ...

4. Schritt: Den Karteninhalt deuten
- Verschiedene Böden und Klimabereiche in den Regionen sorgen für eingeschränkte Möglichkeiten für den Anbau von Sonderkulturen.

1 Wendet alle beschriebenen Schritte für Karte [2] an.

Sprachliche Formulierungshilfen / Tipps

1. Schritt: *Das Thema der vorliegenden Karte ist ...,* ▪ *Wir untersuchen den Raum ...,*
2. Schritt: *Die verschiedenen Zeichen in der Karte bedeuten z. B. ...,* ▪ *Der Maßstab ist ...,* ▪ *1 cm auf der Karte sind ... km in der Natur,*
3. Schritt: *In ... kommen die Zeichen für ... besonders häufig vor,* ▪ *In der Region ... haben wir besonders viel ...,*
4. Schritt: *Die Räume unterscheiden sich, weil ...,* ▪ *Mir fällt auf, dass ...,* ▪ *Ein Grund für die Unterschiede in den Regionen könnte sein, dass ...*

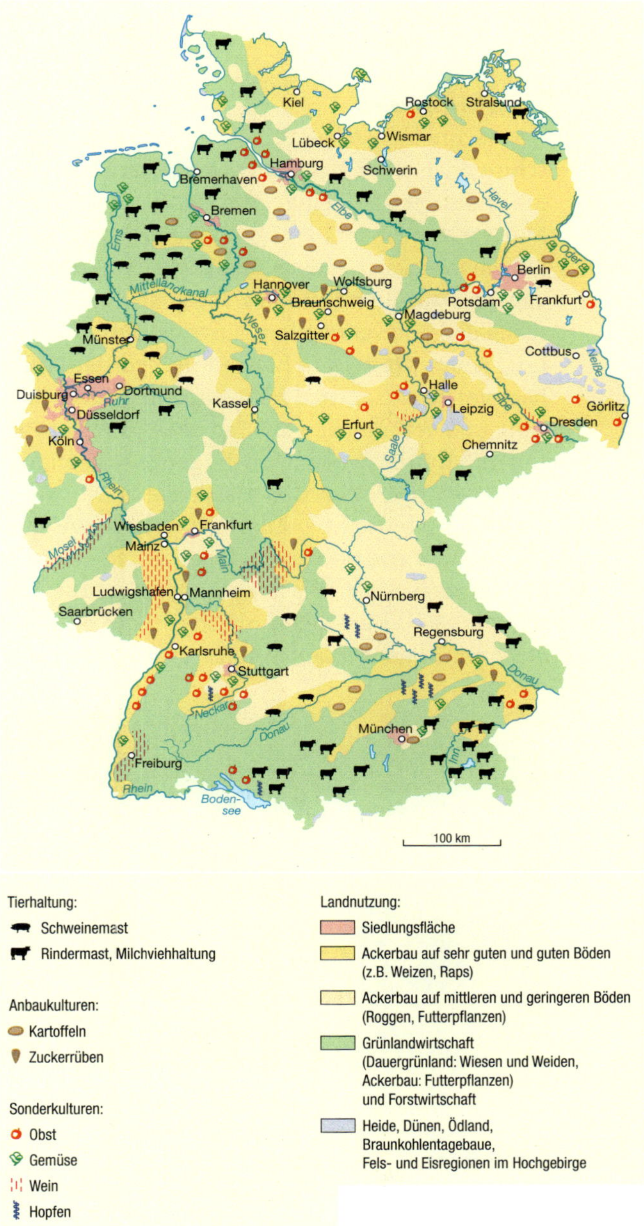

[2] *Landwirtschaft in Deutschland.* Karte.

Wahlseite Landwirtschaftliche Maschinen

1 Informiert euch auf dieser Seite über landwirtschaftliche Maschinen.

2 Präsentiert eure Ergebnisse in geeigneter Form in der Klasse.

Der Maishäcksler

Herr Schneider, Angestellter bei einem Landmaschinenhersteller aus Harsewinkel, berichtet: „Ein Maishäcksler ist eine Maschine, welche die Maisernte **in einem Durchgang** möglich macht. Ein Maishäcksler – auch Feldhäcksler genannt – kann **bis zu 12 Reihen Mais** zur gleichen Zeit **abschneiden** und **verarbeiten**. Dies erfordert eine ungeheure Kraft. Daher haben die größten Maishäcksler bis zu 1000 Pferdestärken (PS) an Leistung und verbrauchen am Tag über 500 Liter Dieselkraftstoff. Entweder wird die ganze Maispflanze verwertet oder nur der Maiskolben. Die Maishäcksler kosten je nach Ausstattung neu zwischen 150 000 und 800 000 Euro. Wegen des hohen Preises besitzen die wenigsten Landwirte diese Maschinen. Sie beauftragen meist jemand anderen, der einen Maishäcksler besitzt, mit der Maisernte."

[1] *Der Traktor – eine Maschine für viele Arbeiten.* Foto.

Der Traktor

Traktoren, oder auch Schlepper genannt, sind wahre **Alleskönner**. Die Kraftpakete mit 100 bis 600 PS können verschieden eingesetzt werden. Es besteht zum Beispiel die Möglichkeit, **Pflüge**, **Anhänger** oder **Güllewagen** zu **ziehen**, es können aber auch vorn Geräte angebracht werden. Heute verfügt jeder Landwirt über mindestens einen Traktor. Die Preise reichen je nach Größe und Ausstattung von etwa 50 000 bis 500 000 Euro.

[2] *Ein Maishäcksler bei der Ernte.* Foto.

Der Pflug

Der Pflug ist eines der wichtigsten landwirtschaftlichen Geräte. Er wird am Traktor befestigt und kann hydraulisch geregelt werden. Die Pflugschare **wenden den Boden**, um ihn für eine neue Saat vorzubereiten.
Einfache Pflüge gibt es schon seit mehreren tausend Jahren. Früher wurden sie von Pferden oder Ochsen gezogen.

[3] *Pfluggespann im Einsatz.* Foto.

Tipps für die Erarbeitung

- Ihr könnt beim Lesen die Schritte des Lese-Profis anwenden. Was habt ihr über Maschinen in der Landwirtschaft erfahren?

Tipps für die Präsentation

- Versucht, Bilder von Maschinen zu bekommen. Schaut dabei im Internet auch nach Landwirtschaftsmuseen.

Wahlseite Berufe in der Landwirtschaft

1 Informiert euch auf dieser Seite über die Berufe in der Landwirtschaft.

2 Präsentiert eure Ergebnisse in geeigneter Form in der Klasse.

[1] *Berufe im Bereich der Landwirtschaft*. Fotos.

Vielfältige Arbeitsplätze

In einem landwirtschaftlichen Betrieb sind viele Arbeiten zu erledigen. Tiere müssen versorgt und verarztet, die Felder bestellt, die Maschinen repariert und die Büroarbeit gemacht werden. In all diesen Tätigkeitsbereichen gibt es die Möglichkeit, eine Ausbildung zu machen.

Ausbildung zum Landwirt / zur Landwirtin

Während der dreijährigen Ausbildung lernt man das Halten von Nutztieren und das Bedienen von verschiedenen landwirtschaftlichen Maschinen kennen. Man erfährt viel über Böden und Bodenqualität, die Saat und die Nutzung von Dünge- und Pflanzenschutzmitteln. Wichtige Bestandteile der Ausbildung sind zudem die Buchführung und der Umgang mit dem Computer.

Ausbildung zum Pferdewirt / zur Pferdewirtin

Begeisterung für Pferde ist eine gute Voraussetzung für die dreijährige Ausbildung zum Pferdewirt oder zur Pferdewirtin. Schon im Vorfeld muss eine Fachrichtung ausgewählt werden. So spezialisiert man sich zum Beispiel auf den Bereich Pferdezucht oder auf die Reitausbildung.

Ausbildung in der Land- und Baumaschinenmechatronik

In dieser 3,5 Jahre dauernden Ausbildung lernt man alles über die Reparatur und Technik kleiner und großer Land- und Baumaschinen. Auch die Beratung von Kundinnen und Kunden beim Kauf gehört dazu.

Ausbildung zum Gärtner / zur Gärtnerin

Als Gärtner oder Gärtnerin im Bereich der Landwirtschaft muss man:
- Obst- und Gemüsepflanzungen anlegen,
- Schädlinge bekämpfen,
- die Ernte organisieren,
- Erntegeräte steuern,
- Obst verkaufen und Kunden beraten.

Die Ausbildung dauert drei Jahre.

[2] *Obstbaubetrieb: Apfelbäume beschneiden*. Foto.

Tipps für die Präsentation
- Informiert euch, welche weiteren Ausbildungsberufe es in der Landwirtschaft gibt und stellt sie vor.
- Findet Informationen zu den Ausbildungen (Dauer, Gehalt usw.).
- Macht eine Abstimmung zu den beliebtesten Berufen aus dem Bereich der Landwirtschaft.

☒ Wahlseite Erdbeeren – eine süße Sonderkultur

1 Informiert euch auf dieser Seite über die Sonderkultur Erdbeeren.

2 Präsentiert eure Ergebnisse in geeigneter Form in der Klasse.

[1] *Erdbeerfeld*. Foto.

[2] *Frische Erdbeeren*. Foto.

Erdbeeren in Deutschland

Man riecht es, wenn man im Sommer daran vorbeifährt: Erdbeeren, die auf den heimischen Feldern angebaut werden.
Jährlich werden in Deutschland rund 230 000 Tonnen frische Erdbeeren gegessen. Etwa 130 000 Tonnen davon kommen aus heimischer Produktion.

Die Erdbeere als Sonderkultur

Die Erdbeere gehört – wie auch der Spargel – zu den landwirtschaftlichen Sonderkulturen.
Der Anbau und die Ernte sind besonders arbeits- und kostenintensiv sowie wetterabhängig. Der Gewinn ist aber bei guten Bedingungen für die Landwirte sehr hoch.
Erdbeeren werden großflächig und weitgehend mit Maschineneinsatz angebaut. Dennoch verbleibt ein vergleichsweise hoher Anteil an Handarbeit, z.B. bei der Ernte.
Die Ernte beginnt früh morgens und am besten bei Trockenheit, denn nasse Früchte verlieren ihr Aroma schnell. Sie endet spätestens mit der Mittagshitze, die den empfindlichen Früchten schadet.
Geerntet wird von vielen Arbeitskräften. Erntemaschinen würden die empfindlichen Köstlichkeiten schädigen.
Es gibt aber auch Felder für Selbstpflücker, vor allem gegen Saisonende. Reife Erdbeeren aus dem Freiland gibt es meist von Anfang Mai bis Ende Juli, je nach Witterungsverlauf.
Erdbeeren, die außerhalb dieses Zeitraums angeboten werden, stammen aus südlichen Ländern.
Ein Erdbeerfeld wird ein oder meist zwei Jahre bewirtschaftet, dann steigt die Krankheitsanfälligkeit der Pflanzen und die Fruchtqualität nimmt ab. Zur Vermeidung von Krankheiten ist es erst drei bis vier Jahre später wieder sinnvoll, auf dem gleichen Feld Erdbeeren anzubauen.
Übrigens: Die Erdbeere ist streng genommen keine Beere, sondern gehört zur Gattung der Sammelnussfrüchte.

Tipps für die Präsentation

- Erklärt euren Mitschülerinnen und Mitschülern, was Sonderkulturen sind.
- Verdeutlicht, wie der Erdbeeranbau- und Verkauf abläuft und warum die Erdbeere eigentlich keine Beere ist.

☒ Wahlseite Erneuerbare Energien

1 Informiert euch auf dieser Seite über erneuerbare Energien in der Landwirtschaft.

2 Präsentiert eure Ergebnisse in geeigneter Form in der Klasse.

[1] *Windpark im Münsterland.* Foto.

[2] *Biogas- und Fotovoltaikanlage.* Foto.

Landwirte als Energieerzeuger

Frau Bacher, Mitarbeiterin in einem landwirtschaftlichen Beratungsring, informiert:
„Wenn Strom z.B. in Kohlekraftwerken erzeugt wird, entstehen dabei umweltschädliche Abgase. Die erneuerbaren Energien bieten hingegen die Möglichkeit der nachhaltigen Stromerzeugung. Landwirte gewinnen mit Windrädern oder Biogasanlagen Strom und Gas und werden damit zu umweltfreundlichen Energielieferanten."

Windenergie

Viele Landwirte nutzen ihre großen Felder für die Stromerzeugung mithilfe von Windkraftanlagen. Landwirtschaftliche Flächen eignen sich dafür besonders, weil hier der Wind nicht durch Gebäude oder Bäume abgebremst oder verwirbelt wird.
Diese Anlagen sind bis zu 120 Meter hoch. Die einzelnen Flügel haben eine Länge von bis zu 45 Metern. Die Funktionsweise eines Windrades ist ähnlich wie bei einem Fahrraddynamo. Der Generator im Inneren wandelt die Drehbewegung in Strom um.

Fotovoltaik

Schaut man sich die großen Dachflächen von landwirtschaftlichen Betrieben genau an, so kann man häufig Fotovoltaikanlagen zur Stromerzeugung sehen. Diese Anlagen wandeln die Energie der Sonne in Strom um. Sie sollten immer in südlicher Richtung aufgebaut sein, weil von dort die Sonne die meiste Energie liefert.

Biogas

Eine andere Form der Energiegewinnung erfolgt über Biogasanlagen. Hier wird Biomasse, also Gülle, Mist, Mais oder Getreide usw. luftdicht abgeschlossen und verrottet nach und nach. Dabei entsteht das Biogas. Dieses Gas kann man dann über einen Generator in Strom umwandeln oder zur Wärmeerzeugung verbrennen. Auch Autos können damit angetrieben werden.
Manche Landwirte bauen nur Getreide an, um dieses dann zur Energiegewinnung mithilfe von Biogasanlagen zu verwerten.

Tipps zur Präsentation

- Zeigt euren Mitschülern auf einem großen Plakat, wie Windanlagen und Fotovoltaikanlagen funktionieren.
- Verdeutlicht an einem Schema mögliche Folgen der Biogasgewinnung für die Umwelt und die Landschaft.

Das kann ich!

Versucht zunächst, die Aufgaben auf dieser Doppelseite zu lösen, ohne im Kapitel nachzusehen. Wenn ihr Hilfe braucht, könnt ihr bei den Aufgaben auf den in Klammern angegebenen Seiten nachschlagen.

- *die* intensive Landwirtschaft
- *der* Gunst-/Ungunstraum
- *die* Mechanisierung
- *die* Spezialisierung
- *die* ökologische Landwirtschaft

[1] *Begriffe und ihre Bedeutung*

- Vorteilhafter oder unvorteilhafter Raum für den Ackerbau/die Viehhaltung
- Ausrichtung von landwirtschaftlichen Betrieben auf Anbau bestimmter Produkte oder Haltung von nur einer Tierart, um die Produktivität zu steigern
- hochtechnisierte Landwirtschaft mit dem Ziel, möglichst hohe Erträge zu erzielen
- „naturnahe" Landwirtschaft
- zunehmender Einsatz von Maschinen als Unterstützung für den Menschen

Feldarbeit früher und heute

Noch zu Beginn des 20. Jahrhunderts besaßen die Bauern und Bäuerinnen keine ___ . ___ und ___ zogen die einfachen Pflüge und Geräte. Durch die ___ hat sich vieles geändert. Die Arbeit ist leichter und vor allem effektiver geworden. Die Anzahl der landwirtschaftlichen Betriebe hat in den letzten Jahrzehnten deutlich ___ , jedoch produzieren die noch bestehenden Betriebe deutlich mehr und können so mehr Menschen ___ . Ein neuer und sinnvoller Weg ist die ___ . Dabei wird darauf geachtet, dass die Tierhaltung ___ erfolgt und dass möglichst keine Dünge- und Pflanzenschutzmittel beim Ackerbau eingesetzt werden. Produkte aus der ökologischen Landwirtschaft sind allerdings ___ , weil die Betriebe weniger produzieren können.

naturnah · *abgenommen* · *Ochsen* · *teurer* · *ökologische Landwirtschaft* · *versorgen* · *Maschinen* · *Mechanisierung* · *Pferde*

[2] *Lückentext*

	Früher	Heute
Familie	...	...
Viehhaltung	...	...
Ackerbau	...	...
Geräte	...	...
Arbeitszeit	...	...
Anzahl der Betriebe	...	...

[3] *Tabelle zur Entwicklung der Landwirtschaft*

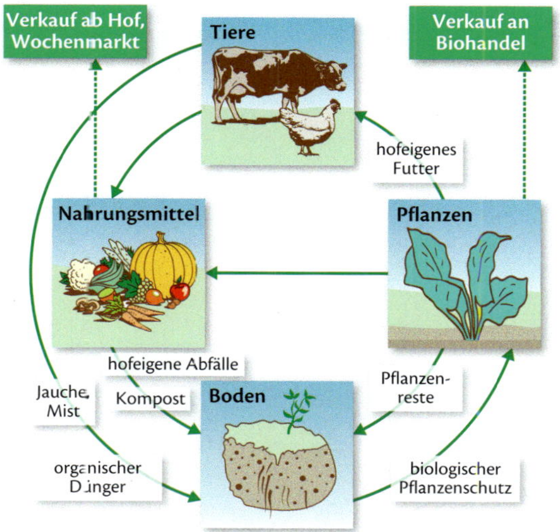

[4] *Grundsätze des ökologischen Ackerbaus und der ökologischen Viehwirtschaft.* Grafik.

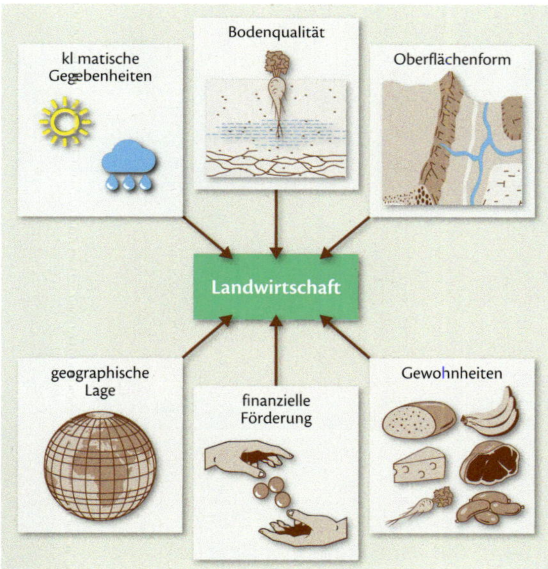

[5] *Einfluss auf die Landwirtschaft.*

Sprachliche Hilfestellung zu [4]

Artgerechte Tierhaltung bedeutet, dass ... ▪
Das Einbringen von Mist, Gülle, Ernterückständen und Kompost in den Boden sorgt für ... ▪
Auf chemischen und organischen Dünger sollte verzichtet werden, denn ... ▪
Die Produkte aus ökologischer Erzeugung werden auf ... oder direkt beim ... verkauft. ▪
Auch die großen ... bieten immer mehr Produkte aus ökologischer Erzeugung an.

Sachkompetenz

1 Ordnet den Begriffen aus [1] die jeweils passende Erklärung zu.

2 Beschreibt mit eigenen Worten, was intensive Landwirtschaft (Ackerbau und Viehhaltung) ist. (S. 114)

3 Schreibt auf, welche Tiere in landwirtschaftlichen Betrieben in Nordrhein-Westfalen gehalten und welche Feldfrüchte angebaut werden. (S. 116)

4 Erläutert, warum Pflanzenschutz- und Düngemittel eingesetzt werden. Nehmt dazu auch Abbildung [5] zu Hilfe. (S. 120–121)

5 Verdeutlicht die Prinzipien der ökologischen Landwirtschaft mithilfe von Grafik [4]. (S. 122–123)

6 Schreibt den Lückentext [2] zur „Feldarbeit früher und heute“ ab und ergänzt die fehlenden Wörter.

7 Erklärt, wie sich die Landwirtschaft im Laufe der Zeit entwickelt hat [3].

Urteilskompetenz

8 Beurteilt die Vor- und Nachteile der ökologischen Landwirtschaft.

9 Beurteilt die Vor- und Nachteile der intensiven Landwirtschaft.

10 Beurteilt die Vorteile der technischen Veränderungen in der Landwirtschaft aus Sicht der verschiedenen Betroffenen (Landwirtinnen und Landwirte und Verbraucherinnen und Verbraucher).

Methodenkompetenz

11 Beschreibt die Schritte der Methode „Thematische Karten lesen“. Wie geht ihr vor? (S. 124–125)

Antikes Griechenland

Volksversammlung in Athen
Athen war die größte Stadt im alten Griechenland und zugleich ein Staat. Die Bürger von Athen trafen sich regelmäßig zur Volksversammlung. Sie stimmten über Gesetze und Pläne ab. Und sie wählten Männer, die sich um die Aufgaben im Staat kümmerten.

1 Beschreibt das Bild.
2 Findet Themen, die auf einer solchen Volksversammlung diskutiert werden könnten.

Schauplatz Volksversammlung in Athen

Im alten Griechenland entwickelte sich eine Staatsform, die wir „Demokratie“ nennen. „Demos“ bedeutet so viel wie „Volk“, gemeint ist also die „Herrschaft des Volkes“. In Athen entschieden die Bürger über die politischen Angelegenheiten. Die Teilnahme an der Volksversammlung war aber an Bedingungen geknüpft. Einige erfundene Einwohner sagen dazu ihre Meinung.

1 Lest alle Aussagen und notiert, was ihr über die politischen Rechte der Athener erfahren könnt. Wer darf an der Volksversammlung teilnehmen? Wer nicht?

2 Stellt fest, über welche Themen die Personen reden. Worüber sind sie nicht einig? Was wird diskutiert?

C *Wir Sklaven haben kein Stimmrecht in der Politik. Schade eigentlich, ich habe nämlich als Arzt eine gute Ausbildung und könnte nützlich sein.*

A *Ich bin mit meinen 18 Jahren noch zu jung für die Volksversammlung. Erst muss ich auch noch meinen Militärdienst ableisten. Für das Kämpfen alt genug, aber kein Mitspracherecht?! Das finde ich aber ungerecht!*

D *Wir führen den Haushalt und erziehen die Kinder, sie sind die zukünftigen Bürger von Athen! Aber Politik ist bei uns reine Männersache. Wir Frauen dürfen bei der Volksversammlung nicht mitreden. Das finde ich aber nicht in Ordnung!*

B *Als freier Mann, der in Athen geboren ist, darf ich in der Politik mitreden. Ich bin stolz darauf, ein „Vollbürger“ zu sein! Zum Glück haben unsere Frauen hier nichts zu melden!*

E *Bei der ersten Versammlung in jedem Jahr stimmen wir darüber ab, ob unsere Gesetze noch gültig bleiben sollen. Ich wäre mal dafür, dass reiche Zuwanderer nach 3 Jahren Stimm- und Bürgerrecht bekommen.*

H *Ich darf nicht zur Volksversammlung. Dabei bin ich ein reicher Kaufmann und lebe schon fast 10 Jahre in der Stadt. Doch wer nicht hier geboren ist, hat kein Bürger- und Stimmrecht!*

F *Heute entscheiden wir auf der Volksversammlung, ob neue Mauern zum Schutz unserer Stadt gebaut werden sollen. Ich bin dafür!*

G *Es wird zu viel Geld für neue Bauten ausgegeben. Jetzt wollen die schon wieder eine neue Stadtmauer bauen. Dazu werde ich mal vor der Abstimmung eine gepfefferte Rede halten!*

Wählt einen der folgenden Arbeitsaufträge aus:

- Stellt fest, welche Personen als Gesprächspartner zueinander passen würden. Ordnet die Personen einander zu und begründet eure Entscheidung.
- Arbeite mit einem Lernpartner. Wählt zwei Personen aus und erfindet ein Streitgespräch zwischen ihnen. Entwickelt dazu Rollenkarten. Tragt das Streitgespräch in der Klasse vor.
- Tragt zusammen, was ihr über heutige politische Entscheidungen wisst. Was wird wo entschieden? Wer darf mitbestimmen? Notiert einige Beispiele.

Orientierung

[1] *Siedlungsraum der Griechen um 750 v. Chr.* Karte.

1 Seht euch die Karte genau an. Nennt typische Merkmale des griechischen Siedlungsgebietes. (Nehmt die Legende zur Hilfe.)

2 Stellt fest, wo die Siedlungen entstanden sind. Was hat das mit den geografischen Bedingungen zu tun?

Inseln und Gebirge

Zahlreiche Inseln und gewaltige Gebirgslandschaften sind typisch für Griechenland. Das Gestein der Berge besteht vor allem aus Kalk, der kein Wasser speichern kann. Für die Bewohner war daher das Überleben in den regenarmen Tälern nie leicht. Die langen Küsten und die vielen Inseln forderten schon früh gute Kenntnisse im Schiffbau und in der Seefahrt.

Die Bewohner

Um 1000 v. Chr. lebten verschiedene Volksgruppen in Griechenland. Sie waren meist von Norden her eingewandert. Trotz aller Unterschiede fühlten sie sich miteinander verbunden. Sie nannten sich selbst „Hellenen“. Griechenland heißt in der Landessprache noch heute „Hellas“.

3 Erzählt vom Land und seinen Bewohnern.

4 Notiert, was alles Griechenland zum begehrten Reiseland für Touristen macht.

Die Geschichte

Heute locken Sonne und Badestrände viele Touristen an. Aber sie kommen auch wegen der Überreste aus der mehr als 3000-jährigen Geschichte. Gut erhaltene Reste von Siedlungen, viele Tempel und die Gegenstände in den Museen erzählen vom Alltag der Menschen, die hier früher gelebt und gearbeitet haben. Besucher kommen auch gerne nach Olympia, um selbst mal am Entstehungsort der olympischen Spiele zu stehen. Heute noch werden Theaterstücke aufgeführt, die sich Dichter im alten Griechenland ausgedacht haben.

Und in Griechenland liegen die Wurzeln unserer heutigen Staatsform, der Demokratie.

Was ihr noch tun könnt:

MK Findet heraus: Seit wann gibt es in der Neuzeit wieder Olympische Spiele? Wofür stehen die fünf Ringe?

Zeit vor Christi Geburt

- ► **Ab 2500 v. Chr.:**
  Entstehung griechischer Hochkulturen
  776: Erste Olympische Spiele
  Ab 750: Griechen gründen Kolonien.
- ► **600 v. Chr.**
  594: Demokratie in Athen
- ► **500 v. Chr.**
  490: Sieg der Griechen über die Perser bei Marathon
  Um 430: Athen auf dem Höhepunkt der Macht
- ► **400 v. Chr.**
  333: Alexander besiegt die Perser bei Issos.
  Ausbreitung der griechischen Kultur
- ► **200 v. Chr.**
  148: Griechenland wird Teil des Römerreichs.
- ► **Geburt Christi**

Zeit nach Christi Geburt

- ► **300 n. Chr.**
  393: Verbot der Olympischen Spiele

[2] *Zeittafel Griechenland*

[3] *Die Olympischen Ringe heute.* Foto, 2014.

Leben im antiken Griechenland

Ein Volk – viele Stadtstaaten

Warum entstanden unabhängige Stadtstaaten?

[1] *Siedlung an der Küste der Insel Thilos.* Foto.

1 Beschreibt die Landschaft auf dem Bild [1].

Griechenland

Die ersten Griechen ließen sich in Flusstälern, an den Küsten und auf den Inseln nieder. Hier konnten sie von der Landwirtschaft oder vom Fischfang leben. Zwischen den Siedlungen lagen oft hohe Gebirgszüge. Aus diesem Grund entwickelten sich die Gemeinden unabhängig voneinander. Sie bildeten politisch selbstständige Stadtstaaten (= Polis, Mehrzahl: Poleis*).
Die einzelnen Poleis lagen weit voneinander entfernt. Dennoch herrschte unter den Griechen ein Gefühl von Zusammengehörigkeit.

Sprache und Schrift

Eine gemeinsame Sprache und Schrift einte alle Griechen. Händler und Seefahrer hatten im 8. Jahrhundert v. Chr. von einem anderen Volk, den Phöniziern, das Alphabet übernommen. Man konnte mit nur 20 Buchstaben Texte schreiben. Viele Bewohner lernten lesen. Dichter und Denker hielten ihre Gedanken und Gefühle in ihren Werken fest.

2 Erklärt, welche Bedeutung die Landschaft für die Entstehung der Poleis hatte.

Religion und Kult

Eine weitere Gemeinsamkeit war der Glaube. Die Griechen stellten sich eine Reihe von Göttern vor, die wie Menschen aussahen und menschliche Eigenschaften hatten. Man glaubte, die Götter wohnen auf dem Berg Olymp.
Sprache und Religion bildeten auch die Grundlage für gemeinsame Feste und Gebräuche. Und alle vier Jahre reiste man zu den Olympischen Spielen. Aus der gesamten griechischen Welt kamen junge Männer, um die Götter durch Sportwettkämpfe zu ehren.

3 Erläutert, wodurch das Gefühl von Zusammengehörigkeit aller Griechen zustande kam.

[2] *Theseustempel (Theseion) in Athen.* Foto

* *die* **Polis:** (Mehrzahl = Poleis) Als Polis bezeichnet man einen selbstständigen griechischen Stadtstaat in der Antike. Jede Polis hatte eine eigene Regierung und eigene Gesetze.

Sprachspeicher
sich an einem Ort niederlassen • eine Siedlung gründen • weit voneinander liegen • die Grundlage für (etwas) bilden • miteinander in Kontakt stehen

[3] *Die Welt der Griechen um 500 v. Chr.* Karte.

Aufbruch zu neuen Ufern

Rings um das Mittelmeer trifft man auf Städte, die von Griechenland aus gegründet worden sind. In der Heimat war die Bevölkerungszahl seit dem 8. Jh. v. Chr. stark angewachsen. Das führte zu Hungersnöten in vielen Stadtstaaten. Zahlreiche Menschen wanderten daher in andere Gebiete ab. Die neu gegründeten Siedlungen nennen wir Kolonien.

4 Seht euch die Karte oben an. Wählt einige Kolonien (Tochterstädte) aus und findet heraus, wie sie heute heißen. Nehmt euren Atlas zur Hilfe.

Wählt einen der folgenden Arbeitsaufträge aus:

- Gestaltet ein Werbeplakat: Es werden noch Mitfahrer für das Auswandererschiff nach Sizilien gesucht.
- Entwerft Rollenkarten und spielt kleine Diskussionen, die die Siedler [4] vor Verlassen der Heimat geführt haben könnten.

[4] *Siedler auf dem Markt in Syrakusa (Sizilien).*

Sprachspeicher

4: die Kolonie „Massalia" liegt im heutigen Südfrankreich und heißt „Marseille".

APP

Leben in der Polis: Athen und Sparta

[1] *Die Polis Athen*. Karte.

1 Wertet die Karte aus.
- Welche landwirtschaftlichen Produkte wurden angebaut?
- Wo lag ein großer Hafen?
- Welche wichtigen Handelsprodukte gab es?

Die Polis Athen
Die größte griechische Polis war Athen. Im 5. Jahrhundert v. Chr. war Athen die führende Handelsmacht am Mittelmeer. Durch den Abbau von Silber und durch den Handel mit wertvollen Produkten ist die Polis Athen sehr reich geworden.

Aufstieg zur Handels- und Seemacht
Die Athener waren tüchtige Schiffsbauer und Seefahrer. Mit ihrer Flotte konnten die Athener die Angriffe der Perser abwehren. Die größte Seeschlacht fand im Jahr 470 v. Chr. bei der Insel Salamis statt. Mit dem Sieg über die Perser konnte Athen seine Macht auf der Halbinsel Attika festigen. Die Küstenstädte und Inseln schlossen sich zu einem Bündnis zusammen, um sich vor Bedrohungen schützen zu können.
Mit diesem Bündnis konnte sich Athen die wichtigsten Seehandelswege im Mittelmeer sichern.

[2] *Ein Athener Handelsschiff*. Foto.

2 Erklärt, wie Athen sich zur größten und reichsten Polis entwickeln konnte.

So lebten die Menschen in Athen

[3] *Menschen aus Athen könnten berichten*. Illustration.

3 Beschreibt die Arbeitsteilung in der antiken griechischen Familie.

Sprachspeicher
einen Angriff abwehren • die Macht festigen • die Macht sichern • sich zu einem Bündnis zusammenschließen

Die Polis Sparta

Ein Kriegerstaat entsteht

Sparta liegt auf der Halbinsel Peloponnes. Unter den Stadtstaaten spielte Sparta eine besondere Rolle: es war ein Kriegerstaat.

Im Gegensatz zu anderen griechischen Stadtstaaten gründete Sparta keine Tochterstädte (Kolonien). Es sicherte seinen Machtbereich auf der Peloponnes in südlicher und westlicher Richtung.

Das eroberte Land verteilten die Krieger unter sich, und die Bevölkerung wurde versklavt.

Um 450 v. Chr. herrschten ca. 9 000 Spartaner über mehr als 200 000 Sklaven, die „Heloten" genannt wurden. Die Bürger von Sparta waren hauptsächlich Krieger. Die Arbeit auf dem Feld wurde ausschließlich von den Heloten verrichtet. Sie mussten die Hälfte ihrer Ernte abliefern. So sicherte sich Sparta die Versorgung mit Nahrungsmitteln.

Der griechische Schriftsteller Plutarch schrieb über Sparta:

... Niemand durfte leben, wie er wollte; in der Stadt hatten die Spartaner wie in einem Feldlager eine genau festgelegte Lebensweise und eine Beschäftigung, die auf das öffentliche Wohl ausgerichtet war, [...] da sie dachten, sie gehörten ganz dem Vaterland und nicht sich selbst.

[4] *Plutarch: Lykurgos 5ff. (übers. von Jochen Martin), zit.* nach Geschichtsbuch I. Berlin (Cornelsen), 1992.

So lebten die Menschen in Sparta

Sobald unsere Jungen 7 Jahre alt sind, nimmt der Staat sie an sich und teilt sie in einzelne Rudel ein. Sie wachsen ohne ihre Familie auf. Lesen und Schreiben lernen sie nur so viel, wie sie brauchen. Sobald sie 12 Jahre alt sind, müssen sie Schilf für ihr Nachtlager selbst am Fluss holen. Ihr Essen ist knapp. Sie sollen gezwungen werden, selber dafür zu sorgen.

Die Frauen in Athen kann ich nur bedauern. Die wagen sich doch kaum aus dem Haus. Und über unsere Kleidung mit den kurzen Röcken zerreißen sie sich die Mäuler. Unsere Mädchen bekommen Gesangs- und Tanzunterricht. Und sie lernen wie die Jungen Laufen, Springen und Kämpfen, sogar Diskus- und Speerwerfen. Bei uns entscheiden die Ältesten über die Aufzucht der Kinder und nicht die Ehemänner!

4 Beschreibt mit eigenen Worten den Kriegerstaat Sparta.

5 Untersucht die Quelle [4] und erläutert die Aussagen von Plutarch.

Wählt einen der folgenden Arbeitsaufträge aus:

☒ Führt zu zweit ein Interview mit einem spartanischen Krieger. Notiert zuvor die Fragen und mögliche Antworten.

☒ Ein Junge aus Sparta trifft auf einen Jungen aus Athen: Entwerft ein Gespräch zwischen den beiden. Entscheidet zum Schluss, ob ihr lieber in Sparta oder Athen gelebt hättet.

Sprachspeicher

ein Land erobern • die Bevölkerung versklaven • die Versorgung sichern

☒: Ich hätte lieber in Athen /Sparta gelebt, weil ...

Auf dem Weg zur Demokratie

Wie entstand die Demokratie?

Lena und Finn informieren ihre Klasse in einem Kurzreferat über die politische Entwicklung im antiken Athen:

Lena: „Anfangs herrschten in Athen und in den anderen Stadtstaaten Könige. Das nennt man **Monarchie**."
Finn: „Um 700 v. Chr. übernahm eine Gruppe von Adligen (= **Aristokraten**) die höchsten Ämter als Priester, Richter oder Heerführer. Immer häufiger kam es vor, dass einzelne alleine regierten. Man nennt solche Leute **Tyrannen**."
L: „Um 600 v. Chr. kam es zum Streit zwischen denjenigen, die eine stärkere Mitsprache des Volkes (= **Demokratie**) in der Politik wünschten, und denen, die eine kleine ausgewählte Gruppe an der Spitze haben wollten."
F: „Solon, ein adliger Politiker, verbesserte 594 v. Chr. in Athen die Lage der einfachen Leute: Verschuldete Bauern wurden aus der Sklaverei freigekauft, erhielten ihr Land zurück, die Schulden wurden erlassen und es wurde verboten, dass künftig jemand wegen seiner Schulden in die Sklaverei verkauft wird. Politische Ämter und Rechte richteten sich aber immer noch nach dem Einkommen."
L: „Perikles war ab 443 v. Chr. der führende Mann in Athen. Er sorgte dafür, dass alle Männer von Athen an der Volksversammlung teilnehmen konnten."
F: „Sklaven, Frauen und in Athen lebende Fremde durften sich nicht politisch betätigen. Also eine richtige Demokratie wie heute bei uns war das nicht!"

[1] *Auf dem Weg zur Demokratie*

Wenn die Athener einen Politiker absetzen wollten, ritzten die Männer der Volksversammlung seinen Namen in eine Tonscherbe. Der Meistgenannte bei diesem Scherbengericht musste für zehn Jahre die Stadt verlassen. Das Scherbengericht fand einmal im Jahr statt.

[2] *Scherbe mit dem Namen eines Politikers.*

1 Entscheidet anhand des Sprechblasentextes oben, ob das „Scherbengericht" eine sinnvolle Einrichtung war.
2 Tragt das Kurzreferat mit verteilten Rollen vor.
3 Erstellt eine Liste mit den neuen Begriffen. Schlagt in einem Lexikon nach und erklärt sie.

Sprachspeicher
ein Amt übernehmen ▪ die Schulden erlassen ▪ jemanden aus der Sklaverei freikaufen ▪ an der Volksversammlung teilnehmen ▪ sich politisch betätigen ▪ einen Politiker absetzen

3: Nutzt dafür das Lexikon im Buch ab S. 323.

[3] *Abstimmung im Kanton Appenzell in der Schweiz.* Foto, 2015.

[5] *Klassensprecherwahl.* Illustration.

Demokratie im Alltag heute

An der Klassensprecherwahl habt ihr alle teilgenommen. Es ist egal, ob Mädchen oder Junge, ob Einheimische oder Migrantenkinder oder ob einer gerade erst zugezogen und neu in der Klasse ist. Alle dürfen ihre Stimme abgeben.

So ist es auch, wenn ihr eine Entscheidung treffen müsst. Wenn z.B. ein Ausflug geplant ist oder eine Weihnachtsfeier stattfinden soll.

Ähnlich ist es bei den Vereinen. Wenn Entscheidungen fällig sind, bekommen alle Mitglieder Gelegenheit, ihre Meinung dazu zu sagen. Und am Ende wird über die Vorschläge abgestimmt.

[4] *Abstimmung im Gemeinderat über den Bau des Stadions in Karlsruhe.* Foto, 2016.

Demokratie und Politik

Nicht ganz so einfach ist es, wenn sehr viele Menschen zu einer Gemeinschaft gehören, z.B. in einer Stadt. Hier werden von allen Bürgern über 18 Jahre Stellvertreter auf Zeit gewählt, die Stadträte. Wenn sie nicht zur Zufriedenheit arbeiten, werden sie nicht wiedergewählt.

Für die Bürgerinnen und Bürger gibt es in der Demokratie auch zwischen den Wahlen Möglichkeiten, sich einzumischen. Eine Sammlung von Unterschriften kann z.B. verhindern, dass eine teure Konzerthalle gebaut wird.

4 Beurteilt die Form der Mitsprache für Bürgerinnen und Bürger im alten Griechenland als ersten Schritt zur Demokratie. Begründet eure Meinung.

Wählt einen der folgenden Arbeitsaufträge aus:

- Vergleicht die Demokratie im alten Athen und heute am Beispiel der Klassensprecherwahl.
- Erstellt eine Aufzählung der wichtigsten Schritte zur Demokratie in Athen.
- Beurteilt in einer Diskussionsrunde die genannten Beispiele aus unserem heutigen Alltag: Handelt es sich dabei um Formen von Demokratie? Begründet eure Meinung.

Sprachspeicher
über (etwas) abstimmen • an der Wahl teilnehmen • eine Entscheidung treffen • sich einmischen •

4: Meiner Meinung nach ... • Ich bin der Meinung, dass ...

Methode Ein Schaubild auswerten

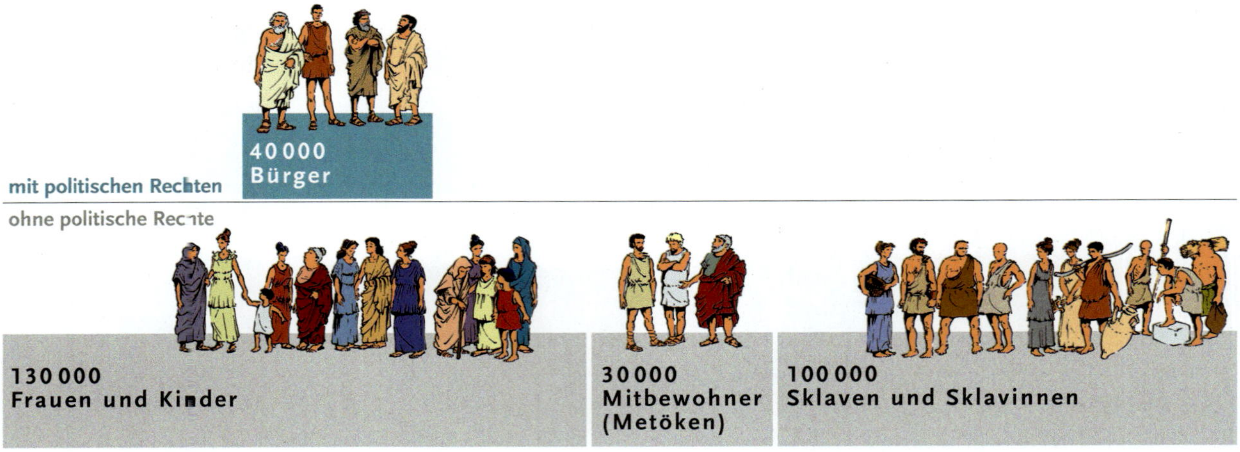

[1] *Verteilung der politischen Rechte in der Bevölkerung von Athen um 430 v. Chr. Jede Figur steht für 10 000 Einwohner.* Schaubild.

Schaubilder

Schaubilder erklären schwierige Zusammenhänge. Bei der Auswertung helfen dir folgende Schritte. Dabei ist zu beachten, dass nicht alle Schritte auf jedes Schaubild angewendet werden müssen.

1. Schritt Thema

- Titel lesen: Thema und Zeit feststellen.
- Klären, um was genau es inhaltlich geht.
- Herausfinden, ob eine „Momentaufnahme" einer Sache oder eine Entwicklung dargestellt ist.

2. Schritt Darstellungsform

- Werden Textfelder, Stichworte, Zahlen oder Bildsymbole verwendet?
- Gibt es eine Reihenfolge (Ausgangspunkt, weitere Schritte, Endpunkt)?
- Zusammenhänge finden (z. B. Pfeile als Hilfe).
- Größen- und Mengenverhältnisse beachten (z. B. Bedeutung der Größe von Feldern oder Symbolen)
- Wozu dienen ergänzende Zeichnungen?

3. Schritt Interpretation

- Ablauf und Aussage des Schaubilds mit eigenen Worten wiedergeben.
- Zusammenhang mit zugehörigem Text/Buchseite herstellen.

4. Schritt Bewertung

- War die Darstellung verständlich a) für dich, b) für die Klasse?
- Wie ist die inhaltliche Aussage zu bewerten?
- Waren Zusatzinformationen nötig?

Auswertungsbeispiel:

1. Thema ist die politische Situation in der Stadt Athen um das Jahr 430 vor Christus. Es geht um die politischen Rechte verschiedener Bevölkerungsgruppen.
2. Die Felder sind beschriftet, ihre Länge entspricht den Zahlenangaben. Sie werden durch Bilder ergänzt, jede Figur steht für 10 000 Menschen.
3. In Athen lebten um 430 v. Chr. etwa 300 000 Menschen (= Summe der Angaben in den Feldern). Davon hatten 40 000 politische Rechte. Ohne politische Rechte waren 130 000 Frauen und Kinder, 30 000 Fremde (Metöken) und 100 000 Sklavinnen und Sklaven. Das Schaubild zeigt, dass es in Athen damals noch keine „richtige" Demokratie gab.
4. Das Wort „Metöken" musste erst geklärt werden, sonst war alles verständlich.

[2] *Lösungsbeispiel zum Schaubild [1].*

Stadtrat
86 gewählte Vertreter

Wer ist wahlberechtigt?
227 000 Bürgerinnen und Bürger wählen den Stadtrat (darunter ca. 30 000 EU-Bürger über 16 Jahren, die ihren Wohnsitz in Bonn haben)

Nicht wahlberechtigt
98 000 Bürgerinnen und Bürger (Jugendliche unter 16 Jahren, ca. 50 000 Ausländer aus Nicht-EU-Ländern, Bürger ohne Wahlrecht)

[2] *Wahlberechtigte und nicht wahlberechtigte Bürgerinnen und Bürger der Wahl zum Rat der Stadt Bonn im Jahre 2014.* Schaubild.

Zum Vergleich
Die Stadt Bonn hat heute ungefähr die gleiche Einwohnerzahl wie Athen um 430 v. Chr. (etwa 300 000).
Die wahlberechtigten Bürger wählen alle fünf Jahre ihre Vertreter für den Stadtrat und den Bürgermeister.
Nicht wahlberechtigt sind
- Personen unter 16 Jahren,
- Personen, denen wegen eines schweren Verbrechens das Wahlrecht entzogen wurde.

Wenn du alle Schritte der Methode und das Lösungsbeispiel auf der linken Seite gelesen hast, wird es dir nicht schwerfallen, auch dieses Schaubild zu „lesen".

1 Wertet das Schaubild oben [2] zu Bonn mithilfe der vier Schritte von S. 144 aus.
Starthilfe: *„Das Schaubild gibt einen Überblick über ..."*

2 Stellt Ähnlichkeiten und Unterschiede zur Demokratie in Athen um 430 v. Chr. und heute fest.

[3] *Sitzung im Gemeinderat.* Foto.

Wahlseite Götterwelt und Sagen

1 Informiert euch auf dieser Seite über die Götterwelt der Griechen.

2 Präsentiert eure Ergebnisse in geeigneter Form in der Klasse.

[1]

Die Olympischen Götter und Göttinnen

Nach den Vorstellungen der Griechen herrschte **Zeus als Göttervater** auf dem heiligen Berg Olymp. Alle übrigen Gottheiten gehörten zu seiner Familie und waren ihm untergeordnet. Die Götter hatten **übermenschliche Kräfte**, waren **unsterblich**, verfügten jedoch auch über alle guten und schlechten menschlichen Eigenschaften. Die Gottheiten hatten ihre „Spezialgebiete". So galt **Hera, die Frau von Zeus** als Beschützerin der Ehe.

Athena war die Göttin der Weisheit, **Ares** der Kriegsgott, **Apollo** der Gott des Lichtes, der Dichtkunst und Musik. **Aphrodite** war die Göttin der Schönheit und Liebe.

Griechische Sagenwelt

Vom Leben und Handeln der Götter berichten griechische Sagen. Diese Sagen nennen wir auch Mythen.

Die **griechische Mythologie** umfasst die Geschichten der Götter und Helden des antiken Griechenlands. Hier treten die Götter wie Menschen auf: sie lieben oder hassen sich, sie zanken und versöhnen sich wieder. Sie essen Ambrosia und trinken Nektar, das verleiht ihnen Unsterblichkeit. Die griechischen Heldensagen haben bis heute nichts von ihrer Spannung verloren. Und uns begegnen auch heute noch griechische Heldenfiguren in Filmen, in Literatur oder in Kunst und Musik.

Tipps für die Erarbeitung

- Ihr könnt beim Lesen die Schritte des Lese-Profis anwenden.
- Was habt ihr über die griechischen Götter erfahren?

Tipps für die Präsentation

- Ein Buch oder einen Film über griechische Helden aussuchen und vorstellen.
- Bilder über die griechischen Götter malen und ein Wandrelief für die Klasse herstellen.

Wahlseite Olympische Spiele

1 Informiert euch auf dieser Seite über die Olympischen Spiele im alten Griechenland.

2 Stellt der Klasse anschließend eure Ergebnisse vor.

[1] *Wagenrennen.* Vasenmalerei, 6. Jh. v. Chr.

[2] *Allkampf.* Vasenmalerei, 5. Jh. v. Chr.

Heilige Spiele

Seit dem Jahr 776 v. Chr. trafen sich die Griechen in Olympia, um mit sportlichen Spielen ihren obersten Gott Zeus zu ehren. Schon viele Monate vor Beginn zogen Boten umher, um die freien Männer zur Teilnahme einzuladen. Die Sportler trafen 30 Tage vor Beginn ein. Sie trainierten nun unter der Aufsicht der Kampfrichter.

- Am 1. Tag zogen die Sportler gemeinsam zum Heiligtum. Dort mussten sie schwören, dass sie sich gut vorbereitet haben und nicht gegen die Regeln verstoßen werden.
  Am Nachmittag fanden **Wettlauf, Ring- und Faustkampf der Jugendlichen** statt.
- Der 2. Tag begann mit den Wettkämpfen im **Wagenrennen mit Zwei- und Viergespannen**. Dann folgte das **Reiten**.
  Nachmittags war der **Fünfkampf**: Ringen, Diskuswerfen, Springen, Speerwerfen und ein Lauf über die volle Länge des Stadions.
- Am 3. Tag versammelten sich alle schon früh am Morgen. Sie zogen zum großen Altar des Gottes Zeus. Hier wurden 100 Stiere geopfert. Dazu noch viele kleinere Tiere.
  Nachmittags fand der **Langlauf** statt. Am Abend wurden die Opfertiere bei einem großen Festessen gemeinsam verzehrt.
- Am 4. Tag waren die Schwerathleten an der Reihe: **Ring-, Faust- und Allkämpfer** (= eine Mischung aus Ringen und Boxen). Die Gegner wurden ausgelost, ohne Rücksicht auf Größe und Gewicht. Alle Kämpfer rieben sich mit Öl ein. Es wurde sehr hart gekämpft, sodass es immer wieder Verletzungen gab. Vor allem der Allkampf war brutal.
  Dann folgte noch der **Waffenlauf**. Das war ein Wettlauf in voller Ausrüstung.
- Am 5. und letzten Tag der Spiele war **Siegerehrung**. Sieger bekamen einen Kranz aus den Zweigen des heiligen Ölbaums. Außerdem brauchten sie ihr Leben lang keine Steuern mehr zu zahlen.
  Nach der Siegerehrung gab es dann noch ein Opferfest am Zeusaltar. Abschließend folgte ein großes Festessen.

Mit der Einführung des Christentums wurden im Jahre 393 n. Chr. diese Spiele zu Ehren griechischer Götter verboten. Dann fanden im Jahre 1894 in Athen die ersten Olympischen Spiele der Neuzeit statt.

Tipps für die Präsentation

- Anlass der Spiele erläutern
- Bedingungen und Sportarten klären
- Sportarten mit heute vergleichen (was war ähnlich, was anders?)
- eine Reportage über den Ablauf der Spiele erstellen, Texte schreiben, Texte vorlesen, eventuell eine Tonaufnahme für ein Hörspiel erstellen

Wahlseite Wirtschaft und Sklaverei

1 Informiert euch auf dieser Seite über die Sklaverei als Säule der antiken Wirtschaft.

2 Präsentiert eure Ergebnisse in geeigneter Form in der Klasse.

Ein Sklavenhändler könnte uns erzählen:
„Ich bin Dimitrios, der Sklavenhändler. Bei uns in Athen ist Sklaverei allgemein üblich. Sie bildet die Grundlage unserer gesamten Wirtschaft, denn körperliche Arbeit ist bei uns wenig angesehen. Sklaven sind unfrei und werden wie Gegenstände behandelt. Sie haben ihren Preis und können beliebig verkauft oder vermietet werden. Die meisten Sklaven sind Kriegsgefangene und kommen aus allen gesellschaftlichen Schichten. Sie werden nach Bildung und Fähigkeiten eingesetzt. Auch Sträflingen droht der Einsatz als Sklave, dann aber als Ruderer oder im Bergwerk. Haussklaven gelten als Teil der Familie und werden in der Regel etwas besser behandelt. Auch in vielen Handwerksbetrieben arbeiten Sklaven, sie erhalten oft einen kleinen Lohn. So ist es möglich, dass sich Sklaven ihre Freiheit erkaufen. Begüterte Familien schenken ihren Sklaven oftmals die Freiheit."

[1] *Verfassertext.*

[3] *Die Athener benutzten seit dem 6. Jh. v. Chr. Münzgeld.* Auf der Rückseite war ihr heiliges Tier, die Eule, abgebildet. Dieses Tier ist auch auf der heutigen Euromünze zu sehen.

[2] *Wareneinfuhr nach Athen im 5. Jahrhundert v. Chr.* Karte.

Tipps für die Erarbeitung
- Plant ein Rollenspiel zum Thema „Auf dem Sklavenmarkt". Erstellt Rollenkarten zu den Personen: Sklavenhändler, Sklave, Käufer.
- Wertet die Karte [2] aus.

Tipps zur Präsentation
- Führt das Rollenspiel in der Klasse durch. Diskutiert anschließend über das Thema in der Klasse.
- Erklärt, welche Handelswaren auf welchem Weg nach Athen kamen.

[1] *Überreste eines Bergwerkes auf der Insel Milos.* Foto.

[3] *Ziegen und Schafe fressen jedes nachwachsende Grün auf den abgeholzten Böden sofort wieder ab.* Foto, 2013.

Bergbau

Eine wichtige Einnahmequelle der Athener war der Silber- und Bleiabbau. In der Nähe der Stadt gab es viele Bergwerke und Gruben.

Die Erzbrocken wurden in großen Waschanlagen immer wieder gespült, um das Metall auf diese Weise vom Gestein zu trennen. Um Wasser zu sparen, ordnete man die Anlagen kreisförmig an. Manchmal leitete man das gebrauchte und schmutzige Wasser zum Schluss wieder in die Brunnen zurück. Dabei war schon damals bekannt, dass Blei sehr giftig ist.

[2] *Wasserpumpe. Der Mathematiker, Physiker und Ingenieur Archimedes (287–212 v. Chr.) hat diese schraubenförmige Wasserpumpe erfunden.*

Das Metall wurde gleich vor Ort geschmolzen und zu Barren gegossen.

In der Nähe lagen auch die Unterkünfte für die Bergwerkssklaven. Durch all diese Anlagen wurde die Landschaft nachhaltig zerstört.

Die Wälder sterben

Wo Siedlungen und Felder angelegt wurden, mussten die Wälder abgeholzt werden.

Holz war jahrtausendelang der einzige Energielieferant. Alle Haushalte heizten und kochten damit. Auch warmes Wasser für die Bäder wurde mit Holz bereitet. Betriebe wie Ziegeleien, Töpfereien, Gießereien oder Schmieden verbrauchten ebenfalls große Mengen davon.

Um Metalle zu schmelzen oder Kalk zu brennen werden sehr hohe Temperaturen gebraucht. Die ließen sich damals nur mit Holzkohle erreichen. Für die Herstellung der Holzkohle benötigt man ein Vielfaches an Holz.

Auch der Bau von Tempeln, Häusern oder Schiffen verschlang ganze Wälder. Im trockenen Klima am Mittelmeer wuchsen sie nur langsam nach.

Tipps zur Präsentation

- Über Sklavenarbeit berichten – Den Bergbau beschreiben – Das Verschwinden der Wälder im Mittelmeergebiet erklären – Damalige Umweltprobleme bewerten (Ursachen und Folgen) – Spielszene: Reporter besucht Bergarbeiter bei Athen.

Das Erbe Griechenlands

[1] *Bauwerke nach antiken Vorbildern. Im Uhrzeigersinn:*
(a) links oben: Elisenbrunnen in Aachen
(b) Theaterhaus in Detmold
(c) Brandenburger Tor, Berlin
(d) Rathaus in Krefeld

A

B

C

D

Griechische Kultur

Im antiken Griechenland wurden wichtige Grundsteine für unsere heutige Kultur gelegt. Wir verdanken den Griechen nicht nur die Idee der Demokratie, sondern auch die Grundlage vieler Wissenschaften.

Durch gezielte Besiedelung und Eroberungszüge breitete sich die griechische Kultur im gesamten Mittelmeerraum aus. Nachdem die Blütezeit der bedeutenden Stadtstaaten längst vergangen war, hatte sich die griechische Lebensart in diesem Gebiet erhalten. Später wurde ein ganzes Zeitalter danach benannt: Hellenismus (Hellas = Griechenland). Das ist vor allem Alexander dem Großen zu verdanken. Er lebte von 356–323 v. Chr. und eroberte mit seinen Soldaten ein riesiges Gebiet zwischen Ägypten im Westen und Persien im Osten. Er ist sogar bis Indien vorgestoßen.

Vorbilder aus der griechischen Antike

Bis heute orientieren sich Architekten, Bildhauer, Maler und viele andere Künstler auf der ganzen Welt immer wieder an den Werken ihrer griechischen Vorbilder.

Schon bei den Römern galt es als Zeichen von Bildung, wenn man die griechische Sprache beherrschte und sich in griechischer Literatur, Philosophie oder dem griechischen Theater auskannte. Auch auf den Spielplänen unserer heutigen Theater stehen immer wieder Stücke der antiken Dichter. Die Probleme der damaligen Zeit sind den unsrigen oftmals verblüffend ähnlich.

1 Zählt die Bereiche auf, in denen Griechenland Vorbild war und ist.

Sprachspeicher

den Grundstein für (etwas) legen • sich an einem Vorbild orientieren • ein Vorbild für (etwas oder jemanden) sein

APP

[2] *Buchstaben des griechischen Alphabets finden sich ebenso wie die Lehrsätze von Pythagoras, Thales oder Euklid in unseren heutigen Mathematikbüchern.* Foto.

[3] *Noch immer wird das Olympische Feuer vor Beginn der modernen Spiele in Olympia entzündet und dann von Läufern zum jeweiligen Austragungsort getragen.* Foto.

Die Wurzeln der Demokratie finden sich im alten Griechenland: Die Athener verankerten die Teilnahme des Volkes an politischen Entscheidungen 594 v. Chr. in ihrer Verfassung.

[4] *Abgeordnete im Deutschen Bundestag stimmen über eine politische Entscheidung mit Handzeichen ab.* Foto.

[5] *Es gibt kaum eine Stadt ohne Marathonlauf, so wie hier in Berlin. Er wurde zur Erinnerung an einen griechischen Soldaten benannt, der nach einer Schlacht ohne Pause 42,195 Kilometer nach Athen gerannt sein soll, dort den Sieg verkündete und anschließend tot zusammenbrach.* Foto.

Wählt einen der folgenden Arbeitsaufträge aus:

- Zeichnet eines der Bauwerke [1] in euer Heft.
- Erzählt den Inhalt einer griechischen Sage, die ihr kennt.
- Bildet eine Gesprächsrunde: Wie kommt es, dass das Erbe des alten Griechenland immer noch bei uns lebendig ist?

Was ihr noch tun könnt:

- MK Mit dem Fotoapparat durch eine Stadt gehen und Gebäude fotografieren, die antiken Vorbildern ähneln. Besonders „ergiebig" sind dabei auch alte Friedhöfe mit Grabdenkmälern.
- → Bildbände europäischer Städte durchsehen und öffentliche Gebäude wie Museen, Theater oder Gerichtsgebäude aus dem 19. Jahrhundert vergleichen.
- → Auf Buchtitel, Filme oder alte Gemälde zu antiken Themen achten und diese für einen bestimmten Zeitraum notieren.

Sprachspeicher

die Wurzeln von ... liegen in ... • etwas wurzelt in ... • etwas verankern • etwas in der Verfassung verankern • die Olympische Flamme • das Olympische Feuer • der Marathonlauf

Das kann ich!

Versucht zunächst, die Aufgaben auf dieser Doppelseite zu lösen, ohne im Kapitel nachzusehen. Wenn ihr Hilfe braucht, könnt ihr bei den Aufgaben auf den in Klammern angegebenen Seiten nachschlagen.

die Olympischen Spiele	eigene Bezeichnung der Griechen für sich und ihr Land
die Demokratie	unfreie Menschen, die zur Arbeit gezwungen werden
die Hellenen, Hellas	Einwohner von Athen, die nicht dort geboren wurden („Mitbewohner")
die Polis (*die* Poleis)	Sportwettkämpfe zu Ehren der Götter
der Sklave, *die* Sklaven	Stadtstaat im alten Griechenland
der Metöke, *die* Metöken	Volksherrschaft

[1] *Begriffe und ihre Bedeutung*

Mehr als 1000 Jahre lang reisten alle ... Jahre Griechen nach ... Sie kamen sogar aus den entfernten ... dorthin. Freie ... Bürger Griechenlands trugen hier zu Ehren des ... Zeus ... aus. Auch an anderen heiligen Stätten fanden ... Wettkämpfe statt, um die verschiedensten ... zu ehren. Doch die Spiele in ... waren das höchste ... Fest. ... hatten hier keinen Zutritt, auch nicht unter den Zuschauern. Es gab jedoch an anderen Orten auch ... für Frauen zur Verehrung meist ... Gottheiten.

vier – Götter – Sportwettkämpfe – männliche – Olympia – Göttervaters – Kolonien – sportliche – Olympia – weiblicher – religiöse Sportspiele – Frauen

[2] *Lückentext*

[3] *Ein Bürger aus Athen erklärt*

[4] *Tonscherbe aus Athen, um 470 v. Chr.*

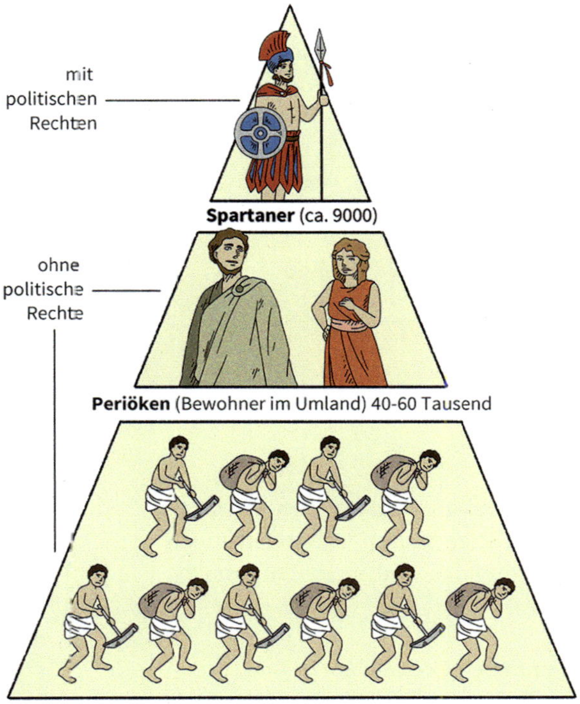

[5] *Gesellschaftsmodell von Sparta um 490 v. Chr.*

„Mein Standpunkt ist, dass man Kinder nur durch Ermahnung und Vernunft zum Fleiß bringen kann und nie durch Schläge und Schimpfen. So etwas schickt sich eher für Sklaven als für frei Geborene. Schmerzen und Schimpfen lähmen und schrecken von der Arbeit ab. Die Väter müssen den Kindern ein Vorbild im Leben sein. Wer ein schlechtes Leben führt, verscherzt sich dadurch das Recht die Sklaven zu tadeln und erst recht die Söhne."

[6] *Der griechische Schriftsteller Plutarch (um 45–120 n. Chr.) schrieb über die Erziehung der Kinder*
(Plutarch, Über Kindererziehung. Zit. nach Rolf Rilinger (Hg.), Lust an der Geschichte – Leben im alten Griechenland. Ein Lesebuch, München (Piper) 1990, S. 83 f.)

Sachkompetenz

1 Ordnet den Begriffen in [1] ihre richtige Bedeutung zu.

2 Erklärt, was eine Polis ist und nennt ihre wichtigsten Merkmale. (S. 138)

3 Zeichnet die Sprechblase aus Bild [3] in euer Heft ab und vervollständigt die Sätze.

4 Beschreibt den Gegenstand aus Bild [4] und erklärt, wozu es genutzt wurde. (S. 142)

5 Schreibt den Lückentext [2] ab und fügt die darunter stehenden Begriffe an der richtigen Stelle ein.

6 Nennt 5 alte olympische Sportarten. Welche davon gibt es noch heute? (S. 147)

Methodenkompetenz

7 Erklärt, worauf man beim Auswerten eines Schaubildes achten soll. Nennt verschiedene Möglichkeiten für die Präsentation. (S. 144–145)

8 Wertet das Schaubild [5] aus. Erklärt, wie die Gesellschaft in Sparta aufgebaut war.

Urteilskompetenz

9 Vergleicht das Leben in Athen und Sparta (S. 140–141). Nehmt Stellung zu den Aussagen von Plutarch in Quelle [6].

10 Nennt Unterschiede zwischen der griechischen Demokratie und unserer heutigen Demokratie (Wer darf wählen? Wer hat welche Möglichkeiten der Mitbestimmung?).

11 Nehmt Stellung zu der folgenden Aussage: „Das antike Athen gilt als die Wiege der modernen Demokratie".

Handlungskompetenz

12 Vervollständigt eure Portfolio-Arbeit zum Thema „Leben im antiken Griechenland". Stellt eure Ergebnisse in der Klasse vor.

Das Römische Weltreich

Die Stadt Rom

Im Jahre 330 n. Chr. hatte die Stadt Rom rund 1 Million Einwohner. Hier lebte ein buntes Völkergemisch aus allen Teilen des Reiches. Es gab prächtige Bauten, Wasserleitungen und ausgedehnte Wohn- und Geschäftsviertel. Betrachtet das Stadtmodell und sucht alle in der Legende genannten Punkte.

1 Macht einen Rundgang durch die Stadt Rom. Beginnt beim Kolosseum [1] und beschreibt auffällige Gebäude.

2 Notiert eure Fragen zum antiken Rom. Was würde euch interessieren?

1
2
3
4
5
[1] das Kolosseum
[2] die Wasserleitung
[3] der Circus Maximus
[4] die Kaiserpaläste
[5] der Fluss Tiber
[6] das Theater
[7] Jupitertempel auf dem Kapitol

Schauplatz Die Stadt Rom

[1] *Römisches Leben auf dem Forum.* Farbdruck, nach J. Bühlmann und Friedrich von Thiersch, 1901.

Strabo (63 v.–20 n. Chr.) ein Grieche schrieb nach seinem Besuch in Rom:
[...] In Rom gibt es gepflasterte Straßen, Wasserleitungen und unterirdische Gräben, durch welche der Unrat aus der Stadt in den Tiber geleitet wird. Die Wasserleitungen führen so viel Wasser herbei, dass ganze Flüsse durch die Stadt und die unterirdischen Kanäle strömen und fast jedes Haus einen Wasserbehälter und reichlich sprudelnde Brunnen hat [...] Rom besitzt ferner zahlreiche, herrliche Bauwerke. [...] Kommt man auf den alten Markt und sieht die prächtigen Bauten, die Tempel, Säulengänge und Wohngebäude, dann kann man leicht alles vergessen, was es sonst gibt. So schön ist Rom.

[3] *Zit. nach Arend, Walter (Bearb.) Geschichte in Quellen Bd. 1: Altertum. München (bsv), 1965. S. 667*

1 Beschreibt die Bilder auf dieser Seite.

Rom – das große Vorbild

Die großen Plätze, die sogenannten Foren, waren Mittelpunkte des städtischen Lebens. Ringsum standen Tempel, Regierungsgebäude oder Geschäftshäuser. Der älteste und wichtigste Platz war das Forum Romanum. Dort wurde jahrhundertelang große Politik gemacht. Es war das unbestrittene wirtschaftliche, religiöse und kulturelle Zentrum der Stadt, ja sogar des gesamten Römerreiches. Die meisten anderen Städte waren wie ein Schachbrett angelegt mit geraden Straßen. Dort wohnte ein buntes Gemisch von Handwerkern, Händlern und Verwaltungsbeamten mit ihren Familien und den Sklaven aus aller Welt. Von den Städten aus wurde das Umland verwaltet.

[2] *Das Kolosseum in Rom.* Foto. Das Kolosseum wurde für ca. 50 000 Zuschauer erbaut. Ein riesiges Sonnensegel spendete damals Schatten.

[4] *So sah eine römische Wasserleitung aus.* Foto.

2 Begründet, warum das antike Rom als „Großstadt" bezeichnet werden kann.

[5] *Mehrstöckiges Wohnhaus in Rom.* Rekonstruktionszeichnung.

3 Beschreibt das Mietshaus in Rom und vergleicht es mit den Wohnverhältnissen in einer heutigen Stadt.

Stadtleben zwischen Luxus und Elend

In Rom gab es prächtige Bauwerke und die reichen Bürger von Rom wohnten in luxuriösen Villen. Der Großteil der Bevölkerung lebte aber in einfachen, mehrstöckigen Mietshäusern. Man wohnte dicht gedrängt und musste an den Hausbesitzer eine hohe Miete zahlen. Eine Heizung gab es nicht und fließendes Wasser meist nur im Erdgeschoss. Viele Häuser waren in einem schlechten Zustand und drohten einzustürzen.

Ein Anziehungspunkt für alle Bürger waren die öffentlichen Bäder der Stadt, die Thermen. Allein in Rom gab es elf große Bäder. Hier traf man sich nicht nur zur Reinigung und Entspannung, sondern man besprach Geschäfte, tauschte Nachrichten aus oder trieb Sport.

[6] *In der Therme.* Illustration.

Der Schriftsteller Lucius Seneca (4 v. Chr.– 65 n. Chr.) beschrieb den Alltag in einer Therme so:

„Da sind die starken Männer, die ihre Übungen machen und mit Ächzen und Stöhnen schwere Bleigewichte schwingen. Dann die Faulen, die sich einer billigen Massage unterziehen – ich höre, wie jemand Klapse auf die Schultern bekommt. Dann ist da der Mann, der den Klang seiner eigenen Stimme im Bad so gern hört. Und die, die ins Becken springen, dass es platscht."

[7] *Zit. nach: Mike Corbishley: Das Buch vom alten Rom. Arena Verlag, Würzburg, 199*

4 Vergleicht die Thermen mit einem Besuch im Spaßbad heute.

Wählt einen der folgenden Arbeitsaufträge aus:

- Notiert Stichworte für eine Führung durch die Stadt Rom.
- Ein Kind vom Land darf zum ersten Mal mit den Eltern nach Rom fahren. Am Abend erzählt es über seine Erlebnisse. Schreibt einen Erlebnisbericht.
- Vergleicht die Aussagen in der Quelle [3] von Strabo mit der Abbildung [5] und dem Text über die Wohnverhältnisse in Rom.

APP

Orientierung

[1] *Die Ausdehnung des Römischen Reiches um 117 n. Chr.*

1 Vergleicht die Karte [1] mit einer Atlaskarte und stellt fest, welche heutigen Staaten zur Welt der Römer gehört haben.

Das Römische Reich

Das Imperium Romanum* entstand im heutigen Italien. Schnell dehnte es sich über Westeuropa und Teile von Asien und Nordafrika aus.
Überall findet man auch heute noch römische Spuren: in den Sprachen, im Ursprung vieler Städte und in alltäglichen Dingen und ihren Bezeichnungen.
Schon damals hatten die Römer eine Staatsform, die man heute noch kennt, die Republik*.

2 Wandelt den Text in eine Sprechblase um, in der die Familie [2] von ihrer Heimat erzählt.

[2] *Eine römische Familie.* Illustration

* *das* **Imperium Romanum:** (lat.) das Römische Reich

die **Republik:** (lat.): bedeutet „öffentliche Angelegenheit“. Eine Staatsform ohne König.

Zeit vor Christi Geburt

- ► **753 v. Chr.:** Gründung Roms (nach der Sage)
- ► **700 v. Chr.**
- ► **600 v. Chr.**

- ► **Um 500 v. Chr.:** Rom wird Republik.
- ► **400 v. Chr.**
- ► **300 v. Chr.**
- ► **200 v. Chr.**

Um 150: Römer beherrschen weite Teile des Mittelmeergebietes.

- ► **100 v. Chr.**

Um 50: Römer erobern das Rheinland.

35 v. Chr.–14 n. Chr.: Augustus, Beginn der Kaiserzeit

- ► **Geburt Christi**

Zeit nach Christi Geburt

9: Römer scheitern in Germanien (Varusschlacht)

- ► **100 n. Chr.**

Um 117: größte Ausdehnung des Römerreichs, Ausbreitung des Christentums

- ► **200 n. Chr.**

275: Angriffe der Germanen am Rhein

- ► **300 n. Chr.**

391: Christentum wird Staatsreligion
395: Teilung des Römischen Reiches

- ► **400 n. Chr.**

407: Römer ziehen vom Rhein ab
476: Ende des Römerreiches im Westen

[2] *Zeittafel der Römerzeit*

Das Römische Weltreich

Vom Dorf zum Weltreich

Wie wurde aus einer kleinen Siedlung eine Supermacht?

[1] *Die Anfänge Roms.* Rekonstruktionszeichnung — 1 Furt; 2 Kapitol; 3 Palatin; 4 Handelsstraße

Erste Anfänge
Archäologische Forschungen beweisen, dass der Hügel Palatin [3] schon im 10. Jahrhundert v. Chr. besiedelt war. Dort lebten Hirten und Bauern in einfachen Hütten. Die Siedlung war von einem Wall umgeben. In der Nähe fand man weitere Spuren von kleinen Siedlungen. Die Bewohner kontrollierten schon bald den einzigen Handelsweg der Gegend. So vergrößerten sie schnell ihren Einfluss. Rom wurde zu einem wichtigen Marktort. Über die Entstehung von Rom wird aber gerne auch eine andere Geschichte, eine Sage erzählt.

1 Vergleicht die Forschungsergebnisse mit der folgenden Sage.

Romulus und Remus
Eine Sage berichtet: „Die Zwillinge Romulus und Remus wurden als Säuglinge in der Wildnis ausgesetzt. Eine Wölfin entdeckte die Kleinen und ernährte sie mit ihrer Milch.
Später nahm ein Hirte sie mit nach Hause. Als sie groß waren, wollten sie an der Stelle wo man sie fand, eine Stadt gründen.
Romulus zog mit dem Pflug einen Kreis. Er warnte davor, das Innere zu betreten. Sein Bruder Remus lachte und sprang hinein. Daraufhin wurde er von Romulus erschlagen. Den Umstehenden erklärte er: ‚So soll es jedem gehen, der versucht, meine Stadt zu erobern.'"
Nach dieser Sage soll die Gründung Roms im Jahr 753 v. Chr. stattgefunden haben.

2 Erzählt die Sage mit eigenen Worten nach.

[2] *Römische Münze.*

3 Was hat das Münzbild in [2] mit der Sage zu tun? Stellt einen Zusammenhang her.
> Sprachspeicher

Sprachspeicher
einen Ort besiedeln • einen Handelsweg kontrollieren • seinen Einfluss vergrößern

3: Auf der Münze erkennt man ... • Genau wie in der Sage ...

[3] *Aus dem Alltag der römischen Soldaten.* Illustrationen.

Weitere Entwicklung

Zum Schutz vor fremden Eroberern verbündeten sich die Bewohner der ersten Siedlung mit ihren Nachbarn. Die Römer vergrößerten schnell ihren Einfluss und Rom entwickelte sich bald zu einem Stadtstaat. Seit diesen ersten Anfängen dauerte es aber noch einige Jahrhunderte, bis Rom etwa um 270 v.Chr. so mächtig geworden war, dass es ganz Italien beherrschte. (Siehe: Karte auf S.158)

Kriege und Eroberungen

Bei allen Eroberungen wurde zwar hart gekämpft, aber auch geschickt verhandelt. Einige Gegner unterwarfen sich freiwillig und schlossen einen Bündnisvertrag mit den Römern, um sich lange Kämpfe zu ersparen. Die Römer nannten die eroberten Gebiete Provinzen* und verwalteten diese klug. Die ursprünglichen Bewohner wurden schon bald zu römischen Bürgern ernannt und an Entscheidungen beteiligt. Auch wurden die geltenden Sitten und fremde Religionen anerkannt. Umgekehrt setzte sich die römische Lebensweise schnell durch.

* *der* **Legionär,** *die* **Legionäre:** römische Soldaten
1 Legion: 6000 römische Soldaten

die **Provinz,** *die* **Provinzen:** ein erobertes Gebiet außerhalb Italiens, das unter römischer Verwaltung steht

4 Schildert die Ausbreitung von Rom über den Marktort hinaus und erklärt, warum sie so erfolgreich verlief.

Wir Legionäre nehmen es mit jedem Feind auf und sorgen für Ordnung. Unsere Berufsarmee kann sofort eingreifen, wenn irgendwo Unruhen drohen. Aber wir kämpfen nicht nur. In Friedenszeiten bauen wir Wasserleitungen, Straßen und die Militärlager. Gute Straßen sind nicht nur für uns Soldaten wichtig, für Handel und Verwaltung werden sie ebenfalls gebraucht. So machen wir uns auch für die Bevölkerung nützlich.*

Wählt einen der folgenden Arbeitsaufträge aus:

- Stellt die Gründungssage von Rom in einer Bildergeschichte dar.
- Schreibt einen Brief eines Legionärs an seine Familie. Er berichtet über seine Arbeiten.
- Untersucht die Karte auf Seite 158 und stellt fest, wo genau die nördliche Grenze des Römischen Reiches verlief. Listet die Provinzen im Grenzbereich auf und findet ihren heutigen Namen heraus.

Sprachspeicher

sich mit jemandem verbünden · sich zu einem Stadtstaat entwickeln · sich freiwillig unterwerfen · jemanden zum römischen Bürger ernennen

APP

Von der Republik zum Kaiserreich

Wer hatte das Sagen im Staat?

Senat	Regierung (Magistrat)		Volkstribunen
300 Senatoren *Mitglieder auf Lebenszeit*	**2 Konsuln** *für 1 Jahr gewählt*	**32 Beamte** *für 1 Jahr gewählt*	**10 Tribunen** *für 1 Jahr gewählt*
▪ beraten die Regierung ▪ bereiten Gesetze vor ▪ erklären den Krieg ▪ schließen Friedensverträge ab	▪ leiten die Volksversammlung ▪ sind die obersten Heerführer	▪ verwalten die Staatskasse ▪ stellen die Richter ▪ haben die Polizeigewalt	▪ haben „Veto-Recht“ (veto: „ich verbiete“) können die Beschlüsse der Regierung verhindern und Gesetze ablehnen
	↑ *wählen*	↑ *wählen*	↑ *wählen*

Volksversammlung	Plebejer
(römische Männer mit Bürgerrecht, Patrizier und wohlhabende Plebejer (z. B. Händler)	**Ohne Bürgerrecht:** Frauen, Sklaven, Fremde dürfen nicht wählen

[1] *Wie die römische Republik um 300 vor Chr. regiert wurde.* Schaubild.

Um 500 v. Chr. vertrieben die Römer den letzten König. Die neue Staatsform nannten sie „res publica“ (= öffentliche Sache). Das heißt, dass der Staat die gemeinsame Sache aller Bewohner ist. Aber war das wirklich so?

Patrizier und Plebejer

In der römischen Republik waren Besitz und Macht sehr unterschiedlich verteilt.
Die adligen Familien (= Patrizier) hatten große Ländereien und viele Sklaven als Feldarbeiter.
Die Patrizier stellten im Krieg die Offiziere und übernahmen die wichtigen Ämter in der Politik. Sie waren wohlhabend und gewannen in Rom immer mehr Macht und Einfluss. Viele von ihnen saßen im Senat. Hier war das Zentrum der Macht.
Die Plebejer waren Handwerker, Händler, freie Bauern. Im Krieg waren sie meistens als einfache Soldaten eingesetzt. Ursprünglich hatten sie keine politischen Rechte. Von 450 bis ca. 250 v. Chr. erkämpften sich die Plebejer immer mehr Rechte bei der Mitbestimmung in der Regierung. Sie konnten Volkstribunen wählen.

1 Fasst mit eigenen Worten zusammen, was ihr über Patrizier und Plebejer erfahren habt.

2 Erklärt mithilfe des Schaubildes wie die römische Republik regiert wurde.

Großmacht nach außen – Probleme nach innen?

Anfangs bestand das römische Heer aus Kleinbauern, die für den Kriegsdienst ihre Höfe verlassen mussten. Während der lang andauernden Kriegszeit konnten sie ihre Felder nicht bewirtschaften. Das führte dazu, dass viele Bauernfamilien verarmten und ihren Landbesitz verkaufen mussten. Die landlosen Bauern zogen in die Städte und suchten dort Arbeit. Die Armut wuchs, viele Menschen waren unzufrieden und forderten Änderungen.

Reformversuche

Der Volkstribun Gracchus (133 v. Chr.) versuchte, durch ein neues Gesetz den Kleinbauern wieder zu Landbesitz zu verhelfen. Sein Versuch scheiterte. Erst die Heeresreform des Konsuls Gaius Marius (104 v. Chr.) brachte eine Änderung. Diese Reform machte es möglich, dass jeder Römer sich als Berufssoldat verpflichten konnte. Sie erhielten Geld für ihren Kriegsdienst. Nach einer Dienstzeit von max. 20 Jahren bekamen die Soldaten eine Altersversorgung (Geld oder Landbesitz). Durch diese Reform entspannte sich die Lage. Viele landlose Menschen wurden nun Berufssoldaten.

3 Erklärt die Auswirkungen der langen Kriegszeit auf die Bevölkerung der römischen Republik.

Sprachspeicher
zu einer Republik werden ▪ einen König stürzen ▪ sich Rechte erkämpfen ▪ im Senat sitzen ▪ in den Senat aufsteigen ▪ Gesetze machen

Mord im Senat

Zum Tode von Gaius Julius Caesar

Rom. Als König wollte er die Senatssitzung verlassen, doch seine Mörder waren schneller: 60 Anhänger der Republik, darunter auch sein Freund Brutus, hatten sich gegen den sieggewohnten Julius Caesar verschworen. Er wurde am 15. März mit 23 Stichen erdolcht!

Seine Karriere hatte als Statthalter in Spanien begonnen, dann eroberte er ganz Gallien bis zum Rhein. Zurück in Rom gewann er schnell Ansehen und Verehrung; sogar Münzen mit seinem Porträt wurden geprägt. Dem Vernehmen nach richtete sich die Bluttat auch weniger gegen die Person Caesar, sondern sie geschah aus politischen Gründen, um zu verhindern, dass der Diktator Mitbestimmung und Freiheit der Römer für alle Zeiten unterdrücken wollte …

Gaius Julius Caesar – Staatsmann und Feldherr, 100–44 v. Chr.

[2] *Nachgestellte Zeitungsmeldung, 44 v. Chr.*

[3] *Kaiser Augustus (63 v. Chr.–14 n. Chr).* Marmorstatue um 20 n. Chr., 2,03 m hoch.

4 Arbeitet den Grund für Caesars Ermordung deutlich heraus.

Mit Gewalt an die Macht

Nach dem Mord am 15. März 44 v. Chr. eilte Octavian, der Großneffe und Adoptivsohn Caesars, sofort nach Rom. Dort wollte der Senat verhindern, dass er sein Erbe antrat. Doch Octavian verständigte sich mit seinen wichtigsten Gegnern. Mit Gewalt übernahmen sie zu dritt die Herrschaft:

- 130 Senatoren und 2000 Anhänger der Senatspartei ließen sie töten.
- Dann teilten sie das Reich untereinander auf.

Schon bald kam es zu Streitigkeiten. Octavian setzte sich um 30 v. Chr. als Alleinherrscher durch. Er erhielt vom Senat die Titel **Princeps** (= der die erste Stelle innehat) und **Augustus** (= der Erhabene). Jahrzehnte dauernde Unruhen und Bürgerkriege waren damit vorbei. Nun begann eine fast 200-jährige Friedenszeit. Bei vielen Wissenschaftlern gilt Augustus deshalb als Friedensstifter.

Der Preis dafür war jedoch das **Ende der Republik.** Augustus hielt zwar zum Schein alle Ämter der Republik bei, doch sie waren bedeutungslos. Er und seine Nachfolger regierten als Alleinherrscher. Deshalb spricht man seit der Regierungszeit des Augustus von der römischen **Kaiserzeit**.

5 Erläutert, wie es Augustus verstanden hat, die Macht an sich zu reißen.

6 Beschreibt die Statue [3] und vermutet, wie die Darstellung auf Betrachter wirkte.

Wählt einen der folgenden Arbeitsaufträge aus:

- Informiert euch über die Ermordung von Julius Caesar ([2] und APP) Berichtet darüber in einem Kurzvortrag.
- Entwerft und spielt eine Wahlkampfrede: Der Handwerker Publicius möchte als Volkstribun in die Regierung gewählt werden.
- „Augustus – ein Friedenskaiser". Notiert Argumente, die dafür oder dagegen sprechen.

Sprachspeicher

Münzen prägen · die Herrschaft übernehmen · ein Reich aufteilen · einen Titel erhalten · als Alleinherrscher regieren

APP

Methode Textquellen untersuchen

Was sind Textquellen?

Für das Fach Geschichte sind Texte die wichtigste Quellenart. Schriftliche Quellen oder Textquellen können ganz verschiedene Formen haben: z.B. Tagebücher, Briefe, Berichte, Urkunden. Diese Texte liefern wichtige Informationen, sind aber oft schwer zu verstehen.

Die folgenden Schritte können euch helfen, diese oft etwas schwierigen Texte auszuwerten.

Sprachliche Formulierungshilfen / Tipps

1. Schritt Den Text lesen

Lest den Text einmal gründlich durch.

Tipp: Ihr könnt dazu den Lese-Profi anwenden

2. Schritt Informationen aus dem Text entnehmen

A Fragen zum Verfasser und zur Entstehungszeit

- **Wer** ist der Autor/die Autorin der Quelle?
- **Wann** und **wo** wurde die Quelle geschrieben?

Der Autor der Quelle ist ...
Die Quelle entstand ...
Die Quelle wurde im Jahr ... (Datum) in ... (Ort) geschrieben

B Fragen zum Text

- Um welche Art von Text handelt es sich? (Tagebuch, Brief, Bericht, Rede, etc.)
- An wen ist der Text gerichtet?
- Worum geht es in dem Text?
- Wie ist der Text aufgebaut?

Bei dem Text handelt es sich um ...
Der Text richtet sich an ...
In dem Text geht es um ...
Der Text handelt von ...
Der Text beinhaltet ... Abschnitte.

3. Schritt Den Textinhalt untersuchen und erklären

- Welche Begriffe sind zu klären?

z.B. Triumph, Triumphator
Tipp: unbekannte Wörter könnt ihr in einem Lexikon nachschlagen

- Worum geht es in den einzelnen Abschnitten?
- Was ist die Hauptaussage des Textes?

Im ersten Teil (Zeile x bis y) geht es um ...
Im letzten Teil /Zum Schluss wird behauptet ...
Der Text behandelt das Problem ...
Der Text wirft die Frage auf ...
Im Mittelpunkt des Textes steht ...

4. Schritt Die Textquelle einordnen und deuten

- Wie lässt sich die Quelle zeitlich einordnen? (vorher/nachher)
- Welche **Absicht des Autors** wird im Text deutlich?
- Hat der Autor die Ereignisse, über die er berichtet, selbst erlebt?
- Berichtet der Autor neutral oder gibt er seine persönliche Meinung wieder?
- Gibt es zu dem gleichen Ereignis auch andere Quellen? (zum Vergleich)
- Welche Schlüsse lassen sich insgesamt aus der Textquelle ziehen?

Vor diesem Ereignis gab es ... / Nach diesem Ereignis herrschte ...
Der Autor berichtet über seine eigenen Taten, die er erlebt hat (> Zeitzeuge)
Der Autor erzählt aus seiner persönlichen Perspektive. Er sieht die Ereignisse ...
Zusammenfassend können wir feststellen, dass ... / Aus der Quelle lassen sich folgende Schlüsse ziehen ...

1 Untersucht die Textquelle mithilfe der Methodenschritte auf der linken Seite. Ihr könnt dabei die sprachlichen Formulierungshilfen verwenden.

2 Versucht die letzte Frage aus dem Schritt 4 selbstständig zu beantworten: Welche Schlüsse lassen sich aus der Textquelle ziehen?

Der römische Kaiser Augustus hinterließ 16 Monate vor seinem Tod im Jahr 14 n. Chr. Schriftstücke mit Verzeichnissen seiner Taten. Hier ist ein Auszug daraus:
[...] Ich war erst 19 Jahre alt, da stellte ich aus eigenem Entschluss [als Privatmann] und mit eigenem Geld ein Heer auf. Mit ihm machte ich der Gewaltherrschaft einer [politischen] Partei ein Ende und stellte die Freiheit des Staates wieder her ...
Kriege habe ich in der ganzen Welt geführt, zu Wasser und zu Lande, gegen Landsleute wie gegen fremde Völker. Alle Bürger, die um Gnade baten, habe ich verschont, fremde Völker, denen man unbesorgt verzeihen konnte, wurden nur dann vernichtet, wenn es die Sicherheit des Reiches erforderte ... Fünfmal zog ich als Triumphator in Rom ein ... Bei meinen Triumphen wurden neun Könige oder Königskinder vor meinem Wagen geführt ... Ich nahm gemeinsam mit Marcus Agrippa eine [Volkszählung] vor ... Sie ergab eine Gesamtzahl von 4063000 römischen Bürgern ... Der Senat, der Ritterstand und das römische Volk verliehen mir in einer übereinstimmenden Willensentscheidung den Ehrennamen „Vater des Vaterlands" ...

[1] *Quellentext bearbeitet und vereinfacht mit freundlicher Unterstützung von Prof. Ekkehard Weber, in Anlehnung an: Augustus, Meine Taten, hg. v. Ekkehard Weber. Heimeran, München 1970, S. 11ff.*

3 Lest die Textquelle [2] und wertet sie mit Hilfe der Methodenschritte aus. Beachtet dabei, dass Tacitus nie persönlich Germanien besucht hatte.

Der römische Geschichtsschreiber Tacitus (um 55–115 n. Chr.) verfasste um 98 n. Chr. ein Buch über Germanien. Er schrieb:
[...] Die äußere Erscheinung ist trotz der großen Zahl von Menschen bei allen dieselbe: wild blickende Augen, rötliches Haar und große Gestalten, die allerdings nur zum Angriff taugen. Für Strapazen und Mühen bringen sie nicht dieselbe Ausdauer auf, und am wenigsten vertragen sie Durst und Hitze. Wohl aber sind sie durch Klima und Bodenbeschaffenheit gegen Kälte und Hunger abgehärtet. Das Land ... macht mit seinen Wäldern einen schaurigen, mit seinen Sümpfen einen widerwärtigen Eindruck ... Wenn sie nicht zu Felde ziehen, verbringen sie viel Zeit mit Jagen, mehr noch mit Nichtstun, dem Schlafen und Essen ... Die Sorge für Haus, Hof und Feld bleibt den Frauen, den alten Leuten und allen Schwachen ... überlassen ... Dass die ... Germanen keine Städte bewohnen, ist hinreichend bekannt, ja dass sie noch nicht einmal zusammenhängende Siedlungen dulden. Sie hausen einzeln und gesondert, gerade wie ... es ihnen zusagt.

[2] *Tacitus, Germania 4–16. Zit. nach Manfred Fuhrmann (Hg.), P. Cornelius Tacitus, Germania. Lateinisch/Deutsch, Stuttgart (Reclam) 2016, S. 9, 25. Übers. v. Manfred Fuhrmann.*

Das Rheinland wird Grenzland

Wie entstand die Grenze zwischen Römern und Germanen?

[1] *Römische Legionäre auf einem Feldzug.* Illustration.

[3] *Eiserne Maske eines Gesichtshelms.* Römisch, 9 n. Chr. Fundort: Kalkriese, Kreis Osnabrück.

Römische Eroberungen
Nachdem die römischen Soldaten bis zum Rhein gekommen waren, drangen sie zunächst weiter bis zur Elbe vor. Dabei stießen sie auf dichte Waldgebiete und auf den Widerstand der einheimischen Germanen. Was waren aber die Gründe für diesen Aufstand?

Der römische Geschichtsschreiber Cassius Dio (um 164–230 n. Chr.) schrieb über Römer und Germanen:

... Städte wurden gegründet (im Germanenland) und die Barbaren* passten sich der römischen Lebensweise an, besuchten die Märkte und hielten friedliche Zusammenkünfte ab. Freilich hatten sie auch ... die Macht ihrer Waffen nicht vergessen. Solange sie allmählich und behutsam umlernten, fiel ihnen der Wechsel der Lebensweise nicht schwer – sie fühlten die Veränderung nicht einmal. Als aber Quintilius Varus den Oberbefehl über Germanien übernahm und sie zu rasch umformen wollte, indem er ihnen wie Unterworfenen Vorschriften machte und insbesondere von ihnen wie von Untertanen Steuern eintrieb, da hatte ihre Geduld ein Ende. ...

[2] *Veh, Otto (Übers.): Cassius Dio: Römische Geschichte. Zürich (Artemis) 1986, o. S.*

* *die* **Barbaren:** Völker mit anderen Sprachen als die der Griechen und Römer

1 Wertet die Textquelle [2] aus: Worin liegen die Ursachen dafür, dass sich das Verhältnis zwischen Römern und Germanen verschlechterte?

Germanen kämpfen gegen Römer
Arminius war ein junger Germanenfürst.
Er rief im Jahre 9 n. Chr. seine Leute zum Widerstand auf. Die römischen Truppen wollten sich im Herbst in ihre Winterquartiere am Rhein zurückziehen. Auf dem Weg durch die dichten Wälder wurden sie im sumpfigen Gelände von den Germanen überfallen. Die Schlacht soll vier Tage gedauert haben, ehe die Römer geschlagen wurden. Bei den Kämpfen starben drei Legionen (etwa 15 Tausend Männer) und zahlreiche Soldaten der Hilfstruppen. Damit war die Hälfte der gesamten Rheinarmee vernichtet. Die Römer verzichteten nach dieser Niederlage auf weitere Eroberungen im Germanenland.
Nach dem römischen Feldherrn, der selbst bei dieser Niederlage starb, wird dieses Ereignis als Varus-Schlacht bezeichnet.

2 Berichtet über den Aufstand der Germanen und fasst den Verlauf des Kampfes zusammen.

Sprachspeicher
eine Stadt gründen • sich einer Lebensweise anpassen • Steuern eintreiben • jemanden zum Widerstand aufrufen • in einer Schlacht geschlagen werden

2: Die Germanen überfielen ...

Nach der Niederlage gegen die Germanen, wurde die Rheinlinie als Grenze ausgebaut.

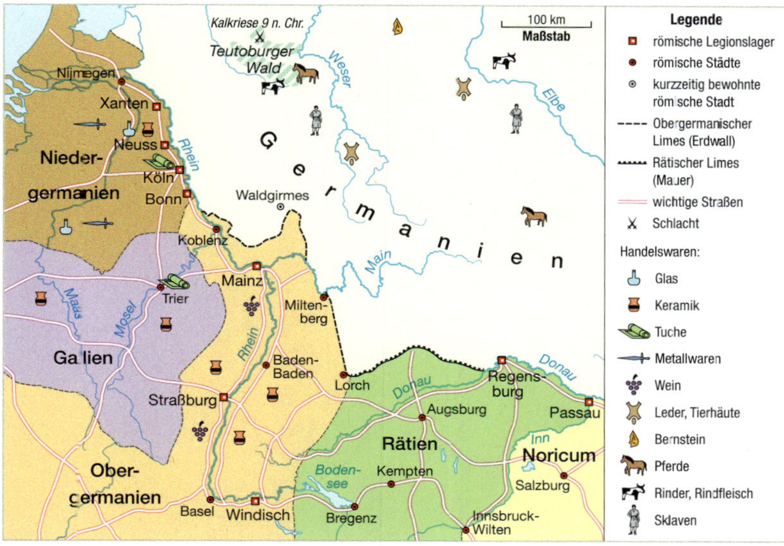

[4] *Handel am Limes im 2. Jh. n. Chr.* Karte.

Die Grenzbefestigung

Am linken Ufer des Rheins wurde die Grenze von Militärlagern geschützt. Sie waren durch die Limesstraße (Limes = Grenze) verbunden und je einen Tagesmarsch voneinander entfernt. Dazwischen gab es Wachtürme. Heute nennt man dieses Grenzgebiet den „Niedergermanischen Limes“.

Die römische Eroberung war auf der linken Rheinseite zügig verlaufen. Es gab wenig Widerstand. Nach einigen Jahren lebten und arbeiteten Römer und Einheimische friedlich miteinander.

Die Römer beteiligten die Einheimischen an der Verwaltung. Im linksrheinischen Teil von Nordrhein-Westfalen herrschten die Römer etwa 400 Jahre lang. Noch heute finden sich Spuren in Gebäuderesten, vielen Funden und sogar in der Sprache. Um 50 n. Chr. wurde die Stadt Köln (= Colonia Claudia Ara Agrippinensis) gegründet. Sie war für mehr als drei Jahrhunderte Hauptstadt der römischen Provinz Niedergermanien.

Kontakte durch Handel

Der Limes war keine streng abgeriegelte Grenze. Händler und andere Menschen konnten ihn von beiden Seiten überqueren. Es gibt viele Beweise für einen regen Handel am Limes. Handelsgüter wie römisches Glas, Metallgeräte, Schmuck und Münzen fand man überall im freien Germanien. Im Tausch erhielten die Römer z.B. Felle, Honig, Bernstein, Nutztiere und auch Sklaven. Auch der Rhein war keine starre Grenze. Ein breiter Streifen auf der rechten Rheinseite galt als neutrales Gebiet. Hier betrieben die Römer z.B. einen Steinbruch bei ihrem Lager Bonna (= Bonn). Über einen Hafen am Fuß des Berges verschifften sie die Steine zu Baustellen in Köln und Xanten am Niederrhein.

3 Beschreibt den Grenzverlauf am Rhein.
4 Berichtet über den Handel zwischen Römern und Germanen, nehmt die Karte [4] zu Hilfe.

Wählt einen der folgenden Arbeitsaufträge aus:

- Legt eine Liste der römischen Militärlager an und schreibt die heutigen Namen dazu.
- Entwerft eine Rede, mit der Arminius zum Widerstand aufruft.
- Schreibt für eine römische Zeitung einen Bericht über die Niederlage im Teutoburger Wald.

Sprachspeicher
eine Grenze schützen

: *Ihr könnt so beginnen:* „Germanen! Lasst uns gemeinsam gegen die Römer kämpfen ...“

Den Römern auf der Spur

Was verrät uns der Archäologische Park Xanten über die Römer?

[1] *Säulen des Hafentempels im LVR-Archäologischen Park Xanten. Zerstört im 3. Jh. n. Chr.* Rekonstruktion (Foto).

1 Beschreibt die Bilder dieser Doppelseite.

Klassenfahrt zu den Römern
Die Klasse 5b besucht heute den Archäologischen Park in Xanten. Die Schülerinnen und Schüler haben sich auf den Besuch gut vorbereitet. Leni und Alex machen eine Führung für die Klasse.

Leni: „Hallo, wir begrüßen euch herzlich in der Römerstadt Colonia Ulpia Traiana. Warum heißt die Stadt so? Weißt du das, Alex?
Alex: „Ja, also hier war vor fast 2000 Jahren ein großes römisches Legionslager. Die Siedlung bei diesem Lager wurde von Kaiser Trajan um 100 n. Chr. zur Stadt erhoben. Nach ihm wurde die Stadt benannt: Colonia Ulpia Traiana. Bei Ausgrabungen konnte man genau feststellen, wo Straßen, Wohnhäuser, Werkstätten oder große Gebäude lagen. Auch den Grundriss der Stadtmauer und den Hafen hat man entdeckt.

Leni: „Wir sind jetzt hier beim Hafentempel. Der steht nah am Rhein auf einem Podium. Damit wir uns vorstellen können, wie er ausgesehen hat, wurde eine Ecke wieder aufgebaut. Dazu hat man die gefundenen Reste genommen und mit Bildern von ähnlichen Tempeln verglichen."

2 Berichtet: was habt ihr über die Gründung der Römerstadt erfahren?

[2] *Stadttor im LVR-Archäologischen Park Xanten.* Foto.

Sprachspeicher
ein römisches Legionslager • eine Siedlung zur Stadt erheben • nach jemanden etwas benennen • den Grundriss von ... entdecken
etwas wieder aufbauen, rekonstruieren
> die Rekonstruktion

[3] und [4] *Römisches Amphitheater aus dem 2. Jh. n.Chr. im LVR-Archäologischen Park Xanten. In der auf den Grundmauern rekonstruierten Arena fanden Gladiatorenkämpfe statt.* Foto.

Alex: „Nun sind wir an dem Amphitheater angekommen. Seht mal, wie riesig das ist! Hier passten etwa 10 000 Menschen rein. Jetzt gibt es im Sommer viele Veranstaltungen. Und beim Römerfest „Schwerter, Brot und Spiele" werden sogar Gladiatorenspiele aufgeführt. Das möchte ich auch mal sehen!"

Leni: „Jetzt können wir auf die Stadtmauer. Direkt hier beim Amphitheater ist ein Aufgang. Ich habe gelesen, dass sie ungefähr 3 km lang war, 22 Türme und 3 große Eingangstore hatte!"

Alex: „So, nach dieser Anstrengung sind wir bei der Herberge. Hier können wir etwas essen und trinken. Dieses Gebäude ist auf den Grundmauern aus dem 2. Jh. n. Chr. neu aufgebaut worden. Wenn wir reingehen, können wir sehen, wie die Römer gelebt haben. Einige Wohnräume und Läden sind so eingerichtet, wie es früher zur Römerzeit ausgesehen hat."

Leni: „Nach der Pause sollten wir doch noch in das Römermuseum gehen. Da ist vieles ausgestellt, was hier überall im Boden gefunden wurde."

Alex: „Ja gerne, ich habe nämlich gehört, dass hier ständig gegraben wird. Man darf dabei zusehen und den Ausgräbern auch Fragen stellen. Das würde mich sehr interessieren."

3 Notiert Stichworte zu allen Sehenswürdigkeiten, die hier vorgestellt werden.

Wählt einen der folgenden Arbeitsaufträge aus:

- Zeichnet das Stadttor [3] in euer Heft.
- Partnerarbeit: Lest die Texte von Leni und Alex betont vor. Erstellt eine Tonaufnahme.
- Erstellt einen Flyer über die Sehenswürdigkeiten im Archäologischen Park Xanten.

[5] *Römische Herberge im LVR-Archäologischen Park Xanten.* Foto.

Sprachspeicher
ein Römerfest veranstalten · Gladiatorenspiele aufführen · das Amphitheater · der Gladiator

Den Archäologen über die Schulter schauen

Wie kommen die Altertumswissenschaftler an ihre Ergebnisse?

[1] *Archäologen bei der Arbeit.* Foto.

1 Beschreibt Bild [1].

Was machen Archäologen?

Auf dem Weg zum Museum kommen Leni und Alex an einer Stelle vorbei, wo Archäologen bei der Arbeit sind. Die Kinder fragen nach:

Leni: „Guten Tag, können Sie uns bitte etwas über Ihre Arbeit erzählen? Was machen eigentlich Archäologen?

Herr M.: „Ich mache gerne Führungen für Kinder und Schulklassen. Dabei ist mir aufgefallen, dass die meisten denken, dass wir Archäologen wie „Schatzsucher" sind. Wir graben in der Erde und suchen nach alten Gegenständen: nach Münzen, Scherben oder Knochen. Ja, das tun wir auch, aber wir machen noch viel mehr.

Alex: „Was zum Beispiel?"

Herr M.: „Wir untersuchen die gefundenen Gegenstände ganz genau. Die Gegenstände sind oft dick verkrustet, rostig oder zerbrochen. Zuerst werden die Fundstücke in den Museumswerkstätten vorsichtig gereinigt. Manchmal zeigt sich erst danach, um was es sich überhaupt handelt."

Leni: „Und was passiert danach? Kommen die Gegenstände gleich ins Museum?"

Herr M.: „Nein, nicht sofort. Wir wollen genau wissen, aus welcher Zeit das Fundstück stammt. Dafür müssen wir das Alter des gefundenen Gegenstandes bestimmen. Das nennt man Datierung*. Dafür gibt es verschiedene Methoden. Das kann ich euch später im Museum zeigen.

Alex: „Ja, sehr gerne! Und was schließen Sie daraus, wenn Sie etwas finden?"

Herr M.: „Wenn wir zum Beispiel römische Münzen finden, dann können wir vermuten, dass an dieser Stelle ein römisches Lager war. Oder ein wichtiger Handelsplatz in der Nähe lag.
Wenn wir einen Grabstein finden und etwas darauf geschrieben steht, dann wollen wir die Schrift natürlich auch lesen können. Das liefert uns viele Informationen über die damalige Zeit."

Leni: „Was machen Sie noch nach dem Auffinden der Gegenstände?"

Herr M.: „Wir müssen auch genau aufschreiben, was, wie, und wo wir gefunden haben. Das nennt man „dokumentieren*". Nach der Untersuchung behandeln wir die Fundstücke so, dass sie gut erhalten bleiben. Das nennt man „konservieren*".

Sprachspeicher

die Ausgrabung • in der Erde graben • Fundstücke untersuchen • die Museumswerkstatt • das Alter bestimmen • Fundstücke reinigen/behandeln

Leni: „Und wenn Sie zum Beispiel nur Scherben von Krügen finden, was kann man dann machen?“
Herr M.: „Wir versuchen, zerbrochene Gegenstände wieder zusammenzustellen oder aufzubauen. Dabei müssen wir oft etwas Fehlendes ersetzen. Das nennen wir dann Rekonstruktion*.
Alex: „Ja, ich sehe schon: Archäologen müssen eigentlich ganz schön viel können.“
Herr M.: So ist es. Wir müssen gut messen und rechnen können, aber auch gut mit alten Sprachen umgehen. Und wir informieren auch die Berufskollegen über die neu gewonnenen Erkenntnisse. Nur so kann dann ein immer vollständigeres Bild einer vergangenen Zeit entstehen.“
Leni: Vielen Dank für das Gespräch! Jetzt gehen wir rein ins Museum und schauen uns an, was hier gefunden wurde.

2 Notiert Fragen, die ihr noch an den Archäologen gestellt hättet.
3 Fasst mit eigenen Worten zusammen, was ihr über die Arbeit der Archäologen erfahren habt.
4 Abbildung [2] zeigt Fundstücke aus römischer Zeit. Ordnet sie jeweils den verschiedenen Lebensbereichen zu.

A Bezahlen ▪ Kämpfen ▪ Schmücken ▪ Haushalt.
B Helm ▪ Münze ▪ Fibel ▪ Glasflaschen ▪ Öllampen

Wählt einen der folgenden Arbeitsaufträge aus:

- Zeichnet einen Gegenstand aus [2] in euer Heft ab und schreibt eine kurze Erklärung dazu.
- Erstellt kurze Texte für Kärtchen, die bei den Gegenständen aus [2] in einer Ausstellung stehen könnten. Gestaltet die Kärtchen.
- Stellt eurer Klasse die Arbeit der Archäologen in einer kurzen Reportage vor.

[2] *Ergebnisse von Ausgrabungen im Rheinland, ausgestellt in verschiedenen Museen.* Fotos.

*
datieren > *die* Datierung: das Alter eines Gegenstandes bestimmen

dokumentieren > *die* Dokumentation: einen Vorgang schriftlich festhalten

konservieren > *die* Konservierung: etwas für lange Zeit haltbar machen

rekonstruieren > *die* Rekonstruktion: etwas wieder herstellen, aufbauen (Gebäude oder einen Gegenstand)

Sprachspeicher
ein römischer Helm ▪ die römischen Münzen ▪ der Prägestock ▪ Münzen prägen ▪ die Öllampe ▪ die Glasflasche ▪ die Fibel (= Schmuck für die Kleidung)

Museumsbesuch und Medien

Wie stellt man einen einfachen Audioguide selbst her?

[1] *Eingangshalle des LVR-RömerMuseums im Archäologischen Park Xanten.* Foto.

1 Beschreibt Abbildung [1]. Was ist zu erkennen?

Mit dem Audioguide durchs Museum
Die Kinder betreten die Eingangshalle des Museums und bleiben beeindruckt stehen.

Lena: „Wow, ist das toll! Aber wo fangen wir an? Und woher bekommen wir Erklärungen?"
Alex: „Da sind doch überall Infotafeln. Aber ich frage lieber mal, ob es einen Audioguide gibt."
Lena: „Kann sein, draußen im Archäologischen Park jedenfalls habe ich vorhin Leute gesehen, die so ein Ding umhängen hatten ..."

Was ist ein Audioguide?
In vielen Ausstellungen oder Museen sieht man Besucher mit Ohr- oder Kopfhörern und einem kleinen Gerät an einem Band um den Hals. Diese Apparate heißen Audioguide, weil sie wie ein Führer (= guide) Informationen enthalten, die man hören kann (lateinisch *audio* = ich höre).

Eine andere Möglichkeit ist, das eigene Handy zu benutzen. Die Besucher laden am Eingang oder schon vorher aus dem Internet eine App herunter. Damit können sie Erklärungen von Gegenständen abrufen, die sie besonders interessieren.

2 Erklärt den Begriff Audioguide.
3 Beschreibt Vor- oder Nachteile dieses Mediums.

[2] *Ein Mädchen benutzt einen Audioguide.* Foto.

Sprachspeicher
ein Museum / eine Ausstellung besuchen ▪ einen Audioguide benutzen ▪ eine App herunterladen

[3] und [4] *Römermuseum in Haltern am See: Ausstellungshalle und Besucher mit Audioguide.* Foto.

4 Beschreibt die Bilder [3] und [4].

„Medienstudio" im Klassenraum

Einen einfachen Audioguide kann man als kleines Schulprojekt selbst erstellen. Dazu braucht man im Grunde nur ein Smartphone oder ein Tablet.

Vielleicht gibt es in eurem Ort ein Heimatmuseum mit Gegenständen aus der Römerzeit. Oder es stehen sogar römische Überreste von Gebäuden in eurer Stadt.

Wichtig ist eine gute Vorbereitung:

- Ein Thema auswählen (z.B. Alltag in der Römerzeit oder Römer auf dem Kriegspfad oder aber eine Stadtführung planen)
- Mögliche Inhalte sammeln (z.B. passende Gegenstände aus dem Museum oder bestimmte Gebäude für die Stadtführung)
- Eine Auswahl treffen und die Reihenfolge festlegen
- Zu jedem Objekt Informationen zusammentragen (Alter, Herkunft, Material, Verwendungszweck, wie hierhergekommen ...)
- Sprechertexte schreiben (kleine allgemeine Einführung – Objekte einzeln vorstellen

Bei der Durchführung ist zu beachten:

- Texte sprechen (ruhig, langsam und deutlich, richtig betonen; ein „Moderator" spricht Einleitung und Zusammenfassung, jemand anderes beschreibt die Objekte)
- Musik und/oder Geräusche für Anfang und Schluss aufnehmen

Noch ein Tipp: Falls die Möglichkeit besteht, mit Informatiklehrern zusammenzuarbeiten, gibt es im Internet einfache kostenlose Programme, mit deren Hilfe das Werk beinahe professionell am Computer „geschnitten" werden kann (z.B. mp3DirectCut und Audacity).

Wählt einen der folgenden Arbeitsaufträge aus:

- Erstellt eine Liste von Objekten für das Thema römischer Alltag (Geschirr, Schmuck, Kleidung ...).
- Entwickelt eine Mindmap zum Thema „Alltag in Rom".
- Schreibt einen Ablaufplan für einen Audioguide zu einem selbst gewählten Thema.

Sprachspeicher

einen Audioguide erstellen · ein Smartphone / ein Tablet benutzen · eine Mindmap entwickeln

☒ Wahlseite Die römische Familie

1 Informiert euch auf dieser Seite über die römische „familia“.

2 Präsentiert eure Ergebnisse in der Klasse.

[1] *Römische Familie (familia) der Oberschicht.* Illustration.

Tipps für die Erarbeitung
- Lest die Texte in den Sprechblasen.
- Listet auf, wer zu einer römischen „familia“ gehörte.

Tipps für die Präsentation
- Stellt alle Familienmitglieder mit ihren Rechten und Pflichten vor.
- Vergleicht die Stellung des Familienoberhauptes mit der Rolle eines Vaters heute.

Wahlseite Zu Gast bei Livia

1 Informiert euch auf dieser Seite über die Essgewohnheiten der Römer.
2 Präsentiert eure Ergebnisse in der Klasse.

Herzlich willkommen in unserem Haus! Zur Abendmahlzeit laden wir gerne Gäste ein. Zuerst essen wir eine gemischte Vorspeise, z. B. Salat oder gefüllte Oliven. Als Hauptgang gibt es verschiedene Fleisch- und Fischgerichte und zum Abschluss Kuchen, Süßigkeiten und Früchte. Unsere Gäste bringen ihre **Sklaven** *mit, die* **helfen** *dann* **bei der Bedienung**.

Cucurbitas frictas (gebratene Zucchini)
Zucchini der Länge nach aufschneiden und in heißem Öl braten. Scheiben abtropfen lassen. Mit Pfeffer und Salz servieren. Schmeckt kalt und warm!

Dulcia domestica
Datteln entsteinen und mit Nüssen aller Art, Mandeln, Pinienkernen oder gemahlenem Pfeffer füllen. Kurz in Salz wälzen und anschließend in Honig braten (Honig vorher in der Pfanne zum Kochen bringen). Heiß servieren!

[1] *Rezepte der römischen Küche.*

[3] *Abendessen in der Villa einer reichen Familie.* Illustration.

[2] *Sklavenjunge in einer römischen Küche.* Mosaikbild.

Morgens und mittags gibt es nur Brot oder Brei. Dazu vielleicht noch etwas Obst. Unsere **Hauptmahlzeit** *ist* **das Abendessen**. *Hierzu lädt meine Herrin öfter Gäste ein. Dann gibt es für uns* **Sklaven viel zu tun**. *Musikanten und Tänzer sorgen für Unterhaltung. Alle Speisen werden schon in der Küche zerteilt, denn alle* **essen mit den Fingern**. *Die wischt man an den Servietten ab. Gäste bringen ihre eigenen mit, denn darin* **tragen** *sie ja auch die* **Speisereste nach Hause**!

Tipps für die Erarbeitung
- Ihr könnt beim Lesen den Leseprofi anwenden.
- Was habt ihr über die Essgewohnheiten der Römer erfahren?

Tipps für die Präsentation
- Berichtet über die Essgewohnheiten der Römer.
- Stellt die Speiseszene nach, probiert die Rezepte aus.

☒ Wahlseite Töten als Unterhaltung

1 Informiert euch auf dieser Seite über die Gladiatoren.

2 Präsentiert eure Ergebnisse in geeigneter Form vor der Klasse.

Amphitheater gab es in jeder größeren Stadt, auch in den Provinzen. Dieses in El Djem wurde für 35 000 Zuschauer gebaut. Die reichen Einwohner der Stadt haben es selbst finanziert. Es war das drittgrößte Amphitheater im Römerreich.

[1] und [2] *Gladiatorenkämpfe. Fußbodenmosaik, 3. Jh.*

[3] *Amphitheater von El Djem, Provinz Africa (heute Tunesien).* Foto.

Unterhaltung für die Massen

Ursprünglich hatten die Gladiatorenspiele einen religiösen Hintergrund. Reiche Römer opferten Kriegsgefangene oder Sklaven zu Ehren eines verstorbenen Angehörigen.
Bald aber geriet der religiöse Gedanke immer mehr in Vergessenheit.
Die Geräuschkulisse in der römischen Arena war kaum anders als heute in einem großen Fußballstadion. Die Römer zogen in Scharen zu den Spielen, um ihren Stars zuzujubeln. Die Spiele waren gut organisiert. Sie wurden oft von Politikern bezahlt. Man konnte damit auch gut von Problemen im Staat ablenken.
In den Arenen gab es außerdem noch öffentliche Hinrichtungen von Verurteilten. Bekannt sind sie bis heute aus den Zeiten der Christenverfolgung. An Spieltagen waren morgens Tierhetzen, um die Mittagszeit Hinrichtungen und am Nachmittag die eigentlichen Gladiatorenkämpfe.

Wir Gladiatoren sind Sklaven, aber auch „Berufskämpfer". Dafür werden wir in einer Gladiatorenschule gut ausgebildet. Jeder von uns wird dort trainiert und vorbereitet. Wir bekommen medizinische Versorgung und genügend zu Essen, denn um gut zu kämpfen, müssen wir stark sein. Besonders erfolgreiche Gladiatoren werden wie „Stars" gefeiert und erhalten Gold zur Belohnung. Einige von uns konnten sich so schon die Freiheit erkaufen.

[4] *Gladiatoren.* Illustration.

Tipps für die Erarbeitung
- Erklärt Ursprung sowie Sinn und Zweck der Spiele.
- Beschreibt die Kampfszenen in Abbildung [2]/[3].

Tipps für die Präsentation
- Stellt euch vor, die Arena füllt sich allmählich mit Zuschauern ... Schreibt eine anschauliche und spannende Reportage.

☒ Wahlseite Götterwelt der Römer

1 Informiert euch auf dieser Seite über die Götterwelt der Römer.

2 Präsentiert eure Ergebnisse in geeigneter Form vor der Klasse.

[1] *Jupiter und Minerva gehörten zu den Staatsgöttern Roms.* Fotos.

[2] *Altar für die Schutzgeister in einem römischen Privathaus.* Foto 2017.

Die römische Glaubenswelt

So wie die Griechen, verehrten auch die Römer eine Reihe von Gottheiten. Auch die Götter von eroberten Völkern wurden geehrt. Meist erhielten sie dann römische Namen. So wurde aus dem griechischen Meeresgott Poseidon der römische Neptun. Die Form der Verehrung wurde ebenfalls den römischen Sitten angepasst. Es war gut, alle Gottheiten freundlich zu stimmen.

Ein wichtiger Grundsatz war, dass man den Göttern eine Opfergabe versprechen musste, wenn man sie um einen Gefallen bat. Einlösen musste man das Versprechen nur, wenn der Wunsch in Erfüllung ging.

Bewohner des Römerreichs durften ihre Religion frei wählen. Voraussetzung war aber, dass sie immer auch die Staatsgötter Jupiter, Juno und Minerva sowie den Schutzgeist des Kaisers verehrten.

Schutzgeister

Wichtig war für die Römer die Verehrung von Geistern, die Haus und Familie beschützen sollten. Ihnen wurde in jedem Haus ein kleiner Altar errichtet. Man konnte dort Opfergaben ablegen oder Gebete sprechen. Auch die Geister lebender und verstorbener Familienmitglieder mussten geehrt werden. So gab es eine Vorschrift, den persönlichen Schutzgeist des Kaisers (= Genius) zu verehren, denn wenn es dem Herrscher gut ging, war ja auch mit dem Staat alles in Ordnung.

Das frühe Christentum

Für die Christen war es verboten, den Kaiser und seinen Schutzgeist als Göttlichkeit zu verehren. Aus diesem Grund wurden sie verfolgt und bestraft. Viele wurden hingerichtet oder in der Arena vor wilde Tiere geworfen. Es dauerte noch lange, bis die Christenverfolgung im Römischen Reich verboten wurde. Erst im Jahr 313 unter Kaiser Konstantin gab es Verbesserungen und eine freie Ausübung der Religion.

Tipps für die Erarbeitung
- Arbeitet die Besonderheiten der römischen Religion heraus.

Tipps für die Präsentation
- Diskutiert in einer „Expertenrunde" die Frage: War die römische Religion tolerant?

Zerfall und Ende des Römerreiches

Was führte zum Ende der Römerherrschaft?

[1] *Die vier Kaiser, die das Römische Reich von 300 bis 305 regierten: Diokletian, Maximinianus, Galerius und Constantius. Skulptur, 4. Jh.*

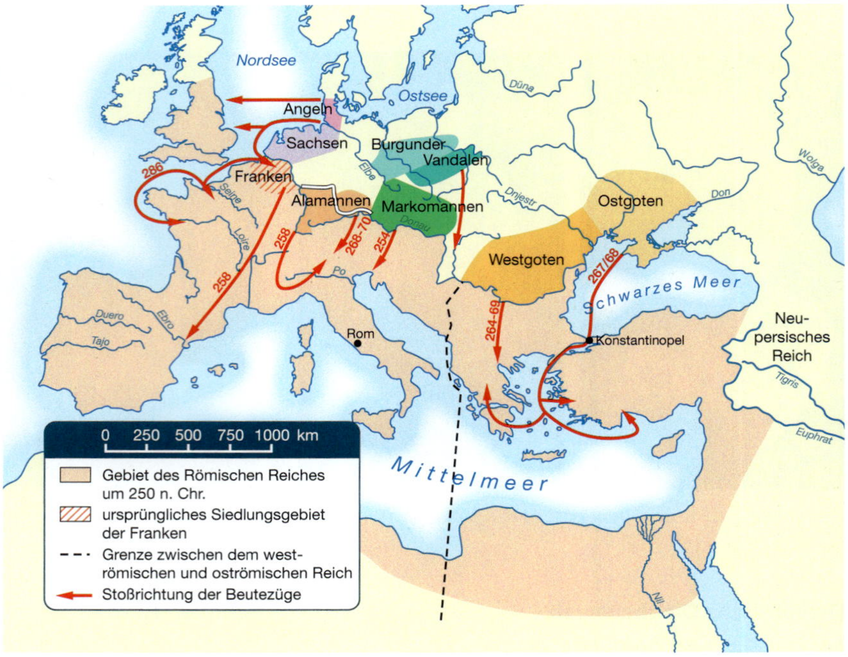

[2] *Germanische Völker im 3. Jh.*

Gründe für den Zusammenbruch

Im 4. Jh. n. Chr. nahmen an allen Grenzen die Überfälle zu. Daher musste viel Geld ausgegeben werden für stärkere Grenzbefestigungen und mehr Truppen. Die Steuern mussten hierfür erhöht werden. Die Folgen waren große Unzufriedenheit in der Bevölkerung und Wirtschaftskrisen.

Um 300 teilte man die Herrschaft unter vier Kaiser auf. Doch Kaiser Konstantin stellte die Alleinherrschaft wieder her. Im Jahre 395 wurde das Reich endgültig aufgeteilt. Nun gab es ein Weströmisches Reich mit der Hauptstadt Rom und ein Oströmisches Reich mit Konstantinopel als Hauptstadt. Jeder Teil hatte seinen Kaiser.

Der letzte weströmische Kaiser Romulus Augustus wurde im Jahr 476 abgesetzt. Das Oströmische Reich bestand dagegen noch bis ins Jahr 1453.

1 Beschreibt den Zerfall des Römerreichs.

2 Beurteilt die Ursachen des Zusammenbruchs.

Roms Erben

Das Vordringen zahlreicher Stämme ins Römische Reich nannte man früher „Völkerwanderung". Heute geht man jedoch davon aus, dass sich nicht ganze Völker in Bewegung setzten. Wahrscheinlich waren es einzelne Gruppen mit unterschiedlicher Herkunft und Sprache.

Durch Klimaveränderungen war es in der Heimat dieser Menschen zu Hungersnöten gekommen. Außerdem wurden sie dort von kriegerischen Nachbarn bedroht.

Die Zeit der Völkerverschiebungen zog sich über mehrere Jahrhunderte hin. Um 500 hatten sich neue eigene Staaten auf dem Gebiet des ehemaligen Römerreiches gegründet.

Für das Rheinland wurden die freien Germanen besonders wichtig. Sie waren immer schon von den Römern „Franken" (= die Freien) genannt worden.

3 Nennt Gründe für die Völkerwanderung.

4 Wertet die Karte [2] aus .

Sprachspeicher

die Steuern erhöhen • die Grenzen befestigen • die Herrschaft wiederherstellen • ein Reich aufteilen • einen Staat gründen

[3] *Fränkische Gläser.* Foto.

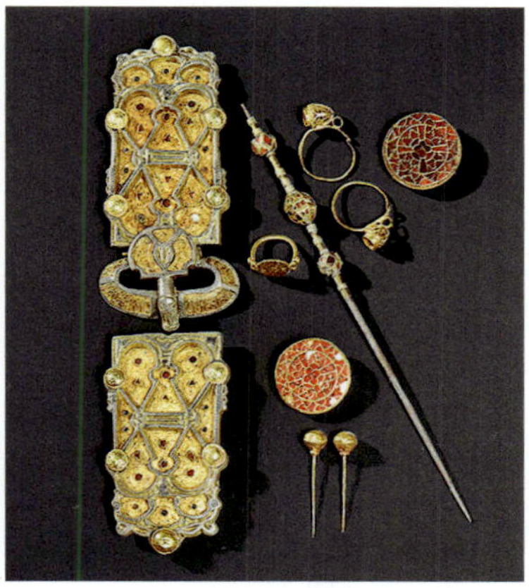

[5] *Fränkischer Schmuck.* Foto.

Ein neues Zeitalter beginnt

Schon vor dem Abzug der Römer gab es überall im Land fränkische Siedler. Die Franken hatten sich mit den Römern gegen Eindringlinge verbündet. Sie blieben auch nach dem Weggang der römischen Verwaltung. Dadurch haben sich Orts- und Personennamen, Bezeichnungen für viele Gegenstände bis heute erhalten.

Später wurde der fränkische König Nachfolger der römischen Kaiser mit allen Rechten. So stand ihm auch der römische Staatsbesitz zu. Er verfügte nun z. B. über das Gelände sämtlicher Städte und Militärlager oder die großen staatlichen Gutsbetriebe der Römer.

[4] *Im Jahr 482 wurde der fränkische König Childerich I. bestattet. Er trug fränkische Waffen und die Abzeichen eines römischen Generals.* Zeichnung nach dem Grabfund.

Zur Verwaltung setzte er Leute ein, die das Land als Belohnung für treue Dienste erhielten. So entstand eine besondere Bevölkerungsgruppe, die man später „Adel" nennt.

Die Kirche als Brücke in die neue Zeit

Die fränkischen Könige waren bei der Regierung ihres neuen Reiches auf die Hilfe der im Lande gebliebenen christlichen Priester und Bischöfe angewiesen. Diese konnten lesen und schreiben und sie kannten sich mit der Verwaltung aus. Auch behielten sie das Latein der Römer als Amts- und Kirchensprache bei.

Viele Großbauten wurden erhalten, weil man sie in christliche Kirchen umwandelte.

5 Berichtet über die Situation im Rheinland nach Abzug der Römer.

6 Beurteilt die Rolle der christlichen Kirche im Frankenreich.

Wählt einen der folgenden Arbeitsaufträge aus:

- ◩ Zeichnet fränkische Gläser oder Schmuckstücke in euer Heft.
- ⊠ Ein junger Westgote berichtet von den Anstrengungen der „Wanderung" (Karte 2). Notiert Stichworte.
- ⊠ Schreibt einen zusammenfassenden Zeitungsbericht über Aufstieg und Fall des Römischen Reiches.

Sprachspeicher

sich mit jemandem verbünden • sich auf einem Gebiet ansiedeln • jemanden zur Verwaltung einsetzen

6: Die christliche Kirche war wichtig, denn Priester und Bischöfe konnten ...

⊠: „Ich bin ein Westgote. Meine Familie und ich sind seit vielen Wochen und Monaten auf dem Weg ..."

Das kann ich!

Versucht zunächst, die Aufgaben auf dieser Doppelseite zu lösen, ohne im Kapitel nachzusehen. Wenn ihr Hilfe braucht, könnt ihr bei den Aufgaben auf den in Klammern angegebenen Seiten nachschlagen.

die Völker|wanderung	römischer Soldat
der Limes	der Gründer Roms (nach der Sage)
der Legionär, *die* Legionäre	massenhaftes Eindringen von Fremden in das Römerreich
Romulus	befestigte Grenzanlage des Römischen Reiches
die Therme, *die* Thermen	Mitglied einer Adelsfamilie
der Patrizier	eine Staatsform ohne König
der Plebejer	einfacher Bürger
die Republik	öffentliches Bad

[1] *Begriffe und ihre Bedeutung*

[2] *Kaiser Augustus*

[3] *Grenzübergang am Limes. Rekonstruktionszeichnung*

Strabo (63 v. Chr.–20 n. Chr.), ein Grieche, der zur Zeit des Kaisers Augustus in Rom lebte, schrieb:
„In Rom gibt es gepflasterte Straßen, Wasserleitungen und unterirdische Gräben, durch welche der Unrat aus der Stadt in den Tiber geleitet wird. ... Rom besitzt ferner zahlreiche herrliche Bauwerke. Viele davon stehen auf dem Marsfeld. Dieser Platz ist so groß, dass Wagenrennen und Pferdesport betrieben werden können, während sich gleichzeitig eine gewaltige Menge an Menschen im Ball- und Reifenspiel und im Ringen üben kann. Ferner gibt es viele Theater, breite Straßen, prächtige Tempel, herrliche Wohngebäude und Paläste. Kommt man auf den alten Markt und sieht die prächtigen Bauten, die Tempel, Säulengänge und Wohngebäude, dann kann man leicht alles vergessen, was es sonst so gibt. So schön ist Rom."

[4] *Zit. nach Arend, Walter (Bearb.) Geschichte in Quellen, Bd. 1: Altertum. München (bsv), 1965. S. 667*

Der römische Dichter Juvenal (60–140 n. Chr.) klagte:
„Bin ich in Eile, komme ich wegen der vielen Menschen kaum voran. Hinter mir drückt das Volk in Scharen nach. Der eine stößt mir den Arm in die Seite, ein anderer ein hartes Brett. Bald trifft mich ein Balken am Schädel, bald ein Ölfass. Kot bespritzt meine Waden, von allen Seiten bekomme ich Tritte von mächtigen Sohlen und bald tritt mir ein grober Soldat mit den Nägeln seiner Stiefel auf die Zehen. In jedem Landstädtchen könnte ich mir ein Häuschen kaufen zum gleichen Preis, den ich hier jedes Jahr als Miete für ein finsteres Loch zahlen muss. Nun, mein Freund, weißt du etwa, warum ich die Hauptstadt verlasse."

[5] *Zit. nach Arend, Walter (Bearb.) Geschichte in Quellen, Bd. 1: Altertum. München (bsv), 1980. S. 599*

Sachkompetenz

1 Gebt die Gründungssage Roms mit eigenen Worten wider. Berichtet anschließend über die Ergebnisse der Archäologen. (S. 160)

2 Ordnet den Begriffen aus [1] die jeweils passende Erklärung zu.

3 Schildert die Ausdehnung des Römerreiches und nennt fünf heutige Staaten, die damals römisch gewesen sind. (S. 158)

4 Berichtet über den Zerfall des Römischen Weltreichs und nennt Gründe dafür. (S. 178)

5 Schildert das Verhältnis zwischen Römern und Germanen (S. 166–167).

Methodenkompetenz

6 Nennt wichtige Schritte bei der Erschließung von Textquellen. (S. 164–165)

7 Wertet die Quellen [4] und [5] aus und vergleicht sie. Arbeitet heraus, warum Strabo Rom so schön findet und warum der römische Dichter Juvenal die Stadt verlassen will.

Urteilskompetenz

8 Beurteilt die politischen Möglichkeiten aller Menschen im Römerreich
a) zur Zeit der Republik,
b) zur Kaiserzeit.

9 Beurteilt die Rollen der einzelnen Mitglieder einer römischen „familia" und vergleicht mit der Rollenverteilung einer heutigen Familie.

Handlungskompetenz

10 Erstellt in Gemeinschaftsarbeit einen Geschichtsfries über die Geschichte des Römerreiches von ca. 500 v. Chr. bis ca. 500 n. Chr. und hängt ihn in der Klasse auf.

Ohne Geld läuft nichts

Im Supermarkt

Menschen gehen in den Supermarkt, um Lebensmittel und andere Dinge für das alltägliche Leben einzukaufen. Die Waren bezahlen sie an der Kasse. Aber woher kommt eigentlich das Geld? Seit wann gibt es Geld? Und was ist eigentlich Geld? Auf diese Fragen findet ihr Antworten in dem folgenden Kapitel.

1 Beschreibt das Bild.

2 Jeder von euch hat sicher schon mit der Familie oder allein im Supermarkt eingekauft. Berichtet darüber. Berücksichtigt Warenangebot, Preise, Menschen, die dort arbeiten, ...

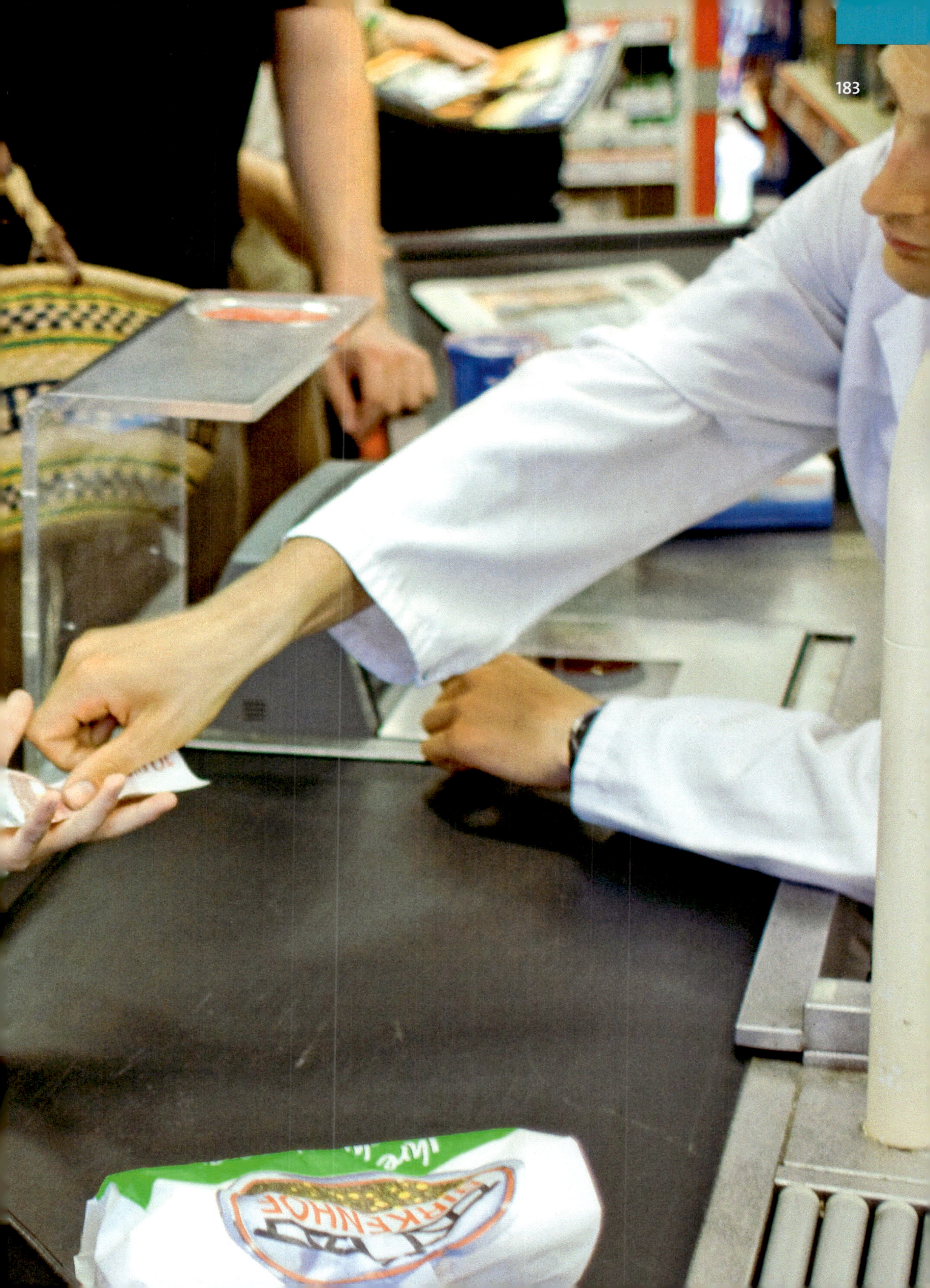

Schauplatz Im Supermarkt

[1] bis [4] *Einkaufen – Schritt für Schritt.* Fotos.

1 Beschreibt die Bilder dieser Doppelseite.

2 Erzählt in der richtigen Reihenfolge, was Leonie beim Einkaufen alles macht.
Starthilfe: *Zuerst geht Leonie zu den Einkaufswagen. Dort braucht sie einen Euro als Pfand. ...*

3 Sicher waren alle von euch schon einmal einkaufen. Was gibt es alles zu beachten? Berücksichtigt: Waren finden/Haltbarkeit /Menge/Preise/ Einkaufszettel ...

Leonie geht einkaufen.
Begleitet sie in den Supermarkt!
Im Supermarkt ist viel los. Es gibt viele Kundinnen und Kunden, die dort einkaufen.

Sich versorgen
Die meisten Menschen versorgen sich in einem Supermarkt mit allem, was sie zum täglichen Leben brauchen: Lebensmittel, Hygieneartikel wie Seife, Zahnpasta oder Toilettenpapier und vieles andere mehr. Die Waren, die sie dort einkaufen, bezahlen sie mit dem Geld, das sie mit ihrer Arbeit verdient haben.

Der Supermarkt als Arbeitsplatz

Damit sich die Kundinnen und Kunden mit Waren versorgen können, wird der Supermarkt fast täglich beliefert. Regale werden immer wieder aufgefüllt. Die Bäckerei sorgt für frisches Brot und Gebäck. Auch in der Obst- und Gemüseabteilung findet man immer frische Waren.
Die Lieferanten, Lebensmittelhersteller, Bauern, Bäcker oder Fleischer verkaufen ihre Produkte hier und bekommen dafür Geld.

4 Beschreibt anhand der Fotos, was Menschen alles in einem Supermarkt machen.
Starthilfe: *Wenn in einem Regal Waren fehlen, muss ein Angestellter ... An der Kasse ...*

Verkaufsstrategien im Supermarkt

Wer richtig hinschaut, kann beim Einkaufen Geld sparen: Oft findet man teure Markenprodukte in den Regalen eher oben, „auf Augenhöhe". Unten im Regal findet man günstigere Waren.
Dies ist nur eine von vielen Verkaufsstrategien der Supermärkte.
Auch mit Sonderangeboten und angenehmer Stimmung in den Läden wird versucht, die Kunden vom Kauf von Produkten zu überzeugen.

[5] *Preisunterschiede: Richtig hinsehen!* Foto.

* **bargeldlos einkaufen:** ohne Geldscheine oder Münzen Waren mit der EC-Karte oder mit dem Smartphone bezahlen

[6] *Ohne sie wären die Regale bald leer ...* Foto.

Meine Arbeit als Kassiererin gefällt mir. Der Kontakt mit den Kundinnen und Kunden macht Spaß. Manche Kunden bezahlen noch mit Bargeld. Immer mehr Menschen kaufen bargeldlos einfach mit ihrer EC-Karte ein: Karte ins Lesegerät, Pin-Nummer (= Geheimzahl) eingeben, fertig! Noch schneller geht das „kontaktlose" Bezahlen mit Karte oder dem Smartphone. Das funktioniert sogar ohne Pin-Nummer. Mit der EC-Karte können die Leute bei mir auch Geld von ihrem Konto abheben.*

Wählt einen der folgenden Arbeitsaufträge aus:

- Erstellt eine Liste: Berufe und Tätigkeiten im Supermarkt.
- Fertigt eine Zeichnung an: ein Supermarkt von oben. Beschriftet alles, was dazu gehört: Bäckerei, Kassen, Regale, ...
- Vergleicht in einer Tabelle die Vorteile und die Nachteile vom „bargeldlosen Einkaufen".

Orientierung

[1] *Europäische Länder, in denen man mit dem Euro bezahlen kann.* Karte, Stand 2020.

Der Euro

In Europa gibt es viele unterschiedliche Länder, in denen verschiedene Sprachen gesprochen werden. Ein großer Teil dieser Länder gehört zur EU (Europäische Union). In den meisten dieser Länder kann man mit dem Euro bezahlen, aber nicht in allen.

1 Fertigt mithilfe der Karte [1] eine Liste an: In diesen Ländern kann man mit dem Euro bezahlen.

Was ihr noch tun könnt:

MK Informiert euch: Wie heißt das Geld in den Ländern, in denen man nicht mit dem Euro bezahlen kann? Erstellt eine Tabelle:

Land	Geld
Dänemark	Dänische Kronen
Schweiz	…
…	…

Ohne Geld läuft nichts

▸ **Steinzeit**
Menschen beginnen mit dem Tausch von Waren

▸ **Metallzeit**
Gegossene Metallbarren werden zu Zahlungsmitteln

▸ **ca. 2000 vor Christus**
Beginn des Tausches von Münzen gegen Waren

▸ **1483**
In Europa (Spanien) wird das Papiergeld eingeführt.

▸ **1949**
In der neugegründeten Bundesrepublik Deutschland wird mit der D-Mark bezahlt.

▸ **2002**
Der Euro wird Zahlungsmittel in vielen Ländern Europas.

▸ **heute**
Das „bargeldlose“ Bezahlen von Waren mit der EC-Karte, mit dem PC oder mit dem Smartphone setzt sich immer stärker durch.

Geld – nicht nur zum Bezahlen!

[1] *Das können wir mit Geld machen.* Zeichnungen.

1 Beschreibt, was ihr auf den Abbildungen in [1] seht.

Die drei Grundfunktionen des Geldes

Geld hat drei Funktionen:
es ist
- *Zahlungsmittel,*
- *Wertmaßstab und*
- *Wertaufbewahrungsmittel*

Mit Geld können wir bezahlen

Wenn wir in einem Geschäft etwas kaufen, bezahlen wir die Waren an der Kasse mit Geld. Wir bezahlen auch andere Menschen mit Geld, die für uns gearbeitet haben: den Friseur oder den Taxifahrer, der uns zum Bahnhof gebracht hat. Solche Arbeiten nennen wir auch Dienstleistungen.
Und wer arbeitet, bekommt von seinem Chef ein Gehalt. – Geld ist ein Zahlungsmittel.

Mit Geld können wir Werte vergleichen

Für das Geld, über das wir verfügen, können wir alle möglichen Waren kaufen. Wir entscheiden, für was wir es ausgeben wollen. Dabei können wir vergleichen, was uns für unser Geld angeboten wird.
Was ist teuer? Was ist günstig?
Ist mir eine Ware so viel Geld wert?
Ich kann mit Geld vergleichen.
– Geld ist ein Wertmaßstab.

Mit Geld können wir sparen

Wenn man sein Geld nicht sofort ausgeben muss oder will, kann man es sparen. Geld anzusparen kann sinnvoll sein, wenn man es erst später ausgeben oder für später vorsorgen will. Auch wenn man für eine größere Anschaffung eine größere Summe braucht, kann man Geld bei einer Bank anlegen und man bekommt manchmal sogar noch zusätzlich Zinsen. Der Wert des Geldes bleibt nicht nur erhalten, sondern erhöht sich sogar. – Geld ist ein Wertaufbewahrungsmittel.

2 Erklärt, welche Funktionen das Geld haben kann.
Starthilfe: *Wenn ich in einem Geschäft etwas bezahle, ...*

Sprachspeicher
Waren vergleichen ▪ ein Sparkonto haben ▪ Werte steigern ▪ eine Dienstleistung erbringen ▪ Zahlungsmittel ▪ Geld ansparen

A Alina macht eine Ausbildung in einer Gärtnerei. Jeden Monat verdient sie fast 500 Euro. Das Geld bekommt sie auf ihr Girokonto (= Konto für den täglichen Geldverkehr, siehe auch S.198) überwiesen.

B Ben ist in der Stadt unterwegs. Er wollte sich eine neue Jeanshose kaufen. Jetzt überlegt er: Soll er sich wirklich für die teure Markenjeans entscheiden oder doch für eine einfache Jeans und dazu noch ein Sweatshirt für dasselbe Geld?

C Laura fährt in den Sommerferien mit ihren Eltern auf eine Nordseeinsel. Sie möchte nicht immer ihre Eltern fragen müssen, wenn sie sich etwas leisten will. Darum legt sie schon jetzt jeden Monat 5 Euro von ihrem Taschengeld zurück.

D Tommi gibt seit drei Monaten so gut wie kein Geld mehr aus. Er legt das Geld auf seinem Sparbuch an. Denn er will sich unbedingt ein neues Smartphone kaufen.

E Lea geht zum Friseur. Der neue Haarschnitt sieht toll aus. Sie bezahlt 18 Euro und gibt einen Euro Trinkgeld.

F Samuel geht einkaufen und bezahlt die Waren an der Kasse.

[2] *Beispiele für die Funktionen des Geldes.*

3 Lest die Beispiele in [2] und ordnet jedem Text den passenden Begriff „Zahlungsmittel“, „Wertmaßstab“ oder „Wertaufbewahrungsmittel“ zu.

4 Erstellt eine Tabelle wie [3]. Findet für jede Spalte zwei Beispiele und tragt sie in die Tabelle ein.

Wählt einen der folgenden Arbeitsaufträge aus:

- Fertigt einfache Zeichnungen an: Zahlungsmittel (bezahlen), Wertmaßstab (vergleichen), Wertaufbewahrungsmittel (sparen)
- Gestaltet ein Lernplakat für eure Klasse: *Das kann man mit Geld machen*
- Schreibt einen zusammenfassenden Text: *Geld ist nicht nur zum Bezahlen da!*

Mit Geld können wir		
bezahlen	Werte vergleichen	sparen
Zahlungsmittel	Wertmaßstab	Wertaufbewahrungsmittel
Beispiele: ...	Beispiele: ...	Beispiele: ...

[3] *Die Funktionen des Geldes.* Tafelbild.

Sprachspeicher
Geld zu haben bedeutet ... • ein Konto eröffnen • bargeldlos bezahlen • Münzgeld • Papiergeld • Werte besitzen • auf etwas sparen • bar bezahlen • mit Karte bezahlen ...

Einnahmen und Ausgaben

Wie gehen wir mit unserem Geld um?

Hallo, ich heiße Nina und bin 13 Jahre alt.
Mein Geld reicht nie aus!
Ich erzähle euch gleich, warum …

Hallo, ich bin Marcel und 14 Jahre alt.
Ich versuche, mein Geld zu sparen.
Es fällt mir aber nicht immer leicht …

[2] *Marcel, 14 Jahre.*

[1] *Nina, 13 Jahre.*

1 Lest die Geschichten von Nina und Marcel. Ihr könnt dabei den Lese-Profi anwenden.

Nina erzählt:

„Von meinen Eltern **bekomme** ich 15 Euro **Taschengeld**. Einige in meiner Klasse bekommen mehr, andere weniger. Na ja, außerdem bezahlen sie mir jeden Monat die **Handykarte** für 15 Euro. Die verbrauche ich aber auch für Nachrichten und beim Chatten. Zum Glück bekomme ich jeden Monat von meiner Oma noch 5 Euro.
Aber es gibt so viel, wofür ich Geld ausgebe!
Das **Mädchenjournal** für jeweils 2,90 Euro gibt es zweimal im Monat. Nach dem Sport kaufe ich mir wie die anderen etwas zu trinken.
Das macht viermal 1,50 Euro jeden Monat.
Und dann macht es einfach Spaß, mit meinen Freundinnen in die Stadt zu gehen. Mal gehen wir **Eis essen** oder wir gehen **shoppen**. Darauf will ich nicht verzichten. Dafür habe ich im letzten Monat insgesamt 9 Euro ausgegeben.
Einen **kleinen Job** habe ich auch. Zweimal im Monat passe ich jeweils 3 Stunden auf die beiden kleinen Kinder in der Nachbarschaft auf. Pro Stunde bekomme ich 5 Euro.
Das Geld kann ich gut brauchen. Ich will mir nämlich bald ein Paar coole Sneaker kaufen. Aber die Schuhe kosten 98 Euro."

Marcel erzählt:

„Ich **bekomme** 20 Euro **Taschengeld**. Außerdem verdiene ich ein wenig dazu.
Ich **arbeite** am Wochenende in unserem **Sportklub** an der Theke. Pro Stunde verdiene ich 5 Euro. Ich darf nur 10 Stunden im Monat arbeiten. Von meinem Opa kriege ich auch noch Geld, wenn ich für ihn einkaufen gehe. Das mache ich jede Woche einmal und bekomme jeweils 5 Euro dafür.
Ich versuche, mein **Geld** zu **sparen**. Es wäre gut, wenn ich mir bald ein eigenes Tablet kaufen könnte. Aber es ist gar nicht so einfach!
Wenn ich mit meinen Freunden ausgehe, kaufen wir uns **Chips und Cola**, manchmal gehen wir auch **Pizza essen**. Im letzten Monat habe ich dafür 15 Euro ausgegeben.
Außerdem gehe ich auch gerne ins Kino.
Wenn ich einmal im Monat **ins Kino gehe**, gebe ich circa 10 Euro aus. Und meine **Sportzeitschrift** kostet auch 4 Euro im Monat. Die Monatskarte und meine Handykarte zahlen meine Eltern. Alles Zusätzliche muss ich von meinem Taschengeld bezahlen. Ob das jemals etwas wird mit dem Tablet?"

2 Berichtet: Was habt ihr über Nina und Marcel erfahren? Wie gehen sie mit ihrem Geld um?

Sprachspeicher
die Ausgaben im Griff haben • den Überblick über das Konto haben • sparsam sein • mit Geld umgehen können • verschwenderisch sein • sich etwas gönnen …

Methode Einen Taschengeldplaner führen

Einnahmen	Betrag	Ausgaben	Betrag
Taschengeld	15,00 Euro	Zeitschrift	5,80
Schülerjob	30,00 Euro	Eis, Süßes	9,00
Oma	5,00 Euro	Getränke	6,00
...	...	...	...
So viel bleibt am Monatsende übrig:			

[1] *Beispiel für einen Taschengeldplaner.* Grafik.

Was ist ein Taschengeldplaner?
Nina ärgert sich, dass sie jeden Monat zu viel Geld ausgibt. Sie kann kaum etwas sparen. Um einen Überblick zu bekommen, führt sie einen Taschengeldplaner. Sie legt eine Tabelle an, in der sie alle Einnahmen und Ausgaben einträgt.
Mit Hilfe der Tabelle sieht sie, wie viel sie jeden Monat übrig hat. So kann sie auch erkennen, wie lange sie auf eine größere Anschaffung sparen muss. Außerdem kann sie Entscheidungen treffen, wo sie Geld sparen will.

1 Rechnet aus, wie lange Nina sparen muss, wenn sie sich die neuen Sneaker kaufen will.

2 Trefft für Nina eine Entscheidung, wo sie etwas einsparen kann. Berechnet, wie lange sie dann noch für die Sneaker sparen muss.

3 Legt auch für das Beispiel von Marcel eine Tabelle an. Rechnet aus, ob und wann er sich ein eigenes Tablet leisten könnte.

4 Arbeitet mit einem Partner zusammen. Legt für euch selbst solch eine Tabelle an. Trefft Entscheidungen, wo ihr Geld einsparen könnt. Begründet eure Entscheidungen.

1. Schritt **Einnahmen und Ausgaben notieren**

Überlegt genau, welche regelmäßigen Einnahmen (Taschengeld, Schülerjob, Geldgeschenke von Oma oder Opa, ...) und Ausgaben (Süßigkeiten, Zeitschriften, Kino, ...) ihr jeden Monat habt. Macht euch dazu Notizen.

2. Schritt **Eine Tabelle anlegen**

Fertigt eine Tabelle an, in der ihr alle Einnahmen und Ausgaben eines Monats notiert:
- Was gehört zu den Einnahmen?
- Was gehört zu den Ausgaben?

3. Schritt **Einnahmen und Ausgaben vergleichen**

Rechnet zusammen:
- Wie viele Einnahmen habt ihr insgesamt?
- Wie viele Ausgaben habt ihr insgesamt?
- Wie viel bleibt übrig, wenn ihr die Ausgaben von den Einnahmen abzieht?

4. Schritt **Entscheidungen treffen**

Überlegt:
- Wo könnt ihr bei den Ausgaben sparen?
- Auf was könntet ihr leicht verzichten?
- Wo sind die Ausgaben besonders hoch?
- Gibt es andere Möglichkeiten, Geld einzusparen? Trefft eine Entscheidung.

APP

Verschiedene Arten von Gütern

Was sind „Güter“?

[1] *Warenangebot in einem Schaufenster.* Illustration.

1 Beschreibt das Warenangebot auf dem Bild.
Nennt Waren, die
- in kurzer Zeit verbraucht werden.
- längere Zeit gebraucht werden.

[2] *Dienstleistungen.* Illustration.

2 Beschreibt die Tätigkeiten. Welche Berufe erkennt ihr?

Sprachspeicher
verderbliche Lebensmittel ▪ haltbare Waren ▪ Dienstleister sein ▪ im Dienstleistungsbereich arbeiten ...

Güter

Alle Dinge, die die Menschen zum Leben brauchen, werden auch als Güter bezeichnet.

Sachgüter

Das Wasser, mit dem wir uns morgens waschen, zählt zu den Sachgütern, ebenso die Seife, die Zahnpasta und die Zahnbürste, die wir benutzen. Auch unsere Kleidung und das, was wir essen und trinken, bezeichnet man als Güter.
Bei den Sachgütern unterscheidet man Verbrauchsgüter und Gebrauchsgüter.
Zu den Verbrauchsgütern zählt man Dinge, die man in kurzer Zeit verbraucht wie Lebensmittel, Toilettenpapier, Wasch- oder Spülmittel. Gebrauchsgüter benutzen wir längere Zeit: Möbel, Werkzeug oder ein Haus.

Dienstleistungen

Ein Friseur / eine Friseurin schneidet Haare, eine Busfahrerin / ein Busfahrer transportiert Menschen und eine Ärztin / ein Arzt behandelt Kranke. Solche Tätigkeiten nennt man auch „Dienstleistungen“. Dienstleistungen sind in der Regel nicht kostenlos, sondern müssen bezahlt werden.

„Freie Güter“

Außerdem gibt es noch die „freien Güter“, die uns die Natur liefert: Sonne, Wind, Meerwasser, Sand oder Luft. „Freie Güter“ sind auf den ersten Blick unbegrenzt vorhanden und kostenlos.

[3] *Güter.* Schaubild.

3 Erklärt Schaubild [3].

4 Ordnet den Begriffen 1 bis 4 die Beschreibungen A) bis D) zu:

1. Verbrauchsgüter	2. Gebrauchsgüter
3. Dienstleisungen	4. „freie Güter“

A) ... sind auf den ersten Blick unbegrenzt vorhanden und kostenlos.
B) ... gehören zum täglichen Leben. Wir verbrauchen sie in kurzer Zeit.
C) ... gehören zum täglichen Leben. Wir benutzen sie aber längere Zeit.
D)...sind Tätigkeiten, die von Menschen bei ihrer Arbeit (für andere) verrichtet werden.

Wählt einen der folgenden Arbeitsaufträge aus:

- Schreibt vier Listen mit Beispielen für: Verbrauchsgüter, Gebrauchsgüter, Dienstleistungen, „freie Güter“
- Gestaltet ein Lernplakat für die Klasse: Güter.
- Verfasst einen Text: Sind „freie Güter“ wirklich unbegrenzt vorhanden?

Sprachspeicher
3: als Güter bezeichnen wir ... • zu den Gütern gehören ... • zu den Sachgütern gehören ... • Dienstleistungen sind ... • als „freie Güter“ bezeichnen wir ...

Kaufen und verkaufen

Wie funktioniert der einfache Wirtschaftskreislauf?

[1] *Auf dem Wochenmarkt.* Foto.

[2] *Angebot und Nachfrage.* Illustration.

1 Beschreibt die Abbildungen [1] und [2].

2 Die meisten von euch waren schon einmal auf einem Wochenmarkt. Erzählt!
- Was wird dort angeboten?
- Worauf muss man achten?

Auf dem Wochenmarkt

Am Samstag geht Frau Müller gern auf dem Wochenmarkt einkaufen. Sie findet gut, dass die Ware hier frisch ist. Frau Müller kennt die meisten Marktstände: Gemüse, Fleisch, Fisch, Obst, Kräuter oder Blumen werden dort verkauft. Meistens kauft sie an bestimmten Marktständen, die sie kennt. Sie findet gute Waren, die nicht zu viel kosten. Beides muss stimmen: Qualität und Preis.

Angebot und Nachfrage

Auf dem Markt kommen Verkäufer und Käufer zusammen. Die Verkäufer bieten ihre Waren an. Man spricht daher auch vom „Angebot“ der Verkäufer. Auf der anderen Seite steht der Käufer. Er sucht nach bestimmten Waren, die er kaufen will. Wenn ein Käufer Waren kaufen will, nennt man das auch „Nachfrage“. Angebot und Nachfrage müssen zueinander passen: Die Qualität der Ware sollte gut sein und der Preis nicht zu hoch.

Dann kauft die Kundin / der Kunde die Ware vielleicht. Ein Verkäufer muss sich immer wieder die Frage stellen: Werden die Kunden meine Waren zu diesem Preis auch wirklich kaufen?

3 Erklärt Abbildung [2]. Benutzt dabei die Begriffe „Angebot“ und „Nachfrage“
Starthilfe: *Eine Frau ist auf dem Markt. Sie sucht Obst für die Familie ...*

4 Beschreibt, was passiert:
a) Der Preis für gute Ware ist sehr niedrig.
Was machen die Kundinnen und Kunden?
b) Sehr viele Kunden wollen eine Ware kaufen.
Was bedeutet das für den Preis?
c) Der Preis für nicht so gute Ware ist hoch.
Was machen die Kundinnen und Kunden?
d) Nur wenige Kundinnen und Kunden interessieren sich für eine Ware.
Was bedeutet das für den Preis?

Sprachspeicher
einen Preis erfragen • Ware begutachten • Qualität erkennen • preisbewusst einkaufen • angemessener Preis • zu hoher Preis

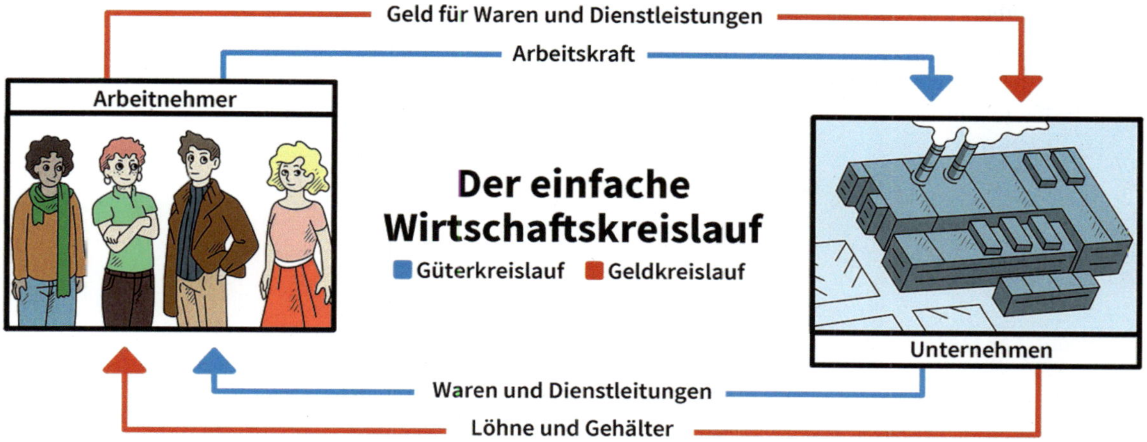

[3] *Der einfache Wirtschaftskreislauf.* Schaubild.

Menschen arbeiten und verdienen Geld

Menschen arbeiten in Handwerksbetrieben, Fabriken, Geschäften oder in Einrichtungen wie Schulen oder Krankenhäusern. Diese Menschen nennt man auch Arbeitnehmer. Für ihre Arbeit bekommen sie von ihrem Arbeitgeber Geld. Dieses Geld wird auch als Lohn oder Gehalt* bezeichnet. Es wird auf das Girokonto überwiesen. Die Arbeitnehmer, die das Geld für ihre Arbeit verdient haben, können es von ihrem Girokonto abheben und für etwas ausgeben.

Betriebe produzieren und verkaufen Güter

Bäckereien stellen Brot oder Kuchen her, Textilfabriken produzieren Kleidung. Ein Friseur bietet Dienstleistungen an, eine Wäscherei reinigt Kleidung.

Menschen kaufen diese Waren (z.B. Brot, Kleidung) oder nehmen Dienstleistungen (z.B. Haare schneiden oder Kleidung reinigen) in Anspruch. Dafür bezahlen sie mit dem Geld, das sie vorher verdient haben.

* *der* **Lohn,** *das* **Gehalt:** Geld, das Menschen für ihre Arbeit bekommen

Der Wirtschaftskreislauf

Zwischen den Arbeitnehmern, die Geld für ihre Arbeit verdienen, und den Betrieben (Bäckerei, Friseur, ...) findet ein Kreislauf statt: Die Menschen verkaufen ihre Arbeitskraft an die Betriebe und bekommen dafür Geld. Für dieses Geld kaufen sie von anderen Betrieben Waren und Dienstleistungen. Mit dem Geld, das sie von den Menschen bekommen, bezahlen die Betriebe die Löhne und Gehälter ihrer Arbeitnehmer. Die Arbeitnehmer geben das Geld wieder aus.

5 Erklärt den Wirtschaftskreislauf in Schaubild [3] mithilfe des Textes.
Starthilfe: *Die Arbeitnehmer arbeiten in einem Unternehmen, z. B. in einem Handwerksbetrieb. Für ihre Arbeit ...*

Wählt einen der folgenden Arbeitsaufträge aus:

- Zeichnet ein Werbeplakat für den Wochenmarkt, auf dem ihr frische Waren zu günstigen Preisen anbietet.
- Zeichnet ein Lernplakat „Der einfache Wirtschaftskreislauf".
- Verfasst einen Text: So funktioniert der einfache Wirtschaftskreislauf.

Sprachspeicher
Lohn erhalten ▪ Güter kaufen und verkaufen ▪ eine Dienstleistung erbringen oder in Anspruch nehmen ▪ eine Überweisung erhalten ▪ Geld erwirtschaften ...

Wahlseite Die Geschichte des Geldes

1 Informiert euch auf dieser Seite über die Geschichte des Geldes.
Präsentiert eure Ergebnisse in der Klasse.

2 Lest den folgenden Text. Ihr könnt den Lese-Profi zu Hilfe nehmen.

Ware gegen Ware

Vor langer Zeit haben die Menschen ihre Waren getauscht. Ein **Jäger** hat manchmal mehr **Tiere** gejagt, als er selbst verbrauchen konnte. Ein anderer Mann wiederum hat manchmal mehr **Werkzeuge** und **Waffen** (z.B. Pfeile, Bögen oder Beile) hergestellt, als er selbst benötigte.
Der Jäger und der Werkzeug- und Waffenhersteller haben ihre **Waren getauscht**.

Waren gegen Münzgeld

Später haben sich **Münzen** als **Tauschmittel** für alles durchgesetzt.
Im Mittelalter gab es in den Städten regelmäßig einen **Markt**. Auf dem Markt konnte man die verschiedensten **Waren** mit Goldmünzen und Silbermünzen **kaufen**: Tontöpfe, Werkzeuge, Kleidung, Getreide und andere Lebensmittel, lebende Tiere.

Ware gegen Papiergeld

Münzgeld ist schwer. Kaufleute kamen auf die Idee, Geldscheine einzuführen.
Im 19. Jahrhundert wurden Geldscheine, auch Banknoten genannt, in Deutschland als **Zahlungsmittel** eingeführt. Heute bezahlen wir **Waren** mit **Geldscheinen** und **Münzen**. In vielen Ländern Europas ist der **Euro** Zahlungsmittel.

Tipp für die Präsentation

- Schreibt die Tabelle an die Tafel.
  Nach der Präsentation sollen eure Mitschülerinnen und Mitschüler die passenden Satzhälften miteinander verbinden.

1. Vor langer Zeit …	mit Münzen bezahlen.
2. Die Menschen tauschten …	gab es noch kein Geld.
3. Im Mittelalter gab es …	mit Geldscheinen und Münzen.
4. Man konnte dort alle Waren …	in den Städten regelmäßig Märkte.
5. Heute bezahlen wir …	Waren gegen Waren.

Was heißt „nachhaltig handeln“?

1 Informiert euch auf dieser Seite darüber, was das Wort „nachhaltig“ bedeutet.

2 Präsentiert eure Ergebnisse in der Klasse.

Paula sucht eine Tasche

Paula ist mit ihrer Freundin Saskia in der Stadt unterwegs. Sie möchte sich eine neue Tasche kaufen. Die beiden haben sich in verschiedenen Geschäften umgesehen. Schließlich trifft Paula eine Wahl. Das sind die Gründe für ihre Entscheidung:

Die Tasche kostet 29,90 Euro. Das ist günstiger als eine teure Markentasche. Auch die Garantie des Verkäufers, dass die Tasche lange halten wird, spricht für die Tasche: guter Preis und lange Verwendung.

Die Tasche wurde aus recycelten Materialien hergestellt. Als Material wurde eine gebrauchte LKW-Plane verwendet. Der Tragegurt wurde aus einem ebenfalls gebrauchten Sicherheitsgurt eines Autos hergestellt. Der Verkäufer garantiert, dass die verwendeten Materialien sehr viel aushalten und Paula die Tasche lange benutzen kann. Verwendete Materialien und lange Haltbarkeit schonen die Umwelt.

Ein Siegel auf der Tasche zeigt, dass sie „fair gehandelt“ wird: Die Menschen, die sie hergestellt haben, haben für ihre Arbeit einen recht guten Lohn erhalten und wurden nicht ausgebeutet. Außerdem versichert das Siegel, dass die Tasche nicht durch Kinderarbeit produziert wurde.

Paula hat unterschiedliche Gründe für ihre Entscheidung:

wirtschaftlich handeln ↓

nachhaltig handeln ↓ ↓

Sparsam einkaufen
Die Tasche ist preiswert und lange verwendbar. Paula bekommt einen guten Gegenwert für ihr Geld.

Umwelt schützen
Es fällt weniger Müll an. Die Tasche hält lange und wurde aus recyceltem Material hergestellt.

Sozial handeln
Menschen wurden fair für ihre Arbeit bezahlt und Kinderarbeit ist ausgeschlossen.

Tipps für die Erarbeitung und Präsentation
- Klärt: Was bedeutet „wirtschaftlich handeln“ und was bedeutet „nachhaltig handeln“?
- Lasst die Klasse erklären, was an Paulas Kaufentscheidung wirtschaftlich und was daran nachhaltig ist.
- Sammelt in der Klasse weitere Beispiele für wirtschaftliches und für nachhaltiges Handeln.

APP

Wahlseite Das Girokonto

1 Informiert euch auf dieser Seite über das Thema „Girokonto".

2 Präsentiert eure Ergebnisse in der Klasse.

Wozu dient ein Girokonto?

Wenn man eine Ausbildung macht oder eine Arbeitsstelle gefunden hat, braucht man ein Girokonto. Der Arbeitgeber überweist das verdiente Geld auf das Konto. Wir können uns über unseren Kontostand informieren. Wir können auf dieses Konto Geld einzahlen, vom Konto Geld abheben oder Geld überweisen.

Bargeldlos bezahlen

Heute bezahlen wir nicht mehr alles mit Bargeld, also mit Geldscheinen oder Münzen. Bei größeren Einkäufen oder großen Anschaffungen – wie zum Beispiel einem Auto – bezahlen wir „bargeldlos". Auch kleinere Einkäufe im Supermarkt oder das Bezahlen an der Tankstelle werden immer öfter auf diese Weise erledigt. Das geht nur, wenn man ein Girokonto besitzt. Man zahlt mit seiner EC-Karte und das Geld wird vom Konto abgebucht.

Online einkaufen und bezahlen

Viele Menschen kaufen online ein. Sie suchen Waren im Internet und bestellen sie. Auch Reisen, Fahrkarten für den Zug oder Flugtickets werden oft am Computer gebucht. Das Bezahlen geschieht dann ebenfalls am PC. Das Geld wird am Computer vom eigenen Konto auf ein anderes Konto überwiesen.

Das Girokonto für junge Leute

Viele Banken und Sparkassen bieten auch für Kinder und Jugendliche schon ab 7 Jahren ein Girokonto an. Diese Angebote heißen „Startkonto", „Junges Konto" oder „Jugendgirokonto". So ein Girokonto könnt ihr zusammen mit euren Eltern eröffnen.

Doch auf einige Dinge solltet ihr achten, denn sonst kann es teuer werden:

- Gibt es ausreichend viele Geldautomaten, vor allem in der Nähe, an denen ihr wirklich kostenfrei Geld abheben könnt? Sonst wird bei jeder Abhebung eine Gebühr fällig.
- Sind Überweisungen tatsächlich kostenfrei? Wenn das nicht der Fall ist, werden bei jeder Überweisung ebenfalls Gebühren fällig.
- Auf den Kontoauszügen könnt und solltet ihr regelmäßig z. B. überprüfen, wie viel Geld noch auf dem Konto ist oder ob Überweisungen stattgefunden haben. Könnt ihr diese Kontoauszüge kostenfrei einsehen? Oder werden sie euch kostenpflichtig zugeschickt?

Das geht nicht:
„Dispositionskredit"= das Konto überziehen, d.h. mehr Geld ausgeben, als auf dem Konto ist.
Erwachsene können mit ihrer Bank vereinbaren, dass sie diese Schulden im nächsten Monat wieder zurückzahlen.

Tipps für die Erarbeitung und Präsentation

- Ihr könnt ein Geldinstitut (also eine Bank oder eine Sparkasse) in eurer Nähe besuchen und weitere Info-Materialien besorgen.
- Die Internetseiten: *www.klicksafe.de* (gebt in das Suchfeld der Seite ein: Einkaufen im Netz) oder *www.checked4you.de* besuchen und ein Lernplakat über nützliche Tipps beim Internet-Einkauf erstellen.

☒ Wahlseite Der „Taschengeldparagraph“

1 Informiert euch auf dieser Seite über das Thema „Taschengeldparagraph“.

2 Präsentiert eure Ergebnisse in der Klasse.

Was darf ich kaufen?

Grundsätzlich können Kinder und Jugendliche unter 18 Jahren keine Verträge abschließen.

Solche Fragen regelt ein Gesetz: der sogenannte „Taschengeldparagraph“. Am besten versteht man dieses Gesetz, wenn man sich einige Beispiele ansieht:

Lisa ist 5 Jahre alt. Sie kauft sich einen Schokoriegel für 50 Cent. Streng genommen kann Lisa das nicht, weil sie jünger ist als 6. Sie ist „nicht geschäftsfähig“. Solange die Eltern aber nichts dagegen haben, kann Lisa sich weiterhin Schokoriegel kaufen.

Johannes ist gerade 18 Jahre alt geworden und wohnt noch bei seinen Eltern. Er hebt all sein Geld von seinem Konto ab und kauft sich ein Auto. Die Eltern wollen das nicht. Johannes ist gerade volljährig geworden. Er kann mit seinem Geld machen, was er will, denn er ist „voll geschäftsfähig“.

Niclas ist 13 Jahre alt. Jeden Monat bekommt er 24 Euro Taschengeld von seinen Eltern. Er hat sich eine Mütze für 20 Euro gekauft. Sein Vater findet die Mütze nicht gut und zu teuer. Hier gilt: Gekauft ist gekauft. Der „Taschengeldparagraph“ besagt, dass Kinder und Jugendliche, die über 6 Jahre und unter 18 Jahre alt sind, „beschränkt geschäftsfähig sind“. Das bedeutet: Sie können frei entscheiden, für was sie ihr Taschengeld ausgeben.

Anabell ist 12 Jahre alt. Sie bekommt 18 Euro Taschengeld im Monat. Obwohl ihre Mutter findet, dass das Paar Turnschuhe für 80 Euro nicht zu ihr passt, hat sie so lange gespart, bis sie sich die Schuhe leisten konnte. Auch hier gilt: Gekauft ist gekauft. Jugendliche können sich von ihrem Taschengeld kaufen, was sie wollen, auch wenn sie einige Zeit sparen müssen.

Yannick, 14 Jahre, hat von seiner Mutter 50 Euro bekommen, für die er sich eine neue Hose kaufen soll. Yannick kauft sich aber eine Jacke, die er seit langem haben will. Yannicks Mutter kann den Kauf rückgängig machen. Bei den 50 Euro handelt es sich nicht um Yannicks Taschengeld. Das Geld war für die Hose bestimmt.

Tipps für die Erarbeitung und Präsentation

- Erklärt euren Mitschülerinnen und Mitschülern in einem Kurzvortrag, was der „Taschengeldparagraph“ ist.
- Tragt Beispiele in der Klasse vor, lasst die Klasse vermuten, ob Lisa, Johannes usw. jeweils kaufen können, was sie wollen, präsentiert dann die Lösung.

Das kann ich!

Versucht zunächst, die Aufgaben auf dieser Doppelseite zu lösen, ohne im Kapitel nachzusehen. Wenn ihr Hilfe braucht, könnt ihr bei den Aufgaben auf den in Klammern angegebenen Seiten nachschlagen.

das Gut, *die* Güter

die Dienst|leistung

bargeldlos bezahlen

das Girokonto

[1] *Begriffe und ihre Bedeutung*

ein Konto, das von einer Bank geführt wird, um die Teilnahme und Abwicklung des Zahlungsverkehrs eines Kunden zu leisten

nicht mit Scheinen und Münzen bezahlen, sondern mit der Girokarte oder dem Smartphone

jede Aktivität, die mit dem Ziel, die Bedürfnisse der Kunden zu befriedigen, angeboten wird (z. B. Frisör oder Reinigung)

Alle Dinge, die die Menschen zum Leben brauchen, werden so bezeichnet.

[2] *Verschiedene Güter.* Illustrationen.

[3] *Die Geschichte des Geldes.* Illustrationen.

Ich überlege, für was ich die 30 Euro ausgebe, die ich von meiner Oma zum Geburtstag bekommen habe: Soll ich mir einen Fußball kaufen oder Stutzen meines Lieblingsvereins?

Wenn ich Geld habe, gebe ich es auch aus. Am liebsten kaufe ich mir etwas zum Anziehen dafür.

Ich möchte unbedingt ein neues BMX-Rad. 120 Euro habe ich schon angespart. Wenn ich mein Taschengeld nicht ausgebe und meine Eltern etwas dazugeben, kann ich es mir noch vor den Sommerferien kaufen.

[4] *Äußerungen zu verschiedenen Funktionen des Geldes*

[5] *Der einfache Wirtschaftskreislauf.* Schaubild.

Sachkompetenz

1. Nennt möglichst viele Länder, in denen der Euro Zahlungsmittel ist. (S. 186)
2. Gebt mit eigenen Worten die Geschichte des Geldes wieder. Beachtet dabei die Bilder in [3].
3. Ordnet die Äußerungen in [4] den Funktionen des Geldes zu. (S. 188/189)
4. Benennt die Güter in [2] und ordnet sie zu: Sachgüter (Gebrauchsgüter und Verbrauchsgüter), Dienstleistungen und „freie Güter". (S. 192/193)

Methodenkompetenz

5. Notiert für den vergangenen Monat alle eure Einnahmen und Ausgaben. Nehmt die Tabelle (S. 190/191) zu Hilfe. Rechnet aus, wie viel ihr in diesem Monat übrig habt.
6. Zeichnet den einfachen Wirtschaftskreislauf [5] ab und beschriftet ihn mit den entsprechenden Begriffen. (S. 195)
7. Erklärt den einfachen Wirtschaftskreislauf. (S. 194/195)

Urteilskompetenz

8. Beurteilt die Vorteile und Nachteile von
   - Tausch: Ware gegen Ware (S. 196)
   - Tausch: Ware gegen Geld (S. 196)
   - Bargeldloses Einkaufen und Bezahlen (S. 197)
9. Beurteilt die Aussage: „Ohne Geld würde unser gesamtes Leben nicht funktionieren." (Rückblick auf das gesamte Kapitel)

Handlungskompetenz

10. Seht euch eure Ergebnisse aus Aufgabe 5 an. Trefft Entscheidungen und macht Vorschläge, wo ihr Geld einsparen könnt.

Stadt und Land

Dortmund

Ein Luftbild der Stadt Dortmund: In der drittgrößten Stadt Nordrhein-Westfalens leben über eine halbe Millionen Menschen. Tausende kommen täglich aus den umliegenden Orten hierher. Nicht nur zu den Fußballspielen an den Wochenenden besuchen Touristen die Stadt. Warum zieht es Menschen in die Städte? Warum leben andere in Dörfern?

1 Beschreibt das Luftbild.

2 Erzählt, ob ihr in einer Stadt oder in einem Dorf lebt, und stellt dar, was euch an eurem Wohnort besonders gut gefällt.

Schauplatz Dortmund

Warum fahren Menschen nach Dortmund?

[1] *Menschen am Hauptbahnhof in Dortmund.* Illustration.

1 Beschreibt das Bild.

2 Nennt Gründe, warum die Menschen nach Dortmund kommen.
Starthilfe: *In Dortmund kann ich ...*

3 Erklärt den Begriff „zentrale Einrichtungen".

4 Findet heraus, welche zentralen Einrichtungen es an deinem Schulort gibt und benennt sie.

Dortmund ist eine der größten Städte in Nordrhein-Westfalen. Hier befindet sich auch das Westfalenstadion, in dem Borussia Dortmund vor rund 80 000 Zuschauern seine Heimspiele austrägt. Täglich strömen Tausende von Menschen in die Stadt. Hier gibt es zentrale Einrichtungen* wie Flughafen, Hauptbahnhof, Hochschulen, Krankenhäuser, Gerichte, Sportstadien, Theater und Museen. Außerdem bietet die Stadt zahlreiche Einkaufsmöglichkeiten, Arbeitsplätze und Freizeitangebote. All dies steht nicht nur den Stadtbewohnern zur Verfügung, sondern auch den Menschen aus dem Umland und anderen Besuchern

[2] *Deutsches Fußball-Museum Dortmund.* Foto.

APP

[3] *Innenstadtplan von Dortmund.* Karte.

5 Ordnet die Gebäude aus den Bildern [2] und [4] der Karte [3] zu.

6 Beschreibt den Weg vom Hauptbahnhof zur Liebfrauenkirche.
Starthilfe: *Vor dem Bahnhof gehe ich rechts in die Schmiedingstraße ...*

* **zentrale Einrichtungen:** Örtlichkeiten und Angebote, die das gesellschaftliche, politische und wirtschaftliche Leben eines Ortes prägen.

Wählt einen der folgenden Arbeitsaufträge aus:

- Notiert zentrale Einrichtungen von Dortmund.
- Beschreibt mithilfe der Karte [3] den Weg von der Liebfrauenkirche zum Rathaus.
- Ihr habt am Wochenende mit euren Eltern Dortmund besucht. Verfasst darüber einen Tagebucheintrag.
  Starthilfe: *Heute waren wir in Dortmund und besuchten einen/eine/ein ...*

[4] *Das Rathaus in Dortmund.* Foto.

Was ihr noch tun könnt:

MK Informiert euch in einem Reiseführer über die empfohlenen Sehenswürdigkeiten in Dortmund.

Orientierung

[1] *Städte und Besiedlung in Nordrhein-Westfalen.* Karte.

MK **1** Wertet die Karte aus.
- Erklärt, welche Informationen man der Karte entnehmen kann.
- Nennt Gebiete, in denen besonders viele Menschen leben. Stellt ihnen Gebiete mit weniger dichten Besiedlung gegenüber. **Starthilfe:** *Im Ruhrgebiet leben sehr viele Menschen ... In der Eifel hingegen ...*

2 Ermittelt aus der Karte, welche Städte die höchste Einwohnerzahl haben. Wie viele Einwohner hat euer Schulort?

Besiedlung in Nordrhein-Westfalen

In Nordrhein-Westfalen leben ungefähr 18 Millionen Menschen. Von zehn Einwohnern leben acht in den Städten. Das Ballungsgebiet Rhein-Ruhr ist mit etwa 10 Millionen Einwohnern eines der am dichtesten besiedelten Regionen Europas. Es gibt aber auch Gebiete in Nordrhein-Westfalen, die nicht so dicht bewohnt sind.

* *das* **Ballung(s)|gebiet:** Größeres, dicht besiedeltes Gebiet mit einer oder mehreren Großstädten.

der **Quadrat|kilometer:** Fläche eines Quadrats von einem Kilometer Seitenlänge (ungefähr 140-mal die Fläche eines Fußballfeldes)

Was ist eine Stadt?

Größenklasse	Einwohnerzahl
Kleines Dorf	100 – 500
Mittleres Dorf	500 – 2000
Dorf/Landstadt	2000 – 5000
Kleinstadt	5000 – 20000
Mittelstadt	20000 – 100000
Großstadt	100000 – 1000000
Millionenstadt	Über 1 Million

[2] *Größenklassen von Siedlungen*

3 Findet und benennt die Ballungsgebiete Nordrhein-Westfalens in der Karte [1].

4 Erklärt mithilfe von Tabelle [2], zu welcher Größenklasse euer Wohnort gehört.

Stadt und Land

In Deutschland haben Städte in der Regel mindestens 5000 Einwohner. Weitere Merkmale einer Stadt sind:

- dichte Bebauung mit Wohngebieten, Geschäften und Büros,
- ausgebautes Verkehrsnetz (Bahnhof, Straßen, Busse, Straßenbahnen),
- zentrale Einrichtungen für Kultur, Versorgung und Freizeit: Dazu gehören zum Beispiel Krankenhäuser, Behörden, Theater, Sportanlagen ...

Orte, die wie ein Gürtel um eine Stadt herum liegen, nennt man Umland. Ein Wohnort auf dem Land wurde früher als Dorf bezeichnet. Dörfer sind kleinere Siedlungen. Früher lebten hier die meisten Menschen von der Landwirtschaft.

5 Stellt in Stichworten Kennzeichen von Städten und Dörfern gegenüber.

Stadt	Dorf
mindestens 5000 Einwohner	...

Stadt und Land

„Viertel“ – die Teile von Städten

Welche unterschiedlichen Stadtviertel gibt es in Dortmund?

Die Bezeichnung „Viertel“ stammt aus der Zeit der Römer. Die damaligen Städte wurden von zwei sich kreuzenden Hauptstraßen in vier gleiche große Teile getrennt. Mittlerweile hat sich die Struktur der Städte verändert. Geblieben ist der Begriff „Stadtviertel“, wenn man von bestimmten Teilen einer Stadt spricht. Ein Stadtviertel ist heute ein überschaubares Gebiet, das manchmal nur aus wenigen Straßen besteht.

Offizielle Grenzen für „Viertel“ gibt es nicht. Diese werden durch bauliche Gegebenheiten, die Zusammensetzung der Bevölkerung oder durch die Art der Geschäfte und Einrichtungen innerhalb des „Viertels“ festgelegt.

1 Erklärt den Begriff „Stadtviertel“.
> Sprachspeicher

Hier sind vier kurze Infotexte, die Schülerinnen und Schüler über einige Viertel ihrer Heimatstadt Dortmund angefertigt haben:

Das Kreuzviertel liegt nahe der Innenstadt, dem Hauptbahnhof und der Universität. Modernisierte Altbauwohnungen, verkehrsberuhigte Plätze, Einkaufsläden und Restaurants machen es zum wohl beliebtesten Viertel der Stadt. Die Mieten sind dementsprechend hoch. Der Name stammt von der Heilig-Kreuz-Kirche im Viertel.

[1] *Das Kreuzviertel.* Foto.

[2] *Der Borsigplatz in der Dortmunder Nordstadt.* Foto.

Der Borsigplatz liegt in der Nordstadt von Dortmund. Benannt wurde er nach Albert Borsig. In seiner Fabrik wurden im 19. Jahrhundert europaweit die meisten Lokomotiven gebaut. Zahlreiche Maschinenwerke waren hier angesiedelt. Als diese im Laufe der letzten Jahrzehnte geschlossen wurden, stieg auch die Arbeitslosigkeit im Viertel an. Erfolge von Borussia Dortmund werden übrigens mit einem Umzug am Borsigplatz gefeiert.

Sprachspeicher

1: *Folgende Begriffe sollte die Erklärung beinhalten:*
die Grenze • das überschaubare Gebiet • der Stadtteil • der Platz • die Wohnungen • die Läden • die Restaurants

das **Stadt|viertel,** *der* **Stadt|teil:**
ein verkehr(s)|beruhigter Platz = ein Platz mit wenig Verkehr

[3] *Dortmund-Hörde.* Foto.

Früher war das Stahl- und Hüttenwerk Phoenix der „Mittelpunkt“ des Viertels. Vor rund 20 Jahren wurde das Werk stillgelegt. Seitdem hat sich Hörde verändert. Technologische Unternehmen haben sich hier angesiedelt. Mittelpunkt des Stadtviertels ist heute der künstlich angelegte Phoenix-See, an dessen Ufern zahlreiche Büro- und Wohngebäude entstanden sind.

Dortmund-Lindenhorst war früher ein eher landwirtschaftlich geprägter Stadtteil. Heute leben rund 6000 Menschen dort. Prägend für das Viertel war die im 19. Jahrhundert gegründete Zeche Fürst Hardenberg. In dieser förderten in den 1960er Jahren mehrere Tausend Bergleute Steinkohle. Als die Zeche Ende des 20. Jahrhunderts stillgelegt wurde, stieg die Arbeitslosigkeit an. Menschen zogen weg, Geschäfte wurden geschlossen und viele Wohnhäuser wurden nicht mehr renoviert.

[4] *Dortmund-Lindenhorst: Hafen am Dortmund-Ems-Kanal mit der Zeche Fürst Hardenberg im Hintergrund.* Historisches Foto, 1956.

2 Begründet, warum die Mieten im Kreuzviertel hoch sind.

3 Erläutert die Veränderungen im Stadtviertel Hörde.

4 Erklärt die hohe Zahl der Arbeitslosen im Viertel um den Borsigplatz.

5 Beschreibt stichpunktartig die Geschichte des Stadtviertels Lindenhorst.

Was ihr noch tun könnt:

MK Informiert euch über die unterschiedlichen Viertel einer Stadt in eurer Nähe und erstellt ähnliche Informationstexte mit Bildern.

Wählt einen der folgenden Arbeitsaufträge aus:

- Notiert den Ursprung der Namensgebungen des Kreuzviertels sowie des Borsigplatzes.
- Erstellt ein Werbeplakat, das in Dortmund-Lindenhorst aufgehängt werden soll. Die Überschrift lautet: „Unser Viertel braucht Veränderungen“.
- Touristen machen eine Stadtführung durch Dortmund. Am Abend unterhalten sie sich über die Gegensätze, die sie gesehen haben. Gestaltet dazu ein Rollenspiel und führt es in der Klasse vor.

Sprachspeicher

2: Im Kreuzviertel sind die Mieten hoch, weil ...

3: Nach der Stilllegung des Stahl- und Hüttenwerkes veränderte sich Hörde sehr. Heute ...

4: Die Zahl der Arbeitslosen im Viertel um den Borsigplatz lässt sich mit ... erklären.

5: *Folgende Wörter sollten vorkommen:* die Zeche Fürst Hardenberg • stillgelegt • die Arbeitslosigkeit

Betriebe und Wirtschaftsraum

Was ist für die Ansiedlung eines Betriebes wichtig?

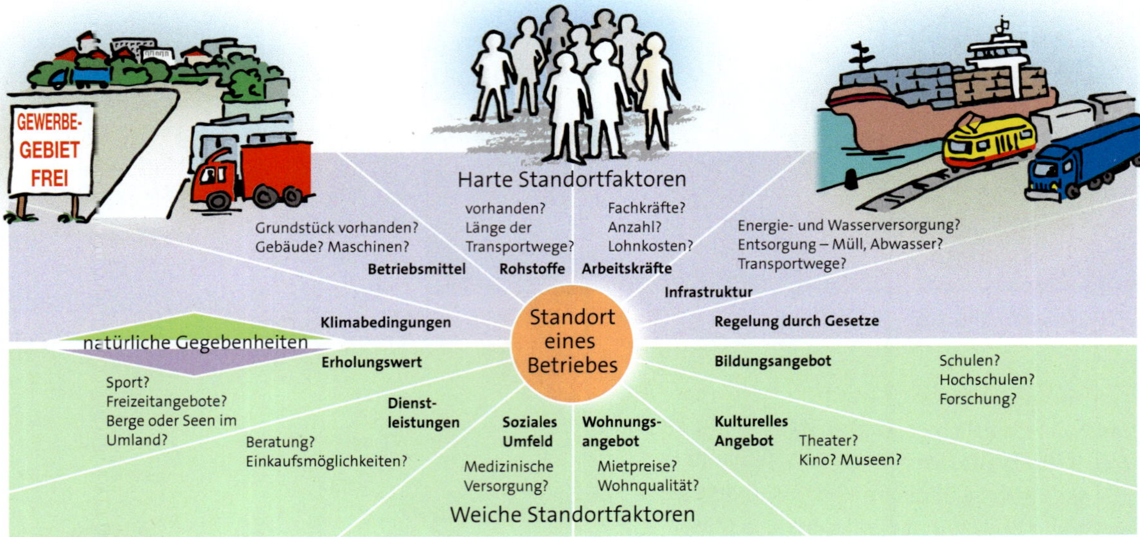

[1] *Standortfaktoren.* Grafik.

Betriebe in unserem Wirtschaftsraum

Fast jede Region hat ein oder mehrere Gewerbegebiete. Hier siedeln sich die verschiedenen Unternehmen an und bauen ihre Betriebe aus. Für die Ansiedlung eines Betriebes sind verschiedene Bedingungen notwendig. Diese Bedingungen nennen wir Standortfaktoren.

Ein Betrieb braucht Menschen, die dort arbeiten. Für den Betrieb ist es wichtig, dass er genügend und gut ausgebildete Arbeitskräfte hat.

Ein Betrieb braucht viel Platz. Die Produktions- und Lagerhallen und die Bürogebäude nehmen viel Fläche in Anspruch. Für die Mitarbeiter und Besucher müssen ausreichend Parkmöglichkeiten vorhanden sein. Zudem ist es wichtig, dass die Versorgung mit Energie und Wasser sichergestellt ist. Betriebe brauchen für ihre Produktion Rohstoffe oder Einzelteile. Für den Transport von Rohstoffen und von fertigen Produkten brauchen die Betriebe gut ausgebaute Verkehrswege. Das alles nennt man auch Infrastruktur.

1 Erklärt mit eigenen Worten, was Infrastruktur bedeutet.

Harte und weiche Standortfaktoren

Betriebe wählen ihre Standorte nach verschiedenen Kriterien aus. Um kostengünstig produzieren zu können, muss der Standort bestimmte Ansprüche erfüllen. Harte Standortfaktoren wirken auf die Kosten eines Betriebes unmittelbar ein. Weiche Standortfaktoren lösen keine Kosten aus, können aber die Wahl des Standortes beeinflussen. Sie bestimmen die Lebensqualität in einer Region.

2 Begründet die Bedeutung der Standortfaktoren bei der Ansiedlung eines Betriebes.

Warum sind Betriebe für eine Region wichtig?

Ein Betrieb sichert Arbeitsplätze und Einkommen für die Bewohner. Er stellt Ausbildungsplätze für junge Menschen zur Verfügung, bietet also eine Perspektive für die Zukunft. Betriebe zahlen Steuern in die Kasse des Ortes. Auch das Freizeit- Kultur und Sportangebot einer Region wird von den Betrieben mitgestaltet.

3 Erklärt die Bedeutung der Betriebe für eine Region.

Sprachspeicher

Unternehmen/Betriebe siedeln sich an ▪ die Standortfaktoren ▪ die Infrastruktur ▪ die Versorgung sicherstellen ▪ kostengünstig produzieren

3: Arbeitsplätze sichern ▪ Ausbildungsplätze bieten ▪ Steuern zahlen ▪ Freizeitangebote mitgestalten

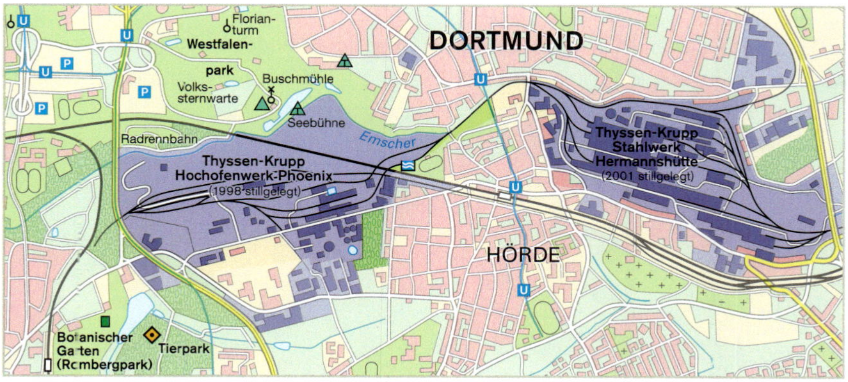

[2] *Das ehemalige Industriegebiet in Dortmund.* Grafik.

[3] *Der Plan für das neue Projekt „Phoenix Park" und „Phoenix See". Grafik.*

4 Vergleicht die Abbildungen [2] und [3]. Was stellt ihr fest?

Ein Stadtteil im Wandel

Der neue Stadtteil PHOENIX ist von der Dortmunder Innenstadt nur 5 Kilometer entfernt. Zudem hat er sehr gute Anbindung an den Flughafen und an verschiedene Autobahnen. Wo früher ein Stahl- und Hüttenwerk stand, steht heute ein sehr moderner Stadtteil. Man bezeichnet ihn auch als einer der größten **Innovationsstandorte** in Deutschland. Seit 2010 entsteht dort ein **neuer Wirtschaftsraum**. Insbesondere die Hightech-Unternehmen (Computertechnik, Software, Multimedia) siedeln dort an. Außerdem bietet der Ort einen **hochwertigen Lebensraum** für die Menschen mit **Wohnen und Freizeit im Grünen**. Der künstlich angelegte See dient für viele Menschen als ein **Naherholungsort**.

5 Erklärt am Beispiel PHOENIX den Wandel eines Stadtteils.

Wählt einen der folgenden Arbeitsaufträge aus:

- ☒ Stellt in einer Tabelle die Standortfaktoren am Beispiel von Abbildung [3] zusammen.
- ☒ Ein Unternehmen sucht nach einem günstigen Standort. Begründet in einem kurzen Text warum Dortmund-Phoenix eine gute Wahl ist.

Was ihr noch tun könnt:

→ Erkundet gemeinsam ein Gewerbegebiet in eurer Nähe. Welche Standortfaktoren spielten bei der Ansiedlung der Betriebe eine Rolle?

Sprachspeicher
die Innovation >> der Innovationsstandort, ein Hightech-Unternehmen, hochwertigen Lebensraum bieten, als Naherholungsort dienen

Methode Einen Stadtplan lesen

Der Stadtplan

Ein Stadtplan (oder Ortsplan) hilft dir dabei, dich schnell zu orientieren. Damit kannst du Wege gut beschreiben. Es gibt Planquadrate, die mit Zahlen (längs) und Buchstaben (quer) beschriftet sind. Sie erlauben es, eine Straße oder ein Gebäude schnell zu finden („A1, A2"...). Wichtige Gebäude und Parkplätze sind deutlich hervorgehoben.

[1] *Stadtplan von Münster.* Karte.

1. Schritt **Ausschnitt erkennen**

- Beschreibt den auf der Karte gezeigten Ausschnitt.

2. Schritt **Legende und Maßstab lesen**

- Informiert euch in der Legende über die Farben, Symbole und den Maßstab des Planes.
- Fasst die Zahlenangaben des Maßstabes in Worte („Ein Zentimeter auf der Karte entspricht x Metern in der Wirklichkeit“).

3. Schritt **Himmelsrichtungen zuordnen**

- In der Regel ist ein Pfeil für die Nordrichtung eingetragen. (Wenn nicht, könnt ihr davon ausgehen, dass oben auf dem Plan Norden ist. Man sagt: „Die Karte ist eingenordet.“)

4. Schritt **Ziele mit den Planquadraten finden**

- Die Karte ist durch ein Gitternetz aufgeteilt. Die einzelnen Gitterfelder nennt man Planquadrate.
- Sucht wichtige Gebäude, große Straßen und Plätze und benennt deren Lage durch die Buchstaben und Ziffern der Planquadrate (Beispiel: „Das historische Rathaus liegt im Planquadrat ...“).

[2] *Der Prinzipalmarkt in Münster.* Foto.

[3] *Der Aasee in Münster.* Foto.

[4] *Der Dom in Münster.* Foto.

1 Sucht auf der Karte von Münster [1] die Gebäude aus den Bildern [2] bis [4]. Nennt die Planquadrate, in denen sie liegen.

2 Messt die Strecke (Luftlinie) zwischen dem Hauptbahnhof und ... Beschreibt den einfachsten Weg zwischen diesen beiden Orten.

Was ihr noch tun könnt:

→ Findet weitere Gebäude auf dem Stadtplan von Münster, deren Lage euer Banknachbar mithilfe der Planquadrate benennen soll.

Sprachliche Formulierungshilfen / Tipps

1. Schritt: *Der Ausschnitt stellt ... dar* ▪ *... wird begrenzt von ...* ▪ *Am rechten/linken/oberen/unteren Rand*
2. Schritt: *Die Strecke auf der Karte ...* ▪ *... entspricht ...* ▪ *ist vergleichbar mit ... in der Wirklichkeit*
3. Schritt: *Norden ist in dem Fall ...* ▪ *... ist eingenordet; Auf der Karte ist ...*
4. Schritt: *... liegt im Feld ...* ▪ *... ist unter Planquadrat ... zu sehen / zu finden*

Leben in der Stadt

Welche Vor- und Nachteile hat das Leben in der Stadt?

[1] *Die Innenstadt von Köln.* Foto.

1 Beschreibt das Foto.

[2] *Äußerungen von Kindern, die in der Stadt aufwachsen.* Foto.

2 Lest die Aussagen der Kinder mit verteilten Rollen. Schreibt die Argumente für das Leben in der Stadt in Stichworten auf.

3 Beschreibt das Aussehen und die Vorzüge einer Stadt in der Nähe deines Wohnortes (oder deiner eigenen Stadt).

Sprachspeicher
Diese Wörter könnten dabei vorkommen: wenig Platz ▪ viele Menschen ▪ die Einkaufsläden ▪ die Touristen ▪ die Arbeitsplätze ▪ die dichte Bebauung ▪ das hohe Verkehrsaufkommen ▪ die Einkaufsmöglichkeiten ▪ die Freizeiteinrichtungen ▪ der öffentliche Nahverkehr ▪ die öffentlichen Verkehrsmittel

[3] *Die Autobahn in Essen, Ruhrschnellweg*. Foto.

Städte werden größer

Die Einwohnerzahlen der Städte in Nordrhein-Westfalen steigen. Immer mehr Menschen ziehen dorthin, weil sie dort ihre Arbeitsstellen haben. An den Stadträndern entstehen neue Siedlungsgebiete, in denen Häuser und Wohnungen gebaut werden.

Umweltbelastungen

Gleichzeitig nimmt der Straßenverkehr in den Städten durch Autos, Zulieferer, Pendler und Tagesbesucher aus der Region und dem Umland zu. Das führt zwangsläufig zu mehr Staus und Unfällen. Die Luftverunreinigungen durch Autoabgase und der Lärm können schwere Erkrankungen verursachen.

Für die Autofahrer wird es immer schwerer einen Parkplatz im Stadtgebiet zu finden. Auf der Suche danach fahren sie zusätzliche, eigentlich unnötige Wege durch die Stadt. Aus diesem Grund müssen immer mehr Tiefgaragen und Parkhäuser gebaut werden.

4 Nennt Folgen für Umwelt, die durch das Anwachsen der Städte entstehen.

Menschenmassen

Ob beim Stadtfest, im Fußballstadion, beim Einkaufen oder in der U-Bahn – je größer die Stadt, desto größer sind die Menschenmengen. Viele Menschen fühlen sich dabei nicht sicher. Sie befürchten Unfälle beim Gedränge an der U-Bahn-Station oder Taschendiebstähle bei Massenveranstaltungen. Manche bekommen auch Panikattacken, weil sie sich eingeengt und bedrängt fühlen.

Wohnungsnot

Weil die Zahl der Stadtbewohner steigt, wächst auch die Nachfrage nach Wohnungen. In der Innenstadt gibt es kaum noch Platz. Durch die wachsende Nachfrage nach Wohnungen steigen aber auch die Mietpreise. Die Suche nach bezahlbaren Wohnungen wird immer schwieriger, besonders für Menschen mit geringem Einkommen.

5 Begründet den Anstieg der Mietpreise.

Wählt einen der folgenden Arbeitsaufträge aus:

- Notiert die Ängste mancher Personen vor großen Menschenmengen.
- Sammelt Argumente für und gegen das Leben in der Stadt. Führt ein Streitgespräch in der Klasse vor.
- Gestaltet ein Protestplakat gegen die Luftverschmutzung in der Stadt und formuliert eine knappe Forderung zur Lösung dieser Problematik.

Sprachspeicher

4: *Folgende Begriffe sollten vorkommen:* der Stau • der Lärm • die Abgase • das hohe Verkehrsaufkommen

5: Wenn immer mehr Menschen eine Wohnung suchen, dann …

Leben auf dem Land

Welche Vor- und Nachteile hat das Leben auf dem Land?

[1] *Lennestadt-Kirchveischede im Sauerland*. Foto.

1 Beschreibt das Foto.

[2] *Äußerungen von Kindern, die im Dorf aufwachsen*. Foto.

2 Lest die Aussagen der Kinder mit verteilten Rollen. Schreibt die Argumente für das Leben auf dem Land in Stichworten auf.

3 Beschreibt das Aussehen und die Vorteile eines Dorfes in der Nähe deines Wohnortes (oder deines eigenen Dorfes).

Sprachspeicher

Diese Wörter könnten dabei vorkommen: viel Platz • die Gemeinschaft • die Vereine • die Touristen • die Wanderer • die Landschaft • die frische Luft • der wenige Verkehr • das Radfahren • das Skaten • die Busverbindungen • die Bauernhöfe • die Familie • die Tiere

[3] *Zum Verkauf stehendes Haus in Monschau.* Foto.

4 Beschreibt das Bild [3] und die Stimmung, die es verbreitet.

Dörfer ohne Bauern

Früher lebten die meisten Menschen auf dem Land. Vor 200 Jahren waren drei von vier Familien in der Landwirtschaft tätig. Sie produzierten Lebensmittel, mit denen sie auch die Städte versorgten. Die Menschen arbeiteten auf den Feldern rund um ihr Dorf. Zusätzlich entstanden in den Dörfern Handwerksbetriebe, die Arbeitsplätze boten, wie Tischler, Müller, Schmiede, Bäcker und Metzger. Heute arbeiten nur noch drei von hundert Familien in der Landwirtschaft. In den Dörfern gibt es kaum noch Handwerksbetriebe und immer weniger Arbeitsplätze. Die Menschen verlassen die Dörfer und ziehen in die Stadt. Man bezeichnet es auch als „Landflucht".

Sinkende Einwohnerzahl

Die Folgen der „Landflucht" sind vielfältig: Geschäfte, Bäckereien und Metzgereien schließen. Viele junge Familien ziehen weg, deswegen stehen oft Schulen und Kindergärten leer. Sinkt die Zahl der Patienten, schließt auch die Praxis des örtlichen Hausarztes.

5 Begründet den Zusammenhang zwischen dem Sinken der Einwohnerzahl und der sinkenden Zahl der Bauern in den Dörfern.
> Sprachspeicher

Wunsch nach Mobilität

Wenn man auf dem Land wohnt, dann ist man häufig auf das Auto angewiesen. Die Wege zur Arbeit, zum Supermarkt, zur Post, zum Arzt und zu den Freizeitaktivitäten können in der Regel nicht mit öffentlichen Verkehrsmitteln zurückgelegt werden. In vielen Dörfern fahren die Busse nur sehr selten oder unregelmäßig. Viele Familien haben ein oder zwei Autos, um die Mobilität* aller Familienmitglieder zu sichern.

6 Begründet, warum man auf dem Land in der Regel auf ein Auto angewiesen ist.

Wählt einen der folgenden Arbeitsaufträge aus:

- Notiert die Folgen der „Landflucht" in Stichworten.
- Sammelt Argumente für und gegen das Leben auf dem Land. Führt ein Streitgespräch in der Klasse vor.
- Entwerft ein Protestplakat gegen die „Landflucht".

Was ihr noch tun könnt:

→ Diskutiert in der Klasse darüber, ob ihr lieber in der Stadt oder auf dem Land leben wollt.

* *die* **Mobilität:** die Beweglichkeit von Personen und Gütern im geographischen Raum

Sprachspeicher
4: *Benutzt auch diese Begriffe:* die leerstehenden Gebäude · keine Menschen · unbewohnt
5: Wenn es in den Dörfern weniger Einwohner gibt, dann ...

APP

Methode Eine Umfrage durchführen

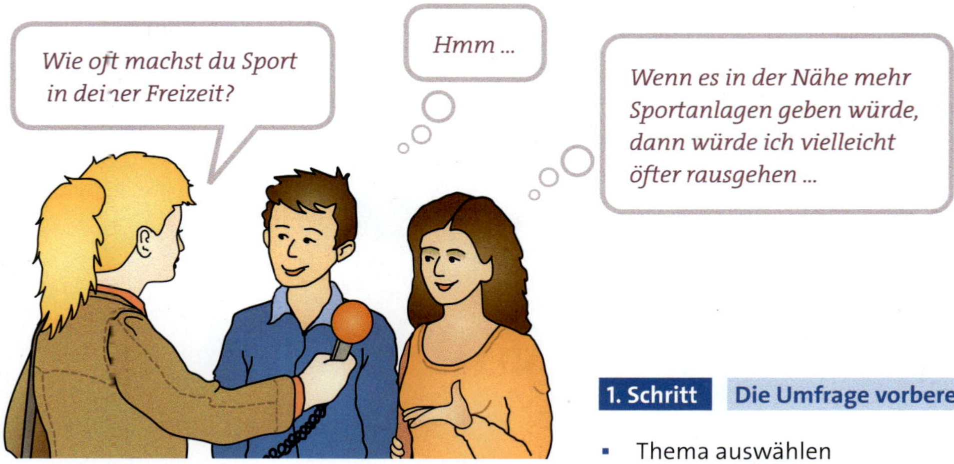

[1] *Umfrage in der Fußgängerzone.*

Befragungen

Umfragen gibt es zu fast allen Lebensbereichen. Hier werden Stimmungen und Meinungen wiedergegeben oder es wird über Erfahrungen berichtet. Die Ergebnisse sind von vielen Zufällen abhängig. Es ist z.B. nicht egal, ob man zu Hause in Ruhe einen Fragebogen ausfüllen kann oder ob auf der Straße plötzlich jemand da steht und einen mit Fragen überfällt. Auch hängt manches davon ab, ob man nur zwischen einer kleinen Auswahl vorgegebener Antworten wählen darf oder seine Meinung frei äußern kann.

[2] *Ein Fragebogen.*

1 Findet ein Thema aus dem Freizeitbereich, zu dem ihr eine Umfrage durchführen wollt.

2 Erstellt dazu einen Fragebogen und führt die Umfrage mithilfe der Arbeitsschritte durch.

1. Schritt – Die Umfrage vorbereiten

- Thema auswählen
- Fragen sammeln und ordnen
- Anzahl der Fragen festlegen
- äußere Form bestimmen: z.B. schriftlicher Fragebogen oder mündliche Befragung; Auswahlantworten vorgeben oder frei antworten lassen
- Fragen formulieren
- Reihenfolge festlegen
- Erlaubnis einholen (Schulleitung, Veranstalter …)

2. Schritt – Die Umfrage durchführen

- sich vorstellen und den Sinn der Befragung erklären
- höflich und freundlich bleiben, sich bedanken
- nicht drängen, nicht beeinflussen (z.B. durch Gesichtsausdruck, Bemerkungen, gut gemeinte Tipps)

3. Schritt – Die Ergebnisse auswerten

- Antworten sichten und sortieren
- Strichliste für jeweils dieselben Antworten machen
- Präsentationsform festlegen (mdl. Vortrag, Schülerzeitung, Internet; Tabelle, Diagramme)
- Zahlenwerte evtl. in Prozente umrechnen

4. Schritt – Die Ergebnisse präsentieren

- Diagramme bzw. Tabellen erstellen
- Ergebnisse vorstellen und erläutern
- Rückfragen aus dem Plenum klären und diskutieren
- Unklarheiten, Missverständliches usw. im Ablauf sowie Verbesserungsvorschläge notieren

Freizeitgewohnheiten

1. Gib an, was du hiervon am liebsten machst:

☐ Fernsehen ☐ Internet
☐ Sport ☐ Freunde treffen

2. Nenne deine Lieblingsbeschäftigung:

____
____
____

3. Wie viele Stunden pro Tag sitzt du am Computer:

☐ 1–2 ☐ 3–4 ☐ mehr

4. Zur Person

☐ Mädchen
☐ Junge
☐ 10–12 Jahre
☐ 13–15 Jahre

5. Wie oft machst du Sport in der Woche?

☐ 1x ☐ 2–3x ☐ gar nicht

6. Gibt es Sportplätze in der Nähe deines Wohnortes, die du frei benutzen kannst?

☐ ja ☐ nein ☐ ich weiß es nicht

7. Wie oft würdest du diese Sportplätze in der Woche nutzen?

☐ 1–2x ☐ so oft wie möglich ☐ gar nicht

Danke für die Beantwortung der Fragen!

[3] *Musterfragebogen der Klasse 5b.*

Mit dem Fragebogen könnte auch ermittelt werden, wie viele von den befragten Personen einen frei benutzbaren Sportplatz in der Nähe haben und wie oft sie diese Plätze nutzen würden. Solche oder ähnliche Fragebögen könnt ihr auch für andere Themenbereiche anfertigen.

Eine Auswertung der Umfrage könnte so aussehen:

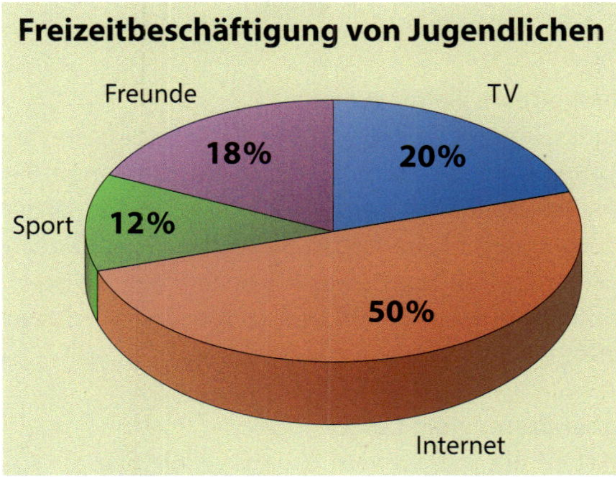

[4] *Beispiel: Kreisdiagramm.*

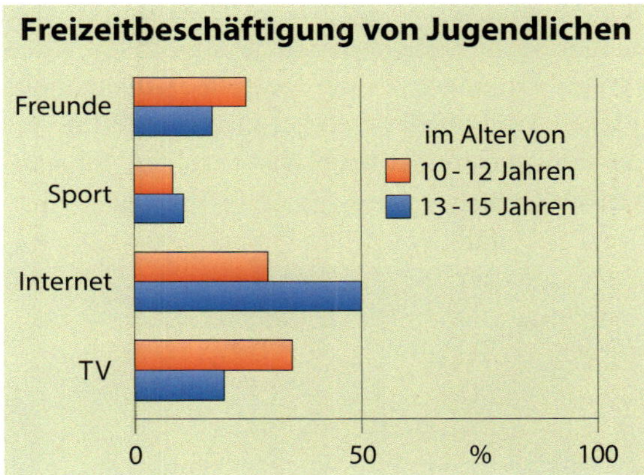

[5] *Beispiel: Balkendiagramm.*

Ein Tipp: Viele Textverarbeitungsprogramme verfügen über einen Programmteil, mit dem man einfache Diagramme erstellen kann.

Ehrenamtlich aktiv werden

Eine besondere Form der Freizeitgestaltung ist das Ehrenamt. In vielen Bereichen ginge heute nichts mehr ohne die Mithilfe von Ehrenamtlichen. Ihr könnt auch eine Umfrage über ehrenamtliche Tätigkeiten eurer Mitschüler durchführen.

MK **3** Wertet die Umfrage aus und gestaltet eine Präsentation.

Wahlseite Dörfer ohne Jugendliche

1 Informiert euch auf dieser Seite über die Überalterung in den Dörfern.

2 Präsentiert eure Ergebnisse in geeigneter Form in der Klasse.

Junge Leute ziehen weg

Junge Erwachsene zwischen 18 und 24 Jahren verlassen in großer Zahl die ländlichen Regionen. Sie **suchen** anderswo **bessere** Bildungs- oder **Ausbildungsmöglichkeiten**. Man nennt sie deshalb auch „Bildungswanderer". Sie sind nicht mehr so stark mit ihrem Heimatdorf verbunden und wechseln öfter den Wohnort.

Überalterung der Dörfer

Ziehen die Jungen vom Land weg, bleiben die Alten zurück. Die Dörfer „überaltern": In manchen Ortschaften sind **die meisten Menschen** bereits **über 50 Jahre alt.** Spielplätze, Straßen und Häuser werden nicht mehr repariert und verfallen. Auch Vereine können z.B. ihre Sportplätze nicht mehr pflegen. Weil immer weniger junge Leute im Verein sind und monatlich etwas bezahlen, fehlt ihnen das Geld.

[1] *Ein mobiler Supermarkt bedient Dörfer, in denen es keine Einkaufsmöglichkeiten mehr gibt.* Foto.

[2] *In einem ruhigen Dorf.* Foto.

Tipps für die Erarbeitung

- Ihr könnt beim Lesen die Schritte des Lese-Profis anwenden. Was habt ihr über die Überalterung der Dörfer erfahren?

Tipps für die Präsentation

- Stellt in einem Kurzvortrag dar, warum viele Dörfer überaltert sind. Nennt Beispiele.

Wahlseite Fahrradstadt Münster

1 Informiert euch auf dieser Seite über die Fahrradstadt Münster.

2 Präsentiert eure Ergebnisse in geeigneter Form der Klasse.

[1] *Fahrräder in der Innenstadt von Münster.* Foto.

[2] *Das Parkhaus für Fahrräder am Bahnhof.* Foto.

Mit dem Fahrrad durch Münster

Das Fahrrad, auch „Leeze" genannt, ist das meistgenutzte Fortbewegungsmittel in Münster. Auf die 300 000 Einwohner kommen über eine halbe Million Fahrräder.

In Münster gibt es kaum Steigungen, das erleichtert das Radfahren für jede Altersgruppe. Keine Stadt in Deutschland hat seine Radwege so gut ausgebaut wie Münster. Der Ring um die Innenstadt ist für Autofahrer gesperrt, sodass die Fahrräder Vorfahrt genießen. Das ist einzigartig in Europa.

Für das Abstellen der Fahrräder gibt es in der Innenstadt zahlreiche Stellplätze. Mit rund 3500 Stellplätzen besitzt Münster sogar das größte Fahrradparkhaus Deutschlands. Hier sind auch Schließfächer vorhanden, in denen man Einkaufstaschen, Regenkleidung oder Fahrradhelme sicher aufbewahren kann.

Radfahren im Stadtverkehr

In Münster gibt es zahlreiche **Sonderregelungen** und **Vorteile für Radler**: An den großen Kreuzungen sind eigene Fahrspuren und Ampeln für den Radverkehr angelegt.

Außerdem gibt es mittlerweile 11 Fahrradstraßen, auf denen der Radverkehr grundsätzlich Vorrang hat. Eigene Radparkplätze prägen auch das Stadtbild.

[3] *Grüner Pfeil für Radfahrer.* Foto.

Radverkehr und Umweltschutz

Da viele Münsteraner ihre Wege mit dem Rad zurücklegen und immer weniger Menschen das Auto im Stadtverkehr benutzen, wird damit die Umwelt geschützt. Dafür wurde die Stadt bereits mehrfach mit Umwelt- und Nachhaltigkeitspreisen ausgezeichnet. So zum Beispiel 2006, als sie zur „Bundeshauptstadt im Klimaschutz" gewählt wurde.

Tipps für die Erarbeitung

- Arbeitet aus dem Text die Gründe heraus, warum Radfahren in Münster so attraktiv ist. Notiert Stichpunkte.

Tipps für die Präsentation

- Stellt in einem Kurzvortrag dar, warum Münster zur „Bundeshauptstadt im Klimaschutz" gewählt wurde.

Wahlseite Stadt und Umland

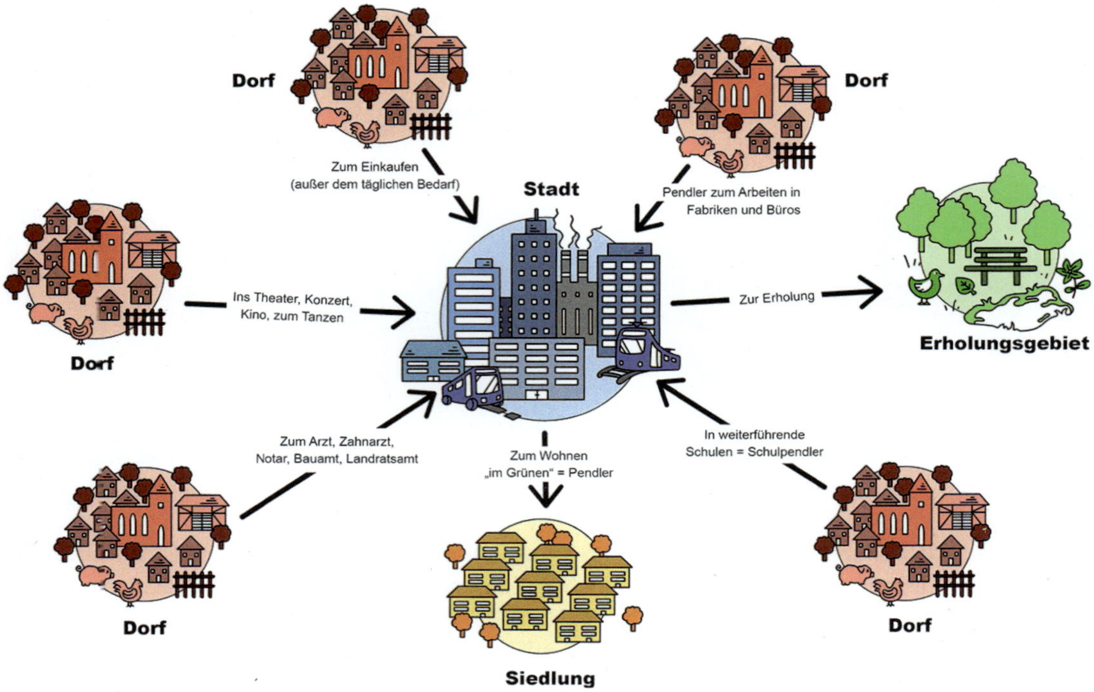

[1] *Stadt und Umland sind miteinander verflochten.* Grafik.

1 Informiert euch auf dieser Seite über die Beziehungen zwischen Stadt und Umland.

2 Präsentiert eure Ergebnisse in geeigneter Form in der Klasse.

Angebote in der Stadt

Städte und Dörfer, die sie umgeben, sind eng miteinander verflochten. Aus allen Richtungen fahren die Menschen jeden Tag zu ihrem Arbeitsplatz in die Stadt. In der Gegenrichtung sind vor allem die Erholungsgebiete im Umland bei den Stadtbewohnern beliebte Ziele.

Zusätzlich gibt es in der Stadt Angebote, die man auf dem Land nicht findet: Einkaufszentren, Geschäfte, Theater, Kinos, Fachärzte, weiterführende Schulen, Bahnhöfe oder sogar Flughäfen. Diese Einrichtungen werden sowohl von der Stadtbevölkerung als auch von den Menschen des Umlandes genutzt.

Ein Beispiel: Paderborn und Kirchborchen

Von Kirchborchen nach Paderborn ist es nicht weit. Mit dem Linienbus, der stündlich fährt, braucht man etwa 20 Minuten bis zum Hauptbahnhof Paderborn. Mit dem Auto braucht man lediglich zehn Minuten bis zur Stadtgrenze. Der Radweg ist beschildert und gut ausgebaut.

Alle Angebote und Einrichtungen der Stadt sind für die Kirchborchener gut erreichbar. Außerdem liegt der Ort unmittelbar an einer Autobahn, was das Dorf für Pendler interessant macht. Man wohnt ländlich fern dem Stadtlärm, kann aber morgens bequem zur Arbeit fahren.

Aus diesen Gründen ist die Einwohnerzahl von Kirchborchen in den letzten 50 Jahren von 2203 auf 4324 gestiegen. Es sind neue Geschäfte und Betriebe ins Dorf gekommen. Die Grundschule und der Kindergarten wurden vergrößert.

Tipps für die Erarbeitung
- Erläutert das Schaubild [1] mithilfe des Textes.
- Macht deutlich, warum Stadt und Umland aufeinander angewiesen sind.

Tipps für die Präsentation
- Zeichnet ein ähnliches Schaubild über eure Stadt oder Gemeinde und stellt anhand der Zeichnung die Verflechtung zwischen Stadt und Umland dar.

☒ Wahlseite Pendler

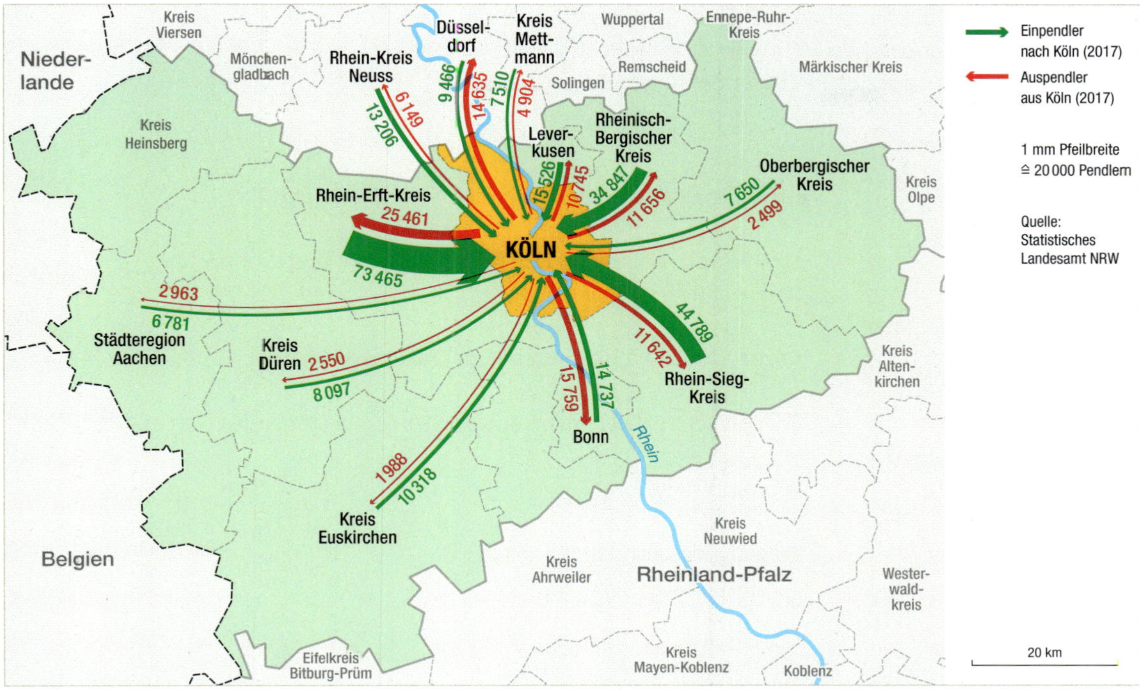

[1] *Pendler im Raum Köln.* Karte.

1 Informiert euch auf dieser Seite über Pendler.

2 Präsentiert eure Ergebnisse in geeigneter Form in der Klasse.

Die Pendler – Reisende zwischen Wohnort und Arbeitsplatz

Jeden Morgen verlassen Kinder und Jugendliche ihr Zuhause, um mit dem Bus, dem Fahrrad oder zu Fuß in die Schule zu gelangen. Im Laufe des Nachmittags kommen sie auf gleichem Weg auch wieder zurück. Erwachsene machen es im Prinzip genauso, wenn sie werktags oder während einer ganzen Woche zwischen ihrem Wohnort und ihrem Arbeitsplatz hin- und herfahren. Dies nennt man „pendeln".

Die Ursachen sind vielfältig: Manche wohnen ganz bewusst im Umland und gehen nur zur Arbeit in die Stadt. Sie wohnen im Grünen und bezahlen auf dem Land günstigere Wohnungsmieten. Andere müssen „pendeln", da sie ihre Arbeitsstelle gewechselt haben und ihrer Familie keinen Umzug zumuten wollen.

Jeden Morgen parke ich an der S-Bahn-Haltestelle, um mit der Bahn in die Stadt zur Arbeit zu fahren. Die ist oft so überfüllt, dass ich stehen muss.

Ich wohne in der Stadt, arbeite aber außerhalb im Landkreis. Ich fahre mit einem Kollegen in einer Fahrgemeinschaft. Das spart Sprit.

Meine Arbeit ist am anderen Ende der Stadt. Im Sommer fahre ich mit dem Rad. Im Winter nutze ich die Busse oder die Straßenbahn. Günstig sind die Fahrpreise wirklich nicht.

[2] *Drei Pendler berichten*

Tipps für die Erarbeitung
- Wertet die Karte [1] aus und stellt die Pendler-Ströme aus und nach Köln dar.
- Erklärt allgemein was „Pendeln" ist.

Tipps für die Präsentation
- Befragt Schüler an eurer Schule, die jeden Tag pendeln müssen, zu ihrer Situation.
- Stellt die Ergebnisse der Umfrage in der Klasse vor.

Das kann ich!

Versucht zunächst, die Aufgaben auf dieser Doppelseite zu lösen, ohne im Kapitel nachzusehen. Wenn ihr Hilfe braucht, könnt ihr bei den Aufgaben auf den in Klammern angegebenen Seiten nachschlagen.

- *der* Pendler
- *die* Land|flucht
- *die* Urbanisierung
- *die* Besiedlung(s)|dichte
- *das* Ballung(s)|gebiet
- *das* Stadt|viertel

[1] *Begriffe und Bedeutung*

- Dicht besiedeltes Gebiet mit mehreren Großstädten
- eine Person, die regelmäßig zwischen Arbeit und Wohnort hin- und herfährt
- Anzahl der Einwohner auf einem Quadratkilometer
- Ein überschaubares, aus wenigen Straßen bestehendes Gebiet einer Stadt
- Verstädterung
- Wegzug vom Land in die Stadt

[2] *Luftbild von Dortmund*

[3] *Titelmotiv einer Zeitschrift*

„Wir ziehen bald in die Stadt. Ich denke, dass die Mieten dort günstiger sind. Es gibt dort schließlich sehr viele Wohnungen, da gehen die Vermieter mit dem Preis sicher runter."

„Ich überlege, auf dem Dorf eine Bäckerei zu eröffnen. Ich habe dort kaum Geschäfte gesehen. Wenn ich einen Laden eröffne, müssen alle Menschen bei mir einkaufen."

„Wir wollen ins direkte Umland einer größeren Stadt ziehen. Ich bin mir sicher, dass die Verkehrsanbindung in die Stadt wirklich gut ist."

[4] *Falsche und richtige Aussagen zum Thema „Leben in Stadt und Land"*

U	m	l	a	n	d	q	w	e	r	t	z	u
x	y	x	c	v	b	V	i	e	r	t	e	l
a	S	t	a	d	t	p	l	a	n	w	q	a
y	x	c	v	b	n	m	k	j	S	t	a	u
W	o	h	n	u	n	g	s	n	o	t	o	p
U	e	b	e	r	a	l	t	e	r	u	n	g
q	w	A	b	g	a	s	e	o	i	u	h	n

[5] *Suchrätsel*

[6] *Typische Situationen aus Städten und Dörfern*

Sachkompetenz

1 Ordnet den Begriffen in [1] die richtige Erklärung zu.

2 Beschreibt das Luftbild von [2].

3 Findet im Suchrätsel [5] Begriffe aus dem Kapitel, nennt sie und schreibt sie untereinander in euer Heft.

4 Nennt auch mithilfe von [6] Vor- und Nachteile des Land- und Stadtlebens. (S. 214–217)

Methodenkompetenz

5 Erklärt mit eigenen Worten,
a) in welchen Alltagssituationen man mit einem Stadtplan umgehen können sollte.
b) wie man das Lesen eines Stadtplanes einüben kann. (S. 212/213)

6 Nennt die Schritte, wie man eine Umfrage plant und durchführt (S. 218–219).

Urteilskompetenz

7 Beurteilt mit eigenen Worten die versteckte Botschaft in der Abbildung [3]. Welche Entwicklung wird beschrieben?

8 Lest die Aussagen in [4] und begründet, welche zutreffend und richtig sind.

9 Begründet, warum immer mehr junge Familien in Nordrhein-Westfalen in die Stadt (oder einen Vorort) der Stadt ziehen.

Handlungskompetenz

10 Erstellt in Gruppen ein Poster über die nächstgelegene Großstadt. Informiert darin über Sehenswürdigkeiten und besondere Angebote für Jugendliche.

Macht und Herrschaft im Mittelalter

Leben auf der Burg
An vielen Orten in Deutschland stehen Burgen aus dem Mittelalter. Auf dem Bild seht ihr die Marksburg am Rhein.

1 Beschreibt das Bild. Welche Teile der Burg könnt ihr erkennen?
2 Berichtet, was ihr schon über Burgen wisst.
3 Notiert Fragen, die ihr zum Leben auf einer Burg habt.

Schauplatz Leben auf der Burg

Wohnsitz und Verteidigungsanlage

Burgen waren stark befestigt. Eine Burg diente nicht nur als Wohnsitz für Adelsfamilien. Im Krieg schützten sie die Bewohner und die Bauern der Umgebung vor Angreifern. Deshalb baute man Burgen häufig auf Bergkuppen oder an steilen Hängen. Auch die Marksburg war eine solche Höhenburg.

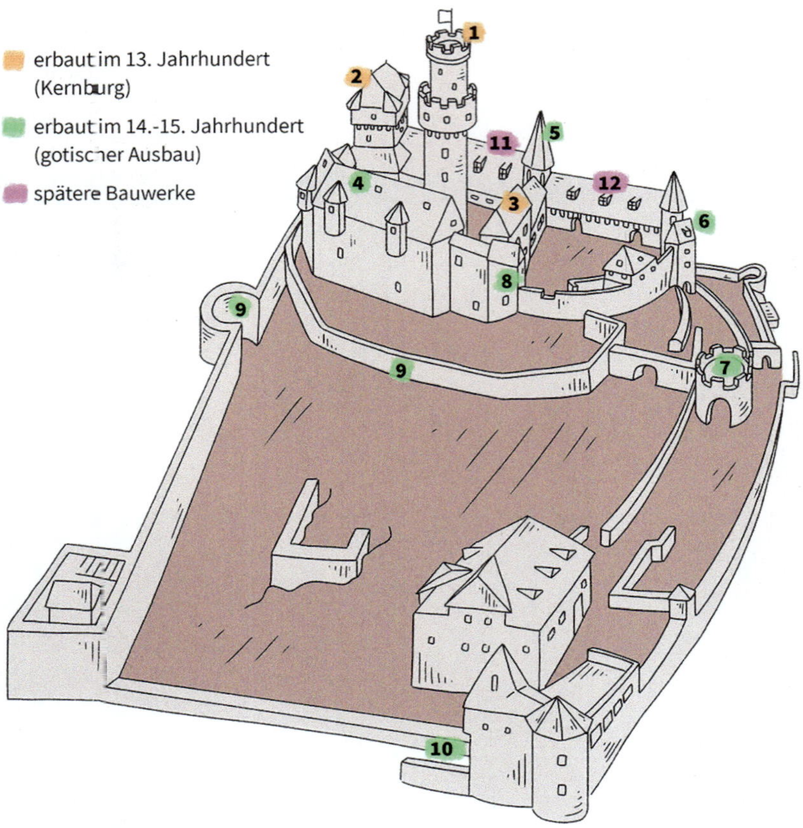

1 Bergfried

2 Kapellenturm und Ringmauer

3 Palas: Wohngebäude

4 Gotischer Saalbau

5 Pulverturm: Hier wurde das Schießpulver gelagert.

6 Vogtsturm: Hier wohnte der Verwalter der Burg.

7 Fuchstor

8 Eiserne Pforte: Dieses Tor konnte durch ein Eisengitter geschlossen werden.

9 Zwinger: Verteidigungssystem aus Mauern, Schalentürmen und Gräben

10 Zugbrückentor

11 Rheinbau: Wohngebäude

12 Große und kleine Batterie: Geschützhäuser mit Kanonen

[1] *Die Marksburg*. Plan der Burganlage.

Wie sah die Burg von innen aus?

Die Marksburg wurde im 13. Jahrhundert gebaut. Nicht alle Gebäudeteile entstanden zur selben Zeit. Immer wieder wurde die Burg im Laufe der Zeit umgebaut oder mit weiteren Bauwerken erweitert. Die Burganlage besteht aus einer Vorburg und einer Kernburg. Man betritt die Burg durch **das Zugbrückentor** (10). Von hier aus muss man durch mehrere Tore gehen, um in die Kernburg zu gelangen. Hier befinden sich die ältesten Teile der Burg. Der hohe Turm, der besonders dicke Mauer hatte, war **der Bergfried** (1). Von hier aus konnte man weit ins Land schauen und anrückende Feinde schon früh erkennen.

Im Bergfried konnten sich die Burgbewohner auch verstecken, wenn es einen Angriff gab. Das Hauptgebäude der Burg war **der Palas** (3). Darin befand sich der große Rittersaal, in dem Gäste empfangen, Versammlungen abgehalten oder Feste gefeiert wurden. Über dem **Rittersaal** lagen die Wohnräume der Familie des Burgherrn. Die beheizbaren Räume nannte man wegen ihrer Kamine **Kemenaten**. Auf der Burg gab es auch viele Wirtschaftsgebäude, die das Leben dort ermöglichten. Das waren Werkstätten, wie z.B. eine Schmiede, Ställe, Scheunen und Schuppen. Zudem gab es natürlich eine **Burgküche** und einen **Weinkeller**.

1 Erklärt die einzelnen Bauteile der Burg. Welche Aufgaben hatten sie in Kriegs- und Friedenszeiten?

APP

A

B

C

D

E

[2] *A: Das Zugbrückentor, B: der Rittelsaal, C: die Rüstungskammer, D: die Burgküche, E: die Kemenate.* Fotos.

2 Seht euch die Bilder in [2] an. Erzählt, wie ihr euch das Leben auf der Burg vorstellt.

Wie lebte man auf der Burg?

Eine Burg war ein großer Haushalt, in dem durchschnittlich 60 bis 80 Personen lebten. Sie alle brauchten Nahrung und Kleidung. Der Alltag war darauf ausgerichtet, die Versorgung zu sichern und sich für den Kampf vorzubereiten. Die Marksburg war in der Lage, sich selbst vor Feinden zu schützen. Die Waffenstube und die Rüstungskammer beinhalteten alle wichtigen Waffen, um einem Angriff standzuhalten. Der Burgherr überwachte die landwirtschaftlichen Arbeiten auf seinen Ländereien. Auch in Friedenszeiten trainierte er mit seinen Rittern. Wenn er in den Krieg zog, übernahm ein Verwalter seine Aufgaben. Die Frau des Burgherrn beaufsichtigte alle Frauen und Mädchen. Sie organisierte den Haushalt und die Herstellung von Stoffen und Kleidung. Die Erziehung der Kinder war ebenfalls ihre Aufgabe. Die Söhne verließen allerdings meistens mit 7 Jahren den Haushalt ihrer Eltern, um in einer anderen Burg als Ritter ausgebildet zu werden. Nach getaner Arbeit vertrieb man sich die Zeit gern mit Geschichten und Spielen. Sehr beliebt war das Schachspiel.

3 Beschreibt das Alltagsleben auf einer Burg.

Wählt einen der folgenden Arbeitsaufträge aus:

- Wählt einen Bauteil der Burg aus und stellt ihn in Stichworten vor.
- Entwerft eine Entdeckungstour durch die Burg. Stellt die einzelnen Stationen vor.
- Erstellt eine Tabelle über das Leben auf der Burg. Fasst zusammen, was ihr gut und was ihr schlecht findet.

APP

Orientierung

[1] *Spuren des Mittelalters in NRW.* Karte.

1 Wertet die Karte [1] aus.
- Nennt fünf Städte mit einem erhaltenen mittelalterlichen Stadtkern.
- Zählt Burgen und Klöster in Nordrhein-Westfalen auf.

Tausend Jahre Mittelalter

Heute nennt man die Zeit zwischen 500 und 1500 das Mittelalter. Diese Bezeichnung gilt aber nur für Europa – nicht für andere Erdteile. Um 1500 gab es wichtige, neue Erkenntnisse und Erfindungen, die das Leben in Europa stark beeinflussten, z. B. die Erfindung des Buchdrucks und die Entdeckung Amerikas. Am Beginn der Neuzeit bewunderte man zwei Zeitabschnitte der Geschichte besonders: die Antike (Griechen und Römer) und die eigene, gerade neu beginnend man abwertend einfach „Mittelalter".

Dabei gab es sehr unterschiedliche Abschnitte in den 1000 Jahren. Im frühen Mittelalter gab es noch keine Staaten, sondern Stämme, die von Kriegern beherrscht wurden. Dann entwickelten sich langsam Königreiche in Europa. Eine neue Religion, das Christentum, setzte sich durch. Der Glaube und die christliche Kirche prägten das alltägliche Leben der Menschen. Fast alle Menschen lebten auf dem Land, viele von ihnen in der Nähe von Burgen. Ab dem 11. Jahrhundert wurden viele Städte gegründet.

2 Seht euch die Zeitleiste auf der rechten Seite an. Über welche Ereignisse habt ihr schon etwas gehört? Was würde euch zum Thema „Mittelalter" interessieren?

3 Sammelt und notiert eure Fragen.

vor 500: Germanen erobern Rom.

▸ 500

▸ 600

▸ 700
um 750: Einführung der Dreifelderwirtschaft
um 768: Karl wird König der Franken

▸ 800
Karl der Große wird in Rom zum Kaiser gekrönt.

▸ 900
936: Otto I. wird König

▸ 1000
Beginn der Städtegründungen
1076–77: Investiturstreit zwischen Papst und Kaiser

▸ 1100
ab 1100: Rittertum entwickelt sich.
1122: Wormser Konkordat

▸ 1200
Höhepunkt höfischer Kultur

▸ 1300
ab 1300: Niedergang des Rittertums (Raubritter)
um 1350: Pest entvölkert Europa

▸ 1400

1492 Entdeckung Amerikas;
Beginn der Neuzeit

▸ 1500

[2] *Zeittafel Mittelalter.*

Das Mittelalter

Königsherrschaft im Mittelalter

Wie regierte Karl der Große sein Reich?

[1] *Reiterstatue aus Bronze, 24 cm hoch. Sie entstand um das Jahr 870 und zeigt vermutlich Karl den Großen.*

1 Beschreibt die Statue Karls des Großen [1].

Eine große Persönlichkeit

Karl der Große war einer der bedeutendsten Herrscher des Mittelalters. Er gehörte zum Stamm der Franken. Die Franken hatten ein großes Reich auf dem Gebiet errichtet, das früher zum Römischen Reich gehörte.
Geboren wurde Karl um das Jahr 747. Er starb 814 in Aachen.
Er gründete Schulen und förderte in seinem Reich Bildung, Wissenschaft und Kunst.
Im Jahr 768 wurde Karl zum König der Franken gekrönt. Er herrschte nun über das ganze Reich.

Das Reich der Franken entsteht

In den 46 Jahren seiner Regierungszeit konnte Karl das Reich der Franken auf nahezu die doppelte Größe ausdehnen. Dazu führte er zahlreiche Kriege. Jahrelang kämpfte er mit seinen Soldaten gegen die Sachsen im Osten und Norden des Reiches. Er zwang sie mit brutaler Gewalt, den christlichen Glauben anzunehmen. Der Widerstand endete erst, nachdem sich der Sachsenkönig Widukind taufen ließ. (Über die Sachsenkriege könnt ihr auf den nächsten Seiten mehr erfahren.)
Die stark befestigten Gebiete rings um die Reichsgrenzen nannte man Marken. Karl setzte dort Markgrafen ein. Ihre Aufgabe war es, feindliche Angriffe abzuwehren.

2 Beschreibt, wie Karl sein Reich regierte.

3 Betrachtet die Karte [2]. Stellt fest, welche heutigen Länder zum Reich der Franken gehörten.

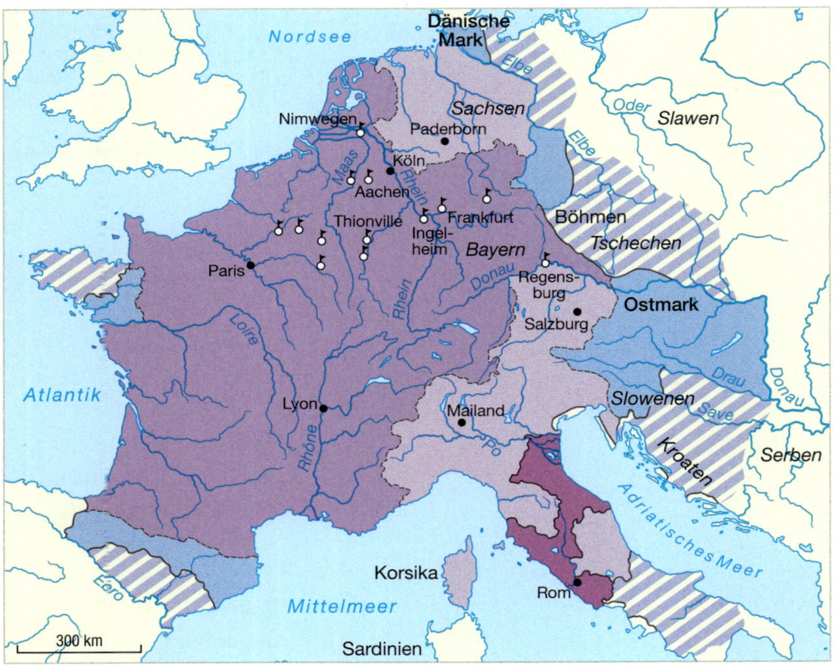

[2] *Das Reich der Franken unter Karl dem Großen.* Karte.

Sprachspeicher
ein Reich errichten • zum König gekrönt werden • Gesetze erlassen

APP

Karl der Große wird Kaiser

Der Papst in Rom hatte damals viele Gegner. Karl nutzte diese Notsituation aus und half dem Papst mit seinem Heer. Dafür unterstützte der Papst ihn beim Ausbau seiner Macht. Er krönte Karl 800 zum Kaiser. Das war ein Ehrentitel, der ihn über alle Könige erhob. König und Kaiser war Karl auf Lebenszeit.

Anstelle einer Hauptstadt gab es überall im Land königliche Burgen (Pfalzen). Wie alle Könige im frühen Mittelalter reiste auch Karl ständig von einer Pfalz zur nächsten. So behielt er sein großes Reich unter Kontrolle. Er schuf eine straffe Organisation und erließ viele Gesetze.

4 Erklärt den Begriff „Markgrafen“.

Das Lehenswesen

Karl der Große und alle anderen Könige konnten ihr Reich nicht ohne Helfer verwalten. Sie setzten für verschiedenste Aufgaben Vertreter ein.

Seine besten Gefolgsleute belohnte der König, indem er ihnen Ämter, Rechte und die Herrschaft über ein Stück Land verlieh (Lehen). Dort hatten sie dann z.B. das Recht, Abgaben und Zölle zu erheben, eigene Münzen zu prägen und selbst Gericht zu halten.

Anfangs erhielt der König das Land beim Tod des Lehensmannes zurück. Später wurden die Lehen erblich. Die Gefolgsleute (Kronvasallen) waren im Gegenzug verpflichtet, ihrem König Treue zu schwören und Kriegsdienste zu leisten. Wenn sie die Treue brachen, konnte ihnen der König das Land wegnehmen.

Die Menschen mit größerem Grundbesitz wurden Edelleute oder Adlige genannt. Bald schon gaben diese Herren Teile ihrer Gebiete unter ähnlichen Bedingungen an ihre eigenen Vertrauensleute weiter.

So entstand das Lehenswesen. Es war ein Geflecht von Vertrauen und gegenseitigen Verpflichtungen. Gleichzeitig sicherte es die Macht der Könige und Kaiser, die an der Spitze dieser „Lehenspyramide“ standen.

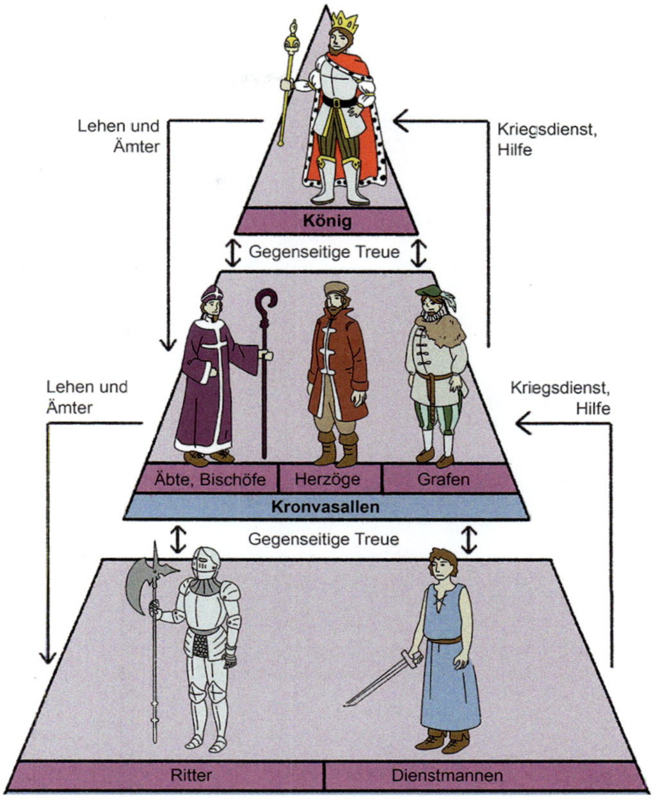

[3] *Die Lehenspyramide*. Schaubild.

5 Beschreibt wie Karl sein Reich regierte.

6 Erklärt das Lehenswesen mithilfe des Schaubildes [3].

Wählt einen der folgenden Arbeitsaufträge aus:

- Zeichnet das Schaubild [3] vergrößert als Poster für die Klassenwand.
- Zeichnet die Umrisse von Karte [2] ab. Tragt die Namen der heutigen Länder ein, die ganz oder teilweise auf dem Gebiet des früheren Reiches der Franken liegen.

Was ihr noch tun könnt ...

→ Informiert euch in den Medien über das Leben von Karl dem Großen. Bereitet eine Präsentation vor.

Sprachspeicher
sich taufen lassen • jemanden als Vertreter einsetzen • Abgaben und Zölle erheben • Gericht (über jemanden) halten • jemandem die Treue schwören • Kriegsdienst leisten

6: an der Spitze der Lehenspyramide steht ... • er verleiht ... • die Kronvasallen verleihen wiederum ... • die Untervasallen sind ... • sie leisten ...

Herrschaft durch Kreuz und Schwert

Woher nahmen die Könige ihre Macht?

[1] *Karl der Große, König der Franken, wurde im Jahr 800 zum Kaiser gekrönt.* Gemälde.

[2] *Herrschaftszeichen der deutschen Kaiser und Könige.* Foto.

1 Beschreibt die Bilder und vermutet, was die einzelnen Gegenstände bedeuten.

König aus „Gottes Gnaden"

Im Mittelalter glaubten die Menschen, dass der König von Gott eingesetzt war und aus „Gottes Gnade herrschte". Das heißt, alles was er tat, war „von Gott gewollt". Bei der Krönung erhielt ein König die folgenden Herrschaftszeichen: eine Krone, einen Reichsapfel und ein Schwert. Diese Gegenstände nennen wir auch Insignien.

Die Krone ist wohl das wichtigste Symbol eines Königs oder Kaisers. Durch die Zeremonie der Krönung wurden Könige und Kaiser in ihr Amt eingeführt. Der Reichsapfel ist eine goldene Kugel mit einem Kreuz. Die Kugel steht für die Erde, Symbol für die Weltherrschaft des Kaisers, das Kreuz ist ein Zeichen für das Bekenntnis des Kaisers zum christlichen Glauben. Das Schwert überreichte der Papst dem Kaiser bei seiner Krönung als Zeichen der weltlichen Macht, die er aus der Hand Gottes erhält. So verstand auch Karl der Große sein Reich als eine Einheit von Staat, Kirche und Religion. Bei seinen Eroberungszügen wollte er die besiegten Stämme auch zum christlichen Glauben bekehren.

2 Erklärt die Machtsymbole des Königs mit eigenen Worten.

Die Sachsenkriege

Einen besonders grausamen Krieg führte Karl der Große gegen die Sachsen, die unter anderem im heutigen Ostwestfalen lebten. Sie leisteten erbitterten Widerstand dagegen, ins Fränkische Reich eingegliedert zu werden und wollten das Christentum nicht annehmen. Im Jahr 782 ließ Karl tausende sächsischer Stammesfürsten und Adlige hinrichten. Viele Sachsen wurden gezwungen, sich taufen zu lassen. Der Krieg endete erst, als Widukind, der Anführer der Sachsen, sich 785 den Franken unterwarf und sich taufen ließ.

Sprachspeicher

von Gott eingesetzt sein • in ein Amt eingeführt werden • jemanden zum Glauben bekehren

2: die Krone steht für ... • der Reichsapfel ist ... • das Kreuz ist ein Zeichen für ... • das Schwert bedeutet ...

[3] *Franken überfallen ein sächsisches Dorf,* Illustration.

Viele Textquellen und heutige Darstellungen berichten über die Sachsenkriege.

Die Überlieferungen von historischen Ereignissen, die aus der damaligen Zeit stammen, nennen wir **Quellen**. Viele Jahre später beziehen sich Historiker oder andere Autoren auf diese Berichte und schreiben über diese Zeit. Diese Texte nennen wir **Darstellungen**.

3 Lest die folgenden zwei Texte durch. Ihr könnt dabei die Schritte der Methode „Textquellen untersuchen" anwenden (S. 165).

Einhard war Zeitgenosse von Karl dem Großen. Er schrieb um 836 n. Chr.:

„Kein anderer Krieg ist von den Franken mit ähnlicher Ausdauer, Erbitterung und Mühe geführt worden wie dieser. [...] Mord, Brand und Brandstiftungen nahmen daher auf beiden Seiten kein Ende. [...] Es lässt sich kaum beschreiben, wie oft sie (die Sachsen) besiegt wurden, wie oft sie Gehorsam versprachen. Einige Male waren sie schon so unterwürfig und schwach gemacht worden, dass sie gelobten das Christentum anzunehmen. Doch obwohl sie mehrmals bereit gewesen waren, alle gestellten Bedingungen zu erfüllen, hatten sie es meist auch ebenso eilig, das Versprochene nicht zu halten. [...]"

[4] *EINHARD, Vita Karoli Magni. Leben Karl des Großen. Aus dem Lateinischen übers. von Evelyn Scherabon Firchow. Übersetzung, Anmerkungen und Nachwort von Evelyn Scherabon Firchow. Stuttgart 1981. S. 17.*

Eine heutige Autorin (2015) berichtet so:

„[...] der Krieg gegen die Sachsen gilt als das blutigste Kapitel in der Vita Karls. Es gab dauernd Grenzstreitigkeiten [...] mit dem Volk an der östlichen Reichsgrenze. Im Jahr 772 schien es der König leid zu sein: „Karl wollte die Gefahr, die von diesen Sachsen ausging, ein für allemal gebannt wissen", berichtet Johannes Fried. Am Ende waren die Sachsen gedemütigt, unterjocht und zwangsweise zum christlichen Glauben bekehrt. [...] Karl war grausam und fromm zugleich ..."

[5] *Quelle: https://www.dw.com/de/was-uns-karl-der-große-heute-sagt/a-17391669 (Text von Birgit Görtz, 22.07.2015)*

4 Sucht das Gebiet der Sachsen in der Karte [1] auf S. 232.

5 Vergleicht die Aussagen von Einhard in Quelle [4] mit den Aussagen in Darstellung [5]. Welche Unterschiede könnt ihr feststellen?

Wählt einen der folgenden Arbeitsaufträge aus:

- Zeichnet die Krönungszeichen aus Bild [1] und [2] in euer Heft ab.
- Berichtet als Bewohner des Dorfes [3] über den Überfall.
- „Karl war grausam und fromm zugleich". Nehmt Stellung zu dieser Aussage.

Sprachspeicher
den Glauben (das Christentum) annehmen ▪ bekehrt werden

Papst und Kaiser im Machtkampf

Wer hatte das Sagen im Reich?

[1] *Otto II. deutscher König und Kaiser.* Buchmalerei.

[2] *Kaiser Otto verleiht den Bischofsstab an Adalbert (Bischof von Prag).* Relief an der Domtür von Gnesen.

1 Beschreibt das Bild [1]. Wie ist der König dargestellt?

Eine neue Herrscherfamilie: die Ottonen

Nach dem Tod Karls des Großen war das Reich unter seinen Söhnen aufgeteilt worden. Der Letzte aus der Familie der Karolinger starb im Jahre 911 ohne Erben. 919 wurde Heinrich (Herzog von Sachsen) zum ersten deutschen König gewählt.
Nachfolger Heinrichs I. wurde sein Sohn Otto I. Die mächtigen Herzöge waren aber nicht bereit, sich dem König unterzuordnen. Erst nach vielen Kämpfen mussten sie nachgeben. Otto war nun vorsichtig geworden: Wie konnte er nur dafür sorgen, dass die Herzöge sich nicht wieder gegen ihn wandten? Um die Herzogtümer in seine Gewalt zu bringen, setzte Otto dort nur noch Verwandte ein. Seinen Sohn machte er z. B. zum Erzbischof von Mainz. Bei der Suche nach Verbündeten stützte er sich immer stärker auf die Kirche. Sie sollte ihm bei der Verwaltung des Staates zur Seite stehen. Ottos Macht wurde schließlich so groß, dass er 962 zum Kaiser gekrönt wurde.

2 Erklärt, warum die Unterstützung der Kirche für den Kaiser wichtig war.

3 Beschreibt das Relief [2] genau. Was sagt dieses Bild über das Verhältnis zwischen dem Kaiser und dem Bischof aus?

Welche Bedeutung hatten die Bischöfe?

Ein Bischof hatte ein wichtiges Amt in der Kirche. Er galt als Aufseher und Beschützer seiner Gemeinde. Er entschied in allen Glaubensfragen. Im frühen Christentum wurde ein Bischof von älteren, einflussreichen Männern der Gemeinde gewählt. Seit dem 9. Jahrhundert vergaben die Könige häufig durch Lehen Landbesitz und politische Macht an Bischöfe. Sie wollten sich auf die Unterstützung der Bischöfe verlassen können und suchten sie deshalb selbst aus. In einer feierlichen Zeremonie übergab der König einem zukünftigen Bischof einen Stab und einen Ring als Symbol seiner neuen Würde. Das nennen wir auch „Investitur". Bischöfe hatten also zwei Herren: Als Geistliche richteten sie sich nach dem Papst und als Fürsten unterstanden sie dem König oder Kaiser.

Sprachspeicher
das Reich unter jemandem aufteilen ▪ etwas in seine Gewalt bringen ▪ jemandem unterstehen (untergeordnet sein)

2: die Haltung des Bischofs zeigt … ▪ der Kaiser reicht ihm … ▪ der Bischof ist dem Kaiser …

[3] *Papst und Kaiser.* Buchmalerei.

Ein Konflikt zwischen König und Papst entsteht

Um das Jahr 1000 war es üblich geworden, für ein Bischofsamt zu bezahlen. Es gab Bischöfe, die für dieses Amt nicht ausgebildet waren und sich nicht an kirchliche Regeln hielten. Papst Gregor VII, der 1076 Papst wurde, wollte dies beenden und die Bischöfe selbst bestimmen. Daraufhin kam es zu einem Machtkampf, dem Investiturstreit.

Der Höhepunkt des Streites

König Heinrich IV. setzte in Mailand einen Bischof ein, mit dem Papst Gregor VII. nicht einverstanden war. Der Papst drohte dem König mit der härtesten Strafe: dem Ausschluss aus der Kirche. Das heißt, den Kirchenbann über ihn auszusprechen. Heinrich IV. gab jedoch nicht nach und zweifelte die Rechtmäßigkeit der Papstwahl Gregors VII. an und forderte ihn auf, sein Amt niederzulegen. Daraufhin verhängte Gregor tatsächlich den Kirchenbann über Heinrich. Für den König bedeutete dies den Ausschluss aus der kirchlichen Gemeinschaft. Besonders schlimm war es, dass der Papst durch den Bann die Untertanen des Königs von ihrer Pflicht zur Treue befreite. Heinrich IV. lief Gefahr, seine Macht zu verlieren.

4 Stellt die Interessen des Königs und des Papstes in einer Tabelle gegenüber.

Der Gang nach Canossa

Um sich aus dieser schwierigen Situation zu befreien, sah Heinrich IV. sich schließlich gezwungen, den Papst um Verzeihung zu bitten. Er überquerte mit seiner Familie die Alpen und zog nach Italien. Im Januar 1077 traf er in Norditalien auf der Burg Canossa den Papst. Heinrich gab demütig seine Schuld zu und erschien im Büßerhemd vor dem Papst. Gregor blieb nichts anderes übrig, als den König wieder in die Kirche aufzunehmen. Damit war der Streit jedoch nicht beendet. Kurze Zeit später kam es wieder zum Streit, der mit Waffengewalt weitergeführt wurde.

Wie endete der Streit?

Erst der spätere König Heinrich V. einigte sich mit dem Papst über die Einsetzung der Bischöfe. Nachdem man in Worms zwei Wochen verhandelt hatte, fand man einen Kompromiss, das Wormser Konkordat (1122). Von nun an wurde ein Bischof von einer Versammlung der höchsten Geistlichen eines Bistums frei gewählt. Dann erhielt er vom König sein Lehen. Anschließend erst übergab ihm ein Vertreter des Papstes den Ring und den Stab als Zeichen der kirchlichen Gewalt.

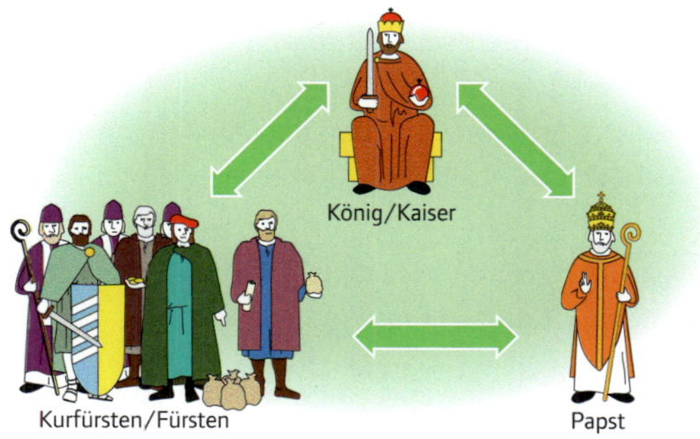

[4] *Machtverhältnisse.* Schaubild.

Wählt einen der folgenden Arbeitsaufträge aus:

- Erklärt die folgenden Begriffe: Bischof, Investitur, Kirchenbann und weltliche Macht.
- Bereitet einen Kurzvortrag zum Investiturstreit vor. Schreibt dazu Stichworte auf.

Sprachspeicher
für ein Amt bezahlen • für ein Amt ausgebildet sein •
ein Amt niederlegen • einen Bischof einsetzen •
den Kirchenbann aussprechen/verhängen (über jemanden)

Methode Textquellen vergleichen

Wie glaubhaft sind schriftliche Quellen?

Das habt ihr sicherlich auch schon erlebt: Zwei Menschen schreiben über die gleichen Ereignisse ganz verschiedene Dinge.

Sie betrachten die Sache aus unterschiedlichen Standpunkten heraus. Vielleicht sind sie davon auch persönlich betroffen oder sie berichten als Außenstehende über das Ereignis. Deshalb sollte man historische Quellen immer gründlich untersuchen und kritisch prüfen.

Beim Vergleichen von Textquellen könnt ihr so vorgehen.

1. Schritt **Fragen stellen**

- Zu welchem Thema oder zu welchem Problem kann uns die Quelle Auskunft geben?
- Was wollen wir bei der Untersuchung der Quellen herausfinden?

2. Schritt **Den Inhalt jeder Quelle einzeln erschließen**

- Untersucht zunächst jede Textquelle einzeln.

3. Schritt **Inhalte vergleichen**

- Welche Gemeinsamkeiten und Unterschiede finden wir in den Quellen?
- Welche Antworten geben die Quellen jeweils auf die in Schritt 1 gestellten Fragen?

3. Schritt **Ergebnisse formulieren und beurteilen**

- Welche Meinung zum Thema wird in den Quellen deutlich?
- Welche Absichten hatten die Verfasser der Quellen?
- Welche Wirkung sollten die Texte erzielen?
- Wie lassen sich die Unterschiede erklären?
- Wie kann man die Quellen aus heutiger Sicht mit unseren heutigen Wertvorstellungen beurteilen?
- **Sachurteil:** Meinung zu einem Problem aus der Sicht der damaligen Menschen
- **Werturteil:** Meinung zu einem Problem aus heutiger Sicht

Unterschiedliche Standpunkte zu einem Ereignis untersuchen

Zum Investiturstreit gibt es verschiedene Textquellen. Aus diesen Quellen werden die unterschiedlichen Meinungen von König Heinrich IV. und Papst Gregor VII. sehr deutlich.

Papst Gregor VII. stellte im Jahr 1075 u. a. folgende kirchenrechtliche Grundsätze auf:

1. Einzig und allein von Gott ist die römische Kirche gegründet ...
3. Er [der Papst] ganz allein kann Bischöfe absetzen und auch wieder einsetzen ...
7. Nur er darf ... neue Gemeinden gründen ..., ein reiches Bistum teilen und arme zu einem einzigen zusammenlegen.
8. Nur er verfügt über die kaiserlichen Herrschaftszeichen.
12. Der Papst kann Kaiser absetzen ...
19. Über ihn besitzt niemand richterliche Gewalt ...
27. Er kann Untertanen vom Treueid gegen ungerechte Herrscher entbinden.

[1] *Zit. nach Geschichte in Quellen, Bd. 2. hg. u. übersetzt von Wolfgang Lautermann, 3. Aufl. München (bsv) 1989, S. 91f.*

1 Untersucht die Quelle [1].

2 Arbeitet aus dem Text heraus, welche Folgen die Befolgung dieser Grundsätze für den König gehabt hätten.

Sprachliche Formulierungshilfen / Tipps:

In den Quellen wird die Meinung /Ansicht deutlich, dass ...
Der Verfasser des Textes hatte vermutlich die Absicht, ...
Mit dem Text wollte der Verfasser verdeutlichen / zum Ausdruck bringen, dass ...
Die Unterschiede lassen sich am besten an folgenden Beispielen erklären ...

Tipp: hier Zitate aus dem Text einbringen
Aus heutiger Sicht können wir sagen ... /
Nach unseren heutigen Wertvorstellungen ...

Der Papst drohte dem König mit dem Kirchenbann. Daraufhin schickte Heinrich IV. am 24.1.1076 einen Brief an den Papst:

„Wir Heinrich, durch Gottes Willen König, an den falschen Mönch Hildebrand, der nicht mehr Papst ist ... Du hast ... gedroht, uns die Kaiserkrone zu entreißen ... und nun werden von dir noch die Untergebenen gegen ihre Herren aufgehetzt ... Sei verflucht und verdammt für alle Zeiten. Ich befehle dir vom römischen Bischofsstuhl herabzusteigen, damit ein anderer ihn besteige."

[2] *Zit. nach Quellen zur Geschichte Kaiser Heinrichs IV., hg. v. Franz-Josef Schmale, Darmstadt (Wissenschaftliche Buchgesellschaft) 1963, S. 64.*

Der Brief von Heinrich IV. wurde am 14.2.1076 in Rom während einer Versammlung von hohen Geistlichen vorgelesen. Daraufhin sprach Papst Gregor VII. am nächsten Tag folgende Worte:

„Heiliger Petrus, ... durch Deine Gnade ist mir von Gott die Macht gegeben, zu binden und zu lösen im Himmel und auf Erden. Hierauf fest vertrauend, zur Ehre und zur Verteidigung Deiner Kirche, untersage ich im Namen des allmächtigen Gottes ... dem König Heinrich, der sich gegen Deine Kirche mit unerhörtem Stolze erhoben hat, die Herrschaft über das gesamte Reich ... und ich löse alle Christen von dem Band des Eides, den sie ihm geschworen haben ..., und ich verbiete, dass ihm irgendjemand wie seinem König dient."

[3] *Zit. nach Geschichte in Quellen, Bd. 2. hg. u. übersetzt von Wolfgang Lautermann, 3. Aufl. München (bsv) 1989, S. 300.*

MK **3** Untersucht die Quellen [2] und [3]. Beantwortet zu jeder Quelle die folgenden Fragen:
- Auf wen beruft sich der König Heinrich IV.?
- Was befiehlt Heinrich und was droht er an?
- Auf wen beruft sich der Papst Gregor VII?
- Was befiehlt der Papst und was droht er an?
- Warum fühlen sich beide (König und Papst) berechtigt, diese Drohungen auszusprechen?

4 Fasst eure Ergebnisse zusammen.

5 Beurteilt aus heutiger Sicht: Warum ist der Investiturstreit ein typischer Konflikt des Mittelalters? Was stand auf dem Spiel?

[4] *Papst Gregor VII. (≈1020–1085) hieß eigentlich Hildebrand. Er war zunächst Mönch und großer Anhänger der Kirchenreform. Er wurde 1073 Papst und geriet mit König Heinrich IV. in Streit.*

[5] *Kaiser Heinrich IV. (1050–1106) wurde als Kind zum König gewählt. Zunächst herrschte seine Mutter Agnes für ihn, 1065 übernahm er allein die Regierung. Heinrich war machtbewusst und festigte seine Herrschaft gegenüber den Fürsten im Reich.*

Die Gesellschaftsordnung

Was ist eine Ständegesellschaft?

[1] *Christus spricht zu den drei Ständen.*
Links oben: Tu supplex ora (= Du sollst demütig beten.)
Rechts oben: Tu protege (= Du sollst beschützen.)
Unten Mitte: Tu labora (= Du sollst arbeiten.)
Holzschnitt, 1492.

„Von Gott gewollt" – die Ständegesellschaft
Im Mittelalter bestimmte die Geburt, zu welchem gesellschaftlichen Stand* man gehörte. Es gab die Geistlichen (Bischöfe, Äbte, Priester), die Adligen (Fürsten, Herzöge, Ritter) sowie die Bauern. Im Laufe der Zeit kamen die Bürger in den entstehenden Städten zum Dritten Stand hinzu. Die Zugehörigkeit zu einem Stand galt als gottgewollt. Sie bestimmte den Zugang zu bestimmten Berufen, Rechten, Pflichten und Bildungsmöglichkeiten. Ein wichtiges Merkmal der Ständegesellschaft ist die große politische und soziale Ungleichheit zwischen den einzelnen Ständen.

1 Deutet die Abbildung [1]. Erklärt die Bedeutung der Anordnung der einzelnen Gruppen.

„Gott will es so" – Der Mönch Berthold von Regensburg predigte um 1260:
...unser Herr hat alles klug geordnet, deshalb hat er auch dem Menschen sein Leben so zugeteilt, wie er es will und nicht wie wir es wollen. Denn mancher wäre gerne ein Graf und muss doch ein Schuster sein; [...] und du wärst gerne Ritter und musst doch Bauer sein und musst uns Getreide und Wein anbauen. Wer sollte für uns den Acker bestellen, wenn ihr alle Herren wärt? Oder wer sollte uns Schuhe machen, wenn du wärst, was du wolltest? Du musst das sein, was Gott will [...]

[2] *Zit. nach: Brackert, H./Christ, H./Holzschuh,H. (Hrsg.): Literatur in der Schule, Bd. 1: Mittelalterliche Texte im Unterricht, München, 1976, S. 153 f.*

* *der* **Stand:** Bezeichnung für eine gesellschaftliche Gruppe im Mittelalter. In einen Stand wurde man hineingeboren und diese Zugehörigkeit bestimmte die Rechte und die Pflichten des Menschen für sein ganzes Leben.

2 Erklärt mithilfe von Bild [1] und Text [2], wie sich die Menschen die „von Gott gewollte Ordnung" vorstellten. **> Sprachspeicher**

Die Bauern werden unfrei
Die Szene auf der nächsten Seite in Bild [2] erklärt, wie die Bauern abhängig wurden. Sie erhielten Land, um es zu bebauen. Als Gegenleistung mussten sie aber viele Abgaben leisten und bestimmte zusätzliche Arbeiten für ihren neuen Herrn verrichten (Frondienste*). Mit der Zeit verloren sie auch immer mehr von ihrer ganz persönlichen Freiheit und waren in allem von ihrem Herrn abhängig („hörig"). Sie waren „an die Scholle gebunden", das heißt, sie durften nicht wegziehen.

* *der* **Fron|dienst:** Arbeit, die abhängige Bauern für ihren Grundherrn leisten mussten. Sie mussten zum Beispiel für ihn Holz hacken oder Gebäude reparieren.

Sprachspeicher
zu einem Stand gehören • Abgaben leisten

2: die Menschen dachten / stellten sich vor, dass ... • Gott hätte die Aufgaben für die Stände so bestimmt, dass sie ...

APP

Was bedeutet Grundherschaft?

[2] *Zwei Bauern unterhalten sich auf dem Markt:*

Konrad, freier Bauer

„Ich bin ein freier Bauer. Aber mit meinem Hof kann ich kaum meine Familie ernähren und die Steuern bezahlen!“

„Fast jedes Frühjahr muss ich Kriegsdienst leisten! Die Ausrüstung muss ich selbst bezahlen. Wenn ich weg bin, schafft meine Familie kaum die nötigsten Arbeiten. Aber falls ich hierbleibe, kostet mich das eine hohe Geldbuße.“

Widrad, höriger Bauer

„Mir ging es genauso. Deshalb habe ich dem Grundherrn den Hof übertragen. Er beschützt mich und ich muss keinen Kriegsdienst mehr leisten. Ich bin nun ein höriger Bauer.“*

„Das heißt aber, du bist nicht mehr frei! Du musst dem Herrn gehorchen, für ihn Frondienste ausführen und Abgaben leisten: Das heißt, du musst für ihn arbeiten und einen Teil deiner Ernte abliefern. Wenn du heiraten möchtest, brauchst du seine Erlaubnis. Und als Höriger darfst du den Hof niemals verlassen.“

„Das finde ich nicht weiter schlimm, denn der Herr darf uns auch nicht vom Hof verjagen. Sogar wenn er ihn verkauft, können wir bleiben. Schlimmer finde ich, dass meine Familie das beste Vieh und die beste Kleidung abliefern muss, wenn ich sterbe.“

3 Lest das Gespräch der beiden Bauern mit verteilten Rollen vor.
4 Erläutert das Schaubild [3].
5 Begründet aus der Sicht des hörigen Bauers Widrad, warum er sich in die Abhängigkeit begab.
6 Beurteilt aus heutiger Sicht: Aus welchem Grund haben freie Bauer im Mittelalter ihre Unabhängigkeit aufgegeben?

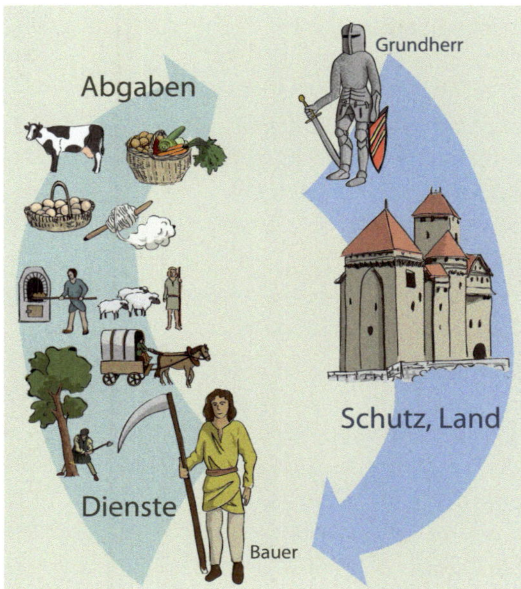

[3] *Grundherr und hörige Bauern.* Schaubild.

Sprachspeicher
4: Das Schaubild zeigt das Verhältnis von Grundherren und ... • Der Grundherr gibt ... • Der Bauer leistet ...

APP

Leben auf dem Land

[1] *Mittelalterliches Dorf.* Rekonstruktionszeichnung.

1 Beschreibt Bild [1] und erklärt die Anlage des Dorfes.

2 Erläutert die Begriffe „Allmende“ und „Brache“.

3 Erklärt, wie die Dreifelderwirtschaft funktioniert.

Innerhalb von drei Jahren wechseln wir immer die Bestellung der Äcker: Im ersten Jahr pflanzen wir Sommergetreide (Hafer, Gerste) und Hülsenfrüchte (Erbsen, Bohnen, Linsen), im Jahr darauf Wintergetreide (Roggen und Weizen). Im dritten Jahr lassen wir den Boden ausruhen. Wir brechen ihn nicht mit dem Pflug um. Das nennen wir dann Brache. Funktioniert gut! Wir haben viel bessere Ernten als früher.

Das gesamte Dorf darf die Allmende nutzen. Im Gemeindewald schlagen wir Holz und lassen die Schweine Eicheln fressen. Auf der Gemeindewiese grasen unsere Schafe und Kühe …

In letzter Zeit gibt es öfter Ärger mit dem Grundherrn. Er will am liebsten einen Zins für die Benutzung der Allmende haben. Das sehen wir aber gar nicht ein … das sind unsere alten Rechte.

[2] *Bauer Martin erklärt, was die Allmende ist.* Illustration.

Sprachspeicher
Holz schlagen • einen Acker bestellen • den Boden ruhen lassen • den Boden (mit einem Pflug) umbrechen

APP

[3] *Bäuerliche Arbeiten in den 12 Monaten des Jahres.* Buchmalerei aus einer französischen Handschrift, 1460.

Alle mussten mitarbeiten

Am wichtigsten für die Ernährung der Menschen war der Getreideanbau. Er stand im Mittelpunkt der bäuerlichen Arbeit. Rinder – später auch Pferde – dienten als Zugtiere und lieferten den Dünger für das Feld. Schweine wurden für die Versorgung mit Fleisch gehalten. Die Ernteerträge hingen sehr stark vom Wetter ab. Ein strenger Winter, Hagelschlag, ein verregneter Sommer oder eine Dürre konnten zu einer Missernte führen. Dann wurde die Nahrung knapp.

Oft starben Menschen den Hungertod. Um das Überleben zu sichern, mussten alle in der Bauernfamilie mitarbeiten – auch die Kinder.

Arbeit von klein auf

Lesen und schreiben konnten die Kinder nicht – aber dafür lernten sie, was für das Überleben der Bauernfamilie wichtig war: Schon mit fünf oder sechs Jahren mussten sie kleinere Arbeiten erledigen, zum Beispiel Kühe und Schweine hüten, Holz und Beeren sammeln. Wenn sie älter waren, mussten sie auf dem Acker helfen. Mit ungefähr zehn Jahren konnten sie schon gut mit den Haustieren und den Ackergeräten umgehen. Wenn die Eltern nicht mehr so viel arbeiten konnten, traten die Kinder immer mehr an ihre Stelle.

4 Beschreibt die bäuerlichen Tätigkeiten auf der Abbildung [3].

5 Vermutet, welche Arbeiten Kinder auf dem Hof und dem Feld übernehmen konnten.

Wählt einen der folgenden Arbeitsaufträge aus:

- Schreibt einen kurzen Text über das Leben eines Bauernjungen oder eines Bauernmädchens im MIttelalter.
- Notiert Gründe, warum Kinder als Arbeitskraft für die Eltern so wichtig waren. Vergleicht mit eurer Situation heute.

Sprachspeicher

zu einer Missernte führen • Arbeiten erledigen

Das Kloster – eine eigene Welt

Welche Bedeutung hatten die Klöster im Mittelalter?

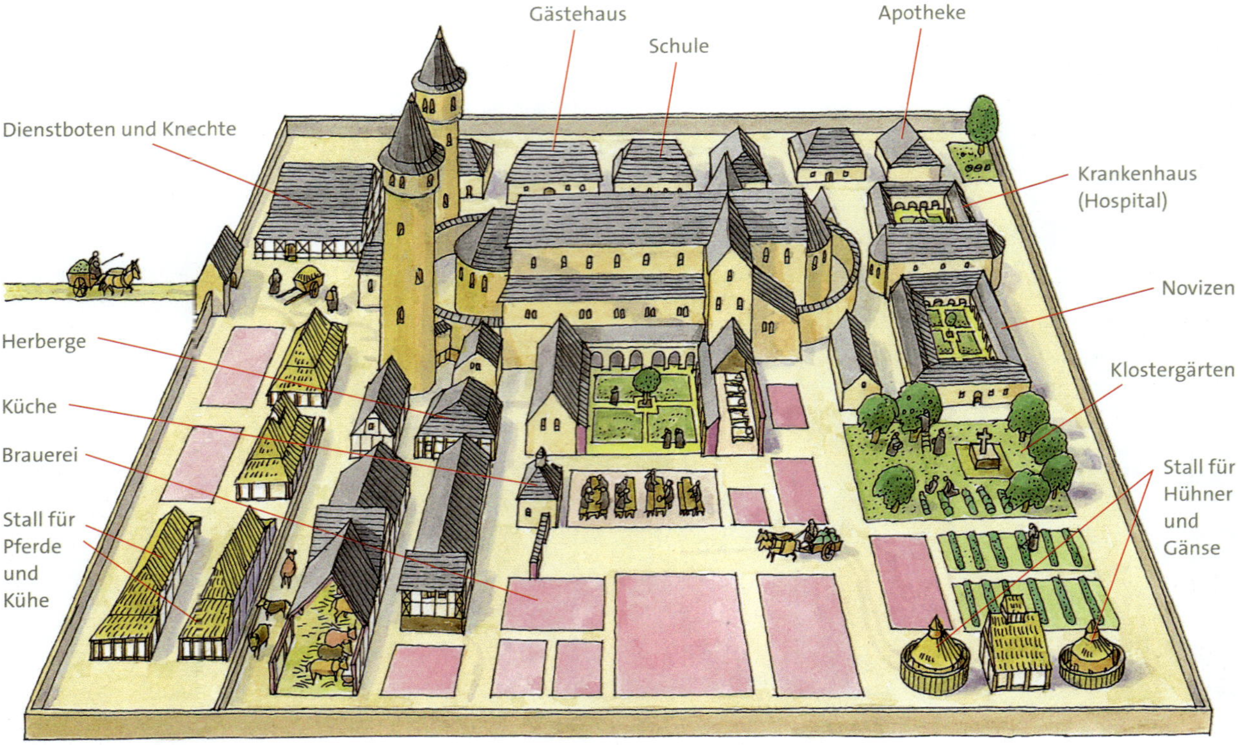

[1] *Klosterplan von Sankt Gallen.* Rekonstruktionszeichnung nach einem Plan von 820 n. Chr.

1 Beschreibt den Klosterplan [1].

Religion bestimmt das Denken

Mönche, Nonnen und Klöster sind aus unserem Alltag heute fast verschwunden. Im Mittelalter sah das ganz anders aus. Klöster spielten eine große Rolle. Das Leben der Menschen im Mittelalter war geprägt vom christlichen Glauben. Sie glaubten daran, dass es ein Leben nach dem Tod gibt. Angst vor der Hölle und Hoffnung auf das Paradies im Himmel bestimmten den Alltag. Viele Menschen waren zu einem Leben im Kloster bereit.

Wer war Benedikt von Nursia?

Benedikt von Nursia (480–547) war ein italienischer Mönch. Im Jahre 529 gründete er eine Klostergemeinschaft: die Benediktiner. Das Kloster Montecassino liegt südlich von Rom und gilt bis heute als Stammkloster des Benediktinerordens.

Ora et labora! – Bete und arbeite

Benedikt von Nursia stellte für das Zusammenleben im Kloster feste Regeln auf. Mönche und Nonnen sollten auf Eigentum und Ehe verzichten. Sie sollten gehorsam sein gegenüber dem Leiter des Klosters (dem Abt oder der Äbtissin). Wer in ein Kloster eintrat, musste dort sein Leben lang bleiben. Der Tagesablauf in einem Kloster war streng geregelt. Die Mönche und Nonnen kamen mindestens sechsmal am Tag zum Beten zusammen. Aber Benedikt war auch der Auffassung, dass Menschen mit den Händen arbeiten müssen, damit ihre Seele gesund bleibt.

2 Berichtet über die Regeln in einem Kloster.

3 Beschreibt den Tagesablauf in einem Kloster. Notiert, was euch dabei auffällt.

Sprachspeicher

der Mönch · *die* Nonne · *das* Kloster · *der* Orden · *die* Abtei · *der* Abt · *die* Äbtissin · ora et labora = bete und arbeite · *die* Novizen = junge, neu eingetretene Menschen, die noch keine Nonnen oder Mönche sind

Tagesablauf in einem Kloster

Uhrzeit	Tätigkeiten
2.00	Wecken und Aufstehen
3.00	Bibellesung
5.00	Frühgottesdienst
6.00	Frühstück und Arbeit
8.30	Gottesdienst
9.00	Arbeit
11.30	Gottesdienst
12.00	Mittagessen, Mittagsruhe
14.00	Gottesdienst
14.30	Arbeit
17.30	Gottesdienst
18.00	Abendessen
19.00	Bibellesung, Freizeit
20.00	Abendgottesdienst
21.00	Nachtruhe bis 2.00 Uhr

Sicherheit, Versorgung und Bildung

Im Laufe des Mittelalters entstanden überall in Europa Klöster. Bis zum 12. Jahrhundert lebten die Mönche und Nonnen dort nach den Regeln des Benedikt von Nursia. Danach entstanden auch noch andere Klostergemeinschaften, die man auch Orden nennt.

Besonders junge, gebildete Adlige traten dort ein. Ein Kloster war auch eine gute Möglichkeit, Jungen zu versorgen, die nichts erben konnten oder Mädchen, für die man keinen passenden Ehemann finden konnte. Die Eltern übergaben sie oft noch als Kinder dem Kloster. Dort wurden sie in der Klosterschule unterrichtet, bis sie etwa 15 Jahre alt waren. Dann wurden sie ein Jahr lang als Novizen vorbereitet. Wenn die Leitung des Klosters festgestellt hatte, dass sie geeignet waren, legten sie ein Gelübde ab und erhielten das Kleid des Mönchs oder der Nonne.

4 Zählt die Gründe auf, die Eltern dazu brachten, ein Kind im Kloster unterzubringen.

[2] *Tätigkeiten im mittelalterlichen Kloster.* Illustrationen.

Ein Kloster muss wirtschaften

Ein Kloster musste sich selbst versorgen. Die Mönche haben auch Landwirtschaft betrieben: Sie züchteten neue Obst- und Gemüsesorten, legten Fischteiche an. Ein mittelalterliches Kloster war kein Ort der Stille, sondern ein Wirtschaftshof voller Leben, Lärm und Gestank. Es gab auch Klöster, die größere Ländereien besaßen, sie waren dort die Grundherren und die Bauern, die auf dem Landbesitz des Klosters lebten, mussten für sie Abgaben leisten.

Wählt einen der folgenden Arbeitsaufträge aus:

- Entwerft ein Werbeplakat für den Eintritt in ein mittelalterliches Kloster.
- Ein Mönch oder eine Nonne bekommt nach drei Jahren im Kloster Besuch von einem Bruder. Schreibt ein Gespräch auf.
- Auch heute gibt es noch Mönche, die nach den Ordensregeln leben. Nimm Stellung, ob eine so strenge Regelung heute noch sinnvoll ist.

Sprachspeicher

das Gelübde (= ein feierliches Versprechen) • ein Gelübde ablegen • in ein Kloster eintreten • *die* Klosterschule • *die* Klosterbibliothek • *der* Klostergarten

Wahlseite Klostermedizin

1 Informiert euch auf dieser Seite über die Heilkunst der Mönche und Nonnen.

2 Präsentiert eure Ergebnisse der Klasse.

[1] *Kamille – eine Heilpflanze.* Zeichnung.

Krankenpflege als Christenpflicht

Die Verpflichtung zur **Pflege und Behandlung** von **Kranken** hatte schon Benedikt von Nursia in seine **Klosterregeln** aufgenommen. Für die Kranken gab es ein Spital im Kloster. Hier wurden auch Kranke aus der Umgebung behandelt. Klöster hatten nicht nur einen Gemüsegarten. Sie bauten auch **Kräuter und Heilpflanzen** an und stellten daraus Salben, Tee und Medikamente her. Ihre Erkenntnisse schrieben sie auf.

[2] *Salbei – eine Heilpflanze.* Foto.

Viele **Heilpflanzen**, die man im Mittelalter kannte, werden auch heute noch vergewendet. **Arnika** zum Beispiel ist in vielen **Salben** gegen Entzündungen enthalten. **Baldriantropfen** werden immer noch **zur Beruhigung** genommen. Die wohltuende Wirkung von **Salbei** ist auch bekannt, oft wird sie **als Tee** getrunken.

Ein Beispiel aus der Region: Dalheimer Klostergärten

Im Kloster Dalheim (Ostwestfalen) können wir in den historischen Gärten einen Eindruck von einem mittelalterlichen Kräutergarten bekommen. Die Beete der Heilpflanzen sind **nach mittelalterlichem Vorbild** angelegt. Aber auch andere Gartentypen werden hier gezeigt.

Zum Beispiel der ehemalige Paradiesgarten im Kreuzhof, oder der Lange Garten des Klostervorstehers. An ausgewählten Standorten erfahren wir auf Infotafeln viel Wissenswertes rund um das Thema Klostergärten. Auch einige der historischen Pflanzenarten werden vorgestellt.

[3] *oben: Kloster Dalheim. unten: Blick in einen Klostergarten.* Fotos.

Tipps für die Erarbeitung

- Ihr könnt beim Lesen den Lese-Profi anwenden. Was habt ihr über die Heilpflanzen und Klostergärten erfahren?

Tipps für die Präsentation

- Bereitet einen Kurzvortrag über eine Heilpflanze oder über einen Klostergarten vor.

Wahlseite Schreibkunst und Buchmalerei

1 Informiert euch auf dieser Seite über die Schreibkunst und Buchmalerei im Mittelalter.

2 Präsentiert eure Ergebnisse der Klasse.

[1] *Schreibender Mönch.* Buchmalerei, 15. Jh.

Das Wissen bewahren und erweitern

Lesen und Schreiben konnte man bis in das 12. Jahrhundert fast ausschließlich im Kloster lernen. Wenn ein Kloster gegründet wurde, bekam es eine Anzahl von Büchern, diese wurden dann durch Abschreiben vervielfältigt. Einige Werke wurden aber auch neu verfasst. In den Büchern wurden besonders die Anfangsbuchstaben kunstvoll verziert, diese nennen wir Initialen. So entstanden kunstvolle und sehr kostbare Werke, die in der Klosterbibliothek aufbewahrt wurden.

In einer Handschrift steckt viel Arbeit

Die Seiten eines Buches bestanden aus Pergament. Das sind bearbeitete Häute von Ziegen, Schafen oder Kälbern. Für ein Buch von 370 Blättern brauchte man die Haut von etwa 150 Kälbern.

Für die Schreibarbeit gab es im Kloster einen eigenen Raum, das Scriptorium. Hier zog ein Schreiber zuerst feine Hilfslinien auf das Pergament. Dann malte der Schreiber sorgfältig die Buchstaben des Textes auf die Pergamentseiten. Die Mönche schrieben mit zugeschnittenen Gänsefedern, die man in Tinte tauchte. Anschließend wurde die Buchmalerei von einem Künstler ergänzt.

Ein guter Schreiber schrieb am Tag 150 bis 200 Zeilen. Wahrscheinlich schaffte ein Mönch im 11. Jahrhundert drei bis vier Bücher im Jahr.

Die fertigen Seiten wurden am Ende fest zusammengeschnürt und in einen Einband aus Holz gebunden, der mit Leder eingeschlagen war. Bei besonders kostbaren Büchern wurde der Einband gern mit Edelsteinen geschmückt.

[2] *Buchdeckel aus Eichenholz mit Gold, Edelsteinen und Elfenbein verziert. 11. Jh.* Foto.

Notiz eines Schreibers aus dem 8. Jahrhundert

„Oh glücklichster Leser, wasche deine Hände und fasse so das Buch an, drehe die Blätter sanft, halte die Finger weit ab von den Buchstaben: Der, der nicht weiß zu schreiben, glaubt nicht, dass dies eine Arbeit sei. Oh wie schwer ist das Schreiben: es trübt die Augen, quetscht die Nieren und bringt zugleich allen Gliedern Qual. Drei Finger schreiben und der ganze Körper leidet."

Leges Burgundionum, Fredrich Blume, MGH Leges 3, Hannover 1863 (Neudruck 1965), S. 589

Tipps für die Erarbeitung

- Findet heraus, wie Bücher im Mittelalter in einer Schreibstube entstanden sind.

Tipps für die Präsentation

- Ihr könnt versuchen, selbst Anfangsbuchstaben (Initialen) zu gestalten.

☒ Wahlseite Baukunst und Romanik

1 Informiert euch auf dieser Seite über die romanische Baukunst.

2 Präsentiert eure Ergebnisse der Klasse.

[1] *Konstantin-Basilika in Trier, erbaut im 4. Jahrhundert als Empfangshalle für römische Kaiser.* Foto.

Kirchenbau nach römischem Vorbild

Bis ins 13. Jahrhundert wurden in Europa unzählige Kirchen in Städten, Dörfern und Klöstern gebaut. Sie unterschieden sich in Größe und Aussehen, hatten aber gemeinsame Merkmale. Durch ihre dicken Steinmauern wirkten sie fast wie Burgen. Notfalls sollten sie tatsächlich vor Feinden Schutz bieten. Typisch waren auch die Rundbögen an Türen, Fenstern und Bogengängen. Die Baumeister orientierten sich an der Bauweise der Römer, deshalb nennt man diesen Baustil Romanik. Allerdings nahm man nicht die römischen Tempel zum Vorbild. Für Gottesdienste christlicher Gemeinden waren Gebäude nach dem Vorbild römischer Markt- und Gerichtshallen besser geeignet.

[2] *Klosterbasilika Sankt Andreas in Knechtsteden (NRW), zwischen 1138 und 1181 erbaut.* Foto.

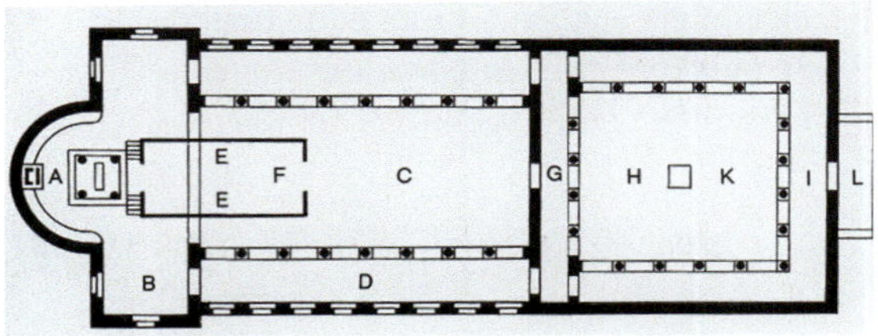

[3] *Grundriss einer frühchristlichen Basilika.* Zeichnung.
A: Apsis, B: Querhaus, C:Mittelschiff, D: Seitenschiff, E: Raum für Altar und Chor, F: Chorschranke, G: innere Vorhalle, H: offener Vorhof, K: Brunnen, I: Arkaden, L: äußere Vorhalle

Zur aufgehenden Sonne ausgerichtet

Eine romanische Basilika hat meistens einen hohen Innenraum, das Mittelschiff. Links und rechts befinden sich etwas niedrigere und schmalere Seitenschiffe. Lange Fensterreihen über den Seitenschiffen sorgen für schönes Licht von oben. Viele romanische Kirchen haben auch noch ein Querschiff im letzten Drittel der Kirche. Dadurch sehen sie dann von oben wie ein Kreuz aus. Seit dem 8. Jahrhundert wurden die Kirchen in Richtung der aufgehenden Sonne ausgerichtet, also nach Osten. Im Westen liegt der Haupteingang. Das andere Ende und die Enden des Querschiffes im Osten nennt man Apsis. Hier steht der Altar. Von dort leitete ein Geistlicher den Gottesdienst.

[4] *Klosterbasilika Sankt Andreas, Innenraum.* Foto.

Tipps für die Erarbeitung und Präsentation

- Zeichnet den Grundriss der Basilika auf einen großen Papierbogen. Erklärt die einzelnen Bestandteile einer romanischen Kirche. Nennt Beispiele aus eurer Region.

☒ Wahlseite Das Kloster als Grundherr

1 Informiert euch auf dieser Seite über das Kloster als Grundherr.

2 Präsentiert eure Ergebnisse in der Klasse.

[1] *In einer Bauernfamilie. Illustration.*

Adelheid und Widrad haben Probleme ...

Widrads Familie „gehört" dem Kloster, genau wie dreißig andere Bauern. In normalen Jahren kommen sie ganz gut aus. Sie leben von dem, was ihr Feld, ihr Garten und ihr Stall abwirft. Adelheid ist geschickt im Herstellen von Leinentüchern aus Flachs. Widrad schnitzt abends Löffel aus Holz. So verdienen sie noch etwas nebenher, um kleine Anschaffungen zu machen: ein neues Messer, ein Fass, einen Steinzeugtopf zum Einlegen der Bohnen oder Schuhe aus Leder. Aber in diesem Jahr ist die Ernte ganz schlecht ausgefallen. Wie sollten sie nur alle Abgaben und Fronarbeiten leisten?

[3] *Abgaben an das Kloster.* Illustrationen.

Aus einer im Jahr 893 entstandenen Urkunde gehen Informationen über die Abgaben und Leistungen hervor, die ein Bauer namens Widrad an das Kloster Prüm in der Eifel erbringen musste:

Widrad gibt an das Kloster jedes Jahr: 1 Eber, 1 Pfund Garn, 3 Hühner, 18 Eier. Er fährt 5 Wagenladungen von seinem Mist auf unsere Äcker, bringt 5 Bündel Baumrinde für die Beleuchtung und fährt 12 Wagenladungen Holz zum Kloster. Dieses Holz dient im Winter zum Heizen. Ferner liefert Widrad dem Kloster jährlich 50 Latten und 50 Schindeln für Dachreparaturen.

Sein Brot backt Widrad in unserem Backhaus und das Bier braut er in unserem Brauhaus. Hierfür zahlt er an das Kloster eine Gebühr. Eine Woche in jedem Jahr verrichtet er den Hirtendienst bei unserer Schweineherde im Wald. Er bestellt 3 Morgen Land, das ganze Jahr hindurch, jede Woche 3 Tage. Das bedeutet: Er muss bei der Einzäunung unserer Äcker und Weiden helfen, zur rechten Zeit pflügen, säen und ernten und die Ernte in die Scheune bringen.

Bis zum Dezember, wenn das Getreide gedroschen wird, muss er es zusammen mit anderen Hörigen bewachen, damit es nicht von Brandstiftern angezündet wird. Wachdienst muss ebenfalls geleistet werden, wenn der Herr Abt kommt, um ihn vor nächtlicher Gefahr zu beschützen.

Wenn Widrad 15 Nächte den Wachdienst verrichtet, das Heu geerntet und auf unseren Äckern gepflügt hat, erhält er in einem guten Erntejahr Brot, Bier und Fleisch; in anderen Jahren erhält er nichts. Die Frau Widrads muss leinene Tücher aus reinem Flachs anfertigen, 8 Ellen lang und 2 Ellen breit. Sie fertigt daraus Hosen für die Mönche an ...

[2] *Zit. nach: G. Franz: Quellen zur Geschichte des deutschen Bauernstandes im Mittelalter, W. B., Darmstadt 1967, S. 82ff.*

Tipps für die Erarbeitung und Präsentation

- Lest die Quelle [2] durch und arbeitet heraus, welche Leistungen Widrad für das Kloster erbringen muss. Ihr könnt dazu eine Tabelle anlegen oder die Leistungen bildlich darstellen.

Das Mittelalter in der Gegenwart

[1] *Ein Ritterfest auf Burg Satzwey.* Foto.

[2] *Zelte auf einem Mittelalterfest.* Foto.

1 Beschreibt die Bilder [1] und [2].

2 Sprecht darüber, welche Vorstellung vom Mittelalter sie vermitteln.

Das Mittelalter fasziniert

Wie an vielen Orten in Deutschland finden auch auf der Wasserburg Satzwey in der Eifel jedes Jahr Ritterfestspiele statt. Tausende von Zuschauern sind begeistert, wenn dort eine große Show stattfindet, die an mittelalterliche Ritterturniere erinnern soll. Auch mittelalterliche Märkte sind beliebte Ausflugsziele. Die Verkäuferinnen und Verkäufer und auch viele Besucher tragen Kostüme. Sie sind als Ritter, Mönche, Bäuerinnen oder Handwerker, Elfen, Hexen oder gar Drachen verkleidet.

Das Mittelalter in Spielen und Filmen

Im Fernsehen werden sehr oft Spielfilme oder Serien gezeigt, die das Mittelalter als Thema haben. Dazu gibt es Dokumentationen, die über Kaufmannsfamilien oder auch über das Leben in der mittelalterlichen Stadt berichten. Die im Fernsehen gezeigten Bilder prägen unsere Vorstellung vom Mittelalter.

Genauso sind viele Kinder von verschiedenen Spielsachen begeistert, die wie Prinzessinnen, Ritter, Drachen oder Hexen aussehen.

3 Berichtet, welche Veranstaltungen, Bücher, Filme und Spiele ihr kennt, die das Mittelalter zum Thema haben.

[3] *Beliebte mittelalterliche Figuren.* Zeichnung.

Sprachspeicher

von etwas/jemandem fasziniert sein • es ist faszinierend • Kostüme tragen • sich verkleiden

Das Mittelalter in digitalen Angeboten

Das Mittelalter ist auch in vielen Computerspielen ein Thema. Dort müssen die Spieler in einer mittelalterlichen Welt verschiedene Aufgaben erledigen, indem sie zum Beispiel eine Armee in den Kampf führen. Solche Spiele werden als Strategiespiele bezeichnet. In sogenannten Rollenspielen wird das Leben eines Kaufmannes oder eines Ritters nachempfunden. Der Spieler übernimmt dann eine Rolle. Bei der Anwendung solcher Spiele ist zu beachten, dass darin das Mittelalter oft nicht so dargestellt wird, wie es in der Realität gewesen ist. Um das Spiel spannender zu machen, beinhalten diese in der Regel magische Wesen, Zauberei und die Spielfiguren besitzen oft außergewöhnliche Fähigkeiten.

Über das Computerspiel „Empire: Four Kingdoms“:
Werde König und Burgherr mit der Empire: Four Kingdoms App! Sorge für neue Rohstoffe und baue Deine kleine Burg zu einer mächtigen Festung aus. Stelle eine schlagkräftige Armee auf, mit der Du weite Gebiete für Dein Königreich eroberst und es gegen Angreifer verteidigst. Bilde Allianzen* mit Freunden gegen mächtige Gegner oder führe epische Kämpfe gegen unzählige Spieler. In dieser Mobile App entscheidet Deine Strategie darüber, ob Du ein legendärer* König wirst oder Untertan bleibst.

[4] *https://www.goodgamestudios.com/de/spiele/empire-four-kingdoms-app/ (Stand: 14. 3. 2019).*

4 Fasst zusammen, wie und wo das Mittelalter uns heute begegnet. Was ist vielleicht realistisch, was ist reine Fantasie?

* *die* **Allianz:** das Wort kommt aus dem Französischen und bedeutet Bündnis.

legendär: stammt vom Wort „die Legende“. Eine Legende ist eine alte, märchenhafte Erzählung.

[5] *Ansicht aus dem Mittelalterspiel „Empire: Four Kingdoms“.* Screenshot.

5 Stellt anhand von dem Text [4] und Abbildung [5] dar, aus welchen Gründen viele Kinder und Jugendliche gerne Computerspiele über das Mittelalter spielen.

Wählt einen der folgenden Arbeitsaufträge aus:

- Zeichnet eine Spielfigur aus [3] ab und schreibt dazu eine kurze Geschichte.
- Computerspiele, Mittelaltermärkte und Ritterspiele beeinflussen das heutige Bild vom Mittelalter. Überlegt, ob man z. B. das Computerspiel „Empire Four Kingdoms“ im Geschichtsunterricht einsetzen sollte. Nennt Vor- und Nachteile.
- Gestaltet eine Werbeseite zu einem mittelalterlichen Film, Buch, Computerspiel oder zu Spielfiguren. Präsentiert eure Ergebnisse in der Klasse.

Sprachspeicher
das Leben einer Person/Figur nachempfinden • eine Rolle übernehmen • außergewöhnliche Fähigkeiten besitzen

Das kann ich!

Versucht zunächst, die Aufgaben auf dieser Doppelseite zu lösen, ohne im Kapitel nachzusehen. Wenn ihr Hilfe braucht, könnt ihr bei den Aufgaben auf den in Klammern angegebenen Seiten nachschlagen.

- *das* Lehn(s)|wesen
- *die* Grund|herrschaft
- *der* Fron|dienst
- *der* Stand, *die* Stände
- *die* Investitur > *der* Investitur|streit
- *das* Kloster
- *der* Ritter, *die* Ritter
- *der* Vasall, *die* Vasallen

[1] *Begriffe und ihre Bedeutung*

- Hier leben Mönche oder Nonnen nach strengen Regeln zusammen.
- Gefolgsleute des Königs
- Konflikt zwischen Kaiser und Papst
- Besitz von Land und Bauern
- Zwangsarbeit von Bauern für den Grundherrn
- Rangordnung in der Gesellschaft
- berittener Krieger
- Verhältnis von König und Vasallen

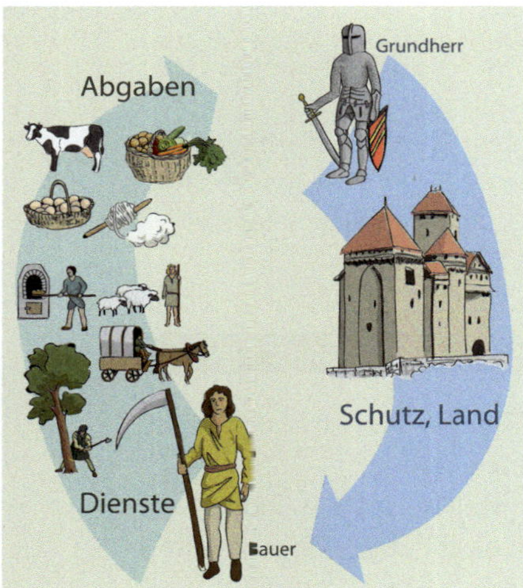

[2] *Grundherr und hörige Bauern.* Schaubild.

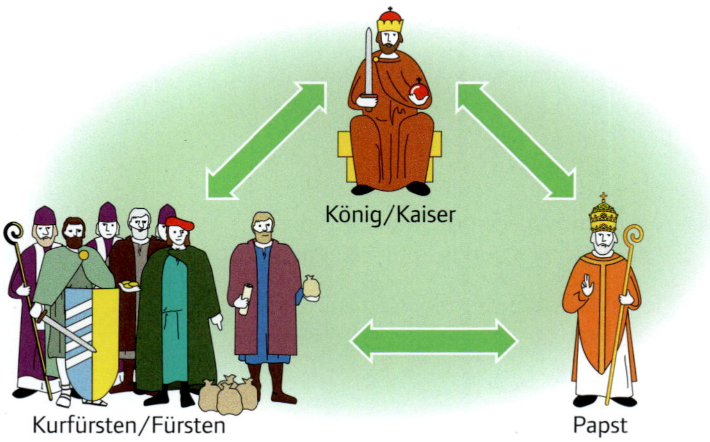

[3] *Machtverhältnisse zwischen Kurfürsten, Kaiser und Papst.* Schaubild.

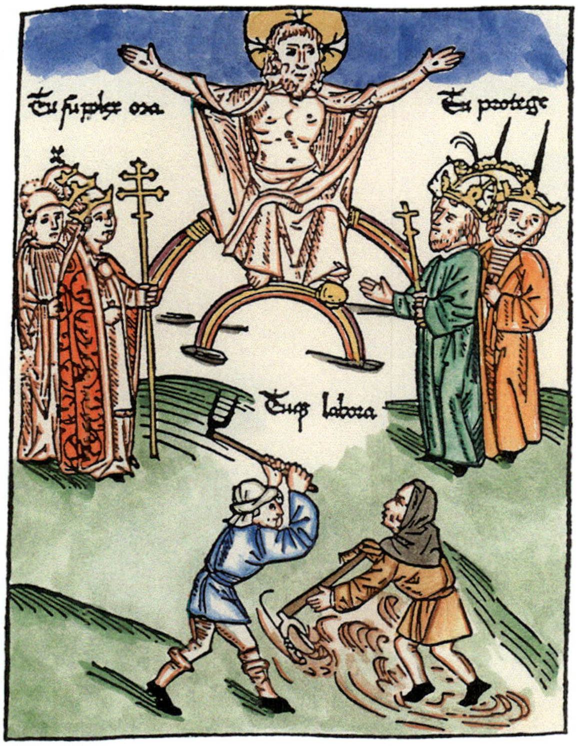

[4] *Christus spricht zu den drei Ständen.* Holzschnitt, 1492.

Ritter Ulrich von Hutten (1518) berichtete an einen Kaufmann:

„Die Burg selbst ... ist nicht als angenehmer Aufenthalt, sondern als Festung gebaut. Sie ist von Mauern und Gräben umgeben, innen ist sie eng und durch Stallungen für Vieh und Pferde zusammengedrängt. Daneben liegen dunkle Kammern, vollgestopft mit Geschützen, Pech, Schwefel ... Überall stinkt es nach Schießpulver; und dann die Hunde und ihr Dreck ... Reiter kommen und gehen, darunter Räuber, Diebe und Wegelagerer. Denn fast für alle stehen unsere Häuser offen, weil wir nicht wissen, was das für Leute sind, oder uns nicht groß danach erkundigen. Man hört das Blöken der Schafe, das Brüllen der Rinder ... Wenn aber einmal ein schlechtes Ertragsjahr kommt, wie in dieser mageren Gegend meistens, dann haben wir fürchterliche Not und Armut."

[5] *Zit. nach Arno Borst, Lebensformen im Mittelalter, Frankfurt a. M. u. a. (Ullstein) 1979, S. 173 ff.*

Sachkompetenz

1 Ordnet den Begriffen in [1] die jeweils passende Bedeutung zu.

2 Erläutert den Aufbau der mittelalterlichen Ständegesellschaft und erklärt an Abb. [4], welche Aufgaben die Stände hatten.

3 Beschreibt, wie Karl der Große an die Macht kam und erklärt dabei auch die Maßnahmen, mit denen er seine Macht festigte. (S. 232–233)

4 Erklärt die Grundherrschaft mithilfe des Schaubildes [2].

5 Erläutert die Machtverhältnisse zwischen Fürsten, Kaiser und Papst. (Abb. [3])

6 Berichtet über den Kampf zwischen Kaiser und Papst um die Vorherrschaft und erklärt, was Investiturstreit bedeutet. (S. 236–237)

7 Erklärt die Bedeutung des christlichen Glaubens im Mittelalter. Welche Rolle spielten die Klöster dabei?

Methodenkompetenz

8 Nennt wichtige Schritte beim Erschließen und Vergleichen von Textquellen. (S. 238–239)

9 Wertet die Quelle [5] aus. Was berichtet Ulrich von Hutten über das Leben auf der Burg? Vergleicht diese Meinung mit unseren heutigen Vorstellungen über eine mittelalterliche Burg.

Urteilskompetenz

10 Beurteilt die Bedeutung von Karls Reich für das spätere Europa. (Warum bezeichnet man Karl als „Urvater Europas"?)

11 Beurteilt das Abhängigkeitsverhältnis der hörigen Bauern zu ihrem Grundherrn. (Abb. [2])

12 Nennt Beispiele für Veranstaltungen und Medien, die unser heutiges Bild vom Mittelalter prägen. Beurteilt, ob diese ein realistisches Bild vermitteln.

Leben in der Medienwelt

Kinder und Jugendliche nutzen Medien
Für viele Kinder und Jugendliche gehört das Smartphone zu ihrem Alltag dazu. Mit ihm sind sie im Internet unterwegs. Dort warten unzählige Möglichkeiten auf sie. Sie schauen sich Fotos oder Videos an, oft erstellen sie diese sogar selbst. Viele von ihnen möchten in ihrem späteren Beruf mit dem Internet arbeiten.

1 Beschreibt das Bild.
2 Berichtet von Situationen, in denen ihr das Smartphone nutzt und was ihr damit macht.

Schauplatz
Kinder und Jugendliche nutzen Medien

1 Tauscht euch in der Klasse aus: Welche Medien nutzt ihr? Was macht ihr mit ihnen?

2 Lest die Sprechblasen und berichtet, wie die Schülerinnen und Schüler die Medien nutzen.

Mia: Ich chatte sehr gerne mit meinen Freundinnen. Mittlerweile schicken wir uns aber auch viele Sprachnachrichten. Wir unterhalten uns dann meistens über die Schule, die Lehrer und unsere Mitschüler. Abends gucke ich gerne Fernsehen mit meiner Familie. Oder ich bin mit meinem Smartphone auf „YouTube". Dort schaue ich mir Videos an, die ich besonders toll finde. Das Smartphone muss ich dann immer um 20 Uhr abgeben.

Jan: Ich mag Bücher über alles! In der Schule oder auch zuhause lese ich sehr viel. Es ist einfach schön, in fremde Welten einzutauchen und Abenteuer zu erleben. Nachmittags höre ich auch gerne den Kinder-Radiokanal. Das finde ich gut. Mit meinen Freunden drehe ich gerne Videos von uns beim Skaten. Diese laden wir dann im Internet hoch. Unsere Freunde kriegen von uns dann den Link, um uns Kommentare und Abos da zu lassen.

Tom: Ohne Spiele auf dem Smartphone oder auf der Konsole geht bei mir gar nichts! Ich stehe darauf, stundenlang zu zocken. Das macht Spaß und man kriegt den Kopf richtig frei von dem ganzen Schulstress.
Außerdem bin ich ein großer Musikfan und höre über unseren Familien-Account gerne die neuesten HipHop-Lieder. Mein Bruder und ich haben eine Lieblingsserie in einem Streaming-Portal, die wir regelmäßig zusammen gucken.

Lea: Bevor ich morgens zur Schule gehe, lese ich manchmal im Kinderteil der Tageszeitung. Hier finde ich immer raus, was auf der Welt passiert.
Nach der Schule spiele ich gerne Spiele auf meinem Tablet. Oft ist auch meine Freundin mit dabei. Wir haben großen Spaß daran, Selfies mit dem Smartphone zu machen. Wir bearbeiten unsere Fotos dann mit einer App, das sieht witzig aus.

3 Begründet mit welcher/welchem der Schülerinnen und Schüler ihr gerne Zeit zusammen verbringen würdet.
Starthilfe: *„Ich würde gerne mit ... Zeit verbringen, weil sie /er ...*

4 Vergleicht die Medien, die die Schülerinnen und Schüler aus den Beispielen nutzen, mit dem Austausch in eurer Klasse: Welche Gemeinsamkeiten und Unterschiede gibt es?

Wählt einen der folgenden Arbeitsaufträge aus:

- Gestaltet eine Collage mit den Medien, die ihr im Alltag nutzt.
- Erstellt eine eigene Sprechblase zu den Medien, die ihr nutzt.
- Schreibt einen Text für die Schülerzeitung, in dem ihr darüber schreibt, wie Kinder und Jugendliche Medien nutzen.

Was ihr noch tun könnt ...

→ Untersucht, welche Medien eure Eltern nutzen: Gibt es Gemeinsamkeiten und Unterschiede?
→ Fragt bei euren Parallelklassen nach: Welche Medien nutzen sie, wie häufig und wie lange?

APP

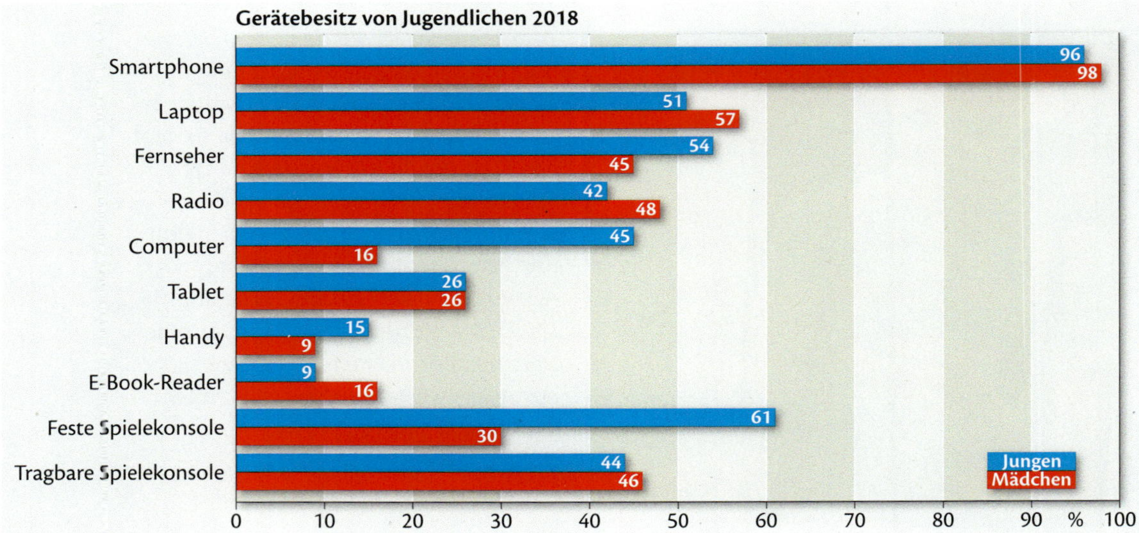

[1] *Ergebnisse aus der JIM-Studie von 2018 (gekürzt).* Balkendiagramm, 2018.

1 Wertet das Balkendiagramm [1] aus.
Achtet besonders darauf:
- Welche drei Geräte besitzen Mädchen und Jungen am häufigsten?
- Welche drei Geräte besitzen Mädchen und Jungen am seltensten?
- Überprüft, ob die Ergebnisse mit eurem eigenen Gerätebesitz übereinstimmen.

Was sind Medien?

Mit Medien sind „Vermittler" von Informationen gemeint. Sie übermitteln die Informationen von einem Sender an einen Empfänger.
So sendet z. B. der Radiosender über das Radiogerät Nachrichten und Musik an die Zuhörerinnen und Zuhörer.

Was sind Massenmedien?

Wenn eine große Gruppe von Menschen über ein Medium in kurzer Zeit Informationen bekommt, spricht man von einem „Massenmedium". Sie dienen dazu, dass Menschen Neuigkeiten bekommen und sich über bestimmte Themen informieren können. Sie helfen einem dabei, sich über das, was in der Welt passiert, eine Meinung zu bilden.
Als Massenmedien gelten heute das Internet, das Fernsehen das Radio, das Buch und die Zeitung.

2 Erklärt die Begriffe „Medium" und „Massenmedium".

Der Unterschied zwischen „alten" und „neuen" Medien

„Alte" Medien	„Neue" Medien
analog	digital
Zeitung lesen	

Musik hören	

Fotos anschauen	

[2] *„Alte" und „neue" Medien im Vergleich.* Fotos.

3 Nennt weitere Beispiele für „alte" und „neue" Medien.

[3] *Erfindungen in der Mediengeschichte (Auswahl).* Fotos.

4 Ordnet den vier Erfindungen aus [3] ihr Erfindungsjahr [4] zu.

1452	Buchdruck
1609	Zeitung
1864	Telefon
1895	Film
1924	Fernsehen
1971	Personal Computer (PC)
1991	Internet
2001	Wikipedia
2005	YouTube
2007	Smartphone
2013	VR-Brille

[4] *Die Geschichte der Medien (Auswahl).*

5 Erstellt aus den Jahreszahlen und den Erfindungen ein Memory und spielt mindestens eine Runde.

Das Buch als erstes Massenmedium

Wie veränderte die Herstellung von Büchern die Welt?

[1] *In Gutenbergs Werkstatt.* Jugendbuchillustration.

1 Beschreibt das Bild: Was könnt ihr erkennen?

Gutenberg veränderte die Welt

Johannes Gutenberg erfand den Buchdruck mit beweglichen Lettern* im Jahr 1452. Diese Erfindung veränderte die Welt. Bücher konnten nun schneller und billiger hergestellt werden. Dadurch stieg die Anzahl der Bücher stark an. Zuerst wurden Bibeln und andere religiöse Texte gedruckt. Später kamen auch politische und wissenschaftliche Texte dazu. Mit der Zeit sank der Preis für Bücher so weit, dass sie von immer mehr Menschen gekauft werden konnten.

Eine weitere Folge dieser Erfindung war es, dass die Anzahl der Schulen zunahm. Dort konnte Lesen und Schreiben gelernt werden. Die ebenfalls steigende Zahl an Universitäten führte dazu, dass das bisherige Wissen an immer mehr Menschen weitergegeben wurde. Neue wissenschaftliche Gedanken und Erfindungen entstanden dadurch erst. Das Wissen befand sich davor nämlich vor allem bei den Mönchen und Priestern. In ihren Klöstern hatten sie über Jahrhunderte griechische und römische Texte aufbewahrt und studiert. In ihnen stand Jahrhunderte altes Wissen, das bis dahin nur wenige Menschen kannten. Nach Gutenbergs Erfindung konnte sich dieses Wissen mit den erstellten Büchern über Länder und Kontinente hinweg verbreiten. Das Buch wurde damit zum ersten Massenmedium der Menschheit.

2 Berichtet von der Erfindung des Buchdrucks.

3 Vergleicht das Leben der Menschen vor und nach Gutenbergs Erfindung.

Sprachspeicher
das Wissen weitergeben ▪ das Wissen verbreiten

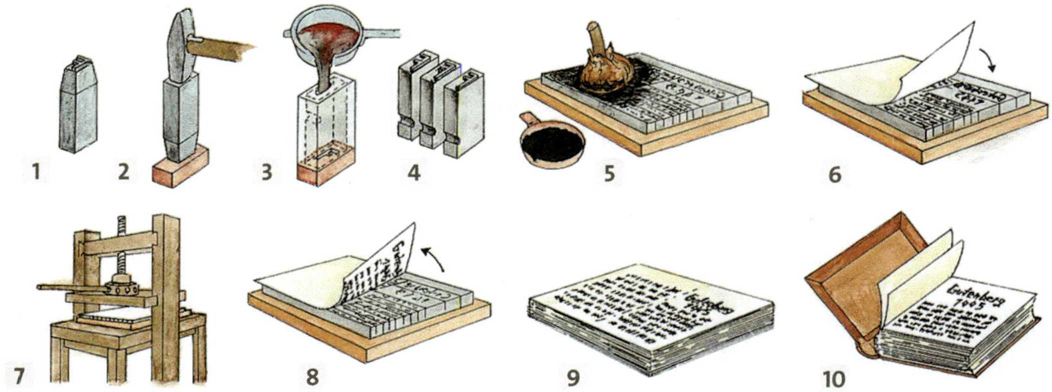

[2] *Arbeitsschritte des Buchdrucks.* Illustration.

4 Versetzt euch in die Person des Chefs in Gutenbergs Werkstatt: Erklärt eurem neuen Lehrling in eigenen Worten, wie er ein Buch herstellen soll (Bilder [1, 2], Text).
Starthilfe: *Um ein Buch zu erstellen, musst du zuerst ...*

Der Buchdruck

Um Bücher zu vervielfältigen, konnte man sie bisher nur abschreiben oder geschnitzte Text-Holzplatten drucken. Beides war mühsam und langwierig. Gutenbergs Erfindung, mit einzelnen Buchstaben zu arbeiten, beschleunigte den Buchdruck erheblich:

1 Zuerst wird ein Stempel aus hartem Metall von einem seitenverkehrten Buchstaben hergestellt.
2 Mit einem Hammer wird dieser Stempel in ein weiches Stück Kupfer geschlagen. Dadurch entsteht eine Buchstabenform.
3 In die Form wird flüssiges, heißes Blei gegossen. Ist es kalt, kommt aus der Form ein fertiger Buchstabe heraus. Man nennt ihn auch „Letter".
4 Aus den Buchstaben (bzw. Lettern) werden Sätze gebildet. Diese werden in einen Rahmen gespannt, sodass sie nicht verrutschen können.
5 Die Lettern werden mit Druckerschwärze eingefärbt.
6 Auf den Rahmen wird ein Bogen* feuchtes Papier gelegt.
7 Mithilfe der Buchpresse werden die schwarz eingefärbten Buchstaben und das Papier zusammengedrückt.
8 Der Bogen Papier wird mit dem Text bedruckt und kann nun entfernt werden.
9 Dieser Vorgang ist nun so lange wiederholt, bis alle Seiten kopiert sind.
10 Abschließend bekommen die Buchseiten einen Einband*.

Wählt einen der folgenden Arbeitsaufträge aus:

- Zeichnet das Schaubild [2] in euer Heft ab.
- Erzählt mithilfe der Illustrationen [1] und [2] eine kleine Geschichte zu dem Arbeitsalltag in der Werkstatt. **Starthilfe:** *„Wenn ich morgens in die Werkstatt komme, beginne ich die Arbeit mit ..."*
- Schreibt eurem Freund, der weit weg wohnt, einen Brief. Erläutert ihm, wie der Buchdruck die Welt verändert hat.

Was ihr noch tun könnt:

Informiert euch darüber, wie Bücher heutzutage gedruckt werden.

*

der **Bogen:** ein Stück Papier mit einer bestimmten, einheitlichen Größe (z. B. DIN A4).

der **Einband:** der harte Umschlag eines Buches

die **Letter:** ein aus Blei bestehender Buchstabenstempel

Sprachspeicher
Bücher vervielfältigen • Wissen vermitteln • Informationen weitergeben • sich informieren • Bildung erhalten • sich schriftlich ausdrücken • Texte verfassen

APP

Zeitungen und Zeitschriften

Welchen Stellenwert haben sie heute noch für uns?

[1]–[2] *Zeitungen und Zeitschriften an einem Kiosk.* Fotos.

1 Nennt die Namen einiger Zeitungen und Zeitschriften auf den Fotos [1] und [2]. In welcher wollt ihr blättern? Warum?

2 Nennt weitere Zeitungen und Zeitschriften, die ihr kennt.

Der deutsche Zeitungs- und Zeitschriftenmarkt

Zeitungen haben in Deutschland eine große Bedeutung für die Mehrheit der Bevölkerung. Drei von fünf Menschen lesen täglich eine von 350 Tageszeitungen. Die meisten Zeitungen werden auf Papier gedruckt gelesen (Print-Ausgabe). Allerdings lesen immer mehr Menschen ihre Tageszeitung digital, also auf dem Tablet oder dem Smartphone (Online-Ausgabe).

Zeitschriften sind in der Regel gedruckte Magazine, die einmal in der Woche oder im Monat erscheinen und sich mit ganz speziellen Themen beschäftigen (z.B. Tierthemen). Es gibt 1600 Zeitschriften, die in gedruckter oder digitaler Form von insgesamt etwa einem Drittel der Deutschen (27,8 Mio.) gelesen werden. Die Zahl der elektronischen Zeitschriften (E-Paper*) nimmt stark zu.

Zeitungen und Zeitschriften helfen dabei, sich mithilfe von Texten und Bildern über die Ereignisse in der Welt zu informieren. Diese sind nach Rubriken* geordnet. So kann man sich in der Zeitungsrubrik „Lokales" darüber informieren, was um den eigenen Wohnort herum passiert. In den Texten geht es oft um sachliche Themen (z.B. ein Bericht über ein Kinderfest). Es gibt hier aber auch Texte, in denen es um Gefühle und Meinungen geht (z.B. ein Kommentar über die Schließung der Bibliothek). Sie helfen dabei, sich selbst eine Meinung zu den Themen zu bilden.

3 Erklärt die Bedeutung von Zeitungen und Zeitschriften.

4 Nennt weitere euch bekannte Rubriken einer Zeitung oder einer Zeitschrift.

* *das* **E-Paper:** die digitale Form der Zeitung, die man über eine App lesen kann

die **Rubrik:** eine Seite, auf der Texte zu finden sind, die dasselbe Thema haben

Sprachspeicher

eine Tageszeitung lesen • eine Zeitung / eine Zeitschrift abonnieren • sich über die Ereignisse in der Welt informieren • sich unterhalten • sich (über etwas) eine Meinung bilden

[3] *Das Cover* einer Zeitschrift für Kinder und Jugendliche.*

DEINE SEITE

www.waz.de/kinder

Kreuz und quer durch Deutschland

Am 3. Oktober 1990 war der Beitritt der DDR zur Bundesrepublik Deutschland. Macht unser Deutschland-Quiz zum Tag der Deutschen Einheit!

GESCHICHTE – Heute ist der Tag der Deutschen Einheit. Am 3. Oktober 1990 wurde dieser Tag zum ersten Mal gefeiert. Damals wurde aus zwei deutschen Staaten wieder ein einziges Land. Was wisst ihr über Deutschland und seine Geschichte? Macht unser Geografie-Quiz! Findet ihr alle genannten Begriffe auf der Deutschland-Karte?

1. Welche Stadt war vor Berlin die Hauptstadt der Bundesrepublik Deutschland?
a) Bonn
b) München
c) Hamburg

2. Welche Flagge hatte die DDR?
a)
b)
c)

b) Sachsen
c) Bayern

8. Nach wie vielen Jahren machen Schüler an Gymnasien in den ostdeutschen Ländern Abitur?
a) nach 12 Jahren
b) nach 13 Jahren
c) mal so, mal so

9. Welcher Satz zur Bevölkerung Deutschlands ist richtig?
a) Die Bundesrepublik Deutschland hatte 1980 mehr Einwohner als heute.
b) In Ostdeutschland leben heute weniger Menschen als 1990.
c) In Westdeutschland leben weniger Ausländer als in Ostdeutschland.

10. Gab es vor 1990 einen westdeutschen Nationalfeiertag?
a) nein
b) ja, den 17. Juni
c) ja, den 24. Dezember

[4] *Kindernachrichten in der Online-Zeitschrift WAZ.* Screenshot, 2020.

5 Erläutert euer eigenes Leseverhalten: Lest ihr regelmäßig in einer analogen oder digitalen Zeitung oder Zeitschrift?

Nachrichten für Kinder

Fast jede Tageszeitung hat eine eigene Zeitungsseite, die für Kinder und Jugendliche gemacht ist. In den dortigen Texten sind die Sätze kürzer und die Wörter nicht so schwer. Die Erklärungen sind von Kindern und Jugendlichen leichter zu verstehen. Darum ist es mithilfe dieses Zeitungsteils auch jungen Leserinnen und Lesern möglich, sich über aktuelle Geschehnisse zu informieren. Zusätzlich wird über Sachthemen berichtet, die gerade für sie besonders interessant sind (z.B. Interviews mit jugendlichen Stars oder Buch- und Filmempfehlungen). Die Zeitungsseite bietet oft zusätzlich Quizfragen oder Comics. Kinder und Jugendliche können auch ihre eigenen Texte bei der Redaktion* einsenden. Manchmal werden sie dann auf der Internetseite der Zeitung veröffentlicht oder in der Print-Ausgabe abgedruckt.

6 Erläutert das Zeitungs- und Zeitschriftenangebot für junge Leserinnen und Leser mithilfe der Bilder und des Textes dieser Seite.

Wählt einen der folgenden Arbeitsaufträge aus:

- Schreibt Erklärungen zu den Fachbegriffen Print-Ausgabe, E-Paper, Rubrik, Cover und Redaktion in euer Heft.
- Erstellt ein eigenes Cover für eine Zeitschrift.
- Schreibt einen Zeitungstext zu einem Thema, das mit eurer Freizeit zu tun hat.

Was ihr noch tun könnt:

MK Besucht die Webseite der Tageszeitung eurer Stadt. Findet heraus, ob es eine Seite für Kinder und Jugendliche gibt.

→ Besucht einen Kiosk und verschafft euch einen Überblick über die Zeitungen und Zeitschriften.

→ Besorgt euch die Zeitungsseite für Kinder und Jugendliche aus der Print-Ausgabe einer Tageszeitung und bringt sie mit in den Unterricht.

* *das* **Cover:** die Titelseite einer Zeitschrift

die **Redaktion:** die Mitarbeiterinnen und Mitarbeiter einer Zeitung, die für die Texte verantwortlich sind

Sprachspeicher
sich über Zeitungen eine Meinung bilden ▪ Sachtexte lesen ▪ sich aus der Zeitung informieren ▪ einen Leserbrief schreiben ▪ eine Quizlösung an die Redaktion schicken ▪ Texte in einfacher Sprache ...

Das Einkaufen im Internet

Wie kaufen wir heute und möglicherweise in Zukunft ein?

[1] *Tom kann ohne die Unterstützung seines Vaters im Internet nicht einkaufen.* Foto.

1 Überlegt, was Tom gekauft haben könnte [1].
2 Berichtet davon, was ihr zuletzt online gekauft habt.

Wie kaufen wir ein?

Nicht nur in Deutschland, sondern auch auf der ganzen Welt wird immer mehr im Internet gekauft. In Deutschland sind es rund drei Viertel der Bevölkerung (also mehr als 55 000 000 Menschen), die im Internet einkaufen.
Dort wird von Möbeln, Konzerttickets bis hin zu Kleidung alles gekauft. Das Einzige, was im Internet zurzeit noch selten gekauft wird, sind Lebensmittel.

Von der Bestellung bis zur Lieferung

Das Warenlager des weltweit größten Online-Versandhandels Amazon ist 15 Fußballfelder groß. Dort werden 13 Mio. Gegenstände aufbewahrt. Wird eine Bestellung über das Internet aufgegeben, müssen die Mitarbeiter die Gegenstände aus den Regalen holen. Sie werden dann an andere Mitarbeiter weitergegeben, die sie verpacken und mit der Adresse des Bestellers versehen. Ca. 260 Mitarbeiter sind dafür zuständig, die Gegenstände einzupacken. Pro Stunde werden ca. 120 Pakete fertig. In der Weihnachtszeit erhöht sich diese Zahl um das Dreifache. Denn gerade zu Weihnachten werden viele Geschenke nur noch online besorgt.

[2] *Das Paketlager von Amazon in Koblenz.* Foto 2018.

Sprachspeicher
online einkaufen • Onlineversand • Versandkosten • Geschäfte erledigen ...

[3] *Ein Paketbote hat viel zu tun.* Foto 2015.

Die Paketboten haben immer mehr zu tun. Die Zahl der Pakete, die ausgeliefert werden muss, ist in den letzten Jahren um das Dreifache gestiegen. Damit es geschafft werden kann, haben Paketboten von ihrem Arbeitgeber die Aufgabe bekommen, pro Stunde 20 Pakete auszuliefern. Für die Zustellung eines Pakets haben sie also drei Minuten Zeit. Es ist sehr schwierig, dieses Ziel zu erfüllen. Viele Lieferungen werden aus Zeitgründen nicht mehr zu den Kunden gebracht, sondern direkt zu einer Sammelstelle (z.B. zu einem Kiosk mit Post-Stelle oder zur Post).

3 Berichtet von der Arbeit im Warenlager und von der Arbeit als Paketbote ([2], [3], Text).

Die Vor- und Nachteile des Online-Shoppings
Jason und Seda sprechen nach dem Unterricht über das Einkaufen im Internet:

„Es ist doch wirklich bequem, zu Hause vom Sofa aus Dinge zu bestellen. Dafür muss ich noch nicht einmal aus dem Haus! Ich habe auch beim Shopping meine Ruhe, da mich in der Stadt die großen Menschenmassen oft nerven.

Jason (14)

Zudem ist das Angebot im Internet grenzenlos. Ich bekomme beinahe alles und kann sogar etwas aus Amerika oder Asien bestellen! Allgemein lohnt es sich, in den Online-Shops zu kaufen, in denen die Artikel günstiger sind. Das Beste ist letztlich, dass dir der Artikel nach Hause geschickt wird."

Seda (14)

„Durch das Online-Shopping gehen aber auch viele kleinere Läden in den Innenstädten pleite. Das bedeutet, dass viele ehemalige Geschäfte leer stehen. Daraus werden dann Spielhallen oder Billigläden.
Zudem müssen die Paketfahrerinnen und Paketfahrer Massen an Paketen austragen. Darüber hinaus wird ja auch sehr viel zurückgesendet, was das Problem noch schlimmer macht. Durch die vielen Pakettransporte gibt es viel mehr Verkehr auf den Straßen, das macht Lärm und und belastet die Umwelt noch stärker."

4 a) Sucht im Text Argumente für und gegen das Online-Shopping. Schreibt sie in eine Tabelle.
b) Findet weitere Vor- und Nachteile des Online-Shoppings und schreibt sie dazu. **Starthilfe:**

Vor- und Nachteile des Online-Shoppings	
Vorteile	**Nachteile**
grenzenloses Angebot	...

Wählt einen der folgenden Arbeitsaufträge aus:

- Malt ein Bild zu den drei Schritten: Bestellung, Warenlager, Paketlieferung.
- Schreibt einen kurzen Zeitungsbericht über die Vor- und Nachteile des Einkaufens im Internet.
- Überlegt, wie das Einkaufen in der Zukunft stattfinden wird. Malt dazu ein Bild.

Was ihr noch tun könnt ...

MK Findet heraus, in welchen Online-Shops die Deutschen besonders gerne einkaufen.

Sprachspeicher
weltweiter Handel • internationaler Versand • globaler Markt • Rabatt bekommen • preisgünstig einkaufen ...

4: a) Die Vorteile des Online-Shoppings sind ... • Zu den Nachteilen gehören ...
b) Ich denke/meine, dass ...

Methode Sich im Internet informieren

Wo gibt es Informationen?
Um im Internet an das Wissen zu gelangen, das ihr für die Schule benötigt, braucht ihr zunächst die richtige Suchmaschine. Es gibt ganz bekannte Suchmaschinen wie „Google". Die Suchergebnisse, die man hier bekommt, führen allerdings oft zu Seiten, die für Kinder und Jugendliche schwer zu verstehen sind.
Sinnvoller ist es, wenn ihr Suchmaschinen für Kinder und Jugendliche verwendet wie z.B. *blindekuh.de* oder *fragfinn.de*.
Die folgenden Schritte helfen euch bei der Suche nach Informationen im Internet:

1. Schritt **Die Suche starten**

- Ruft eine Kinder- bzw. Jugendsuchmaschine (z. B. *fragfinn.de*) im Browser* auf.
- Gebt euren Suchbegriff in die Suchzeile der Suchmaschine ein.

2. Schritt **Einen Link auswählen**

- Öffnet einen Link.
- Lest die ersten Zeilen und verschafft euch einen Überblick:
- Versteht ihr den Text? Könnt ihr ihn zum Beispiel für ein Referat gebrauchen?

3. Schritt **Den Text lesen und wichtige Ergebnisse notieren**

- Führt für den Text die ersten drei Schritte des Lese-Profis (ganz hinten im Buch) durch.
- Seht euch auch die angebotenen Bilder und Videos an.
- Notiert wichtige Ergebnisse.

4. Schritt **Die Ergebnisse kritisch prüfen**

- Sind die Ergebnisse aktuell genug?
- Werden vor allem Fakten oder nur Meinungen wiedergegeben?
- Von wem wurden sie veröffentlicht?
- Zuverlässiger und sicherer sind Seiten von Zeitungen, Museen, Instituten), Universitäten und Verlagen. Schaut dafür im „Impressum" nach.

Wenn ihr mehr Informationen braucht, könnt ihr weitere Links zu eurem Thema öffnen. Geht nach den Schritten 1–4 der Methode vor.

Weitere Tipps:
- Achtet bei der Eingabe der Suchbegriffe auf die richtige Schreibweise.
- Gebt bei der Suchanfrage weniger Wörter ein, wenn ihr keine hilfreichen Ergebnisse findet.

1 Sucht nach Informationen zu dem Thema „Soziale Netzwerke". Nutzt dafür
- die Kinder- und Jugendsuchmaschinen,
- die Suchmaschine „Google".

2 Vergleicht die Ergebnisse nach
- der Anzahl der Suchtreffer,
- den angezeigten Informationstypen (Texte, Bilder, Videos),

3 Diskutiert in der Klasse die Brauchbarkeit der gefundenen Informationen. Welche Informationen helfen euch bei einem Referat?

4 Arbeitet aus dem Internet Informationen zum Thema „Buchdruck" heraus. Nutzt dafür die Schritte 1–4.

* *der* **Browser:** das Programm, mit dem Webseiten aufgerufen werden können

Lösungsbeispiel

Max hat sich freiwillig gemeldet, das Thema „Die Erfindung des Fernsehens“ zu bearbeiten. Er nutzt dafür die vier vorgestellten Schritte:

zum Schritt 1 Die Suche starten

Er gibt den Suchbegriff bei *frag-finn.de* ein und erhält 10 Seiten mit Treffern. Er kann nun auswählen, ob er Webseiten lesen oder Bilder zum Thema anschauen möchte.

[1] *Suchergebnis*. Screenshot 2020.

zu den Schritten 2 und 3 Einen Link auswählen / Den Text lesen und wichtige Ergebnisse notieren

Max klickt auf den Artikel „Fernsehen“ und wird zur Seite „Klexikon“ weitergeleitet.

[2] *So sieht der Artikel auf „Klexikon“ aus. Screenshot, 2020.*

zum Schritt 4 Die Ergebnisse kritisch prüfen

In der obersten Zeile der Seite findet er den Bereich „Versionen/Autoren“, wo erkennbar ist, wer den Artikel geschrieben hat. Die Autorin oder der Autor steht also mit dem Namen dafür, dass der Artikel nach bestem Gewissen verfasst wurde.
In der „Versionsgeschichte“ findet Max nicht nur den Namen des Autors, sondern auch, wann er den Artikel geschrieben oder verändert hat. Wir wissen also, wie alt oder neu der Artikel ist.

[3] *Versionsgeschichte*. Screenshot 2020.

Am Seitenende findet Max den Link zum „Impressum“. Der zeigt, wer für die Webseite verantwortlich ist. Max liest, dass die Seite von Lehrerinnen und Lehrern betreut wird, die Unterrichtsmaterialien bereitstellen. Max findet noch den folgenden Hinweis am Ende der Seite:
„Das Klexikon ist wie eine Wikipedia für Kinder und Schüler. Das Wichtigste einfach erklärt, mit Definition in der Einleitung, vielen Bildern und Karten. Grundwissen kindgerecht, alles leicht verständlich und gut für Referate in der Schule. Mehr Wissenswertes über „Fernsehen“ haben die Blinde Kuh und Frag Finn.“ (Quelle: https://klexikon.zum.de/wiki/Fernsehen)
Also kann man der Quelle vertrauen!

[4] *Älteres Fernsehgerät*. Foto.

Wahlseite Videospiele

1 Informiert euch auf dieser Seite über das Thema Videospiele.

2 Präsentiert eure Ergebnisse in geeigneter Form in der Klasse.

Wenn ich nach der Schule nach Hause komme, spiele ich ein paar Runden „Strategy Saga". Das entspannt mich sehr.

Ich bin ein leidenschaftlicher „Propulsion Ball"-Fan! Ich trainiere täglich mehrere Stunden, da ich das nächste E-Sport-Turnier gewinnen will!

Ich freue mich sehr, wenn meine Freunde vorbeikommen und wir zusammen „Stockcar-Race" spielen. Es sind immer sehr witzige Rennen!

Ein Freund erzählte mir letztens, dass er in „Open World 2" schon über 50 Euro für Skins ausgegeben hat.

Altersfreigabe von Videospielen

In Deutschland wird die **Altersfreigabe von Videospielen** von der „Unterhaltungssoftware Selbstkontrolle" (USK) erteilt. Auf der Verpackung und auf CD oder DVD des geprüften Spiels wird mit einem **Kennzeichen** angegeben, für welche Altersgruppe das Spiel geeignet ist.

Es gibt Studien, die davor warnen, täglich mehr als eine Stunde am Computer zu spielen. Es verringere die Anzahl der „grauen Zellen" im Gehirn. Diese brauchen wir, um Entscheidungen zu treffen und Mitgefühl zu empfinden. Zudem sollen 465 000 deutsche Jugendliche von **Computerspielsucht** bedroht sein.

Andere Studien hingegen zeigen, dass Videospiele dabei helfen können, Räume besser wahrzunehmen und Situationen schneller zu erfassen. Die **Reaktionsfähigkeit** und **das schnelle Lernen** neuer Inhalte können sich ebenso verbessern. Zudem seien manche Videospiele bei psychischen Problemen oder Krankheiten hilfreich.

Die tägliche Spieldauer von Kindern und Jugendlichen

<table>
<tr><th colspan="2"></th><th colspan="2">Durchschnittliche Spieldauer pro Tag</th></tr>
<tr><td colspan="2">10–11 Jahre</td><td colspan="2">76 min</td></tr>
<tr><td colspan="2">12–13 Jahre</td><td colspan="2">126 min</td></tr>
<tr><td colspan="2">14–15 Jahre</td><td colspan="2">132 min</td></tr>
<tr><td colspan="2">16–18 Jahre</td><td colspan="2">128 min</td></tr>
<tr><th colspan="4">Durchschnittliche tägliche Spieldauer</th></tr>
<tr><td>Mädchen</td><td>89 min</td><td>Jungen</td><td>139 min</td></tr>
</table>

[2] *So lange spielen Jugendliche im Durchschnitt pro Tag nach: bitkom.de 12.05.2017*

[1] *Die USK-Kennzeichen.* Screenshot.

Tipps für die Erarbeitung und Präsentation

- Von eigenen negativen oder positiven Erfahrungen mit Videospielen berichten.
- Darüber diskutieren und Argumente finden, ob ihr die Altersbeschränkungen sinnvoll findet.
- Die angegebene Spieldauer überprüfen, indem sie mit Spielzeiten von Mitschülern verglichen werden.
- Einen Medienexperten einladen.

Wahlseite Gefahren im Internet

1 Informiert euch auf dieser Seite über das Thema Gefahren im Internet.

2 Präsentiert eure Ergebnisse in geeigneter Form in der Klasse.

[1] *Im Internet weiß man nie, wer sich hinter einem Profil verbirgt.* Foto.

Spuren im Internet

Wer sich im Internet bewegt, hinterlässt dort Spuren. Oft können private Fotos oder Nachrichten ungewollt abgespeichert und unerlaubt weitergesendet werden. Sind sie erst einmal im Umlauf, ist es unmöglich herauszufinden, wer sie verschickt hat.

Deswegen sollte man im Internet nicht alle privaten Fotos oder persönliche Informationen preisgeben. Hilfreich sind Einstellungen, bei denen man das Profil z.B. nur für Familienmitglieder freigibt.

Schadsoftware

Es gibt viele „Schädlinge", die auf unserem Computer Schaden anrichten können. Spyware, Trojaner, Viren oder Würmer können unbemerkt auf den Computer oder das Smartphone gelangen. Oft passiert das, wenn man infizierte* Dateien aus Nachrichten öffnet. Internetseiten können aber auch so programmiert sein, dass sich die Schadsoftware unbemerkt installiert. In beiden Fällen können Dateien auf dem eigenen Computer zerstört werden. Es können aber auch persönliche Daten (z.B. Passwörter) gestohlen werden. Deshalb sollte man mit seinen Zugangsdaten sorgfältig umgehen. Das heißt, dass man in Nachrichten oder E-Mails nicht leichtfertig Links anklicken oder Dokumente runterladen sollte.

Straftaten im Internet

Durch die Anonymität* des Internets haben es Kriminelle leicht, mit Kindern und Jugendlichen in Kontakt zu treten. Deshalb müsst ihr besonders vorsichtig sein, wenn ihr von einer Person aus dem Internet Geschenke bekommt. Oder wenn ihr aufgefordert werdet, Fotos von euch zu schicken oder die Videocam anzuschalten. Solltet ihr zu einem Treffen aufgefordert werden, ist es wichtig, dass ihr euch umgehend euren Eltern oder Lehrern anvertraut.

* **infizieren:** eine Krankheit, die man selbst hat, auf eine andere Person übertragen (hier: geschädigte Dateien anderer, die eigene Dateien auf dem Computer „anstecken" und damit zerstören können.)

die **Anonymität:** Die Benutzer sagen nicht, wer sie sind.

Tipps für die Erarbeitung

Ihr könnt beim Lesen die Schritte des Leseprofis anwenden.

Tipps für die Präsentation

- Eine Mindmap zu den vorgestellten Gefahren erstellen.
- Eine Diskussion über die Gefahren anregen.
- Gemeinsam Schutzmöglichkeiten erarbeiten.

Wahlseite Internetstars beeinflussen uns

1 Informiert euch auf dieser Seite über das Thema Internetstars.

2 Präsentiert eure Ergebnisse in geeigneter Form in der Klasse.

[1] *Gronk*. Foto 2013.

Der Internetstar „Gronk"

Gronk heißt mit bürgerlichem Namen Erik Range. Über YouTube wurde er mit seinen witzigen Let's-Play-Videos* bekannt. Er hat sehr viele Follower (über 4,8 Millionen). Als YouTuber kann er mit seinen Videos Geld verdienen. 1000 Aufrufe bringen schätzungsweise einen Betrag von 1-2 Euro ein. Dazu kommt die Werbung vor und während der Videos, mit der ebenfalls Geld verdient werden kann.

Der Internetstar Pamela Reif

Pamela Reif ist ein Model und ein Internetstar. Bekannt wurde sie, als sie begann, Fotos von Sport- und Fitnessübungen bei dem Onlinedienst Instagram zu veröffentlichen. Sie hat dort rund 4 Millionen Follower, also Personen, die ihre Aktivitäten verfolgen. Sie verdient viel Geld damit, dass sie als Influencer* Produkte für Fitness und Lifestyle bewirbt.

* *das* **Let's-Play-Video:** Video, in dem gezeigt wird, wie man ein Videospiel spielt

der **Influencer:** Internetstar, der andere Menschen beeinflusst

[2] *Pamela Reif*. Foto 2018.

Wie beeinflussen Internetstars das Kaufverhalten?

Für Kinder und Jugendliche sind Internetstars häufig Vorbilder. Die Fans fühlen sich ihnen nahe, da sie an ihrem Alltag teilhaben können. Für sie fühlt es sich dadurch häufig so an, als wären sie mit ihnen befreundet. Problematisch kann das Verhalten der Internetstars sein, wenn sie das Kaufverhalten beeinflussen. Influencer testen häufig Produkte, die sie selber kostenlos zugeschickt bekommen haben und behalten dürfen. Sie machen damit Werbung, die für Kinder und Jugendliche als solche manchmal nicht erkannt wird. Berühmtere Influencer bringen zudem auch ihre eigenen Produkte auf den Markt (z. B. kosmetische Artikel). In beiden Fällen wird das Kaufverhalten der Kinder und Jugendlichen beeinflusst. Es besteht die Gefahr, dass sie Produkte nur deshalb kaufen, weil ihre Stars sie beworben bzw. entwickelt haben.

Tipps für die Erarbeitung und Präsentation

- Erklärt, wie Internetstars Geld verdienen.
- Erläutert, welchen Einfluss Internetstars auf ihre Zuschauerinnen und Zuschauer haben.
- Berichtet von Internetstars, die ihr kennt.

☒ Wahlseite Cyber-Mobbing

1 Informiert euch auf dieser Seite über das Thema Cyber-Mobbing.

2 Präsentiert eure Ergebnisse in geeigneter Form in der Klasse.

[1] *Wenn das Internet nur noch Sorgen macht.* Foto.

Cyber-Mobbing

Wenn eine Person durch eine Gruppe von Menschen wiederholt und regelmäßig geärgert, gequält oder verletzt wird, nennen wir das Mobbing. Dies kann in der Schule, aber auch im Internet stattfinden. Der Unterschied ist dabei, dass Cyber-Mobbing rund um die Uhr stattfindet. Das „Opfer" wird auch zuhause nicht in Ruhe gelassen.

Der „Täter" kann unerkannt bleiben, was das Opfer stark verunsichert. Da der Täter die Reaktionen des Opfers nicht sehen kann, ist ihm häufig auch nicht klar, was seine Worte oder Taten anrichten. Zudem ist das Publikum im Internet unüberschaubar größer. Das Opfer fühlt sich vor einer riesigen Gruppe von Menschen bloßgestellt.

Beispiele für Cyber-Mobbing

- Jemanden mit Absicht nicht in den Klassenchat einladen
- Lügen über andere Schüler verbreiten
- Ein Video aufnehmen, wie jemand verprügelt wird und es ins Internet stellen
- Jemandem wiederholt Nachrichten schicken, in denen man droht oder beleidigt
- Jemanden mit unerwünschten Nachrichten oder Bildern belästigen

Umgang mit Cyber-Mobbing

Man sollte sich von Nachrichten im Internet nicht provozieren oder ärgern lassen. Egal, wie schlimm sie sind. Am besten zeigt ihr diese unerwünschten Nachrichten umgehend einem Erwachsenen. Klickt nach Möglichkeit auf einen „Melden"-Button und meldet die Nachricht. Man kann sich selbst schützen, indem man möglichst wenige Fotos oder Informationen von sich ins Internet stellt.

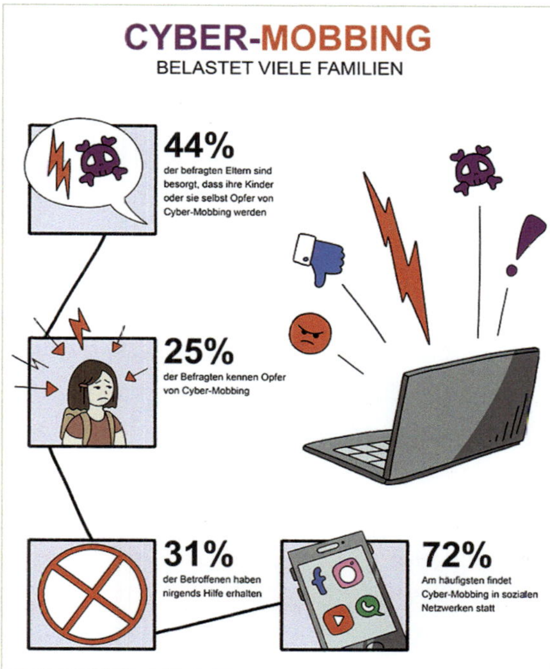

[2] *Cyber-Mobbing.* Grafik.

Tipps für die Erarbeitung und Präsentation

- Erklären, woran man Cyber-Mobbing erkennt.
- Davon berichten, was man gegen Cyber-Mobbing tun kann.
- Die Infografik „Cyber-Mobbing" auswerten und die Ergebnisse darstellen.

Das kann ich!

Versucht zunächst, die Aufgaben auf dieser Doppelseite zu lösen, ohne im Kapitel nachzusehen. Wenn ihr Hilfe braucht, könnt ihr bei den Aufgaben auf den in Klammern angegebenen Seiten nachschlagen.

- *die* Medien
- *das* Mobbing
- *die* Schadsoftware
- *die* Massenmedien
- *das* E-Paper
- Johannes Gutenberg
- *der* Browser
- *die* USK

[1] *Begriffe und ihre Bedeutung*

- Hiermit können Webseiten geöffnet werden.
- Eine Zeitung in digitaler Form, lesbar über eine App.
- Der Erfinder des Buchdrucks mit beweglichen Lettern.
- Die Personen, die prüfen, ab welchem Alter z. B. Videospiele oder Filme in Deutschland erlaubt sind.
- Spyware, Trojaner, Viren oder Würmer
- Sie übertragen Informationen zwischen einem Sender und einem Empfänger.
- Sie können viele Menschen in kurzer Zeit informieren.
- Jemand wird bewusst über einen längeren Zeitraum körperlich und/oder seelisch verletzt.

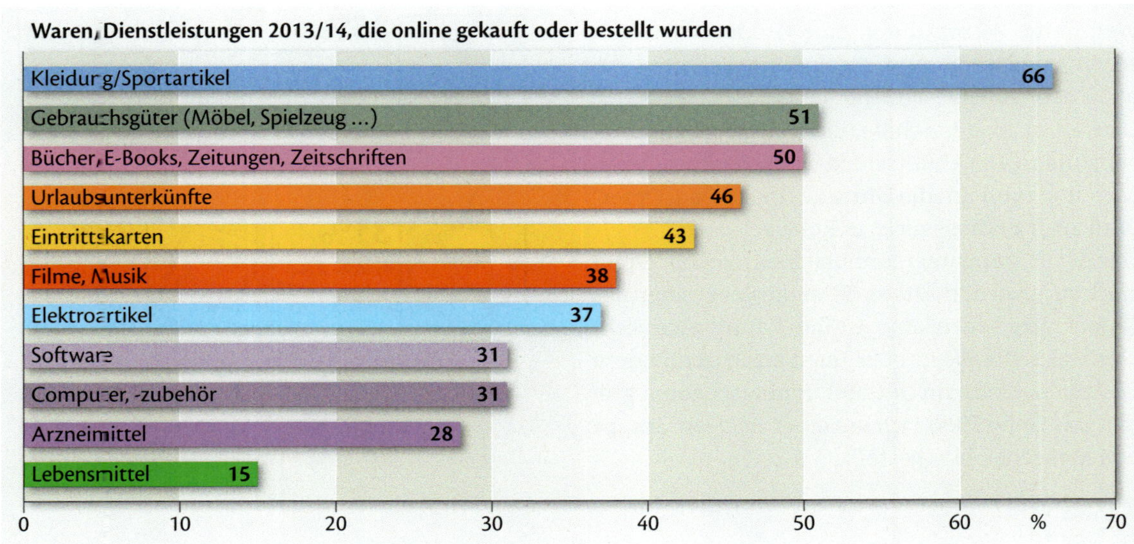

[2] *Waren/Dienstleistungen, die online gekauft werden.* Diagramm.

[3] *Medien im Alltag.* Illustration.

Das Problem mit den Retouren

Online gekaufte Waren werden häufig zurückgeschickt, teils, weil sie nicht richtig funktionieren, teils aber auch, weil sie dem Käufer doch nicht gefallen. Diese Rücksendungen (oder Retouren) kommen aber häufig nicht wieder in den Verkauf, sondern werden einfach weggeworfen. Das betrifft, nach einem Bericht des ZDF-Magazins „Frontal" sogar Kühlschränke, Wasch- und Spülmaschinen aber auch kleinere und teure Gegenstände wie Handys, Tablets sowie Matratzen und Möbel. „Den Berichten zufolge gab eine Mitarbeiterin des Unternehmens an, sie habe jeden Tag Waren im Wert von mehreren zehntausend Euro vernichtet. Mehrere Beschäftigte hätten außerdem [...] berichtet, dass Amazon nicht nur unbrauchbare Produkte zerstöre, sondern auch funktionstüchtige und zum Teil noch neue Produkte. Amazon selbst [...] erklärte, über mehrere Programme zu verfügen, um die Entsorgung von Produkten weiter zu reduzieren – etwa über Wiederverkäufe oder Spenden. [...]"

[4] *Quelle: Retouren: Amazon zerstört Berichten zufolge massenhaft Produkte, in: zeit.de 08.06.2018; https://www.zeit.de/wirtschaft/unternehmen/2018-06/amazon-zerstoert-retouren-neuware-produkte*
© AFP GmbH

Sachkompetenz

1 Ordnet den Begriffen die jeweils passende Erklärung zu [1].

2 Beschreibt, wie sich das Leben der Menschen durch die Erfindung des Buchdrucks in der frühen Neuzeit verändert hat. (S. 260)

3 Ordnet die verschiedenen Medien in [3] nach „alten" und „neuen" Medien ein. Begründet eure Entscheidung. (S. 258–259)

4 Erklärt, wie Internetstars Kinder und Jugendliche beeinflussen können. (S. 270)

Methodenkompetenz

5 Wertet das Diagramm [2] aus: Welche Waren und Dienstleistungen werden am häufigsten und welche am wenigsten im Internet gekauft?

6 Informiert euch mithilfe einer Suchmaschine für Kinder und Jugendliche über die Erfindung des Telefons. (Methode: S. 266)

Urteilskompetenz

7 Beurteilt, ob die Erfindung des Buchdrucks das Leben der Menschen ähnlich verändert hat, wie die Erfindung des Internets. (S. 260)

8 Ein Freund kann sich nicht entscheiden, ob er eine DVD online bestellen oder sie in der Stadt kaufen soll. Welche Entscheidungshilfe gebt ihr ihm? (S. 265)

9 Nehmt zu der Aussage eines Erwachsenen Stellung: „Videospiele sind für Kinder schlecht!" (S. 268)

Handlungskompetenz

10 Macht Vorschläge, wie die Kunden mit ihren Warenbestellungen und Amazon mit den Rücksendungen verantwortungsvoller umgehen können [4].

11 Erstellt ein Infoplakat für junge Menschen, die noch nie im Internet waren: Worauf sollten sie achten?

12 Eine Freundin vertraut euch an, dass sie gemobbt wird. Welche Ratschläge gebt ihr ihr? (S. 271)

Tourismus

Am Mittelmeer

Jahr für Jahr verbringen viele Millionen Menschen ihre Ferien am Mittelmeer. Wie hier am Strand bei Alcudia auf Mallorca suchen die Touristen Sonne, Meer, Strand, Spaß ...

1 Beschreibt das Strandbild. Was gefällt euch, was findet ihr nicht so schön?

2 Lest die Denk- und Sprechblasen und findet dazu jeweils eine Überschrift (Beispiel: Lärmbelästigung).

3 Erstellt eine Liste mit den Gründen, warum viele Menschen ihren Urlaub am Mittelmeer verbringen.

Hoffentlich feiern die nicht wieder so laut.
In diesem Jahr soll's hier Quallen geben. Ach, das ist eine Tüte, keine Qualle ...
... ganz schön zugebaut mit Hotels, aber das Früh-stück war gut.
Herrlich – die Sonne und das warme Wasser!

Schauplatz Am Mittelmeer

[1] *Badeküsten und Ferienorte am Mittelmeer.* Karte.

1 Ordnet den Mittelmeerländern Spanien, Frankreich, Italien, Kroatien, Griechenland, Tunesien und Türkei bekannte Küsten oder Touristenorte zu. Legt dafür eine Tabelle an.

2 Nennt je zwei Urlaubsinseln im westlichen, mittleren und östlichem Mittelmeer.

Der Traum von Sonne und Meer

Jahr für Jahr begeben sich Millionen von Touristen auf den Weg zum Mittelmeer. Sie wollen dort ihren Traum von Sonne und Meer verwirklichen. Schon 1950 fuhren viele Menschen aus Deutschland in den Süden. Für die meisten war damals die italienische Küste das Ziel ihrer Träume. Es gab mehr Urlaub und das Reisen wurde bezahlbar.

Die Entwicklung zum Massentourismus

Ein Reisender, der vor 200 Jahren nach Italien fuhr, reiste mit der Postkutsche. Für die Strecke von Deutschland nach Rom brauchte er zwei Monate. Eine solche Reise war sehr teuer. Nirgendwo musste er vor Sehenswürdigkeiten anstehen. Er konnte sich in aller Ruhe umschauen. Zur Erinnerung konnte er ungestört Zeichnungen anfertigen.

Heute überqueren Reisende in wenigen Stunden mit dem Flugzeug, Reisezug oder Auto die Alpen. Günstige Flugtickets und ausgebaute Autobahnen haben das Reisen preiswerter und schneller gemacht. Noch nie hatten die Menschen so viel Urlaub wie heute.

Zahlreiche Mittelmeerländer sind Mitglieder der Europäischen Union. An den Grenzen finden kaum noch Kontrollen statt. In den meisten Ländern gilt der Euro als einheitliches Zahlungsmittel. Urlaub am Mittelmeer ist zum Massentourismus geworden. Bis zum Jahr 2020 werden jedes Jahr bis zu 350 Millionen Urlauber am Mittelmeer erwartet.

Vom Fischerdorf zur Ferienhochburg

Wo noch vor 50 Jahren kleine Fischerdörfer oder einfache Herbergen standen, sind heute vielfach große Ferienorte entstanden. Hier gibt es zahlreiche touristische Einrichtungen: Hotelanlagen mit Swimmingpools, Ferienclubs, Campingplätze, Restaurants, Tanzlokale, Sportanlagen oder Bootshäfen. Für die Wirtschaft der Mittelmeerländer hat der Tourismus eine sehr große Bedeutung.

3 Nennt Ursachen des Massentourismus.
Starthilfe: *Moderne Verkehrsmittel (Autos, Eisenbahn, Flugzeug) haben das Reisen einfacher und schneller gemacht ...*

4 Schreibt einige Merkmale des Massentourismus in Stichworten auf.

[2] *Strand von Bibione (Italien).* Foto 2015.

Zum Beispiel Bibione

Bibione liegt an der italienischen Küste, nur wenige Kilometer nordöstlich der Stadt Venedig. Der Ort hat für Touristen viel zu bieten: einen Sandstrand von 8 km Länge, bis zu 10 Sonnenstunden und hohe Temperaturen. Die Hotels und Geschäfte haben sich auf viele Touristen eingerichtet. Es gibt zahlreiche Sporteinrichtungen, Restaurants und Discotheken. In der Nähe befindet sich ein Vergnügungspark mit Wellenbad und Wasserrutschen.

5 Beschreibt das Foto [2].
Starthilfe: *Am Strand stehen viele Liegestühle ...; Im Hintergrund ist das Meer zu sehen ...*

6 Beurteilt, ob Bibione für euch als Urlaubsort infrage käme.
Starthilfe: *Für mich käme Bibione infrage, weil ...*

[3] *Freizeitanlage in der Nähe von Bibione.* Foto 2015.

Wählt einen der folgenden Arbeitsaufträge aus:

- Nennt, das Land, in dem Bibione liegt. Nutzt dazu den Text und die Karte [1].
- Schreibt eine Nachricht an Freunde oder Verwandte und berichtet darin kurz über eure Erlebnisse und Eindrücke vom Urlaub am Mittelmeer.
- Entwerft unter der Überschrift „Bibione – mehr als Sonne, Strand und Meer“ einen kleinen Werbetext für den Urlaubsort.

Was ihr noch tun könnt:

MK Sammelt Informationen zu einem bekannten Urlaubsort am Mittelmeer (Internet, Reiseprospekte aus dem Reisebüro, Atlas) und stellt das Ergebnis in der Klasse vor (kurzes Referat, Schaubild, Plakat).

Orientierung

[1] *Beliebte europäische Urlaubsgebiete.* Karte.

Urlaub am Meer oder im Gebirge?
Ob am Mittelmeer, im fernen Asien oder in den Alpen – überall trifft man auf Touristen. Am Anfang der Urlaubsplanung steht fast immer die Frage: Meer oder Gebirge?

[2] *Dein Urlaubstraum?* Foto 2016.

1 Zeigt auf der Karte Urlaubsregionen, die ihr kennt, und benennt sie.

2 Erstellt anhand der Karte [1] eine Tabelle, in der ihr wichtige europäische Reiseziele notiert:

Reiseland	Touristenziele
Spanien	Balearen-Inseln ...
...	...

3 Schreibt aus der Karte [1] beliebte Urlaubsgebiete in Deutschland heraus.
Starthilfe: *Friesische Inseln, Insel Rügen ...*

4 Vergleicht Abbildung [2] mit dem großen Foto auf den Seiten 274-275.

Formen des Tourismus

Früher waren Urlaubsreisen nur für wenige reiche Menschen bezahlbar. Heute fahren viele Einzelreisende, Familien oder Gruppen in den Urlaub. Sie benutzen dazu das eigene Auto, reisen mit dem Zug, dem Bus, dem Schiff oder mit dem Flugzeug. Wenn jemand An- und Abreise, Unterkunft und Programm eigenständig plant, spricht man von einer Individualreise.
Viele Touristen entscheiden sich aber für Angebote von Reiseveranstaltern. Der angebotene Gesamtpreis umfasst dabei die Hin- und Rückreise, die Unterkunft, Verpflegung und das Programm. Man sagt dazu auch Pauschalreise. Heute werden auch spezielle Reiseangebote für Alleinreisende oder barrierefreies Reisen angeboten. Junge Leute reisen gern mit ihrer Jugendgruppe.

5 Beschreibt verschiedene Reiseformen.

Auswirkungen des Tourismus

Der Tourismus kann für die bereisten Länder und deren Einwohner bedeutende Folgen haben. Der Bau von Flughäfen, Hotels oder Freizeitanlagen kostet einerseits viel Geld. Andererseits entstehen neue Verdienst- und Beschäftigungsmöglichkeiten für die einheimische Bevölkerung. Naturschutz, Kultur und Traditionen kommen dabei aber oft zu kurz.

* *der* **Tourismus:** Geht auf das französische Wort *le tour* für Reise, Spaziergang, Rundgang zurück. Alle Erscheinungen, die mit einer Reise von Personen an einen Ort zusammenhängen, der nicht der Arbeits-, Versorgungs- oder Wohnort ist.

[3] *Rollstuhlfahrerin am Bahnsteig.* Foto.

6 Beurteilt die Vor- und Nachteile vom Reisen mit dem Auto, Bus und Flugzeug für Rollstuhlfahrer, die ihren Urlaub planen.

Tourismus

Urlaub und Reisen heute

Wo und wie machen wir heutzutage Urlaub?

[1] *Ein Gespräch auf dem Schulhof.*

1 Lest die Texte in den Sprechblasen. Worüber unterhalten sich die Schülerinnen und Schüler?

2 Berichtet, wo und wie ihr eure Ferien verbringen möchtet.

[2] *Familie Peters plant ihren Urlaub.* Foto.

3 Lest die Texte in den Sprechblasen. Was hat Familie Peters vor?

Sprachspeicher
der Ferienclub • *das* Feriencamp • *die* Ferienwohnung • den Urlaub planen > *die* Urlaubsplanung • in den Urlaub fahren • mit einem Auto/Reisebus fahren

[3] *Vor- und Nachteile verschiedener Reisearten (Verkehrsmittel).*

4 Vergleicht die drei Reisearten in [3]. Stellt die Vorteile und Nachteile in einer Tabelle gegenüber.

5 Begründet, welches Verkehrsmittel ihr für den Urlaub bevorzugen würdet.

Urlaub planen – Entscheidungen treffen

Vor einer Reiseplanung muss vieles bedacht werden:
Grundsätzliches: Wollen wir eine Individual- oder eine Pauschalreise durchführen? Online buchen oder ein Reisebüro aufsuchen?
Reiseziel: Meer oder Gebirge? Touristenzentrum oder unberührte Natur? Welche Freizeitangebote gibt es?
Unterkunft: Hotel, kleine Pension, Campingplatz oder Ferienwohnung?
Reiseart: Auto, Bahn/Bus oder Flugzeug?
Geld. Wieviel Geld steht uns zur Verfügung? Wie viel können oder wollen wir im Urlaub ausgeben?
Umwelt: Was können wir tun, um die Umwelt durch unseren Urlaub so wenig wie möglich zu belasten?

6 Begründet, welche Entscheidungen ihr hinsichtlich der Punkte „Grundsätzliches", „Reiseziel", „Unterkunft" und „Reiseart" treffen würdet.
Starthilfe: *Ich würde gern eine Individualreise online planen, weil ...*

Wählt einen der folgenden Arbeitsaufträge aus:

- Erstellt ein Werbeplakat für ein ausgewähltes Reiseziel.
- Erstellt eine Liste mit Vorschlägen für einen umweltfreundlichen Urlaub.
- Führt ein Rollenspiel durch: Familie Meier (Eltern, zwei Kinder im Alter von 10 und 11 Jahren) plant ihren Sommerurlaub.
  Starthilfe: *Vater Klaus möchte unbedingt mit dem Auto in die Berge fahren. Die Mutter und die Kinder haben andere Vorstellungen ...*

Was ihr noch tun könnt:

MK Informationen zu einem Reiseort am Meer oder in den Bergen aus Reisekatalogen, Reiseführern oder Webseiten sammeln und vorstellen (Plakat, Powerpoint-Präsentation, Referat).

Sprachspeicher
die Reiseplanung • *die* Individualreise (= selbstständig geplant) • *die* Pauschalreise (= ein komplettes Angebot) • *die* Umwelt (nicht/wenig) belasten

Methode Klimadiagramme lesen ...

Klima und Klimadiagramm
Das Zusammenwirken von Temperatur, Niederschlag, Bewölkung, Wind und Luftdruck wird als Klima bezeichnet. Aus den langjährigen (meist 30 Jahre) Durchschnittswerten des Wetters ergibt sich das jeweilige Klima eines Ortes.
An vielen Orten auf der Erde werden regelmäßig die Temperaturen gemessen und in Grad Celsius (°C) angegeben. Der Niederschlag wird mit einem Regenmesser aufgefangen und in Millimetern abgelesen.
Bei Klimadiagrammen werden die monatlichen Durchschnittstemperaturen eines Ortes mit den durchschnittlichen Niederschlagsmengen kombiniert dargestellt.

1. Schritt Grundinformationen ablesen

- Um welchen Ort geht es? (Name/Staat, Höhe über dem Meer).
- Wie hoch ist die durchschnittliche Jahrestemperatur?
- Wie hoch ist die durchschnittliche jährliche Niederschlagsmenge?

2. Schritt Durchschnittliche Monatstemperatur ermitteln

- Mit dem Finger oder einem Stift den einzelnen Monat zeigen, bis zur roten Kurve nach oben gehen und an der linken Hochachse den Wert in °C ablesen.

3. Schritt Niederschlag ermitteln

- Mit dem Finger oder einem Stift den einzelnen Monat zeigen, an der blauen Säule nach oben gehen und die Niederschlagsmenge an der rechten Hochachse ablesen.

4. Schritt Aussagen einordnen und vergleichen

- Die jeweiligen Monate mit den höchsten und niedrigsten Temperaturen bzw. den geringsten und höchsten Niederschlägen ermitteln.
- Mit anderem Klimadiagramm vergleichen.
- Auswirkungen des Klimas z. B. auf die Vegetation (Pflanzenwachstum) einschätzen.

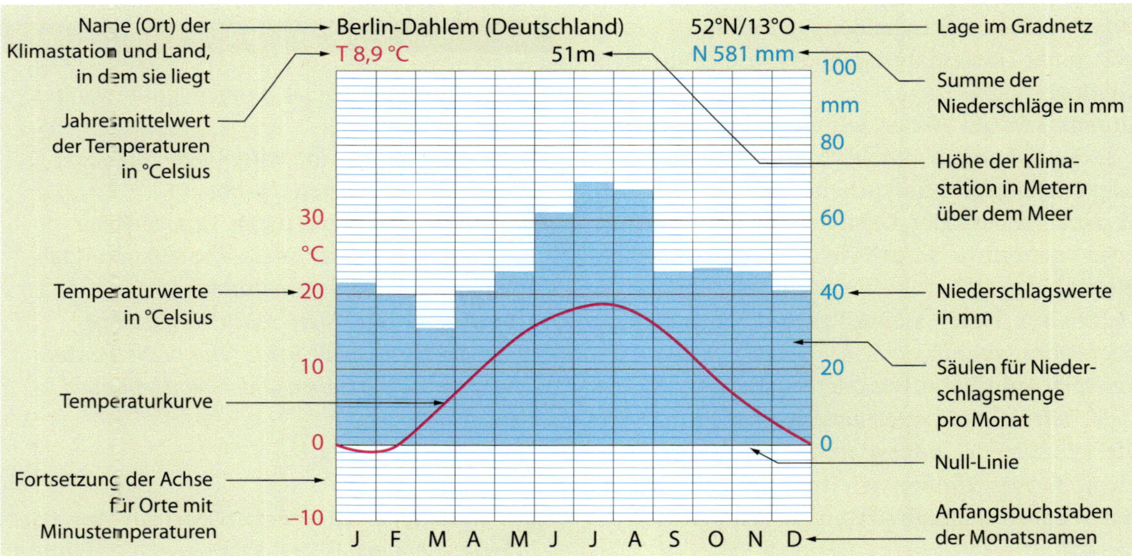

[1] *Klimadiagramm von Berlin-Dahlem.*

1 Lest aus dem Klimadiagramm von Berlin-Dahlem die durchschnittlichen Temperaturen und Niederschläge pro Monat ab und übertragt sie in eine Tabelle.

2 Vergleicht die Werte mit den Klimadiagrammen von Langeoog und Oberstdorf (S. 284, 286).

... und besprechen

Lösungsbeispiel

1. Schritt: Grundinformationen ablesen

- Im Beispiel handelt es sich um ein Klimadiagramm von Berlin-Dahlem in Deutschland. Berlin befindet sich im Gradnetz 52° nördlicher Breite und 13° östlicher Länge und liegt 51 m über dem Meeresspiegel.
- Als durchschnittliche jährliche Jahrestemperatur ist ein Wert von 8,9°C angegeben.
- Die durchschnittliche jährliche Niederschlagsmenge beträgt 581 mm.

2. Schritt: Durchschnittliche Monatstemperatur ermitteln

- Die durchschnittliche Monatstemperatur erreicht im Monat April etwa 9°C, weil im April Temperaturen von 7°C bis 11°C zu sehen sind. In der Mitte der Monatsspalte ist etwa 9°C abzulesen.

3. Schritt: Niederschlag ermitteln

- Im Monat September fallen im Durchschnitt etwa 46 mm Niederschlag, wie man an der blauen Säule und der blauen rechten Skala erkennen kann.

4. Schritt: Aussagen einordnen und vergleichen

- Im Monat Juli kann die höchste durchschnittliche Temperatur abgelesen werden, weil dort die rote Temperaturkurve den höchsten Wert mit 19°C erreicht.
- Im Monat Januar ist die niedrigste Temperatur mit −1°C.
- Der Monat mit den meisten Niederschlägen ist der Juli mit 70 mm Niederschlag. Im Monat März fallen die wenigsten Niederschläge mit durchschnittlich 30 mm.
- Das Klimadiagramm gleicht vielen in Deutschland mit ähnlichen Bedingungen.
- In unserem Klimabereich haben die Pflanzen in der Regel das ganze Jahr über ausreichend Niederschläge zur Verfügung.
- Die Temperaturen sind so, dass in den warmen Monaten die Pflanzen wachsen und die in der Landwirtschaft angebauten Sorten einmal im Jahr geerntet werden können. Die passenden Temperaturen und Wassermengen beeinflussen stark, wo welche Pflanzen wachsen können.

Sprachliche Formulierungshilfen / Tipps:

Über dem Diagramm steht links / in der Mitte / rechts ...
Im Diagramm kann man ... ablesen.
Es ist zu sehen ...

Im Monat ... können Temperaturen von ... bis ... abgelesen werden.
Die mittlere Monatstemperatur beträgt ...

Es fallen ... mm Niederschlag.
Der Niederschlag beträgt ... mm.

Der meiste Niederschlag fällt im Monat ..., der wenigste im Monat ...
An der Skala rechts/links kann die Temperatur / der Niederschlag abgelesen werden.
... haben Einfluss auf ...
... sind entscheidend für ...
Hier kann zum Beispiel ...
Im Vergleich zu ...
Die Temperaturen sind tiefer/höher als ...
Die Niederschlagsmengen sind geringer/höher als ...
Die Werte der Temperatur / Die Temperaturwerte
Die Niederschlagsmengen / Die Menge der Niederschläge

Urlaub an der Nordsee

Warum machen viele Touristen lieber Urlaub an der Nordsee als am Mittelmeer?

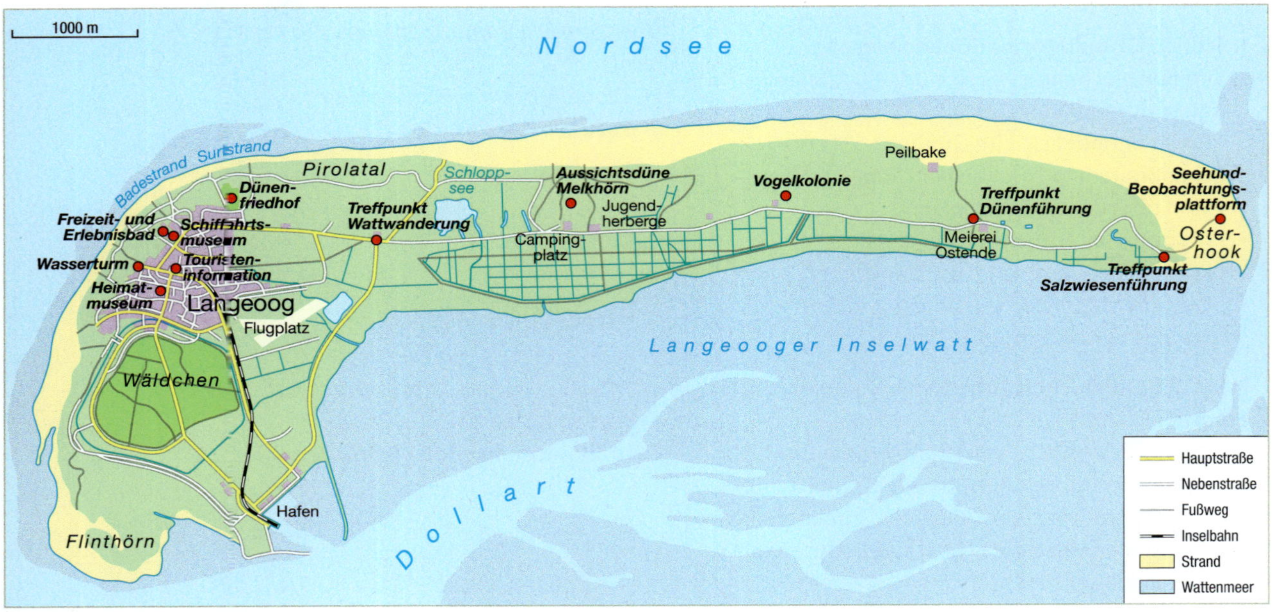

[1] *Die Insel Langeoog.*

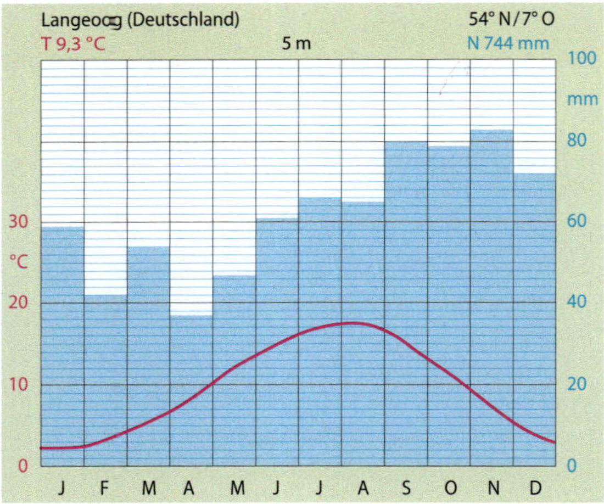

[2] *Klimadiagramm von Langeoog.*

[3] *Dünenlandschaft mit Wasserturm.* Foto, 2018.

Urlaub auf Langeoog

Familie Schmidt (zwei Erwachsene, zwei Kinder im Alter von 6 und 10 Jahren) hat sich für die ostfriesische Insel Langeoog entschieden. Mit dem Auto sind es nur wenige Stunden vom Ruhrgebiet bis zur Küste. Im kleinen Ort Bensersiel haben die Schmidts ihr Auto abgestellt, denn nun geht es mit einer Personenfähre hinüber zur autofreien Insel. Am Fährhafen wartet die Inseleisenbahn, die die Touristen ins Inseldorf bringt.

1 Sucht Langeoog auf einer Karte im Atlas. Wie heißen die anderen ostfriesischen Inseln?

2 Beschreibt die Inselkarte [1].
> Sprachspeicher

3 Beschreibt das Klima von Langeoog [2] mithilfe der Methode „Klimadiagramme lesen“ von Seite 288.

4 Findet aus dem Text auf der rechten Seite heraus, welche natürlichen Voraussetzungen für den Urlaub auf Langeoog gegeben sind.

Sprachspeicher

2: *der* Badestrand / *der* Sandstrand ▪ *der* Treffpunkt für … liegt im … Norden/Westen/Osten/Süden ▪ *das* Heimatmuseum / *das* Schifffahrtsmuseum ▪ in … km Entfernung von / in der Nähe von … ▪ *die* Düne, *die* Dünen ▪ *die* Vogelkolonie ▪ befindet sich … / grenzt an … ▪ *das* Watt, *das* Watten|meer / *die* Wattwanderung führt durch …

Langeoog – die Insel für jede Jahreszeit

Wind, Sand und Meer formten die ostfriesische Insel Langeoog. Im Laufe von Jahrhunderten wuchsen Strand, Salzwiesen, Dünen* und Wäldchen nach. Sie machen die heutige Schönheit der Naturlandschaft aus. Auf Langeoog herrscht ein Seeklima mit milden Wintern und angenehm kühlen Sommern. Nur an wenigen Tagen im Jahr ist es heißer als 25 Grad. Die schöne Umgebung und das milde Klima sorgen dafür, dass sich Kinder, Erwachsene und Senioren hier rundum wohlfühlen können. Der 14 km lange Sandstrand, Dünen, Salzwiesen, Watt und kleine Wälder bieten den Urlaubern zahlreiche Möglichkeiten für das Strandleben, für Wassersport, Wanderungen oder zum Radfahren. Autolärm und Abgase kann man auf der autofreien Insel vergessen.

Langeoog liegt im Nationalpark „Niedersächsisches Wattenmeer". Es ist die drittgrößte ostfriesische Insel. Hier gibt es noch unberührte Natur mit einer artenreichen Tier- und Pflanzenwelt, die man bei geführten Watt- oder Dünenwanderungen entdecken kann. Eine Aussichtsplattform am Ostende der Insel ermöglicht es, Seehunde zu beobachten, die sich bei Niedrigwasser auf den Sandbänken ausruhen. Das große Meerwasser-Freizeit- und Erlebnisbad bietet Badevergnügen pur.

5 Beschreibt die Freizeitmöglichkeiten auf Langeoog. > Sprachspeicher

6 Beurteilt, warum viele Menschen lieber Urlaub an der Nordsee als am Mittelmeer machen.

* *(die)* **Dünen**: Durch Wind gebildete Sandanhäufungen.

(das) **Wattenmeer**: Küstenstreifen an der Nordseeküste zwischen Festland und Inseln, der zweimal täglich überflutet wird und danach wieder trockenfällt. Das Watt ist Lebensraum für Schnecken, Muscheln oder Wattwürmer.

[4] *Strandleben auf Langeoog.* Foto, 2016.

[5] *Wattwanderung.* Foto, 2017.

Wählt einen der folgenden Arbeitsaufträge aus:

- Wählt eine Freizeitmöglichkeit auf Langeoog aus. Schreibt darüber drei Sätze wie für eine „Grußkarte" von der Insel.
- Schreibt einen kleinen Erlebnisbericht über eine Wattwanderung.
  Starthilfe: *Wir gingen am Morgen bei Niedrigwasser los und ...*
- Entwerft eine Skizze für einen Langeoog-Flyer. Dabei sollten die im Text dargestellten Vorzüge der Insel stichwortartig vorkommen.

Was ihr noch tun könnt:

→ Im Reisebüro Prospekte über Urlaubsorte an der Nordsee sammeln.

MK Im Internet nach Material über einen Urlaubsort an der Nordsee recherchieren.

Sprachspeicher

5: Auf Langeoog kann man ... ein Museum besuchen • etwas besichtigen • Tiere (Vögel, Seehunde) beobachten • an einer Wanderung/Führung teilnehmen

6: Ich denke/meine, viele Menschen machen gerne Urlaub auf Langeoog weil, ... • Ein Urlaub auf Langeoog hat den Vorteil, dass man hier ...

Sommerurlaub in den Alpen

Warum verbringen Touristen ihren Sommerurlaub in den Bergen?

[1] *Sommerurlaub in den Alpen.* Karte.

1 Findet aus der Karte [1] heraus: Welche Staaten haben Anteil an den Alpen? Wie hoch sind Montblanc, Zugspitze und Großglockner?

2 Beschreibt das Klima von Oberstdorf [2] mithilfe der Methode „Klimadiagramme lesen" (S. 282). > **Sprachspeicher**

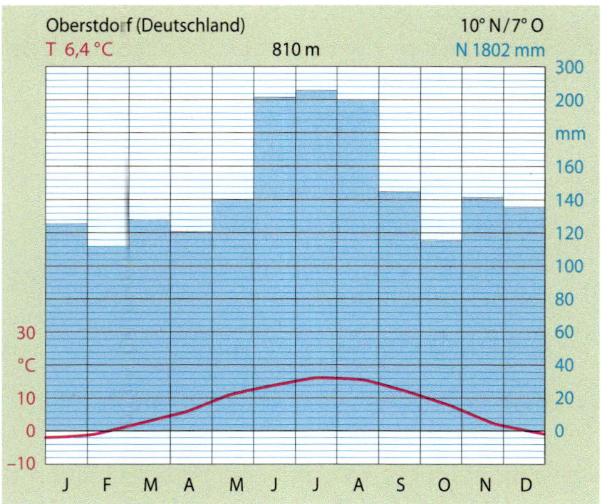

[2] *Durchschnittliche Temperaturen in Oberstdorf.*

Urlaub in den Alpen

Die Alpen sind mit einer West-Ost-Erstreckung von 1200 km und einer Nord-Süd-Ausdehnung von 250 km das größte Gebirge in Europa. Hier gibt es ca. fünf Millionen Ferienbetten, 500 Millionen Übernachtungen und 120 Millionen Feriengäste pro Jahr. Die meisten Touristen kommen im Winter zum Skifahren oder Snowboarden.

Familie Köster hat sich entschieden, die Alpen im Sommer kennenzulernen. Die Eltern möchten vor allem wandern. Dazu hatten Hendrik (13 Jahre) und Tina (11 Jahre) eigentlich keine Lust. Aber in ihrem Ferienort Oberstdorf gibt es ja noch viele andere Möglichkeiten ...

3 Beschreibt mithilfe der Abbildungen [4] und [5] die Freizeitmöglichkeiten in Oberstdorf. Was würdet ihr besonders gern machen?

4 Klärt, welche Vorbereitungen (Ausrüstung, Verpflegung) Familie Köster für eine Wanderung in den Bergen treffen müsste.

Sprachspeicher

2: Das Klimadiagramm zeigt ... • die Temperaturkurve steigt/fällt ... • die Niederschlagswerte im Monat sind ...

4: Für jede Person müssen ausreichend Getränke ...

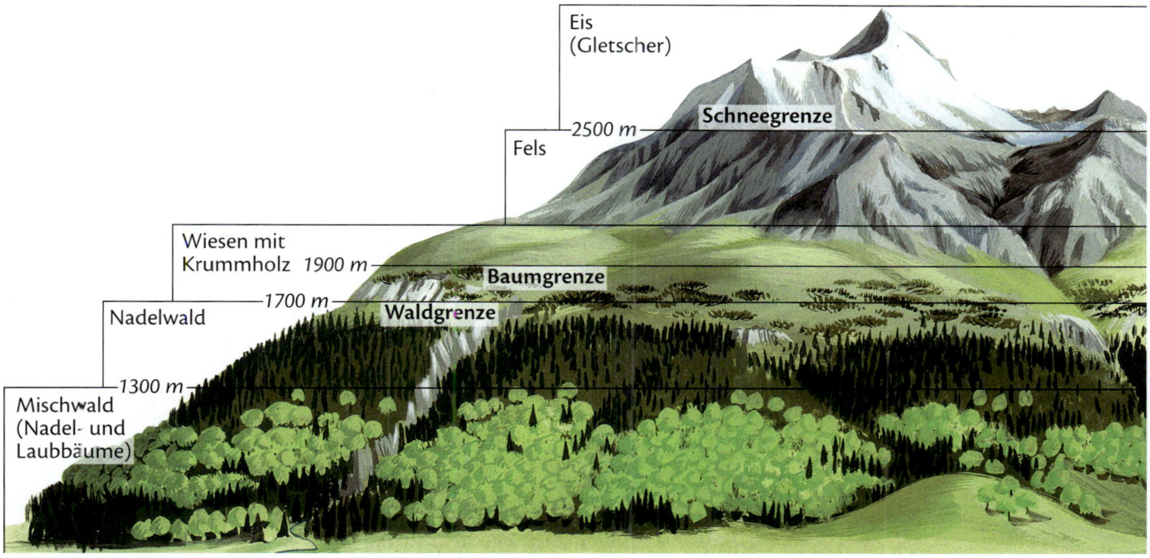

[3] *Höhenstufen der Pflanzenwelt auf der Nordseite der Alpen.*

[4] *Bergsteigen in den Alpen.* Foto.

[5] *Wildwasserfahren (Rafting).* Foto, 2017.

Die Höhenstufen der Alpen und deren Nutzung
Mit zunehmender Höhe nehmen die Temperaturen im Gebirge ab und die Niederschläge zu. So entstehen verschiedene Lebens- und Wirtschaftsräume. In diesen wachsen unterschiedliche Pflanzen. Die Räume werden unterschiedlich genutzt.

5 Sammelt in Stichworten Gründe, warum Menschen im Sommer in den Alpen Urlaub machen.
> Sprachspeicher

6 Beschreibt die Abbildung zu den Höhenstufen der Alpen.

Wählt einen der folgenden Arbeitsaufträge aus:

- Nennt mögliche Freizeitaktivitäten und Möglichkeiten, wo diese durchführbar sind. Dabei hilft euch das Anfertigen einer Tabelle.
- Vergleicht die unterschiedlichen Höhenstufen und beachtet dabei die Pflanzenwelt und die Nutzungsmöglichkeiten.
- Entwerft einen Bericht über eine Bergwanderung bis in 2000 m Höhe.

Was ihr noch tun könnt:

MK Im Reisebüro Prospektmaterial zum Urlaub in den Bergen beschaffen, im Internet oder in der Bibliothek Material zu einzelnen Orten in den Alpen heraussuchen.

Sprachspeicher
5: Schöne Landschaft, gute Luft, viel Bewegung, Abwechslung im Freizeitsport

☒ Schildere die Vorbereitungen (Ausrüstung, Verpflegung), Einzelheiten der Strecke (z. B. Höhe, Temperatur, Pflanzen- und Tierwelt) und deine Eindrücke vom Erlebnis.

APP

Ski und mehr ...

Weiß um jeden Preis?

[1] *Kindergruppe in den Alpen.* Foto, 2015.

1 Berichtet vom Winterurlaub in den Alpen oder von einem Klassenausflug im Winter: Was hat euch viel Spaß gemacht? Was war nicht so gut?

Erlebnis Wintersport

Winterurlaub in den Alpen ist heute mehr als nur Skifahren, Rodeln oder Eislaufen. In vielen Skiorten bieten Schwimmbäder mit Sauna und Erholungsbereich Spaß und Entspannung.
Inzwischen ist ein Wettkampf um größere Skigebiete, mehr Luxus und mehr Nervenkitzel entstanden. In den Ötztaler Alpen (Österreich) wurde die größte Disco in den Alpen errichtet. In Sölden (Tirol) flossen 30 Millionen Euro in den Bau einer neuen Seilbahn.

Wirtschaftliche Folgen

Millionen von Besuchern haben in den letzten Jahrzehnten viel Geld in die Alpenregion gebracht. Zahlreiche Besitzer von Hotels, Skiliften, Restaurants oder Läden kamen zu Wohlstand. Die meisten Einwohner der Skiorte arbeiten in der Tourismusbranche – als Skilehrer, Bergführer, Hotelangestellte, in Gaststätten oder Discos.

2 Beschreibt die wirtschaftlichen Folgen des Wintertourismus in den Alpen.

[2] *Schwimmbad in den Alpen.* Foto.

Sprachspeicher
Spaß und Entspannung bieten • ein Wettkampf entsteht • in der Tourismusbranche arbeiten • zu Wohlstand kommen

Die Folgen des Tourismus in den Alpen
Was denken die Menschen, die dort leben und arbeiten?

Der Bürgermeister
Früher gab es in unserer Region nur wenige Arbeitsplätze und viele arme Leute. Durch den Skitourismus sind die Besitzer von Hotels, Skiliften, Restaurants und Läden zu Wohlstand gekommen. Viele Menschen arbeiten in der Tourismusbranche als Skilehrer, Bergführer, Hotelangestellte, in Gaststätten oder Clubs.

[3] *Skipiste im Sommer.* Foto, 2015.

Eine Einwohnerin
Ich lebe seit meiner Geburt hier im Ort. Früher war das ein gemütliches Dorf, wo jeder jeden kannte. Heute sieht unser Bergdorf aus wie eine Stadt mit breiten Straßen, Autos und hässlichen Hotelkästen. Über Tag tummeln sich tausende von Touristen auf den Skipisten. Und am Abend dringt der Lärm aus den Restaurants oder Clubs.

Ein Hotelbesitzer
Wir haben ein großes, modernes Hotel mit Restaurantbetrieb, das unseren Gästen alle Möglichkeiten für einen erholsamen Urlaub bietet. Bei uns arbeiten viele Menschen in der Küche, im Restaurant oder im Hotelservice. Wir zahlen Steuern und Abgaben an die Gemeinde, die damit die öffentlichen Wege, Plätze oder Kultureinrichtungen unterhält.

[4] *Ein überfüllter Parkplatz im Winter.* Foto.

Eine Umweltschützerin
Jedes Jahr kommen Tausende von Touristen mit dem Auto in unseren Ort und verschmutzen die Luft mit giftigen Abgasen. Für die Skipisten, Bergbahnen und Parkplätze wurden große Waldflächen gerodet. Es fällt bei uns wegen des Klimawandels weniger Schnee als früher. Deswegen werden die Pisten künstlich mit Schneekanonen beschneit. Das kostet viel Energie und Wasser. Durch den Bau von Skipisten, Parkplätzen, Hotels und Straßen wird der Lebensraum von Tieren immer mehr eingeschränkt oder sogar zerstört.

Wählt einen der Arbeitsaufträge aus:

- Erstellt eine Liste mit Argumenten für und gegen den Massentourismus in den Alpen.
- Gestaltet ein Rollenspiel mit den Argumenten auf dieser Seite.
- Schreibt einen Leserbrief, der sich kritisch mit dem geplanten Bau einer zusätzlichen Skipiste (eines Skilifts oder Hotels) auseinandersetzt.

Sprachspeicher
Steuern zahlen • öffentliche Einrichtungen unterhalten • die Luft verschmutzen • Waldflächen roden • eine Piste künstlich beschneien (Schneekanone) • den Lebensraum von Tieren einschränken/zerstören

Massentourismus – Sanfter Tourismus

Welche Auswirkungen hat Tourismus auf die Menschen und die Umwelt?

[1] *Mallorca, Strand bei Alcudia.* Foto 2017.

1 Beschreibt das Bild [1].
Starthilfe: *Am Strand von Mallorca tummeln sich massenhaft Menschen im Wasser und ...*

2 Stelle in Stichworten zusammen:
a) Kennzeichen des Massentourismus
b) positive und negative Folgen des Massentourismus

Massentourismus

Im Sommer und im Winter locken Sonne, Strände, Schnee und Skipisten Millionen von Touristen an das Mittelmeer oder in die Alpen. Überall dort, wo Touristen in größeren Massen an bestimmten Zielorten auftreten, sprechen wir von Massentourismus.

Der Massentourismus wird vor allem von großen Reiseanbietern bestimmt. Sie bieten Pauschalreisen an. Dabei werden Anreise, Unterkunft, Verpflegung und Programm zu einem günstigen Gesamtpreis angeboten. Meistens werden die Touristen in großen Hotels („Bettenburgen") untergebracht. Um die Massen zu bewältigen, müssen Straßen, Flugplätze, Hotels und Freizeitanlagen gebaut werden.

Auswirkungen

Der Massentourismus bringt Jahr für Jahr viel Geld in die touristischen Länder und einzelnen Orte. Er schafft auch Millionen von Arbeitsplätzen im Transportgewerbe, in Hotels, Restaurants und Freizeiteinrichtungen. Aber der Massentourismus nimmt zahlreichen Tieren und Pflanzen ihren natürlichen Lebensraum. Die Autos der Touristen schädigen mit ihren Abgasen die Umwelt.

Die Pandemie und der Tourismus

Das Coronavirus (Covid 19) tauchte erstmals Ende 2019 in China auf und verbreitete sich in wenigen Wochen über die ganze Welt. Die Krankheit ist hochansteckend und führt bei den Betroffenen zu Unwohlsein und Fieber, zuweilen auch zu schweren Lungenentzündungen und zum Tod. Bis Ende April 2020 hatten sich weltweit etwa 3 Millionen Menschen mit dem Coronavirus angesteckt. Davon waren etwa 200 000 Menschen gestorben.

Die weltweite Ausbreitung der Infektionskrankheit wird als „Pandemie" bezeichnet und führte überall zu Kontaktverboten, zur Schließung von Schulen, Restaurants, Geschäften, Sportanlagen, Kinos oder Theatern. Vor allem die Tourismusbranche erlitt weltweit schwere Schäden: Flugzeuge blieben am Boden, Schiffe lagen im Hafen, Hotels und Restaurants wurden geschlossen. Millionen von Angestellten verloren ihren Arbeitsplatz.

3 Berichtet, wie sich die Pandemie auf den Tourismus auswirkte und wie sich die Situation im Jahr 2020 weiter entwickelte.

Sprachspeicher
Reisen/Pauschalreisen anbieten • Arbeitsplätze schaffen • die Umwelt schädigen • die Pandemie (= eine weltweite Ausbreitung einer Krankheit) • eine hochansteckende Krankheit, sich infizieren > die Infektion • das Kontaktverbot • den Arbeitsplatz verlieren

Sanfter Tourismus

Der sanfte Tourismus versteht sich als Gegenmodell zum Massentourismus. Er ist eine Form des Reisens, die drei wesentliche Ziele verfolgt:

- Die Natur des Urlaubsgebietes soll geschont werden.
- Die Touristen sollen die Natur möglichst nah, intensiv und ursprünglich erleben.
- Die Reisenden sollen sich der Kultur des bereisten Gebietes möglichst anpassen (Beispiele: Sprache, Musik, Essen und Trinken).

4 Beschreibt die Bilder [2]–[4] und erläutert, was sie mit dem sanften Tourismus zu tun haben.

5 Entscheidet, welche der folgenden Begriffe zum sanften Tourismus gehören und schreibt sie heraus. > Sprachspeicher

[2] *Bergbahn zum Drachenfels*

[3] *Bootfahren im Altmühltal.* Foto, 2016.

Wählt einen der folgenden Arbeitsaufträge aus:

- ◩ Nennt die wesentlichen Ziele des sanften Tourismus.
- ⊠ Erstellt einen Flyer für ein touristisches Angebot mit Argumenten für den sanften Tourismus (z. B. für ein Naturschutzgebiet).
- ⊠ Entwerft ein Protestplakat gegen den Massentourismus.

Was ihr noch tun könnt:

→ Prospekte aus dem Reisebüro sammeln und einzelne Angebote vorstellen.

MK Im Internet Informationen zum Altmühltal sammeln.

[4] *Radtour am renaturierten Niederrhein*

Sprachspeicher

5: Anreise mit Flugzeug oder Auto • Anreise mit öffentlichen Verkehrsmitteln • Ferienclubs • einfache Unterkünfte • Swimmingpools • öffentliche Freibäder • Wandern • Radfahren • Reiten • Discos • Bars • Vergnügungsparks • einheimisches Essen • internationales Essen.

⊠ *Beispiel:* Massentourismus – Nein, danke!

Wahlseite Kreuzfahrten

[1] *Kreuzfahrtschiff in einem Kanal von Venedig.* Foto 2019.

1 Informiert euch anhand des Bildes und des Textes über Kreuzfahrten.

2 Präsentiert eure Ergebnisse in geeigneter Form in der Klasse.

„Traumreise" Kreuzfahrt?

Willkommen an Bord! Tauchen Sie mit uns ein in die **großartige Welt** der Kreuzfahrten. Eine Kreuzfahrt ist eine ganz **besondere Art des Reisens** – wie sonst könnten Sie so entspannt und komfortabel die Welt entdecken wie an Bord eines modernen Schiffes? Die Auswahl reicht von supermodernen Luxus-Linern bis hin zur charmanten Postschiff-Flotte der Hurtigruten. Ob Mittelmeer, Nordland, Transatlantik-Route oder lieber Karibik, Südamerika oder gar einmal um die ganze Erde – bei uns finden Sie die ganze Vielfalt der Kreuzfahrten.

[2] *https://www.berge-meer.de/thema/kreuzfahrten*

Die großen Kreuzfahrtschiffe **für mehrere tausend Touristen** verfügen über bequeme Kabinen, mehrere Restaurants, Swimmingpools, Theater und Sporträume. Bei Landausflügen können die Touristen alte Städte oder schöne Landschaften kennenlernen. Die Anreise zum Starthafen und die Abreise vom Zielhafen erfolgt meist mit Flugzeugen oder mit dem Zug.

„Problemfall" Kreuzfahrten?

Die Kritik am Massentourismus „Kreuzfahrten" richtet sich vor allem auf folgende Problembereiche:

- Der **Schadstoffausstoß** eines Kreuzfahrtschiffes entspricht dem von 400 000 Pkw. Kreuzfahrtschiffe werden zu „Klimakillern".
- Auf jeder Kreuzfahrt werden **tonnenweise Lebensmittel weggeworfen**, die die Gäste auf den Tellern zurücklassen.
- Alte Städte wie Venedig oder Dubrovnik werden täglich von tausenden Kreuzfahrt-Touristen „überschwemmt". Die Einwohner fürchten eine Zerstörung ihrer Stadt.
- Die Entsorgung von **Müll und Abwasser** ist problematisch und diese gelangen ins Meer oder führen an den Zielorten zu Überlastungen.

Tipps für die Erarbeitung
- Ihr könnt beim Lesen die Schritte des Lese-Profis anwenden. Was habt ihr über „Kreuzfahrten" erfahren?

Tipps für die Präsentation
- Positive und negative Seiten des Kreuzfahrttourismus gegenüberstellen
- zusätzliches Bild- und Kartenmaterial zum Thema „Kreuzfahrt" beschaffen und als Wandbild darstellen.

☒ Wahlseite Urlaub im Nationalpark Eifel

1 Informiert euch anhand des Textes und der Fotos über den Nationalpark Eifel.

2 Präsentiert eure Ergebnisse in geeigneter Form in der Klasse.

Der Nationalpark Eifel stellt sich vor

Ein Nationalpark ist ein Gebiet, das durch spezielle Maßnahmen vor schädlichen menschlichen Eingriffen und vor Umweltverschmutzung geschützt wird. Nationalparks sind landschaftlich schöne Regionen, die über seltene Pflanzen und Tiere verfügen und im Auftrag einer Regierung verwaltet werden. In Deutschland gibt es vierzehn Nationalparks.

Inmitten einer Landschaft aus Wald und Wasser ist im Nationalpark Eifel die Faszination* Wildnis hautnah erlebbar. Denn in dem 65 Kilometer südwestlich von Köln gelegenen Großschutzgebiet findet die Natur wieder in ihren eigenen Kreislauf aus Werden und Vergehen zurück. Auf einer Fläche von ungefähr 110 Quadratkilometern, das entspricht etwa 17 000 Fußballfeldern, heißt das Motto „Natur Natur sein lassen", wie in allen Nationalparks weltweit. Entdecken Sie die Urwälder von morgen. Hier leben Wildkatzen, Schwarzstörche und über 1600 weitere bedrohte Tier- und Pflanzenarten, die Forscher bereits im Nationalpark nachgewiesen haben. Genießen Sie einmalige Ausblicke auf die Talsperren Rur-, Ober- und Urftsee. Entspannen Sie, während Sie zum Beispiel auf dem Wildnis-Trail durch romantische Bachtäler und beeindruckende Buchenwälder wandern. ... Fast jeden Tag des Jahres können Sie sich Rangern* anschließen – kostenlos und ohne Anmeldung. WaldführerInnen sind für individuelle Wanderungen buchbar. Einen Überblick geben der digitale Veranstaltungskalender und die Broschüren, die Sie herunterladen oder bestellen können ...

[1] *Deutsche Bahn: DB Fernverkehr AG, https://www.fahrtziel-natur.de/natur/view/gebiet/eifel/infos.shtml*

[2] *Wanderung mit einem Ranger.* Foto 2009.

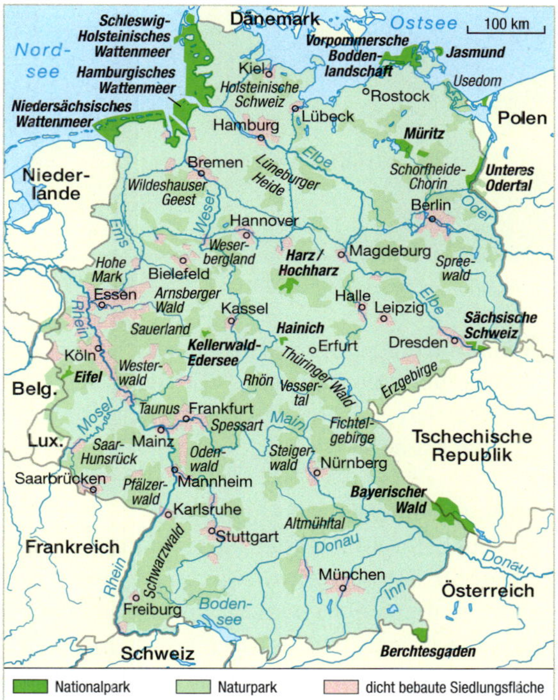

[3] *Nationalparks in Deutschland.*

* *die* **Faszination**: Reiz, Verlockung, Anziehung

der **Ranger**: Aufseher, Wildhüter, Begleiter im Nationalpark (in den USA auch Soldat in einer Spezialeinheit).

Tipps zur Präsentation

- Auf einer physischen Karte die Lage des Nationalparks zeigen, Ziele und Aktivitäten des Nationalparks verdeutlichen,
- Weitere Bilder aus dem Internet zeigen.

Wahlseite Flughafen Düsseldorf

[1] *Flughafen Düsseldorf.* Foto 2011.

1 Informiert euch anhand des Textes und der Bilder über den Flughafen Düsseldorf.

2 Präsentiert eure Ergebnisse in geeigneter Form in der Klasse.

Von Nordrhein-Westfalen in die Welt

Der Flughafen Düsseldorf International ist der drittgrößte deutsche Flughafen und das wichtigste internationale Drehkreuz des Landes Nordrhein-Westfalen. Der Flughafen wurde 1927 eröffnet. Im Jahr 2018 nutzten mehr als 24 Millionen Passagiere den Flughafen. Die 70 verschiedenen Fluggesellschaften bringen Menschen und Waren zu fast 200 Zielen in 50 Ländern. Gemessen am Passagieraufkommen liegt der Düsseldorfer Flughafen in Deutschland nach Frankfurt am Main und München an dritter Stelle.

Der Flughafen liegt am nördlichen Siedlungsrand der Landeshauptstadt, in der Nähe der Messe und des Stadtzentrums. Er ist schnell über die Autobahn erreichbar. Zwischen dem Flughafenbahnhof und dem Terminal verkehrt ständig ein Skytrain. Mit einer Höhe von 87 Metern verfügt der Flughafen Düsseldorf über den höchsten Kontroll-Tower in Deutschland.

Besonders in den letzten Jahren ist der Flughafen gewachsen, vor allem weil die deutschen Fluggesellschaften wie die Lufthansa ihre Angebote für Touristen ausgebaut haben.

[2] *Abflugtafel Flughafen Düsseldorf.*

Tipps für die Präsentation

- Lage des Flughafens auf Deutschlandkarte zeigen, einige Ziele auf der Weltkarte zeigen, Streitgespräch zwischen Flughafenbetreibern und Anwohnern spielen.

☒ Wahlseite Schnelle Wege über die Alpen

[1] *Verkehrsstau am Brenner.* Foto, 2019.

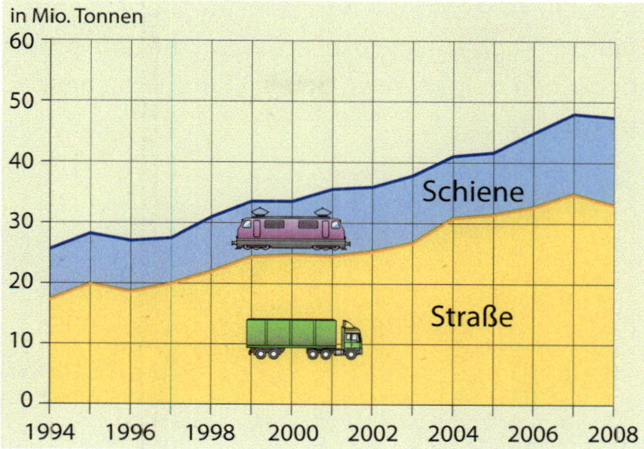

[2] *Entwicklung des Güterverkehrs über den Brenner.*

1 Informiert euch anhand des Textes und der Abbildungen über „Schnelle Wege über die Alpen".

2 Präsentiert eure Ergebnisse in geeigneter Form in der Klasse.

Die Alpen – eine Gebirgsschranke

Die Alpen bilden eine Gebirgsschranke zwischen Nord- und Südeuropa. Schon eine Römerstraße verlief über den Brenner-Pass. Heute werden die Alpen mit Autobahnen und Eisenbahnlinien überquert.

Immer mehr Fahrzeuge – immer mehr Staus

Der Verkehr in den Alpen hat stark zugenommen. Lange Staus in der Ferienzeit und endlose Lkw-Schlangen sind die Folge. Der Bau von Verkehrswegen, Abgase und Lärm belasten Anwohner und Umwelt.

Auf Schienen durch die Alpen

Der Personen- und Güterverkehr soll stärker als bisher auf die Schiene verlagert werden. Am Brenner ist ein langer Tunnel geplant, der Innsbruck (Österreich) mit Brixen (Italien) verbinden und den Autobahnpass sehr entlasten soll.

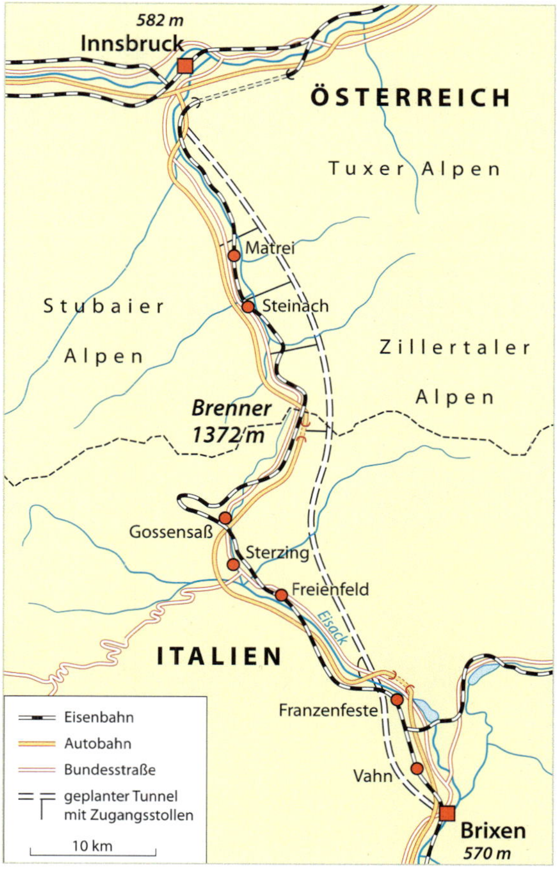

[3] *Verkehrswege am Brenner.*

Tipps für die Präsentation

- Anhand der Karte die Maßnahmen verdeutlichen.
- Entwicklung des Güterverkehrs als Säulendiagramm darstellen
- Interviews mit Lkw-Fahrern oder Auto-Urlaubern erfinden und vorspielen

Das kann ich!

Versucht zunächst, die Aufgaben auf dieser Doppelseite zu lösen, ohne im Kapitel nachzusehen. Wenn ihr Hilfe braucht, könnt ihr bei den Aufgaben auf den in Klammern angegebenen Seiten nachschlagen.

der Tourismus	umweltbewusster Tourismus
Langeoog	wichtigste Urlaubsregion Europas
das Klima|diagramm	Reisebranche, Fremdenverkehr
der sanfte Tourismus	deutsche Nordseeinsel
die Alpen	Darstellung der Klimaelemente als Diagramm
das Mittel|meer	Gebirge, Urlaubsregion in Europa

[1] *Begriffe und ihre Bedeutung*

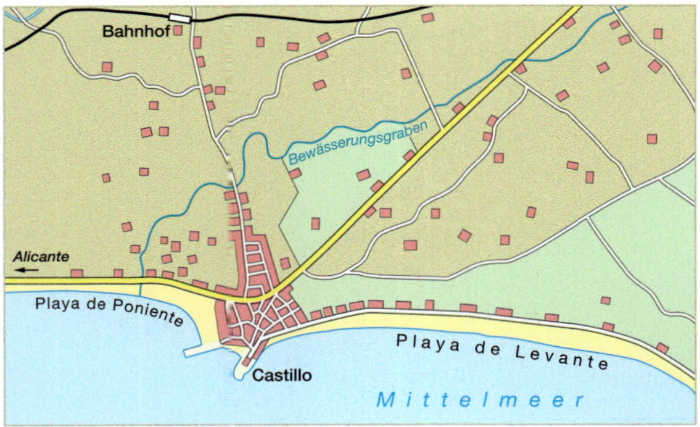

[2] *Karte von Benidorm (Spanien) 1960.*

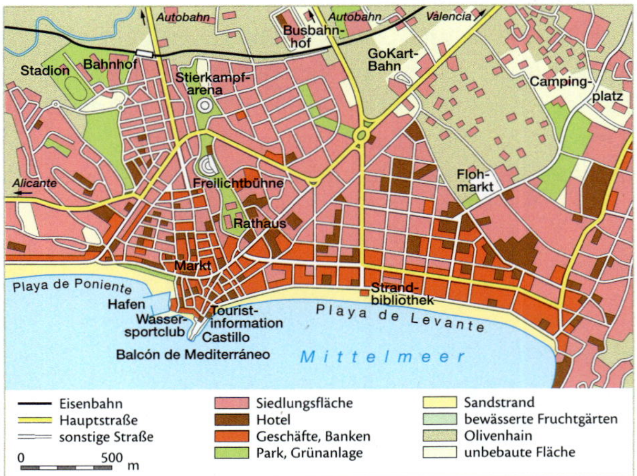

[3] *Karte von Benidorm (Spanien) 2005.*

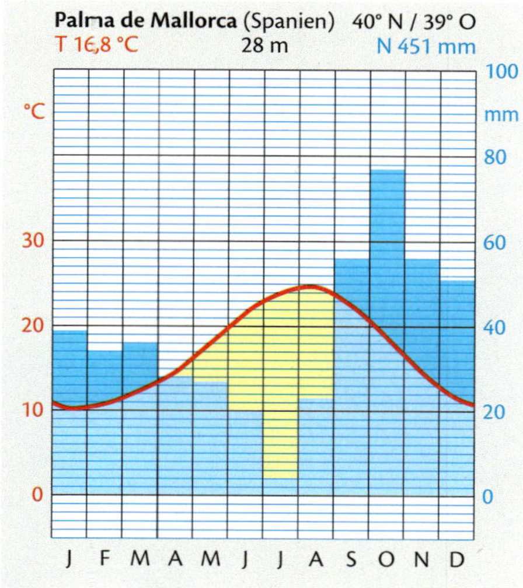

[4] *Klimadiagramm von Palma de Mallorca*

[5] *Benidorm (Spanien)*

Sachkompetenz

1 Nennt 10 beliebte europäische Urlaubsgebiete mit den zugehörigen Staaten.

2 Ordnet den Begriffen aus Abbildung [1] die jeweils passende Erklärung zu.

3 Nennt natürliche Gegebenheiten am Mittelmeer und in den Alpen, die diese Regionen für den Tourismus interessant machen. (S. 284–287, S. 290/291)

4 Beschreibt mithilfe der Abbildungen [2], [3] und [5] Veränderungen, die durch den Tourismus hervorgerufen werden.

5 Schreibt aus der Liste alles heraus, was zum Thema „Sanfter Tourismus" gehört.

> Anreise mit dem Flugzeug oder Auto ▪ Anreise mit öffentlichen Verkehrsmitteln ▪ Ferienclubs ▪ einfache Unterkünfte ▪ Swimmingpools ▪ öffentliche Freibäder ▪ Wandern, Radfahren, Kanufahren ▪ Tanzlokale Bars, Vergnügungsparks.

Methodenkompetenz

6 Beschreibt und erläutert das Klimadiagramm von Palma de Mallorca [4] mithilfe der Methode „Klimadiagramme lesen". (S. 282/283)

Urteilskompetenz

7 Beurteilt, welche Vor- und Nachteile der Tourismus für Orte in Küsten- und Gebirgslandschaften hat.

8 Bewertet: Welche eurer eigenen Freizeitbeschäftigungen entsprechen dem Konzept des sanften Tourismus, welche widersprechen dem Konzept?

Handlungskompetenz

9 Beschreibt, wie bereits bei der Planung einer Urlaubsreise Einfluss auf die Auswirkungen des Tourismus genommen werden kann (Beispiel: Anreise).

APP

Wasser ist Leben

Äthiopien: Sauberes Wasser rettet Leben
Endlich! Heute ist es so weit. In der äthiopischen Region Afra wurde heute ein Brunnen eingeweiht. Es dauert lange, bis die Pumpe das Wasser aus 40 Metern Tiefe herauf befördert. Dann aber läuft klares, sauberes Wasser heraus. Ein Mädchen probiert es gleich …

1 Beschreibt das Foto.
2 Vermutet, was sich mit dem neuen Brunnen im Dorf ändern könnte.
3 Erklärt, was ihr mit dem Thema „Wasser“ verbindet. Notiert Fragen zum Thema.

Schauplatz Wasser für Äthiopien

[1] *Karte von Äthiopien*

1 Erarbeitet mithilfe der Karte [1] und dem Atlas einen Steckbrief über Äthiopien.

> Lage: ...
> Nachbarländer: ...
> Hauptstadt: ...
> höchster Berg: (Name) ... Höhe: ...
> große Flüsse: ...

Trockenheit in Äthiopien

Das könnte ein Mädchen aus Äthiopien berichten: „Ich heiße Nyala, bin 10 Jahre alt und wohne in einem kleinen Dorf im Norden von Äthiopien. Meine Familie und ich leben in einem der trockensten Gebiete unseres Landes. Jeden Morgen und jeden Nachmittag gehe ich stundenlang zur Wasserquelle. Wir Mädchen haben diese Aufgabe. Das Wasser trage ich in einem Kanister auf dem Kopf. So hole ich bei jedem Gang etwa 15 Liter für meine Eltern, meine Großeltern, für mich und meine fünf Brüder und Schwestern. Das muss reichen. Wenn wir doch einen Brunnen im Dorf hätten! Das wäre für uns alle ein besseres Leben. Ich könnte vielleicht zur Schule gehen."

2 Berichtet über das Leben von Nyala. Schreibt Sätze zu diesen Stichworten: Name, Alter, Heimatland, Familie, tägliche Aufgabe/Arbeit, Schulbesuch.

3 Notiert, welche Gedanken Nyala sich auf dem Weg zum Wasserholen machen könnte.
Starthilfe: *Wenn ich nicht so einen langen Weg zum Wasser holen hätte, dann ...*

Ein Arzt erzählt

„Oft denke ich darüber nach, ob das Wasser, das die Mädchen holen, gesund und gut ist. Durch den langen Transportweg können sich bei der Hitze Krankheitskeime bilden. Außerdem gibt es auf dem Land keine Toiletten mit Wasserspülung. Meistens wird die Notdurft im Freien verrichtet.
Viele Erwachsene und Kinder müssen noch lernen, wie wichtig einfache Regeln für die Hygiene (Sauberkeit) wie das Händewaschen für die Gesundheit sind. Von 100 Krankheiten bei Kindern sind bei uns in Äthiopien 80 auf verunreinigtes Wasser und mangelnde Hygiene zurückzuführen.
Besonders gefährlich für unsere Kinder sind Durchfallerkrankungen: Wenn sie nicht behandelt werden, trocknet der Körper innerhalb weniger Tage regelrecht aus. Für fast die Hälfte aller Todesfälle bei Kindern unter fünf Jahren ist in Äthiopien Durchfall verantwortlich."

4 Nennt Gründe, warum viele Menschen in Äthiopien erkranken oder sogar sterben.

[2] *Ein Junge wäscht sich gründlich die Hände.* Foto, 2010.

[3] *Fatuma und ihre Tochter an einer Pumpe.* Foto.

Dürrezeit

In der Dürrezeit (lange Trockenzeit) wird der Boden oft hart und rissig. Wenn es im Sommer regnet, kann der Boden das Wasser kaum aufnehmen. Durch die Hitze verdunstet ein Teil des Regens schnell wieder. Aber manchmal bleibt der Regen auch ganz aus. Dann kann es sein, dass die Ernte vertrocknet und das Vieh verdurstet. Eine Hungersnot ist die Folge.

5 Nennt die Folgen einer langen Dürrezeit.
Starthilfe: *Wenn es zu wenig regnet oder gar kein Regen fällt, dann ...*

Hilfe durch UNICEF

Das Weltkinderhilfswerk UNICEF hat in Äthiopien 80 neue Brunnen angelegt, um Grundwasser aus 40 bis 50 Meter Tiefe zu fördern. Die Bohrlöcher wurden mit einheitlichen, einfachen Handpumpen ausgerüstet. Das macht es leichter, Ersatzteile zu beschaffen und Äthiopier für die Pflege und Reparatur der Pumpen auszubilden. Fast 40 000 Menschen werden durch die neuen Brunnen mit sauberem Trinkwasser versorgt.

Sanitäranlagen und Hygieneschulung

In den stark vom Wassermangel betroffenen Gebieten wurden 30 Schulen und Gesundheitsstationen mit Latrinen (einfache Toiletten) ausgestattet. Hier werden Schulungen durchgeführt. Die Menschen sollen die wichtigsten Hygieneregeln lernen.
Viele Schülerinnen und Schüler treffen sich in „Wasserclubs". Sie setzen sich dafür ein, dass die Latrinen sauber bleiben und sparsam mit dem Trinkwasser umgegangen wird.
Die Dorfbewohner erfahren auch, wie sie ihr Wissen über Trinkwasser und Hygiene an die Familien weitergeben können. UNICEF verteilt Seife und erklärt, wie wichtig Händewaschen ist.

6 Erklärt, was Hilfsorganisationen wie UNICEF unternehmen, um die Situation in Äthiopien zu verbessern.

7 Beurteilt diese Hilfeleistungen und begründet eure Meinung.
Starthilfe: *Ich finde den Bau der Brunnen sehr sinnvoll, weil ...*

Wählt einen der folgenden Arbeitsaufträge aus:

- Rechnet aus, wie viel Liter Wasser jede Person in Nyalas Familie täglich zur Verfügung hat (Text 1 auf der linken Seite).
- Vergleicht euren täglichen Wasserverbrauch mit dem Verbrauch von Nyalas Familie. Notiert Stichpunkte.
- Sammelt schriftlich Fragen für ein Interview mit einem Mitarbeiter von UNICEF.

Was ihr noch tun könnt ...

MK Informiert euch über Wasserprojekte (z. B. von UNICEF, CARE ...) und berichtet in der Klasse.

Orientierung

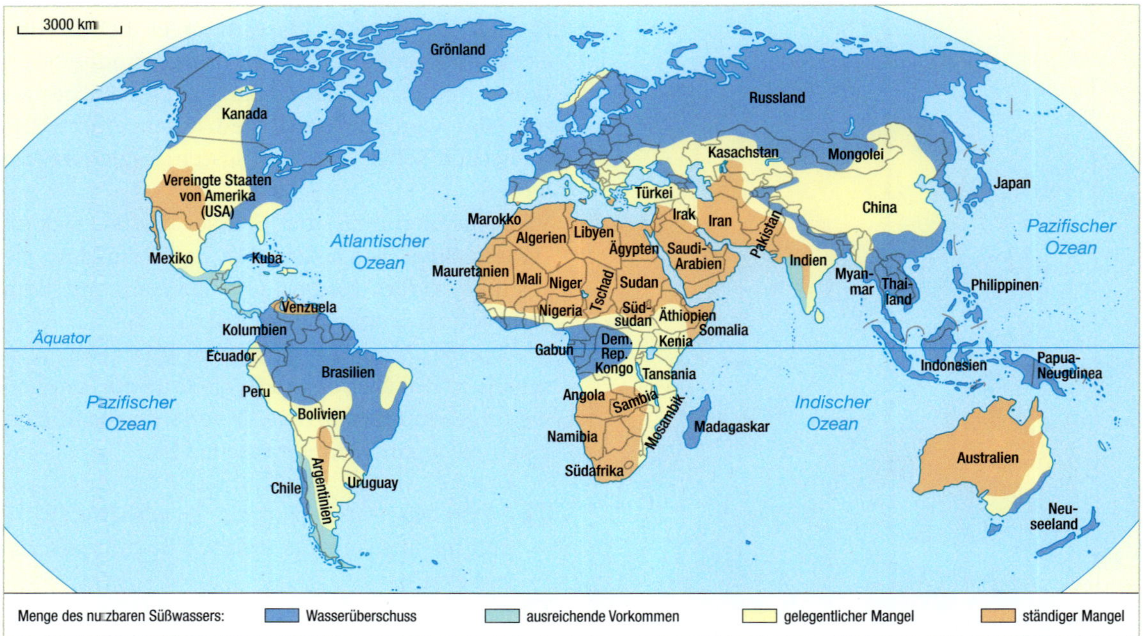

[1] *Verteilung des nutzbaren Wassers auf der Erde.* Karte.

1 Wertet die Karte [1] aus: Legt eine Tabelle an und notiert pro Kontinent je 2 bis 3 Länder (oder Teile davon) mit Wasserüberschuss bzw. ständigem Wassermangel.

Wasserverteilung auf der Erde

Die Erde wird auch „der blaue Planet" genannt. Die blaue Färbung kommt vom Wasser. Ein Blick auf die Karte [1] zeigt, dass es auf der Erde mehr Wasserflächen als Landflächen gibt. Viel mehr als die Hälfte der Erdoberfläche ist mit Wasser bedeckt.

Nutzbares Wasser auf der Erde

Das meiste Wasser finden wir in den Ozeanen. Doch ist dieses Wasser für Menschen und Tiere als Trinkwasser nicht zu gebrauchen. Es ist Salzwasser [2]. Selbst der größte Teil des Süßwassers ist in Eis und Schnee gespeichert und daher nicht als Trinkwasser zu gebrauchen. Nur ein ganz kleiner Teil der riesigen Wassermenge steht uns als Trinkwasser zur Verfügung.

Das verfügbare Süßwasser wird durch Niederschläge (Regen, Schnee, Nebel) auch noch ungleichmäßig auf der Erde verteilt. Wir in Deutschland haben genug Süßwasser.

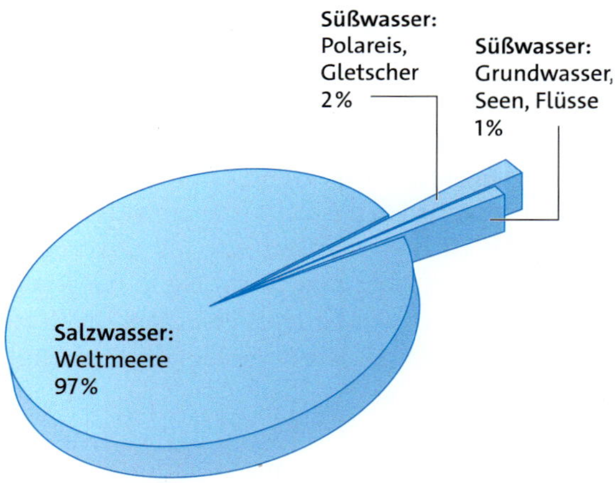

[2] *Verteilung des Wassers auf der Erde.* Grafik.

2 Schreibt den Lückentext ab, ordnet die Zahlen zu und setzt sie ein: 0,5; 140; 3,6.

Würde alles Wasser der Erde in eine Badewanne mit ___ Litern passen, dann wären ___ Liter Süßwasser, das in Eis und Schnee gespeichert ist. Nur ___ Liter wären für uns Menschen und die Tiere nutzbar.

APP

Wasser ist vielfältig

Wasser kann flüssig, fest oder gasförmig sein. Auf keinem anderen Planeten unseres Sonnensystems kommt Wasser in flüssiger Form vor. Die Erdoberfläche wird größtenteils mit Wasser bedeckt. Wasser ist für alle Lebewesen, sowohl für uns Menschen, als auch für Tiere und Pflanzen lebensnotwendig. Auch der menschliche Körper besteht überwiegend aus Wasser.

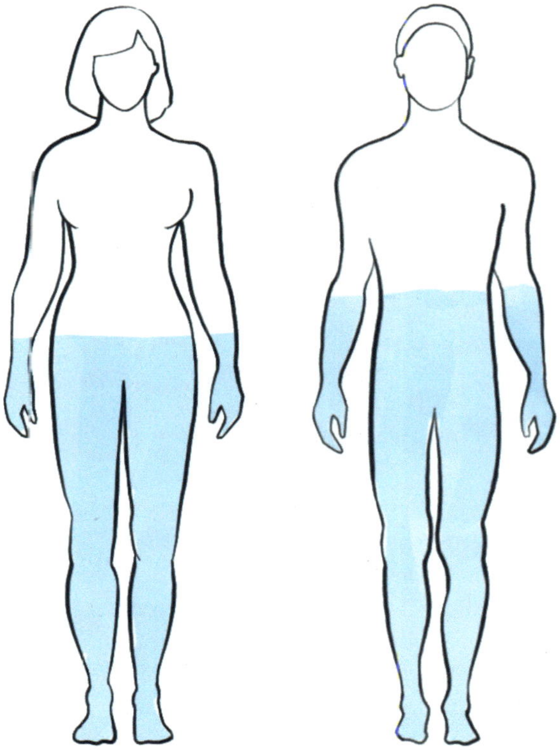

[3] *Bildliche Darstellung des Wasseranteils im menschlichen Körper.* Grafik.

Wasser spielt in deinem Körper eine wichtige Rolle.

Wasser kann ...

- Nährstoffe und Sauerstoff transportieren
- dich beim Schwitzen abkühlen
- Flüssigkeiten (wie z. B. Magensaft) in deinem Körper verdünnen
- beim Aufspalten von Stoffen helfen, damit dein Körper diese besser aufnehmen kann

Deshalb braucht dein Körper täglich ungefähr zwei Liter Flüssigkeit als Nachschub. Fehlendes Wasser lässt unseren Körper austrocknen und macht ihn krank.

3 Nennt Beispiele dafür, wie ihr täglich zwei Liter Flüssigkeit aufnehmt.
Starthilfe: *Wir können Wasser aufnehmen durch/mit ...*

Wasserkreislauf und Wasserversorgung

Woher kommt unser Wasser?

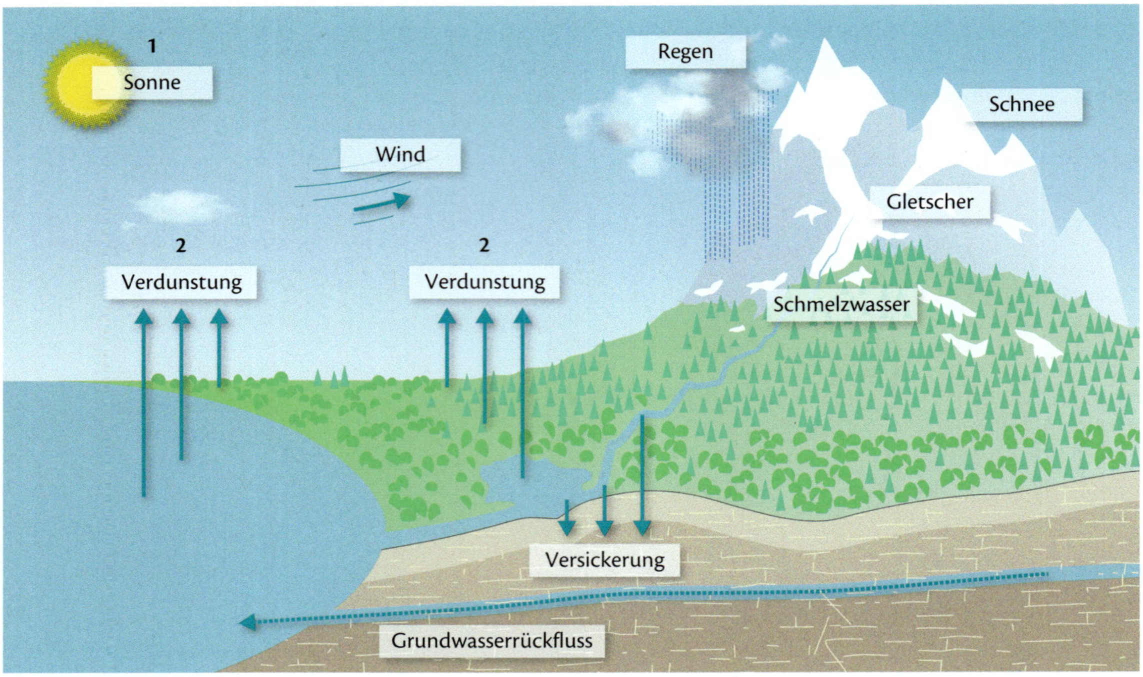

[1] *Der Wasserkreislauf.* Schaubild.

1 Beschreibt das Schaubild [1].
> Sprachspeicher

2 Erklärt, warum es sich um einen Kreislauf handelt.

Wasser im ewigen Kreislauf

Warum regnet es vom Himmel, weshalb gibt es Bäche und Flüsse und wie kommt Wasser in den Untergrund? Die Antworten darauf liefert uns der Wasserkreislauf.

Das gesamte Wasser der Erde befindet sich in einem ewigen Kreislauf, der von der Sonne angetrieben wird. Durch die Sonneneinstrahlung werden Wasser und Land an der Oberfläche erwärmt. Einzelne Tropfen verdunsten aus dem Meer, von Seen, den Flüssen oder dem Boden und steigen als Wasserdampf auf. Wasser wechselt vom flüssigen in den gasförmigen Zustand. Das nennt man Verdunstung. Wenn die feuchte Luft nach oben steigt, kühlt sie wieder ab. Es entstehen kleine Wasserteilchen, die zusammen als Wolke sichtbar sind. Der Wasserdampf wird zu flüssigem Wasser. Dieser Vorgang wird Kondensation genannt. Ab einer bestimmten Größe fallen die Wassertröpfchen als Niederschlag zur Erde. Das meiste Wasser, das auf die Erdoberfläche gelangt, verdunstet wieder. Der Rest sickert unter die Erdoberfläche, bis es von einer wasserundurchlässigen Erdschicht aufgehalten wird. Dieses Wasser, das sich bis zu einigen Hundert Metern tief unter der Erdoberfläche sammelt, wird als Grundwasser bezeichnet.

Das Oberflächenwasser fließt über Flüsse oder Bäche wieder zurück ins Meer, wo es wiederum verdunstet. Der Wasserkreislauf beginnt von Neuem. Deshalb bleibt die Gesamtwassermenge auf der Erde immer gleich.

3 Nehmt Stellung zu dieser Aussage: „In der Natur geht kein Wasser verloren, es kommt aber auch keines hinzu.“ > Sprachspeicher

Sprachspeicher

1: Die Sonne erwärmt das Wasser. Einzelne Tropfen verdunsten ... In der Höhe kühlt ... ab. In den Wolken kondensiert ... und fällt als ... auf die Erde. Das meiste Wasser ... wieder. Der Rest ... und fließt als ... ins ...

3: Ich meine, die Aussage ist richtig/falsch, weil ...

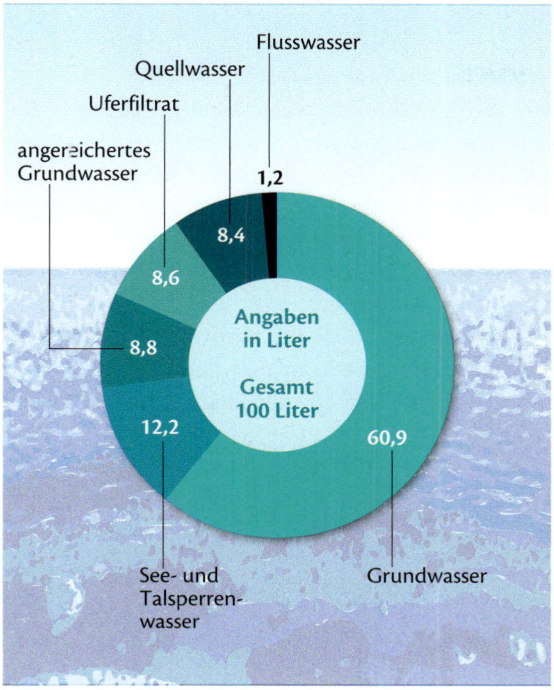

[2] *Gewinnung von Trinkwasser*

das **Grund|wasser:**
Wasser, das sich unter der Erdoberfläche sammelt

die **Grund|wasser|anreicherung:**
Flusswasser wird dem Grundwasser zugeführt

die **Verdunstung:**
Wechsel vom flüssigen in den gasförmigen Zustand des Wassers

die **Kondensation:**
Übergang vom gasförmigen in den flüssigen Zustand, Wolkenbildung

der **Niederschlag:**
Regen, Schnee, Hagel und Graupel sind fallende Niederschläge, Tau und Reif werden als abgesetzter Niederschlag bezeichnet

der **Abfluss:**
Teil des Niederschlages, der in Bächen oder Flüssen zum Meer abfließt

[3] *Kleines Wasserlexikon*

Woher kommt unser Wasser?

In Deutschland kommt das meiste Trinkwasser aus dem Grundwasser. Wenig Trinkwasser stammt aus Flüssen. Ungefähr die gleichen Mengen Trinkwasser sind angereichertes Grundwasser, Uferfiltrat und Quellwasser. Größere Mengen unseres Wassers werden Seen und Talsperren entnommen. Nordrhein-Westfalen ist das Bundesland mit den meisten Einwohnern (ungefähr 18 Millionen). Viele dieser Menschen leben im Ruhrgebiet. Alleine sie brauchen viel Wasser. Hinzu kommt noch, dass viele Industriebetriebe einen hohen Wasserverbrauch haben. Das Ruhrgebiet kann seinen Trinkwasserbedarf nicht selbst decken. Dafür werden die Talsperren im Sauerland genutzt.

4 Beschreibt mithilfe des Schaubildes [2] und des Textes in Stichworten, wie bei uns Wasser gewonnen wird. > Sprachspeicher

Wählt einen der folgenden Arbeitsaufträge aus:

- Erstellt eine eigene Skizze zum Schaubild „Der Wasserkreislauf".
- Stellt in einem Bericht mit eigenen Worten dar, wie das Wasser in den Wasserhahn kommt.
- Beurteilt die Grenzen der Verfügbarkeit der Wassermenge auf der Erde. > Sprachspeicher

Was ihr noch tun könnt …

→ Informiert euch in eurem Wohnort, woher euer Trinkwasser kommt. (Regionale Wasserwerke, usw.)

Sprachspeicher

4: Von 100 Litern Wasser werden 60 Liter aus … gewonnen. … Liter sind See- und Talsperrenwasser. …

☒ *Diese Wörter könnten dir eine Hilfe sein:* Trinkwasser, Quellen, Seen, Flüsse, Grundwasser, gereinigt, Wasserwerk, Filter, pumpen, Rohrleitungen, Hochbehälter (Wasserturm), Häuser

Wasser: Verbrauch – Entsorgung – Schutz

Wie kann Wasser gespart, entsorgt, geschützt werden?

Überlegt kurz, wofür ihr heute Morgen zwischen dem Aufstehen und dem Verlassen eures Hauses schon Wasser gebraucht habt ...
... und das Schaubild zeigt noch weitere Möglichkeiten des Wasserverbrauchs im Haushalt an:

[1] *Wasserverwendung in deutschen Haushalten.* Grafik.

1 Vergleicht: Wofür wird mehr Wasser verbraucht? Spülen mit der Spülmaschine oder mit der Hand? Duschen oder Wannenbad?

Wasserverbrauch

Heute verbrauchen wir im Haushalt mehr Wasser als früher. Damals hatten viele Familien noch keine Waschmaschine und keinen Geschirrspüler. Auch wurde nicht täglich geduscht. Auf diese Dinge wollen wir heute nicht verzichten. Unser Wasserverbrauch steigt aber dadurch.
Noch mehr Wasser verbraucht die Industrie und vor allem die Landwirtschaft. So werden z.B. für die Produktion eines Personenwagens 10 000–20 000 Liter Wasser benötigt. Auch für die Herstellung des heiß geliebten Burgers wird viel Wasser benötigt: Für ein Kilogramm Rindfleisch müssen bis zu 16 000 Liter Wasser eingesetzt werden.

Wasser ist ein knappes Gut

Die Weltbevölkerung wächst stetig, allein aus diesem Grund wird unser Wasserverbrauch weiterhin steigen. Für die Ernährung der Menschen müssen immer mehr Pflanzen angebaut und mehr Felder bewässert werden. Die Wasservorräte auf der Erde (z.B. im Grundwasser) sind aber begrenzt. In vielen Ländern der Erde herrscht heute schon Wassermangel. Die Lage wird auch dadurch erschwert, dass gerade in den Ländern, wo wenig Wasser vorhanden ist, die Bevölkerung stark zunimmt.

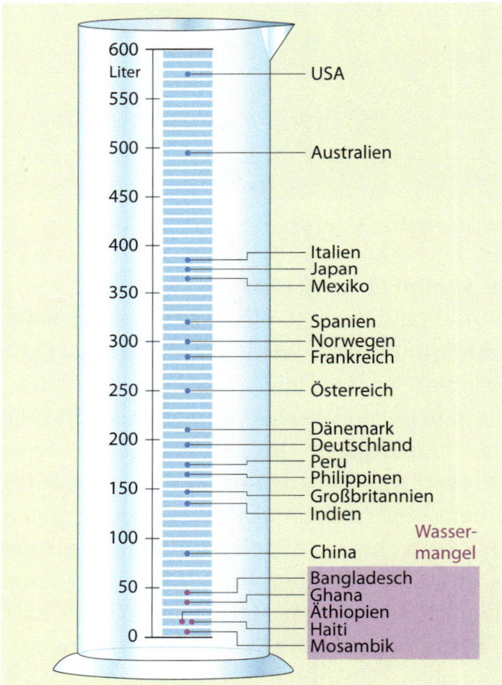

[2] *Durchschnittlicher täglicher Wasserverbrauch pro Person in Litern weltweit.* Grafik.

2 Erklärt mit eigenen Worten, aus welchen Gründen Wasserknappheit entstehen kann.

3 Ermittelt mit dem Schaubild [2] den täglichen Wasserverbrauch in den USA, in Deutschland und in China. Vergleicht diese Werte mit Äthiopien und Mosambik.

Sprachspeicher
Der Wasserverbrauch steigt/sinkt • die Wasservorräte sind begrenzt • es herrscht Wassermangel

1: Mehr Wasser wird gebraucht für ...
2: In Deutschland verbraucht ein Einwohner jeden Tag ... Liter Wasser mehr als in ...

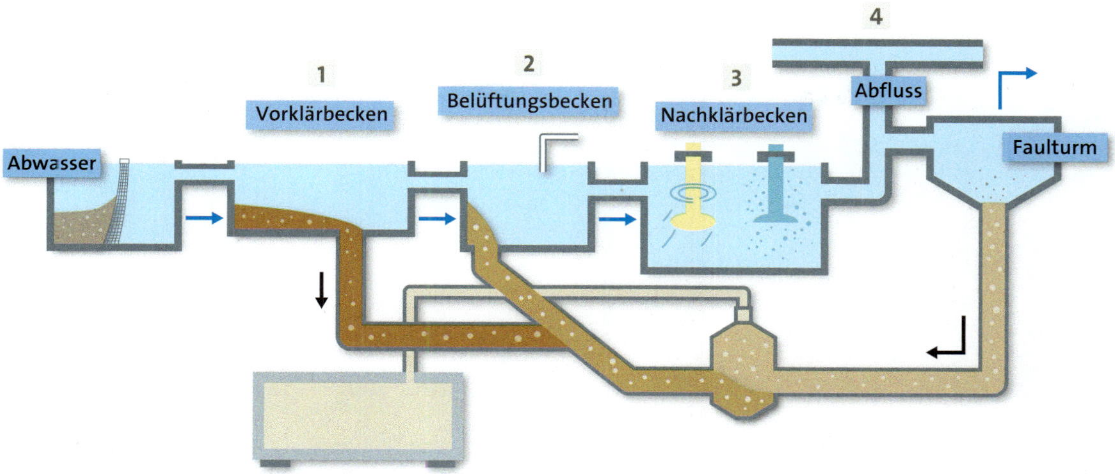

[3] *Weg des Wassers durch eine Kläranlage.* Grafik.

Abwasser

Mit dem Gebrauch im Haushalt, in der Industrie oder der Landwirtschaft verändert sich das Wasser und wird zu Abwasser oder Schmutzwasser. Es enthält z. B. Urin, Toilettenpapier, Essensreste, Sand, Öl, Plastik oder Abfallstoffe, die bei der Herstellung von Produkten anfallen. Lange Rohrleitungen transportieren das Abwasser zur Kläranlage.

Grober Schmutz wie Toilettenpapier wird zuerst abgefangen. Feinere Teilchen wie Sand fließen langsam durch den Sandfang und setzen sich am Boden ab. Danach fließt das Abwasser in ein **Vorklärbecken**. Kleine Teilchen sinken auf den Grund. Öl, Fett und Teile, die leichter sind als Wasser, schwimmen oben und werden abgeschöpft. Im **Belüftungsbecken** fressen Kleinstlebewesen wie Bakterien und Pilze weitere Schmutzstoffe auf. Im **Nachklärbecken** kommt das Wasser wieder zur Ruhe. Die Kleinstlebewesen sinken ab. Durch den **Abfluss** der Kläranlage wird das gereinigte Wasser in den Fluss geleitet. Der Klärschlamm wird im **Faulturm** gelagert und verarbeitet. Dabei entsteht auch das Gas Methan.

4 Beschreibt den Weg des Abwassers durch eine Kläranlage. > Sprachspeicher

Wasserschutz

Wasser ist ein wichtiges Mittel zum Leben für alle Lebewesen. Daher muss es geschützt werden. Der Staat richtet deshalb besondere Schutzgebiete ein. Hier gelten dann Nutzungsbeschränkungen für die Bebauung oder für die Landwirtschaft. Aber auch zu Hause kann Wasser geschützt werden. So sind die Toilette und der Straßengully kein Mülleimer für Arzneimittel, Farbreste oder Essensreste. Diese Dinge belasten die Umwelt und sind eine Gefahr für die Wasserversorgung der Zukunft.

5 Nennt noch weitere Beispiele, wie Wasser geschützt werden kann.

Wählt einen der folgenden Arbeitsaufträge aus:

- Nennt den Wasserverbrauch verschiedener Maschinen (Spül- und Waschmaschine, ...).
- Recherchiert den Begriff „virtuelles Wasser“. Schreibt die Bedeutung mit euren Worten auf und erklärt ihn. Findet Beispiele für virtuelles Wasser.
- Gestaltet ein Plakat mit Wasserspartipps und Informationen zum Thema Wasser. Am 22. März eines jeden Jahres ist Weltwassertag.

Sprachspeicher

3: Zuerst fließt das Abwasser in ... • danach ... • Im Anschluss ... • Im nächsten Schritt ... • Abschließend ... • Zuletzt ... • Am Ende ...

4: Man sollte weniger Waschmittel / keinen Weichspüler verwenden ... • Man sollte nicht ...

Überschwemmungen

Verursachen wir Überschwemmungen?

[1] *Überschwemmung durch das Hochwasser der Elbe.* Foto.

1 Beschreibt das Foto [1].
2 Formuliert Fragen zum Foto des Hochwassers.

Die Jahrtausendflut

Nicht nur Küstenbewohner müssen Überschwemmungen fürchten. Auch Menschen, die an Flüssen leben, mussten schon immer mit Hochwasser rechnen.
Bereits in den ersten Augusttagen des Jahres 2002 lösten starke Regenfälle in den Alpen, im Erzgebirge und im Riesengebirge schwere Überschwemmungen und Schlammlawinen in Deutschland, Österreich, Tschechien und Italien aus. Besonders dramatisch war die Situation im Erzgebirge.

3 Sucht die Elbe auf einer Atlaskarte und beschreibt ihren Verlauf von der Quelle bis zur Mündung (Länder, Städte, Gebirge).
> Sprachspeicher

Schäden

Die in dieser Gegend entspringenden Flüsse, die in die Elbe oder Mulde einmünden, schwollen innerhalb weniger Stunden auf das Mehrfache ihrer sonstigen Größe an. Sie hinterließen auf ihrem Weg große Schäden. Viele Brücken wurden weggerissen, Straßen unterspült, Häuser überflutet und schwer beschädigt, die Strom- und Telefonversorgung brach zusammen, ganze Dörfer waren von der Außenwelt abgeschnitten. Viele Menschen wurden mit Booten in Sicherheit gebracht.

Folgen

In Dresden erreichte die Elbe am 17. August den Höchststand von 9,40 Meter (Normalstand etwa 2 Meter). An einer Stelle in Pirna wurde sogar ein Pegelstand von 11,50 Meter gemessen. Seitdem das Elbtal besiedelt ist, wurde dieser Pegelstand noch nie erreicht. Deshalb wurde das Hochwasser von 2002 in den Medien auch als Jahrtausendflut bezeichnet. In Sachsen kamen durch das Hochwasser 21 Menschen ums Leben. Der Gesamtschaden wurde auf 8,6 Milliarden Euro geschätzt. Er umfasste z. B. die Zerstörungen an Straßen, Brücken, Häusern, Bahnhöfen, öffentlichen Gebäuden oder Autos.

4 Erläutert die Folgen des Hochwassers und die Bedeutung für die Menschen.

Sprachspeicher
3: Die Quelle der Elbe liegt in ... • Der Fluss ist ... km lang und mündet in die ... • Beispiele für einige große Städte am Fluss sind: ... • Diese Flüsse münden u. a. in die Elbe: ... • Durch diese Gebirge fließt der Fluss: ...

der Pegel (= ein Messgerät zur Feststellung des Wasserstandes) > der Pegelstand

[2] *Begradigte Ruhr bei Arnsberg.* Foto.

[3] *Renaturierte Ruhr.* Foto.

5 Vergleicht die Fotos [2] und [3].

6 Vermutet, warum es zum „Umbau“ des Flusses gekommen ist.

Ursachen von Hochwasser und Überschwemmungen

In Deutschland werden täglich große, natürliche Freiflächen in Siedlungs- und Verkehrsflächen umgewandelt. Auf diesen Flächen entstehen Wohnhäuser, Fabriken und Verkehrswege.

Für den Bau von Straßen oder Plätzen wird der natürliche Boden aufgerissen. Der Boden wird oft betoniert, das nennen wir auch Bodenversiegelung. Das bewirkt, dass das Niederschlagswasser nicht mehr versickern kann. Besonders bei längeren Regenfällen fehlt es an Speichermöglichkeiten im Boden. Wenn der Boden das Wasser nicht speichern kann, führt es dazu, dass große Wassermassen sehr schnell in die Kanalisation oder in die Flüsse gelangen. Von dort bewegen sie sich als Flutwellen durch die Täler und verursachen Überschwemmungen.

Flussbegradigungen

Um die Flüsse besser für die Schifffahrt und die Landwirtschaft nutzen zu können, wurden viele Flüsse begradigt. Dadurch wurden die Wasserwege kürzer und die Wasserführung wurde regelmäßiger. Die Begradigung führte aber auch dazu, dass die Flüsse schneller fließen.

Am Rand der Flüsse lagen früher Auen, die bei Hochwasser als natürlicher Überflutungsbereich dienten. Wenn Auen trockengelegt werden, dann verlieren die hier lebenden Pflanzen und Tiere ihren Lebensraum. Auch die Gefahr von Überschwemmungen steigt.

Renaturierung und Hochwasserschutz

In den letzten Jahren wurden viele Flüsse in ihren ursprünglichen Zustand zurückversetzt. Das nennt man Renaturierung. Der Fluss soll wieder wie früher fließen können und nicht in einem von Menschen befestigten Steinbett. Wenn das Steinbett entfernt ist, dann kann sich der Fluss bei Hochwasser ausdehnen und dient somit dem Hochwasserschutz. Außerdem fließt das Wasser langsamer und reißt bei Hochwasser weniger Steine und Schwemmgut mit.

7 Stellt in einer Tabelle gegenüber: Ursachen von Überschwemmungen und Gegenmaßnahmen.

Wählt einen der folgenden Arbeitsaufträge aus:

- Stellt Fotos zusammen für eine kleine Ausstellung über die Renaturierung eines Flusses (z. B. Ruhr) und benennt die Fotos.
- Beschreibt (für einen Blog/Bericht) die Vorteile der „Entfesselung“ eines Flusses oder Baches in eurer Umgebung.
- Gestaltet ein Rollenspiel zum Thema „Die Ruhr erzählt ihr Leben“ vor und nach der Renaturierung.
> Sprachspeicher

Sprachspeicher

die Bodenversiegelung · *die* Renaturierung · *die* Aue / *die* Auen (= Wiesen und Wälder am Rand eines Flusses)

☒ Ich heiße Ruhr. Ein Industriegebiet trägt meinen Namen. Meine Quelle liegt im Sauerland. Nach etwa 220 km münde ich in den Rhein. Ich habe ein wechselvolles Leben. Ich konnte nämlich nicht so fließen, wie ich wollte. ...

Methode Ein Experiment durchführen ...

Was ist ein Experiment?
Forscher wollen etwas herausfinden. Da ist zum Beispiel die Frage: Mischen sich Wasser, Öl und Spülmittel? Bevor sie zur Lösung der Frage ein Experiment machen, formulieren sie eine Vermutung (= Hypothese) oder mehrere. Dann folgt das Experiment (= Versuch). Das Experiment bestätigt dann die Hypothese oder auch nicht. Durch die Auswertung gelangen die Forscher zu Erkenntnissen und erhalten so eine Antwort auf ihre Frage. Beachtet beim Experimentieren diese Schritte:

1. Schritt **Experiment vorbereiten**

- Ausgangsfrage formulieren
- Hypothese bilden
- Materialien zusammentragen
- Versuchsanordnung lesen und Versuch anordnen

2. Schritt **Experiment durchführen**

- Experiment durchführen
- Während des Experiments Vorgänge beobachten und beschreiben
- Messergebnisse und Beobachtungen in einem Protokoll festhalten

3. Schritt **Experiment auswerten**

- Ergebnisse klären
- Vergleich der Ergebnisse mit der Hypothese (Haben sich unsere Vermutungen bestätigt oder nicht?)
- Zusammenhänge beschreiben oder Erklärungen formulieren
- Ergebnisse im Arbeitsheft festhalten

1 Im Versuch soll geklärt werden, wie sich Öl und Spülmittel im Wasser verhalten. Führt das Experiment aus.

[1] *Schüler führen einen Versuch durch*

Lösungsbeispiel

1. Schritt: Experiment vorbereiten
- Ausgangsfrage formulieren *(Beispiel: Wie verhalten sich Öl und Spülmittel mit Wasser?)*
- Hypothese(n) bilden *(Beispiel: Spülmittel mischt sich mit Wasser und Öl; oder: Öl mischt sich mit Wasser)*
- Materialien zusammentragen *(Öl, Spülmittel, ein paar kleine Gläser, kleiner Löffel, Pipette)*

2. Schritt: Experiment durchführen
1. Füllt Wasser in ein Glas und mischt ein paar Tropfen Spülmittel dazu.
2. Füllt ein weiteres Glas mit Wasser und mischt tropfenweise Öl dazu.
3. Füllt Öl in ein Glas und mischt tropfenweise Wasser dazu.
4. Füllt Öl in ein Glas und mischt ein paar Tropfen Spülmittel dazu.
5. Füllt ein paar Tropfen Spülmittel in das Wasser/Öl-Gemisch.
   Rührt jeweils um und wartet ein bisschen.

3. Schritt: Experiment auswerten
- *Viele Flüssigkeiten mischen sich mit anderen Flüssigkeiten.*
- *Öl und Wasser mischen sich aber nicht. Öl setzt sich über dem Wasser ab.*
- *Die gleiche Menge Öl wiegt weniger als die gleiche Menge Wasser. Öl ist weniger dicht.*
- *Vergleich der Ergebnisse mit der Hypothese (Haben sich unsere Annahmen bestätigt?)*

... und besprechen

Sprechen über Experimente

Ihr wollt anderen über eure Versuche berichten und ihnen eure Ergebnisse präsentieren? Es ist wichtig, dass ihr Experimente genau auswertet. Dazu gibt es hier Hilfen. Wählt aus.

Ein Beispiel, wie während des Experiments die Vorgänge beobachtet und beschrieben werden können:

Sprachliche Formulierungshilfen / Tipps:

Spülmittel mischt sich mit Wasser und Öl.
Öl und Wasser mischen sich nicht.
Mit Spülmittel mischen sich Wasser und Öl ein wenig.
Wiegt dann noch die gleiche Menge Öl und Wasser ab, z. B. 10 ml.
Messergebnisse und Beobachtungen im Protokoll festhalten.

[2] *Beschreibungen mithilfe des Wortgeländers*

Versuchsschritte	Beispiele
die Problemfrage	Die Forscherfrage stellen ... / Die Problemfrage lautet ... / Wir möchten herausfinden ...
die Vermutung	Wir vermuten ... / Das wird passieren: ... / Das könnte passieren: ...
die Materialien	Diese Geräte gebrauchen/benutzen wir: ... / Diese Materialien verwenden wir: ...
die Durchführung	Das sind unsere Schritte: Zuerst ... / Dann ... / Danach ... / Zuletzt .../ Am Ende ...
die Beobachtung	Wir beobachten ... / Wir sehen ... / Es verändert sich ... / Wir messen ...
die Auswertung	Wenn ..., dann ... / Wir haben richtig/falsch vermutet: ... / Wir können unsere Forscherfrage nun so beantworten: ...

Wortschatz

Diese „Vokabeln“ helfen euch genau zu formulieren:

Substantive: die Geräte, das Glas, die Pipette, der Versuch, das Experiment, die Forscherfrage, die Hypothese, die Beobachtung, die Beschreibung, die Auswertung, das Messergebnis, der Vorgang, das Gemisch, das Protokoll, die Annahme, die Erkenntnis, die Vorbereitung, die Durchführung, die Auswertung, der Schritt, die Materialien, die Frage

Verben: (ein)füllen, mischen, formulieren, rühren, absetzen, (ab)wiegen, bestätigen, (ab)setzen, sinken, (ab)wiegen, festhalten, vergleichen, bestätigen, (aus)werten, (fest)stellen, bewerten, vermuten, (sich)austauschen, beobachten, (auf) schreiben, skizzieren, zeichnen

Adjektive: tropfenweise, dicht(er)

Wahlseite Der Halterner Stausee

[1] *Der Halterner Stausee.* Luftbild.

[2] *Strandbad am Halterner Stausee.* Foto.

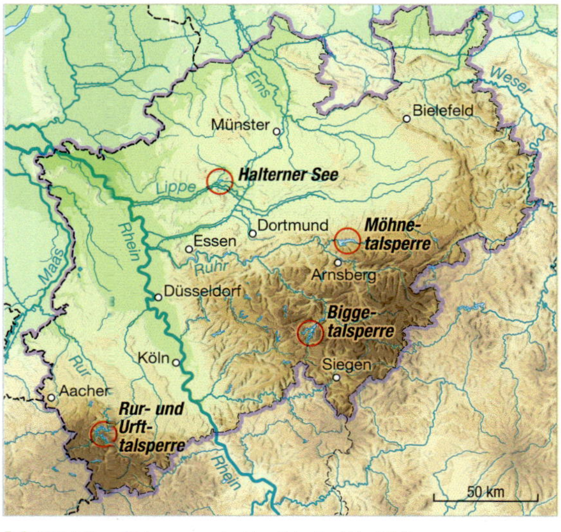

[3] *Wichtige Talsperren in Nordrhein-Westfalen.*

1 Informiert euch anhand des Textes und der Fotos über den Halterner Stausee.

2 Präsentiert eure Ergebnisse in geeigneter Form in der Klasse.

Wasservorrat und Freizeitangebot

Der See ist ein **beliebtes Ausflugsziel** im Ruhrgebiet, für Spaziergänger, Wassersportler und Familien mit Kindern. Der See ist 3 km lang, 2 km breit und bietet Spaziergängern auf 10 km Rundweg wunderschöne Seeblicke und eindrucksvolle idyllische Aussichtsplätze. Zudem ist er ein Paradies für Freunde des Wassersports. In den Sommermonaten können Besucher bei gutem Wetter Paddel-, Tret-, Kanu- und Ruderboote ausleihen sowie eine Vielzahl von Segelbooten bestaunen. Ein Fahrgastschiff kreuzt regelmäßig über den See, und im Strandbad mit dem 500 m langen Natursandstrand gibt es Freizeitspaß für Groß und Klein.

[4] *Kurzvorstellung Haltener Stausee*

Wasserspeicher Haltener Stausee

Der **Halterner Stausee** heißt offiziell „Stevertalsperre Haltern", weil hier der Fluss **Stever** und der **Halterner Mühlenbach** aufgestaut werden. Die Talsperre wurde 1930 erbaut, aber 1972 erheblich erweitert. Die Talsperre gehört der Firma „Gelsenwasser AG". Die Länge des **Staudamms** beträgt 1300 Meter, die Höhe 8,9 Meter. Der Stausee fasst rund 20 Millionen Kubikmeter Wasser (ein Kubikmeter = 1000 Liter). Er besteht aus zwei Becken; im Nordbecken gibt es eine Insel. Die Talsperre ist eine **Trinkwassertalsperre** und versorgt durch das nahegelegene **Wasserwerk** rund eine Million Menschen im Bereich des westlichen Münsterlandes und des nördlichen Ruhrgebietes mit Trinkwasser. Das Wasser wird aber nicht direkt aus dem See weitergegeben, sondern als versickertes und gefiltertes **Grundwasser** entnommen. Deshalb darf man im See auch baden oder Wassersport betreiben. Das saubere Trinkwasser hat aber auch seinen Preis. Es kostet pro Kubikmeter zwei Euro.

Tipps für die Erarbeitung

- Ihr könnt beim Lesen die Schritte des Lese-Profis anwenden. Was habt ihr über den Halterner Stausee erfahren?

Tipps für die Präsentation

- Wandzeitung oder Werbeprospekt gestalten (evtl. Material im Internet und von der Firma Gelsenwasser anfordern).

☒ Wahlseite Berufe rund ums Wasser

1 Informiert euch anhand des Textes und der Fotos über den vorgestellten Beruf.

2 Präsentiert eure Ergebnisse in geeigneter Form in der Klasse.

[1] *Anlagenkontrolle in einem Wasserwerk*

Wasserberufe

Zu Berufen, die im Wasserwerk ausgebildet werden, haben Schüler Ausbilder Müller interviewt.

Schüler: *Herr Müller, in welchem Beruf bilden Sie am meisten aus?*
Herr Müller: Wir bilden am meisten im Beruf der „Fachkraft für Wasserversorgungstechnik“ aus.
Schüler: Wie viele Mädchen bilden Sie in diesem Beruf aus?
Herr Müller: Wir bilden auch einige Mädchen aus.
Schüler: *Welche Voraussetzungen sollte ein Auszubildender für diesen Beruf haben?*
Herr Müller: Günstig wäre natürlich zuerst handwerkliches Geschick. Auch Interesse für technische Abläufe und Sorgfalt im Umgang mit Maschinen und Werkzeugen sind wichtig.
Schüler: *Was genau sind die Aufgaben einer Fachkraft für Wasserversorgungstechnik?*
Herr Müller: Allgemein gesprochen ist es die Aufbereitung von Rohwasser aus der Talsperre zu Trinkwasser. Dazu müssen Proben entnommen und Betriebsanlagen überwacht werden.
Schüler: *Man arbeitet also an verschiedenen Stellen im Wasserwerk?*

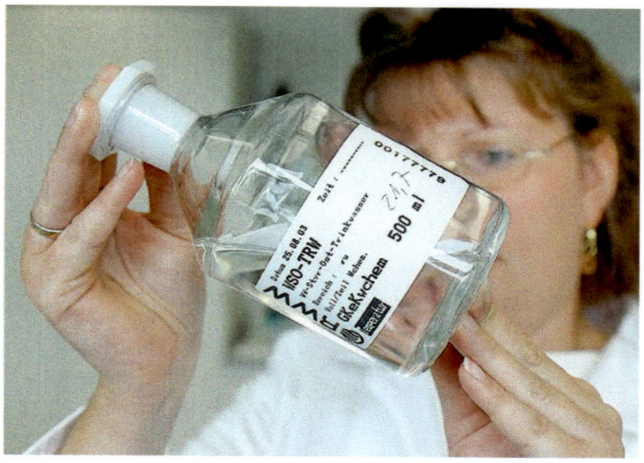

[2] *Laborantin in einem Labor*

Herr Müller: Richtig. Schon in der Ausbildung wird im Labor, in Betriebsanlagen und im Freigelände gearbeitet. Neben der Ausbildung im Wasserwerk müssen die Auszubildenden natürlich noch die Berufsschule besuchen.
Schüler: *Wie lange dauert die Ausbildung?*
Herr Müller: Die Ausbildung für diesen Beruf dauert drei Jahre.
Schüler: *Wie sieht es mit dem Schulabschluss aus?*
Herr Müller: Vorteilhaft wären ein mittlerer Bildungsabschluss (FOR/Fachoberschulreife) mit guten Noten in Biologie, Chemie, Physik, Mathematik und Technik.
Schüler: *Wie viel Geld verdient man in der Ausbildung?*
Herr Müller: Im 1. Ausbildungsjahr sind das ca. 850 €. In den weiteren Jahren erhöht sich der Betrag.
Schüler: *... und wie sieht es nach der Ausbildung aus?*
Herr Müller: Nach der Ausbildung sammelst du zunächst einige Jahre Berufserfahrung. Wenn du dann noch Lust hast zu lernen, kannst du dein Wissen erweitern und Lehrgänge und Seminare besuchen.
Schüler: *Gibt es noch weitere Wasserberufe?*
Herr Müller: Spontan fallen mir da der Kanalbauer, die Fachkraft für Wasserwirtschaft und die Fachkraft für Abwassertechnik ein.
Schüler: Herr Müller, wir danken Ihnen für das Gespräch.

Tipps für die Erarbeitung

- Ihr könnt das Interview mit verteilten Rollen vorlesen. Was habt ihr über den vorgestellten Beruf erfahren?

Tipps für die Präsentation

- Plakate gestalten zu Wasserberufen (Material im Internet suchen)
- Stellenanzeige entwerfen

☒ Wahlseite Wasser aus der Luft

[1] *Warka-Wasserturm*

[2] *Wassertropfen am Spinnennetz: Kondensation*

1 Informiert euch anhand des Textes und der Abbildungen über die Süßwassergewinnung im Warka-Wasserprojekt.

2 Präsentiert eure Ergebnisse in geeigneter Form in der Klasse.

Der Natur abgeschaut

In Deutschland steht uns genug sauberes Trinkwasser zur Verfügung. In vielen Teilen der Welt hingegen ist Wasser Mangelware. Hinzu kommt, dass es oft unsauber ist. Unsauberes Trinkwasser ist weltweit die Todesursache Nummer eins.

Forscher suchen daher nach Lösungsmöglichkeiten für dieses Problem. Sie haben herausgefunden, dass die Atmosphäre (Lufthülle der Erde) viel Wasser enthält. Nur ein kleiner Teil ist in Wolken und Nebel gespeichert. Der Rest ist in der Luftfeuchtigkeit vorhanden.

Wie können diese Quellen aber angezapft werden? Die Lösung bringt ein Blick in die Natur. Pflanzen und Tiere wie beispielsweise die Kannenpflanze und der Nebeltrinker-Käfer können Wasser aus der Luft ernten. Sie haben dafür entsprechende Oberflächen. Damit können sie Wasser sammeln.

Das Warka-Wasserprojekt

Ihr von der Natur abgeschautes Wissen setzen sie in dem Bau des Warka-Wasserturms um.

Die 60 kg schwere Turmkonstruktion ist etwa 10 Meter hoch. Sie ist aus Bambusrohren zusammengesetzt. Innen enthält sie ein Netz aus Fäden. Die sind aus Recyclingmaterial. An ihnen setzen sich Nebeltropfen ab. Mit dem Turm werden auch noch Regenwasser und Tau gesammelt. Bis zu 100 Liter kommen so pro Tag zusammen. Das haben Tests beispielsweise im Hochland von Äthiopien gezeigt. Sehr wirkungsvoll ist ein solcher Turm natürlich in einem Gebiet, wo sich häufig Nebel bildet.

Der Turm ist mit einfachen Mitteln durch die Dorfgemeinschaft in vier Tagen aufzubauen. Ist alles fertig, so ist er auch Treffpunkt für die Dorfbewohner.

Er kann im Land für ungefähr 1000 Euro gebaut werden. Das ist für eine Dorfgemeinschaft zunächst viel Geld. Der Bau eines solchen Turmes ist aber billiger als der Bau eines Brunnens, wenn er nicht von einer Hilfsorganisation bezahlt wird.

Tipps für die Erarbeitung

- Recherchieren, wie Pflanzen und Tiere in wasserarmen Gebieten überleben können und wie der Warka-Wasserturm funktioniert.

Tipps für die Präsentation

- Ein Interview führen mit dem Dorfältesten über die Wasserversorgung vor und nach dem Bau des Warka-Wasserturmes.

☒ Wahlseite Virtuelles Wasser

1 Informiert euch auf dieser Seite über „virtuelles Wasser“.

2 Präsentiert eure Ergebnisse in der Klasse.

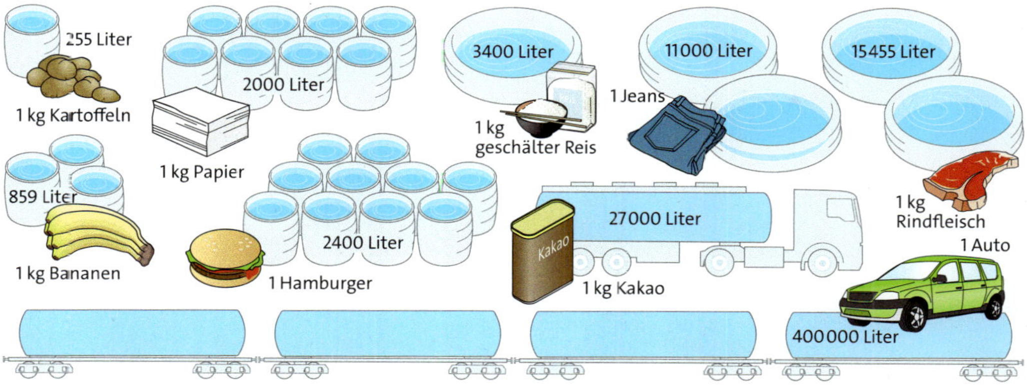

[1] *So viel Wasser wird gebraucht für …* Schaubild.

Was ist „virtuelles Wasser“?

Eine kleine Frage vorweg: *Welche Gemeinsamkeit gibt es zwischen einer Jeans, einem PC, einem Burger, einem Auto und einem Blatt Papier?*

Die Antwort: Zur Herstellung dieser Produkte wird viel Wasser gebraucht. Dieses Wasser ist aber nicht sichtbar. Es heißt darum „verstecktes“ oder virtuelles Wasser.

Es handelt sich also um Wasser, das nötig war, um Lebensmittel und Gegenstände herzustellen, die wir verbrauchen.

So werden zum Beispiel Obst, Gemüse und andere landwirtschaftliche Produkte bewässert und gedüngt, damit sie wachsen. Das Rind, dessen Fleisch wir essen, brauchte Futter, das angebaut und bewässert werden musste. Auch für die Herstellung von Papier, Batterien, Autos und Computern ist Wasser nötig.

Hier nun Beispiele virtueller Wassermengen:

- Jeans – 11 000 Liter
- Rindfleisch-Patty im Burger – 2400 Liter
- 1 kg Papier – 2000 Liter
- 1 kg Kakao – 27 000 LIter

Für die Produktion von Rindfleisch und Kakaobohnen wird weltweit das meiste virtuelle Wasser gebraucht.

Heute werden Lebensmittel und Gegenstände meist nicht dort genutzt, wo sie hergestellt wurden. Und nicht an allen Produktionsorten gibt es viel Wasser.

Beispiel: Erdbeeren aus Spanien

Erdbeeren in Deutschland können von Mai bis Juli geerntet werden. Die Saison dauert also etwa drei Monate. Viele Menschen mögen Erdbeeren und manche wollen sogar auch im Winter oder Frühling welche kaufen. Das sind dann meistens spanische Erdbeeren. In Spanien ist es im Winter wärmer als bei uns. Weil es aber kaum regnet, ist der Boden sehr trocken und die Erdbeerfelder werden künstlich bewässert. Die Bauern nutzen dafür Wasser aus Flüssen und Grundwasser. Dadurch fehlt der Natur Wasser. Flüsse und Sümpfe trocknen aus und Tiere verlieren ihr Zuhause.

Wie kann man „virtuelles Wasser“ sparen?

Auch im Umgang mit virtuellem Wasser lässt sich sparen und damit umweltschonend (= ökologisch) handeln. Beispiele:

- saisonale Produkte (z. B. Erdbeeren nur im Sommer) kaufen
- Produkte aus der Region kaufen
- sich mehr vegetarisch (ohne Fleisch) ernähren
- mehr Secondhand-Produkte kaufen

Tipps für die Erarbeitung

- Macht ein Quiz in der Klasse. Sammelt Beispiele für den umweltschonenden Wassereinsatz.

Tipps für die Präsentation

- Erstellt ein Plakat zum umweltschonenden Umgang mit virtuellem Wasser.

Das kann ich!

Versucht zunächst, die Aufgaben auf dieser Doppelseite zu lösen, ohne im Kapitel nachzusehen. Wenn ihr Hilfe braucht, könnt ihr bei den Aufgaben auf den in Klammern angegebenen Seiten nachschlagen.

die Dürre	Flusswasser wird dem Grundwasser zugeführt
die Renaturierung	Vermutung
das Abwasser	lange Trockenzeit
die Grund|wasser|anreicherung	Wasser nach dem Gebrauch
die Hypothese	Zurücksetzen in den ursprünglichen Zustand

[1] *Begriffe und Bedeutungen*

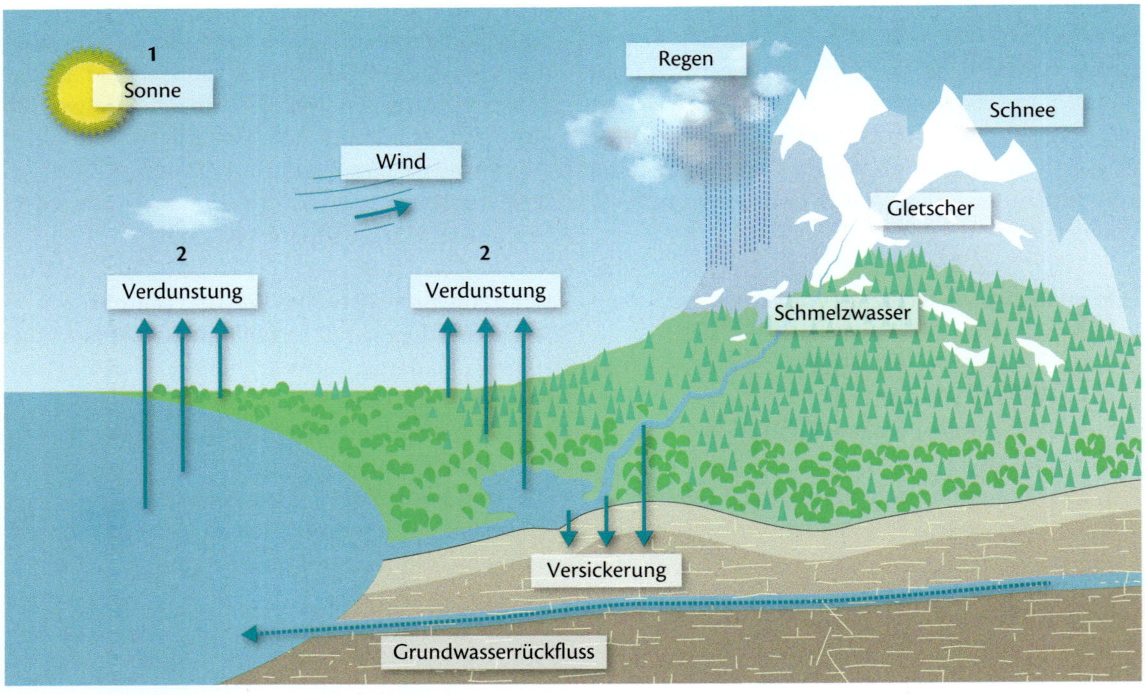

[2] *Wasserkreislauf.* Schaubild

Im Nachklärbecken kommt das Wasser wieder zur Ruhe.

Grober Schmutz wird zunächst abgefangen.

Im Vorklärbecken sinken kleine Teilchen auf den Grund.

Im Belüftungsbecken fressen Kleinstlebewesen weitere Schmutzstoffe auf.

Das gereinigte Wasser wird in den Fluss geleitet.

[3] *Der Weg des Abwassers durch die Kläranlage*

A Länder wie Algerien, Lybien oder Mali haben ständig Wassermangel.
B Der größte Teil des Wassers steht als Trinkwasser zur Verfügung.
C Der Wind ist der „Motor" im Wasserkreislauf.
D Das meiste Trinkwasser wird aus Flüssen gewonnen.
E Unser Körper besteht überwiegend aus Wasser.
F In Deutschland verbraucht eine Person mehr Wasser am Tag als in Äthiopien.

[4] *Richtig oder falsch?*

Durch den Gebrauch wird Wasser zu ___. Durch die ___ und lange ___ kommt es zur ___. Dort werden zunächst grobe ___ entfernt. Im ___ lagern sich Sand und Steine ab. Dann fließt das Abwasser in das ___. Hier werden ___ und ___ von der Oberfläche entfernt. Im ___ fressen Bakterien ___ Stoffe auf. Bevor das gesäuberte Wasser in den Fluss gelangt, muss es noch das ___ durchfließen.

Nachklärbecken · Sandfang · Abwasser · Kanalisation · Öl · Kläranlage · Fett · Rohrleitungen · Belebungsbecken · organische · Vorklärbecken · Schmutzstoffe

[5] *Lückentext*

Sachkompetenz

1 Ordnet den Begriffen rund um das Thema „Wasser" die jeweils passende Erklärung zu. [1]
2 Beschreibt den Weg des Abwassers durch eine Kläranlage [3]. Bringt die einzelnen Schritte in die richtige Reihenfolge.
3 Erläutert das Schaubild [2].
4 Schreibt den Lückentext [5] zu „Kläranlagen" ab und ergänzt die fehlenden Wörter.

Urteilskompetenz

5 Prüft die Aussagen [4] auf ihre Richtigkeit. Ist die Aussage falsch, formuliert eine richtige Aussage.
6 Beurteilt die Überlegungen zur Renaturierung eines Flusses. (S. 309)
7 Bewertet Überlegungen zum Einsparen von Wasser.

Methodenkompetenz

8 Verdeutlicht, was bei der Vorbereitung, Durchführung und Auswertung eines Experimentes beachtet werden sollte. (S. 310)

Handlungskompetenz

9 Plant den Besuch eines Wasserwerkes oder einer Talsperre. Schreibt auf, was bei der Vorbereitung eines Besuchs eines Wasserwerkes oder einer Kläranlage beachtet werden muss.
10 Erarbeitet Vorschläge zum Wassersparen an eurer Schule.

Laufzettel zu dem Lernzirkel

Lernzirkel: Großlandschaften in Deutschland

Station 1 S. 62 **Das Norddeutsche Tiefland**	**1** Zeigt das Norddeutsche Tiefland auf Karte (1) (S. 53) und auf der Wandkarte. **2** Notiert: Wo erstreckt sich das Norddeutsche Tiefland? **3** Erklärt mit eigenen Worten: Wie ist das Norddeutsche Tiefland entstanden? **4** Erstellt eine kurze Liste über die Merkmale des Norddeutschen Tieflandes.
Station 2 S. 63 **Das Mittelgebirgsland**	**1** Zeigt das Mittelgebirge auf Karte [1] (S. 53) und auf der Wandkarte. **2** Notiert: Wo erstreckt sich das Mittelgebirgsland? **3** Erklärt mit eigenen Worten: Wie ist das Mittelgebirgsland entstanden? **4** Zählt mindestens 5 Mittelgebirge auf. Nehmt Karte [1]auf S. 53 zu Hilfe.
Station 3 S. 64 **Das Alpenvorland**	**1** Zeigt das Alpenvorland auf Karte [1] (S. 53) und auf der Wandkarte. **2** Notiert: Wo erstreckt sich das Alpenvorland? **3** Erklärt mit eigenen Worten, wie das Alpenvorland entstanden ist. **4** Stellt fest, wie hoch das Alpenvorland ist. Nehmt Karte [1] auf S. 53 zu Hilfe.
Station 4 S. 55 **Die Deutschen Alpen**	**1** Zeigt die Alpen auf Karte [1] (S. 53) und auf der Wandkarte. **2** Notiert: Wo erstrecken sich die Alpen? **3** Erklärt, wie die Alpen entstanden sind. **4** Findet mithilfe der Karte [1] von S. 53 die höchste Stelle der Alpen in Deutschland. Notiert Namen und Höhe.

Lexikon

A

Adel, *der*: eine wohlhabende und führende Schicht der Gesellschaft, die eine Reihe von Vorzügen genoss; das Wort ist eng mit dem Begriff „edel“ verwandt (z. B. auch: Edelmann); im deutschen Sprachraum gibt es Adelstitel wie Fürst, Gräfin, Freiherr usw.

Alt|stein|zeit, *die*: Vor etwa zwei Millionen Jahren begann die Altsteinzeit. Sie endete mit der letzten Eiszeit um 8000 v. Chr. In dieser Zeit lebten die Menschen ausschließlich als Jäger und Sammler. Sie zogen in familienähnlichen Gemeinschaften von 20 bis 30 Personen umher. Ihre Geräte und Waffen stellten sie aus Steinen, Knochen und Holz her.

App, *die*: Kurzform des englischen Wortes application (Anwendung). Apps sind Programme für Smartphones, Tablets und Computer mit unterschiedlichen Funktionen wie z. B. Suche im Internet, Nachrichten versenden und empfangen, Spielen oder Bearbeitung von Fotos und Videos.

Antike, *die*: Zeitabschnitt nach der Frühgeschichte. Die Zeit der klassischen Antike beginnt mit Griechenland um ca. 1000 v. Chr. und endet um 500 n. Chr. mit dem Ende des Weströmisches Reiches.

Arbeit|(s)|teil|ung, *die*: Wenn ein Mensch mehr produzieren kann, als er selbst für seine Ernährung braucht, kann es zur Arbeitsteilung kommen. Die einen arbeiteten in der Landwirtschaft, die anderen konnten sich auf andere Aufgaben „spezialisieren“. Es bildeten sich Handwerksberufe aus wie z. B. Schmied, Töpfer, Weber, Bronzegießer. Es gab auch Händler, die die hergestellten Waren verkauft haben.

Archäologie, *die*: eine Wissenschaft, die Überreste von Menschen aus früherer Zeit durch Ausgrabungen und Bodenfunde erforscht.

Aristokratie, *die*: Nach dem griechischen Wort aristoi (= die Besten) und kratein (= herrschen); Bezeichnung dafür, dass die Herrschaft in einem Staat von einer adligen Oberschicht ausgeübt wird.

Äquator, *der*: (lat. = Gleichmacher) Breitenkreis um die Erdkugel, der an allen Punkten den gleichen Abstand zu den Polen hat. Er teilt die Erde in Nord- und Südhalbkugel, hat eine Länge von rund 40 000 Kilometern und liegt bei der geographischen Breite 0°.

Armut, *die*: Menschen (ungefähr eine Milliarde weltweit), die nicht genug Nahrung und Kleidung, keine Wohnung haben oder nie zur Schule gehen können, leben in Armut. Ursachen für Armut sind: keine Arbeit, Missernten z. B. durch Unwetter, fehlende Rohstoffe, Überbevölkerung oder Ausbeutung durch andere. Auch in Deutschland leben zahlreiche von Armut betroffene Menschen. Diese Armut bedeutet, dass die Menschen weniger Geld zur Verfügung haben, als der Durchschnitt. Deswegen sprechen wir von relativer Armut.

Atlas, *der*: Kartenband, in dem einzelne Karten unterschiedlicher Maßstäbe aus verschiedenen Gebieten der Erde und zu unterschiedlichen Themen zusammengefasst sind.

Augustus: Nachfolger Caesars in Rom, regierte als Alleinherrscher (Kaiser) von 31 v. Chr. bis 14 n. Chr.

B

Bauern, *die*: In der Jungsteinzeit gingen die Menschen zu Ackerbau und Viehzucht über, wodurch sie sesshaft wurden.

Beamte, *die*: beauftragte Verwalter des Königs, später des Staates zum Erledigen staatlicher Aufgaben (Einzug der Steuern, Durchsetzung der Gesetze).

C

Caesar: Gaius Julius Caesar, erfolgreicher römischer Feldherr, der sich zum Alleinherrscher des Römischen Reiches machte und 44 v. Chr. ermordet wurde.

Cholera, *die*: Eine Krankheit, die durch Bakterien ausgelöst wird und für Durchfall und Erbrechen sorgt. Dadurch kommt es zu einem lebensgefährlichen Flüssigkeitsmangel im Körper. Die Bakterien werden durch unsauberes Trinkwasser übertragen.

Clique, *die*: Freundeskreis, Interessengemeinschaft.

D

Demokratie, *die*: Nach den griechischen Wörtern demos (= Volk) und kratein (= herrschen); Bezeichnung für eine Staatsform, in der das Volk über die Politik eines Staates bestimmt. In vielen griechischen Stadtstaaten nahmen alle männlichen Bürger an den Beratungen und Beschlüssen der Polis teil. In den heutigen demokratischen Staaten dagegen wählen alle erwachsenen Männer und Frauen ein Parlament.

Dinkel, *der*: Eine Weizenart.

E

Eis|zeit, *die*: ein Abschnitt der Erdgeschichte mit niedrigeren Temperaturen als heute und kühlem bis kaltem Klima. Eiszeiten sind zusätzlich durch die Ausdehnung der Gletscher gekennzeichnet, die sich von Nordeuropa kommend immer weiter nach Mitteleuropa schoben. Die letzte Eiszeit endete vor etwa 12 000 Jahren. Die Zeiträume zwischen den Kaltzeiten nennt man „Warmzeiten“.

F

Faustkeil, *der*: Er ist das älteste Werkzeug der Menschheit und wurde während der Altsteinzeit genutzt um z. B. Holz zu bearbeiten oder auch Fett von Tierhäuten abzuschaben. Er wurde aus hartem Gestein hergestellt.

Forum, *das*: Markt- und Versammlungsplatz in einer römischen Stadt.

Franken, *die*: Ein Volk, dass aus dem Zusammenschluss mehrerer germanischer Stämme im römisch besetzten Niedergermanien hervorging. Der Name bedeutet so viel wie „die Mutigen“.

G

Generation, *die*: Eine Generation umfasst die Zeitspanne, bis Kinder wieder Kinder bekommen, also rund 25 Jahre. Generationen lassen sich auch in einem Stammbaum darstellen.

Germanien, *das*: (lat.: Germania) Die Römer konnten einen Teil von Germanien erobern; dieses Gebiet wurde zu einer römischen Provinz. Die Römer unterteilten diese Provinz in zwei große Gebiete: Niedergermanien und Obergermanien. Die Gebiete auf der rechten Seite des Rheins gehörten zu dem „freien Germanien“ und waren unabhängig.

Gladiator, *der*: Berufskämpfer, Gladiatoren waren meist Sklaven, die bei öffentlichen Veranstaltungen in Rom auf Leben und Tod gegeneinander oder gegen Raubtiere kämpften.

Gletscher, *der*: Ein Gletscher besteht aus großen Eismassen, die sich langsam in Tälern abwärts bewegen; sie entstehen oberhalb der Schneegrenze in Hochgebirgen. Für die Bildung muss es so kalt sein, dass die Sonneneinstrahlung nicht ausreicht, um den Schnee völlig wegzuschmelzen.

Grab|beigabe, *die*: Damit wollten die Menschen die Toten für das Leben im Jenseits ausrüsten. Manchmal waren Grabbeigaben Gegenstände, die der Verstorbene zu Lebzeiten genutzt hatte aber oft wurde auch Schmuck extra als Grabbeigabe gefertigt.

Gut, *das*; **Güter,** *die*: Alle Mittel, die dazu dienen können, menschliche Bedürfnisse zu befriedigen (Sachgüter, Dienstleistungen, freie Güter).

H

Hebe|werk, *das*: eine Vorrichtung, um Wasser auf höher gelegene Felder zu leiten.

Hieroglyphen, *die*: ägyptische Bilderschrift, die um 3200 v. Chr. entwickelt wurde; dem französischen Ägyptologen Champollion gelang es 1822, ihre Bedeutung zu entziffern.

Hoch|kultur, *die*: Ein Zusammenschluss von Menschen zu einem Staat unter einer dauerhaften Herrschaft eines Königs; Schrift, Kunst, Recht und Religion zeichnen eine Hochkultur aus. Ein Beispiel für eine frühe Hochkultur ist Ägypten.

Höhlen|malerei, *die*: Am Ende der Altsteinzeit verfügten die Menschen über eine neue Kulturtechnik; sie malten in Felshöhlen mit Holzkohle und Tonerde Tiere und Zeichen.

I

Imperium, *das*: (von lat.: imperare = befehlen) In Rom verstand man unter einem „Imperium" ursprünglich die militärische und zivile Befehlsgewalt der höchsten römischen Beamten (der Konsuln). Später war damit auch das unter römischer Herrschaft stehende Gebiet (Imperium Romanum) gemeint.

J

Jung|stein|zeit, *die*: (= Neolithikum) In dieser Zeit (10 000–3000 v. Chr.) gingen die Menschen zum Ackerbau und zur Viehzucht über. Bisher hatten sie als Jäger und Sammler gelebt. Nun wurden die Menschen sesshaft.

K

Kaiser, *der*: Alleinherrscher, König der Könige; der Name ist von dem ersten Alleinherrscher in Rom, Caesar, abgeleitet.

Kinder|recht, *das*; **Kinder|rechte,** *die*: Am 20. November 1989 haben die Staaten der UNO die Rechte der Kinder zusammengefasst. Die Kinderrechtskonvention (Vereinbarung) soll die Kinder vor Ausbeutung und Gewalt schützen. Die Staaten sollen dafür sorgen, dass Kinder nicht mehr verhungern, keine Kinderarbeit leisten müssen und nicht misshandelt werden.

König, *der*: alleiniger Herrscher eines Landes; seine Herrschaft wurde oft mit der Einsetzung durch einen Gott oder durch Götter begründet.

Kolonie, *die*: (von lat.: colonus = Bebauer, Ansiedler) eine neu gegründete Siedlung; zahlreiche griechische Stadtstaaten litten unter Überbevölkerung und Hungersnöten. Deshalb wanderten seit 750 v. Chr. viele Griechen aus. Sie besiedelten die Küsten des Mittelmeeres und des Schwarzen Meeres und gründeten dort neue Städte (Kolonien).

Kompass, *der*: Ein Navigationsgerät, mit dem die Himmelsrichtung bestimmt werden kann. Der Zeiger, Kompassnadel genannt, zeigt immer Richtung Norden auf den magnetischen Nordpol der Erde.

Konflikt, *der*: (lat. = Auseinandersetzung, Streit) Zwischen zwei Menschen oder in einer Gruppe (Freunden, Familie, Schulklasse) kann es zu Konflikten kommen. Dabei stoßen Menschen mit unterschiedlichen Wünschen, Bedürfnissen und Meinungen aufeinander. Jeder will seinen Willen durchsetzen. Es gibt verschiedene Möglichkeiten, einen Konflikt zu lösen, z. B., eine Abstimmung oder ein Kompromiss (Übereinkunft).

Kontinent, *der*: (lat.: continens = zusammenhängend) Festlandmassen im Gegensatz zu Meeren und Inseln. Die sieben Kontinente (Erdteile) sind: Afrika, Antarktis, Asien, Australien, Europa, Nord- und Südamerika.

L

Legionär, *der*: die römischen Soldaten wurden „Legionäre" genannt. Sie waren Angehörige einer Legion, die aus etwa 4000 bis 6000 Soldaten bestand.

Limes, *der*: (lat. = Grenzweg) In Obergermanien war der Limes ein Palisadenzaun (Holz), dahinter befand sich ein Graben. Im 2. Jahrhundert n. Chr. wurde in Rätien eine Mauer mit Wachttürmen gebaut. Verteidigt wurde die Reichsgrenze durch Truppen, die hinter dem Limes in Kastellen oder Legionslagern untergebracht waren.

M

Magistrat, *der*: ein hoher Beamter im alten Rom. Das Amt konnte er 18 Monate behalten. Meist waren es reiche Patrizier, die diese Ämter hatten. Es gab keine Bezahlung dafür.

Masern, *die*: Kinderkrankheit, die durch einen Virus verursacht wird und durch Berührung oder Tröpfchen aus dem Mund übertragen wird. Zwei Wochen nach der Übertragung kommt es zu Schnupfen, Fieber und Halsschmerzen und danach bilden sich rote Flecken auf der Haut. Es gibt eine Impfung gegen Masern. Im Kindesalter sind Masern meist harmlos, jedoch im Erwachsenenalter deutlich gefährlicher.

Massen|tourismus, *der*: Form des Fremdenverkehrs (Tourismus), bei dem sehr hohe Gästezahlen erreicht werden. In der Regel verändert sich das Landschaftsbild durch die großen Besucherströme (z. B. Bau von Straßen, Hotels, Freizeiteinrichtungen), und es kommt zu einer stärkeren Umweltbelastung.

Metall|zeit, *die*: Um 3000 v. Chr. setzte sich die Bronze bei der Verarbeitung für Waffen, Werkzeuge und Schmuck durch. Ab 800 v. Chr. begann in Europa die Eisenzeit. Waffen und Geräte wurden nun aus Eisen hergestellt.

Metöken, *die*: (griech. = Mitbewohner) Bewohner Athens, die vor allem im Handwerk und Handel tätig waren. Obwohl sie keine Sklaven waren, durften sie nicht an der Volksversammlung teilnehmen oder Land besitzen.

Monarchie, *die*: Das Wort kommt aus dem Griechischen und bedeutet „Alleinherrschaft". Es handelt sich um eine Staatsform bei der eine Person, z. B. ein Pharao, König, Kaiser oder Fürst, allein über sein Volk herrscht. Die Herrschaft wird meist innerhalb der Familie weitervererbt.

Mumie, *die*: Leichnam, der durch besondere Verfahren vor der Verwesung bewahrt wurde (Ägypten) oder über lange Zeit in einem Moor/Gletscher luftdicht abgeschlossen war.

Mutter|stadt, *die*: Ausgangspunkt der griechischen Kolonisation. Mutter- und Tochtergemeinde blieben politisch, religiös und kulturell meist eng verbunden.

N

Nachhaltigkeit, *die*: Begriff der ursprünglich aus der Forstwirtschaft stammt und dort bedeutete, dass nicht mehr Bäume gefällt werden sollen, als nachwachsen können. Heutzutage wird der Begriff allgemein darauf bezogen, dass nur so viele Ressourcen verbraucht werden und Umweltschäden so gering gehalten werden, dass auch nachfolgende Generationen gut leben können.

Neandertaler, *der*: 1865 wurde im Neandertal bei Düsseldorf ein Skelett mit menschenähnlichem Aussehen gefunden. Sein Alter wird auf 60 000 Jahre geschätzt. Warum der Neandertaler vor 40 000 Jahren ausstarb, ist heute noch nicht endgültig geklärt.

Nil|delta, *das*: Flussmündung des Nils, die durch Ablagerung von Material entstanden ist. Der angeschwemmte Boden ist sehr fruchtbar und gut für die Landwirtschaft nutzbar. Das Wort „Delta" stammt von dem griechischen Buchstaben Delta. Dieser Buchstabe sieht aus wie ein Dreieck, dessen Spitze nach oben zeigt.

Nomade, *der*: Viehhalter, der mit der Herde umherzieht. Die Jäger und Sammler der Altsteinzeit waren gezwungen, dem wandernden Wild nachzuziehen und Gebiete aufzusuchen, in denen es ausreichend pflanzliche Nahrung gab. Deshalb hatten sie keinen festen Wohnsitz und lebten als Nomaden.

O

Oase, *die*: Ort in der Wüste, der aufgrund seines Wasservorkommens (Quelle, Fluss) bewachsen ist und landwirtschaftlich genutzt werden kann.

Olymp, *der*: (griech.: olympus) Gebirge im Norden Griechenlands; es ist bis 2911 Meter hoch. Nach der Vorstellung der alten Griechen lebten auf den Gipfeln des Olymps die griechischen Götter.

Olympische Spiele, *die*: Sportliche Wettkämpfe, die zu Ehren des Göttervaters Zeus in Olympia veranstaltet wurden. 293-mal (von 776 v. Chr. bis 393 n. Chr.) konnten die Spiele in ununterbrochener Reihenfolge stattfinden. Danach wurden sie durch den römischen Kaiser Theodosius verboten. Der Franzose Baron de Coubertin rief sie 1896 wieder ins Leben.

P

Papyrus, *der*: Sumpfgras an den Ufern des Nils. Aus der Staude stellten die Ägypter den Vorläufer des Papiers her.

Patrizier, *die*: (lat.: patres = Väter) Die wohlhabenden römischen Bürger, die dem Adel entstammten und durch ihre Klienten in die verschiedenen politischen Ämter gewählt wurden.

Peer-Group, *die*: Eine Gruppe von Freunden, meist im Jungendalter, die ähnliche Interessen haben und sich gegenseitig in ihrem Verhalten beeinflussen.

Pharao, *der*: Titel der ägyptischen Könige. Der Begriff bedeutet „großes Haus". Der Pharao war als Alleinherrscher der oberste Herr aller Menschen am Nil. Es gab auch einige Frauen auf dem Pharaonenthron. Wie der Pharao wurde auch die Königin als Gottheit verehrt.

Plebejer, *die*: (lat.: plebs = Menge, Masse) Freie Bauern, Handwerker, Händler und Kaufleute in Rom, die nicht zum römischen Adel gehörten und häufig Kriegsdienst leisten mussten.

Pocken, *die*: Eine durch Viren übertragene Krankheit, die viele Pusteln auf der Haut verursacht und lebensgefährlich sein kann. Durch weltweite Impfungen gelang es der Weltgesundheitsorganisation diese Krankheit um 1980 endgültig zu besiegen.

Polis, *die*: (griech. = Burg, Stadt; Mehrzahl: Poleis) Bezeichnung für die im alten Griechenland selbstständigen Stadtstaaten, z. B. Athen, Sparta, Korinth. Die Einwohner einer Polis verstanden sich als Gemeinschaft. Sie waren stolz auf ihre politische Selbstständigkeit und achteten darauf, wirtschaftlich unabhängig zu bleiben.

Provinz, *die*; **Provinzen,** *die*: ein erobertes Gebiet außerhalb Italiens, das unter römischer Verwaltung stand.

Post|kutsche, *die*: Komfortable Pferdekutsche, mit der bis ins frühe 20. Jahrhundert Fahrgäste und Post gleichzeitig transportiert wurden.

Pyramide, *die*: Bezeichnung für Grab- und Tempelformen verschiedener Kulturen; in Ägypten mächtige Königsgräber für den Pharao. Die größte ist die Cheopspyramide (erbaut etwa 2550 v. Chr.).

Q

Quelle, *die*: ursprünglich bedeutet das Wort „aus der Erde tretendes Wasser" oder „die Stelle, wo Wasser aus dem Boden entspringt". In der Fachsprache Geschichte hat das Wort auch eine andere Bedeutung. Das Wort „Quelle" bedeutet auch „Ursprung" oder ein Zeugnis aus der Vergangenheit. Wir können aus ihnen etwas über unsere Geschichte erfahren. Man unterscheidet zwischen Sachquellen, Bildquellen, Schriftquellen und mündlichen Überlieferungen.

R

Relief, *das*: ist eine künstlerische Darstellung. Die Figuren sind plastisch und heben sich vom Hintergrund ab. Zum Beispiel: ein in Stein gemeißeltes Bild. In der Geographie werden auch Formen der Erdoberfläche unter dem Begriff Relief zusammengefasst.

Republik, *die*: (von lat.: res publica = die öffentliche Sache) Der Begriff „Republik" steht für eine Staatsform, in der das Volk oder ein Teil des Volkes die Macht ausübt.

Roh|stoff, *der*: Ausgangsmaterial, z. B. Kohle, Erdöl, Holz, Salz, Steine und Erden zur Herstellung neuer Produkte. Rohstoffe kommen nur in begrenzten Mengen vor, können sich in den meisten Fällen nicht selbst erneuern und werden immer knapper. Durch Recycling (Wiederaufarbeitung) kann man Rohstoffe sparen.

S

Senat, *der*: (lat.: senex = Greis) Rat der Ältesten, eigentliches Regierungsorgan in der Römischen Republik

Server, *der*: (englisch für „Diener") Ist ein Computerprogramm das unterschiedliche Funktionen und Informationen für mehrere Nutzer bereitstellt. Manchmal werden mit dem Begriff auch große leistungsstarke Computer bezeichnet, auf denen ein oder mehrere solcher Programme dauerhaft laufen.

Sklaven, *die*: Unfreie Menschen, die zur Verrichtung von Arbeiten eingesetzt wurden; im Altertum waren Sklaven zumeist Kriegsgefangene oder deren Nachkommen. Sklaven konnten wie eine Ware gekauft und verkauft werden.

Soja, *das*: Bezeichnung für die Sojabohne, eine Nutzpflanze aus der verschiedene Lebensmittel, Biodiesel oder Tierfutter hergestellt wird.

Sonder|kultur, *die*: So wird in der Landwirtschaft der Anbau von bestimmten Pflanzen bezeichnet, der besonders arbeitsintensiv aber auch stark gewinnbringend ist. Als Sonderkulturen gelten zum Beispiel Spargel, Erdbeeren, Hopfen und Wein.

Spyware, *die*: (engl.: spy = Spion) Bezeichnung für Computerprogramme, die die Daten eine Computernutzers heimlich an andere Nutzer weitergeben. Wird von Firmen genutzt um „passende" Werbung für den Computernutzer einzublenden.

Staat, *der*: Als „Staat" wird eine Form des Zusammenlebens bezeichnet, bei der eine Gruppe von Menschen – das Volk – in einem abgegrenzten Gebiet nach einer bestimmten Ordnung lebt. Der ägyptische Staat gilt als einer der ersten Staaten.

Stamm, *der*: „Stamm" heißt in der Völkerkunde eine lose Gruppierung benachbarter Siedlungsgemeinschaften von Familien und Sippen. Sie haben in ihrer Lebensweise viele Gemeinsamkeiten.

Stand, *der*: Abgeschlossene Gruppe in einer Gesellschaft; die Mitglieder einer Gruppe bestimmen sich durch Geburt, Vermögen oder unterschiedliche Rechte.
Das Wort hat mehrere Bedeutungen. **1.** Es kommt aus dem Verb „stehen": das aufrechte Stehen, das Stillstehen (sich nicht bewegen); **2.** Der Standort oder Standplatz für etwas (z. B. für Autos) **3.** auf dem Markt: ein Platz, wo etwas angeboten wird z. B. Gemüsestand; **4.** in einem Ablauf zu einem bestimmten Zeitpunkt erreichte Stufe: „der Stand der Arbeit /der Forschung"; **5.** in der Fachsprache Geschichte: eine abgeschlossene Gruppe einer Gesellschaft; die Zugehörigkeit zu der Gruppe bestimmte die Rechte und die Pflichten des Menschen für sein ganzes Leben.

T

Tetanus, *der*: Krankheit die auch Wundstarrkrampf heißt und in den meisten Ländern äußerst selten geworden ist, weil die Menschen dagegen geimpft werden können. Sie wird durch Bakterien übertragen, die z. B. in der Gartenerde oder in Pferdemist leben. Bricht sie aus, ziehen sich die Muskeln zusammen und es kommt zu einer starren Haltung. Da auch Herz und Lunge betroffen sein können, endet Tetanus oft tödlich.

Toleranz, *die* Eigenschaft eines Menschen, Arten von Anderssein und Andershandeln (Meinungen, Werte und Verhaltensweisen) bei anderen Menschen nicht abzulehnen.

Toten|gericht, *das*: Wie die Menschen der Jungsteinzeit, glaubten auch die Ägypter an ein Weiterleben der Menschen nach dem Tod. Neu ist in der ägyptischen Religion der Glaube an ein Totengericht: Danach müssen sich die Menschen nach ihrem Tod vor einem Gericht der Götter für ihre Lebensführung verantworten.

Tundra, *die*: Baumlose Vegetationszone der Polargebiete mit Moosen, Flechten und Zwergsträuchern. Die Sommer sind kurz und kühl (6–10 °C), die Winter lang und kalt (unter –8 °C) mit einer Schneedecke bis zu 300 Tagen im Jahr. Charakteristisch ist der Dauerfrostboden (Permafrost).

Tyrann, *der*: Das Wort kommt aus dem Griechischen und bezeichnet einen Alleinherrscher, der durch den Einsatz von Gewalt die Macht ergriffen hat.

U

Ufer|filtrat, *das*: Gesäubertes Wasser, oftmals auch Trinkwasser, das aus Brunnen in der Nähe von Oberflächengewässern (Flüsse, Seen) gewonnen wird.

UNICEF: (United Nations Children's Fund) Das 1946 gegründete Weltkinderhilfswerk der UNO unterstützt Kinder und Mütter vor allem in den Bereichen Gesundheitsfürsorge, Familienplanung, Ernährung, Erziehung und leistet Soforthilfe in Notsituationen. Die Arbeit wird durch Spenden in fast 160 Staaten ermöglicht.

V

Vereinten Nationen, *die*: Auch UNO (engl.: United Nations Organization) genannt. Die Vereinten Nationen sind eine Vereinigung fast aller Staaten der Erde mit den Zielen: Erhaltung des Weltfriedens und der internationalen Sicherheit sowie Schutz der Menschenrechte.

Verfassung, *die*: Eine Verfassung legt fest, welche Aufgaben und Rechte die Bürger haben und wer den Staat regiert. Sie kann eine „geschriebene Verfassung" sein, wie etwa das Grundgesetz der Bundesrepublik Deutschland. Geschriebene Verfassungen gibt es erst seit etwa 200 Jahren.

Veto, *das*: Das Recht, einen Einspruch (gegen einen Beschluss) einzulegen.

Volk|(s)|tribun, *der*: er war ein Vertreter des Volkes in der römischen Republik und konnte nur von den Plebejern gewählt werden. Seine Amtszeit war auf 1 Jahr begrenzt. Es gab 10 Volkstribunen. Sie konnten mit ihrem „Veto-Recht" einen Beschluss des Senats ablehnen.

Vorbild, *das*: (Idol, Model, Star) Person, die einen positiven Einfluss auf andere hat, da sie beispielhaft handelt, ein gutes Verhalten zeigt oder besonders erfolgreich ist. Ein Vorbild kann jeder sein, da es davon abhängt, welche Eigenschaften oder Taten positiv gesehen werden, z. B. großer Bruder, Schulfreundin, bekannte Sportler, Musiker.

VR-Brille, *die*: VR ist die Abkürzung für Virtual Reality, als virtuelle Realität. Die VR-Brille dient dazu, den Nutzern von Computerspielen oder Computersimulationen einen möglichst realistischen Eindruck zu vermitteln, sodass diese das Gefühl haben, sich in der virtuellen Welt zu befinden. Dies gelingt z. B. dadurch, dass der Nutzer sich in jede Richtung umsehen kann.

W

Werkzeug, *das*: Die Menschen der Altsteinzeit stellten ihre Werkzeuge und Waffen aus Steinen, Knochen und Holz her. Ihr wichtigstes Gerät war zunächst der Faustkeil. Im Laufe der Zeit entwickelten sie zahlreiche Werkzeuge mit Spezialformen für verschiedene Aufgaben.

Win|drose, *die*: eine Windrose zeigt verschiedene Windrichtungen oder Himmelsrichtungen an und dient zur Orientierung auf Landkarten oder als Anzeige auf einem Kompass.

Z

Zeche, *die*: Im Ruhrgebiet übliche Bezeichnung für Steinkohlebergwerk.

Zeit|zeuge, *der*: Ein Zeitzeuge oder eine Zeitzeugin kann über die Zeit, die er oder sie miterlebt hat, berichten (mündliche Überlieferung).

Bildquellen

Cover: Studio SYBERG, Berlin unter Verwendung von Abbildung links: Shutterstock.com/New Africa; rechts:Axel Thünker DGPh für LVR-Archäologischer Park Xanten / LVR-RömerMuseum; **Logo:** Studio SYBERG; S. 3: l. Shutterstock.com/Syda Productions; m. stock.adobe.com/Hermann; r. interfoto e. k./Friedrich; S. 4: l. imago images/blickwinkel; m. Cornelsen/Michael Teßmer; r. bpk/Scala; S. 5: l. dpa Picture-Alliance/Frank Rumpenhorst; m. Imago Stock & People GmbH/Hans Blossey; r. interfoto e. k./Danita Delimont/Miva Stock; S. 6: l. Shutterstock.com/Syda Productions; m. Imago Stock & People GmbH/MiS; r. Shutterstock.com/Riccardo Mayer; S. 9: 1 mauritius images/Werner Otto/United Archives/United Archives / Werner Otto; 2 interfoto e. k./Danita Delimont/Miva Stock; 3 Shutterstock.com/Riccardo Mayer; 4 stock.adobe.com/brodtcast; 5 akg-images; 6 Imago Stock & People GmbH/Rupert Oberhäuser; 7 UNICEF; 8 interfoto e. k./Friedrich; S. 10: (1) l. mauritius images/Cavan Images; (1) m. mauritius images/Stephan Schulz; (1) r. Panther Media GmbH/Scott Griessel; S. 11: (2) mauritius images/United Archives; (3) Shutterstock.com/wavebreakmedia; (4) mauritius images/United Archives; S. 14: (1) akg-images/De Agostini Picture Lib./G. Dagli Orti; (2) akg-images/Heritage-Images/CM Dixon; (3) bpk; (4) akg-images/Erich Lessing; S. 15: (2) Shutterstock.com/Dario Lo Presti; (3) akg-images; (4) Shutterstock.com/Chinnapong; S. 18: Shutterstock.com/Syda Productions (Wdh.); S. 20: (1) Reihe o.l. Shutterstock.com/antoniodiaz; (1) Reihe o. m. stock.adobe.com/pololia; (1) Reihe o.r. stock.adobe.com/annanahabed; (1) Reihe u.l. Shutterstock.com/Lopolo; (1) Reihe u. m. Shutterstock.com/Samuel Borges Photography; (1) Reihe u.r. Shutterstock.com/ABO PHOTOGRAPHY; S. 21: (3) Figge, Kathrin (privat); S. 22: (2) Shutterstock.com/2xSamara.com; S. 23: HG Shutterstock.com/Syda Productions (Wdh.); S. 24: „Emre" Shutterstock.com/Lopolo (Wdh.); „Mary" Shutterstock.com/Samuel Borges Photography (Wdh.); „Hardy" Shutterstock.com/ABO PHOTOGRAPHY (Wdh.); S. 24: „Jule" Shutterstock.com/antoniodiaz (Wdh.); S. 25: (2) Figge, Kathrin (privat); S. 26: (1) Shutterstock.com/Syda Productions; S. 29: u. stock.adobe.com/contrastwerkstatt; S. 30: (3) mauritius images/Uwe Umstätter; S. 31: (1) dpa Picture-Alliance/dpa –Report/Bernd Wüstneck; S. 32: (1) Shutterstock.com/Africa Studio; S. 34: (1) im Uhrzeigersinn von o. n. u. stock.adobe.com/Jan Knoff, Cologne, Germany/lunaundmo; stock.adobe.com/Pixel Memoirs; stock.adobe.com/© Jure Gasparic 2015/_jure; stock.adobe.com/pololia; stock.adobe.com/DragonImages; S. 35: o. l. stock.adobe.com/Gelpi; o. r. Shutterstock.com/Monkey Business Images; m. l. Shutterstock.com/Tuzemka; m. r. stock.adobe.com/creative studio; u. Shutterstock.com/gdvcom; S. 39: A Shutterstock.com/Anfisa Che; B Shutterstock.com/Kasefoto; C stock.adobe.com/teena137; S. 40: l. Shutterstock.com/Alinute Silzeviciute; r. stock.adobe.com/Nicholas B; S. 42: im Uhrzeigersinn von o. n. u. stock.adobe.com/Jan Knoff, Cologne, Germany/lunaundmo; stock.adobe.com/Pixel Memoirs; stock.adobe.com/© Jure Gasparic 2015/_jure; stock.adobe.com/pololia; stock.adobe.com/DragonImages (Wdh.); S. 43: (3) Shutterstock.com/Lopolo; (4) stock.adobe.com/WavebreakMediaMicro; (5) Cornelsen/Carlos Borrell Eiköter; S. 44/45: stock.adobe.com/Hermann; S. 46: (1) Svea Schade (privat); S. 47: Svea Schade (privat); S. 49: HG stock.adobe.com/Hermann (Wdh.); (4) Ministerium für Inneres und Kommunales Nordrhein-Westfalen; S. 54: Wolfgang Humann, Münster; S. 58: o. + m. Geoportal NRW / Bezirksregierung Köln; u. Datenlizenz Deutschland – Zero – Version 2.0; S. 59: alle Geoportal NRW / Bezirksregierung Köln; S. 61: (2) A mauritius images/Manfred Habel; (2) A Imago Stock & People GmbH/Hans Blossey; (2) B stock.adobe.com/ARochau; (2) C dpa Picture-Alliance/euroluftbi/ZB/euroluftbild/Hans Blossey; (2) D dpa Picture-Alliance/ZB/Euroluftbild; S. 62: (2) dpa Picture-Alliance/Maurizio Gambarini; (1) akg-images/Reimer Wulf; S. 63: (1) Imago Stock & People GmbH/Hans Blossey/imago images; S. 64: (1) dpa Picture-Alliance/ZB/Euroluftbild.de; S. 65: (1) mauritius images/FB-Fischer; S. 68/69: interfoto e.k./Friedrich (Wdh.); S. 70: (1) bpk/Metropolitan Museum; S. 71: (4) blickwinkel/ Reinhard Dirscherl; (5) bpk; S. 73: HG interfoto e.k./Friedrich (Wdh.); S. 74: (1) Egyptian National Museum, Cairo, Egypt/Bridgeman Images; (2) akg-images/Erich Lessing; S. 76: (1) interfoto e. k./ARTCOLOR; S. 77: (2) akg-images/De Agostini Picture Lib./G. Sioen; S. 78: (1)–(4) akg-images/François Guénet; S. 79: (5) akg-images/Yvan Travert; (7) bpk/Jürgen Liepe; S. 80: (1) Shutterstock.com/rayints; S. 82: (2) akg-images/François Guénet; (3) akg-images/Erich Lessing; (2) akg-images/British Museum; (3) akg-images/De Agostini Picture Lib./G. Dagli Orti; S. 84: (1) akg-images/British Museum; S. 84: (2) akg-images/James Morris; (3) akg-images/Heritage-Images/CM Dixon; S. 85: (1) akg-images/Erich Lessing; (3) akg-images/Erich Lessing; S. 86: (1) mauritius images/alamy stock photo/robertharding; (2) akg-images/Andrea Jemolo; S. 86: (3) akg-images/Werner Forman; S. 87: (4) akg-images/Science Photo Library; S. 88: (3) Egyptian National Museum, Cairo, Egypt/Bridgeman Images (Wdh.); S. 89: (6) akg-images/Erich Lessing; S. 90/91: imago images/blickwinkel (Wdh.); S. 90: klein l. Shutterstock.com/Ruslana Iurchenko; klein r. interfoto e.k./Danita Delimont/Stephanie Rabemiafara; S. 91: klein o. Shutterstock.com/fotosparrow; klein m. Shutterstock.com/imtmphoto; S. 91: klein u. mauritius images/John Warburton-Lee; S. 92: „Pedro" Shutterstock.com/Ruslana Iurchenko; „Mascha" Shutterstock.com/Andrey Arkusha; „Sakura" Shutterstock.com/imtmphoto; „Fatoumata" UNICEF/UN0273465/Dicko; S. 93: „Shaikat" mauritius images/John Warburton-Lee (Wdh.); Bolivien: stock.adobe.com/Gino Santa Maria © 2006 All Rights Reserved/R. Gino Santa Maria; Bangladesch: stock.adobe.com/Thomas Röske; S. 94: (1) UNICEF; S. 95: HG imago images/blickwinkel (Wdh.); (2) UNICEF/UN0325561/Wildelau; S. 96: (1) dpa Picture-Alliance/Ruben Mühlenbruch; S. 98: (1) l. dpa Picture-Alliance/Federico Gambarini; (1) m. Imago Stock & People GmbH/imago images/ZUMA Wire; (1) r. Brot für die Welt/Gute Botschafter; S. 99: (3) https://www.un.org/sustainabledevelopment/ The content of this publication has not been approved by the United Nations and does not reflect the views of the United Nations or its officials or Member States; (4) UNICEF/UN010167/Ayene; S. 101: (3) beide Cornelsen/Peter Wirtz, Dormagen; S. 102: (1) UNICEF/UN0273465/Dicko (Wdh.); S. 103: (1) UNICEF/UN0155470/Sujan; S. 104: (1) UNICEF/UN0150319/Gilbertson VII Photo; S. 105: (1) dpa Picture-Alliance/dpa-infografik; S. 106: (1) o. l. Imago Stock & People GmbH/imago images/snapshot; (1) o. r. dpa Picture-Alliance/imageBROKER/Walter G. Allgöwer; (1) u. l. dpa Picture-Alliance; (1) u. r. Picture-Alliance/dpa/Christian Hager; S. 107: (3) dpa Picture-Alliance/dpa-infografik; S. 109: (2) Imago Stock & People GmbH/Niehoff; S. 112/113: Imago Stock & People GmbH/blickwinkel; S. 114: (1) Imago Stock & People GmbH/Rupert Oberhäuser; S. 115: (2) stock.adobe.com/Countrypixel; S. 117: HG Imago Stock & People GmbH/blickwinkel (Wdh.); S. 118: (1) Bridgeman Images/United Archives/Lämmel; (2) stock.adobe.com/Countrypixel; S. 119: (3) mauritius images/alamy stock photo/MITO images GmbH; (4) Shutterstock.com/Alexander Raths; S. 120: (1) stock.adobe.com/Lucky Dragon; S. 122: (1) mauritius images/Werner Otto/United Archives/United Archives / Werner Otto; (2) mauritius images/alamy stock photo/Hackenberg-Photo-Cologne; (4) Imago Stock & People GmbH/Ralph Lueger; Logos Infostelle Bio-Siegel – Bundesanstalt für Landwirtschaft und Ernährung; Naturland – Verband für ökologischen Landbau e. V.; demeter e. V.; Biopark e. V.; Bioland e. V.; Europäische Kommission für Landwirtschaft und ländliche Entwicklung; S. 126: (1) mago images/Günther Ortmann; (2) dpa Picture-Alliance/Foto Huebner; (3) Shutterstock.com/Fotokostic; S. 127: (1) l. stock.adobe.com/Karl Allen Lugmayer; (1) m. imago images/blickwinkel; (1) r. Imago Stock & People GmbH/Westend61; (2) mauritius images/alamy stock photo/Rupert Oberhäuser; S. 128: (1) dpa Picture-Alliance/chromorange; (2) stock.adobe.com/Michelle; S. 129: (1) Imago Stock & People GmbH/Hans Blossey; (2) Imago Stock & People GmbH/Westend61; S. 137: (3) Shutterstock/Roman Malanchuk; S. 138: (1) akg-images/Rainer Hackenberg; (2) Shutterstock.com/b-hide the scene; S. 140: (2) akg-images/North Wind Picture Archives; S. 141: o. stock.adobe.com/Michael Rosskothen; m. akg-images/Erich Lessing; S. 142: stock.adobe.com/Markus Mainka; S. 143: (3) dpa Picture-Alliance/KEYSTONE; (4) dpa Picture-Alliance/GES-Sportfoto/Markus Gillar; S. 145: (2) o. Michael Sondermann/ Bundesstadt Bonn; (2) u. dpa Picture-Alliance/dpaweb/Nestor Bachmann; (2) m. dpa Picture-Alliance/Stefan Puchner; (3) Westfälische Nachrichten/Ludger Warnke; S. 147: (1) akg-images; (2) akg-images/De Agostini Picture Library; S. 148: (3) stock.adobe.com/Michael Rogner; S. 149: (1) Imago Stock & People GmbH/StockTrek Images; (3) Shutterstock.com/Ververidis Vasilis; S. 150: (1) A Shutterstock.com/yotily; S. 150: (1) B Shutterstock.com/r.classen; (1) C Shutterstock.com/Sean Pavone; (1) D akg-images/Bildarchiv Monheim/Florian Monheim; S. 151: (2) Panther Media GmbH/pressmaster/Dmitriy Shironosov; (3) Imago Sportfotodienst GmbH/ANE Edition; (4) Deutscher Bundestag/Achim Melde; (5) Shutterstock.com/mkrberlin; S.154/155: bpk/Scala (Wdh.); S.156: (1) akg-images; (2) stock.adobe.com/eyetronic; (3) Shutterstock.com/Kiev.Victor; S.159: o. bpk/The Trustees of the British Museum; u. akg-images/Nimatallah; HG bpk/Scala (Wdh.); S.160: (2) bpk/Münzkabinett, SMB/Lutz-Jürgen Lübke; S.161: (3) akg-images/Peter Connolly; S.163: (2) Shutterstock.com/360b; (3) akg-images/Nimatallah; S.166: (1) akg-images/Giuseppe Rava; S.166: (3) akg-images/Museum Kalkriese; S.168: (1) + (2) Axel Thünker DGPh für LVR-Archäologischer Park Xanten/ LVR-RömerMuseum im Archäologischen Park Xanten; S.169: (3)–(5) Axel Thünker DGPh für LVR-Archäologischer Park Xanten/ LVR-RömerMuseum im Archäologischen Park Xanten; S.170: (1) mauritius images/alamy stock photo/Vito Arcomano; S.171: (2) o.r. akg-images/Bildarchiv Steffens; (2) alle l. akg-images/Erich Lessing; (2) u. r. akg-images/Orsi Battaglini; (1) Axel Thünker DGPh für LVR-Archäologischer Park Xanten/ LVR-RömerMuseum im Archäologischen Park Xanten; S.172: (2) Shutterstock.com/Pavel L Photo and Video; S.173: (3) + (4) LWL-Römermuseum/ J. Hähnel; S.175: (2) dpa Picture-Alliance/CM Dixon/Heritage Image; S.176: (1) akg-images; (2) bpk/Hermann Buresch; (3) stock.adobe.com/Alex; S.177: (1) li. Bridgeman Images/ De Agostini Picture Library /G. Dagli Orti; (1) re. bpk/Scala; (2) akg-images/Werner Forman Archive; S.178: (1) bpk/Scala; S.179: (3) interfoto e. k./Bildarchiv Hansmann; S.179: (4) akg-images; (5) akg-images/ROGER GUILLEMOT (CDA); S.180: (2) bpk/Münzkabinett, SMB/Reinhard Saczewski; S.182/183: dpa Picture-Alliance/Frank Rumpenhorst (Wdh.); S.184: (1), (2), (4) dpa Picture-Alliance/Frank Rumpenhorst; (3) dpa Picture-Alliance/Oliver Berg; S.185: (5) dpa Picture-Alliance/Jens Kalaene; m. Shutterstock.com/garetsworkshop; (6) dpa Picture-Alliance/Bildagentur-online; S.187: HG dpa Picture-Alliance/Frank Rumpenhorst (Wdh.); Schein + Münze Deutsche Bundesbank; S.188: Shutterstock.com/Ioannis Pantzi; S.190: (1) Shutterstock.com/polya_olya; (2) Shutterstock.com/Sergey Novikov; S.191: ClipDealer GmbH/Alexandra Buss; S.194: (1) stock.adobe.com/brodtcast; S.198: o. Shutterstock.com/Monkey Business Images; m. Shutterstock.com/bibiphoto; S.199: Shutterstock.com/Iakov Filimonov; S.202/203: Imago Stock & People GmbH/Hans Blossey (Wdh.); S.204: (2) mauritius images/alamy stock photo/Zoonar GmbH; S.205: (4) stock.adobe.com/sehbaer_nrw; S.207: HG Imago Stock & People GmbH/Hans Blossey (Wdh.); S.208: (1) mauritius images/alamy stock photo/Friedrich Stark; (2) stock.adobe.com/ArTo; S.209: (3) stock.adobe.com/saiko3p; (4) bpk/Fotoarchiv Ruhr Museum/Josef Stoffels; S.213: (2) stock.adobe.com/pure-life-pictures; (3) mauritius images/alamy stock photo/Panther Media GmbH; (4) stock.adobe.com/pure-life-pictures; S.214: (1) imago images/Future Image; (2) Shutterstock.com/Anatoliy Cherkas; S.215: (3) dpa Picture-Alliance/imageBROKER/Jochen Tack; S.216: (1) Imago Stock & People GmbH/blickwinkel; (2) Shutterstock.com/Pressmaster; S.217: (3) dpa Picture-Alliance/Ralph Goldmann; S.218: (2) stock.adobe.com/VRD; S.220: (2) imago images/Werner Otto; S.220: (1) Imago Stock & People GmbH/Eckehard Schulz; S.221: (1) dpa Picture-Alliance/Horst Ossinger; (2) + (3) Imago Stock & People GmbH/Rüdiger Wölk; S.224: (2) Imago Stock & People GmbH/Hans Blossey (Wdh.); S.225: (6) o. Imago Stock & People GmbH/blickwinkel (Wdh.); (6) 2.v.o. imago images/Future Image (Wdh.); (6) u. dpa Picture-Alliance/Ralph Goldmann (Wdh.); (6) 2.v.u. dpa Picture-Alliance/imageBROKER/Jochen Tack (Wdh.); S.226/227: interfoto e. k./Danita Delimont/Miva Stock; S.229: (2) alle Deutsche Burgenvereinigung e.V. Marksburg; HG Shutterstock.com/Yury Zap; S.231: HG interfoto e. k./Danita Delimont/Miva Stock (Wdh.); S.232: (1) bpk/ RMN – Grand Palais/ Jean-Gilles Berizzi; S.234: (1) bpk/Germanisches Nationalmuseum/Dirk Meßberger; (2) akg-images; S.236: (1), (2) akg-images; S.237: (3) akg-images; S.239: (4) bpk/Félicien Faillet; (5) Bridgeman Images/ De Agostini Picture Library/A. Dagli Orti; S.240: (1) akg-images; S.243: (3) akg-images; S.246: (1) interfoto e.k./Science & Society/Florilegius; (2) StockFood/Diez, Ottmar; (3) o. stock.adobe.com/andreasalexander; (3) u. akg-images/Hervé Champollion; S.247: (1) bpk/British Library Board; S.247: (2) akg-images; S.248: (1) Shutterstock.com/saiko3p; (2) Imago Stock & People GmbH/imagebroker; (3) interfoto e. k./Sammlung Rauch; (4) akg-images/Stefan Ziese; S.250: (1) akg-images/Rainer Hackenberg; (2) Shutterstock.com/GChristo; (3) Shutterstock.com/Macrovector; S.251: (5) Altigi GmbH/Goodgame Studios; S.253: (4) akg-images; S.254/255: Shutterstock.com/Syda Productions (Wdh.); S.256: o. Shutterstock.com/Syda Productions (Wdh.); m. stock.adobe.com/Markus Bormann; S.256: u.l. Shutterstock.com/nito; u.m. stock.adobe.com/PATPITCHAYA@HOTMAIL.COM/patpitchaya; u.r. stock.adobe.com/jehuty18; S.257: o. Shutterstock.com/Syda Productions; m. stock.adobe.com/contrastwerkstatt; S.258: (2) o.l. stock.adobe.com/muellek ©2008/Digitalpress; (2) o.r. Shutterstock.com/Oleksiy Mark; (2) m.l. Shutterstock.com/NATALIA61; (2) m.r. Shutterstock.com/Oleksandr_Delyk; (2) u.l. stock.adobe.com/Liudmila Travina; (2) u.r. Shutterstock.com/Kaspars Grinvalds; S.259: (3) o.l. Shutterstock.com/Artsplav; (3) o.r. stock.adobe.com/JAKKAPAN JABJAINAI/jakkapan; (3) u.l. stock.adobe.com/Mediagram/DutchScenery; (3) u.r. stock.adobe.com/Kaspars Grinvalds; HG Shutterstock.com/Syda Productions (Wdh.); S.260: (1) akg-images/Science Photo Library; S.262: (1) dpa Picture-Alliance/imageBROKER; (2) akg-images/Rainer Hackenberg, Klingelpuetz 47–49, 50670 Koeln, www.hackenberg-photo.com; S.263: (3) Dein SPIEGEL 9/2017; (4) Westdeutsche Allgemeine Zeitung, Deine Seite vom 3.10.2019; S.264: (1) stock.adobe.com/Hero Images; (2) dpa Picture-Alliance/d/Thomas Frey; S.265: (3) dpa Picture-Alliance/Wolfram Stein/Wolfram Steinberg; „Seda" Shutterstock.com/Altrendo Images; „Jason" Shutterstock.com/Monkey Business Images; S.266: Shutterstock/YanLev; S.267: (1) fragFINN e.V.; (2) www.klexikon.zum.de/wiki/Fernsehen/ CC Lizenz SA BY, 2020; (3) www.klexikon.zum.de/ CC Lizenz SA BY, 2020; (4) Shutterstock.com/Oleksandr_Delyk; S.268: (1) Unterhaltungssoftware Selbstkontrolle (USK); S.269: (1) Shutterstock.com/SpeedKingz; S.270: (1) dpa Picture-Alliance/AAPimages/Lueders; (2) dpa Picture-Alliance/dp/Jan Woitas; S.271: (1) mauritius images/alamy stock photo/mark phillips; S.274/275: interfoto e. k./Robert Harding/Neil Emmerson (Wdh.); S.277: (2) akg-images/viennaslide/Harald A. Jahn; (3) dpa Picture-Alliance/DEA PICTURE LIBRARY/United Archives/United Archiv; S.278: (2) stock.adobe.com/Netfalls; S.279: (3) Shutterstock.com/Lisa S.; HG interfoto e. k./Robert Harding/Neil Emmerson (Wdh.); S.280: (1) Shutterstock.com/Sergey Novikov; (2) Shutterstock.com/wavebreakmedia; S.284: (3) stock.adobe.com/Thomas Franik; S.285: (4) stock.adobe.com/honorick; (5) stock.adobe.com/djama; S.287: (4) Imago Sportfotodienst GmbH/Westend61; (5) stock.adobe.com/asaflow; S.288: (1) laif/Le Figaro Magazine/Mazodier; S.288: (2) Shutterstock.com/FamVeld; S.289: (3) action press/NEUMAYR, FRANZ; (4) dpa Picture-Alliance/ Westend61; S.290: (1) interfoto e.k./Robert Harding/Neil Emmerson (Wdh.); S.291: (2) stock.adobe.com/dihetbo; (3) stock.adobe.com/Andy Ilmberger; (4) Imago Stock & People GmbH/Rupert Oberhäuser; S.292: (1) akg-images/viennaslide/Harald A. Jahn; S.293: (2) dpa Picture-Alliance/Oliver Berg; S.294: (1) dpa Picture-Alliance/ZB/euroluftbild/Hans Blossey; (2) Imago Stock & People GmbH/Rene Traut; S.295: (1) Imago Stock & People GmbH/Marius Schwarz; S.297: (5) stock.adobe.com/LianeM; S.298/299: Shutterstock.com/Riccardo Mayer (Wdh.); S.300: (2) Imago Stock & People GmbH/Michael Westermann (Wdh.); S.301: (3) UNICEF/UN010167/Ayene; S.303: HG Shutterstock.com/Riccardo Mayer; S.308: (1) dpa Picture-Alliance/AP; S.309: (2) mauritius images/Werner Otto/United Archives; (3) Panther Media GmbH/Jürgen Haack; S.310: (1) Shutterstock.com/wavebreakmedia; S.312: (1) mauritius images/Hans Blossey/imageBROKER; (2) Imago Stock & People GmbH/Hans Blossey/imago images; S.313: (1), (2) dpa Picture-Alliance/Ulrich Baumgarten; S.314: (1) mauritius images/alamy stock photo/Ferdinando Piezzi; (2) ClipDealer GmbH/Herbert SCHWIND; **Illustrationen, Grafiken, Karten:** Raimo Bergt: S.110; Thomas Binder: S.139, 148, 175, 176, 204, 235, 242, 244, 249, 261; Volkhard Binder: S.46, 50, 116, 125, 140, 141, 284, 286, 293, 295, 300, 302, 306, 312; Carlos Borrell Eiköter: S.6 (Topographie: Peter Kast), 43, 53, 56, 66, 67, 72, 73, 136, 139, 148, 158, 167, 230 (Topographie: Peter Kast), 232, 276, 278, 284, 286; Erfurth Kluger Infografik GbR: S.27; Elisabeth Galas: S.108, 120, 148, 178, 210, 237, 252; Rainer Götze: S.315; Oliver Hauptstock: S.295; Peter Kast: S.48, 54, 124, 206, 211, 212 (bearbeitet. Klaus Kühner), 230, 296; Klaus Kühner: S.205, 223; Claudia Lieb: S.303; Karin Mall: S.302; Wolfgang Mattern: S.63, 65, 218, 219, 282; Carsten Märtin: S.70, 79, 81, 83, 88; Gregor Mecklenburg: S.10, 143; Annette Pflügner: S.12; Matthias Pflügner: S.57, 100, 101, 146; Nicole Rademacher: S.17, 21, 22, 33, 38, 75, 88, 97, 153, 187, 194, 195, 196, 201, 222, 228, 233, 271, 273, 306; Dieter Stade: S.51, 55, 60, 64, 117, 120, 121, 122, 131, 186, 224, 258, 272, 281, 297, 304, 305, 307, 311, 316; Joana Stratmann: S.108, 174, 175, 241, 252; Michael Teßmer: S.8, 16, 28, 36, 81, 82, 108, 132, 134, 135, 137, 140, 142, 144, 149, 152, 157, 158, 161, 180, 242; Natascha Welz: S.21, 25, 188, 192, 193, 197, 200; Hans Wunderlich: S.87, 160, 245, 287

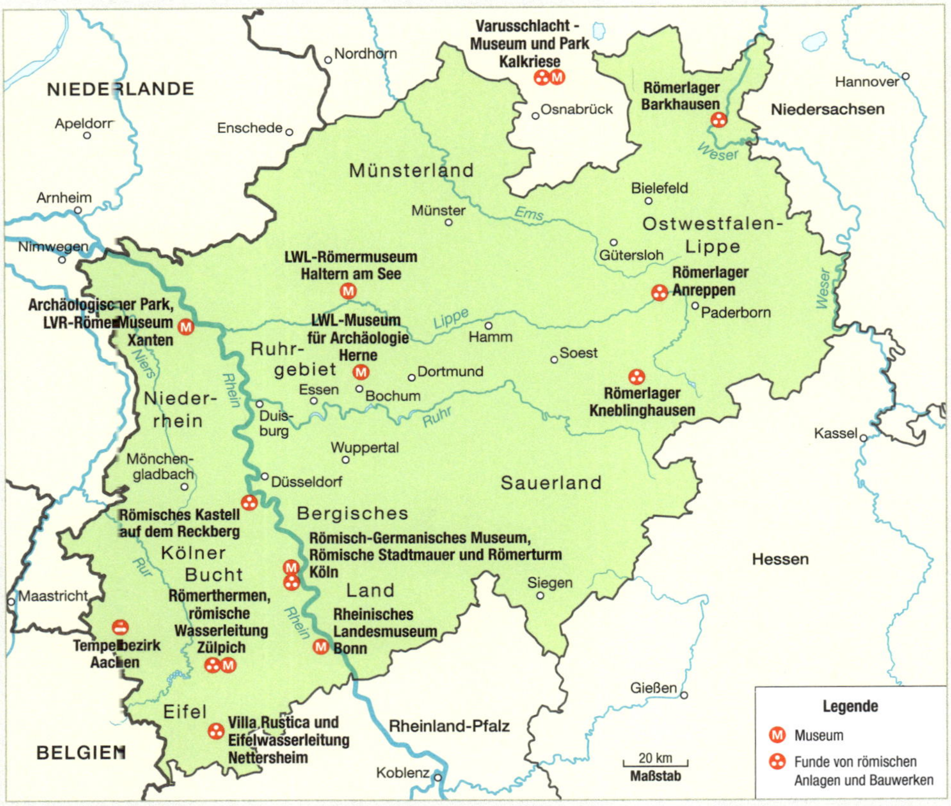

[1] *Exkursionsziele in Nordrhein-Westfalen, Römerzeit.* Karte.

[2] *Exkursionsziele in Nordrhein-Westfalen, Mittelalter.* Karte.